HARUKI MURAKAMI
CRÓNICA DEL PÁJARO
QUE DA CUERDA AL MUNDO

Traducción del japonés de Lourdes Porta
y Junichi Matsuura

Título original: ねじまき鳥クロニクル

© 1994, Haruki Murakami

Ilustración de la cubierta: ilustración de Kikko Kimura (1991), pastel
y aerógrafo, 25 × 35,3 cm. © Kikko Kimura, 2001
Fotografía del autor: © Brigitte Friedrich
© 2001, Lourdes Porta y Junichi Matsuura, de la traducción
La traducción de esta obra ha sido subvencionada
por The Japan Foundation
Diseño de la colección: FERRATERCAMPINSMORALES

Reservados todos los derechos de esta edición para:
© 2013, Editorial Planeta Mexicana, S.A. de C.V.
Bajo el sello editorial TUSQUETS M.R
Avenida Presidente Masarik núm. 111, 2o. piso
Colonia Polanco V Sección
Delegación Miguel Hidalgo
C.P. 11560, Ciudad de México.
www.planetadelibros.com.mx

1.ª edición en Andanzas en Tusquets Editores España: mayo de
2001
1.ª edición en Andanzas en Tusquets Editores México: enero de
2006
1.ª edición en Maxi en Tusquets Editores España: enero de 2008
1.ª edición en Maxi en Tusquets Editores México: febrero de 2008
14.ª reimpresión en Maxi en México: junio de 2018
ISBN: 978-970-699-192-8

Impreso en los talleres de Litográfica Ingramex, S.A. de C.V.
Centeno núm. 162–1 , colonia Granjas Esmeralda, Ciudad de México
Impreso en México – *Printed in Mexico*

Índice

Primera parte
La gazza ladra

De junio a julio de 1984

1
El martes del *pájaro-que-da-cuerda*
Sobre los cuatro dedos y los seis pechos

Cuando sonó el teléfono, estaba en la cocina con una olla de espaguetis al fuego. Iba silbando la obertura de *La gazza ladra*, de Rossini, al compás de la radio, una emisión en FM. Una música idónea para cocer la pasta.

Al oír el teléfono, tuve la tentación de ignorarlo. Los espaguetis ya estaban casi listos y, además, en aquel preciso instante, Claudio Abbado conducía la orquesta filarmónica de Londres hacia el clímax musical. Sin embargo, qué remedio, bajé el gas, fui a la sala de estar y descolgué el auricular. Pensé que podía tratarse de algún conocido que me llamaba para hablarme de un trabajo.

—Diez minutos, dame diez minutos —dijo sin preámbulos una mujer.

Soy bastante bueno reconociendo las voces, y aquélla no la había oído nunca.

—Perdone, ¿por quién pregunta? —dije educadamente.

—Pues por ti. Con diez minutos tengo bastante, dame diez minutos. Y así podremos entendernos bien —contestó la mujer. Su voz era suave y profunda, indefinible.

—¿Entendernos?

—Sí, entendernos el uno al otro.

Alargué el cuello a través de la puerta y atisbé dentro de la cocina. Un vapor blanco se alzaba de la olla de espaguetis y Abbado seguía dirigiendo *La gazza ladra*.

—Lo siento, pero tengo una olla de espaguetis al fuego. ¿Puedes llamar más tarde?

—¿Espaguetis? —dijo la mujer con perplejidad—. ¿Espaguetis a las diez y media de la mañana?

—Eso no es de tu incumbencia. Como lo que quiero y a la hora que quiero —contesté un poco enojado.

—Sí, claro. Tienes razón —dijo la mujer con voz seca, inexpresiva. Un pequeño cambio de humor le había hecho variar completamente el tono de la voz—: Muy bien, de acuerdo. Te llamaré más tarde.

—Espera, un momento —dije de manera precipitada—. Si se trata de vender algo, por más que llames, será inútil. Estoy sin trabajo y no me sobra el dinero.

—Ya lo sé. No te preocupes.

—¿Que ya lo sabes? ¿Qué es lo que sabes?

—Que estás sin trabajo. Eso ya lo sé. Y ahora vete con tus preciosos espaguetis.

«Pero ¿tú de qué vas?», iba a decirle cuando colgó. Fue una manera de cortar muy brusca.

Permanecí unos instantes con el auricular en la mano, completamente desconcertado, mirándolo, pero me acordé de los espaguetis y volví a la cocina. Apagué el fuego y vacié la olla en el colador. Por culpa de la llamada ya no estaban *al dente,* pero no era tan grave.

¿Entendernos? Mientras me comía los espaguetis, reflexioné. ¿Entendernos el uno al otro en diez minutos? No comprendía qué había querido decir la mujer. Quizá se tratara de alguna broma. O quizá fuera una nueva técnica de ventas. En cualquier caso, no era algo que me importara.

Pese a todo, tras volver al sofá de la sala de estar, mientras leía un libro prestado de la biblioteca lanzando miradas furtivas al teléfono, empezó a darme vueltas por la cabeza la frase que había dicho la mujer: «Podremos entendernos el uno al otro en diez minutos». En diez minutos, ¿cómo diablos se supone que podemos entendernos? Pensándolo bien, desde el principio la mujer había fijado claramente el tiempo en diez minutos. Y la mujer parecía convencida al limitar así el tiempo. Como si nueve minutos fueran demasiado cortos y once demasiado largos. Justo como los espaguetis *al dente*.

Reflexionando sobre esto, se me quitaron las ganas de leer. Decidí que lo mejor sería planchar camisas. Siempre lo hago cuando me siento confuso. Es una vieja costumbre. Mi método se descompone en un total de doce pasos. Primero el cuello (anverso) —primer paso—, y termino por el puño de la manga izquierda —el duodécimo—. Plancho siguiendo estrictamente el orden establecido mientras cuento los pasos uno a uno. Si no lo hago así, no me sale bien.

Planché tres camisas y, tras comprobar que no había arrugas, las colgué en una percha. Desenchufé la plancha y la guardé con la tabla en un armario empotrado. Tenía la cabeza bastante más despejada.

Decidí beber un vaso de agua y, cuando me disponía a ir a la cocina, volvió a sonar el teléfono. Dudé unos instantes, pero acabé descolgando el auricular. Si era aquella mujer la que llamaba, con decirle que ahora estaba planchando y cortar era suficiente.

Pero era Kumiko. El reloj marcaba las once y media.

—¿Estás bien? —dijo ella.

—Sí, muy bien —contesté yo.

—¿Qué estabas haciendo?

—Planchaba.

—¿Te ha pasado algo? —En su voz había una ligera nota de tensión. Ella sabe muy bien que, cuando me siento confuso, plancho.

—Nada. Simplemente he planchado unas camisas. No me pasa nada especial. —Me senté en la silla y me pasé a la mano izquierda el auricular que sostenía con la derecha.

—¿Qué pasa, quieres algo?

—¿Sabes escribir poesía?

—¿Poesía? —repetí asombrado ¿Poesía? ¿Qué querría decir con *poesía?*

—En la editorial de un conocido publican una revista literaria para chicas y están buscando a alguien que seleccione y corrija las poesías que envían las lectoras. Además, quieren que escriba cada mes una poesía corta para la portada. No pagan mal, tratándose de algo tan sencillo. Es un trabajillo de pocas horas, claro, pero si te fuera bien, quizá te podrían pasar otros trabajos de redacción…

—¿Algo sencillo? —dije—. ¡Espera un momento! Lo que yo estoy buscando es un trabajo que tenga que ver con las leyes. ¿De dónde diablos has sacado la idea esa de hacerme corregir poesías?

—Pero ¿no decías que escribías cuando ibas al instituto?

—Sí, ¡pero en un periódico! ¡En el periódico del instituto! Que tal clase había ganado el campeonato de fútbol, que el profesor de física se había caído por las escaleras y que lo habían ingresado…, chorradas por el estilo. Artículos de este tipo. No poesía. Poesía no sé escribir.

—Bueno, poesía, lo que es decir poesía… Las poesías que leen las niñas que van al instituto. No te digo que escribas poesías magníficas, de las que quedan para la historia de la literatura. Con que lo hagas a tu manera es suficiente. ¿Me entiendes, verdad?

—Ni a mi manera ni nada. No tengo ni idea de escribir poesía. Ni he escrito nunca, ni pienso empezar a hacerlo ahora —rehusé categóricamente. Es que no tengo ni la más remota idea de cómo se escribe una poesía.

—Vaya… —dijo mi esposa con pesar—. Pero ese trabajo que dices relacionado con las leyes es difícil de encontrar, ¿no?

—Hago correr la voz. Seguro que me dicen algo en cualquier momento. Y, si no funciona, ya pensaré en otra cosa.

—¿Ah, sí? Bueno, está bien. Como te parezca. Por cierto, ¿qué día es hoy?

—Martes —dije tras pensármelo unos instantes.

—Entonces, ¿irás al banco a pagar los recibos del teléfono y del gas?

—Dentro de poco saldré a comprar la cena y, entonces, me pasaré por el banco.

—¿Qué harás para cenar?

—Aún no lo he decidido. Ya lo pensaré cuando haga la compra.

—Por cierto —dijo en tono serio mi mujer—. He estado pensando sobre ello y quizá no sea necesario que te apresures en buscar trabajo.

—¿Por qué? —pregunté asombrado de nuevo. Parecía que todas las mujeres del mundo habían decidido sorprenderme por teléfono aquel día—. El subsidio de desempleo se acabará un día de estos y yo no puedo estarme indefinidamente de brazos cruzados.

—Pero a mí me han subido el sueldo, y mi otro trabajo marcha bien, tenemos algunos ahorros y, si no derrochamos, podemos ir tirando. ¿No te gustaría seguir así, en casa, haciendo las tareas domésticas? ¿No te va este tipo de vida?

—Pues no lo sé —respondí con honestidad—. No lo sé.

—Bueno, tómate tiempo para pensarlo —dijo mi mujer—. Oye, ¿ya ha vuelto el gato?

El gato. Al oírlo me di cuenta de que no me había acordado de él en toda la mañana.

—No, todavía no ha vuelto.

—¿Te importaría mirar un poco por el barrio? Ya hace más de una semana que ha desaparecido.

Solté un gruñido como toda respuesta y volví a pasarme el auricular a la mano izquierda.

—Quizás esté en el jardín de la casa abandonada que hay al

fondo del *callejón*. El jardín donde hay aquel pájaro de piedra. Lo he visto por allí algunas veces.

—¿En el callejón? —dije—. ¿Cuándo has ido tú al callejón? Nunca me habías dicho nada...

—Oye, lo siento, tengo que colgar. Tengo que volver al trabajo. Acuérdate del gato, ¿eh?

Y colgó. De nuevo me quedé unos instantes mirando el auricular.

«¿El callejón? ¿Por qué razón habría tenido que ir Kumiko al callejón?», pensé. Para entrar hay que saltar un muro de bloques de cemento. Hacer todo eso para entrar en aquel sitio no tiene ningún sentido.

Fui a la cocina, bebí agua, y luego salí al cobertizo y miré el plato del gato: las sardinas secas estaban tal como yo las había dejado la noche antes y no faltaba ni una. Era evidente que el gato no había vuelto. De pie bajo el cobertizo, miré hacia nuestro pequeño jardín bañado por los rayos de un sol de principios de verano. No era un jardín cuya contemplación sosegara el espíritu. La tierra donde sólo tocaba el sol una pequeña parte del día se veía siempre húmeda y oscura y, aunque había plantas, sólo teníamos en un rincón dos o tres hortensias de aspecto poco imponente. Además, la hortensia es una flor que no me gusta demasiado. Desde una arboleda cercana llegaba el chirrido regular de un pájaro, un *ric-ric,* como si estuviera dándole cuerda a algún mecanismo. Nosotros hablábamos de él como del *pájaro-que-da-cuerda*. Fue Kumiko quien lo llamó así. No sé cuál es su auténtico nombre. Tampoco sé cómo es. Pero, se llame como se llame, sea como sea, el *pájaro-que-da-cuerda* viene cada día a la arboleda que hay cerca de casa y le da cuerda a nuestro apacible y pequeño mundo.

«¡Uff! ¡Andando! ¡A por el gato!», pensé. Siempre me han gustado los gatos. Y *éste* me gusta en particular. Pero los gatos tienen su propio estilo de vida. No son estúpidos. Cuando uno desaparece, significa que le ha apetecido ir a cualquier parte. Y que ya volverá cuando tenga hambre y esté exhausto. En fin, tendré que ir a buscarlo para contentar a Kumiko. De todas formas, no tengo nada mejor que hacer.

A principios de abril dejé el trabajo en el bufete de abogados donde había estado empleado desde que empecé a trabajar. No es que no me gustara el trabajo. No había ninguna razón especial para dejarlo. No es que fuera precisamente un trabajo emocionante, pero el sueldo no era malo y, además, el ambiente de la oficina era amigable.

Mi función en el bufete era, para decirlo en dos palabras, la de recadero especializado. Y trabajaba mucho. Quizá no esté bien que hable así de mí mismo, pero, en lo que se refería a la ejecución de trabajos prácticos, yo era muy bueno. Era de comprensión rápida, expeditivo, no me quejaba, mi forma de pensar era realista. Cuando anuncié que dejaba el trabajo, el anciano doctor —el padre de «Padre e Hijo, Abogados», propietarios del bufete— llegó a decirme que podrían intentar subirme un poco el sueldo.

De todos modos, me fui. No es que tuviera algún deseo especial o la perspectiva de hacer algo concreto tras dejar el trabajo. No me apetecía lo más mínimo volver a encerrarme en casa para preparar las oposiciones al cuerpo de justicia y, además, lo principal: en aquellos momentos ya no quería ser abogado. Sólo que no tenía ninguna intención de seguir indefinidamente en aquella oficina haciendo indefinidamente el mismo trabajo, y sabía que si no lo dejaba entonces, ya no lo dejaría jamás. Si permanecía allí mucho tiempo acabaría mis días, sucediéndose monótonos uno tras otro, en aquel lugar. Y es que, ante todo, yo ya había cumplido los treinta.

Durante la cena abordé el tema:

—Tengo ganas de dejar el trabajo.

—¡Ah! —dijo Kumiko.

No entendí muy bien qué significaba aquel «¡Ah!», pero ella no añadió nada más y enmudeció durante unos instantes.

Al ver que también yo permanecía en silencio, dijo:

—Si quieres dejarlo, déjalo —y añadió—: Se trata de tu vida y debes hacer lo que tú quieras. —Y una vez dicho esto, se enfrascó en la tarea de ir quitándole las espinas al pescado con los palillos y dejándolas en el borde del plato.

El sueldo que cobraba mi mujer por su trabajo en la redacción de una revista especializada en dietética y alimentación natural no estaba nada mal. Se encargaba, además, de las ilustraciones de la revista de un amigo, redactor de la publicación; un trabajo sencillo que éste le ofrecía a menudo. (Ella había estudiado diseño en la escuela y su sueño era ser ilustradora *freelance.*) Esos otros ingresos tampoco eran despreciables. Yo, por mi parte, al dejar el trabajo recibiría durante un tiempo el subsidio de desempleo. Y si me quedaba en casa y hacía las tareas domésticas, podríamos ahorrarnos gastos superfluos como comer fuera o la lavandería, con lo que nuestra situación económica no tenía por qué cambiar con respecto a la época en que yo aportaba mi sueldo.

Y, así, dejé el trabajo.

Sonó el teléfono cuando, ya de vuelta de la compra, estaba metiendo la comida en el frigorífico. El timbre del teléfono me pareció inusitadamente impaciente. Dejé el paquete de *toofu** medio abierto sobre la mesa de la cocina, fui a la sala de estar y cogí el auricular.

—Ya debes de haber terminado tus espaguetis, supongo —dijo la mujer.

*   Cuajada de soja. *(N. de los T.)*

—Pues, sí. Ya los he terminado. Pero ahora tengo que ir a buscar el gato.

—Diez minutos, podrás esperarte, ¿no? Para ir a buscar el gato. El caso de los espaguetis era totalmente distinto.

No sé por qué motivo, pero no pude colgarle el teléfono. En la voz de aquella mujer había algo que me llamaba la atención:

—Muy bien, pero sólo diez minutos.

—Así podremos entendernos el uno al otro —dijo la mujer en voz baja. Y creí percibir cómo, al otro lado del hilo, la mujer se arrellanaba cómodamente en su asiento y cruzaba las piernas.

—Ya veremos —dije—. ¿Qué es lo que podremos entender en diez minutos?

—Diez minutos pueden ser más largos de lo que crees.

—¿Es verdad que me conoces? —le pregunté.

—Nos hemos visto cientos de veces.

—¿Cuándo? ¿Dónde?

—En algún momento, en algún lugar —contestó la mujer—. Pero si tengo que explicarte, una a una, todas esas cosas, los diez minutos no bastarán. Lo único que importa es este momento, ¿no te parece?

—Por lo menos dame alguna prueba. Dame una prueba de que me conoces.

—¿Como qué?

—Como mi edad, por ejemplo.

—Treinta años —respondió ella al instante—. Treinta años y dos meses. ¿Te basta con esto?

Enmudecí. Era evidente que me conocía. Pero por mucho que rebuscara en mi memoria, no lograba recordar su voz.

—Ahora te toca a ti adivinar cosas sobre mí —dijo en tono provocativo—. Por la voz, imagínate cómo soy. Cuántos años tengo, dónde estoy, cuál es mi aspecto, ese tipo de cosas.

—No lo sé —dije.

—¡Vamos! ¡Inténtalo!

Miré el reloj. Sólo habían transcurrido un minuto y cinco segundos.

—No lo sé —repetí.

—Entonces te lo voy a decir —dijo la mujer—. Estoy en la cama. Acabo de ducharme y no llevo nada.

«¡Vamos! Era de esperar», pensé. «Una llamada erótica.»

—¿Prefieres quizá que me ponga ropa interior? ¿O medias? ¿Qué es lo que más te excita?

—Me da igual. Ponte lo que quieras. Si quieres ponerte algo, te lo pones. Y si prefieres estar desnuda, quédate así. Mira, me sabe mal, pero no tengo ningún interés en hablar de eso por teléfono. Además tengo cosas que hacer y...

—Sólo diez minutos. Dedicarme diez minutos no creo que sea una pérdida de tiempo irreparable en tu vida, ¿no? En fin, responde a mi pregunta. ¿Te gusto más desnuda? ¿O prefieres que me ponga algo? Tengo de todo, ¿sabes? Lencería negra de encaje...

—Ya está bien así —dije.

—Me prefieres así, ¿verdad?

—Sí, así está bien —dije. Habían pasado cuatro minutos.

—Mi vello púbico todavía está húmedo, ¿sabes? —dijo la mujer—. No me lo he secado bien con la toalla. Por eso todavía está húmedo. Húmedo y cálido. Y suave. Tan negro y suave. Acarícialo.

—Oye, lo siento, pero...

—Y debajo, está cálido, cálido. Igual que mantequilla caliente derretida. Así de cálido. En serio. ¿Sabes en qué postura me he puesto? Tengo la rodilla derecha levantada y la pierna izquierda separada hacia un lado. Como las agujas del reloj señalando las diez y cinco.

Por su tono de voz comprendí que no mentía. Que verdaderamente tenía las piernas abiertas formando el ángulo de las diez y cinco y que su sexo estaba cálido y húmedo.

—Acaríciame los labios. Despacio. Ábrelos. Así, despacio. Acarícialos con las yemas de los dedos. Sí, así, muy despacio. Y ahora toca con la otra mano mi pecho izquierdo. Acarícialo suavemente, desde abajo, pellizca suavemente los pezones. Otra vez, otra vez, otra vez… Hasta que me corra.

Colgué el teléfono sin decir nada. Me tendí en el sofá y, mirando el reloj, exhalé un profundo suspiro. Había hablado con aquella mujer unos cinco o seis minutos.

Diez minutos más tarde volvió a sonar el teléfono, pero esta vez no respondí. Sonó quince veces y luego se cortó. Cuando cesó, un silencio frío y profundo cayó a mi alrededor.

Un poco antes de las dos me encaramé al muro de bloques de cemento y salté al callejón. Aunque lo llamemos así, no es propiamente un callejón. En realidad no existe palabra alguna para denominarlo. En sentido estricto, no es ni siquiera un camino. Un camino es un lugar de paso, con entrada y salida, que te conduce a un lugar determinado. Pero aquel callejón no tenía vía de acceso, hecho que lo convertía, en ambos extremos, en un callejón sin salida. Y tampoco se le podía llamar así. Un callejón sin salida tiene, como mínimo, una entrada. El caso era que los vecinos lo llamaban «callejón» como podían haberlo llamado de otro modo. Medía unos trescientos metros y se abría paso entre los patios traseros de dos hileras de casas. Tendría poco más de un metro de anchura y, como se abrían cercas acá y allá y se habían ido acumulando los trastos, muchos trechos había que pasarlos de costado.

Según parece —me lo contó mi tío materno, que me alquilaba la casa por un precio irrisorio—, antaño sí había existido una entrada y una salida, y el callejón cumplía la función de camino vecinal que unía una calle con otra. Sin embargo, durante la época de la rápida expansión económica, se construyeron hileras de casas en aquel descampado y el callejón, constreñido más y más, fue estrechándose considerablemente. Además, como a los vecinos no les gustaba que la gente pasara por debajo de sus tejados o por delante de sus patios traseros, fueron cerrando las vías de acceso al callejón. Al principio se trataba simplemente de amables setos que preservaban las casas de las miradas ajenas, pero un vecino amplió su jardín y bloqueó por completo una de las entradas con un muro de cemento. Como respuesta, se cerró la otra entrada con una alambrada de espino de modo que ni un perro pudiera pasar. Dado que los vecinos, en principio, apenas pasaban por allí, nadie se quejó de que hubieran bloqueado ambas entradas e incluso se pensó que era una buena manera de prevenir la delincuencia. Por eso el camino se ha convertido ahora en una especie de canal abandonado, sin otra función que la de ser tierra de nadie que separe una casa de otra. En el suelo crecen frondosos los hierbajos y las arañas extienden sus telas pegajosas sobre ellos.

No podía adivinar con qué objetivo había ido mi mujer tantas veces a un lugar así. Yo mismo no había pisado el callejón más que un par de veces y, por añadidura, Kumiko odiaba las arañas. «¡Qué le vamos a hacer!», pensé. «Si Kumiko me dice que vaya al callejón a buscar el gato, yo voy y lo busco.» Además, malo por malo, era comparativamente mejor dar vueltas por la calle que quedarse en casa esperando a que sonara el teléfono.

La luz nítida del sol de principios de verano dibujaba un moteado en la superficie del camino con las sombras de las ramas que sobresalían sobre mi cabeza. Como no había viento, las sombras parecían manchas indelebles fijadas eternamente en el suelo. No penetraba ningún sonido hasta aquel lugar y parecía, incluso, que se oía respirar la hierba bañada por los rayos del sol. En el cielo flotaban algunas nubes pequeñas, tan nítidas y precisas que se asemejaban al fondo de un grabado en cobre medieval. Todo lo que aparecía ante mis ojos era tan maravillosamente nítido, que sentía mi propio cuerpo como un ente vago, desdibujado. Y hacía un calor espantoso.

Llevaba una camiseta, unos pantalones delgados de algodón y unas zapatillas de tenis, pero tras andar tanto rato bajo el sol del verano, una fina película de sudor empezó a extenderse por mis axilas y los huecos del tórax. Como aquella misma mañana había sacado la camiseta y los pantalones de la caja donde guardaba la ropa de verano, un fuerte olor a naftalina me llegaba a la nariz. Entre las casas de la vecindad, se distinguían las antiguas y las que se habían construido recientemente. Las casas nuevas eran, por lo general, pequeñas, con un jardín también pequeño. Los tendederos se extendían hasta el callejón y a veces debía avanzar escurriéndome entre hileras de toallas, camisas y sábanas. Desde la puerta llegaba nítidamente el sonido de una televisión o del agua de la cisterna de un inodoro, y en el aire flotaba el olor a curry de las comidas.

En las casas antiguas, por el contrario, apenas se apreciaba algún signo de vida. En el seto, a modo de biombo, se distribuían con habilidad diferentes tipos de arbustos y por los intersticios podían verse amplios jardines bien cuidados.

En el rincón de un patio trasero había un solitario árbol de Navidad, seco y de color marrón. En otro jardín se amontonaban juguetes infantiles, revelación de infancias ya pasadas de varias personas. Un triciclo, un juego de aros, una espada de plástico, una pelota de goma, una tortuga de juguete, un pequeño bate de béisbol… Había un jardín donde habían instalado una canasta de baloncesto, otro con unas preciosas sillas de jardín alrededor de una mesa de cerámica. Aquellas sillas blancas llevaban aparentemente meses (quizás años) sin usarse y estaban cubiertas de tierra. Encima de la mesa, arrastrados y adheridos por la lluvia, unos pétalos de magnolia de color carmesí.

En otra casa, a través de una puerta corredera con el marco

de aluminio, podía verse de una sola mirada toda la sala de estar. Había un tresillo de cuero, un televisor de grandes dimensiones, un aparador (y encima una pecera con peces tropicales y dos trofeos) y una lámpara de pie de diseño. Parecía el decorado de una telenovela. También había un jardín con una caseta enorme para un perro grande, pero el perro no se veía por ningún lado y la puerta estaba abierta de par en par. La tela metálica de la puerta estaba abombada, como si alguien llevara meses descargando todo su peso contra ella desde el interior.

La casa abandonada de la que hablaba Kumiko se encontraba un poco más allá de la casa de la perrera. Comprendí al primer golpe de vista que la casa estaba deshabitada. Y que no llevaba vacía precisamente unos dos o tres meses. Era una casa de dos plantas bastante moderna, pero los cerrojos de las contraventanas, cerradas a cal y canto, estaban oxidados y sobre la barandilla de las ventanas del primer piso se extendía una pátina de herrumbre rojiza. En el pequeño jardín se erguía una estatua de piedra de un pájaro con las alas extendidas. La estatua se apoyaba sobre un pedestal que de alto alcanzaba el pecho de una persona, a su alrededor crecían frondosos los hierbajos, y las puntas de los tallos de vara de oro que eran especialmente altos llegaban a tocar los pies del pájaro. Éste —aunque no sé qué tipo de pájaro debía de ser— aparecía con las alas desplegadas como si, de un momento a otro, fuera a levantar el vuelo en aquel jardín inhóspito. Aparte de aquella estatua no había otro adorno en el jardín. Frente a la casa se amontonaban algunas sillas de plástico de aspecto anticuado y, a su lado, una azalea mostraba sus flores de un brillante color rojo extrañamente irreal. Y hierbajos.

Me apoyé contra la verja que me llegaba hasta el pecho y contemplé el jardín unos instantes. Era en efecto el tipo de jardín que gusta a los gatos, pero no se veía ninguno por ninguna parte. Encima del tejado, una paloma posada en la antena de televisión proyectaba su arrullo monótono sobre aquella escena. La sombra del pájaro de piedra caía sobre los hierbajos que crecían exuberantes a su alrededor.

Saqué un caramelo de limón del bolsillo, lo desenvolví y me lo metí en la boca. Había aprovechado la ocasión de dejar el trabajo como pretexto para dejar de fumar y, desde entonces, a cambio, no podía vivir sin tener a mano un caramelo de limón. «Eres un caramelo-adicto», me decía mi mujer. «Se te van a llenar los dientes de caries.» Pero yo no podía dejar de chupar caramelos de limón. Mientras contemplaba el jardín, la paloma siguió posada en la antena arrullando en un idéntico tono regular, como un oficinista que fuera estampando un número en cada una de las hojas de un talonario. No sé cuánto tiempo estuve apoyado contra la verja. Recuerdo haber tirado el caramelo al suelo a medio chupar, cuando ya había dejado todo su dulzor en mi boca. Dirigí de nuevo la mirada hacia el lugar donde se proyectaba la sombra del pájaro de piedra. Y entonces me pareció oír una voz a mis espaldas que me llamaba.

Al volverme vi a una jovencita de pie en el patio trasero de la casa de enfrente. Era baja de estatura e iba peinada con una coleta. Llevaba gafas de sol oscuras con la montura de color caramelo y vestía una camisa sin mangas de color azul celeste. Pese a no haber terminado aún la estación de las lluvias, sus delgados brazos desnudos mostraban un bronceado uniforme y bonito. Tenía una mano metida en el bolsillo de los pantalones cortos y la otra apoyada sobre el portillo de bambú que le llegaba hasta la cintura, manteniendo de este modo un precario equilibrio. Entre ella y yo había una distancia de aproximadamente un metro.

—¡Uf! ¡Qué calor! —exclamó la chica.

—Sí, desde luego —dije yo.

Tras este breve intercambio de palabras, ella siguió en la misma posición, mirándome. Luego sacó un paquete de Hope cortos de un bolsillo de sus pantaloncitos, cogió un cigarrillo y se lo puso entre los labios. Su boca era pequeña y el labio superior estaba algo fruncido hacia arriba. Encendió una cerilla de cartón con mano experta y prendió fuego al cigarrillo. Al inclinar la cabeza hacia un lado, apareció con nitidez una oreja bellamente cincelada, suave, como acabada de hacer. Siguiendo el esbelto contorno, brillaba un fino vello.

La chica tiró la cerilla al suelo, exhaló el humo frunciendo los labios y levantó la mirada hacia mí como si recordara de repente mi presencia. Los cristales de las gafas eran oscuros y, además, reflejaban la luz del sol, por lo que no podía ver sus ojos.

—¿Vives por aquí? —me preguntó.

—Sí —respondí e hice ademán de señalar hacia donde estaba mi casa, pero ya no sabía con certeza dónde me hallaba, después de haber doblado tantas esquinas y haber reseguido ángulos tan extraños. Por lo tanto, disimulé señalando hacia el primer lugar que me vino en gana.

—Estoy buscando a mi gato —dije a modo de excusa mientras me frotaba la palma de la mano sudada en el pantalón—. Hace una semana que no ha vuelto por casa y me han dicho que lo han visto por aquí.

—¿Cómo es?

—Es un macho grande. Con manchas marrones. Y tiene la punta de la cola un poco doblada.

—¿Cómo se llama?

—*Noboru* —respondí—. *Noboru Wataya*.

—Es un nombre muy majestuoso para un gato, ¿no?

—Es el nombre de mi cuñado. Se parecen mucho y se lo pusimos en broma.

—¿En qué se parecen?

—No sé, tienen un algo. El modo de andar, la mirada somnolienta…

La chica sonrió por primera vez. Al cambiar de expresión,

me pareció mucho más joven de lo que había supuesto en un principio. Debía de tener unos quince o dieciséis años. Su labio superior apuntaba hacia arriba formando un ángulo extraño. Tuve la sensación de oír una voz que decía: «Acaríciame». Era la voz de la mujer del teléfono. Me enjugué el sudor de la frente con el dorso de la mano.

—¿Un gato a rayas de color marrón, con la punta del rabo doblada? —repitió la chica a modo de confirmación—. ¿Lleva un collar o algo?

—Lleva uno de esos antipulgas de color negro —dije yo.

Ella se quedó pensando unos diez o quince segundos, mientras seguía con la mano apoyada en la puerta de madera. Luego tiró lo que quedaba del cigarrillo al suelo y lo pisó con la sandalia.

—Es posible que haya visto ese gato —dijo ella—. De eso de la cola doblada no estoy segura, pero vi un gatazo a rayas de color marrón y creo que llevaba collar.

—¿Cuándo lo has visto?

—¡Uff! ¿Cuándo debía de ser? Pues quizás haga unos tres o cuatro días. El jardín de casa se ha convertido en lugar de paso para todos los gatos del vecindario, y hay muchos gatos que vienen y van. Todos vienen de casa de los Takitani, cruzan por nuestro jardín y entran en el de los Miyawaki.

Ella señaló hacia la casa deshabitada de enfrente. Allí, el pájaro de piedra permanecía con las alas extendidas, los tallos de vara de oro aún recibían los rayos del sol de principios de verano y, posada en la antena, la paloma seguía desgranando su arrullo monótono.

—Oye, ¿por qué no esperas en el jardín de casa? Al fin y al cabo, todos los gatos pasan por aquí y van hacia la casa de enfrente… Además, si andas merodeando por aquí, a lo mejor te toman por un ladrón y avisan a la policía. No sería la primera vez. —Dudé—. ¡Va! Estoy sola en casa y así podremos esperar a que pase el gato mientras tomamos el sol en el jardín. Tengo muy buena vista. Te seré muy útil.

Miré el reloj de pulsera. Eran las dos y treinta y seis minutos. Todo lo que tenía que hacer antes de que anocheciera era recoger la colada y preparar la cena.

Abrí el portillo, pasé adentro y caminé por encima del césped siguiendo a la chica. Entonces me di cuenta de que arrastraba ligeramente la pierna derecha. Dio unos pasos, se detuvo y se volvió hacia mí.

—Iba montada en el asiento trasero de una motocicleta y salí volando —dijo como si no tuviera importancia—. Me pasó hace poco.

En el lugar donde acababa el césped, había un gran roble y, debajo, dos tumbonas de lona. Del respaldo de una de ellas colgaba una toalla grande de color azul y sobre la otra había mezclados desordenadamente un paquete de Hope cortos por empezar, un cenicero, un encendedor, un radiocasete grande y unas revistas. Por el altavoz del radiocasete fluía rock duro a bajo volumen. Ella depositó en el césped todas las cosas tiradas encima de la tumbona para que pudiera sentarme y paró el radiocasete. Al sentarme, vi que entre los árboles se veía la casa deshabitada. También se distinguían la estatua del pájaro de piedra, las varas de oro y la verja. Probablemente, poco antes, ella me había estado observando desde su asiento en aquel lugar.

Era un jardín muy amplio. El césped se extendía formando una suave pendiente y había hileras de árboles plantados aquí y allá. A la izquierda de las tumbonas había un gran estanque reforzado con hormigón, que llevaba vacío mucho tiempo a juzgar por el tono verde pálido que había adquirido el fondo expuesto a la luz del sol. Detrás de los árboles que quedaban a mi espalda se veía el edificio principal, una vieja casa de estilo occidental de aspecto más bien pequeño y modesto. Sólo el jardín era grande y estaba bastante bien cuidado.

—Debe de costar mucho cuidar un jardín tan grande, ¿no? —pregunté mirando a mi alrededor.

—Pues, no sé —respondió ella.

—Es que, cuando era estudiante, trabajé de «corta-césped» en una empresa.

—¿Ah, sí? —dijo ella sin interés.

—¿Estás siempre sola? —pregunté.

—Sí, siempre. Durante el día siempre estoy sola. Por la mañana y a última hora de la tarde viene una criada, pero el resto del día estoy sola. Oye, ¿quieres tomar algún refresco? También tengo cerveza.

—No, gracias.

—¿En serio? No hagas cumplidos.

Negué con un movimiento de cabeza.

—¿Y tú no vas a la escuela?

—¿Y tú no vas al trabajo?

—No tengo trabajo.

—¿Estás en paro?

—Más o menos. He dejado el trabajo hace poco.

—¿De qué trabajabas?

—De recadero de un abogado —dije—. Iba al ayuntamiento o a las oficinas del gobierno a recoger documentos, arreglaba papeles, comprobaba los procedimientos legales, hacía los trámites para el juzgado, ese tipo de cosas.

—Pero lo dejaste.

—Sí.

—¿Tu mujer trabaja?

—Sí —dije.

La paloma que había estado arrullando en el tejado de la casa de enfrente había desaparecido. Cuando me di cuenta, sentí que me envolvía un silencio profundo.

—Los gatos siempre pasan por aquí —dijo señalando al otro lado del césped—. ¿Ves el incinerador que hay detrás del seto de la casa de los Takitani? Vienen de allí, cruzan el césped, pasan por debajo del portillo y entran en el jardín de enfrente. Siempre hacen el mismo recorrido.

Se puso las gafas de sol sobre la frente, lanzó una mirada a su alrededor entornando los ojos, volvió a ponerse las gafas de sol y exhaló una bocanada de humo. Al quitarse las gafas, pude ver un corte de un par de centímetros junto a su ojo izquierdo. Un corte muy profundo, de los que dejan cicatriz de por vida. A lo mejor llevaba las gafas oscuras para ocultar aquella herida. Su rostro no era especialmente bello, pero tenía algo que atraía. Quizá sus ojos vivos o la peculiar forma de sus labios.

—¿Has oído hablar de los Miyawaki?

—No —dije.

—Son los que vivían en la casa abandonada. Muy buena gente. Tenían dos hijas, las dos iban a colegios privados para señoritas muy conocidos. El marido era dueño de dos o tres restaurantes familiares.

—¿Por qué se marcharon?

Ella frunció los labios indicando que *no lo sabía*.

—Quizá tuvieran deudas. Se fueron de repente, como si huyeran. Hace ya un año de eso. Los hierbajos inundaron todo el jardín, se llenó de gatos que se meten por todas partes… Mi madre siempre se está quejando.

—¿Tantos gatos hay?

Con el cigarrillo entre los labios, la chica miró hacia el cielo.

—Hay todo tipo de gatos. Uno sin pelo, otro tuerto…, perdió un ojo y en su lugar tiene un amasijo de carne. Es terrible, ¿no te parece?

Asentí con un movimiento de cabeza.

—Tengo una pariente con seis dedos en la mano. Una chica algo mayor que yo. Al lado del meñique tiene pegado un dedo pequeñito que parece el de un bebé. Siempre lo lleva doblado de manera tan hábil que a simple vista no se ve. Es una chica muy guapa.

—Ah, ya.

—¿Crees que eso se hereda? No sé... como una cosa de familia.

Le dije que no sabía mucho de genética.

Ella permaneció en silencio unos instantes. Yo miraba fijamente hacia el camino de los gatos chupando un caramelo. Aún no había aparecido ningún gato.

—Oye, ¿de verdad no quieres tomar nada? Yo voy a beber una Coca-Cola —dijo la chica.

Le respondí que no quería tomar nada.

Se levantó de la tumbona y, cuando desapareció renqueando ligeramente detrás de la hilera de árboles, yo cogí la revista que estaba tirada por el suelo y la hojeé. Al contrario de mis expectativas, se trataba de una revista mensual masculina. En el heliograbado de la página central había una mujer con unas bragas finas que transparentaban su sexo y el vello púbico, estaba sentada en un taburete, en una postura poco natural, con las piernas bien abiertas. Devolví la revista a su sitio, crucé los brazos sobre el pecho y dirigí de nuevo la mirada hacia el camino de los gatos.

Pasó mucho tiempo antes de que la chica volviera con un vaso de Coca-Cola en la mano. Era una tarde muy calurosa. Sentado en la tumbona, inmóvil bajo los rayos del sol, tenía la cabeza embotada y se me habían ido quitando las ganas de pensar.

—Oye, si supieras que la chica que quieres tiene seis dedos, ¿qué harías? —preguntó reanudando de este modo la conversación.

—La vendería a un circo —dije yo.

—¿En serio?

—¡Es broma, mujer! —dije riendo—. Probablemente no me importaría.

—¿Ni que hubiera la posibilidad de que lo heredaran vuestros hijos?

Me quedé pensando unos instantes.

—Creo que no me importaría. Tampoco es tan grave tener un dedo de más.

—¿Y si tuviera cuatro pechos?

Volví a quedarme pensativo.

—No lo sé —dije al fin.

¿Cuatro pechos? Aquella historia parecía interminable, así que decidí cambiar de tema.

—¿Cuántos años tienes?

—Dieciséis —respondió la chica—. Acabo de cumplir los dieciséis. Estoy en primero de secundaria.

—Entonces, ¿cómo es que no vas a la escuela?

—Si ando mucho rato, aún me duele la pierna. Y también tengo una herida junto al ojo. Es una escuela muy severa y, si saben que me he hecho daño al caerme de una moto, me las cargaré… Así que estoy de baja por enfermedad. Tampoco pasaría nada si faltara un año a clase. No tengo ninguna prisa por pasar a segundo.

—Claro —dije.

—Pero, oye, lo que hablábamos antes… Has dicho que no te importaría casarte con una chica que tuviera seis dedos, pero que te parecería horrible que tuviera cuatro pechos.

—Yo no he dicho que me pareciera horrible. He dicho que no sabía qué haría.

—¿Y por qué no lo sabes?

—Porque no me lo puedo imaginar.

—¿Pero sí puedes imaginártela con seis dedos?

—De aquella manera.

—¿Y dónde está la diferencia? Entre seis dedos y cuatro pechos...

Intenté reflexionar sobre ello, pero no se me ocurrió ninguna buena explicación.

—Oye, ¿pregunto demasiado?

—¿Te dicen eso?

—A veces.

Dirigí de nuevo la mirada hacia el camino de los gatos. «¿Qué diablos estoy haciendo aquí?», pensé. «¿Acaso ha aparecido algún gato en todo este tiempo?» Con los brazos cruzados sobre el pecho, cerré los ojos durante veinte o treinta segundos. Si me mantenía con los ojos cerrados, inmóvil, podía sentir cómo flotaba el sudor sobre las diferentes partes de mi cuerpo. La luz del sol poseía una extraña pesadez que vertía en mi interior. La chica agitó el vaso y el hielo sonó como si fuera una esquila.

—Si quieres, puedes dormir. Cuando aparezca algún gato, ya te despertaré —dijo en voz baja.

Con los ojos cerrados, asentí en silencio.

No se movía ni una hoja. No se oía nada. Aparentemente, la paloma había desaparecido. Pensé en la mujer del teléfono. ¿La conocía en realidad? Ni su voz ni su manera de hablar me eran familiares. Sin embargo, la mujer parecía conocerme bien. Igual que en una escena de un cuadro de De Chirico, la sombra alargada de la mujer se extendía hacia mí cruzando la calle. Y, sin embargo, su existencia permanecía en un lugar remoto, alejado de los dominios de mi conciencia. El timbre del teléfono seguiría sonando de forma indefinida junto a mi oído.

—Oye, ¿estás durmiendo? —preguntó la chica en voz extremadamente baja.

—No, no duermo.

—¿Puedo acercarme más? Me es más cómodo hablar en voz baja.

—Sí, claro —dije, todavía con los ojos cerrados.

Ella corrió la tumbona hacia un lado y la pegó a la mía. La madera entrechocó con un chasquido.

«¡Qué extraño!», pensé. «Su voz suena del todo diferente si la escucho con los ojos abiertos o con los ojos cerrados.»

—¿Puedo hablar un poco? —preguntó la chica—. Hablaré muy bajito y no hace falta que respondas. Y puedes dormirte mientras, si quieres.

—De acuerdo —dije.

—Cuando alguien se muere, es fascinante.

Hablaba con la boca pegada a mi oído y sus palabras me iban penetrando suavemente, impregnadas de un aliento húmedo y cálido.

—¿Por qué? —pregunté.

Me puso un dedo sobre los labios como si estampara un sello.

—No hagas preguntas —dijo—. Y no abras los ojos, ¿de acuerdo?

Asentí con el mismo tono de voz.

Separó el dedo de mis labios y lo puso sobre mi muñeca.

—Me gustaría tener un bisturí y hacerle una disección. No al cadáver. Sino a la muerte misma. Pienso que la esencia de la muerte debe de estar en alguna parte. Es algo fofo, blando, como un *soft-ball*, con los nervios insensibilizados. Me gustaría sacar eso de dentro de una persona muerta y abrirlo. Siempre lo pienso. Cómo debe de ser su interior. Quizá dentro sea duro como la pasta de dientes que se ha secado en el tubo. ¿No te parece? Vale, de acuerdo, no respondas. De fuera parece blandurrienta, pero cuanto más te acercas a su interior, más dura se vuelve. Por eso, primero quiero cortar la piel, abrirlo y sacar la parte blanda de dentro, ir sacándola con un bisturí y una espátula. Entonces, conforme fuera llegando al interior, la parte blanda se iría endureciendo más y más, hasta que al final llegaría al corazón. Es pequeño, durísimo, como una bola de cojinete. ¿No crees? —La chica tosió suavemente dos o tres veces—. Últimamente, no se me quita de la cabeza. Debe de ser porque no hago nada en todo el día. Si no tienes nada que hacer, los pensamientos te van llevando cada vez más lejos. Te llevan tan lejos, que llega un punto en que ya no puedes seguirlos. —Apartó el dedo de encima de mi muñeca, cogió el vaso y se bebió la Coca-Cola que quedaba. Por el sonido del hielo, comprendí que había vaciado el vaso—. No te preocupes por lo del gato. Cuando aparezca *Noboru Wataya* te avisaré. Tú mantén los ojos cerrados. Seguro que *Noboru Wataya* va ahora andando por aquí. Seguro que aparecerá de un momento a otro. *Noboru Wataya* está andando a través de la hierba, pasa por debajo de la puerta y se acerca cada vez más, deteniéndose de vez en cuando, oliendo las flores… Imagínatelo.

Pero lo único que lograba evocar era la imagen terriblemente borrosa de un gato, similar a una fotografía hecha a contraluz. La luz del sol al penetrar a través de mis párpados difuminaba de una manera inestable la oscuridad del interior y, por mucho que me esforzara, no podía dibujar con precisión la figura de un gato. La imagen del gato que lograba evocar era deforme y antinatural, como una mala caricatura. Algunos puntos característicos sí se parecían, pero le faltaban las partes esenciales. Ni siquiera lograba recordar su modo de andar.

La chica volvió a poner el dedo sobre mi muñeca y dibujó en ella una extraña figura de contornos imprecisos. Entonces, como respuesta, una oscuridad distinta a la que había experimentado hasta aquel momento empezó a meterse en mi conciencia. «Debo de estar a punto de dormirme», pensé. No quería dormirme, pero no pude evitarlo. Sobre la tumbona, sentía mi cuerpo tan pesado como el cadáver de otra persona.

Dentro de esta oscuridad, imaginé solamente las cuatro patas de *Noboru Wataya*. Eran cuatro patas silenciosas de color marrón, cada una con un bulto blando, como de goma, adherido bajo la planta. Las patas hollaban el suelo en algún lugar sin emitir sonido alguno.

¿Dónde?

«Diez minutos bastarán», había dicho la mujer del teléfono. «No, no es cierto», pensé yo. «A veces diez minutos no son diez minutos.» Se pueden alargar y acortar. Eso lo sé yo muy bien.

Cuando me desperté, estaba solo. No había nadie en la tumbona pegada a la mía. La toalla, el tabaco y las revistas permanecían allí, pero el vaso de Coca-Cola y el radiocasete habían desaparecido.

El sol empezaba a descender por el oeste y las sombras de las ramas del roble se extendían hasta mis rodillas. Las agujas de mi reloj de pulsera señalaban las cuatro y cuarto. Sin levantarme de la tumbona, incorporé la parte superior del cuerpo y miré a mi alrededor. El amplio césped, el estanque seco, el seto, la estatua del pájaro, la vara de oro, la antena de televisión. No se veía ningún gato. Tampoco a la chica.

Sentado en la tumbona, dirigí los ojos al camino de los gatos y esperé a que ella volviera. Diez minutos después, el gato y la chica seguían sin aparecer. A mi alrededor todo permanecía inmóvil. Daba la sensación de que habían pasado muchísimos años mientras yo dormía.

Me levanté y miré hacia el edificio. Pero allí no había ningún signo de vida. Sólo el cristal de la ventana reflejando, cegadora, la luz del ocaso. Resignado, crucé el césped, salí al callejón y volví a casa. No había logrado encontrar el gato, pero al menos lo había intentado.

Al llegar a casa, entré la colada y preparé una cena sencilla. A las cinco y media el teléfono sonó doce veces, pero no cogí el auricular. Cuando dejaba de sonar, la reverberación del timbre flotaba como el polvo en la penumbra del crepúsculo dentro de la habitación. El reloj golpeaba diligentemente con las duras puntas de sus dedos una tabla transparente sostenida en el espacio.

«¿Por qué no escribo un poema sobre el *pájaro-que-da-cuerda?*», pensé. Pero, por más que me esforcé, no se me ocurría el primer verso. Tampoco creía que a las estudiantes de secundaria pudiera gustarles un poema sobre el *pájaro-que-da-cuerda.*

Kumiko volvió a las siete y media. Desde el mes anterior volvía cada día más tarde. No era raro que regresara pasadas las ocho, e incluso alguna vez había llegado pasadas las diez. Como yo estaba en casa y preparaba la cena, ya no había razón para que ella volviera deprisa y corriendo. Además, me había contado que, aparte de faltar personal, últimamente un compañero de trabajo solía estar enfermo y faltar al trabajo.

—Lo siento. Es que la reunión no terminaba ni a tiros —dijo—. Y la chica que hemos contratado a media jornada no sirve para nada.

De pie, en la cocina, preparé el pescado asado con mantequilla, la ensalada y el *misoshiru.** Mi mujer se sentó delante de la mesa de la cocina y permaneció abstraída.

—Oye, ¿dónde estabas alrededor de las cinco y media de la tarde? —me preguntó—. Te he llamado para decirte que llegaría un poco tarde.

—Se me había acabado la mantequilla y la he ido a comprar —mentí.

—¿Has pasado por el banco?

—Claro —respondí.

—¿Y el gato?

* Sopa de soja fermentada. *(N. de los T.)*

39

—No lo he podido encontrar. También he ido a la casa abandonada del fondo del callejón, como me has dicho. Pero no lo he visto por ninguna parte. Debe de haber ido más lejos.

Kumiko no dijo nada.

Después de la cena, cuando salí del baño, Kumiko se había sentado sola en la sala de estar con la luz apagada. Llevaba una camisa gris y, agazapada en silencio entre tinieblas, parecía un paquete depositado en un lugar equivocado. Me senté en el sofá frente a Kumiko mientras me secaba el pelo con una toalla de baño.

—Seguro que el gato ha muerto —dijo Kumiko en voz baja.

—¡Qué dices! —exclamé—. Debe de estar pasándoselo bomba en alguna parte. Pronto tendrá hambre y volverá, ya lo verás. Ya pasó lo mismo aquella otra vez, ¿no? Cuando vivíamos en Koenji…

—Ahora es diferente. Esta vez no es igual. Lo sé. Sé que el gato ha muerto y que se está pudriendo en algún lugar entre la maleza. ¿Has buscado entre los hierbajos del jardín de la casa abandonada?

—Oye, por muy abandonada que esté, es la casa de otras personas. No puedo entrar allí como si nada.

—¿Ah, sí? Entonces, ¿por dónde se supone que has estado buscando? —dijo mi mujer—. ¡Tú ni siquiera has intentado encontrarlo! Así claro que no lo has podido encontrar.

Suspiré y volví a secarme el pelo con la toalla de baño. Intenté decir algo pero me di cuenta de que Kumiko estaba llorando y me callé. «¡Qué le vamos a hacer!», pensé. Teníamos el gato desde justo después de casarnos y ella lo quería mucho. Arrojé la toalla al cesto de la ropa, fui a la cocina, saqué una cerveza de la nevera y me la bebí. Había sido un día absurdo. Un día absurdo, de un mes absurdo, de un año absurdo.

«*Noboru Wataya*, ¿dónde estás?», pensé. «¿Es que el *pájaro-que-da-cuerda* no te ha dado cuerda?»

Los versos de un poema.

> *Noboru Wataya*
> ¿Dónde estás?
> ¿Es que el *pájaro-que-da-cuerda,*
> no te ha dado cuerda?

Cuando me había bebido media cerveza, sonó el teléfono.

—¡Contesta! —grité hacia la oscura sala de estar.

—¡No! ¡Contesta tú! —dijo Kumiko.

—¡No quiero!

El teléfono siguió sonando sin que nadie respondiera. El timbre removió con su sonido sordo el polvo suspendido en las tinieblas. Ni Kumiko ni yo dijimos nada mientras tanto. Yo bebía cerveza, Kumiko lloraba en silencio. Conté hasta veinte el número de timbrazos, luego lo dejé sonar resignado. No iba a estar contándolos hasta el fin de mis días.

2
Luna llena y eclipse solar
Sobre los caballos que morían en sus establos

¿Puede un ser humano llegar a comprender plenamente a otro?

Cuando deseamos conocer a alguien e invertimos mucho tiempo y serios esfuerzos en este propósito, ¿hasta qué punto podremos, en consecuencia, aproximarnos a la esencia del otro? ¿Sabemos en verdad algo importante de la persona que estamos convencidos de conocer?

Empecé a pensar seriamente en esto alrededor de una semana después de dejar el trabajo en el bufete. Hasta entonces, nunca en mi vida me había planteado, ni una sola vez, estas cuestiones de una manera seria. ¿Por qué no? Es probable que por estar embebido en la ardua tarea de estabilizar mi propia vida cotidiana. Y por estar demasiado ocupado para pensar en mí mismo.

Tal como suelen empezar en esta vida las cosas importantes, el motivo de que empezara a concebir estas dudas fue algo de lo más trivial. Después de que Kumiko hubiera desayunado y salido de casa a toda prisa, metí la ropa en la lavadora, hice la cama, lavé los platos y pasé la aspiradora. Luego me senté en el cobertizo con el gato y miré las ofertas de trabajo del periódico y los anuncios de las rebajas. Al mediodía me hice una comida sencilla, almorcé y fui al supermercado. Después de comprar la cena, me pasé por la sección de ofertas y compré detergente, pañuelos de papel y papel higiénico. Luego volví a casa, preparé la cena y me dispuse a esperar a que volviera mi mujer leyendo un libro tendido en el sofá.

Hacía poco que estaba en paro y aquella vida me parecía más bien refrescante. No tenía que ir a la oficina en trenes atestados de gente, no estaba obligado a ver a personas a quienes no me apetecía ver. Y lo más maravilloso de todo: podía leer los libros que deseaba y cuando lo deseaba. No sabía hasta cuándo continuaría con este tipo de vida. Pero a la semana de llevar esta existencia relajada pensaba que, de momento, me gustaría seguir así y me esforzaba en no pensar en el futuro. Era una especie de paréntesis en mi vida. Algún día terminaría. Mientras continuara, ¿por qué no disfrutarlo?

Sin embargo, aquel atardecer no pude sumergirme en el acostumbrado placer de la lectura. Kumiko no volvía. Ella regresaba, como muy tarde, a las seis y media, y, si iba a retrasarse, aunque sólo fueran diez minutos, siempre avisaba. En esto era metódica hasta la exageración. Pero aquel día, a las siete, Kumiko aún no había regresado ni hubo ninguna llamada. Yo lo tenía todo preparado para hacer la comida en cuanto llegara. No era un banquete. Pensaba saltear finas lonjas de carne de ternera, cebolla, pimientos y brotes de soja en una cazuela a fuego vivo, espolvorear sal y pimienta, y añadirle salsa de soja. Y, por último, echarle un chorrito de cerveza. Cuando vivía solo a menudo preparaba este plato. El arroz estaba cocido, el *misoshiru* caliente, y las verduras cortadas en un plato grande, dispuestas para ser cocinadas en cualquier momento. Kumiko no volvía. Yo estaba hambriento. Pensé en cocinar mi parte y comer primero. No sé por qué, no me decidí a hacerlo. No tenía ningún fundamento en particular, pero no me pareció correcto.

Me senté frente a la mesa de la cocina, me bebí una cerveza y mordisqueé algunas galletas reblandecidas que habían quedado en el fondo de la alacena. Contemplé distraído cómo la aguja horaria del reloj iba acercándose poco a poco al punto de las siete y media y, después, cómo lo sobrepasaba.

Eran más de las nueve cuando Kumiko regresó. Parecía exhausta. Tenía los ojos inyectados en sangre, sobreexcitados. Mala señal. Cuando se le enrojecían los ojos, siempre sucedía algo malo. Me dije a mí mismo: «Calma. No te excedas. Tranquilo, no pasa nada. No te excites».

—Lo siento. No había manera de acabar el trabajo. Quería llamarte, pero, entre una cosa y otra, no he podido.

—No te preocupes —dije quitándole importancia al asunto.

En realidad, tampoco quería tomármelo a mal. A mí también me había sucedido lo mismo muchas veces. No es fácil trabajar fuera. No es tan agradable, apacible, como cortar la rosa más bella de tu jardín, ir dos calles más allá, ponerla en la cabecera de tu abuela, en cama con resfriado, y así acabar el día. A veces hay que hacer cosas estúpidas con gente estúpida. Y puede suceder que no encuentres, de ninguna manera, la ocasión de telefonear. Bastan treinta segundos para llamar a casa y decir: «Esta noche llegaré tarde». Teléfonos, la verdad, los hay en todas partes, pero también hay ocasiones en que no puedes llamar.

Y empecé a cocinar. Encendí el gas y eché aceite en la cazuela. Kumiko tomó una cerveza de la nevera y un vaso de la alacena. Examinó la comida que yo iba a hacer. Luego, sin decir nada, se sentó delante de la mesa y se bebió la cerveza. A juzgar por la expresión de su rostro no debía de encontrarla demasiado buena.

—Deberías haber comido primero —dijo ella.

—No importa. Tampoco tenía tanta hambre.

Mientras salteaba la carne y las verduras, Kumiko se levantó y fue al lavabo. Oí cómo se lavaba la cara y los dientes. Instantes después salía del lavabo llevando algo entre las manos. Eran los pañuelos de papel y el papel higiénico que yo había comprado aquel día en el supermercado.

—¿Por qué has comprado esto? —dijo con voz cansada.

Yo, con la cazuela todavía en la mano, miré el rostro de Kumiko. Luego miré la caja de pañuelos de papel y el paquete de papel higiénico que ella aguantaba en las manos. No tenía ni idea de lo que me estaba diciendo.

—No te entiendo —dije—. Sólo son pañuelos de papel y papel higiénico. Cosas que hacen falta, ¿no? Aún queda un poco, pero son cosas que no se pudren.

—No me importa que compres pañuelos de papel y papel higiénico. Es muy normal, ¿no te parece? Lo que te estoy preguntando es por qué has comprado pañuelos de papel de color azul y papel higiénico con el dibujo a flores.

—Todavía no te entiendo —dije cargándome de paciencia—. Sí, he comprado pañuelos de papel de color azul y papel higiénico floreado. Los dos estaban de oferta, eran baratos. Por mucho que te suenes la nariz con un pañuelo azul, no se te quedará la nariz azul. No tiene nada de malo, ¿no?

—Sí lo tiene. Detesto los pañuelos de papel de color azul y el papel higiénico con dibujitos, ¿no lo sabías?

—Pues, no, no lo sabía —dije—. Pero debe de haber alguna razón para que los detestes, ¿no?

—¿Cómo quieres que te explique por qué los detesto? —dijo ella—. ¿Acaso no detestas tú las fundas del teléfono, los termos con dibujitos de flores y los bajos de los pantalones tejanos ribeteados con tachuelas? ¿Acaso no odias tú que me pinte las uñas? Es imposible explicar, una a una, las razones de por qué se detestan las cosas. Es una simple cuestión de gustos.

Yo podía explicar la razón de cada una de ellas. Pero no lo hice.

—De acuerdo. Es una simple cuestión de gustos. Ya lo entiendo. Pero tú, en los seis años que llevamos casados, ¿no has comprado ni una sola vez pañuelos de papel de color azul o papel higiénico con dibujos?

—Pues no —contestó Kumiko con aire satisfecho.

—¿De verdad?

—De verdad —dijo Kumiko—. Los pañuelos de papel los compro de color blanco, amarillo o rosa. Sólo esos colores. Y el papel higiénico lo compro siempre liso. Me sorprende que no te hayas fijado en todo el tiempo que llevamos juntos.

También era una sorpresa para mí. Durante aquellos seis años yo no había usado ni una sola vez pañuelos de papel de color azul o papel higiénico con dibujos.

—Y, ya puestos, déjame decirte otra cosa —continuó ella—. No soporto la carne de ternera frita junto con los pimientos. ¿Lo sabías?

—No, no lo sabía.

—Pues los odio. Y no me preguntes la razón. No sé por qué, pero no soporto el olor que despiden cuando se fríen juntos en la cazuela.

—¿Tú, en seis años, nunca has frito la carne de ternera y los pimientos juntos?

Ella negó con un movimiento de cabeza.

—Como pimientos en la ensalada. Frío carne de ternera con cebolla. Pero jamás he frito la carne de ternera y los pimientos juntos.

—¡Vaya! —exclamé.

—¿A ti nunca te había parecido extraño, verdad?

—¡Pero si ni me había dado cuenta! —dije. Y me paré a pensar si, en efecto, no había comido ternera con pimientos ni una sola vez. No logré recordarlo.

—Tú vives conmigo, pero apenas me prestas atención. Tú vives pensando sólo en ti mismo —dijo.

Apagué el gas y puse la cazuela sobre el horno.

—Oye, espera un momento. No confundas las cosas. Tienes razón en lo de los pañuelos de papel y en lo del papel higiénico. Y también en lo de la carne y los pimientos. Quizás hubiera tenido que fijarme más. Eso lo reconozco. ¡Pero de ahí a decir que no te presto atención! A mí, en realidad, tanto me da el color de los pañuelos de papel. Si encontrara pañuelos de color negro encima de la mesa, por supuesto que me sorprendería. Pero no me importa que sean blancos o azules. Y lo mismo me pasa con la ternera y los pimientos. Tanto me da si están fritos juntos o no. Si la acción de freír juntos ternera y pimientos desapareciera eternamente de la faz de la tierra, me quedaría tan ancho. Eso no tiene casi nada que ver con tu esencia como ser humano, ¿no te parece?

Kumiko no respondió. Se bebió de dos tragos la cerveza que quedaba en el vaso y luego se quedó mirando en silencio la botella encima de la mesa.

Tiré el contenido de la cazuela a la basura. La ternera, los pimientos, la cebolla, los brotes de soja: todo fue a parar al cubo de la basura. «¡Qué extraño!», pensé. «Hasta hace unos instantes era comida. Y ahora sólo es basura.» Abrí una cerveza y me la bebí directamente de la botella.

—¿Por qué lo has tirado? —preguntó ella.

—Porque a ti no te gusta.

—Podrías habértelo comido tú.

—No quiero comérmelo —repliqué—. Ya no tengo ganas de comer ternera frita con pimientos.

Mi mujer se encogió de hombros.

—Como te plazca —dijo.

Luego puso ambos brazos sobre la mesa y apoyó la cabeza en ellos. Permaneció inmóvil en esta posición. Ni lloraba ni dormía. Miré la cazuela vacía encima del horno, miré a mi mujer, y luego me bebí de un trago el culo de cerveza. «¡Uff!», pensé. «¿Pero esto qué es? ¿Sólo por unos pañuelos de papel, papel higiénico y pimientos?»

Me acerqué a mi mujer y le puse una mano sobre el hombro.

—Muy bien, de acuerdo. No volveré a comprar nunca más

pañuelos de papel de color azul ni papel higiénico con dibujos. Te lo prometo. Los que he comprado hoy, mañana iré al supermercado y los cambiaré por otra cosa. Y si no me los cambian, los quemaré en el jardín. Y las cenizas, las arrojaré al mar. Y con respecto a los pimientos y a la carne de ternera, se acabó. Quizás aún permanezca el olor, pero pronto se irá. Y olvidémoslo todo, ¿de acuerdo?

Ella permaneció en silencio. Me apetecía salir, pasear durante una hora y volver cuando ella hubiera recobrado el buen humor. Pero las posibilidades de que esto ocurriera eran nulas. Se trataba de algo que tenía que solucionar yo.

—Estás cansada —dije—. Cuando hayas descansado un poco, iremos aquí cerca a comer una pizza, hace tiempo que no vamos. Nos partiremos una pizza de anchoas y otra de cebolla. Tampoco es ningún pecado que cenemos fuera alguna vez.

Pero Kumiko permaneció en silencio. Simplemente, seguía con la cabeza apoyada sobre los brazos.

No había nada más que yo pudiera decirle. Me senté al otro lado de la mesa, frente a ella, y miré su cabeza. Entre el pelo corto y negro se le veía una oreja. En el lóbulo de la oreja llevaba un pendiente que yo no había visto nunca. Era un pequeño pendiente de oro con forma de pez. ¿Dónde, cuándo se habría comprado Kumiko aquellos pendientes? Me apetecía un cigarrillo. Sólo hacía un mes escaso que había dejado de fumar. Imaginé que sacaba el paquete de tabaco y el encendedor del bolsillo, que me ponía entre los labios un cigarrillo con filtro y que lo encendía. Respiré hondo. El fuerte olor de la carne con verduras excitó mi olfato. En realidad, estaba hambriento.

Luego mis ojos se posaron en el calendario colgado en la pared. El calendario mostraba las fases de la luna. Se aproximaba la luna llena. «¡Ah, claro! Kumiko pronto tendrá la menstruación», pensé.

Sinceramente, fue a raíz de mi boda cuando adquirí clara conciencia de que yo era un espécimen que habitaba la Tierra, el tercer planeta del sistema solar. Yo vivía en la Tierra, la Tierra giraba alrededor del Sol, alrededor de la Tierra giraba la Luna. Y eso, me gustara o no, seguiría siendo así hasta la eternidad (supongo que cabe hablar de eternidad, si lo comparo con los años que durará mi vida). Lo que me indujo a pensar así fue la precisión del periodo menstrual —veintinueve días exactos— de mi mujer. Y que se correspondiera de una manera tan perfecta con las fases de la luna. Mi mujer tenía menstruaciones difíciles y, durante los días que las precedían, estaba de un humor terriblemente inestable y se irritaba con facilidad. Su periodo era también, aunque de forma indirecta, mi periodo. En previsión, durante esos días trataba de que no surgiera ningún problema innecesario. Antes de casarme apenas prestaba atención a las fases de la luna. De manera ocasional alzaba la vista al cielo, pero no me importaba en absoluto la forma que tenía la luna. Después de casarme, la forma de la luna me rondaba casi siempre por la cabeza.

Ya había estado con algunas chicas antes y, por supuesto, cada una de ellas menstruaba. Una tenía un periodo difícil, otra lo tenía fácil, a alguna no le duraba más de tres días, a otra le llegaba a la semana, el de alguna era regular, a otra se le retrasaba diez días provocándome pánico. Las había que estaban de un humor espantoso y a otras apenas les afectaba. Pero hasta mi boda con Kumiko, nunca había vivido con una mujer. Para mí, los ciclos de la naturaleza atañían sólo al paso de las estaciones. En invierno, el abrigo; en verano, las sandalias. Sólo eso. A raíz de mi boda adquirí, junto con una compañera, un nuevo concepto de periodo: las fases de la luna. A ella sólo dejó de venirle el periodo durante unos meses. Mientras estuvo embarazada.

—Lo siento —se disculpó Kumiko levantando la cabeza—. No quería meterme contigo. Estoy cansada y de mal humor.

—No pasa nada —dije—. No te preocupes. Cuando estás cansado, lo mejor es descargar el malhumor en alguien. Así te sientes mejor.

Kumiko aspiró lentamente, contuvo unos instantes el aire en los pulmones y luego espiró despacio.

—¿Y tú?

—¿Yo, qué?

—Tú, aunque estés cansado, no te metes con nadie. Tengo la impresión de ser la única que lo hace. ¿Por qué debe ser?

Meneé la cabeza.

—No me había dado cuenta.

—Tal vez sea porque dentro de ti hay una especie de pozo muy profundo. Y tú te asomas, gritas: «¡El rey tiene orejas de burro!», y con eso todo se arregla.

Reflexioné unos instantes.

—Quizá sí —dije.

Kumiko miró de nuevo la botella vacía. Miró la etiqueta, miró la boca y luego rodeó el cuello de la botella con los dedos.

—Pronto me vendrá la regla. Por eso estoy de tan mal humor.

—Ya lo sé —dije—. Pero no tienes por qué preocuparte. No eres la única a quien le pasa eso. También los caballos mueren a cientos cuando hay luna llena.

Kumiko apartó la mano de la botella, abrió la boca y me miró.

—¿Qué? ¿Por qué dices eso? ¿Cómo es que te ha dado de repente por hablar de caballos?

—Lo leí hace poco en el periódico. Te lo quería contar pero se me olvidó. Lo explicaba un veterinario en una entrevista: el caballo, tanto física como psicológicamente, es de lo más sensible a la influencia de la luna. Conforme se va acercando la luna llena, se vuelve terriblemente irritable y también tiene problemas físicos. Las noches de luna llena, muchos enferman y aumenta de manera extraordinaria el número de caballos que muere. Nadie sabe a ciencia cierta por qué sucede, pero es una realidad estadística. Ese veterinario, especializado en caballos, decía que las noches de luna llena está tan ocupado que apenas puede dormir.

—Caramba —dijo mi mujer.

—Peor aún es el eclipse solar. Los días que hay un eclipse solar, la situación de los caballos es todavía más trágica. No puedes imaginarte el número de caballos que puede llegar a morir un día de eclipse total de sol. Lo que quería decirte es que en este mismo instante, en algún lugar de la tierra, hay caballos que mueren, uno tras otro. Comparado con esto, que tú te metas con alguien no tiene ninguna importancia. Intenta imaginarte los caballos muriendo. Imagínatelos una noche de luna llena, tumbados sobre la paja de sus establos, echando espumarajos blancos por la boca, jadeando agónicamente.

Ella pareció reflexionar unos instantes sobre los caballos muriendo en los establos.

—Realmente tienes un extraño poder de convicción —dijo con tono resignado—. No me queda más remedio que darte la razón.

—Va, cámbiate de ropa y vámonos a comer una pizza —dije.

Aquella noche, a oscuras en nuestra habitación, acostado junto a Kumiko, mirando el techo, me pregunté hasta qué punto conocía en realidad a aquella mujer. Las agujas del reloj señalaban las dos. Kumiko dormía profundamente. Envuelto por las tinieblas, pensé en los pañuelos de papel de color azul, en el papel higiénico con dibujos y en la ternera frita con pimientos. Yo había vivido todo aquel tiempo sin saber lo mucho que ella los detestaba. Estas cosas, en sí mismas, eran naderías. Cosas tan triviales que daban ganas de echarse a reír. No era un asunto sobre el que armar un gran revuelo. En pocos días, sin duda, olvidaríamos por completo semejante tontería.

Pero a mí siguió preocupándome de una manera extraña. Como una pequeña espina clavada en la garganta que no deja vivir. «Quizá sea un hecho más crucial de lo que parece», pensaba. «Tal vez sea un hecho determinante. O tal vez sea, en realidad, simplemente el principio de algo peor, fatal. Tal vez eso sea sólo la entrada. Y tal vez, al fondo, se extienda un mundo que sólo pertenece a Kumiko, un mundo que yo todavía no conozco.» Me lo imaginaba como una habitación enorme y oscura. Yo estaba en la habitación con un pequeño encendedor en la mano. Lo que alcanzaba a ver a la luz del mechero era apenas una pequeña parte de la habitación.

¿Lograría ver alguna vez el resto? ¿O envejecería y moriría sin llegar a conocerla bien? Si fuera así, ¿en qué narices consistía mi vida matrimonial? ¿En qué narices consistía mi vida, viviendo y durmiendo con una extraña?

Esto es lo que pensé entonces y lo que, desde aquella noche, seguí pensando de vez en cuando. Mucho después supe que en aquellos momentos me había introducido en el núcleo mismo del problema.

3
El sombrero de Malta Kanoo
Los tonos sorbete y Allen Ginsberg
y las Cruzadas

Cuando sonó el teléfono me estaba preparando el almuerzo.

De pie en la cocina, había cortado dos rebanadas de pan y las había untado con mantequilla y mostaza, y las había cubierto después con rodajas de tomate y lonchas de queso. A continuación había puesto el sándwich sobre la tabla y me disponía a cortarlo por la mitad con un cuchillo. Y, justo en aquel momento, sonó el teléfono.

Lo dejé sonar tres veces y corté el sándwich por la mitad. Lo puse en un plato, sequé el cuchillo y lo guardé en un cajón. Luego me serví café caliente en una taza.

El teléfono continuó sonando. Pensé que ya habría sonado unas quince veces. Resignado, descolgué. Si podía evitarlo, no contestaba. Pero quizá fuera Kumiko.

—Oiga —dijo una voz femenina. No recordaba haberla oído jamás. No era la voz de Kumiko, ni tampoco era la voz de la mujer que pocos días antes me había hecho la extraña llamada mientras hervía espaguetis. Era una desconocida.

—Querría saber si vive aquí el señor Tooru Okada —dijo la mujer. Hablaba como si estuviera leyendo las frases escritas en un papel.

—Sí, vive aquí.

—Usted debe de ser el esposo de la señora Kumiko Okada.

—Sí, Kumiko Okada es mi mujer.

—Y el señor Noboru Wataya debe de ser el hermano mayor de su esposa.

—Sí —dije armándome de paciencia—. En efecto, Noboru Wataya es el hermano mayor de mi mujer.

—Me llamo Kanoo, para servirle.

Esperé en silencio a que mi interlocutora continuara hablando. El hecho de que mencionara al hermano mayor de mi esposa me puso en guardia de repente. Me rasqué el cogote con un lápiz que había junto al teléfono. Ella enmudeció durante cinco o seis segundos. A través del auricular no sólo no llegaba su voz, sino que no se oía ningún otro sonido. Quizá la mujer hubiera tapado el auricular con una mano y estuviera hablando con alguien a su lado.

—Oiga —la llamé, preocupado.

—Muchísimas gracias, señor. En este caso, si me lo permite, volveré a llamar más tarde —dijo de repente la mujer.

—Pero, oiga, espere un momento. ¿Qué...?

La llamada ya se había cortado. Me quedé unos instantes con el auricular en la mano, contemplándolo, inmóvil. Luego me lo apliqué de nuevo al oído. Pero, efectivamente, la llamada se había cortado.

Dudando todavía, me senté ante la mesa de la cocina, me bebí el café y me comí el sándwich. En el momento en que había sonado el teléfono, yo estaba pensando en algo, pero ahora no lograba recordar qué podía ser. Seguro que, mientras asía el cuchillo con la mano derecha, dispuesto a cortar el sándwich, estaba pensando en algo. Algo importante. Algo que desde hacía tiempo había intentado recordar sin éxito. Y me había venido a la cabeza de repente cuando estaba a punto de cortar el sándwich por la mitad. Pero ahora era incapaz de recordar de qué se trataba. Mientras comía el bocadillo, me esforcé en recordarlo. Fue inútil. Ese recuerdo ya había vuelto definitivamente a la región oscura de mi conciencia donde había vivido hasta entonces.

Cuando volvió a sonar el teléfono, ya había terminado de comer y de lavar los platos. Esta vez me puse enseguida.

—¡Hola! —dijo una voz de mujer. Era Kumiko.

—¡Hola! —saludé.

—¿Cómo estás? ¿Ya has comido? —dijo.

—Sí. Y tú, ¿qué has comido? —pregunté.

—Nada. He estado tan ocupada desde esta mañana que no he tenido tiempo de comer. Dentro de un rato saldré a comprar un bocadillo y me lo comeré aquí. Y tú, ¿qué has comido?

Se lo expliqué.

—¡Ah, caramba! —me dijo sin la menor envidia.

—Esta mañana pensaba decírtelo, pero luego se me ha olvidado. Creo que hoy te llamará una tal Kanoo.

—Ya ha llamado —le conté—. Hace un rato. Ha dicho mi nombre, el tuyo y el de tu hermano mayor, uno detrás de otro, y luego ha colgado sin decir qué quería. ¿De qué diablos se trata? ¿Qué es todo este asunto?

—¿Ha colgado?

—Sí, pero ha dicho que volvería a llamar.

—Entonces, cuando vuelva a llamar, haz lo que ella te diga, ¿oyes? Es un asunto muy importante. Es posible que tengas que ir a verla.

—¿Ir a verla? ¿Hoy? ¿Ahora?

—¿Qué pasa? ¿Tienes algo planeado? ¿Habías quedado con alguien?

—No —dije. Ni ayer, ni hoy, ni mañana. Ningún plan, ninguna cita. Nada. Nada en absoluto—. Pero ¿quién demonios es esa Kanoo? ¿Qué quiere de mí? Podrías decírmelo, ¿no? Me gustaría saber de qué va la cosa antes de que vuelva a llamar. Si se trata de un trabajo, no quiero tener nada que ver con tu hermano. Ya te lo dije.

—No, no se trata de tu trabajo —replicó ella con tono de fastidio—. Se trata del gato.

—¿Del gato?

—¡Oh, lo siento! Tengo que colgar. Me están esperando. En realidad, no tenía tiempo para llamar. Ya te he dicho que ni siquiera he tenido un rato para comer, ¿no? Te cuelgo, ¿eh? Volveré a llamarte en cuanto pueda.

—¡Oye! Ya sé que estás muy ocupada. Pero, ya que me metes en eso, al menos dime de qué se trata. ¿Qué diablos le pasa al gato? Esa tal Kanoo, ¿qué...?

—Haz lo que ella te diga. ¿De acuerdo? Es algo serio. Estáte en casa y espera a que te llame, ¿vale? Te cuelgo, ¿eh? —dijo. Y colgó.

Cuando sonó el teléfono a las dos y media, estaba descabezando un sueño en el sofá. Pensé al principio que era el timbre del despertador. Y alargué el brazo para pulsar el botón y apagarlo. El despertador no se encontraba allí. No estaba durmiendo en la cama sino sobre el sofá. Y no era por la mañana sino por la tarde. Me incorporé y me acerqué al teléfono.

—Diga —contesté.

—Oiga —dijo una voz de mujer. Era la mujer que había llamado antes del mediodía—. ¿Es usted el señor Tooru Okada?

—Sí, soy yo.

—Me llamo Kanoo.

—Es usted quien ha llamado antes, ¿verdad?

—Sí, es cierto. Antes he sido terriblemente descortés. Oiga, señor Okada, me gustaría saber si está usted muy ocupado hoy.

—En realidad no tengo nada especial que hacer —dije.

—Bien, pues, en ese caso, ya sé que es algo con lo que no contaba, pero ¿cree que sería posible que nos viéramos? —dijo la mujer.

—¿Hoy? ¿Ahora mismo?

—Eso es.

Miré el reloj. No era necesario porque acababa de mirarlo hacía apenas treinta segundos. Quise asegurarme. Efectivamente, eran las dos y media.

—¿Va a llevarnos mucho tiempo? —pregunté.

—No creo que nos lleve mucho tiempo. Pero es posible que tarde más de lo que pienso. En este momento no se lo puedo decir con exactitud. Lo siento mucho —dijo la mujer.

Independientemente del tiempo que tardara, yo no tenía elección. Me acordé de las palabras de Kumiko: «Haz lo que ella te diga. Es un asunto serio». No tenía otra elección que hacer lo que ella dijera. Si Kumiko decía que era un asunto serio, el asunto era serio.

—De acuerdo. ¿Dónde puedo encontrarla? —pregunté.

—No sé si por casualidad conocerá usted el hotel Pacific, delante de la estación de Shinagawa... —dijo la mujer.

—Lo conozco.

—En la planta baja hay una cafetería. Le espero allí a las cuatro de la tarde. ¿Le parece a usted bien?

—Me parece bien.

—Tengo treinta y un años y llevaré un sombrero rojo de plástico —dijo la mujer.

«¡Uff!», pensé. Había algo extraño en su modo de hablar, algo que me confundía momentáneamente. Pero no podía explicar con claridad qué había de extraño en lo que había dicho. Tampoco podía decirse que una mujer de treinta y un años no pudiera llevar un sombrero rojo de plástico.

—De acuerdo —dije—. Creo que la reconoceré.

—¿Podría decirme, por si acaso, alguna característica de su aspecto físico? —preguntó la mujer.

Pensé en las posibles características de mi aspecto. ¿Cuáles debían ser mis características?

—Tengo treinta años. Mido un metro y setenta y dos, peso sesenta y tres kilos y llevo el pelo corto. No uso gafas.

Mientras hablaba, se me ocurrió que no se le podían llamar precisamente rasgos distintivos. En la cafetería del hotel Pacific de Shinagawa es probable que hubiese unas cincuenta personas con esta apariencia. Ya había estado allí antes una vez. La cafetería era enorme. Necesitaba una característica distintiva que saltara a la vista. Pero no se me ocurría ninguna. Por supuesto, no se podía decir que yo no tuviera características específicas. Estaba en paro y me sabía de memoria los nombres de todos los hermanos Karamazov. Pero, obviamente, eran cosas que no podían apreciarse desde el exterior.

—¿Qué ropa llevará usted? —preguntó la mujer.

—Pues… —no podía pensar con claridad—. No lo sé. Aún no lo he decidido. Es que ha sido todo tan repentino.

—Entonces, póngase una corbata de lunares —dijo ella con tono resuelto—. ¿Tiene usted una corbata de lunares?

—Sí, me parece que sí.

Tenía una corbata azul marino con pequeños lunares de color beige. Me la había regalado mi mujer dos o tres años atrás por mi cumpleaños.

—Entonces, ¿será tan amable de ponérsela? Y le agradezco de nuevo su amabilidad por aceptar encontrarse conmigo a las cuatro —dijo la mujer. Y luego colgó.

Abrí el armario ropero y busqué la corbata de lunares. Pero en el colgador de las corbatas no aparecía. Registré todos los cajones. Abrí todas las cajas de ropa que había en el armario empotrado. Pero la corbata de lunares no estaba en ninguna parte. Si la corbata estaba en casa, tenía que encontrarla. Kumiko era extremadamente ordenada con la ropa, y las corbatas no podían hallarse en otro sitio que en el que les correspondía.

Con la mano apoyada en la puerta del armario ropero intenté recordar cuándo me la había puesto por última vez. No había forma de que me acordara. Era una corbata elegante, de un gusto exquisito, quizá demasiado llamativa para llevarla en el bufete de abogados. Si hubiera ido con ella al despacho, seguro que alguien se me hubiera acercado durante la pausa del mediodía para hablarme largo y tendido de las excelencias de la corbata: «¡Qué corbata tan preciosa! Los colores son muy bonitos. Y es tan alegre». Y eso hubiera sido una especie de advertencia. En el despacho donde trabajaba no era un honor que te alabaran una corbata. Por eso nunca me la puse para ir al trabajo. Me la ponía para ir a los conciertos, a las cenas de compromiso, sólo en situaciones relativamente formales en el ámbito de mi vida privada. Situaciones en las que mi mujer decía: «Hoy vamos a vestirnos bien». No había muchas oportunidades, pero en estos casos siempre llevaba la corbata de lunares. Armonizaba con el traje azul marino y a mi mujer le gustaba. No logré recordar cuándo me la había puesto por última vez.

Eché una última mirada al armario ropero y me resigné. Por alguna extraña razón, la corbata de lunares había desaparecido. Qué remedio. Me puse el traje azul marino, una camisa azul y una corbata a rayas. Algo saldría de todo aquello. Quizás ella no me reconociera a mí. Pero a mí me bastaba con buscar a una mujer de treinta y un años que llevara un sombrero rojo.

Desde que había dejado el trabajo dos meses atrás, no me había puesto el traje ni una sola vez. Ahora, después de tanto tiempo, me sentí constreñido por una sustancia ajena. Era tan rígido y pesado que no acababa de ajustarse a mi cuerpo. Me levanté, anduve un poco por la habitación, me detuve frente al espejo y me estiré las mangas, tiré de los bajos de la americana intentando amoldarla a mi cuerpo. Alargué los brazos, henchí el pecho, me doblé por la cintura y comprobé si durante los dos últimos meses se había producido algún cambio en mi figura. Volví a sentarme en el sofá. Pero no acababa de sentirme cómodo.

Hasta aquella primavera, yo había ido a trabajar cada día con el traje sin notar por ello ninguna incomodidad. En mi empresa eran muy estrictos con la indumentaria y exigían, incluso a los empleados de bajo rango como yo, ir a trabajar con traje. Y yo lo llevaba de la forma más natural del mundo.

Ahora, sentado solo en la sala de estar con el traje puesto, me sentía como si estuviera llevando a cabo algún acto equívoco e inmoral. Me remordía la conciencia como si estuviera falseando mi currículum vitae con propósitos mezquinos o como si me estuviera travistiendo a escondidas de mujer. Y cada vez me resultaba más difícil respirar.

Fui al recibidor, alcancé los zapatos de piel marrón del estante de los zapatos y me los puse con el calzador. Una fina pátina de polvo blanco los cubría.

No hubo necesidad de buscar a la mujer. Ella me encontró a mí primero. Al entrar en la cafetería, di una rápida vuelta por el local buscando a la mujer del sombrero rojo. Pero no vi a ninguna que lo llevara. Consulté mi reloj de pulsera: eran las cuatro menos diez. Me senté, bebí el agua que me habían traído y pedí un café a la camarera. Entonces oí que una voz de mujer decía mi nombre a mis espaldas. «¿Usted debe de ser el señor Tooru Okada?» Sorprendido, me di la vuelta. Ni siquiera habían pasado tres minutos desde que tomara asiento tras entrar y recorrer el local con la mirada.

La mujer vestía chaqueta blanca, una blusa de seda amarilla y, en la cabeza, llevaba el sombrero rojo. En un acto reflejo me levanté y me volví hacia ella. Hermosa era la palabra que mejor la definía. Al menos era mucho más bonita de lo que había imaginado al oír su voz por teléfono. Era esbelta, iba maquillada con discreción. Bien vestida. Tanto la chaqueta como la blusa, ambas de muy buena calidad, estaban bien cortadas y, en la solapa de la chaqueta, lucía un broche de oro con forma de pluma. Hubiera podido ser la secretaria de dirección de una gran empresa. Sólo desentonaba, de forma irremisible, el sombrero rojo. ¿Por qué, yendo vestida con tanto esmero, se ponía en la cabeza una ganga tan inadecuada como aquel sombrero de plástico rojo? No comprendía la razón. Quizás había decidido utilizar el sombrero rojo como seña en las citas. No era una mala idea, desde luego. Si se juzgaba por su efectividad en llamar la atención, definitivamente no pasaba inadvertido.

Ella se sentó frente a mí y yo volví a tomar asiento.

—Veo que me ha reconocido enseguida —pregunté extrañado—. No he podido encontrar la corbata de lunares. Tiene que estar en alguna parte, pero no he podido encontrarla. No he tenido más remedio que ponerme esta a rayas. Yo pensaba en encontrarla a usted. Sin embargo, usted me ha encontrado primero. ¿Cómo lo ha conseguido?

—Desde luego he sabido que era usted —dijo ella. Y dejó el bolso blanco de charol sobre la mesa, se quitó el sombrero de plástico rojo y lo puso encima. El bolso quedó completamente oculto bajo el sombrero. Tuve la sensación de que iba a hacer algún juego de manos: cuando levantara el sombrero, el bolso habría desaparecido.

—Pero yo llevaba una corbata diferente —dije.

—¿Una corbata? —preguntó. Y me miró la corbata con aire perplejo. Como si se preguntara de qué le estaban hablando. Luego asintió con la cabeza—: No tiene la menor importancia. No se preocupe por la corbata.

«¡Qué ojos tan raros!», pensé. Carecían extrañamente de profundidad. Eran bonitos, pero parecía como si no miraran. Planos como ojos de cristal. No lo eran, por supuesto. Los movía a la perfección, pestañeaba.

No me explicaba cómo, siendo la primera vez que nos veíamos, había conseguido reconocerme tan rápido, en aquella cafetería tan llena de gente. Casi todas las mesas estaban ocupadas y muchas de ellas por hombres de mi edad. Iba a preguntarle otra vez cómo me había reconocido tan deprisa. Pero no me pareció conveniente hacer preguntas superfluas. Y no añadí nada más.

La mujer detuvo al camarero que recorría el local con aire atareado y le pidió un agua Perrier. El camarero respondió que no tenían, que podía ofrecerle un agua tónica. La mujer se lo pensó un poco y dijo al fin que le parecía bien. Hasta que llegó el agua tónica permaneció en silencio. Yo tampoco dije nada.

Poco después, la mujer quitó el sombrero rojo de encima de la mesa y, tras abrir el cierre metálico del bolso, sacó un estuche de piel negro reluciente, de tamaño algo menor al de una cinta de casete. Era un estuche de tarjetas de visita. Llevaba un cierre. Era la primera vez que veía un estuche de tarjetas de visita con cierre. Sacó una con cuidado y me la ofreció. Yo, a mi vez, hice ademán de sacar mis tarjetas, pero cuando me llevé la mano al bolsillo interior de la americana, recordé que ya no tenía.

Su tarjeta era de plástico fino y parecía emanar un tenue perfume. Cuando me la acerqué a la nariz, el olor se hizo más evidente. Era incienso, sin duda. Y sólo había escrito un nombre en una línea de pequeñas letras negrísimas.

Malta Kanoo

«¿Malta?», pensé.
Le di la vuelta.
No había nada escrito.
Mientras hacía conjeturas sobre el significado de aquel nombre, vino el camarero, puso delante de la mujer un vaso con hielo y se lo llenó hasta la mitad de agua tónica. Dentro del vaso había un trozo de limón en forma de cuña. Después llegó una camarera con una bandeja y una cafetera plateadas, puso delante de mí una taza, la llenó de café y, con un gesto furtivo, como

si depusiera un mal augurio en manos de alguien, dejó la cuenta en una bandejita y se marchó.

—No hay nada escrito —explicó Malta Kanoo. Yo todavía estaba mirando distraídamente el dorso, en blanco, de la tarjeta—. Sólo mi nombre. No es necesario poner ni el teléfono ni la dirección. Nadie me llama. Siempre soy yo quien llama a los demás.

—Claro.

Aquella respuesta sin sentido permaneció suspendida unos instantes en el aire, por encima de la mesa, como la isla que flota en el cielo de los viajes de Gulliver.

Bebió un sorbo con la paja, sosteniendo el vaso con ambas manos. Hizo una mueca extraña y dejó el vaso a un lado como si hubiera perdido el interés por él.

—Malta no es mi nombre verdadero —empezó Malta Kanoo—. Kanoo sí es mi apellido real. Pero Malta es mi seudónimo. Lo he tomado de la isla de Malta. ¿Ha estado alguna vez en Malta, señor Okada?

Le respondí que no. Nunca había estado allí. Ni tenía planeado ir a corto plazo. Ni tampoco había deseado ir jamás. Lo único que conocía de la isla de Malta era la melodía *Sands of Malta*, interpretada por Herb Alpert, que podía, sin exageración alguna, calificar de espantosa.

—He estado tres años en Malta. He vivido allí tres años. En Malta, el agua es malísima. Imbebible. Parece que estés bebiendo agua de mar rebajada. El pan también es salado, pero no porque se le añada sal, sino porque el agua es salada. Pero el pan no sabe mal. Me gusta el pan de Malta. —Asentí y me bebí el café—. Aunque en Malta el agua sea tan mala, hay un lugar especial donde brota un agua que tiene un efecto maravilloso sobre la configuración física. Es un agua única, misteriosa. Sólo brota en aquel lugar, en Malta. La fuente se halla entre las montañas y se tarda horas en subir hasta allí desde la aldea que se encuentra al pie de la montaña —continuó—. El agua no se puede trasladar. Si se lleva a otra parte pierde su efecto. Para beberla hay que desplazarse hasta allí. Ya se hablaba de ella en unos documentos que se conservan de la época de las Cruzadas. La llamaban el agua milagrosa. Incluso Allen Ginsberg fue a probarla. Y también fue Keith Richards. Yo he vivido tres años allí. En la pequeña aldea que está al pie de la montaña. Allí cultivaba un huerto, aprendía a tejer. Y cada día subía a la fuente y bebía de aquella agua. De 1976 a 1979. A veces no comía nada durante toda una semana. Sólo bebía agua. Durante toda una semana no probaba otra cosa. Es un ejercicio necesario. Supongo que se le podría llamar una práctica ascética. Así purificas tu cuerpo. Fue una experiencia realmente maravillosa. Por eso, cuando volví al Japón, tomé el nombre de Malta como seudónimo.

—¿Podría decirme cuál es su profesión? —le pregunté.

Malta Kanoo ladeó la cabeza.

—Hablando con propiedad, no es una profesión. Yo no cobro por mi trabajo. Me hacen consultas, hablo con las personas sobre la configuración del cuerpo. Éste es mi papel. También estudio las aguas que tienen efecto sobre la configuración corporal. Ganar dinero no me preocupa. Me basta con mi patrimonio personal. Mi padre tenía un hospital y nos cedió a mi hermana menor y a mí acciones y propiedades inmobiliarias, con lo que nos aseguró una renta vitalicia. Un consultor fiscal se encarga de gestionarlo todo. Cada año produce una renta regular. He escrito además varios libros y de aquí también devienen, aunque modestos, algunos ingresos. Mi trabajo sobre la configuración física lo realizo sin ánimo de lucro. Por eso no pongo en la tarjeta ni la dirección ni el teléfono. Soy yo quien llama a los demás.

Asentí. Pero sólo fue un ademán. Iba entendiendo, una a una, las palabras que decía, pero no lograba comprender el sentido global de su discurso.

¿La configuración corporal?

¿Allen Ginsberg?

La inquietud fue adueñándose de mí. Nunca he sido una persona de gran intuición. Pero allí olía algún problema nuevo, no me cabía la menor duda.

—Perdóneme, pero ¿podría explicármelo todo desde el principio? Hace un rato mi mujer me ha dicho que venga a verla y hable con usted sobre el gato. Y lo que usted me está contando, para serle sincero, no veo adónde me lleva. ¿Tiene alguna relación con el gato?

—La tiene —dijo—. Pero antes de hablar de ello hay algo que quiero que sepa, señor Okada.

Malta Kanoo abrió de nuevo el cierre del bolso y sacó un sobre blanco. Dentro había una fotografía. Me la entregó. «Es una fotografía de mi hermana pequeña», dijo. En la fotografía en color aparecían dos mujeres. Una era Malta, que también en la foto llevaba sombrero. Un sombrero amarillo de punto. También aquel sombrero desentonaba de manera desafortunada con la indumentaria. La hermana menor —cabía suponer que lo era, por lo que me había dicho— llevaba un traje de color pastel con sombrero a juego, de aquellos que estaban de moda a principios de los sesenta. Si no me equivoco, a esos colores los llamaban entonces «tonos sorbete». «Deben de gustarles mucho los sombreros a ambas», deduje. El peinado era muy parecido al que llevaba la primera dama de EE.UU. de la época, Jacqueline Kennedy. Y podía aventurarse que usaba laca a profusión. Iba muy maquillada, pero debajo se adivinaban unas facciones hermosas. La edad oscilaría entre los veinte y los veinticinco años. Después de mirarla unos instantes, devolví la fotografía a Malta Kanoo. Ella la puso de nuevo dentro del sobre, metió el sobre en el bolso y lo cerró.

—Mi hermana es cinco años menor que yo —explicó Malta Kanoo—. Ha sido ultrajada por el señor Noboru Wataya. Brutalmente violada.

«¡Uff!», pensé. Deseaba levantarme sin más e irme. Pero no pude moverme. Saqué un pañuelo del bolsillo, me sequé las comisuras de los labios y me lo volví a meter en el mismo bolsillo. Luego me aclaré la garganta.

—No conozco las circunstancias del incidente, pero si han agredido a su hermana, lo deploro sinceramente —dije, abordando el tema—. Me gustaría que supiera que mi cuñado y yo no tenemos una relación lo que se dice estrecha. Por lo tanto, si se trata de algo relacionado con ello...

—No le estoy cargando con la responsabilidad, señor Okada —atajó Malta Kanoo con tono cortante—. En absoluto. Si tuviera que culpar a alguien por lo ocurrido, primero y antes que a nadie me culparía a mí misma. Por no haber prestado la atención necesaria. Por no haber protegido a mi hermana como debería haber hecho. Cosa que, por una serie de circunstancias, me fue imposible. ¿Sabe, señor Okada? Este tipo de cosas ocurre. Como usted sabe muy bien, éste es un mundo violento y caótico. Y dentro de este mundo hay lugares aún más violentos, aún más caóticos. ¿Comprende? Lo que ha sucedido, ha sucedido. Mi hermana se recuperará de esta ofensa, de esta deshonra. Tendrá que recuperarse. Por suerte, no es algo irremediable. Tal como le he dicho a ella, *podría haber sucedido algo infinitamente peor.* Lo que más me preocupa es la configuración física de mi hermana.

—La configuración física —repetí.

Parecía que la configuración física era el tema recurrente en sus discursos.

—No puedo explicarle ahora las circunstancias anteriores y posteriores al incidente. Es un tema largo y complicado y, además, y ya sé que pecaré de descortés al hablar así, usted no está preparado para entender cabalmente el verdadero sentido de esta historia. Esto entra en la esfera de mi actividad profesional. No le he invitado para lamentarme. Y, por supuesto, usted no tiene ninguna culpa de lo sucedido. Esto no hace falta ni decirlo. Sólo quería que supiera que la configuración física de mi hermana ha sido, aunque sólo sea temporalmente, mancillada por el señor Wataya. Es probable que en lo sucesivo usted y ella estén, de alguna manera, en contacto. La razón es que, tal como le he dicho, ella es mi ayudante. Pensando en esta posibilidad, he querido que supiera de antemano lo que ha sucedido entre ella y el señor Wataya. Y que supiera también que este tipo de incidentes puede ocurrir en cualquier momento.

Hubo un corto silencio. Malta Kanoo me miraba fijamente, como queriendo decirme: «Por favor, reflexione sobre ello». Y lo hice. Sobre el hecho de que Noboru Wataya hubiese violado a la hermana de Malta Kanoo, sobre la relación del incidente con la configuración corporal. Sobre la relación entre esto y la desaparición del gato.

—He creído entender —aventuré tímidamente— que ni usted ni su hermana piensan divulgar lo ocurrido... denunciarlo a la policía, por ejemplo...

—Por supuesto —dijo Malta Kanoo con rostro inexpresivo—. En realidad nosotras no queremos acusar a nadie. Nosotras queremos conocer con más exactitud la causa del incidente. Si no resolvemos este problema a través de un conocimiento pleno de la causa, es posible que ocurra algo todavía peor.

Al oír estas palabras me tranquilicé un poco. No me importaba demasiado que Noboru Wataya fuera acusado de violación, declarado culpable y enviado a la cárcel. Incluso pensaba que se lo merecía. Sin embargo, el hermano de Kumiko era una persona bastante conocida y, por lo tanto, se hablaría mucho del asunto y Kumiko sufriría, sin duda, un *shock*. Aunque sólo fuera para preservar mi salud mental, yo prefería que no hubiera mucho revuelo.

—El propósito que nos ha llevado a encontrarnos hoy ha sido, exclusivamente, el gato —dijo Malta Kanoo—. Es a causa del gato por lo que el señor Wataya se puso en contacto con nosotras. Su esposa, la señora Kumiko Okada, se dirigió a su hermano, el señor Wataya, para consultarle sobre el gato, y el señor Wataya, a su vez, se puso en contacto con nosotras.

¡Claro! Esto lo explicaba todo. Era una especie de adivina y le habían consultado sobre el paradero del gato. La familia Wataya siempre había creído con fanatismo en profecías, oráculos y otras cosas por el estilo. Cada uno era libre de creer lo que quisiera, por supuesto. Pero *¿por qué tuvo que violar a la hermana de una mujer así?* ¿Por qué crearse problemas innecesarios?

—¿Está usted especializada en este tipo de búsquedas? —le pregunté.

Malta Kanoo me miró fijamente con sus ojos planos. Unos ojos que miraban como si estuvieran atisbando por la ventana el interior de una casa deshabitada. A juzgar por su expresión, no había comprendido en absoluto el sentido de mi pregunta.

—Vive usted en un lugar muy extraño, ¿verdad? —dijo ignorando mi pregunta.

—¿Ah, sí? ¿Y por qué diablos es extraño?

Malta Kanoo, sin contestar, empujó unos diez centímetros el vaso de agua tónica que apenas había tocado.

—Y los gatos son seres muy sensibles.

Un corto silencio cayó sobre nosotros.

—Suponiendo que el lugar donde vivo sea extraño y que los gatos sean seres muy sensibles —dije—, nosotros hace bastante tiempo que vivimos allí. Con el gato. ¿Por qué se ha ido ahora de repente? ¿Por qué no se fue antes?

—No se lo puedo asegurar, pero es posible que haya cambiado la corriente. Quizás algo haya obstruido la corriente.

—La corriente —dije.

—Todavía no sé si el gato está vivo o no. Pero una cosa es segura: no está cerca de su casa. Así que, por más que lo busque por el vecindario, no lo encontrará.

Tomé la taza y bebí un sorbo de café frío. Al otro lado de la ventana lloviznaba. Unas nubes oscuras cubrían el cielo. La gente cruzaba en ambos sentidos el paso peatonal sosteniendo el paraguas con aire melancólico.

—Déme la mano —me dijo.

Extendí la mano derecha con la palma hacia arriba y la puse encima de la mesa. Pensé que quería adivinarme el porvenir leyéndome las líneas de la mano. Pero, aparentemente, Malta Kanoo no tenía ningún interés en ello. Alargó la mano en línea recta y puso su palma sobre la mía. Luego cerró los ojos y se quedó en la misma posición, inmóvil. Como si le recriminara algo en silencio a un amante infiel. La camarera se acercó y volvió a llenarme la taza de café intentando no mirar cómo uníamos en silencio Malta Kanoo y yo las manos sobre la mesa. La gente sentada en las mesas de alrededor nos lanzaba miradas furtivas. Yo estuve rezando todo el tiempo para que ningún conocido se acercara a aquel lugar.

—Intente recordar una cosa, sólo una, que haya visto hoy antes de venir aquí —dijo Malta Kanoo.

—¿Una sola? —pregunté.

—Una sola.

Me vino al pensamiento el minivestido floreado que había visto en la caja de ropa de mi mujer. No sé por qué. Pero eso fue lo que se me ocurrió de repente.

Aún permanecimos unos cinco minutos más con las manos unidas. Se me hicieron terriblemente largos. No sólo porque me molestaba que la gente de alrededor me mirara con curiosidad, sino porque en el tacto de su mano había algo inquietante. Su mano era extremadamente pequeña. No estaba ni caliente ni fría. Tampoco tenía el tacto íntimo de la mano de una amante, ni el funcional de la mano de un médico. El tacto de aquella mano se parecía a sus ojos. Cuando te tocaba, igual que cuando te miraba, tenías la sensación de haberte convertido en una casa desierta, vacía. Dentro no había ni muebles ni cortinas ni alfombras. Sólo una caja vacía. Al final, me soltó la mano y respiró hondo. Luego asintió varias veces con la cabeza.

—Señor Okada —dijo Malta Kanoo—, creo que está a punto de entrar en un periodo en el que le ocurrirán muchas cosas. La desaparición del gato probablemente no sea más que el principio.

—Muchas cosas —dije—. ¿Cosas buenas o malas?

Malta Kanoo ladeó un poco la cabeza como si estuviera pensando.

—Habrá cosas buenas y habrá cosas malas. Tal vez las haya que a primera vista parezcan buenas y luego resulten malas. Y otras que a primera vista parezcan malas y luego resulten buenas.

—Esto, la verdad, creo que puede aplicarse a todo el mundo —dije—. ¿No puede darme alguna información más concreta?

—Tal como usted ha dicho, es posible que lo que digo suene a lugar común —expuso Malta Kanoo—. Sin embargo, señor Okada, hay muchísimos casos en los que sólo se puede hablar de la esencia de las cosas diciendo lugares comunes. Intente entenderlo. No soy adivina, ni tampoco profetisa. Lo único que nosotras podemos decir son cosas vagas. En muchos casos son obviedades de las que no vale la pena ni hablar, en otros no son más que lugares comunes. Hablándole con honestidad, éste es el único modo que tenemos de avanzar. Las cosas concretas llaman ciertamente la atención. Pero a menudo no son más que fenómenos triviales. Son, como si dijéramos, rodeos innecesarios. Cuanto más nos esforzamos por mirar a lo lejos, más y más se generalizan las cosas.

Asentí en silencio. Pero, por supuesto, no había entendido una palabra de lo que me había dicho.

—¿Me permitirá llamar otra vez? —preguntó Malta Kanoo.

—Claro —dije yo.

A mí, sinceramente, no me apetecía que me llamara nadie. Pero no podía decirle otra cosa más que «claro».

Ella tomó el sombrero de plástico rojo de encima de la mesa con un gesto rapidísimo, agarró el bolso que había estado oculto debajo y se levantó. Sin saber cómo reaccionar, permanecí sentado en silencio.

—Quiero decirle una sola cosa trivial —dijo Malta Kanoo tras ponerse el sombrero rojo, mirándome desde arriba—. Su corbata a topos no la encontrará dentro de casa.

4
Una alta torre y un pozo profundo, o lejos de Nomonhan

Al regresar a casa, Kumiko estaba de buen humor. De un humor excelente, podría decirse. Ya eran casi las seis cuando volví de la cita con Malta Kanoo y no tuve tiempo de preparar una cena en toda regla antes de que llegara Kumiko. Hice una cena sencilla a base de congelados. Nos los comimos con una cerveza. Ella habló de su trabajo, como hacía siempre que estaba de buen humor. A quién había visto aquel día en la oficina, qué había hecho, qué compañero suyo valía y cuál no: ese tipo de cosas.

Yo escuchaba, asintiendo. No prestaba atención a más de la mitad de lo que decía, pero no porque me fastidiara escuchar. Dejando a un lado el contenido del discurso, en la mesa me gustaba oírla hablar de su trabajo con tanto entusiasmo. «Hogar», pensé. En su seno, cada uno tiene que cumplir el rol que le ha sido asignado. Ella hablaba del trabajo, y yo preparaba la cena y escuchaba. Esto difería bastante de la vaga imagen que me había hecho del hogar antes de casarme. Pero era el hogar que *yo había elegido*. Yo, evidentemente, tenía una familia cuando era niño. Pero no la había elegido. Me había sido asignada de manera natural e irrefutable. Ahora vivía, sin embargo, en un mundo que había elegido mediante un acto de voluntad. Mi hogar. Quizá no fuera perfecto, pero, hubiera el problema que hubiese, yo estaba dispuesto a aceptar y tirar adelante este hogar, un hogar fundamentalmente mío. Era, en definitiva, algo que había elegido y, si surgían problemas en él, debía de tratarse de problemas inherentes a mi modo de ser.

—Entonces, ¿cómo ha quedado lo del gato? —preguntó.

Le conté por encima mi encuentro con Malta Kanoo en el hotel de Shinagawa. Le hablé de la corbata a topos. Que, por alguna razón, había desaparecido del armario ropero. También de que Malta Kanoo me había podido localizar enseguida en una sala llena de gente. Qué aspecto tenía ella, cómo hablaba. Le expliqué esas cosas. A Kumiko le hizo gracia lo del sombrero de plástico rojo. Pero pareció bastante decepcionada por el hecho de que no pudiera darnos ninguna respuesta clara sobre el paradero del gato.

—O sea, que ella tampoco sabe dónde está el gato —dijo con cara de preocupación—. Lo único que sabe es que ya no está por aquí.

—Pues más o menos —dije.

Decidí no mencionar las indicaciones de Malta Kanoo sobre la posible relación entre la desaparición del gato y la «corriente obstruida» del lugar donde vivíamos. Creía que esto, posiblemente, preocuparía a Kumiko. No quería incrementar aún más los problemas. Y tendríamos uno serio si ella empezaba a decir que aquél era un mal lugar y que teníamos que mudarnos de inmediato. Dada nuestra situación económica, eso era imposible.

—El gato ya no está por aquí. Esto es lo que ha dicho.

—O sea, que el gato ya no volverá más a casa.

—Esto no lo sé —dije—. Hablaba de una manera muy ambigua. Todo eran puras alusiones. Ha dicho que llamaría cuando supiera algo más preciso.

—¿Crees que podemos confiar en ella?

—No lo sé. Soy totalmente profano en estos temas.

Me serví cerveza en el vaso y miré cómo se asentaba la espuma. Mientras tanto, Kumiko permanecía acodada sobre la mesa con el mentón entre las manos.

—No acepta dinero, ni regalos, ni compensación de ningún tipo.

—¡Fantástico! —exclamé—. Entonces no hay problema. No quiere nuestro dinero, no quiere nuestra alma, tampoco quiere llevarse a la princesa. No tenemos nada que perder.

—Quiero que entiendas una cosa: este gato es muy importante para mí —dijo mi esposa—. O mejor debería decir que es muy importante para nosotros. Lo encontramos juntos una semana después de casarnos. Lo recuerdas, ¿verdad? Cuando lo recogimos.

—Claro que me acuerdo —dije.

—Todavía era muy pequeño y estaba empapado. Llovía mucho aquel día y yo te había ido a buscar a la estación. Con el paraguas. A la vuelta, encontramos el gatito abandonado dentro de una caja de cerveza junto a una bodega. Ha sido el primer gato que he tenido. Este gato es un símbolo muy importante para mí. Por eso no quiero perderlo.

—Lo entiendo muy bien —dije.

—Lo has buscado tú, lo he buscado yo, y no ha aparecido por ninguna parte. Ya hace diez días que ha desaparecido. Por eso no me ha quedado otra solución que llamar a mi hermano. Le he preguntado si conocía a alguna adivina o pitonisa que pudiera encontrar el gato. Ya sé que no te gusta pedirle nada a mi hermano, pero él entiende mucho de estas cosas, lo ha heredado de mi padre.

—Tradición familiar —dije con una voz tan fría como el viento del crepúsculo que cruza la ensenada—. Pero ¿qué tipo de relación hay entre Noboru Wataya y ella?

Mi mujer se encogió de hombros.

—Seguro que se han encontrado por casualidad en alguna parte. Últimamente parece que se está convirtiendo en una persona bastante conocida.

—Debe de ser eso.

—Dice que esta mujer posee poderes extraordinarios, pero que es bastante rara —explicó mi mujer clavando maquinalmente el tenedor en los macarrones gratinados—. ¿Cómo has dicho que se llamaba?

—Malta Kanoo. Malta Kanoo, porque ha hecho ejercicios espirituales en la isla de Malta.

—Sí, eso es. Malta Kanoo. ¿A ti qué te ha parecido?

—Pues, no sé qué decirte —dije. Miré mis manos sobre la mesa—. Al menos no me ha aburrido, y eso no es malo precisamente. El mundo está lleno de cosas que no podemos explicar. Hace falta alguien que llene este vacío. Y es mucho mejor que lo haga una persona que no sea aburrida que alguien que sí lo sea, ¿no te parece? Una persona como el señor Honda, por ejemplo.

Mi mujer rió divertida al oír eso.

—Oye, era una buena persona, ¿no crees? A mí me gustaba el señor Honda.

—A mí también —dije.

Durante nuestro primer año de matrimonio, íbamos a visitar a un anciano, el señor Honda, una vez al mes. Era uno de los «poseídos por los espíritus» más apreciados por la familia Wataya, pero era tan terriblemente duro de oído que apenas entendía lo que le decíamos. Ni siquiera oía con audífono. Teníamos que hablarle en voz tan alta que hacía temblar el papel de los *shooji*.* Yo me preguntaba cómo conseguía, tan sordo, oír lo que susurraban los espíritus. Pero quizá fuera al contrario: cuanto más sordo, mejor se escuchan las palabras de los espíritus. El señor Honda perdió el oído por una herida de guerra. A causa de un cañonazo o de una granada de mano le estallaron los tím-

---

* Puerta corrediza enrejada con papel. *(N. de los T.)*

panos cuando luchaba como suboficial del ejército de Kwantung en la batalla de Nomonhan, en 1939, contra las fuerzas aliadas de la Unión Soviética y de Mongolia en la zona fronteriza entre Mongolia Exterior y Manchukuo.

Si íbamos a verlo, no era porque creyésemos en sus poderes espirituales. A mí nunca me han interesado estas cosas y, por lo que se refiere a Kumiko, tenía, comparada con sus padres y su hermano, una fe bastante tibia en los poderes sobrenaturales. Era supersticiosa hasta cierto punto, y un mal augurio podía preocuparla. Pero nunca participaba activamente en estas prácticas.

Íbamos a ver al señor Honda porque nos lo ordenó el padre de Kumiko. Para ser más explícitos, ésa fue la condición que puso para dar su consentimiento a nuestra boda. Como condición era bastante extraña, pero preferimos obedecer y evitar, así, problemas innecesarios. Hablando con honestidad, ni yo ni Kumiko pensábamos obtener con tanta facilidad el consentimiento de sus padres. El padre era funcionario. Hijo segundón de una familia, no precisamente rica, de campesinos de Niigata. Gracias a una beca había ingresado en la Universidad de Tokio y, tras licenciarse con notas sobresalientes, se había incorporado como funcionario de alto rango en el Ministerio de Transportes. Hasta aquí, todo era admirable. Sin embargo, como suele suceder con este tipo de personas, era terriblemente egocéntrico y soberbio. Acostumbrado a dar órdenes, no se cuestionaba lo más mínimo los valores del mundo al que pertenecía. Para él, la jerarquía lo era todo. Obedecía a ciegas a sus superiores y no vacilaba en humillar a las personas que estaban por debajo de él. Ni Kumiko ni yo creíamos que un individuo así aceptara gustoso como novio de su hija a un joven de veinticuatro años, sin un céntimo, sin posición, sin pedigrí, con un historial académico mediocre y sin perspectivas de futuro. En caso de que sus padres se opusieran de forma categórica, nuestra intención era casarnos por nuestra cuenta y vivir sin relacionarnos con ellos. Nos amábamos profundamente, éramos jóvenes y estábamos convencidos de poder ser felices juntos viviendo con estrecheces, separados de nuestros padres.

Y, en efecto, cuando fui a casa de Kumiko a pedir su mano, la reacción de sus padres fue terriblemente fría. Como si las puertas de todos los refrigeradores del mundo se hubieran abierto de par en par.

En aquella época, ya trabajaba en el bufete de abogados. Me preguntaron si pensaba presentarme a oposiciones para el Ministerio de Justicia. Les contesté que sí. En realidad, en aquella época, pese a tener serias dudas, aún pensaba que, ya que había llegado hasta allí, esforzándome un poco más podría arriesgarme a probarlo. Mirando con atención mis notas, saltaba a la vista que mis posibilidades de aprobar el examen eran escasas. En resumen, que yo no era en absoluto la persona adecuada para convertirme en esposo de su hija.

Que ellos dieran al final su consentimiento —lo que casi podía llamarse un milagro— fue gracias al señor Honda. El señor Honda pidió diversos datos sobre mí y afirmó con rotundidad que, si su hija quería casarse, no encontraría a nadie mejor que yo; que si ella decía que quería casarse conmigo, no podían oponerse so pena de desencadenar una catástrofe. En aquella época, los padres de Kumiko tenían una fe ciega en el señor Honda y no pudieron poner ninguna objeción. Y, así, no les quedó más remedio que aceptarme como prometido de su hija.

A pesar de ello, para su familia siempre fui un advenedizo, un huésped no invitado. En la primera época de nuestro matrimonio, Kumiko y yo los visitábamos, medio por obligación, dos veces al mes y comíamos juntos, pero resultó ser una experiencia verdaderamente horrible. Un acto que cabía situar a mitad de camino entre una penitencia absurda y un suplicio cruel. Tenía la impresión, mientras comíamos, de que su mesa era tan larga como la estación de Shinjuku. Ellos comían y hablaban en el extremo opuesto. Pero yo estaba demasiado lejos y sólo era una pequeña figura reflejada en sus pupilas. Al año de casados, tuve una violenta discusión con su padre y no volvimos a vernos. Me sentí, al fin, aliviado desde lo más hondo. Nada consume tanto a una persona como los esfuerzos innecesarios y absurdos. Después de casarme, me había esforzado durante un tiempo en mantener una buena relación con la familia de mi mujer. Y visitar al señor Honda una vez al mes era, a todas luces, el esfuerzo menos penoso.

Los honorarios del señor Honda los pagaba el padre de mi mujer. Nosotros sólo teníamos que ir a verlo una vez al mes a su casa de Meguro y llevar una botella de sake. Escuchábamos lo que tenía que decirnos y volvíamos a casa. Así de simple. Enseguida le tomamos cariño. Dejando aparte que era sordo y que siempre tenía puesta la televisión a todo volumen (algo realmente ensordecedor), era un anciano muy simpático. Le gustaba beber y se ponía muy contento cuando recibía la botella de sake.

Siempre íbamos a su casa por la mañana. Tanto en verano como en invierno estaba sentado en el *kotatsu*.* En invierno, una manta le cubría las piernas y las brasas estaban encendidas, y en verano no había ni manta ni brasas. Se trataba, al parecer, de un adivino bastante famoso, pero vivía con una austeridad extrema. Tanto, que casi parecía un ermitaño. Su casa era pequeña y el recibidor apenas era lo bastante amplio como para que una persona pudiera ponerse y quitarse los zapatos. El *tatami* estaba rozado y una cinta adhesiva unía los trozos del cristal roto de la ventana. Frente a la casa había un taller de reparación de coches y siempre había alguien que gritaba airado. El kimono del señor Honda era mitad camisón y mitad bata de trabajo y no mostraba signos de haber sido lavado hacía poco. Vivía solo y cada día iba a su casa una mujer a hacer la limpieza y prepararle la comida. Pero

* Especie de mesa camilla baja. *(N. de los T.)*

él, al parecer, se negaba categóricamente a que le lavaran la ropa, no sé por qué razón. Una barba descuidada proyectaba una ligera sombra blanca sobre sus mejillas enflaquecidas.

Entre los objetos que había en la casa, el único que poseía cierta magnificencia era, enorme, de presencia casi opresiva, un televisor en color. Siempre transmitía algún programa de la NHK. Nunca llegué a dilucidar si era porque el señor Honda adoraba los programas de la NHK, porque le daba pereza cambiar de canal o porque el televisor era especial y sólo sintonizaba con la NHK.

Cuando íbamos a su casa, él siempre estaba sentado frente al televisor, colocado directamente sobre el suelo, y mezclaba, incansable, los bastoncillos adivinatorios sobre el *kotatsu*. Mientras tanto, la NHK transmitía sin interrupción y a todo volumen programas de cocina, maneras de cuidar los bonsái, telediarios, debates políticos.

—Es posible que no te vaya el derecho —me dijo un día el señor Honda. Aunque también podía estar dirigiéndose a alguien situado veinte metros más lejos.

—¿Usted cree? —pregunté.

—Las leyes, después de todo, rigen todos los fenómenos que se producen sobre la faz de la tierra. Un mundo donde el Yin es el Yin y el Yan es el Yan. Un mundo donde yo soy yo y él es él. «Yo soy yo, él es él, atardecer de otoño.» Pero tú no perteneces a este mundo. Tu sitio está encima o debajo.

—¿Qué es mejor, encima o debajo? —pregunté por simple curiosidad.

—No se trata de si es mejor o peor —dijo el señor Honda. Carraspeó y lanzó un esputo en un pañuelo de papel. Después de mirarlo unos instantes, arrugó el papel y lo echó a la papelera—. No es el tipo de cosas en que pueda decirse qué es lo mejor y qué lo peor. No se debe oponer resistencia a la corriente: hay que ir hacia arriba cuando hay que ir hacia arriba, y hacia abajo cuando hay que ir hacia abajo. Cuando debas ir hacia arriba, busca la torre más alta y sube hasta la cúspide. Cuando debas ir hacia abajo, busca el pozo más profundo y desciende hasta el fondo. Cuando no haya corriente, quédate inmóvil. Si te opones a la corriente, todo se seca. Si todo se seca, el mundo se ve envuelto por las tinieblas. «Yo soy yo, él es yo, atardecer de otoño.» Cuando renuncias a mí, yo existo.

—¿Estamos ahora en uno de esos momentos en que no hay corriente? —preguntó Kumiko.

—¿Qué?

—¡QUE SI ESTAMOS AHORA EN UNO DE ESOS MOMENTOS EN QUE NO HAY CORRIENTE! —gritó Kumiko.

—Sí, ahora no la hay —dijo el señor Honda asintiendo para sí—. Por lo tanto, debe quedarse quieto. No debe hacer nada. Sólo debe tener cuidado con el agua. Es posible que él, en el futuro, sufra a causa de algo relacionado con el agua. Por el agua que no está donde debería estar. Por el agua que está donde no debería estar. En cualquier caso, debe tener mucho cuidado con el agua.

A su lado, Kumiko asentía con una cara extremadamente solemne. Pero yo sabía que ella estaba conteniéndose la risa.

—¿Qué tipo de agua? —pregunté.

—No lo sé. Agua —dijo el señor Honda—. La verdad es que yo también he sufrido mucho a causa del agua —añadió, ignorando mi pregunta—. En Nomonhan no había ni una gota de agua. La línea del frente era intrincada y el suministro de víveres se interrumpió. No había agua. Ni alimentos. Ni vendas. Ni municiones. Fue una guerra cruel. En la retaguardia, los mandos sólo pensaban en ocupar territorio lo antes posible. Del abastecimiento, nadie se preocupaba. Una vez, en tres días apenas bebimos agua. Por las mañanas, dejábamos que un trapo se empapara ligeramente de rocío, lo exprimíamos y así podíamos sorber unas gotas, pero sólo eso. No había más agua que ésa. Llegué a pensar que era mucho mejor morir. No hay nada peor en el mundo que la sed. Llegué a pensar que era preferible morir de un disparo que de sed. Compañeros a quienes habían disparado en el estómago nos pedían agua. Los hubo que se volvieron locos. Aquello era un infierno. Ante nuestros ojos fluía un gran río. Si íbamos allí, tendríamos toda el agua que quisiéramos. Pero no podíamos llegar hasta él. Entre nosotros y el río había una larga hilera de enormes tanques rusos con lanzallamas. Las ametralladoras enemigas estaban dispuestas como cientos de alfileres clavados en un cojín. En lo alto de la colina también había francotiradores. Incluso en mitad de la noche lanzaban bengalas luminosas, una tras otra. Todo lo que nosotros teníamos eran rifles de infantería del modelo 38, y veinticinco balas por persona. Muchos de mis compañeros, a pesar de todo, fueron a buscar agua al río. No pudieron soportarlo más. Pero ni uno volvió. Murieron todos. Ya lo ves, cuando hay que quedarse quieto, es mejor quedarse quieto.

Tomó un pañuelo de papel, se sonó ruidosamente y, tras examinar unos instantes los mocos, arrugó el papel y lo tiró.

—Es duro esperar a que salga la corriente. Pero, cuando se tiene que esperar, se tiene que esperar. Mientras tanto, es mejor hacer como que se ha muerto uno.

—¿O sea que ahora es mejor que esté muerto? —pregunté.

—¿Qué?

—¿O SEA QUE DURANTE UN TIEMPO ES MEJOR QUE ESTÉ MUERTO?

—Exactamente —dijo—. Sólo muriendo flotas sobre la corriente, en Nomonhan.

Después de esto continuó hablando de Nomonhan una hora más. Nosotros simplemente escuchábamos. Durante el año en que estuvimos yendo una vez al mes a casa del señor Honda, apenas «recibimos sus indicaciones», tal como nos habían ordenado. Casi no hacía predicciones, ni cosas por el estilo. A nosotros siempre nos hablaba de la batalla de Nomonhan. Nos contaba cómo un cañonazo le había volado media cabeza a un lugarteniente que estaba junto a él, cómo se habían lanzado sobre un tanque soviético y lo habían incendiado con un cóctel Molotov, cómo habían perseguido entre todos y matado de un disparo al piloto de un avión soviético que había realizado un aterrizaje forzoso en el desierto. Cada relato era una interesante historia de suspense, pero cualquier historia del mundo tiende a perder su brillo cuando la oyes por séptima u octava vez. Además, no las contaba con el tono de voz adecuado a un relato. Tenías la sensación de que estaba gritando hacia el otro lado de un barranco un día de viento fuerte. Te daba la sensación de estar viendo una vieja película de Akira Kurosawa en la primera fila de un cine de barrio. Tanto que, cuando salíamos de su casa, no oíamos bien durante un rato.

Pero a nosotros nos gustaba escucharlo, o al menos me gustaba a mí. Sus relatos eran historias que excedían los límites de mi imaginación. Casi todas eran terriblemente sangrientas, pero los pormenores de la batalla, oídos de boca de un anciano medio moribundo vestido con ropa sucia, perdían el sentido de la realidad y sonaban a historias fantásticas. Casi medio siglo atrás, en la zona fronteriza entre Manchuria y Mongolia, ellos habían luchado de forma encarnizada por un pedazo de tierra donde ni siquiera crecía la hierba. Antes de oír las historias del señor Honda, yo no sabía casi nada sobre la batalla de Nomonhan. Ahora, en mi imaginación, era una batalla heroica. Ellos, sin armas, con las manos desnudas, desafiaron a las potentes unidades mecanizadas soviéticas y perecieron en el intento. Tantas tropas aplastadas, aniquiladas. Los oficiales que, para evitar la masacre, habían ordenado por decisión propia la retirada, perecieron inútilmente, impelidos por sus superiores al suicidio. Muchos de los soldados que cayeron en manos de los soviéticos se negaron a participar en el intercambio de prisioneros después de la guerra por miedo a ser acusados de deserción y acabaron enterrando sus huesos en tierras de Mongolia. El señor Honda fue desmovilizado a causa de su herida en el oído y se convirtió en adivino.

—Después de todo tuve suerte —dijo el señor Honda—. Si no hubiera perdido el oído, quizá me hubieran enviado al sur del Pacífico y ahora estaría muerto. A muchos de los soldados que sobrevivieron en Nomonhan los enviaron al sur del Pacífico y ya no volvieron. Para el ejército imperial, la batalla de Nomonhan fue una vergüenza y destinaron a todos los supervivientes al frente más peligroso. Era como si les dijeran: «Id allí y no volváis sino muertos». Los oficiales de estado mayor que habían dado órdenes absurdas en Nomonhan hicieron después carrera en Tokio. Algunos de estos individuos se dedicaron en la posguerra a la política. Pero la memoria de casi todos los que perdieron la vida luchando bajo sus órdenes fue sofocada.

—¿Por qué la batalla de Nomonhan fue algo tan vergonzoso para el ejército? —pregunté—. Todos los soldados lucharon encarnizadamente, ¿no es cierto? Muchos de ellos murieron, ¿no es cierto? ¿Por qué los supervivientes fueron tratados con tanto cinismo?

No pareció haber oído mi pregunta. Volvió a mezclar sus bastoncitos adivinatorios.

—Debes tener cuidado con el agua —dijo.

Ése fue el final del relato de aquel día.

Después de la discusión con el padre de mi mujer, ya no volvimos a casa del señor Honda. Era el padre de mi mujer quien le pagaba y era evidente que no seguiría haciéndolo. Nuestra situación económica no nos permitía pagar sus honorarios (aunque, la verdad, no tenía la menor idea de a cuánto ascenderían). Cuando nos casamos estábamos, económicamente hablando, con el agua al cuello. Y pronto olvidamos al señor Honda. Lo olvidamos como, antes o después, la mayoría de jóvenes ocupados olvidan a la mayoría de ancianos.

Aquella noche, después de acostarme, seguí pensando en el señor Honda. Intenté confrontar lo que éste me había dicho sobre el agua con la historia del agua de Malta Kanoo. El señor Honda me había dicho que tuviera cuidado con el agua. Malta Kanoo había hecho ejercicios espirituales en la isla de Malta mientras realizaba su estudio sobre el agua. Quizá fuera una simple coincidencia, pero ambos daban una gran importancia al agua. Esto me preocupó un poco. Intenté recordar imágenes de la batalla de Nomonhan. Los tanques soviéticos y las posiciones de las ametralladoras, y el río fluyendo a sus espaldas. Y aquella sed terrible, insoportable. Pude oír nítidamente en la oscuridad el rumor de la corriente del río.

—Oye —me dijo mi mujer en voz baja—. ¿Estás despierto?

—Sí.

—Oye, se trata de la corbata de lunares. Acabo de acordarme. La llevé a finales de año a la tintorería. Estaba arrugada y pedí que me la plancharan. Me olvidé de ir a recogerla.

—¿A finales de año? —dije—. Ya hace más de seis meses.

—Sí, ya sabes que no me suelen pasar estas cosas. Ya me conoces. Nunca se me olvida nada. ¡Qué rabia! ¡Con lo preciosa que era aquella corbata! —Ella alargó una mano y me tocó el brazo—. La llevé a la tintorería enfrente de la estación. ¿Crees que todavía la tendrán?

—Mañana iré a mirar. Es posible que aún esté.

—¿Por qué lo piensas? Ya hace más de medio año. Muchas tintorerías, a los tres meses, se quedan con las cosas que la gente no ha ido a recoger. Pueden hacerlo, si quieren. ¿Por qué crees que aún estará?

—Porque Malta Kanoo me ha dicho que no me preocupe —dije—. Que la encontraré fuera de casa.

Sentí cómo se volvía hacia mí en la oscuridad.

—¿La crees?

—No sé por qué, pero empiezo a creer en ella.

—Un día de éstos empezarás a llevarte bien con mi hermano —dijo mi mujer en tono divertido.

—Quizá.

Después de que mi mujer se durmiera, seguí pensando en el campo de batalla de Nomonhan. Allí, todos los soldados dormían. Sobre sus cabezas, el cielo estaba cuajado de estrellas y los grillos chirriaban a cientos. Se oía el río. Me dormí escuchando el rumor de la corriente.

5
Adicto a los caramelos de limón
El pájaro que no puede volar y el pozo seco

Después de lavar los platos del desayuno, me monté en la bicicleta y fui a la tintorería enfrente de la estación. El dueño, un hombre en la segunda mitad de la cuarentena, delgado y con profundas arrugas en la frente, escuchaba una cinta de la Percy Faith Orchestra en un radiocasete que había sobre una estantería. Era un gran JVC con algún tipo de altavoz especial que hacía resaltar los tonos graves y, a su lado, se veía un montón de cintas. La orquesta tocaba el tema de Tara haciendo exhibición de una magnífica sección de cuerda. En el fondo de la tienda, el hombre acompañaba la orquesta silbando mientras, con movimientos ágiles, pasaba la plancha de vapor por una camisa. De pie ante el mostrador, tras las excusas pertinentes, le expliqué que había llevado una corbata a finales de año y que me había olvidado de ir a recogerla. En aquel pequeño y apacible mundo de las nueve y media de la mañana, mi aparición debía de resultar, sin duda, como la llegada de un mensajero portador de una noticia funesta en una tragedia griega.

—Tampoco debe de tener el resguardo, supongo —dijo el dueño de la tienda en tono sarcástico. No me hablaba a mí. Se dirigía al calendario colgado al lado del mostrador. La fotografía de junio mostraba un paisaje de los Alpes. Un valle verde con las vacas pastando apaciblemente. Al fondo, unas nubes blancas de contorno preciso coronaban el Monte Cervino o el Montblanc. Después me miró con una expresión que decía: «Ya que entonces no te acordaste, ¿por qué no lo olvidaste para siempre?». Era una expresión muy directa y elocuente.

—A finales de año, ¿verdad? ¡Uff! Vaya usted a saber. Ya hace más de seis meses. Pero voy a mirar por si acaso.

Apagó la plancha de vapor, la puso sobre la tabla y, silbando al compás de *En una isla tranquila, al Sur,* empezó a rebuscar en las estanterías de la trastienda.

Había visto la película con mi novia de los tiempos del instituto. Los protagonistas eran Troy Donahue y Sandra Dee. Se trataba de una reposición y la vimos en una sesión doble junto con *Contigo para siempre,* de Connie Francis. Creo recordar que *En una isla tranquila, al Sur* es una película bastante mediocre. Pero al oír trece años después aquella música delante del mostrador de una tintorería, sólo me vinieron a la mente recuerdos gratos de aquella época.

—Oiga, ¿verdad que ha dicho una corbata a topos beige? —preguntó el dueño de la tintorería—. ¿El nombre era Okada?

—Sí.

—Ha tenido suerte —dijo.

En cuanto volví a casa, llamé a mi mujer al trabajo. «Tenían la corbata», le dije.

—¡Qué bien! —exclamó mi mujer.

En su voz había una vibración artificial, como cuando se alaba a un niño que ha sacado buenas notas. Esto me hizo sentir incómodo. Quizás hubiera tenido que esperar a la hora de la comida para llamar.

—Me has quitado un peso de encima. Pero, oye, ahora no puedo estar por ti. Tengo una llamada. Me sabe mal. ¿No podrías llamar más tarde? A la hora de comer o así.

—Te llamaré a mediodía —dije.

Después de colgar tomé el periódico, salí al cobertizo y, tal como solía hacer, me tendí boca abajo, abrí el periódico por la página de las ofertas de empleo y me leí despacio, de cabo a rabo, tomándome todo el tiempo necesario, aquellas largas columnas llenas de signos y claves enigmáticas. En el mundo existían todos los trabajos imaginables. Y todos ellos se alineaban en la página del periódico, claramente divididos en pulcros recuadros como el mapa donde se distribuyen las tumbas de un cementerio nuevo. Sin embargo, encontrar un trabajo adecuado para mí, eso ya me parecía casi imposible. Es que, pese a haber —porque, aunque fragmentarios, los había— datos y referencias dentro de aquellos recuadros, todos aquellos datos y todas aquellas referencias no lograban conformar jamás una imagen real. Los nombres, los códigos y los números que se alineaban allí uno tras otro, en un puzzle desordenado de infinitos detalles, me parecían la osamenta de un animal cuya reconstrucción fuera casi inimaginable.

Después de mirar largo rato la página de ofertas de empleo, sentía siempre una especie de parálisis. ¿Qué demonios quería? ¿Adónde quería ir? O, ¿adónde *no quería ir*? Se me hacía cada vez más incomprensible.

Como era habitual, oí al *pájaro-que-da-cuerda* chirriar en la copa de un árbol cercano. *Ric-ric.* Dejé el periódico, me incorporé y, recostado en una columna, contemplé el jardín. Unos instantes después, chirrió de nuevo. Se oía su *ric-ric* en la copa de un pino de un jardín próximo. Fijé la vista, pero no logré descubrir la figura de ningún pájaro. Sólo se oía su chirrido. Como siempre. De todos modos, el mundo ya tenía cuerda para un día.

Antes de las diez empezó a llover. No mucho. Una llovizna de esas tan ligeras que te hacen dudar si llueve o no. Sólo al concentrar la mirada te das cuenta de que, en efecto está lloviendo. En el mundo puede darse la circunstancia de que llueva o la circunstancia de que no llueva y, entre ambas, en algún punto debe de estar la línea divisoria. Permanecí unos instantes sentado en el cobertizo mirando fijamente aquella línea que debía de encontrarse en algún punto.

¿Qué debía hacer hasta mediodía? ¿Ir a nadar a la piscina del barrio o al callejón a buscar el gato? Apoyado en una columna del cobertizo consideré ambas posibilidades durante unos instantes mientras miraba cómo caía la lluvia en el jardín.

La piscina o el gato.

Finalmente me decidí por el gato. Malta Kanoo había dicho que ya no estaba en el vecindario. Pero a mí, aquella mañana, me habían entrado unas ganas inexplicables de ir a buscarlo. La búsqueda del gato se había convertido ya en una de mis actividades cotidianas y, además, tal vez Kumiko se alegrara cuando supiese que había ido. Me puse un impermeable ligero. Decidí no llevarme el paraguas. Me calcé unas zapatillas de tenis, me metí en el bolsillo del impermeable las llaves de casa y unos cuantos caramelos de limón y salí a la calle. Ya había atravesado el jardín y tenía una mano sobre el muro cuando oí el timbre del teléfono. Inmóvil, agucé el oído. Pero no pude distinguir si era mi teléfono o el de algún vecino. En cuanto te alejas un paso de casa, todos los teléfonos suenan igual. Desistí, salté el muro de cemento y entré en el callejón.

Sentía la suavidad de la hierba a través de la delgada suela de goma de las zapatillas de tenis. El callejón estaba más silencioso que de costumbre. Me detuve un instante, contuve el aliento y agucé el oído, pero no pude oír nada. El teléfono había dejado de sonar. No se oía ni el canto de los pájaros ni el ruido de fondo de la ciudad. El cielo, sin fisuras, estaba pintado de un color gris uniforme. «En un día así, tal vez las nubes absorban los ruidos de la superficie de la tierra», pensé. No, no sólo absorbían el ruido. Absorbían también muchas otras cosas. Por ejemplo, las sensaciones.

Con las manos hundidas en los bolsillos del impermeable atravesé el estrecho callejón y llegué finalmente a la casa abandonada. Estaba allí, silenciosa como siempre. Con aquellas nubes plomizas como telón de fondo, la casa de dos plantas se erguía, con las persianas cerradas a cal y canto, con un aire en verdad melancólico. Parecía que un barco mercante hubiera embarrancado en el acantilado tras ser arrojado allí por las olas una noche lejana de tormenta. De no ser porque la hierba del jardín había crecido desde la vez anterior, si alguien me hubiera dicho que el tiempo se había detenido en aquel lugar, me lo habría creído. Gracias a los largos días lluviosos de la estación de los monzones, la hierba brillaba con un fresco color verde y exhalaba el olor salvaje que sólo puede emanar de algo que hunde sus raíces en la tierra. Justo en el centro de aquel mar de hierba, el pájaro de piedra, en una postura idéntica a la de la vez anterior, las alas desplegadas, a punto de emprender el vuelo. Pero, obviamente, no había ninguna posibilidad de que volara. Esto lo sabía yo y también lo sabía el pájaro. Inmovilizado en aquel lugar, sólo le cabía esperar que se lo llevaran a algún otro lugar o que lo derribaran. El pájaro no tenía ninguna otra posibilidad de abandonar el jardín. Lo único que allí se movía era una mariposa blanca fuera de estación que revoloteaba al azar sobre la hierba. La mariposa parecía una persona que, en plena búsqueda, hubiera olvidado qué estaba buscando. Tras cinco minutos de búsqueda infructuosa la mariposa desapareció.

Permanecí unos instantes apoyado en la cerca contemplando el jardín mientras chupaba un caramelo de limón. No había indicios del gato. No había indicios de nada. Aquello parecía un remanso de agua estancada donde alguna poderosa fuerza hubiera detenido el curso natural de la corriente.

De repente sentí la presencia de alguien a mis espaldas y me di la vuelta. Pero no había nadie. Sólo el seto de la casa de enfrente, al otro lado del callejón, y un pequeño portillo. El portillo donde había estado la chica. Sin embargo, ahora estaba cerrado y no se veía a nadie en el jardín que se extendía detrás. Todo permanecía en silencio, impregnado de una ligera humedad. Olía a lluvia y a hierba. Olía a mi impermeable. Tenía un caramelo de limón medio deshecho bajo la lengua. Aspiré hondo y todos los olores se fundieron en uno. Volví a mirar a mi alrededor. No había nadie. Al aguzar el oído, reconocí a lo lejos el ruido sordo de un helicóptero. Debía de volar por encima de las nubes. Pero también este ruido se fue alejando y pronto cayó de nuevo el silencio sobre el lugar.

En la entrada de la cerca que rodeaba el jardín había, por supuesto, una verja. Cuando la empujé para ver qué pasaba, se abrió con una facilidad casi decepcionante. Como si me invitara a pasar. Parecía que dijera: «No pasa nada. Es fácil. No tienes más que colarte dentro». Pero por muy deshabitada que estuviera la casa, entrar sin permiso en una propiedad ajena era ilegal, y no hacía falta, para saberlo, sacar a relucir los conocimientos legales amontonados uno sobre otro durante ocho años de ejercicio. Si un vecino veía a alguien dentro de la casa, le parecía sospechoso y llamaba a la policía, ésta vendría enseguida y me interrogaría. Yo les podría decir que buscaba el gato. Que mi gato había desaparecido y que lo estaba buscando por el barrio. La policía me preguntaría mi dirección y mi profesión. Entonces tendría que decirles que estaba en paro. Un hecho, sin duda, que les haría concebir sospechas. La policía estaba aquellos días terriblemente nerviosa por unos terroristas de extrema izquierda. Estaba convencida de que los terroristas tenían escondrijos en diversos lugares de Tokio donde ocultaban arsenales de rifles y bombas caseras bajo el suelo. Era posible que llamaran a mi mujer al trabajo para verificar mis explicaciones. Si lo hacían, a Kumiko le trastornaría mucho.

Pero entré en el jardín. Cerré velozmente el portillo detrás de mí. «¡No importa!», pensé. «Si tiene que pasar algo, que pase. Si *quiere* pasar algo, que pase. Me es igual.»

Crucé el jardín despacio, lanzando miradas furtivas a mi alrededor. Mis zapatillas de tenis pisaban la hierba sin levantar ningún ruido. Había unos árboles frutales bajos, cuyo nombre desconocía, y un amplio cuadro de indómito césped. Pero ahora estaba tan entreverado con hierbajos que no podía distinguirse qué era qué. Unas enredaderas de feos troncos sarmentosos se habían enroscado alrededor de dos árboles frutales que parecían haber muerto por asfixia. Una hilera de osmanthus dispuesta junto a la verja aparecía escarchada de blanco por los huevos de los insectos. Un pequeño moscardón zumbó junto a mi oído unos instantes.

Pasé junto a la estatua de piedra, me encaminé hasta el lugar bajo el alero donde se apilaban las sillas de plástico blanco y tomé una. La silla de arriba estaba cubierta de barro, pero la de debajo no estaba tan sucia. Sacudí el polvo con la mano y me senté. Quedé oculto por los hierbajos, de modo que nadie podía verme desde el callejón. Como me encontraba debajo del alero, tampoco debía preocuparme por la lluvia. Sentado allí, silbé flojito mientras contemplaba el jardín que recibía aquella lluvia ligera. Durante unos instantes no me di cuenta de qué estaba silbando. Era la obertura de *La gazza ladra,* de Rossini. La misma melodía que estaba silbando mientras hervía los espaguetis y llamó aquella extraña mujer.

En el jardín desierto, mientras silbaba desentonando y contemplaba los hierbajos y el pájaro de piedra, sentí que había vuelto a la infancia. Me hallaba en un lugar secreto que nadie conocía. Nadie podía verme. Al pensarlo, me sentía en paz.

Levanté los pies hasta la silla, doblé las rodillas y apoyé el mentón entre las manos. Permanecí unos instantes con los ojos cerrados. Seguía sin oírse nada. La oscuridad tras mis párpados se parecía al cielo nublado, pero el gris era algo más oscuro. A cada instante venía alguien y me lo repintaba de otros grises de un tono algo distinto. Gris dorado, gris verdoso, un llamativo gris rojizo. Me admiró que existieran tantos grises. «El ser humano es asombroso», pensé. «Si permanece inmóvil diez minutos con los ojos cerrados, verá infinidad de grises.»

Atento a esta gama de grises, silbé sin pensar en nada.

—Oye —dijo alguien.

Abrí los ojos de repente. Me incliné hacia un lado para mirar hacia la verja a través de los hierbajos. Estaba abierta. Abierta de par en par. Alguien había entrado detrás de mí. El corazón me latió más rápido.

—Oye —repitió ese alguien.

Era una voz femenina. Salió de detrás del pájaro de piedra. Se me acercó. Era la chica que la vez anterior tomaba el sol en la casa de enfrente. Llevaba la misma camiseta Adidas azul celeste, los mismos pantalones cortos, seguía arrastrando ligeramente la pierna. Sólo que ahora no llevaba gafas de sol.

—Oye, ¿qué diablos estás haciendo aquí? —preguntó.

—He venido a buscar el gato.

—¿De verdad? Pues no lo parecía. Aquí sentado, quieto, silbando con los ojos cerrados. No creo que así puedas encontrar el gato, la verdad.

Enrojecí un poco.

—A mí me es igual, pero alguien que no te conociera pensaría que eres un pervertido, ¿sabes? Tienes que ir con cuidado —dijo—. Oye, tú no serás un pervertido, ¿no?

—No creo —repliqué.

Se me acercó y, tras invertir largo tiempo en elegir una silla no demasiado sucia del montón apilado bajo el alero y, al fin, efectuar una última y minuciosa inspección, la depositó en el suelo y se sentó.

—Además, no sé qué era, pero lo que silbabas sonaba fatal. ¿No serás marica?

—No creo —dije—. ¿Por qué?

—Es que he oído que los maricas silban muy mal. ¿Es verdad eso?

—Pues no lo sé —respondí.

—A mí tanto me da que seas un marica, un pervertido, lo que te dé la gana —dijo—. ¿Cómo te llamas? Si no sé tu nombre no puedo llamarte.

—Tooru Okada —dije.

Repitió varias veces mi nombre para sí.

—Un poco vulgar, ¿no?

—Puede ser —repliqué—. ¿Pero no te parece que Tooru Okada suena a ministro de Asuntos Exteriores de antes de la guerra?

—Yo de eso no entiendo. Soy muy mala en historia. Pero, bueno, tanto da. ¿No tienes un apodo o algo así, señor Tooru Okada? Algo más fácil.

Reflexioné unos instantes, pero no logré recordar ningún apodo. En toda mi vida nadie me había puesto ninguno. ¿Por qué sería?

—Algo como *oso* o *rana*.

—Nada.

—¡Va! ¡Vamos! —dijo ella—. Piensa uno.

—*Pájaro-que-da-cuerda* —dije.

—¡*Pájaro-que-da-cuerda*! —gritó ella mirándome con la boca medio abierta—. ¿Y eso qué es?

—Un pájaro que da cuerda —dije—. Cada mañana, en la copa de un árbol, le da cuerda al mundo, *ric-ric*.

Ella volvió a mirarme en silencio.

—Se me ha ocurrido de repente —suspiré—. Es un pájaro que está siempre por el vecindario. Y chirría, *ric-ric,* desde un árbol cercano. Pero nadie lo ha visto todavía.

—¡Ah! —dijo—. Vale. De acuerdo. Es bastante difícil de decir, pero Tooru Okada es mucho peor. Vale, señor *pájaro-que-da-cuerda*.

—Gracias —dije.

Puso ambos pies sobre el asiento y apoyó el mentón en las rodillas.

—¿Y tú cómo te llamas? —pregunté.

—May Kasahara —dijo—. May de mayo.

—¿Has nacido en mayo?

—Lógico, ¿no? Vaya lío si hubiera nacido en junio y me hubieran puesto May.

—Sí, claro —dije—. ¿Aún no vas a la escuela?

—Te he estado mirando todo el rato, señor *pájaro-que-da-cuerda* —dijo May Kasahara sin responder a mi pregunta—. Cuando has abierto la puerta y has entrado en el jardín te estaba mirando con unos prismáticos desde dentro de casa. Siempre tengo a mano unos prismáticos pequeños. Y vigilo el callejón. Quizá no lo sepas, pero pasa mucha gente por aquí. Y no sólo gente. También animales. ¿Qué demonios estabas haciendo todo el rato aquí solo?

—Nada, estaba en la luna —dije—. Pensaba en cosas del pasado, silbaba...

May Kasahara se mordió las uñas.

—Tú eres un poco raro, ¿sabes?

—Yo no soy raro. Todo el mundo hace esas cosas.

—Sí, quizá sí. Pero para hacerlas, nadie entra aposta en una casa abandonada del vecindario. Si uno quiere estar en la luna, pensar en el pasado y silbar, todo eso puede hacerlo en el jardín de su casa, ¿no?

Pensé que tenía toda la razón del mundo.

—Por cierto, veo que *Noboru Wataya* todavía no ha vuelto —dijo ella.

Hice un movimiento de cabeza negativo.

—¿No lo has visto desde el otro día?

—Era un gato con manchas marrones y la punta del rabo doblada, ¿verdad? No, no lo he visto. Y mira que he prestado atención desde entonces, pero no, no lo he visto.

May Kasahara sacó un paquete de Hope cortos de un bolsillo de sus pantalones y se encendió un cigarrillo con una cerilla de cartón. Permaneció unos instantes fumando en silencio y luego me miró fijamente.

—¿Tú no te estarás quedando calvo?

Inconscientemente, me llevé una mano a la cabeza.

—No —dijo May Kasahara—. Ahí no. En la frente, en el nacimiento del pelo. ¿No tienes más entradas de lo normal?

—Pues no me había dado cuenta.

—Seguro que te irás quedando calvo por ahí. Yo de eso entiendo. En tu caso, la línea del nacimiento del pelo irá retrocediendo.

Ella se agarró el pelo con fuerza, se lo echó para atrás y me mostró su blanca frente descubierta.

—Debes tener cuidado.

Me toqué el nacimiento del pelo. Quizá fueran imaginaciones mías, pero, ahora que lo decía, me pareció que había retrocedido. Me inquieté un poco.

—Dices que tenga cuidado, pero ¿cómo?

—Bueno, en realidad no se puede hacer nada —dijo ella—. La calvicie no se puede prevenir. Las personas que tienen que quedarse calvas se quedan calvas, y cuando deben quedarse calvas, se quedan calvas. Nada puede impedirlo. Se habla mucho, ¿no?, de que si te cuidas el pelo no te quedas calvo. Pero es mentira. Mentira. Mira a Shinjuku y mira a los vagabundos que están tirados por ahí. No hay ni uno calvo. Y ellos no se lavan cada día el pelo con champú Clinique o Vidal Sassoon. ¿Crees que cada día se dan friegas en el cuero cabelludo con loción? Todo eso se lo inventan los fabricantes de cosméticos para sacarle el dinero a la gente con poco pelo.

—Claro —dije admirado—. ¿Y cómo es que sabes tantas cosas sobre la calvicie?

—He estado haciendo un trabajo de media jornada en una

empresa de pelucas. Es que no voy a la escuela y tengo mucho tiempo libre. He estado realizando encuestas, estudios sobre eso. Por eso sé tantas cosas sobre los calvos. Tengo muchísima información.

—¡Ah, caramba!

—Pero ¿sabes? —dijo ella echando la colilla al suelo y apagándola con la suela del zapato—. En la empresa donde trabajo tenemos terminantemente prohibido usar la palabra «calvo». Debemos decir «persona con problemas capilares». Dicen que «calvo» es un término discriminatorio. Yo una vez, en broma, dije «persona con minusvalías capilares» y ellos se pusieron furiosos. «No se puede hacer broma sobre eso», me advirtieron. ¡Es que ellos trabajan muy en serio! ¿Sabes? La gente de este mundo es *taaan* seria.

Saqué los caramelos de limón del bolsillo, me metí uno en la boca y ofrecí otro a May Kasahara. Lo rechazó con un movimiento de cabeza y a cambio sacó otro cigarrillo.

—Oye, señor *pájaro-que-da-cuerda* —dijo May Kasahara—. Tú estabas en paro. ¿Todavía lo estás?

—Sí.

—¿Tú también tienes la intención de trabajar en serio?

—Claro —contesté. Pero me fui sintiendo cada vez menos seguro de mi afirmación—. No lo sé —rectifiqué—. Tengo la impresión de que necesito tiempo para pensar. No te lo puedo decir, ni yo mismo lo sé bien.

May Kasahara me miró unos instantes mordiéndose las uñas.

—Oye, ¿por qué no vienes a trabajar conmigo a la empresa de pelucas? No pagan gran cosa, pero el trabajo es fácil y deja mucho tiempo libre. No te lo pienses mucho. Si haces un trabajo ocasional de este tipo, quizá se te vayan aclarando las ideas. Además, será un cambio.

«No es mala idea», pensé.

—No es mala idea —dije.

—¡Ok! Entonces la próxima vez pasaré a buscarte —dijo—. ¿Dónde vives?

—Es un poco difícil de explicar. Vas hasta el fondo del callejón y, después de girar varias veces, a mano izquierda hay una casa con un Honda Civic aparcado. En el parachoques tiene pegado un adhesivo que dice: PAZ A TODOS LOS PUEBLOS DE LA TIERRA. Mi casa es la siguiente, pero como no hay entrada al callejón, tendrás que saltar un muro de cemento. Es un poco más bajo que yo.

—Entonces bien. Un muro así lo puedo saltar sin problemas.

—¿Ya no te duele la pierna?

Ella exhaló una bocanada de humo con un sonido parecido a un suspiro.

—No hay problema. Cojeo aposta porque no quiero ir a la escuela. Delante de mis padres hago cuento. Pero se ha convertido en un vicio. Hago ver que tengo la pierna mal incluso cuando no mira nadie, cuando no hay nadie más en la habitación. Soy perfeccionista. Ya lo dicen, ¿no? «Para engañar a los demás, engáñate primero a ti mismo.» ¿No, señor *pájaro-que-da-cuerda*? ¿Eres valiente?

—No mucho —dije.

—¿Y nunca lo has sido, ni siquiera antes?

—Nunca, jamás lo he sido.

—¿Y curiosidad? ¿Tienes?

—Curioso sí lo soy, un poco.

—¿Y no crees que la curiosidad y la valentía se parecen? —dijo May Kasahara—. Donde hay valentía hay curiosidad, y donde hay curiosidad hay valentía, ¿no te parece?

—Pues sí. Es posible que se parezcan en algo —dije—. Quizás haya casos en que coincidan, tal como dices.

—Como cuando te cuelas en casa de los demás.

—Por ejemplo —admití pasándome el caramelo de limón encima de la lengua—. Cuando entras furtivamente en el jardín de los demás parece que la valentía y la curiosidad actúen juntas. A veces, la curiosidad puede despertar el coraje o avivarlo. Pero, en la mayoría de los casos, la curiosidad enseguida se desvanece. La valentía tiene que recorrer un camino mucho más largo. La curiosidad es igual que un amigo simpático en quien no puedes confiar. Te instiga y, cuando le parece, se va. Y entonces tú solo tienes que tirar adelante haciendo acopio de coraje.

Ella reflexionó unos instantes.

—Pues sí —dijo ella—. También se puede ver así, seguro.

May Kasahara se levantó y con una mano se sacudió el polvo de los fondillos del pantalón. Luego bajó la vista hacia mí.

—Oye, señor *pájaro-que-da-cuerda*, ¿quieres ver el pozo?

—¿El pozo? —pregunté—. ¿Qué pozo?

—Hay un pozo seco aquí —dijo ella—. A mí me gusta bastante. ¿Quieres verlo?

El pozo estaba al otro lado del jardín, junto a la casa. Era redondo, de un metro y medio de diámetro, y tenía una gruesa tapa redonda de madera fijada por dos bloques de cemento. Cerca del brocal del pozo, que se elevaba un metro desde el suelo, se erguía, protector, un viejo árbol. Diría que era un árbol frutal, pero desconozco su nombre.

El pozo, como todos los objetos que pertenecían a la casa, parecía llevar mucho tiempo abandonado, olvidado. Allí se respiraba algo que apetecía llamar «insensibilidad opresiva». Quizá cuando la gente los abandona, los objetos inanimados se convierten en objetos aún más inanimados.

Pero al acercarme y mirarlo con más atención, me di cuenta de que el pozo, en realidad, pertenecía a una época mucho más lejana que todo lo que lo rodeaba. Posiblemente, el pozo estaba allí desde antes de que se construyera la casa. A juzgar por la tapa era viejísimo. El brocal estaba revestido de una sólida capa de cemento, pero ésta parecía haber sido aplicada —tal vez con el propósito de reforzarlo— sobre la obra antigua. Incluso los árboles que se erguían junto al pozo daban la impresión de encontrarse allí desde mucho antes que los otros árboles de alrededor.

Levanté las piedras, quité los dos trozos con forma de media-luna en que se había dividido la tapa, apoyé una mano en el brocal y me asomé adentro, pero no alcancé a ver el fondo. Parecía bastante profundo y la mitad inferior se sumía en una oscuridad total. Lo olí. Sólo olía ligeramente a moho.

—No hay agua —dijo May Kasahara—. Es un pozo sin agua.

«Un pájaro que no puede volar, un pozo sin agua», pensé. «Un callejón sin salida y...»

Ella tomó un trozo de ladrillo que había a sus pies y lo tiró al pozo. Poco después se oyó un pequeño ruido, seco y apagado. Sólo eso. Un rumor sequísimo, como si estuvieras triturando algo con la mano. Me incorporé y miré a May Kasahara a los ojos.

—¿Por qué será que no hay agua? ¿Se habrá secado o lo habrá llenado alguien de tierra?

Ella se encogió de hombros.

—Si alguien lo hubiese llenado de tierra, lo habría llenado del todo. Dejarlo así, a medias, no tiene sentido y, además, si alguien se cae dentro, puede hacerse daño. ¿No crees?

—Sí, seguro que tienes razón —reconocí—. Debe de haberse secado por algún motivo.

Me acordé, de repente, de lo que tiempo atrás había dicho el señor Honda. «Cuando debas ir hacia arriba, busca la torre más alta y sube hasta la cúspide. Cuando debas ir hacia abajo, busca el pozo más profundo y baja hasta el fondo.» «Por el momento», pensé, «aquí ya tengo un pozo.»

Me incliné de nuevo sobre el brocal y me quedé mirando fijamente las tinieblas, sin pensar en nada. «Ahí, en pleno día, está tan oscuro», pensé. Carraspeé y tragué saliva. En aquella oscuridad, mi carraspeo sonó como el carraspeo de otro. En mi saliva aún quedaba el gusto del caramelo de limón.

Tapé el pozo y puse los bloques de cemento encima, donde estaban antes. Miré el reloj. Ya eran casi las once y media. A mediodía tenía que llamar a Kumiko.

—Tengo que volver a casa —dije.

May Kasahara hizo una pequeña mueca.

—De acuerdo, señor *pájaro-que-da-cuerda*. Vete a casa.

Cuando cruzamos el jardín, el pájaro de piedra seguía mirando severamente el cielo con sus ojos de piedra. El cielo seguía cubierto, sin fisuras, de nubes grises, pero había parado de llover. May Kasahara arrancó un puñado de hierba y lo lanzó hacia el cielo. Como no había viento, las hebras fueron esparciéndose, una a una, a sus pies.

—Oye, aún falta mucho tiempo para que anochezca —dijo ella sin mirarme.

—Mucho tiempo —dije yo.

6
El nacimiento de Kumiko Okada
El nacimiento de Noboru Wataya

Como hijo único, no acabo de imaginar los sentimientos que unen, uno con otro, a un hermano y una hermana después de hacerse adultos y llevar vidas independientes.

En el caso de Kumiko, cuando la conversación recae en Noboru Wataya, aflora en su rostro una expresión vaga, como si por equivocación se hubiera metido en la boca algo que tuviera un gusto raro, pero yo no sabría decir qué sentimiento esconde esta expresión. Kumiko sabe que no siento ni pizca de simpatía por su hermano y, además, lo encuentra lógico. Ella misma tampoco siente predilección por un individuo semejante. Creo que si ella y Noboru Wataya no estuvieran unidos por lazos de sangre, no existiría la menor posibilidad de que intimasen. Lo cierto es que son hermano y hermana y las cosas toman, así, un cariz algo más complejo.

En la actualidad, Kumiko y Noboru Wataya apenas si tienen ocasión de verse. Yo jamás voy a casa de mis suegros. Tal como he mencionado antes, a raíz de mi discusión con el padre de Kumiko nos distanciamos de manera definitiva. La pelea fue bastante violenta. En mi vida son contadas las personas con quienes me he peleado, pero, a cambio, cuando empiezo lo hago en serio y lo llevo hasta el final. Sin embargo, una vez hube dicho todo lo que quería decir, extrañamente no me quedó el menor sentimiento de enfado hacia mi suegro. Sólo tuve la sensación de librarme del fardo que había acarreado sobre mis espaldas durante mucho tiempo. No había en mí ni odio ni ira. Incluso llegué a pensar que la vida de aquel hombre, por desagradable y estúpida que me pareciera su manera de vivirla, debía de haber sido muy dura. Le dije a Kumiko que jamás volvería a ver a sus padres. Pero que si ella quería visitarlos, era muy libre de hacerlo, que eso a mí no me concernía. Tampoco Kumiko parecía abrigar esa intención. «No importa. Tampoco es que me apeteciera verlos antes», dijo Kumiko.

En aquella época, Noboru Wataya vivía en la casa paterna, pero no intervino en la pelea entre su padre y yo, sino que se mantuvo al margen con actitud displicente. Tampoco era de extrañar. Noboru Wataya nunca había sentido el menor interés por mí y había rehusado tener conmigo cualquier contacto personal fuera del estrictamente necesario. Cuando dejé de ir a casa de mis suegros, ya no había ninguna ocasión para encontrarme con Noboru Wataya. Por lo que respecta a Kumiko, tampoco ella tenía ocasión de verlo. Él estaba ocupado y ella estaba ocupada. Además, tampoco habían sido nunca unos hermanos muy unidos.

A pesar de ello, Kumiko llamaba a veces a Noboru Wataya a su despacho de la universidad y hablaban. También Noboru Wataya la llamaba a la oficina (a casa jamás telefoneó). «Hoy he llamado a mi hermano», «Hoy me ha llamado mi hermano a la oficina», me decía a veces Kumiko. Pero no sé de qué hablaban. Ni yo se lo pregunté jamás, ni ella me dio nunca más explicaciones que las imprescindibles.

Tampoco sentía ningún interés especial por el contenido de sus conversaciones con Noboru Wataya. No es que me molestara que hablaran por teléfono. Sólo que, hablando con franqueza, por muchas vueltas que le diera me cuesta imaginar de qué podían hablar dos personas tan diferentes como Kumiko y Noboru Wataya. ¿Era ese hecho fruto de los especiales lazos de la consanguinidad?

Aunque fueran hermano y hermana, Noboru Wataya y mi mujer se llevaban nueve años. Además, otra de las razones que explicaba aquella perceptible falta de intimidad entre los dos hermanos era que Kumiko, de muy pequeña, había sido educada por sus abuelos paternos.

Al principio, Noboru Wataya y Kumiko no eran sólo dos. Entre ellos había otra niña, que había sido la hermana mayor de Kumiko. Cinco años mayor. Así que originariamente eran tres hermanos. Pero a los tres años, Kumiko fue confiada a sus abuelos paternos, dejó Tokio para ir a Niigata. Y allí la crió su abuela paterna. La razón que más tarde le dieron sus padres era que ella tenía, de nacimiento, una constitución débil y que era mejor para ella que creciera en el campo, con un aire sano, pero esto nunca la convenció. Ella no era especialmente débil. Tampoco había tenido ninguna enfermedad grave y, de cuando vivía en el campo, no recordaba que nadie a su alrededor se preocupara por su salud. «Debía de ser una simple excusa», dijo Kumiko.

Según le contó uno de sus parientes mucho más tarde, entre la abuela y la madre de Kumiko había una profunda discordia que ya duraba años, y confiar a Kumiko a sus abuelos de Niigata fue una especie de tregua entre ambas partes. Cediéndola provisionalmente, los padres de Kumiko aplacaban la ira de la abuela, y ésta, por su parte, al hacerse cargo de su nieta, tenía la confirmación material de conservar los vínculos con su propio hijo (el padre de Kumiko). O sea, que Kumiko fue una especie de rehén.

—Además —decía Kumiko—, ya tenían dos hijos más, y desprenderse de uno no representaba un problema tan grave. Por supuesto, no tenían ninguna intención de abandonarme, pero me enviaron allí pensando a la ligera que aún era pequeña y que eso no me afectaría. En muchos sentidos, ésa era la solución más fácil para todos. ¿Te lo puedes creer? Yo no lo entiendo. No tenían la menor idea del desastroso efecto que una cosa así podía tener en una niña pequeña.

Se crió en Niigata, junto a su abuela, de los tres a los seis años. No tuvo en absoluto una infancia infeliz o antinatural. Su abuela la adoraba y, además, podía jugar más a sus anchas con unos primos de edad similar a la suya que con sus hermanos, mucho mayores que ella. Cuando le llegó el momento de ingresar en la escuela primaria, volvió finalmente a Tokio. Sus padres se habían ido sintiendo cada vez más inquietos ante la larga separación y quisieron llevar a su hija de vuelta a Tokio antes de que fuera demasiado tarde. Pero, en algún sentido, ya era demasiado tarde. Durante las semanas que siguieron a la decisión de su vuelta a Tokio, la abuela estuvo terriblemente exaltada, con los nervios a flor de piel. Se negaba a comer y casi no podía dormir. Lloraba, montaba en cólera, enmudecía. Abrazaba a Kumiko con todas sus fuerzas para, instantes después, golpearla con una regla en el brazo, tan fuerte que le dejaba verdugones. Le decía a Kumiko, en los términos más insultantes, lo horrible que era su madre. «No te dejaré ir. Si no puedo verte, prefiero morir ahora mismo», empezaba para añadir a continuación: «Ya no quiero verte más. ¡Vete de una vez!». Incluso intentó clavarse unas tijeras en la muñeca. Kumiko no podía entender qué diablos estaba sucediendo a su alrededor.

La reacción de Kumiko fue cerrar temporalmente su corazón al mundo exterior. Dejó de pensar, de desear cualquier cosa. La situación superaba con creces su capacidad de juicio. Cerró los ojos, se tapó los oídos, dejó de reflexionar. Apenas tiene recuerdos de aquellos meses. No recuerda en absoluto lo que sucedió durante aquel periodo. Sin embargo, cuando se dio cuenta, ya estaba en un nuevo hogar. El hogar donde debería haber estado siempre. Allí estaban sus padres, su hermano y su hermana. Pero aquél no era su hogar. Era, más que nada, un nuevo ambiente.

Kumiko no sabía por qué razón la habían separado de su abuela y la habían llevado a Tokio, pero comprendió de forma instintiva que no volvería jamás a su vida en Niigata. Aquel lugar nuevo era, para la Kumiko de seis años, un mundo más allá de su comprensión. El mundo que Kumiko había conocido hasta entonces y aquel otro eran completamente diferentes e, incluso en aquello que se parecían, funcionaban de un modo radicalmente distinto. Y ella no comprendía ni los valores ni los principios fundamentales sobre los que se asentaba aquel mundo. Ni siquiera podía participar en las conversaciones de su nueva familia.

En aquella nueva atmósfera, Kumiko se volvió una niña taciturna y difícil. No sabía en quién confiar, en quién buscar un apoyo incondicional. No se sentía segura ni siquiera cuando sus padres la abrazaban. El olor que despedían sus cuerpos no despertaba en ella ningún recuerdo. Aquel olor la intranquilizaba terriblemente. Incluso había veces que lo odiaba. De toda la familia, la única persona a quien, con dificultad, pudo ir abriendo su corazón fue su hermana mayor. Los padres se sentían desconcertados ante una hija tan problemática, y su hermano, ya en aquella época, apenas le prestaba atención. Sólo su hermana comprendió que estaba confusa e inmersa en la soledad. Y decidió encargarse de Kumiko con paciencia. Dormía en la misma habitación, poco a poco le fue hablando, le leía libros, iban juntas a la escuela y, a la vuelta, la ayudaba con sus deberes. Cuando llevaba horas llorando sola en un rincón de la habitación, permanecía a su lado, abrazándola. Intentó abrir poco a poco el corazón de su hermana pequeña. Si unos años después de que Kumiko hubiera vuelto a casa, su hermana no hubiese muerto a causa de una intoxicación alimentaria, la situación habría sido muy diferente.

—Creo que si mi hermana hubiera vivido, las cosas habrían ido en casa un poco mejor —dijo Kumiko—. Mi hermana sólo estaba en sexto de primaria, pero era la persona clave de la familia. Si no hubiera muerto, todos seríamos mejores. Como mínimo, yo no sería un caso perdido. ¿Me entiendes? Desde entonces, siempre me he sentido terriblemente culpable frente al mundo. ¿Por qué no había muerto yo en vez de mi hermana? ¿Por qué estaba viva yo, que no servía para nada, que no hacía feliz a nadie? Y mis padres y mi hermano, sabiendo lo que sentía, no me dirigieron ni una sola palabra afectuosa. Al contrario, siempre que podían hablaban de mi hermana muerta. De lo bonita e inteligente que era. De lo mucho que la querían todos. De lo comprensiva que era, de lo bien que tocaba el piano. ¿Sabes? A mí también me hicieron tomar lecciones. Porque, después de que muriera mi hermana, había quedado en casa un piano de cola. Pero yo no tenía el menor interés en tocar el piano. Sabía que nunca podría tocarlo tan bien como mi hermana y no quería darles una prueba tras otra de que, en todos los aspectos, yo era un ser inferior a mi hermana. Ni podía convertirme en otra persona, ni quería hacerlo. Pero ellos no me escuchaban. ¡Nadie me escuchaba! Por eso detesto, aún ahora, ver un piano. También detesto ver a alguien tocando el piano.

Cuando Kumiko me contó esta historia, me enojé con su familia. Por lo que le habían hecho. Por lo que no habían hecho. Entonces aún no estábamos casados. Hacía poco más de dos meses que nos conocíamos. Era una tranquila mañana de domingo y estábamos en la cama. Ella me habló de su infancia sopesando los hechos, uno a uno, despacio, como si desenredara una madeja. Era la primera vez que Kumiko hablaba tanto de sí misma. Hasta entonces, yo no sabía casi nada de su familia o de su vida. De Kumiko, sabía que era callada, que le gustaba dibujar, que tenía el pelo liso y bonito y dos lunares sobre el omóplato derecho. Y que acostarse conmigo había sido su primera experiencia sexual.

Mientras hablaba, lloró un poco. Me pareció comprensible. La abracé y le acaricié el pelo.

—Si mi hermana viviera, seguro que te habría gustado. Gustaba a todo el mundo, les bastaba con verla —dijo Kumiko.

—Quizá sí —dije—. Pero resulta que es de ti de quien estoy enamorado. Es muy simple, ¿no te parece? Esto es algo entre tú y yo, y no tiene nada que ver con tu hermana.

Kumiko permaneció en silencio durante unos instantes, pensativa. A las siete y media de la mañana del domingo, todos los sonidos tenían una resonancia suave y hueca. Oía cómo andaban las palomas sobre el tejado del apartamento y la voz de alguien que llamaba a su perro en la distancia. Kumiko estuvo largo tiempo contemplando un único punto del techo.

—¿Te gustan los gatos? —me preguntó.

—Sí —dije—. Me encantan. Cuando era pequeño, siempre había gatos en casa. Jugaba con ellos. Incluso dormía con ellos.

—¡Qué bien! Yo, de pequeña, me moría por tener un gato. Pero jamás me dejaron. Mi madre los odia. En toda mi vida, hasta ahora, jamás he conseguido tener lo que deseaba de corazón. ¡Ni una sola vez! Cuesta de creer, ¿no te parece? Tú no puedes entender qué vida es ésa, seguro. Cuando uno se acostumbra a no conseguir nunca lo que desea, ¿sabes qué pasa? Que acaba por no saber incluso lo que quiere.

Le tomé la mano.

—Tal vez haya sido así hasta ahora. Pero ya no eres una niña, tienes derecho a escoger tu propia vida. Si quieres un gato, elige una vida donde puedas tenerlo. Es muy simple. Tienes todo el derecho. ¿No te parece?

—Sí.

Unos meses después, Kumiko y yo hablábamos de casarnos.

Si, en aquella familia, la infancia de Kumiko había sido problemática y difícil, la de Noboru Wataya había sido, en otro sentido, deformada de un modo antinatural. Sus padres adoraban a su único hijo varón, pero, al tiempo que lo mimaban, eran extremadamente exigentes con él. Su padre estaba convencido de que la única forma de alcanzar una vida digna en la sociedad japonesa era sacando las mejores notas en la escuela y dejando en la cuneta a cualquiera que se interpusiera en tu camino. Tenía el firme convencimiento de ello. Poco después de la boda, escuché estas palabras de la boca de mi suegro: «Para empezar», dijo, «los seres humanos no han sido creados todos iguales. La igualdad de los seres humanos no es más que un principio que se aprende en la escuela, pero es un disparate. Japón es, por su estructura, una democracia, pero es, al mismo tiempo, una sociedad de clases ferozmente competitiva donde rige la ley de la selva y donde, si no se forma parte de la elite, no tiene ningún sentido vivir. A uno sólo le queda que la máquina lo vaya triturando poco a poco. Por eso la gente intenta trepar en la escala, aunque sólo sea un peldaño. Ésta es una ambición extraordinariamente sana. Si la gente pierde esta ambición, Japón sucumbirá». Ante tales opiniones, yo no hacía ningún comentario. Tampoco es que él me pidiera mi impresión o parecer. Se limitaba a lanzarme sus propias convicciones, inmutables por los siglos de los siglos.

La madre de Kumiko, hija de un burócrata de alto rango, había crecido sin que le faltara de nada en el barrio de Yamanote, en Tokio, y no tenía ni ideas ni carácter para oponerse a las opiniones de su marido. Por lo que alcancé a ver, ella carecía de opinión alguna sobre las cosas que no se encontraran justo ante sus ojos (y, en efecto, era terriblemente corta de vista). Cuando tenía que formarse una opinión sobre algo que perteneciera a un mundo más amplio, siempre tomaba prestadas las opiniones de su marido. Si sólo hubiera sido eso, no habría molestado a nadie. Pero adolecía, como suele pasar con este tipo de mujeres, de una presuntuosidad incurable. Al carecer de un sistema propio de valores, no podía calibrar la posición donde estaba sin depender del punto de vista o juicio de los demás. Lo que regía su cerebro era simplemente: «¿Cómo me ven los demás?». Se había convertido, en consecuencia, en una mujer neurótica, de miras estrechas, que no veía más allá de la posición de su marido en el Ministerio y del expediente académico de su hijo. Y todo lo que no entraba dentro de su estrecho campo visual había acabado por no tener, para ella, ningún sentido. Para su hijo deseaba el instituto más prestigioso, la universidad más prestigiosa. Que su hijo, como ser humano, tuviera una infancia feliz y que, en el curso de la misma, adquiriera una adecuada concepción de la vida estaba mucho más allá de su imaginación. Si alguien le hubiera planteado la más mínima duda al respecto, es probable que se hubiera indignado seriamente. Eso, a sus oídos, habría sonado, con toda probabilidad, como un insulto personal infundado.

De esta forma, los padres embutieron a conciencia en la cabeza del pequeño Noboru Wataya una filosofía fruto de sus propios problemas y de su visión deformada del mundo. Todo su interés se concentraba en Noboru Wataya, su hijo primogénito. Sus padres jamás le permitieron que se conformara con un segundo puesto. «Si uno no puede ser el primero en un mundo tan pequeño como el aula o la escuela», le decía su padre, «¿cómo va a serlo después en un mundo más grande?» Sus padres siempre le ponían los mejores profesores particulares y lo espoleaban sin cesar. Cuando sacaba notas excelentes, le compraban como premio cualquier cosa que deseara. Gracias a ello, en lo material, su infancia fue extremadamente dichosa. Pero no tuvo ocasión, en el periodo más sensible y vulnerable de la vida, de salir con chicas, de divertirse con amigos, de hacer el loco. Para seguir siendo el primero, para cumplir ese objetivo único, debía hacer acopio de todas sus fuerzas. Si le gustaba o no ese tipo de vida, no lo sabía yo ni lo sabía Kumiko. Noboru Wataya no era una persona dada a confiar abiertamente sus sentimientos ni a su hermana, ni a sus padres, ni a nadie. Pero, le gustara o no aquella vida, lo cierto es que no había tenido elección. A mi parecer, ciertos sistemas de pensamiento son tan parciales y tan simples que se vuelven irrebatibles. En cualquier caso, pasó de un prestigioso instituto privado a la Facultad de Economía de la Universidad de Tokio, donde se licenció casi con las máximas calificaciones.

Su padre esperaba que, después de licenciarse, accediera al cuerpo de funcionarios o se integrara en una gran empresa, pero él optó por permanecer en la universidad y dedicarse a la investigación. Noboru Wataya no era estúpido y comprendió que lo más adecuado para él no era salir al mundo real y trabajar dentro de un grupo, sino permanecer en un ambiente donde la disciplina era necesaria para tratar los conocimientos de modo sistemático y donde se valorara la capacidad intelectual individual. Tras un posgrado de dos años en Yale, volvió a la escuela para graduados de la Universidad de Tokio. Poco después de regresar a Japón, arregló un casamiento a instancias de sus padres, aunque el matrimonio sólo duró dos años. Tras divorciarse, volvió a vivir con sus padres. En la época en que lo conocí, Noboru Wataya se había convertido en un sujeto bastante raro y desagradable.

Hace tres años, cuando tenía treinta y cuatro, terminó de escribir un grueso tomo y lo publicó. Era un tratado de economía para especialistas y, aunque me esforcé en leerlo, sinceramente, no conseguí entender nada. Podría decirse que no entendí una sola página. Intenté seguir leyendo, pero no logré descifrar el sentido de aquellas frases. Me sentía incapaz de juzgar si el contenido del libro era abstruso o si, simplemente, estaba mal escrito. Pero entre los especialistas causó sensación. Algunos críticos se hicieron lenguas calificándolo de «doctrina económica radicalmente nueva escrita desde un ángulo radicalmente nuevo» y escribieron sobre él, pero yo ni siquiera entendía las críticas. Pronto los medios de comunicación empezaron a presentarlo como a un héroe de una nueva era. Incluso se escribieron libros interpretando el suyo. Expresiones como «economía sexual» y «economía escatológica», acuñadas por él, se convirtieron aquel año en expresiones de moda. Periódicos y revistas publicaron suplementos sobre él, señalándolo como intelectual de una era nueva. Yo no podía creer que uno solo de ellos hubiera entendido su tratado de economía. Dudaba de que lo hubieran abierto una sola vez siquiera. Pero eso, a ellos, les tenía sin cuidado. Para ellos, Noboru Wataya era un hombre joven, soltero, con una mente lo suficientemente lúcida como para escribir un libro que nadie podía entender.

En cualquier caso, a raíz de la publicación del libro, Noboru Wataya saltó a la fama. Publicó artículos en diferentes revistas, salió incluso por televisión como comentarista de temas políticos y económicos. Y pronto se convirtió en invitado habitual de los programas debate. Quienes lo conocíamos (Kumiko y yo incluidos) jamás nos lo imaginamos desplegando actividades tan llamativas. Siempre lo habíamos considerado el típico investigador neurótico al que sólo le interesa su especialidad. Pero, una vez se hubo introducido en el ambiente de los medios de comunicación, desempeñó a las mil maravillas el papel asignado, tanto que nos dejó a todos boquiabiertos. No se sentía en absoluto intimidado cuando le apuntaban las cámaras. Frente a ellas, parecía más relajado incluso que en el mundo real. Nosotros contemplábamos mudos de asombro aquella acelerada metamorfosis. Noboru Wataya aparecía en pantalla enfundado en un traje de buen corte que debía de costar un ojo de la cara, corbata a juego y elegantes gafas con montura de concha. Se cortó el pelo a la moda. Posiblemente le asesorara un estilista profesional. Hasta entonces jamás lo había visto con ropa tan elegante. Aun suponiendo que saliera del guardarropía de la emisora o algo así, parecía sentirse muy cómodo en ella. Como si la hubiese llevado siempre. «¿Quién diablos es ese hombre?», pensé yo entonces. «¿Dónde diablos estará el auténtico Noboru Wataya?»

Ante las cámaras asumía una postura más bien discreta. Cuando le pedían su opinión, daba una explicación precisa, con palabras sencillas y una lógica fácil de entender. Incluso cuando los invitados discutían acalorados, él permanecía sereno. No respondía a las provocaciones, dejaba hablar a su oponente tanto como quisiera y, al final, con una sola frase, le daba la vuelta a sus razonamientos. Dominaba el arte de asestar, con expresión sonriente y voz serena, puñaladas por la espalda a sus contrincantes. Y la imagen que salía reflejada en la pantalla, no sé cómo lo lograba, lo hacía parecer mucho más inteligente, más digno de confianza que en la realidad. No era especialmente guapo, pero era alto, esbelto y exhibía un aire indiscutible de hijo de buena familia. En una palabra, Noboru Wataya había hallado en la televisión su ámbito ideal. Los medios de comunicación lo acogieron con entusiasmo y él, a su vez, acogió a los medios de comunicación con entusiasmo. Pero yo detestaba leer sus escritos, ver su imagen en televisión. Tenía ingenio, sin duda, y también talento. Eso lo reconozco incluso yo. Con cuatro palabras dejaba en un santiamén fuera de combate a su oponente. Poseía un instinto animal para saber a cada instante la dirección del viento que soplaba. Pero cuando escuchabas sus opiniones o leías sus escritos con atención, comprendías enseguida que Noboru Wataya carecía de coherencia. No tenía una visión del mundo asentada en convicciones profundas. Era un mundo construido combinando diversos sistemas superficiales de pensamiento. En un instante podía cambiar a su gusto la combinación según la necesidad del momento. Unas combinaciones y permutaciones intelectuales muy ingeniosas. Tanto, que casi podría calificárselas de artísticas. Pero para mí, si se me permite decirlo, no eran más que un simple juego. La única coherencia en sus opiniones era la sistemática falta de coherencia, y la única visión del mundo era una visión del mundo que no precisaba visión del mundo. Esta vaciedad constituía, paradójicamente, su patrimonio intelectual. Coherencia y una firme visión del mundo no eran necesarias en la lucha operativa intelectual de los medios de comunicación cuyo tiempo se fragmenta en segundos. Estar libre de esta carga era un gran punto a su favor.

No tenía nada que proteger. Podía concentrar toda su atención en la simple lucha. Sólo debía atacar. Sólo debía dejar fuera de combate a su contrincante. Noboru Wataya era, en este sentido, un camaleón intelectual. Cambiaba de color según el color de su adversario, creando la lógica más efectiva en cada situación y empleando para ello toda su retórica. Retórica prestada en su mayor parte y que, a veces, estaba claramente desprovista de contenido. Sin embargo, como él, veloz y hábil como un mago, sacaba siempre en un plis-plas algo del vacío, en aquel momento era casi imposible señalar la insustancialidad. Aunque la gente descubriera de forma accidental la trampa de su lógica, en comparación con los razonamientos de la mayoría de sus oponentes (probablemente honestos, pero que habían sido desarrollados con esfuerzo y que, en muchos casos, daban a los telespectadores una impresión de mediocridad), los de Noboru Wataya eran muchísimo más frescos y captaban muchísimo mejor la atención de la gente. No se me ocurre dónde diablos aprendió estas técnicas, pero poseía el secreto de alcanzar el corazón de las masas. Sabía realmente con qué lógica se mueve la masa. En realidad, no era necesaria la lógica. Sólo debía parecerlo. Lo importante era que despertara los sentimientos de la masa.

A veces largaba con maestría, uno tras otro, difíciles términos científicos. Evidentemente, casi nadie sabía con exactitud qué significaban. Pero él, incluso en ese caso, lograba crear la atmósfera de: «Si no lo entiendes, es problema tuyo». También solía largar una cifra tras otra. Tenía grabados todos aquellos números en la cabeza. Y los números tenían un extraordinario poder de convicción. Pero si luego reconsiderabas todo el asunto, te dabas cuenta de que nadie se había cuestionado si las fuentes eran oficiales o fiables. Y las cifras pueden interpretarse de muchas maneras. Eso cualquiera lo sabe. Pero su estrategia era demasiado hábil y la mayor parte de la gente no podía descubrir fácilmente las trampas que entrañaba.

Esas hábiles estratagemas me desagradaban sobremanera, pero era incapaz de explicar con exactitud por qué razón. No podía argumentarlo. Era exactamente como boxear con un fantasma. Por mucho que pegaras, sólo dabas puñetazos en el aire. La razón es que no había nada sólido donde golpear. Me asombraba ver cómo incluso personas de refinada inteligencia respondían a sus provocaciones. Me sacaba de quicio.

Y de esta forma, Noboru Wataya empezó a ser considerado como uno de los intelectuales más reputados del momento. Para la opinión pública, la coherencia es algo del todo prescindible. Lo que la gente reclama es que aparezca en pantalla una lucha de gladiadores intelectuales, y lo que quiere ver allí es cómo corre, roja, de modo espectacular, la sangre. Que alguien diga el lunes una cosa y la contraria el jueves es algo que no tiene la menor importancia.

La primera vez que vi a Noboru Wataya fue cuando Kumiko y yo decidimos casarnos. Antes de conocer al padre de Kumiko decidí hablar con él. Pensaba que el hijo, que evidentemente se acercaba más a mí por edad, me facilitaría de alguna manera abordar al padre.

—No esperes gran cosa de él —me advirtió Kumiko, eligiendo cuidadosamente las palabras—. No sé cómo explicarlo, pero no es de ese tipo de personas.

—De todas formas, antes o después tendré que conocerlo —dije.

—Sí, claro —admitió Kumiko—. Tienes razón.

—Entonces, podemos intentarlo. Nunca se sabe.

—Sí, claro. Quizá tengas razón.

Cuando lo llamé, Noboru Wataya no mostró gran interés en verme. Sin embargo, si insistía, dijo, podía dedicarme una media hora. Quedamos en una cafetería cerca de la estación de Ochanomizu. En aquella época no había escrito aún ningún libro, era un simple profesor ayudante de universidad y su aspecto tampoco era demasiado distinguido. Los bolsillos de la chaqueta, a fuerza de meter dentro las manos, se habían deformado, y su pelo pedía a gritos un buen corte desde hacía un par de semanas. Su polo color mostaza no casaba en absoluto con la chaqueta de *tweed* de colores azul y gris. El típico profesor ayudante, joven y sin un duro, que puede encontrarse en cualquier universidad. Tenía la expresión soñolienta propia de quien llevaba investigando desde la mañana en la biblioteca y que se ha tomado un respiro, pero al mirar con atención, se veía en el fondo de sus pupilas una luz fría y penetrante. Después de presentarme, le dije que pensaba casarme pronto con Kumiko. Le hablé con la mayor honestidad posible. Estaba trabajando en un bufete de abogados, pero ése no era exactamente el trabajo que deseaba hacer. Le dije que aún estaba buscando mi propio camino. Que podría parecer una temeridad que una persona así se casara con Kumiko. Pero que yo la amaba y creía poder hacerla feliz. Que nosotros podríamos prestarnos consuelo y apoyo el uno al otro.

Noboru Wataya no parecía entender bien lo que le estaba diciendo. Me escuchaba con los brazos cruzados sin decir palabra. Incluso después de terminar mi discurso continuó inmóvil durante unos instantes. Parecía estar pensando en otra cosa.

Desde el principio, yo me había sentido terriblemente incó-

116

modo en su presencia. Pensé que era debido a la situación en que nos encontrábamos. Dirigirte a una persona que ves por primera vez y soltarle de sopetón que quieres casarte con su hermana no es el tipo de circunstancia en que puedas sentirte a gusto. Sentado frente a él, la incomodidad se convirtió en auténtico desagrado. La sensación de que un cuerpo extraño que olía a podrido se me iba metiendo hasta el fondo del estómago. No es que me irritara en concreto nada de lo que hacía o decía. Era su rostro lo que encontraba detestable. Mi intuición me decía que el rostro de aquel hombre estaba cubierto por otra cosa. Había en él algo equivocado. No era su rostro real. Así lo sentí.

Si hubiera podido, me habría levantado y marchado de inmediato. Pero una vez había empezado a hablar, no podía irme de aquella forma, dejando las cosas a medias. Así que me quedé y esperé, sorbiendo un café ya frío, a que empezara a hablar.

—Hablando honestamente —comenzó en un tono bajo y sosegado, como para ahorrar energía—, lo que me has dicho, ni lo he entendido bien ni me interesa demasiado. A mí me interesa un tipo de cosas muy distinto, pero esas cosas tú quizá ni las entiendas ni te interesen. En resumidas cuentas: si tú te quieres casar con Kumiko y Kumiko se quiere casar contigo, yo no tengo ningún derecho a oponerme y tampoco tengo ninguna razón para ello. Así que no me opongo. Ni siquiera se me ocurriría hacerlo. Pero no quiero que esperes nada más de mí. Por otra parte, y esto es lo más importante para mí: no quiero que me hagas perder nunca más el tiempo.

Miró el reloj de pulsera y se levantó. Tengo la impresión de que se expresó de un modo algo distinto, pero no recuerdo sus palabras con exactitud. Ésta fue, sin duda, la esencia de su discurso. Sea como sea, su exposición fue muy clara y concisa. No pecaba ni por exceso ni por defecto. Entendí con toda claridad lo que quería decir y, bastante bien, la impresión que yo le había causado.

Y nos fuimos.

Después de mi boda con Kumiko, al convertirnos en cuñados, Noboru Wataya y yo tuvimos más de una ocasión de intercambiar algunas palabras. Pero jamás mantuvimos una conversación propiamente dicha. Tal como él había dicho, no teníamos puntos en común. Por mucho que habláramos, nuestras palabras jamás se convertirían en una conversación. Como si hablásemos lenguas completamente distintas. Más provechosas y efectivas que nuestras conversaciones serían las explicaciones sobre la importancia de la elección del aceite para motor de coche que Eric Dolphy le hizo al Dalai Lama en su lecho de muerte, valiéndose para ello de las modulaciones de su clarinete bajo.

Es poco frecuente que permanezca emocionalmente agitado mucho tiempo a causa de mis relaciones con los demás. Es obvio que puedo sentirme molesto y enfadarme o exasperarme con alguien. Pero no por mucho tiempo. Tengo la facultad de saber discernir entre mi territorio y el ajeno. (Creo que puede llamarse facultad. La razón, y no es una mera presunción, es que no resulta nada fácil hacerlo.) En resumen, cuando me siento molesto por algo y me enfado o exaspero, traslado el objeto de mi desagrado a un territorio ajeno que no tiene ninguna relación personal conmigo. Luego pienso así: «Bien, ahora me siento molesto, estoy enfadado y exasperado. Pero la causa de ello la he aislado en otro territorio, ya no está aquí. Más tarde podré analizar las cosas tranquilamente y tomar una determinación, ¿verdad?». Y así congelo por un tiempo mis sentimientos. Después, cuando los retomo para proceder con calma a su análisis, a veces descubro mi ánimo todavía exaltado. Pero estas ocasiones son raras. Pasado el debido tiempo, la mayoría de las cosas pierden su virulencia y se vuelven inofensivas. Y luego, antes o después, las olvido.

Hasta ahora, a lo largo de toda mi vida, gracias al uso apropiado de este sistema de controlar los sentimientos me he ahorrado muchos problemas inútiles y he podido mantener mi mundo en una situación relativamente estable. Ahora me enorgullece haber sido capaz de conservar un sistema tan efectivo como éste.

Pero en lo que se refiere a Noboru Wataya, mi sistema fue tan inoperante que puede decirse que fue un fracaso absoluto. No pude arrinconar a Noboru Wataya en «un territorio no relacionado conmigo». Más bien fue Noboru Wataya quien enseguida me arrinconó en «un territorio no relacionado con él». Y este hecho me exasperó. El padre de Kumiko era en verdad un sujeto arrogante y desagradable. Pero, en definitiva, era un pobre hombre de mentalidad estrecha que vivía aferrado a convicciones simples. Por eso podía olvidarlo por completo. Pero ése no era el caso de Noboru Wataya. Él tenía una conciencia clara del tipo de persona que era. Y es posible que también hubiese descubierto cómo era mi interior como ser humano. Si hubiera querido, incluso habría podido aniquilarme. Si no lo había hecho era simplemente porque no tenía ningún interés en ello. Para él, una persona como yo no era alguien por quien valiera la pena gastar, en destruirlo, tiempo y energía. Quizá por eso Noboru Wataya me exasperaba tanto. Era un hombre esencialmente ruin, un egoísta vacío. Pero era una persona con mucha más capacidad que yo.

Después de aquel encuentro sentí, durante un tiempo, un regusto desagradable en la boca. Como si se me hubiera metido un insecto apestoso. Aunque lo hubiera escupido, seguía percibiéndolo dentro de la boca. Pensé en Noboru Wataya durante muchos días. Aunque intentaba pensar en otra cosa, sólo podía pensar en Noboru Wataya. Fui a conciertos, vi películas. Incluso fui a ver un partido de béisbol con mis compañeros de trabajo. Bebí, leí libros que esperaba con ilusión poder leer cuando tuviera tiempo libre. Pero Noboru Wataya siempre estaba dentro de mi campo visual, con los brazos cruzados, mirándome con aquellos ojos vidriosos y malignos como pantanos. Eso me irritaba y hacía temblar violentamente la tierra bajo mis pies.

Cuando volvimos a encontrarnos, Kumiko me preguntó qué impresión me había causado su hermano. No fui capaz de contarle con sinceridad lo que había sentido. Hubiese querido preguntar a Kumiko acerca de la máscara que llevaba, acerca de ese «algo» retorcido y antinatural que escondía debajo. Hubiese querido confesarle con sinceridad mi desagrado y mi turbación. Pero al final no dije nada. Pensé que, por muy detalladamente que lo explicara, no podría transmitirlo bien. Y si no podía explicarlo bien, no debía decírselo a ella en aquel momento.

—Es verdad que es un poco raro —dije.

Intenté añadir algo apropiado, pero no se me ocurrieron las palabras. Tampoco Kumiko preguntó nada más. Sólo asintió en silencio.

Mis sentimientos respecto a Noboru Wataya apenas han cambiado desde entonces. Aún ahora sigue irritándome. Es como un ligero estado febril que persiste. En casa no tenemos televisor. Pero, extrañamente, cada vez que, en cualquier lugar pongo los ojos en la pantalla de un televisor, aparece Noboru Wataya reflejado en ella declarando cualquier cosa. Cada vez que, en una sala de espera cualquiera, cojo una revista y la hojeo, aparece en ella una fotografía de Noboru Wataya y un artículo suyo. Casi se podría pensar que Noboru Wataya está agazapado en todas las esquinas del mundo. Esperándome.

De acuerdo. Lo reconozco. *Tal vez odie a Noboru Wataya.*

7

La tintorería feliz
La aparición de Creta Kanoo

Cogí la blusa y la falda de Kumiko y, esta vez, fui a la tintorería de delante de la estación. Yo siempre llevo la ropa a la que está cerca de casa. No es que la prefiera, sólo que la distancia es menor. A la tintorería de delante de la estación, es mi mujer quien va de camino al trabajo. Lleva la ropa a la ida y la recoge a la vuelta. Dice que es un poco más cara, pero que trabajan mejor. Y, aunque le resulte un poco pesado, lleva allí su ropa preferida. Así que, aquel día, monté en la bicicleta y me dirigí a la tintorería de delante de la estación. Pensé que Kumiko preferiría que llevase allí su ropa.

Me puse unos pantalones finos de algodón de color gris, las mismas zapatillas de tenis de siempre, la camiseta amarilla de Van Halen, publicidad de una empresa discográfica que Kumiko había sacado de no sé dónde, me eché al brazo la blusa y la falda y salí de casa. El dueño de la tintorería estaba, como la vez anterior, escuchando a todo volumen su radiocasete JVC. Aquella mañana tenía puesta una cinta de Andy Williams. Cuando abrí la puerta justo acababa *Hawaiian Wedding Song* y estaba a punto de empezar *Canadian Sunset.* El dueño seguía el compás silbando feliz mientras, en un cuaderno, escribía con un bolígrafo con trazos enérgicos. Entre la pila de cintas que había en la estantería se leían los nombres Sergio Mendes, Bert Kaempfert y 101 Strings. Un amante de la *easy listening music.* Me pregunté de repente si era posible que un apasionado de Albert Ayler, Don Cherry o Cecil Taylor se convirtiera en dueño de una tintorería de la zona comercial de delante de la estación. Quizá sí. Pero no sería un tintorero feliz.

Cuando deposité la blusa de color verde con estampado de flores y la falda de color salvia sobre el mostrador, las desplegó y, tras una rápida inspección, escribió en el resguardo: «Una falda y una blusa» con letra bonita. Me gustan los tintoreros que tienen la letra bonita. Y si además les apasiona Andy Williams, entonces no hay más que hablar.

—El señor Okada, ¿verdad? —preguntó.

Asentí. Escribió mi nombre, arrancó la copia de papel carbón y me la entregó.

—Estará el martes de la semana próxima. Esta vez no se olvide de venir a recogerlo —dijo—. ¿Es de su esposa?

—Sí —respondí.

—Son bonitos estos colores.

El cielo estaba cubierto de nubes plomizas. El parte meteorológico había pronosticado lluvia. Eran las nueve y media pasadas de la mañana, pero aún había gente de camino al trabajo dirigiéndose a paso rápido hacia las escaleras de la estación con paraguas y portafolios. Quizá fueran empleados que iban tarde a trabajar. Aquella mañana hacía bochorno, pero a ellos eso no parecía importarles e iban debidamente trajeados, con la corbata debidamente anudada y debidamente calzados con zapatos negros. Se veían muchos empleados de mi edad, pero ninguno llevaba una camiseta de Van Halen. Algunos lucían en la americana el distintivo de su empresa y llevaban el *Nikkei* bajo el brazo. Sonó el timbre en el andén y algunos subieron corriendo las escaleras. Hacía mucho tiempo que no veía a gente de esta guisa. Pensándolo bien, durante toda la semana anterior sólo me había movido entre el supermercado, la biblioteca y la piscina del barrio. En toda la semana sólo había visto a amas de casa, ancianos, niños y a algunos tenderos. Allí de pie, estuve contemplando distraídamente durante unos instantes a aquellos hombres vestidos con traje y corbata. Ya que había ido hasta allí, se me ocurrió que podía entrar en una cafetería delante de la estación y tomarme un café del menú del desayuno, pero me dio pereza. Pensándolo bien, no es que me apeteciera un café. Contemplé mi imagen reflejada en el cristal del escaparate de la floristería. Sin darme cuenta, me había manchado los bajos de la camiseta con salsa de tomate.

Monté en la bicicleta y, mientras me dirigía a casa, me encontré silbando *Canadian Sunset*.

A las once tuve una llamada de Malta Kanoo.

—Diga —dije al descolgar.

—Oiga —dijo Malta Kanoo—. ¿Es ésta la casa del señor Tooru Okada?

—Sí, yo soy Tooru Okada.

Por la voz, supe desde el principio que se trataba de Malta Kanoo.

—Soy Malta Kanoo. Siento mucho haberle molestado el otro día. Por cierto, ¿tiene usted algún compromiso esta tarde?

Le respondí que no. Al igual que un ave migratoria no tiene propiedades que hipotecar, yo no tenía nada que pudiera considerarse un compromiso.

—Entonces mi hermana Creta Kanoo se permitirá visitarle a usted a la una.

—¿Creta Kanoo? —dije en tono seco.

—Es mi hermana. Creo recordar que el otro día le enseñé una fotografía de ella —dijo Malta Kanoo.

—Sí, me acuerdo de su hermana. Pero…

—Se llama Creta Kanoo. Irá a visitarle en representación mía. ¿Le parece bien a la una?

—Sí, bien…

—Entonces, no le molesto más —replicó Malta Kanoo y colgó.

¿Creta Kanoo?

Saqué la aspiradora, limpié el suelo y ordené la casa. Reuní todos los periódicos, los até con una cuerda y los arrojé dentro del armario empotrado. Metí las cintas de casete desperdigadas por la habitación dentro de sus cajas, las ordené y fregué los platos en la cocina. Después me duché, me lavé el pelo y me cambié de ropa. Hice café y me comí un sándwich de jamón y unos huevos duros. Me senté en el sofá, hojeé *Cuaderno del hogar* y pensé qué podría hacer para la cena. Señalé la página donde salía Ensalada de algas *hijiki* con *toofu* y apunté los ingredientes necesarios en la lista de la compra. Cuando sintonicé la FM, Michael Jackson estaba cantando *Billy Jean*. Después pensé en Malta Kanoo y en Creta Kanoo. ¡Vaya nombrecitos había elegido aquel par! Similares a los de una pareja de *manzai.** Malta Kanoo y Creta Kanoo.

Mi vida estaba enfilando derroteros extraños, sin duda. El gato se me había escapado. Había recibido una llamada absurda de una mujer estrafalaria. Había conocido a una chica extraña y había entrado dentro de una casa abandonada del callejón. Noboru Wataya había violado a Creta Kanoo. Malta Kanoo me había augurado que aparecería la corbata. Mi mujer me había dicho que no hacía falta que trabajara.

Apagué la radio, devolví *Cuaderno del hogar* a la estantería y tomé otra taza de café.

A la una en punto, Creta Kanoo tocó el timbre. Era exacta a la fotografía. Pequeña de estatura, en la primera mitad de la veintena, de aspecto tranquilo. Y se mantenía increíblemente fiel a la estética de principios de los sesenta. Si hubieran rodado

* Diálogo teatral cómico. *(N. de los T.)*

124

American Graffiti en Japón, probablemente la habrían seleccionado, tal cual iba, como extra. Igual que en la fotografía, llevaba el pelo cardado, con las puntas rizadas. Echado con fuerza hacia atrás y sujeto con un gran pasador brillante. Las cejas negras estaban nítidamente dibujadas con lápiz, el rímel proyectaba misteriosas sombras sobre sus ojos y el pintalabios reproducía a la perfección el color de moda en aquella época. Con un micrófono en la mano parecería lista para cantar *Johnny Angel*.

La ropa que llevaba era muchísimo más sencilla que el maquillaje y carecía de cualquier rasgo distintivo. Incluso se podía llamar práctica. Una sencilla blusa blanca y una sencilla falda estrecha de color verde. No llevaba adornos de ningún tipo. Sostenía un pequeño bolso de charol blanco bajo el brazo y calzaba unos escarpines puntiagudos también blancos. Pequeños, con los tacones finos y afilados como la mina de un lápiz, parecían zapatos de juguete. Me admiró terriblemente que hubiese podido llegar a salvo hasta allí calzando semejante cosa.

La invité a pasar, le ofrecí asiento en el sofá de la sala de estar y le serví un café caliente. Le pregunté si ya había comido. Me pareció que tenía hambre. Me respondió que todavía no.

—Pero no se moleste —añadió precipitadamente—. No suelo comer mucho al mediodía.

—¿De verdad? No me cuesta nada hacerle un sándwich. No haga cumplidos. Estoy acostumbrado a prepararlos, no es ninguna molestia.

Ella negó con breves movimientos de cabeza.

—Le agradezco mucho su amabilidad. Pero no necesito nada, gracias. No se preocupe. Con el café es suficiente.

Pero yo, por si acaso, saqué un plato de galletas de chocolate. Creta Kanoo comió cuatro con fruición. Yo comí dos y me bebí el café.

Después de las galletas y el café, ella parecía más relajada.

—Hoy he venido en representación de mi hermana —dijo—.

Me llamo Creta Kanoo. Soy la hermana menor de Malta Kanoo. Éste no es obviamente mi verdadero nombre. El verdadero es Setsuko Kanoo. Pero empecé a utilizar el otro cuando me convertí en ayudante de mi hermana. Es, ¿cómo se dice?... Un seudónimo. No es que tenga nada que ver con la isla de Creta. Jamás he estado allí. Pero ya que mi hermana utiliza el nombre de Malta, ha buscado otro que tenga relación con el suyo. Y Malta ha decidido llamarme Creta. ¿Por casualidad ha estado en la isla de Creta, señor Okada?

Le respondí que, sintiéndolo mucho, no. Ni había estado jamás en Creta ni pensaba ir allí en un futuro próximo.

—Yo quiero ir alguna vez —dijo. Y afirmó con una expresión muy seria—: Creta es la isla griega que está más cerca de África. Es una isla grande donde, en la Antigüedad, floreció una gran civilización. Mi hermana Malta también ha estado en Creta y dice que el lugar es maravilloso. Dice que el viento es fuerte y la miel deliciosa. A mí me encanta la miel.

Asentí. A mí la miel no me entusiasma.

—Hoy he venido a pedirle un favor —dijo Creta Kanoo—. Me gustaría llevarme agua de su casa.

—¿Agua? —pregunté—. ¿Agua del grifo?

—Con agua del grifo es suficiente. Y si hay algún pozo cerca, también tomaré agua de allí.

—Creo que no hay ninguno por aquí. Bueno, sí, hay uno, pero está dentro de otra propiedad y, además, creo que está seco.

Creta Kanoo me clavó la mirada.

—¿De verdad ya no hay agua dentro del pozo? ¿Está usted seguro?

Recordaba el sonido seco que escuchamos la chica y yo después de que ella lanzara las piedras dentro del pozo de la casa abandonada.

—Seguro que está seco. No cabe duda alguna.

—Muy bien. Entonces cogeré agua del grifo de su casa.

La conduje a la cocina. Sacó dos pequeños frascos del bolso de charol blanco. Llenó uno con agua del grifo y lo tapó con cuidado. Después dijo que quería ir al cuarto de baño. La conduje allí. El tendedero estaba lleno de ropa interior y medias de mi mujer, pero Creta Kanoo, sin preocuparse por ello, abrió el grifo y llenó el otro frasco. Después de taparlo, le dio la vuelta al frasco para comprobar que no perdía agua. Los tapones eran de distinto color, para diferenciar el agua de la cocina y la del baño. El tapón del frasco donde había metido agua del baño era azul; y el tapón del frasco donde había metido agua de la cocina, verde.

Cuando volvió a la sala de estar, metió los dos frascos dentro de una pequeña bolsa de plástico de congelador y cerró la cremallera. Luego la introdujo con mucho cuidado dentro de su bolso de charol blanco. El cierre metálico del bolso hizo un chasquido al cerrarse. Por sus gestos se adivinaba que había hecho infinitas veces la misma operación.

—Muchísimas gracias —dijo Creta Kanoo.

—¿Eso es todo? —pregunté.

—Sí, por ahora sí —dijo Creta Kanoo.

Luego se estiró los bajos de la falda, se puso el bolso bajo el brazo e hizo ademán de levantarse del sofá.

—Espere un momento —dije. Estaba confuso, porque no esperaba que se fuese tan de repente—. Espere un momento, por favor. Mi mujer querrá saber qué pasa con el gato. Ya hace casi dos semanas que ha desaparecido. Si supieran algo, por insignificante que fuera, nos gustaría saberlo.

Creta Kanoo, sosteniendo aún con cuidado el bolso bajo el brazo, me clavó la mirada unos instantes y asintió varias veces con breves movimientos de cabeza. Cuando asentía, el pelo cerdado se balanceaba ligeramente muy al estilo de principios de los sesenta. Cuando parpadeaba, sus grandes pestañas postizas de color negro oscilaban arriba y abajo como un abanico de largo mango movido por un esclavo negro.

—Para serle sincera, mi hermana dice que posiblemente esta historia será más larga de lo que parece.

—¿Una historia más larga de lo que parece?

La expresión «una historia más larga» me hizo pensar en un páramo desierto que se extendiera hasta el infinito y donde se irguiera una alta estaca. Cuando el sol empezara a ponerse, la sombra de la estaca se alargaría más y más hasta que la punta desapareciera en la distancia.

—Sí. Probablemente la historia no termine con la desaparición del gato.

Me quedé desconcertado.

—Pero si lo único que nosotros le hemos pedido es que nos ayude a encontrar el gato. En cuanto aparezca el gato acaba la historia. Si está muerto, quiero saberlo. ¿Por qué tiene que convertirse esto en una historia más larga? No lo entiendo.

—Yo tampoco —dijo ella. Y cogió su brillante pasador de pelo reluciente y lo desplazó un poco más hacia atrás—. Pero usted debe confiar en mi hermana. No es que ella lo sepa todo, por supuesto. Pero si mi hermana dice que ésta será una historia más larga, seguro que será una historia más larga. —Asentí en silencio. No había nada que añadir—. ¿Está ocupado ahora, señor Okada? ¿No tendrá usted algún compromiso? —preguntó Creta Kanoo en tono ceremonioso.

Le contesté que no estaba ocupado. Que no tenía ningún compromiso.

—Entonces, ¿le importaría que le hablara de mí? —dijo Creta Kanoo. Dejó en el sofá el bolso de charol blanco y puso ambas manos, una sobre la otra, sobre la estrecha falda de color verde, encima de las rodillas. Llevaba las uñas pintadas de un bonito color rosa. No se había puesto ningún anillo.

La invité a hablar. Y mi vida —como era de prever desde el momento en que Creta Kanoo había pulsado el timbre de la puerta— empezó a enfilar derroteros cada vez más extraños.

8
La larga historia de Creta Kanoo
Reflexión sobre el dolor

—Nací el 29 de mayo —empezó a explicar Creta Kanoo—.
Y en el atardecer del día de mi vigésimo cumpleaños decidí quitarme la vida.

Deposité ante ella una taza de café recién hecho. Echó un
chorro de leche dentro y lo removió despacio. No añadió azúcar. Yo tomé un sorbo de café negro, sin azúcar ni leche, como
siempre. El reloj de mesa golpeaba con un rumor seco el muro
del tiempo.

—Quizá sería mejor que empezara por el principio —dijo Creta Kanoo mirándome fijamente—. Por el lugar donde nací, por
mi familia...

—Como usted quiera. A su gusto, como le resulte más fácil
—dije.

—Soy la tercera de tres hermanos —explicó Creta Kanoo—.
Tengo también un hermano, mayor que Malta. Mi padre dirigía un hospital en la provincia de Kanagawa. En mi familia jamás hubo nada que pudiera denominarse problema. Era una familia corriente, de las que se dan en cualquier parte. Mis padres
eran personas honestas, con gran respeto por el trabajo. Fueron
muy estrictos, pero nos dieron siempre libertad para decidir
nuestros pequeños asuntos con tal de que no molestáramos a
los demás. Económicamente, vivíamos en un ambiente privile-
giado, pero mis padres tenían por principio no consentirnos ca-

prichos ni darnos dinero para gastos superfluos. Llevábamos una vida más bien sobria.

»Malta era cinco años mayor que yo. Desde muy pequeña ya era diferente a los demás. Adivinaba cosas. Sabía que acababa de morir el paciente de la habitación número tal, o dónde estaba la cartera perdida. Lo sabía todo. Al principio a todos les hacía gracia, lo encontraban práctico, pero, poco a poco, empezaron a tenerle miedo. Mis padres le dijeron que no debía decir "cosas sin fundamento real" delante de la gente. Mi padre era el director del hospital y no quería que personas extrañas llegaran a saber que su hija tenía poderes paranormales. A partir de entonces, Malta selló sus labios. No sólo dejó de decir cosas "sin fundamento real", sino que casi dejó de participar en las conversaciones cotidianas.

»Pero a mí, Malta me abrió su corazón. Habíamos crecido muy unidas. Tras conminarme a no contar nada a nadie solía decirme: "uno de estos días habrá un incendio cerca de casa", o "nuestra tía de Setagaya caerá enferma". Y siempre acertaba. Yo era todavía muy niña y aquello me parecía muy divertido. Ni se me pasaba por la cabeza tenerle miedo o encontrarlo macabro. Desde que tuve uso de razón, siempre me quedaba pegada a las faldas de Malta escuchando sus "predicciones divinas".

»A medida que crecía, sus poderes fueron fortaleciéndose. Pero ella no sabía cómo usarlos ni cómo desarrollarlos. Y esto la atormentó durante mucho tiempo. No podía consultárselo a nadie. Decírselo a nadie. Esto la convirtió, de los diez a los diecinueve años, en un ser solitario. Malta tuvo que hallar sola la respuesta. En casa se sentía infeliz. Allí no podía sosegar su corazón. Porque debía sofocar sus poderes y ocultarlos a los demás. Era como si cultivara una planta vigorosa en una maceta pequeña. No era natural y no era correcto. Malta sabía que debía marcharse de su hogar lo antes posible. Empezó a pensar que en algún lugar debía de haber un mundo y un modo de vida adecuados para ella. Pero tuvo que aguardar con paciencia hasta graduarse en secundaria.

»Cuando acabó el instituto, en vez de ir a la universidad, Malta decidió marcharse sola al extranjero. Mis padres eran muy conservadores y no pensaban permitir, de ninguna manera, cosa semejante. Malta hizo lo imposible para reunir el dinero y se largó de casa sin avisar a nuestros padres. Primero fue a Hawai y allí vivió dos años en la isla de Kauai. Había leído en alguna parte que en la costa norte de Kauai había un lugar donde manaba un agua milagrosa. Ya entonces Malta sentía un interés muy profundo por el agua. Creía que los elementos del agua regían en gran medida la existencia de los seres humanos. Por esa razón decidió vivir en Kauai. En aquella época, en el interior de la isla quedaba aún una gran comuna de hippies. Ella vivió como miembro de la comuna. El agua de aquel lugar tuvo una gran influencia sobre sus poderes espirituales. Al embeber su cuerpo aquel agua, pudo "armonizar" aún más sus poderes con su ser. Me escribió diciendo que era algo realmente maravilloso. Me alegró mucho leerlo. Poco después llegó a un punto en que ya no le bastaba aquel lugar. Ciertamente, el lugar era bello y apacible, la gente buscaba allí la paz alejada de ambiciones materiales. Pero todos dependían demasiado de las drogas y del sexo. Aquello no era lo que necesitaba Malta Kanoo. Y dos años después abandonó la isla de Kauai.

»Luego fue al Canadá, viajó por Estados Unidos, y después se dirigió a Europa. Viajaba bebiendo el agua de distintos lugares. Encontró diversas fuentes de donde manaban aguas maravillosas. Pero nunca era el agua perfecta. Y así prosiguió su viaje. Cuando se le acababa el dinero, trabajaba como vidente. Le pagaban por localizar objetos perdidos o a personas desaparecidas. No le gustaba que la remuneraran. A ella nunca le ha gustado comerciar con los poderes recibidos de Dios para intercambiarlos con bienes materiales. Pero en aquella época le era imprescindible para vivir. Los poderes adivinatorios de Malta adquirían fama en cualquier lugar y no necesitaba mucho tiempo para reunir dinero. En Inglaterra colaboró incluso en una investigación policial. Halló el lugar donde permanecía oculto el cadáver de una niña desaparecida y, cerca de allí, por el suelo, encontró también los guantes del asesino. Lo capturaron y enseguida confesó su crimen. Incluso salió en los periódicos. La próxima vez que nos veamos, señor Okada, le enseñaré los recortes. Y así vagó por Europa hasta recalar en la isla de Malta. Llegó cinco años después de salir de Japón. Y ése fue el destino definitivo en su búsqueda del agua. Pero Malta ya le habrá contado esta historia, ¿verdad? —Asentí con un movimiento de cabeza—. Durante su vida errante, Malta me escribía siempre. A veces no podía, pero solía escribirme una carta larga todas las semanas. Me contaba dónde estaba y qué hacía. Éramos dos hermanas muy unidas. Aunque nos encontrábamos lejos la una de la otra, a través de las cartas podíamos, hasta cierto punto, comprender nuestros sentimientos. Eran unas cartas realmente preciosas. Estoy segura de que si las leyera, también usted, señor Okada, se daría cuenta de lo maravillosa que es Malta Kanoo. A través de sus cartas pude descubrir diversos aspectos del mundo. También pude conocer la existencia de muchas personas interesantes. Las cartas de mi hermana me estimulaban. Y me ayudaban a crecer. Le estoy profundamente agradecida por ello. No tengo ninguna intención de negarlo. Pero las cartas, al fin y al cabo, sólo son cartas. La adolescencia fue una época muy difícil para mí y, en ese periodo, cuando necesitaba su presencia más que nunca, ella siempre estuvo lejos. Extendía la mano y no la encontraba. En mi familia yo me sentía completamente sola. Mi vida era solitaria. Mi adolescencia estuvo llena de angustias —más tarde le hablaré de ello— y no tenía a nadie a quien pedir consejo. En este sentido, me sentía tan sola como Malta. Creo que si hubiera estado entonces junto a mí, mi vida sería ahora un poco distinta. Me habría aconsejado bien y me habría ayudado. Pero es inútil hablar de ello ahora. Evidentemente, tenía que encontrar sola mi propio camino, tal como Malta había encontrado el suyo. Al cumplir los veinte años, decidí suicidarme. —Creta Kanoo cogió la taza y bebió el café que quedaba—. ¡Qué café tan bueno!

—Gracias —dije aceptando el cumplido con naturalidad—. Acabo de hacer huevos duros, ¿le apetecen?

Tras dudar un instante, aceptó uno. Traje de la cocina los huevos duros y la sal. Serví café en las tazas. Creta Kanoo y yo pelamos despacio los huevos y tomamos el café. Mientras tanto sonó el teléfono, pero no contesté. El teléfono enmudeció tras sonar quince o dieciséis veces. Parecía que Creta Kanoo ni siquiera había oído el timbre.

Cuando terminó de comerse el huevo, Creta Kanoo sacó un pequeño pañuelo del bolso de charol blanco y se secó las comisuras de los labios. Tiró de los bajos de su falda.

—Una vez hube tomado la decisión de morir, decidí escribir un testamento. Me senté frente a la mesa y, durante una hora, intenté explicar las razones de mi suicidio. Quería dejar escrito que nadie era responsable de mi muerte, que las razones se hallaban en mí. No quería que tras mi muerte alguien fuera a sentirse culpable.

»Pero no pude terminar de escribirlo. Lo reescribí una y otra vez, pero al releerlo no dejaba de parecerme absurdo, ridículo. Cuanto más en serio lo escribía, más ridículo me parecía. Al final decidí no escribir nada. Pensé que no valía la pena preocuparme por lo que sucediera después. Rasgué en pequeños pedazos aquel testamento frustrado y lo tiré.

»Pensé que era muy simple. Sencillamente, la vida me había decepcionado. No podía soportar más los sufrimientos que me causaba sin cesar. Había aguantado el dolor durante veinte años. Mi vida, a lo largo de veinte años, no había sido más que una sucesión incesante de sufrimientos. Durante todo aquel tiempo me había esforzado en soportar estoicamente el dolor. Tengo una confianza absoluta en la seriedad de mis esfuerzos. Puedo afirmarlo con orgullo. Fueron esfuerzos sobrehumanos. No abandoné fácilmente la lucha. Pero, cuando cumplí los veinte, llegué a la conclusión de que, en realidad, la vida no los valía. Había desperdiciado veinte años. Ya no podía soportarlo más.

Enmudeció y, durante unos instantes, fue juntando las puntas del pañuelo blanco que tenía sobre las rodillas. Cuando bajó la mirada, las pestañas largas y negras proyectaron una suave sombra sobre su rostro.

Carraspeé. Pensé que debía decir algo, pero no sabía qué. Seguí callado. A lo lejos se oyó el chirrido del *pájaro-que-da-cuerda*.

—Fue ese sufrimiento, ese dolor, el que me indujo a morir —dijo Creta Kanoo—. Pero el dolor del que hablo no es moral, tampoco metafórico. Es un dolor puramente físico. Un dolor simple, cotidiano, tangible, físico y, por tanto, un dolor más intenso. En concreto, dolor de cabeza, de muelas, menstruación, lumbago, entumecimiento de hombros, fiebre, dolores musculares, quemaduras, torceduras, fracturas de huesos, contusiones... todo tipo de dolores. Siempre he experimentado el dolor de una forma mucho más frecuente e intensa que los demás. Mi dentadura, por ejemplo, es defectuosa de nacimiento. Durante todo el año, siempre me dolía alguna muela. Por más que me limpiara con cuidado los dientes varias veces al día, por más que me abstuviera de comer dulces, todo era inútil. Por más que me esforzase, acababa teniendo caries. Y la anestesia apenas me hacía efecto. Ir al dentista era una pesadilla. Me dolía lo indecible. Sentía pánico. Por otra parte, mi menstruación era terriblemente dolorosa. Era extremadamente fuerte y durante una semana entera el bajo vientre me dolía tanto como si me hubieran metido una barrena. También me asaltaban dolores de cabeza. Quizás usted, señor Okada, no pueda entenderlo, pero el dolor era tal que se me saltaban las lágrimas. Cada mes, durante una semana, el dolor me azotaba como una tortura.

»En los aviones, debido al cambio de presión mi cabeza parecía a punto de estallar. El médico me dijo que se debía a la constitución de mi oído. Dijo que sucedía cuando el interior del oído era sensible a los cambios de presión atmosférica. Solía ocurrirme lo mismo cuando montaba en un ascensor. Ni siquiera en los rascacielos podía subir en ascensor. Me sacudía un dolor tan intenso que me parecía que la cabeza se me había resquebrajado y que la sangre manaba a chorros. Además, una vez a la semana como mínimo me dolía tanto el estómago que casi no podía levantarme por la mañana. Me hicieron varias revisiones en el hospital, pero no lograron discernir la causa. Me dijeron que podía ser algo psíquico. Pero, fuera cual fuese la causa, el dolor era el mismo. Y no podía faltar a la escuela. Si hubiese dejado de asistir cada vez que me dolía algo, no habría ido nunca. Cuando me daba un golpe, me quedaban magulladuras, las tenía por todo el cuerpo. Cada vez que veía mi cuerpo reflejado en el espejo del cuarto de baño me entraban ganas de llorar. Tenía tantos moratones que parecía una manzana medio podrida. Odiaba que la gente me viera en bañador y, desde que tuve uso de razón, apenas iba a nadar. Además, como el tamaño de mis pies es distinto, cada vez que me compraba zapatos nuevos me atormentaban las rozaduras.

»Por estas razones casi nunca hacía deporte, pero una vez, en la época del instituto, los demás me instaron a patinar sobre hielo. Me caí y me golpeé tan fuerte la cadera que, desde entonces, al llegar el invierno, siento un terrible dolor punzante en aquella zona. Como si alguien me clavara con todas sus fuerzas una gruesa aguja. Muchas veces llegué a caerme de la silla al levantarme.

»Padecía, además, de un terrible estreñimiento, y evacuar cada tres o cuatro días representaba para mí una tortura. También era horroroso el agarrotamiento de los hombros. Se me quedaban duros como una piedra. Un dolor tan intenso que apenas podía tenerme en pie, pero acostada tampoco me sentía mejor. Había leído en algún libro algo sobre un castigo chino que consistía en encerrar a una persona durante muchos años en una estrecha caja de madera e imaginé que esa tortura debía de ser similar a la mía. Cuando el endurecimiento de los hombros era extremo, apenas podía respirar.

»Podría seguir enumerando los dolores que he padecido, pero dejaré de hacerlo porque temo aburrirle a usted, señor Okada, si continúo hablando de ellos. Quería contarle que mi cuerpo era realmente un muestrario de dolores. Me aquejaban infinidad de dolores. Pensaba que alguien me había maldecido. Pensaba que, diga lo que diga la gente, la vida era injusta y parcial. Creo que lo habría podido soportar si los demás seres humanos también hubiesen acarreado el sufrimiento sobre sus espaldas. Pero no era así. Mi sufrimiento era terriblemente injusto. Pregunté a diversas personas sobre el dolor. Y nadie sabía siquiera en qué consistía el auténtico dolor. La mayor parte de la gente de este mundo apenas lo siente de forma cotidiana. Cuando lo supe (tuve plena conciencia de ello a principios de bachillerato), me entristecí tanto que casi se me saltaron las lágrimas. ¿Por qué sólo yo tenía que vivir con una carga tan cruel? Deseé morir.

»Pero, al mismo tiempo, pensaba otra cosa. Aquello no podía durar hasta la eternidad. Una mañana me despertaría y, de forma inexplicable, los dolores habrían desaparecido. Una vida completamente nueva y apacible, sin sufrimiento, se abriría ante mis ojos. Pero mi convicción no se basaba en nada concreto.

»Abrí mi corazón a mi hermana Malta. Le dije que odiaba vivir una vida tan amarga. Le pregunté qué diablos debía hacer. Ella reflexionó unos instantes y me dijo:

»—Yo también creo que hay algo en ti que está equivocado. Pero no sé qué es. Tampoco sé qué puedes hacer. Aún no estoy capacitada para juzgarlo. De todos modos, lo que sí puedo decirte es que esperes a cumplir los veinte años. Es mejor que resistas hasta los veinte años y luego tomes una determinación.

»Por esta razón decidí vivir hasta los veinte años. Pero con el paso del tiempo la situación no mejoró. Al contrario, el dolor era cada vez más agudo. Comprendí una sola cosa: conforme mi cuerpo crecía, el dolor aumentaba de manera proporcional. Lo soporté durante ocho años. Mientras tanto, viví intentando ver sólo los aspectos positivos de la vida. No me quejaba ante nadie. Por mucho que padeciera, me esforzaba en sonreír. Me entrené para mostrar una expresión relajada en el rostro incluso cuando el sufrimiento era tanto que no podía ni tenerme en pie. Por mucho que llorara o me quejara, el dolor no disminuiría. Sólo conseguiría sentirme aún más miserable. Gracias a estos esfuerzos, la gente me quería. Pensaban que era dulce y simpática. Las personas mayores confiaban en mí y, además, me era fácil hacer amigos de mi edad. De no ser por el dolor, no tendría la menor queja sobre mi vida y mi juventud. Pero el dolor estaba siempre presente. El dolor era mi sombra. Si lo olvidaba un instante, aparecía de inmediato y me golpeaba con fuerza.

»Cuando entré en la universidad, tuve un novio y, en el verano del primer curso, perdí la virginidad. Pero eso, como era de esperar, sólo me hizo sufrir. Mis amigas más experimentadas me decían que no me preocupara, que esperase, que acabaría por acostumbrarme y no me dolería. Pero, en realidad, por más tiempo que pasara el dolor persistía. Cada vez que me acostaba con mi novio sufría tanto que se me saltaban las lágrimas. Y me cansé de hacer el amor. Un día le dije a mi novio:

»—Te quiero, pero no pienso volver a hacer algo tan doloroso.

»Él se sorprendió y me preguntó que qué disparate estaba diciendo.

»—Debes de tener algún problema psicológico. Tienes que relajarte. Si lo haces, el dolor desaparecerá y te sentirás mejor. ¿No lo hace todo el mundo, acaso? No hay ninguna razón para que no puedas hacerlo tú también. No te esfuerzas lo suficiente. Te estás mimando a ti misma. Estás utilizando el dolor para ocultarte otros problemas. Sólo con quejarte no conseguirás nada.

»Cuando lo oí, todo lo que había soportado hasta entonces literalmente estalló.

»—¡No es ninguna broma! —grité—. ¿Qué sabes tú del dolor? El dolor que yo siento no es un dolor cualquiera. Conozco todo tipo de dolores. Y cuando digo que sufro, realmente sufro.

»Tras decir esto, le enumeré todos los dolores que había padecido en mi vida. Pero él apenas entendió nada. Una persona que no haya experimentado nunca el auténtico dolor es imposible que lo comprenda. Y, de este modo, nos separamos.

»Llegó el día de mi vigésimo cumpleaños. Había resistido con paciencia durante veinte años. Pensando que tal vez se produciría algún cambio espectacular. Pero no sucedió tal cosa. Me sentí terriblemente decepcionada. Debía haber muerto mucho antes. No había hecho más que prolongar mi agonía.

Al llegar a este punto, Creta Kanoo suspiró profundamente. Ante ella, el plato con las cáscaras de huevo y las tazas de café vacías. Sobre sus rodillas, el pañuelo doblado con cuidado. Miró el reloj de la estantería como si de repente se hubiera acordado del tiempo.

—Lo siento mucho —dijo Creta Kanoo con voz baja y seca—. No pensaba hablar tanto. No quiero abusar más de su tiempo, señor Okada. No sé cómo disculparme por haberle entretenido tanto tiempo con esta absurda historia.

Acto seguido, asió la correa del bolso de charol blanco y se levantó del sofá.

—¡Espere un momento! —le dije precipitadamente, ya que, una vez llegados a este punto, no quería que dejara la historia a medias—. Si lo que le preocupa es mi tiempo, olvídelo. Esta tarde estoy libre. Ya que me ha contado hasta aquí, ¿por qué no continúa hasta el final? La historia todavía sigue, ¿verdad?

—Por supuesto, la historia sigue —respondió Creta Kanoo, todavía de pie, bajando la mirada hacia donde me encontraba. Asía con fuerza la correa del bolso con ambas manos—. Lo que le he contado hasta ahora sólo es la introducción.

Le dije que esperara un momento y fui a la cocina. Después de respirar profundamente dos veces ante el fregadero, tomé dos vasos de la alacena y metí hielo dentro. Los llené de zumo de naranja que había sacado de la nevera. Puse los dos vasos sobre una pequeña bandeja y la llevé a la sala de estar. Había hecho todo eso muy despacio, tomándome mucho tiempo, pero cuando volví a la sala de estar, Creta Kanoo seguía de pie, inmóvil, en el mismo lugar donde la había dejado. Al poner ante ella el vaso de zumo, pareció cambiar de idea, se sentó en el sofá y colocó el bolso a un lado.

—¿De verdad no le importa? —me preguntó como confirmación—. ¿Puedo contárselo todo hasta el final?

—Por supuesto.

Creta Kanoo bebió la mitad del zumo de naranja y reanudó su relato.

—Evidentemente fracasé en mi tentativa. Esto ya lo sabe usted, señor Okada. Si hubiese conseguido morir, ahora no estaría sentada aquí bebiéndome el zumo. —Creta Kanoo me miró fijamente a los ojos. Yo esbocé una tenue sonrisa de asentimiento—. Si hubiese muerto tal como había planeado, aquélla habría sido para mí la solución definitiva. Muerta, habría perdido la conciencia para siempre y, por consiguiente, jamás habría vuelto a sentir dolor. Eso era lo que yo deseaba. Por desgracia, elegí el método equivocado.

»El día veintinueve de mayo, a las nueve de la noche, fui a la habitación de mi hermano mayor y le pedí que me prestara el coche. Acababa de comprarlo y puso mala cara, pero yo no hice caso. Mi hermano me había pedido dinero prestado para comprarlo y no podía negarse. Me hice con las llaves, subí al brillante Toyota MR2 y circulé durante una media hora. El coche era nuevo y apenas llevaba recorridos mil ochocientos kilómetros en total. Era tan ligero que al pisar el acelerador volaba. Era el coche ideal para mi propósito. Al acercarme al malecón del río Tama, vi un gran muro de piedra de apariencia verdaderamente sólida. Era el muro exterior de un bloque de pisos. Estaba, además, en el fondo de un cruce en forma de T. Tomé una distancia suficiente para acelerar y pisé el pedal a fondo. Me lancé de cabeza contra el muro. El coche debía de ir a ciento cincuenta kilómetros por hora. Cuando el coche chocó de frente contra el muro, perdí el conocimiento.

»Sin embargo, para mi desgracia, el muro no era tan sólido como parecía. Quizá los trabajadores lo habían construido deprisa y mal, sin dejar asentar bien los cimientos. El muro se derrumbó aplastando la parte delantera del coche. Sólo eso. El muro era blando y amortiguó el impacto. Además, debía de haber estado terriblemente aturdida, pues había olvidado desabrocharme el cinturón de seguridad.

»Y así escapé de la muerte. Casi ilesa. Extrañamente, apenas sentía dolor. Estaba desconcertada del todo. Me llevaron al hospital y me encasaron la única costilla fracturada. La policía me interrogó en el hospital, pero les dije que no recordaba nada. Les expliqué que debía de haber pisado el acelerador en vez del freno. La policía me creyó. Acababa de cumplir veinte años y hacía apenas seis meses que tenía el permiso de conducir. Tampoco era el prototipo de suicida. Y, lo más importante, nadie se intenta suicidar con el cinturón de seguridad abrochado.

»Cuando me dieron de alta tuve que afrontar unos cuantos problemas difíciles de resolver. Primero, pagar las letras del MR2, que había quedado reducido a chatarra. Debido a un error de la compañía de seguros, el coche aún no estaba asegurado. Pensé que, de haberlo sabido, habría alquilado un coche que sí lo estuviera. Pero entonces no pensaba en el seguro del coche. ¡Quién podía imaginar que el dichoso coche de mi hermano no estaría asegurado y que, encima, fracasaría en mi intento de suicidio! Me había lanzado contra un muro a una velocidad de ciento cincuenta kilómetros por hora. Era un milagro que estuviese viva.

»Un tiempo después, la administración inmobiliaria me reclamó los gastos de reparación del muro. Un millón trescientos sesenta y cuatro mil doscientos noventa y cuatro yenes. Y había que pagarlo. Pagarlo enseguida y al contado. Pedí el dinero prestado a mi padre y lo pagué. Pero mi padre era muy estricto con el dinero y me exigió que se lo devolviera a plazos. Me dijo que el accidente había sucedido por culpa mía y que debía devolver el dinero hasta el último céntimo. En realidad, a mi padre tampoco le sobraba el dinero. En aquella época estaba haciendo obras de ampliación del hospital y había tenido problemas para reunir el dinero necesario.

»Volví a pensar en morir. La próxima vez no fracasaría. Podía saltar del decimoquinto piso del edificio de la oficina central de la universidad. Así, seguro que moriría. Sin fracasar. Después de mucho buscar, localicé una ventana por donde lanzarme al vacío. Realmente estuve a punto de saltar.

»Pero, en el último instante, algo me detuvo. Algo extraño. Algo que me dominaba. En el último instante, ese "algo" me detuvo como si literalmente estuviera tirando de mí. Necesité mucho tiempo para comprender qué diablos podía ser ese "algo".

»No sentía dolor.

»Desde el accidente y mi ingreso en el hospital, apenas había sentido dolor. Habían ocurrido muchas cosas que habían ocupado toda mi atención y ni me había dado cuenta, pero el dolor había desaparecido de mi cuerpo. Evacuaba con regularidad, no me dolían la menstruación ni la cabeza, ni tampoco el estómago. Ni siquiera la costilla rota. No tenía ni la más remota idea de por qué había sucedido. Pero el dolor había desaparecido.

»Decidí vivir un poco más. Sentía curiosidad. Quería saborear, aunque fuera durante poco tiempo, aquella vida indolora. Morir podía hacerlo en cualquier momento.

»Pero vivir implicaba, para mí, devolver la deuda. Y la deuda excedía, en total, los tres millones de yenes. Así que, para pagar la deuda, me dediqué a la prostitución.

—¿A la prostitución? —dije sorprendido.

—Sí —dijo Creta Kanoo como si fuera lo más natural—. Necesitaba dinero a corto plazo. Quería devolver la deuda lo antes posible y no tenía otro medio para ganar deprisa tanto dinero. Ni siquiera vacilé. Había intentado seriamente morir. Tenía la intención de morir tarde o temprano. La curiosidad hacia la vida me impulsaba a seguir viviendo, pero sólo de manera temporal. Si se lo compara con la muerte, vender el cuerpo no es algo tan grave.

—Claro.

Creta Kanoo removió con la paja el hielo medio derretido en el zumo de naranja y bebió un sorbo.

—¿Puedo hacerle una pregunta? —dije.

—Por supuesto. No faltaría más.

—¿Habló con su hermana sobre este tema?

—En aquella época, ella estaba en la isla de Malta haciendo ejercicios espirituales. Durante esos ejercicios, Malta nunca daba su dirección. Creía que eso interferiría en sus prácticas. Le impediría concentrarse. Por eso casi no pude enviarle cartas durante los tres años que se quedó en Malta.

—Comprendo —dije—. ¿Le apetece un poco más de café?

—Muchas gracias —dijo Creta Kanoo.

Fui a la cocina y calenté el café. Mientras tanto, respiré hondo varias veces mirando el ventilador. Cuando el café estuvo caliente, lo vertí en unas tazas limpias, lo puse sobre una bandeja junto con un plato de galletas de chocolate y lo llevé a la sala de estar. Durante unos instantes, bebimos café y comimos galletas.

—¿Cuánto tiempo hace que intentó suicidarse? —le pregunté.

—Fue al cumplir los veinte, o sea, hace seis años. En mayo de 1978.

Mayo de 1978 era el mes en que me había casado con Kumiko. Justo entonces, Creta Kanoo había intentado suicidarse y Malta Kanoo estaba haciendo sus ejercicios espirituales en la isla de Malta.

—Iba a los barrios de ocio, me dirigía a un hombre que me pareciera apropiado, negociaba el precio, íbamos a un hotel de los alrededores y me acostaba con él —dijo Creta Kanoo—. El acto sexual ya no me producía dolor físico. No sentía dolor como antes. Tampoco sentía placer. Pero no había sufrimiento. Era sólo un movimiento físico. No me sentía culpable por realizar el acto sexual a cambio de dinero. Estaba envuelta en una insensibilidad tan profunda que no vislumbraba el fondo.

»Era un buen negocio. El primer mes conseguí ahorrar casi un millón de yenes. A aquel ritmo, habría podido devolver cómodamente la deuda en tres o cuatro meses. Al atardecer, cuando volvía de la universidad, me iba a la ciudad a trabajar, procurando regresar a casa antes de las diez. A mis padres les dije que trabajaba de camarera en un restaurante. Nadie sospechaba nada. Si hubiera devuelto mucho dinero de golpe, se habrían extrañado, así que decidí reponer sólo cien mil yenes cada mes. Y el resto lo ingresé en el banco.

»Pero una noche, cerca de la estación, cuando me disponía como de costumbre a abordar a un hombre, dos hombres me sujetaron de repente los brazos por detrás. Pensé que eran policías. Pero después me di cuenta de que eran *yakuza* que vigilaban su territorio. Me arrastraron hasta una callejuela, me amenazaron con algo que me pareció un cuchillo y me condujeron hasta una oficina cercana. Me introdujeron en una habitación al fondo, me desnudaron y me ataron. Luego me violaron durante mucho tiempo. Lo grabaron todo con una cámara de vídeo. Yo permanecí con los ojos cerrados, intentando no pensar en nada. No fue difícil. Porque no sentía ni sufrimiento ni placer.

»Después me enseñaron el vídeo y me dijeron que, si no quería que lo hicieran público, entrara en la organización y trabajara para ellos. Me quitaron el carnet de estudiante que llevaba en el monedero y me amenazaron con que, si me negaba, enviarían una copia del vídeo a mis padres y que les sacarían todo el dinero que pudiesen. No tenía alternativa. Les dije que haría lo que me ordenaran, que no me importaba nada. Y en realidad así era entonces. Me dijeron que, si entraba en su organización, mis ganancias se reducirían, porque ellos se quedan con el setenta por ciento de los beneficios. Pero que, a cambio, me ahorraría el trabajo de buscar clientes. Y tampoco debería preocuparme por la policía. Ellos me enviarían clientes de categoría. Añadieron que, de haber seguido yéndome con cualquiera de aquella forma, habría acabado estrangulada en la habitación de algún hotel.

»Ya no tuve que esperar más de pie en la esquina de una calle. Bastaba con presentarme al anochecer en la oficina e ir al hotel que me indicaran. Y me pasaron buenos clientes, en efecto. No sé por qué razón, pero me dieron un trato especial. Yo no parecía una profesional y tenía, además, el aire de ser hija de buena familia, algo de lo que carecían las otras. Es probable que muchos clientes lo prefirieran así. Las otras chicas solían aceptar más de tres clientes al día, pero en mi caso bastaban uno o dos. Las otras llevaban siempre un "busca" en el bolso y, cuando las llamaban de la oficina, tenían que ir a hoteles de mala muerte y acostarse con cualquiera. En mi caso, casi siempre había una reserva hecha. Solía ir a hoteles de primera categoría. Alguna que otra vez, a lujosos apartamentos. Los clientes acostumbraban ser hombres de mediana edad, muy de vez en vez jóvenes.

»Una vez a la semana, la oficina me pagaba. No ganaba tanto dinero como antes pero, contando las propinas que personalmente me daban los clientes, no estaba nada mal. Como es obvio, había clientes con peticiones extrañas, pero a mí eso no me importaba. Cuanto más raras eran las exigencias, mayores eran las propinas. Algunos empezaron a solicitar mis servicios con regularidad. Estos hombres, por lo general, pagan bien. Yo ingresaba el dinero en diferentes bancos. Pero, en realidad, el dinero ya había dejado de importarme. No era más que una simple acumulación de cifras. Era como si viviera sólo para confirmar mi insensibilidad.

»Por la mañana, al despertar, confirmaba todavía en la cama que mi cuerpo no sentía un dolor que pudiera considerarse tal. Abría los ojos, ordenaba despacio mis ideas, y luego iba comprobando la sensibilidad de las diferentes partes de mi cuerpo, una a una, de la cabeza a los pies. No sentía dolor en ninguna parte. Si realmente no había dolor, o si pese a haberlo yo no lo sentía, eso era incapaz de discernirlo. Pero, en todo caso, no sentía dolor. No sólo no había dolor, tampoco había ningún otro tipo de sensibilidad. Saltaba de la cama, iba al lavabo, me lavaba los dientes, me quitaba el pijama y me duchaba con agua caliente. Sentía en el cuerpo una ligereza extrema. Tan etéreo que no lo percibía. Tenía la sensación de que mi alma había tomado prestado un cuerpo ajeno. Me miraba al espejo. Pero percibía terriblemente lejana la imagen que veía reflejada en él.

»Una vida sin dolor: eso era lo que había soñado durante tanto tiempo. Y ahora que mi sueño se había hecho realidad, no lograba encontrar mi propio espacio en esta nueva vida sin dolor. Existía una clara fractura entre ambas. Esto me turbaba. Sentía que, como ser humano, estaba desligada del mundo. Hasta entonces lo había odiado profundamente. Y seguía odiando su iniquidad e injusticia. Pero en el mundo de antes, por lo menos, yo era yo y el mundo era el mundo. Ahora ni siquiera el mundo era el mundo. Ni yo era yo.

»Empecé a llorar con frecuencia. Durante el día iba sola a Shinjuku Gyoen o al parque de Yoyogi y lloraba sentada en el césped. A veces lloraba durante una o dos horas seguidas. A veces sollozaba en voz alta. La gente que pasaba me miraba con curiosidad, pero a mí no me importaba. Pensaba en lo feliz que sería de haber muerto la noche del veintinueve de mayo. Pero ya ni siquiera podía morir. En mi insensibilidad, había perdido las fuerzas para quitarme la vida. Ya no había ni dolor ni alegría. No había nada. Sólo había insensibilidad. Y ni siquiera yo era yo.

Tras dar un profundo suspiro, Creta Kanoo tomó la taza de café y miró dentro. Después, sacudió ligeramente la cabeza y puso la taza sobre la bandeja.

—Fue en esta época cuando conocí a Noboru Wataya.

—¿A Noboru Wataya? —me sorprendí—. ¿Como cliente?

Creta Kanoo asintió en silencio.

—Pero… —empecé a decir. Luego enmudecí durante unos instantes para elegir bien las palabras—. No lo comprendo. Su hermana me dijo que Noboru Wataya la había violado. ¿Es una historia diferente?

Creta Kanoo tomó el pañuelo que tenía sobre las rodillas y se limpió las comisuras de los labios. Me miró fijamente a los ojos como si quisiera leer en ellos. En sus pupilas había algo que me desconcertó.

—¿Sería tan amable de ofrecerme otra taza de café?

—Por supuesto —dije.

Coloqué las tazas encima de la bandeja, la retiré y, ya en la cocina, puse el café en el fuego. Con ambas manos en los bolsillos, apoyado en el escurreplatos, esperé a que se calentara. Cuando volví a la sala de estar con las tazas de café, Creta Kanoo ya no estaba sentada en el sofá. El bolso, el pañuelo, todas sus cosas habían desaparecido. Fui al recibidor. Sus zapatos tampoco estaban allí.

«¡Uff!», pensé.

9
La carencia absoluta de electricidad y las corrientes subterráneas
Reflexión de May Kasahara sobre las pelucas

Por la mañana, después de despedirme de Kumiko, fui a nadar a la piscina del barrio. Es a esas horas cuando hay menos gente. De regreso a casa fui a la cocina e hice café, y mientras me lo tomaba estuve dando vueltas a la extraña e inconclusa historia de Creta Kanoo. Fui recordando lo que me había contado, un episodio tras otro, por orden. Cuantos más detalles recordaba, más extraña me parecía la historia. Pero llegó un momento en que mi cerebro dejó de funcionar con agilidad. Y me entró sueño. Tanto sueño que parecía que iba a perder el conocimiento. Me tendí en el sofá, cerré los ojos, me dormí. Y soñé.

En el sueño aparecía Creta Kanoo. Pero antes que ella, en primer lugar, aparecía Malta Kanoo. En el sueño, llevaba un sombrero tirolés, con unas grandes plumas de colores vivos. Había mucha gente en aquel lugar (una especie de sala grande), pero Malta Kanoo enseguida me llamaba la atención con su vistoso sombrero. Estaba sentada sola frente a la barra del bar. Ante ella, había un gran vaso lleno de una especie de bebida tropical, pero no alcanzaba a ver si se lo estaba tomando o no.

Yo vestía traje y llevaba la corbata de topos. En cuanto la veía, intentaba ir directamente hacia ella, pero la multitud me impedía el paso y no podía avanzar. Cuando al final lograba llegar a la barra, Malta Kanoo ya había desaparecido. Sólo quedaba el vaso de bebida tropical irguiéndose solitario sobre la barra. Me sentaba en el taburete contiguo y pedía un whisky escocés con hielo. El barman me preguntaba cuál prefería y yo le respondía Cutty Sark. En realidad, me importaba muy poco la marca, Cutty Sark era la primera que se me ocurría.

Pero antes de que me sirvieran la bebida, alguien, por detrás, me asía con suavidad el brazo, como si agarrara un objeto frágil. Al darme la vuelta me encontraba ante un hombre sin rostro. No alcanzaba a ver si en realidad tenía rostro o no. Pero la zona donde debería encontrarse estaba completamente cubierta por una sombra oscura y no se vislumbraba lo que había debajo. «Por aquí, señor Okada», decía el hombre. Yo intentaba hablar, pero no me daba tiempo a abrir la boca. «Por favor, sígame. No tenemos mucho tiempo. Dése prisa.» Agarrándome todavía del brazo, atravesaba la sala abarrotada de gente con paso rápido y salía al pasillo. Yo lo seguía por el corredor sin ofrecer resistencia. Aquel hombre, por lo menos, sabía mi nombre. No había elegido a cualquiera al azar para hacer lo que estaba haciendo. Debía de haber alguna razón, algún objetivo para todo aquello.

Después de andar un rato por el pasillo, el hombre sin rostro se detenía frente a una puerta. En la puerta había una placa con el número 208. «No está cerrada con llave. Ábrala usted mismo.» Siguiendo sus instrucciones, yo abría la puerta. Era una habitación espaciosa. Parecía la *suite* de un antiguo hotel. El techo era alto y de éste colgaba una vieja lámpara de araña. Pero la luz no estaba encendida. Sólo unos pequeños apliques difundían una luz tenue. Las cortinas de las ventanas estaban perfectamente corridas.

«Si le apetece un whisky, allí encontrará todo el que desee. ¿Quería un Cutty Sark, no es cierto? Por favor, sírvase, no haga cumplidos», decía el hombre sin rostro señalando hacia un armario que había cerca de la puerta. Después cerraba la puerta silenciosamente y me dejaba a mí dentro de la habitación. Yo permanecía mucho tiempo de pie, en medio de la habitación, inmóvil, sin saber qué hacer.

En una pared había colgada una gran pintura al óleo. Era el cuadro de un río. Lo contemplé unos instantes con la intención de tranquilizarme. Sobre el río brillaba la luna. La luna iluminaba tenuemente la ribera opuesta, pero yo no alcanzaba a ver qué paisaje se extendía más allá. La luz de la luna era demasiado débil y los contornos aparecían vagos y desdibujados.

Mientras tanto, me había entrado un irrefrenable deseo de tomarme un whisky. Tal como me había indicado el hombre sin rostro, decidí abrir la puerta del armario y beber un trago. Pero la puerta no cedía. Lo que aparentaban ser puertas eran en realidad hábiles imitaciones. Durante unos instantes, intenté empujar o tirar de cualquier parte protuberante del armario, pero obviamente no logré abrirlo.

«No se abre así como así, señor Okada», decía Creta Kanoo. De repente me di cuenta de que se encontraba allí. Como era de esperar, con su atuendo a la moda de principios de los sesenta. «Tarda tiempo en abrirse. Hoy ya no puede ser. Debe conformarse.»

Y ante mis ojos, ella se quitó la ropa con agilidad, como si desgranara guisantes, y se quedó desnuda. Sin preámbulo ni explicación. «Disponemos de poco tiempo, señor Okada. Acabemos lo antes posible. Siento mucho no poder dedicarle más tiempo, pero tengo diferentes razones. Sólo llegar hasta aquí ya me ha sido muy difícil.» Y entonces se me acercó, me bajó la cremallera del pantalón, me sacó el pene como si eso fuera lo más natural del mundo. Luego bajaba suavemente los ojos con las pestañas postizas de color negro y se lo introducía en la boca. Su boca era mucho más grande de lo que yo había imaginado. Mi pene, dentro de ella, enseguida se endureció y aumentó de tamaño. Mientras ella movía la lengua, su pelo rizado se balanceaba como si soplara la brisa. Las puntas me acariciaban los muslos. Sólo veía su pelo y sus pestañas postizas. Yo estaba sentado en la cama y ella, arrodillada en el suelo, con el rostro sepultado en mi bajo vientre. «No sigas», dije yo. «Pronto llegará Noboru Wataya. Sería terrible que me encontrara aquí. No quiero ver a ese hombre en un sitio como éste.»

«No te preocupes», dijo Creta Kanoo separando la boca de mi pene. «Aún tenemos tiempo.»

Y continuó recorriendo mi pene con la punta de la lengua. Yo no quería eyacular. Pero no pude evitarlo. Sentí como si fuera a ser absorbido hacia alguna parte. Sus labios y su lengua, parecidos a entes resbaladizos provistos de vida, me agarraban con firmeza. Y eyaculé. Entonces me desperté.

¡Uff! Fui al cuarto de baño, me lavé la ropa interior pringada y me duché con agua caliente, lavándome minuciosamente para alejar la sensación viscosa del sueño. ¿Cuántos años debía de hacer que no tenía una polución? Intenté recordar cuándo había sido la última vez. Pero no pude. Hacía tanto tiempo que no lo recordaba.

Acababa de salir de la ducha y estaba secándome con la toalla cuando sonó el teléfono. Era Kumiko. Yo acababa de eyacular en sueños estando con otra mujer y me sentí algo incómodo al hablar con ella.

—Tienes la voz muy rara. ¿Te ha pasado algo? —preguntó Kumiko.

Es terriblemente sensible a estas cosas.

—No, nada especial. Sólo que me he dormido y acabo de despertarme.

—¿Ah, sí? —dijo Kumiko con tono de sospecha.

Su sospecha se percibía a través del auricular y me sentí aún más incómodo.

—Lo siento, pero hoy llegaré un poco tarde. Tal vez alrededor de las nueve. De todas formas cenaré fuera.

—De acuerdo. Entonces me haré algo para mí solo.

—Lo siento —dijo. Sonó como si lo hubiera añadido tras acordarse de repente. Y, después de una pausa, cortó.

Me quedé contemplando el auricular unos instantes y después fui a la cocina, pelé una manzana y me la comí.

Desde que me había casado con Kumiko seis años atrás, no me había acostado con ninguna otra mujer. No es que no hubiera sentido deseo sexual hacia otras. Tampoco me habían faltado ocasiones. Simplemente, no las había buscado. No sé explicarlo con exactitud, pero es una especie de cuestión de prioridades en la vida.

Sólo una vez, por circunstancias inesperadas, había pasado la noche en casa de una chica. Me caía bien y a ella no le habría parecido mal acostarse conmigo. Yo lo sabía. A pesar de ello, no me acosté con ella.

Era una chica que había trabajado conmigo en la oficina durante varios años. Creo que era dos o tres años menor que yo. Su trabajo consistía en contestar al teléfono y llevar la agenda de todos nosotros; tenía, para ese tipo de tareas, verdadero talento. Era una chica con intuición y con una memoria excelente. Si le preguntabas dónde se encontraba alguien y qué estaba haciendo, o dónde estaba archivado un documento concreto, seguro que lo sabía. También anotaba todas las citas. Todo el mundo la apreciaba y confiaba en ella. En el terreno personal, teníamos una relación que podía llamarse de amistad y habíamos ido a tomar algo los dos juntos varias veces. No se la podía llamar una belleza, pero me gustaba su rostro.

Cuando dejó el trabajo para casarse (tenía que mudarse a Kyushu a causa del trabajo de su novio), los compañeros la invitamos a tomar algo el último día de trabajo. A la vuelta, tomamos el mismo tren y, como ya era tarde, la acompañé a casa. Al llegar a la puerta de su apartamento me invitó a entrar un momento a tomar un café. Me preocupaba perder el último tren, pero quizás era la última vez que nos veíamos y, además, me apetecía tomar un café para disipar los efectos del alcohol, así que decidí pasarme un momento por su casa. Era la típica casa de chica soltera. Había una nevera quizá demasiado grande para una persona que vive sola y una librería con un pequeño equipo de música. Me dijo que la nevera se la había dado un conocido. Ella se puso ropa más cómoda en la habitación de al lado, fue a la cocina y me preparó un café. Los dos nos sentamos en el suelo, uno al lado del otro, y hablamos.

—¿Hay alguna cosa que te dé miedo en particular? —me preguntó en un momento en que la charla se había interrumpido, como si se le ocurriera de repente.

—Ninguna en especial —dije tras pensármelo un poco. Había muchas cosas que me daban miedo, pero no se me ocurría ninguna que temiera *en particular*—. ¿Y tú?

—A mí me dan miedo las corrientes subterráneas —confesó ella abrazándose las rodillas con ambas manos—. Sabes lo que son, ¿verdad? Cauces subterráneos por donde pasa el agua. Una corriente de agua encerrada y muy oscura.

—Corriente subterránea —repetí. No recordaba con qué ideogramas se escribía.

—Yo nací y crecí en un pueblo de la provincia de Fukushima. Cerca de casa había un pequeño río que se aprovechaba para regar los campos. Pero a medio cauce se convertía en una corriente subterránea. Yo tenía entonces dos o tres años y estaba jugando con unos niños del vecindario algo mayores que yo. Los niños me subieron a un pequeño barco y lo pusieron en el río. Aquello no era más que un juego y lo hacíamos a menudo. Pero ese día, como acababa de llover y el río bajaba cre-

153

cido, el barquichuelo se les escapó de las manos y la corriente empezó a arrastrarme hacia la boca de la corriente subterránea. De no ser por un vecino que de casualidad pasaba por allí, sin duda hubiera sido absorbida hacia el interior por la corriente y probablemente nunca más se habría sabido de mí. –Se acarició las comisuras de los labios con un dedo de la mano izquierda como si una vez más quisiera confirmar que estaba viva–. Aún recuerdo la escena. Yo, tumbada boca arriba, flotando sobre las aguas. El cauce del río me parece un muro de piedra y sobre mí se extiende un cielo de un nítido y bello color azul. A mí me va arrastrando cada vez más rápido la corriente. No sé qué sucederá. Pero, de repente, lo descubro: la oscuridad me espera. La auténtica oscuridad. Al poco, las tinieblas se me van acercando, van a engullirme. El frío tacto de las sombras está a punto de envolverme. Éste es el primer recuerdo de mi vida.

Bebí un sorbo de café.

–Tengo miedo –dijo ella–. Tengo miedo, un miedo horroroso. Tanto que no puedo soportarlo. Como entonces. Me siento arrastrada rápidamente hacia allí. Y yo no puedo huir de eso.

Sacó tabaco del bolso, se puso un cigarrillo entre los labios y lo encendió. Luego exhaló el humo despacio. Era la primera vez que la veía fumar.

–¿Te estás refiriendo a tu boda?

Ella asintió.

–Sí. Estoy hablando de la boda.

–¿Hay algún problema concreto con respecto a la boda? –pregunté.

Negó con un movimiento de cabeza.

–No hay nada en especial que pueda llamarse problema concreto. Pequeñas cosas, por supuesto, hay tantas que, si empezara a hablar, no pararía.

No sabía qué decir, pero la situación exigía que dijera algo.

—Es posible que cualquiera que vaya a casarse experimente más o menos la misma sensación. ¿No estoy a punto de cometer un gran error? Pero se trata, al fin y al cabo, de una inseguridad de lo más natural. Elegir un compañero para toda la vida es una gran decisión. No debes tener tanto miedo.

—Esto es muy fácil de decir. «A todo el mundo le pasa, todo el mundo es igual.» —replicó.

Dieron las once. Pensé que debía reconducir la conversación y concluirla. Pero antes de que pudiera decir nada, de repente me miró y me pidió que la abrazara.

—¿Por qué? —le pregunté sorprendido.

—Quiero que me cargues las baterías —dijo ella.

—¿Las baterías?

—Mi cuerpo está bajo de electricidad. Hace días que casi no puedo dormir. Duermo un poco, me despierto enseguida y ya no puedo volver a conciliar el sueño. Tampoco puedo pensar. Cuando me pasa esto, necesito que alguien me cargue las baterías. Si no, no puedo seguir viviendo. De verdad.

Pensando que quizás estaba ebria, la miré al fondo de los ojos. Pero su mirada volvía a ser tan inteligente y lúcida como siempre. No estaba ebria en absoluto.

—Pero tú te casas la semana que viene. Él te abrazará tanto como quieras. Cada noche. El matrimonio es eso. A partir de ahora ya nunca estarás baja de electricidad.

No respondió. Apretó los labios y permaneció en silencio mirándose los pies. Tenía los pies perfectamente alineados uno junto al otro. Eran pequeños y blancos, con diez uñas bonitas.

—El problema es ahora —dijo—. No mañana, la semana que viene o el mes que viene. ¡Estoy baja ahora!

Parecía que deseaba seriamente que alguien la abrazara, así que la rodeé con mis brazos. Tuve una sensación muy extraña. Para mí, ella era una compañera de trabajo eficiente y simpática. Trabajábamos y bromeábamos en la misma sala, a veces íbamos a tomar algo juntos. Pero, lejos del trabajo, en su apartamento, rodeándola de aquella manera con mis brazos, no era más que un pedazo de carne tibia. Pensé que, en definitiva, sólo representábamos el papel asignado en un escenario llamado oficina. Una vez fuera del escenario, cuando se disipaban los roles provisionales que habíamos interpretado en aquel lugar, no éramos más que pedazos de carne insegura y torpe. Simples trozos de carne tibia con esqueleto, aparato digestivo, corazón, cerebro, aparato reproductor. Le rodeé la espalda con los brazos y ella apretó con fuerza sus pechos contra mi cuerpo. Los percibí más grandes y suaves de lo que suponía. Yo estaba sentado en el suelo con la espalda apoyada contra la pared, ella se recostaba lánguidamente en mí. Estuvimos abrazados de aquel modo, inmóviles, sin decir una palabra, durante mucho tiempo.

—¿Va bien así? —le pregunté.

Mi voz me sonó ajena. Parecía que hablara otra persona en mi lugar. Noté que ella asentía.

Ella vestía una chaqueta de chándal y una falda delgada que le llegaba hasta las rodillas. Pero pronto me di cuenta de que no llevaba nada debajo. Al descubrirlo tuve casi automáticamente una erección. Ella pareció darse cuenta. Había sentido sin cesar su cálido aliento en mi nuca.

No me acosté con ella. Pero permanecí «cargando sus baterías» hasta las dos de la madrugada. Me rogó que no la dejara sola de aquel modo, que estuviera abrazándola hasta que se durmiera. La llevé a la cama y la acosté. Pero ella no se dormía. Una vez se hubo puesto el pijama, seguí abrazándola, «cargando sus baterías». Sentía como, en mis brazos, su frente se calentaba y su corazón palpitaba con fuerza. No sabía si estaba obrando correctamente. Pero no se me ocurría otro modo de arreglar la situación. La manera más sencilla habría sido acostarme con ella, pero alejé esta posibilidad de mi mente. Mi instinto me avisaba que no debía hacerlo.

—Oye, no me cojas manía por lo de hoy, ¿eh? Es que estaba tan baja de electricidad que no podía hacer otra cosa.

—Tranquila. Lo comprendo muy bien —dije.

Pensé que debía telefonear. Pero no sabía qué explicación darle a Kumiko. Odiaba mentir y, por otra parte, tampoco creía que comprendiera la situación si se la explicaba con pelos y señales. Y, mientras tanto, dejó de preocuparme. «Que pase lo que tenga que pasar», pensé. A las dos salía de su apartamento y a las tres regresaba a casa. Me costó mucho encontrar un taxi.

Kumiko, obviamente, estaba furiosa. Estaba esperándome despierta, sentada frente a la mesa de la cocina. Le dije que había ido de copas con los compañeros de trabajo y que luego habíamos estado jugando al *ma-jong*. Me preguntó que por qué no había llamado. Le respondí que no se me había ocurrido. Pero, obviamente, no la convencí y enseguida descubrió la mentira. Hacía años que yo no jugaba al *ma-jong* y, encima, no sé mentir. No tuve más remedio que confesarle la verdad. Le conté toda la historia —obviando, por supuesto, mi erección— desde el principio hasta el final. «Pero no ha sucedido nada», le dije.

Kumiko se pasó tres días sin hablarme. Sin decirme una palabra. Durmió en otra habitación y comió sola. Se puede decir que ésta fue la peor crisis de nuestro matrimonio. Estaba seriamente enfadada conmigo. Y yo entendía a la perfección que lo estuviera.

—Ponte en el caso opuesto. ¿Qué pensarías? —me dijo Kumiko después de tres días de silencio. Éstas fueron sus primeras palabras—. Si volviera a las tres de la madrugada, sin haber llamado por teléfono, diciendo que he estado en la cama con un hombre, pero que no te preocupes, créeme, no ha pasado nada. Que sólo estaba cargándole las baterías. Va, desayunemos y a la cama. ¿Tú no te enfadarías? ¿Me creerías? —Permanecí en silencio—. Y en tu caso aún es peor —prosiguió Kumiko—. ¡Tú primero

157

me has mentido! Primero me has dicho que habías ido de copas y a jugar al *ma-jong*. Y eso era mentira. ¿Por qué tengo que creerte cuando dices que no te has acostado con ella? ¿Por qué tengo que creer que eso no es mentira?

—Me sabe mal haber mentido al principio —dije—. Si he mentido era sólo porque era complicado explicar la verdad. No es algo que se pueda explicar con facilidad. Sólo quiero que creas esto. Que es verdad que no hice nada malo.

Kumiko permaneció unos instantes con la cabeza apoyada sobre la mesa. Sentí como si el aire de la estancia se fuera volviendo, poco a poco, más ligero.

—No sé cómo explicarme, pero quiero que me creas: es lo único que puedo decirte.

—Si quieres que te crea, te creo —dijo—. Pero recuerda esto. Quizá yo algún día te haga lo mismo a ti. Y entonces, cree lo que yo te diga. Tengo este derecho.

Kumiko nunca ha ejercido este derecho. A veces pienso qué sucedería si lo hiciera. Quizá la creyera. Pero es obvio que me sentiría confuso, quizá no podría soportarlo. ¿Por qué ha tenido que hacer aposta una cosa así? Y ésos habían sido exactamente los sentimientos de Kumiko en aquel momento.

—¡Señor *pájaro-que-da-cuerda!* —gritó alguien desde el jardín. Era May Kasahara.

Salí al cobertizo secándome el pelo con una toalla. Estaba sentada allí, mordiéndose la uña del dedo pulgar. Llevaba las mismas gafas de sol oscuras que la primera vez que la vi, un pantalón de algodón color crema y un polo negro. En la mano sostenía un portafolios.

—He saltado por encima —dijo May Kasahara señalando el muro de bloques de cemento. Y se sacudió el polvo que se le había adherido a los pantalones—. He saltado un poco a ojo.

¡Qué suerte que sea tu casa! ¡Imagínate si, por equivocación, me meto en otro sitio!

Se sacó un paquete de Hope cortos de los pantalones y encendió un cigarrillo.

—Por cierto, señor *pájaro-que-da-cuerda*, ¿estás bien?

—Voy tirando —dije.

—Ahora voy al trabajo, ¿te vienes conmigo? Siempre trabajamos en grupos de dos y es mucho mejor ir con alguien que conozcas. ¿Sabes? La gente nueva no para de preguntar. Que cuántos años tengo. Que por qué no voy a la escuela. Es un rollo, la verdad. Y, como compañero, te puede tocar un pervertido. Esas cosas pasan, ya sabes. Así que, si vienes, me harás un favor.

—¿Es el trabajo del que me hablaste, la encuesta para el fabricante de pelucas?

—Sí —dijo—. Se trata sólo de contar las personas calvas que ves en Ginza, de la una a las cuatro. Sencillo, ¿no? Encima, a ti también te va a servir. Tú también te vas a quedar calvo un día de éstos y es mejor que vayas aprendiendo mientras tengas pelo.

—Pero, oye, ¿no te dicen nada si te encuentran en Ginza durante el día haciendo esto, sin ir a clase?

—No pasa nada. Basta con decir que hago trabajo de campo para ciencias sociales. Siempre los enredo. No hay problema.

No tenía nada especial que hacer, así que decidí acompañarla. May Kasahara llamó a la empresa y les dijo que iba para allá. Por teléfono, utilizó un lenguaje de lo más correcto. «Sí, trabajaremos los dos juntos. Sí, en efecto. No se preocupe. Muchas gracias. Sí, de acuerdo. Sí, entiendo. Estaremos allí pasadas las doce», dijo. Dejé una nota, por si Kumiko volvía pronto, diciendo que volvería antes de las seis y salí de casa con May Kasahara.

La empresa de pelucas estaba en Shinbashi. En el metro, May Kasahara me explicó someramente en qué consistía la investigación. Según me dijo, tendríamos que ponernos en una esquina y contar cuántos calvos (o personas cuyo pelo clareaba) pasaban por la calle. Según el grado de calvicie, se clasificaban en tres categorías. «Ciruela»: personas a quienes les clareaba un poco el pelo; «bambú»: personas a quienes les clareaba bastante el pelo; «pino»: personas completamente calvas. Abrió el portafolios, sacó un impreso que se usaba en la encuesta y me enseñó diferentes muestras de calvicie. Los diferentes estadios de pérdida de pelo se dividían según el grado de calvicie en la escala pino-bambú-ciruela.

—Con esto ya entiendes más o menos cómo va, ¿no? Según el grado de calvicie, se clasifica a alguien en uno u otro grupo. Si uno quiere ser demasiado preciso, no acaba nunca. Basta con algo aproximado. A bulto.

—Sí, ya entiendo. Bueno, más o menos —dije con voz insegura.

A su lado, había sentado un hombre grueso con pinta de oficinista que había llegado claramente al estadio bambú. Miraba de reojo el papel con aire incómodo, pero a May Kasahara eso no pareció preocuparle lo más mínimo.

—Yo me encargaré de la clasificación pino-bambú-ciruela. Tú te estás a mi lado y, cada vez que diga pino, bambú, lo vas apuntando. ¿Qué? Fácil, ¿eh?

—Pues sí, más o menos. Pero esta investigación, ¿para qué diablos sirve?

—No lo sé —admitió—. Esa gente va haciendo este tipo de encuestas por todas partes. En Shinjuku, en Shibuya, en Aoyama. Quizás investiguen en qué barrio hay más calvos. O quizás el porcentaje diferencial entre pino-bambú-ciruela. De todos modos, a esa gente les sobra el dinero. Por eso pueden gastarlo en cosas así. Y es que las pelucas son muy buen negocio. Fíjate en las pagas extraordinarias, son mucho más altas que las de cualquier otra empresa. ¿Sabes por qué?

—Pues no.

—Es que, ¿sabes?, en realidad, la vida de la peluca es muy corta. Quizá tú no lo sepas, pero sólo duran dos o tres años. Últimamente, las pelucas están tan bien hechas que se estropean muy rápido. Al cabo de dos años, tres como mucho, tienes que comprarte otra nueva. Como se adhieren perfectamente al cuero cabelludo, al ir clareando cada vez más el pelo que hay debajo de la peluca, te la tienes que cambiar por otra que te cubra mejor, ¿sabes? Y así, mira, pongamos que tú llevas peluca, que han pasado dos años y que ya no puedes usarla. ¿Pensarías tú esto?: «Caramba, se me ha estropeado la peluca. Ya no puedo usarla. Para comprar otra nueva tendría que volver a gastar dinero, así que, a partir de mañana, iré a la oficina sin peluca». ¿Crees que lo pensarías?

Negué con la cabeza.

—Creo que no.

—Pues claro que no. En resumen, una persona que empieza a llevar peluca está condenada a llevarla siempre. Y por eso se gana tanto en el negocio de las pelucas. Suena un poco fuerte, pero hacen igual que los *camellos*. Una vez pescan a uno, ése ya es cliente para toda la vida. Posiblemente hasta que muera. ¡Tú dirás! ¿Verdad que nunca has oído que a un calvo le haya salido una cabellera negra? Y una peluca vale unos quinientos mil yenes; las más difíciles de hacer, alrededor de un millón. Y la cambias cada dos años. ¡Increíble! Un coche puedes usarlo cuatro o cinco años, ¿no? Y al comprar uno nuevo te descuentan el valor del viejo, ¿no? Pero las pelucas tienen la vida más corta. Y no te abonan la vieja.

—Tienes razón —dije.

—Además, los fabricantes de pelucas tienen sus propias peluquerías para el cabello auténtico. Allí lavan las pelucas, cortan el pelo que hay debajo. ¡Tú dirás! Ir al barbero, sentarte delante del espejo, ¡hop!, sacarte la peluca y soltarle: «Córtemelo un poco, por favor». No es nada fácil de decir, ¿no te parece?

Sólo con esas peluquerías ya se aseguran unas ganancias considerables.

—Tú sabes muchas cosas, ¿no? —pregunté admirado.

A su lado, el oficinista bambú aguzaba el oído con ansiedad.

—¡Hum! Es que yo, ¿sabes?, he hecho buenas migas con los de la empresa y me he enterado de muchas cosas —dijo May Kasahara—. Esa gente gana el dinero a espuertas. Mandan hacer las pelucas en el sur de Asia y en lugares por el estilo, donde la mano de obra es barata. Y el pelo de las pelucas lo adquieren allí. En Tailandia, en Filipinas. Las chicas de esos países se cortan el pelo y lo venden a la empresa de pelucas. En algunos lugares, ésta es toda su dote. ¡El mundo es *taaan* raro! El pelo de algún tipo de por aquí es, en realidad, el pelo de una niña de Indonesia.

Al oírlo, el oficinista bambú y yo barrimos con la mirada en un acto reflejo el interior del vagón.

Pasamos por la empresa de Shinbashi y recogimos unas bolsas de papel con los formularios de la encuesta y unos lápices. Se suponía que la empresa era la segunda en ventas del mercado, pero tenía una entrada muy discreta por donde pudieran acceder los clientes sin ser vistos y en la fachada no había ningún rótulo. El nombre de la empresa no aparecía en ninguna parte: ni en las bolsas de papel ni en los formularios de la encuesta. Apunté mi nombre, dirección, currículum y edad en una hoja de inscripción para el trabajo a media jornada y lo presenté en el departamento de investigación. Al parecer, aquél era un lugar de trabajo tranquilo. No había quien vociferara al teléfono ni quien, con las mangas de la camisa arremangadas, aporreara con ansia el teclado del ordenador. Todos iban vestidos con pulcritud y se dedicaban a tareas tranquilas. En la empresa de pelucas —quizá sea un hecho natural— no se veía a ningún calvo.

Posiblemente algunos llevaran pelucas de su empresa. Pero no pude discernir quién la llevaba y quién no. Jamás había visto una empresa que tuviera un ambiente tan extraño.

Al salir de allí nos metimos en el metro y fuimos a Ginza. Como aún era pronto y teníamos hambre, entramos en el Dairy Queen y pedimos una hamburguesa.

—Oye, señor *pájaro-que-da-cuerda* —dijo May Kasahara—, si te quedaras calvo, ¿te pondrías peluca?

—Pues, no lo sé. No soporto las cosas que requieren cuidados, así que creo que me quedaría tal cual.

—Eso es mucho mejor —dijo enjugándose el ketchup de la boca con una servilleta de papel—. Estar calvo no es tan malo como piensan ellos. A mí me parece que no hay para tanto.

—No sé.

Después nos sentamos en la boca del metro de delante de Wakoo y, durante tres horas, contamos calvos. En la entrada del metro, mirando desde arriba las cabezas de los que subían y bajaban las escaleras, era como mejor se podía apreciar el estado capilar de las cabezas. Conforme May Kasahara me iba diciendo «pino» o «bambú», yo lo iba apuntando en el formulario. May Kasahara parecía avezada a la tarea. No se aturdió, vaciló o corrigió ni una sola vez. Clasificaba los estadios de calvicie en tres grados con auténtica celeridad y precisión. Para no ser descubierta por los transeúntes, me decía en voz baja, sucintamente, «pino» o «bambú». Cuando pasaban a la vez varias personas con el pelo ralo, ella tenía que decir atropelladamente: «ciruela-ciruela-bambú-pino-bambú-ciruela». En un determinado momento, un anciano caballero muy elegante (con una magnífica cabellera plateada), después de observar un rato nuestro trabajo, me preguntó:

—Perdone, ¿qué están haciendo ustedes?

—Una encuesta —le respondí concisamente.

—¿Qué tipo de encuesta? —preguntó.

—Una encuesta sociológica —dije.

—Ciruela-pino-ciruela —dijo May Kasahara en voz baja.

Él, con aire de estar poco convencido, observó un rato más cómo trabajábamos y, al fin, desistió y se fue.

Cuando, al otro lado de la calle, el reloj de Mitsukoshi dio las cuatro, consideramos finalizada la encuesta. Volvimos al Dairy Queen y tomamos un café. No era un trabajo que requiriera un gran desgaste físico, pero yo tenía agarrotados los músculos del cuello y de la espalda. O quizás es que sentía cierto remordimiento por haber estado contando furtivamente calvas. Tomamos el metro y, mientras nos dirigíamos a la empresa, calvo que veía, calvo que yo, de forma automática, clasificaba en pino o bambú, cosa que no puede calificarse como agradable. Pero por más que intenté dejar de hacerlo, se había convertido en una especie de fuerza que me dominaba, y no pude parar. Entregamos los formularios de la encuesta al departamento de investigación y recibimos nuestra paga. Teniendo en cuenta el tiempo y el tipo de trabajo, la cantidad no estaba nada mal. Firmé un recibo y me guardé el dinero en el bolsillo. May Kasahara y yo nos metimos en el metro, fuimos hasta Shinjuku, allí tomamos la línea Odakyuu y regresamos a casa. Ya estábamos en plena hora punta de vuelta a casa. Hacía mucho tiempo que no cogía un tren atestado de gente, pero no sentí nostalgia.

—No está mal este trabajo, ¿verdad? —dijo May Kasahara—. Es cómodo y la paga es buena.

—No está mal —repuse chupando un caramelo de limón.

—¿Volveremos a trabajar juntos? Podemos hacerlo una vez a la semana.

—De acuerdo.

—Oye, señor *pájaro-que-da-cuerda* —dijo tras un corto silencio May Kasahara, como si se le ocurriera de repente—. No sé, pero creo que si la gente teme quedarse calva es porque eso les hace pensar en el final de la vida. Es decir, me da la impresión de que sienten que, conforme se van quedando calvos, la vida se les va acabando. Como si se acercasen a pasos agigantados a la muerte, a la destrucción final.

Reflexioné unos instantes.

—Sí, es una manera de verlo.

—Oye, señor *pájaro-que-da-cuerda*. A veces lo pienso: ¿qué diablos debes sentir cuando te vas muriendo poco a poco, despacio, a lo largo del tiempo?

Como no entendí bien el significado de su pregunta, sujeto al agarradero, cambié de postura y miré fijamente a May Kasahara.

—Ir muriendo poco a poco, despacio... Por ejemplo, ¿en qué caso concreto podría ocurrir?

—Pues, por ejemplo... Pues, en caso de que te hayan encerrado solo en un lugar oscuro, que no tengas nada que comer ni nada que beber y que te vayas muriendo gradualmente, poco a poco.

—Seguro que es horrible, y doloroso —dije—. Desde luego no quisiera morirme de esa manera.

—Pero, oye, señor *pájaro-que-da-cuerda,* la vida ya viene a ser eso, ¿no? ¿Acaso no estamos todos atrapados en un lugar oscuro y nos van quitando la comida y la bebida y nos vamos muriendo despacio, gradualmente? Poco a poco, poco a poco.

Me reí.

—Tú, para la edad que tienes, piensas a veces de manera terriblemente pesimista, ¿no te parece?

—Ese pesi... no sé qué..., ¿qué es?

—Pesimista. Significa ver sólo el lado oscuro de las cosas.

—Pesimista, pesimista… —repitió para sí varias veces—. Señor *pájaro-que-da-cuerda* —dijo luego, alzando los ojos y clavándome la mirada—. Sólo tengo dieciséis años y no sé muy bien de qué va el mundo, pero una cosa sí puedo afirmar con rotundidad: si yo soy pesimista, los adultos de este mundo que no son pesimistas son un hatajo de idiotas.

10
El toque mágico
Muerte en la bañera
El repartidor de recuerdos

Nos mudamos a esta casa en el otoño del segundo año de matrimonio. En el apartamento de Kooenji, donde habíamos vivido hasta entonces, debían hacer reformas y tuvimos que dejarlo. Estábamos buscando un lugar cómodo y barato, pero no era fácil dar con algo que se adecuara a nuestro bolsillo. Cuando mi tío lo supo, nos ofreció una casa que tenía en Setagaya. La había comprado de joven y había vivido allí unos diez años. Cuando se hizo vieja, mi tío pensó en derruirla y construir otra nueva un poco más funcional, pero a causa de las ordenanzas urbanísticas no pudo reconstruirla tal como pensaba. Se rumoreaba que pronto los controles dejarían de ser tan estrictos y mi tío estaba esperando a que esto sucediera, pero tener, mientras tanto, la casa vacía, deshabitada, suponía mucho dinero en impuestos. Alquilarla a un desconocido entrañaba, por otra parte, el peligro de tener problemas a la hora de pedirle que la desalojara. Y así se avino a cobrarnos el mismo alquiler que habíamos pagado hasta entonces por la casa de Kooenji (que era bastante bajo) como alquiler nominal, una medida para contrarrestar los impuestos. A cambio, cuando nos dijera que nos marcháramos, deberíamos mudarnos en un plazo de tres meses. Nosotros no tuvimos nada que objetar. No entendíamos demasiado bien el asunto de los impuestos, pero la posibilidad de vivir en una casita, aunque sólo fuera por poco tiempo, era un golpe de suerte. La casa estaba bastante lejos de la estación de la línea Odakyuu, pero se situaba en una tranquila zona residencial e incluso, aunque pequeño, tenía jardín. La casa no era nuestra, pero al mudarnos allí nos dio la impresión de tener un verdadero hogar.

Mi tío, hermano menor de mi madre, no era una persona que nos importunara con tonterías. Tenía un carácter franco, campechano, pero como nunca decía una palabra superflua, a veces era un poco impredecible. Con todo, entre todos mis parientes era él quien me inspiraba más simpatía. Tras licenciarse por la Universidad de Tokio, trabajó en una emisora como locutor de radio, pero después de diez años de trabajo se dijo: «Estoy harto», dejó la emisora y abrió un bar en Ginza. Era un bar muy sencillo, pero adquirió cierta fama por servir auténticos cócteles y, pocos años después, mi tío regentaba ya varios locales. Poseía el talento necesario para triunfar en este tipo de negocios porque, local que abría, local que prosperaba. Una vez, cuando yo era estudiante, le pregunté la razón de que todos los locales que llevaba fueran bien. Por ejemplo, se abrían locales de apariencia similar en lugares similares de Ginza, pero unos prosperaban y otros quebraban. Yo no entendía bien la razón. Mi tío extendió las palmas de ambas manos y me las mostró. «Es mi toque mágico», dijo con expresión seria. No·añadió nada más.

Posiblemente fuera cierto que mi tío tenía un toque mágico, pero no lo era menos que poseía, además, el talento de saber rodearse de personas de considerable valía. Pagaba sueldos altos, los trataba bien y ellos, a su vez, lo adoraban y trabajaban duro. «Cuando ves a alguien que vale, debes pagar sin vacilar y darle una oportunidad», me dijo una vez. «Las cosas que se puedan comprar con dinero es mejor comprarlas sin pensar demasiado si ganas o pierdes. Es mejor ahorrar las energías para aquellas cosas que no pueden comprarse con dinero.»

Se casó tarde. Mediada la cuarentena, cuando ya había conseguido el éxito económico, se casó al fin. La novia era tres o cuatro años menor, divorciada, y bastante rica ella también. Dónde la conoció, o cómo, mi tío jamás me lo dijo y yo, por mi parte, no puedo ni imaginármelo, pero ella era una mujer tranquila, aparentemente de buena familia. No tuvieron hijos. Ella tampoco los tenía de su matrimonio anterior. Tal vez fuera ésta la causa de que aquel matrimonio no funcionara. Sea como sea, mi tío, mediada la cuarentena, aunque no podía llamársele un potentado, estaba en situación de no necesitar deslomarse trabajando hasta el fin de sus días. Aparte de las ganancias de los locales, también los alquileres de pisos y casas le devengaban ingresos considerables, y sus inversiones le rentaban sólidos dividendos. Como trabajaba en negocios inciertos, los otros miembros de la familia, con sus trabajos seguros y su modesto modo de vida, lo miraban con malos ojos, y él, por su parte, tampoco sentía predilección por las relaciones familiares. Pero por mí, su único sobrino, se había preocupado siempre. Especialmente cuando, el año de mi ingreso en la universidad, a raíz de la muerte de mi madre, mi padre volvió a casarse y empezamos a llevarnos mal. Yo estaba en Tokio y llevaba una vida pobre y solitaria de estudiante universitario, pero mi tío a menudo me invitaba a comer en uno u otro de sus restaurantes de Ginza.

Decía que las casas dan demasiado trabajo y vivía con su esposa en un apartamento en la colina de Azabu. Aunque no era una persona a quien gustase llevar una vida lujosa, su única diversión eran los coches raros y en el garaje tenía un viejo modelo de Jaguar y otro de Alfa Romeo. Ambos podían considerarse casi antigüedades, pero estaban increíblemente bien conservados y relucían como bebés recién nacidos.

Aprovechando que había llamado a mi tío por otro asunto, le pregunté por la familia de May Kasahara.

—Kasahara... —Mi tío pensó unos instantes—. No recuerdo a ningún Kasahara. Mientras estuve allí, vivía solo y no me relacionaba con los vecinos.

—Es que detrás de los Kasahara, cruzando el callejón, hay una casa deshabitada —dije—. He oído que antes vivía allí un tal Miyawaki, pero ahora está deshabitada y hay un cartel clavado en las contraventanas.

—A Miyawaki sí lo conozco —dijo mi tío—. Antes llevaba varios restaurantes. También tenía uno en Ginza. Lo conocía por el trabajo y habíamos hablado varias veces. A decir verdad, los restaurantes no valían gran cosa, pero como estaban bien situados, marchaban bastante bien. El tal Miyawaki era un tipo simpático, pero era el típico niño consentido. O no había trabajado nunca duro en su vida o no se había acostumbrado a hacerlo. Sea como sea, era del tipo de personas que no crecen nunca. Alguien le aconsejó que invirtiera en bolsa y él metió su dinero en una especulación arriesgada y se cubrió de deudas. Lo perdió todo: el terreno, la casa, los locales. Todo. Además lo pillaron en el peor momento, cuando acababa de hipotecar casa y terreno para abrir un nuevo local. Le vino el viento de lado justo cuando acababa de quitar el palo que sostenía la cerca. Me parece que tenía dos hijas en edad de casarse.

—Desde entonces no ha vivido nadie en la casa.

—¡No me digas! —exclamó mi tío—. Debe de ser porque hay algún embrollo con los derechos de propiedad y los bienes están congelados, algo así será. Pero aquella casa, aunque fuera barata, sería mejor que no la compraras.

—¿Quién, yo? Por barata que fuera no podría —dije riendo—. ¿Por qué lo dices?

—Cuando compré la mía, yo también hice mis indagaciones. Se ve que allí pasan cosas raras.

—¿Te refieres a que hay fantasmas?

—Tanto como fantasmas, no lo sé, pero no he oído nada bueno de aquel lugar –dijo mi tío–. Allí, hasta finales de la guerra, vivió un militar muy conocido, un tal no sé qué. Un coronel que durante la guerra estuvo en el norte de China, un pez gordo del ejército. Parece que las tropas que comandaba se distinguieron por sus méritos, pero que al mismo tiempo cometieron muchas atrocidades. Se decía que ejecutaron a casi quinientos prisioneros de guerra de una vez, que obligaron a cientos de campesinos a hacer trabajos forzados y que dejaron morir a más de la mitad, cosas así. Son historias que me han contado, no sé hasta qué punto son verdad o mentira. Poco antes de acabar la guerra lo llamaron a la patria y el final de la guerra le pilló en Tokio. Tal como estaban las cosas, tenía muchas posibilidades de que el Tribunal Militar de Extremo Oriente lo juzgara como criminal de guerra. Todos los generales y tenientes coroneles que habían cometido desmanes en China iban siendo arrestados, uno tras otro, por la Policía Militar. Él no pensaba consentir que lo juzgaran. Ser humillado ante todo el mundo para acabar en la horca… ¡Ni hablar! Antes prefería poner por sí mismo fin a su vida. Un día vio detenerse frente a su casa un jeep del ejército americano y a un soldado que descendía y se acercaba. Entonces agarró una pistola y, sin vacilar, se voló la cabeza de un disparo. Él hubiera preferido abrirse el vientre, pero ya no había tiempo. Con una pistola se acaba mucho más rápido. Su esposa lo siguió, se colgó en la cocina.

—Caramba.

—Pero resulta que era un simple soldado que buscaba la casa de su novia y se había perdido. Se le ocurrió preguntarle a alguien el camino y detuvo un momento el jeep. Como tú sabes muy bien, por allí es difícil encontrar el camino cuando vas por primera vez. Para los hombres, no es fácil reconocer la hora de la muerte.

—Sí, es verdad.

—Luego la casa permaneció deshabitada un tiempo y al final

la compró una actriz de cine. De eso hace ya mucho y no era demasiado famosa: no creo que la conozcas. La actriz vivió allí unos diez años, me parece. Era soltera y vivía sola con una criada. En fin, unos años después de mudarse, la actriz enfermó de la vista. Veía borroso y apenas podía distinguir nada, ni siquiera de cerca. Pero era actriz, no podía trabajar con gafas. Las lentes de contacto, en aquella época, no eran tan buenas como ahora, ni era frecuente usarlas. Así pues, ella, antes del rodaje, se estudiaba bien la disposición de los objetos en el plató y memorizaba el número de pasos que había de un lado a otro. Eran culebrones antiguos de la Matsutake, nada que no pudiese hacer. Antes las cosas se hacían sin romperse tanto la cabeza. Pero un día, cuando ella, tras preparar la escena, había vuelto tranquila al camerino pensando que lo tenía todo controlado, un joven cámara que desconocía el asunto cambió un poco la disposición de varios objetos del decorado.

—¡No me digas!

—Y ella dio un paso en falso, cayó y quedó inválida. Además, y posiblemente a causa del accidente, su visión fue deteriorándose cada vez más. Se quedó casi ciega. Y la pobre aún era joven y guapa. No hace falta decir que no pudo volver a trabajar en ninguna película. Tuvo que quedarse encerrada en casa. Mientras tanto, la criada, en quien ella confiaba plenamente, le robó el dinero y se fugó con un hombre. Los ahorros, las acciones, todo. Le quitó todo lo que tenía. Algo infame. ¿Y qué crees que hizo ella entonces?

—Tal como va la historia, no creo que tenga un final feliz.

—No, claro —dijo mi tío—. Llenó la bañera de agua y metió la cabeza dentro hasta que se ahogó. Supongo que te darás cuenta de que uno tiene que estar muy decidido para suicidarse así.

—La historia no es precisamente alegre que digamos.

—¿Alegre? Para nada —dijo mi tío—. Miyawaki compró el terreno poco después. La zona es buena, alta y soleada; y el terreno, grande. Todo el mundo la querría. Pero él también, después de oír las tristes historias de las personas que habían habitado antes la casa, decidió demolerla hasta los cimientos y construir otra nueva. Incluso hizo una ceremonia de purificación. Pero por lo visto fue inútil. En aquella casa no puede pasarte nada bueno. En el mundo hay lugares así. Yo no la querría ni regalada.

Después de hacer la compra en el supermercado del vecindario, empecé a preparar la cena. Recogí la colada, doblé la ropa y la guardé en un cajón. Fui a la cocina, hice café y me lo tomé. Era un día tranquilo, ni una sola llamada de teléfono. Me tendí en el sofá y me puse a leer un libro. Nadie interrumpió mi lectura. De vez en vez, el *pájaro-que-da-cuerda* chirriaba en el jardín. No se oía ningún otro sonido.

A las cuatro, alguien llamó al timbre. Era el cartero. Me dijo que traía una carta certificada y me alargó un sobre grueso. Estampé mi sello en el recibo y tomé la carta.

En el fastuoso sobre de papel de arroz había escritos con trazos negros de pincel mi nombre y dirección. Miré el reverso y en el remitente se leía «Tokutaroo Mamiya». Procedía de algún lugar de Hiroshima. No recordaba haber oído jamás ni el nombre ni la dirección. A juzgar por los caracteres trazados con pincel, el tal Mamiya debía de ser un hombre de edad avanzada.

Me senté en el sofá y abrí el sobre con unas tijeras. En la carta también aparecían elegantes letras trazadas con pincel en un rollo de papel de arroz de apariencia antigua. Aquella hermosa caligrafía debía de pertenecer a una persona bastante culta, pero al carecer yo de ese tipo de educación, sudé sangre para leerla. También el estilo era antiguo y terriblemente formal. Sin embargo, y tomándome el tiempo suficiente para descifrarla, logré comprender *grosso modo* el contenido. Según la carta, el señor Honda, el adivino que visitábamos antes, había muerto dos semanas atrás en su casa de Meguro. Un ataque al corazón. Según el médico, había tenido una rápida parada respiratoria y no había sufrido. Hecho que, teniendo en cuenta que vivía solo, cabía calificar, dentro de la desgracia, de afortunado. La carta seguía diciendo que la mujer de la limpieza lo había hallado a la mañana siguiente derrumbado sobre el *kotatsu*, muerto. El señor Tokutaroo Mamiya estuvo durante la guerra en una guarnición en Manchuria como teniente del ejército y había arriesgado su vida, junto con el cabo Honda, en una operación militar. Ahora, con ocasión del fallecimiento de Ooishi Honda, en cumplimiento de sus últimas voluntades, sustituía a la familia en la tarea de distribuir los recuerdos del difunto, que había dejado indicaciones muy precisas sobre cómo debía efectuarse. «Que haya dejado un testamento tan detallado y preciso nos da a suponer que había pronosticado su propia muerte. En el testamento, el difunto nos dice que le agradecería a usted, señor Tooru Okada, que se dignara recibir un objeto como recuerdo suyo», decía la carta. «Soy consciente de que debe de estar usted extremadamente ocupado, pero si, por respeto a las últimas voluntades del difunto, quisiera aceptar estos objetos de recuerdo, no podría dar una alegría mayor a este compañero de guerra del señor Honda, un viejo a quien le queda poco tiempo de vida.» Al final de la carta había escrita una dirección de Tokio donde aparentemente se encontraba. En casa de un tal Mamiya, Bunkyoo-ku Hongoo ni-choo-me, número tal. Quizás algún pariente en casa del cual se alojaba.

Escribí la respuesta en la mesa de la cocina. Pensaba escribir una postal sencilla y concisa, pero una vez tuve la pluma en la mano, no se me ocurrieron las palabras adecuadas. «Me siento afortunado de haber conocido al señor Honda durante su vida y de que me haya distinguido con su trato. Al pensar que ya no vive, acuden a mi pensamiento recuerdos de aquella época. Nuestras edades eran muy diferentes y nos relacionamos sólo durante un año, pero siempre había pensado que tenía el don de conmover a los demás. Para hablarle con honestidad, jamás habría supuesto que quisiera dejarle algo a alguien como yo. Ni creo, tampoco, tener ningún derecho a ello. Sin embargo, si el difunto lo ha querido así, evidentemente estoy dispuesto a aceptarlo con humildad. Le agradecería mucho que fuera tan amable de ponerse en contacto conmigo cuando tuviera ocasión.»

Y eché la postal en un buzón cercano.

«Sólo con la muerte / te incorporas a la Esencia Divina / Nomonhan.»

Recité para mis adentros.

Cuando volvió Kumiko ya eran casi las diez. Había llamado antes de las seis diciendo que seguramente volvería a llegar tarde, que cenara yo solo y que ella ya comería algo fuera. Le dije que me parecía bien. Me preparé algo sencillo y cené. Después volví a la lectura. Cuando llegó Kumiko, dijo que le apetecía tomar una cerveza, así que nos partimos una botella de medio. Parecía cansada. Frente a la mesa de la cocina, con la mejilla apoyada en la mano, apenas seguía mi conversación. Parecía pensar en otra cosa. Le conté que el señor Honda había muerto.

Kumiko suspiró y dijo:

—¡Ostras! ¿Ha muerto? —Luego añadió—: Bueno, pobre, ya era muy mayor, ¿no? Y apenas oía.

Pero cuando le conté que me había dejado un recuerdo, se sorprendió tanto como si algo hubiera caído del cielo.

—¿Que te ha dejado un recuerdo? ¿Él?

—Pues sí. No puedo imaginar por qué, pero sí.

Kumiko reflexionó unos instantes, frunciendo las cejas.

—Debías de caerle bien.

—Pero él y yo jamás mantuvimos una conversación propiamente dicha —dije—. Al menos yo apenas abría la boca. Si cuando le decía algo casi ni me oía. Una vez al mes, tú y yo nos sentábamos quietecitos delante de él y escuchábamos. Sólo eso. Y casi siempre eran historias del incidente de Nomonhan. Los tanques que habían ardido y los que no tras lanzarles cócteles Molotov. Ese tipo de historias.

—Pues no sé. Debía de haber algo en ti que le gustaba. Seguro. Yo no entiendo a este tipo de personas, nunca sé lo que les pasa por la cabeza.

Y volvió a enmudecer. Era un silencio tenso. Posé la mirada en el calendario colgado en la pared. Aún faltaban días para la menstruación. «Debe de haberle pasado algo desagradable en la oficina», supuse.

—¿Tienes demasiado trabajo? —le pregunté.

—Un poco —dijo Kumiko tras beber un trago, observando la cerveza que quedaba en el vaso. En su voz había una ligera nota de desafío—. Me sabe mal haber llegado tan tarde. Es culpa del trabajo en la revista, en esta época se acumula. Pero tampoco suelo llegar a estas horas, ¿no? Y, además, me permiten hacer menos horas extraordinarias que a los demás. Como estoy casada…

Asentí.

—En el trabajo ya se sabe, a veces se acaba tarde. Eso no tiene importancia. Simplemente, me preocupaba que estuvieras cansada.

Pasó mucho tiempo en la ducha. Yo me tomé la cerveza hojeando la revista que ella había traído.

Me metí sin pensar una mano en el bolsillo y encontré la paga. No había sacado aún el dinero del sobre. Ni le había contado nada a Kumiko. No tenía ninguna intención de ocultárselo, pero, perdida la oportunidad de mencionarlo, era mejor olvidar el asunto. Pasado el momento, se había convertido en un tema extrañamente difícil de abordar. «He conocido a una chica muy rara de dieciséis años que vive por aquí y hemos ido juntos a hacer un trabajillo, ¿sabes?, una encuesta para un fabricante de pelucas. Pagan mejor de lo que esperaba.» Hubiese bastado con decir eso. Kumiko hubiese dicho: «¿Ah, sí? ¡Qué bien!», y con esto quizás habría acabado el asunto. Claro que quizás hubiese querido saber más cosas sobre May Kasahara. Quizá le preocupara que yo hubiese conocido a una chica de dieciséis años. Y, si así fuera, quizás hubiese tenido que explicarle detalladamente cómo era May Kasahara, y dónde, cómo y cuándo la había conocido. Y yo no soy nada bueno para explicar las cosas siguiendo un orden.

Saqué el dinero, me lo metí en la cartera, arrugué el sobre y lo eché a la papelera. Pensé que es así como, poco a poco, la gente va creando sus secretos. No tenía conciencia de ocultarle nada especial a Kumiko. En principio no era nada importante y tanto me daba decírselo como no. Pero, una vez atravesado el sutil canal, fuera cual fuera la primitiva intención, todo quedaba cubierto por el velo opaco del secreto. Lo mismo había sucedido con Creta Kanoo. Le había contado a mi mujer que la hermana de Malta Kanoo había venido a casa. Le había dicho que se llamaba Creta, que iba vestida al estilo de principios de los sesenta y que había venido a recoger una muestra de agua del grifo. Pero no le había mencionado que, después de esto, había empezado a hacerme confidencias sin sentido y que, antes de terminar, había desaparecido sin despedirse. Y es que la historia de Creta Kanoo era tan extravagante que me resultaba imposible contársela reproduciendo con exactitud todos los matices. O también, porque era posible que a Kumiko no le hiciese ninguna gracia saber que Creta Kanoo, después de concluir la tarea que la había traído a casa, había permanecido largo rato haciéndome embarazosas confesiones personales. Se había convertido en otro de mis pequeños secretos.

«Quizá Kumiko también tenga sus secretos», pensé. Aunque así fuera, no podía reprochárselo. Secretos de este calibre cualquiera puede guardarlos. Pero, posiblemente, yo tuviera una tendencia más acusada a guardar secretos. Kumiko era más bien del tipo de personas que dicen todo lo que piensan. Ese tipo de personas que piensa las cosas mientras habla. Yo no soy así.

Empecé a sentirme inquieto y me acerqué al cuarto de baño. La puerta estaba abierta de par en par. De pie en el dintel, contemplé su figura de espaldas. Se había puesto un pijama de un discreto color azul y se secaba el pelo con una toalla delante del espejo.

—Oye, respecto a mi trabajo... —le dije—. Estoy pensando en ello pero a mi manera. He hecho correr la voz entre mis amigos. Y también me he movido. No es que no haya trabajos. En cuanto me decida, podré trabajar. Si quisiera, podría empezar mañana mismo. Pero no sé. Aún no he tomado una decisión. No sé qué hacer. No sé si puedo seguir así, esperando a encontrar el trabajo que me guste.

—Ya te lo dije, ¿no? Que podías hacer lo que quisieras —comentó ella mirando mi rostro reflejado en el espejo—. No tienes por qué encontrar un trabajo de un día para otro. Si te preocupa el dinero, olvídalo. Pero si no trabajar te hace sentir mal, o si te resulta una carga demasiado pesada encargarte de las labores de la casa mientras yo soy la única que trabaja, en este caso, no tienes más que encontrar un trabajo. A mí tanto me da una cosa como otra.

—Por supuesto, un día u otro tendré que encontrar un trabajo. Está más claro que el agua. No puedo estarme toda la vida así, de brazos cruzados. Más pronto o más tarde encontraré un trabajo. Pero ahora, si te digo la verdad, no sé muy bien qué me gustaría hacer. Poco después de dejar el otro trabajo pensaba muy a la ligera buscar algo relacionado con el derecho. Es un campo en el que he establecido contactos. Pero ahora ya no lo tengo tan claro. Cuanto más tiempo pasa desde que dejé el bufete, menos me interesa el derecho. Tengo la impresión de que este tipo de trabajo no me va. —Ella miró mi rostro reflejado en el espejo—.

Que no sepa qué es lo que quiero hacer no quiere decir que no quiera hacer nada. Si me dijeran que debo trabajar, creo que podría hacerlo casi todo. Pero ahora mismo no tengo una idea bien definida del trabajo que quiero. Y éste es ahora mi problema. Que no puedo definir esa idea.

—Oye —dijo mi mujer dejando la toalla y volviéndose hacia mí—. Si te has hartado del derecho, basta con no hacer ningún trabajo relacionado con él. Basta con olvidar las oposiciones al cuerpo de justicia. Y como no te urge encontrar trabajo, si no tienes una idea clara de lo que quieres, espera a que ésta surja espontáneamente. ¿No es lo mejor?

Asentí.

—Sólo quería explicártelo. Expresarte lo que pienso.

—De acuerdo —dijo ella.

Fui a la cocina y lavé los vasos. Kumiko salió del lavabo, vino a la cocina y se sentó a la mesa.

—¿Sabes? Esta tarde ha llamado mi hermano —dijo.

—¿Ah, sí?

—Sí. Dice que está pensando en presentarse a las elecciones. Parece que ya casi ha decidido hacerlo.

—¿A las elecciones? —repetí. Me sorprendió tanto que durante unos instantes no pude articular palabra—. ¿Elecciones? ¿Quieres decir elecciones al parlamento?

—Pues claro. Le han propuesto presentarse a las próximas elecciones como candidato por la circunscripción electoral de mi tío, en Niigata.

—¿Pero no iba a sucederle su hijo en la candidatura? Pensaba que ya estaba decidido que tu primo dejaría su cargo de director, o lo que sea, en Dentsuu y que regresaría a Niigata.

Ella sacó un bastoncillo de algodón y empezó a limpiarse los oídos.

—Sí, ése era el plan. Pero ahora mi primo ha salido con que no quiere. Tiene la familia en Tokio, le gusta su trabajo y en es-

179

tos momentos no le apetece volver de diputado a Niigata. Otra razón de peso es que su mujer está totalmente en contra de que se presente a las elecciones. En resumen, dice que no tiene ninguna intención de sacrificar a su familia.

El hermano mayor del padre de Kumiko había sido elegido diputado por la circunscripción electoral de Niigata y había desempeñado el cargo durante cuatro o cinco legislaturas. No se le podía considerar un peso pesado, pero había hecho una carrera muy satisfactoria e incluso había sido ministro una vez, si bien de una cartera, ciertamente, poco importante. Ahora, su avanzada edad y la enfermedad del corazón hacían difícil que se presentara a las próximas elecciones, lo que significaba que alguien debería sucederle en su feudo electoral. Tenía dos hijos, pero el primero había dejado muy claro desde el principio que no tenía la menor intención de dedicarse a la política, con lo que el relevo hubiese debido tomarlo el segundo.

—Además, se ve que en aquella circunscripción están que se mueren por tener a mi hermano. Quieren a alguien así: joven, inteligente, enérgico. Alguien que desempeñe el cargo durante muchas legislaturas, capaz de convertirse en un personaje influyente en el gobierno central. Y mi hermano es una persona muy conocida, captaría el voto joven: nada que objetar. Tal vez no pueda acudir a las poblaciones pequeñas, pero contaría con una organización de apoyo muy fuerte que se encargaría de todo. No importaría que él quisiera seguir viviendo en Tokio. Bastaría con que hiciera acto de presencia para las elecciones.

No podía imaginarme a Noboru Wataya de diputado.

—¿Y a ti qué te parece todo esto?

—Conmigo no tiene nada que ver. A mí tanto me da que sea diputado como que sea astronauta. Que haga lo que quiera.

—¿Y cómo es que te ha pedido consejo precisamente a ti?

—¿Consejo a mí? ¿Bromeas? —dijo en un tono de voz seco—. Por supuesto, no me lo ha pedido. ¿Desde cuándo me lo pide?

Sólo me ha informado de lo que pasaba. Como miembro de la familia.

—Ya —admití—. ¿Pero no tendrá problemas en las elecciones, un divorciado que no ha vuelto a casarse?

—No lo sé. No entiendo nada ni de política ni de elecciones. Ni tampoco me interesa. Pero, sea como sea, él no va a casarse jamás. Con nadie. Ni tampoco tendría que haberse casado antes. Lo que él quiere es otra cosa muy distinta. Algo completamente diferente a lo que queremos tú o yo. Eso lo sé muy bien.

—¿Ah, sí?

Kumiko envolvió los dos bastoncillos de algodón en un pañuelo de papel y los tiró a la basura. Alzó los ojos y me miró fijamente.

—Hace tiempo, una vez descubrí a mi hermano masturbándose. Creía que no había nadie, abrí la puerta y allí estaba él.

—¡Pero vamos! Todo el mundo se masturba —dije.

—No, no es eso —replicó ella. Y suspiró—. Creo que era unos tres años después de que muriera mi hermana. Él ya estaba en la universidad y yo, más o menos, en cuarto de primaria. Mi madre había dudado entre deshacerse de la ropa de mi hermana muerta o no, pero al final la había guardado. Quizá pensara que yo podría llevarla cuando creciera. La tenía guardada en una caja de cartón, dentro de un armario. Mi hermano la había sacado y estaba haciéndose eso mientras la olía. —Permanecí en silencio—. En aquella época, yo aún era pequeña y no sabía nada de sexo. No pude entender exactamente qué estaba haciendo. Pero sí comprendí que era un acto perverso, algo que no debería haber visto. Y también que tenía un significado mucho más profundo de lo que parecía —dijo Kumiko moviendo la cabeza.

—¿Sabe Noboru Wataya que tú lo viste?

—Tiene ojos, ¿no te parece?

Asentí.

—¿Y qué pasó al final con aquella ropa? ¿Te la llegaste a poner al hacerte mayor?

—¿Bromeas?

—Quizás estaba enamorado de tu hermana.

—No lo sé —dijo Kumiko—. Si se sentía o no atraído sexualmente por ella, no lo sé. Pero seguro que allí había algo y tengo la impresión de que él no ha sido capaz de superarlo. Por eso he dicho que no debería haberse casado nunca.

Luego Kumiko enmudeció durante un largo rato. Yo tampoco dije nada.

—En este sentido tiene graves problemas psicológicos. También nosotros sufrimos algún que otro trastorno psicológico, claro. Pero los suyos son muy diferentes de los que podamos tener tú o yo. Son muchísimo más profundos y persistentes. Y él, ocurra lo que ocurra, no está dispuesto a mostrar sus heridas y debilidades ante nadie. ¿Entiendes lo que quiero decir? Esta candidatura a las elecciones incluso me preocupa un poco.

—¿Que te preocupa? ¿El qué?

—No lo sé —dijo ella—. Estoy cansada. No puedo pensar más. Vámonos a la cama.

En el cuarto de baño estudié mi rostro mientras me lavaba los dientes. Desde que había dejado el trabajo tres meses atrás, apenas había salido al mundo exterior. Sólo me había desplazado desde mi casa a las tiendas del barrio y a la piscina municipal. Aparte de Ginza y del hotel de Shinagawa, el punto más alejado al que había ido desde casa era la tintorería de delante de la estación. En todo aquel tiempo apenas había visto a nadie. Durante tres meses, las personas a quienes podía decirse que *había visto,* aparte de mi mujer, eran las hermanas Kanoo: Malta y Creta; y a May Kasahara. Era un mundo realmente pequeño. Un mundo que casi se había detenido. Pero el mundo que me rodeaba, cuanto más se reducía, cuanto más se inmovilizaba, más parecía llenarse de acontecimientos extraños, de personas extrañas que irrumpían en él. Como si hubieran estado desde siempre ocultos en las sombras aguardando pacientes a que yo aflojara el paso. Y cada vez que el *pájaro-que-da-cuerda* se acercaba a mi jardín y daba cuerda al mundo, éste parecía hundirse más profundamente en el caos.

Me enjuagué la boca y volví a estudiar mi rostro unos instantes.

«No puedo precisar la idea», me dije a mí mismo. Tenía treinta años, había hecho un parón en mi vida y no podía precisar la idea.

Salí del baño y entré en el dormitorio. Kumiko ya estaba dormida.

11
La entrada en escena del teniente Mamiya
Lo que viene del barro caliente
Agua de colonia

Tres días después me telefoneó el señor Tokutaroo Mamiya. Eran las siete y media de la mañana y, en aquel instante, yo estaba desayunando con Kumiko.

—Siento muchísimo llamarlo tan de buena mañana. Espero no haber interrumpido su descanso —me dijo el señor Mamiya en tono contrito.

Le respondí que no se preocupara, que solía estar levantado a partir de las seis.

Me agradeció la postal y me dijo que había llamado tan temprano para poder ponerse en contacto conmigo antes de que saliera para el trabajo. Añadió que me agradecería mucho que le dedicara unos instantes durante la hora de la comida. Es que quería tomar el Shinkansen para Hiroshima aquella misma tarde. Había pensado estar más tiempo en Tokio, pero había surgido un asunto urgente y debía volver a su casa lo antes posible.

Le expliqué que en aquellos momentos no trabajaba y que, por lo tanto, podíamos vernos —mañana, mediodía o tarde— en cualquier momento que él deseara.

—¿Pero no tendrá usted algún compromiso para hoy? —me preguntó educadamente.

Le respondí que no.

—En ese caso, ¿le iría bien a usted que me pasara por su casa a las diez de la mañana?

—De acuerdo.

—Entonces nos veremos después —dijo él. Y colgó.

Cuando hubo colgado, me di cuenta de que había olvidado explicarle el camino desde la estación a casa. «No pasa nada», pensé. «Sabe la dirección. Si quiere, ya llegará.»

—¿Quién era? —preguntó Kumiko.

—La persona encargada de distribuir los recuerdos del señor Honda. Dice que va a traérmelo expresamente esta mañana.

—¡Caramba! —dijo. Tomó un sorbo de café y untó una tostada con mantequilla—. Qué amable, ¿no?

—Mucho.

—Oye, quizá tendríamos que ir a casa del señor Honda a hacerle una ofrenda de incienso. Al menos tú.

—Tienes razón. Hoy se lo preguntaré —dije.

—Antes de salir, Kumiko se acercó y me pidió que le cerrara la cremallera de la espalda. El vestido era muy ceñido y costaba subirla. Se había perfumado el lóbulo de la oreja y olía muy bien. Un perfume acorde con una mañana de verano.

—¿Es nueva esta agua de colonia? —le pregunté.

Pero ella no respondió. Lanzó una mirada rápida a su reloj de pulsera, alargó una mano y se arregló el peinado.

—Debo irme —dijo y recogió el bolso de encima de la mesa.

Estaba ordenando la pequeña habitación que Kumiko usaba como despacho y, cuando me disponía a vaciar la papelera, mis ojos se posaron en una cinta amarilla que había dentro. Asomaba por debajo de hojas de papel a medio escribir y de folletos publicitarios. Captó mi atención su color, un amarillo fresco y brillante. La cinta era de las que se utilizan para adornar regalos. Estaba enroscada imitando la forma de una corola. Saqué la cinta de la cesta y miré dentro. Junto con la cinta había papel de regalo de los Grandes Almacenes Matsuya. Y, debajo del envoltorio, una caja de la marca Christian Dior. La abrí. Mostraba un hueco con la forma de un frasco. Bastaba mirar la caja para adivinar que el contenido debía de ser caro. La cogí, fui al cuarto de baño y abrí el neceser de Kumiko. Encontré un frasco de agua de colonia Christian Dior casi intacto que encajaba en el hueco de la caja. Desenrosqué el tapón dorado. Era el mismo perfume que había olido poco antes detrás de la oreja de Kumiko.

Sentado en el sofá, mientras me tomaba lo que había sobrado del café del desayuno, intenté ordenar mis ideas. Aparentemente, alguien le había regalado agua de colonia a Kumiko. Y una colonia bastante cara, además. Ese alguien la había comprado en los Grandes Almacenes Matsuya y había hecho que se la envolvieran con una cinta para regalo. Si era un hombre, debía de tener una relación bastante íntima con Kumiko. Los hombres no les regalan colonia a las mujeres (en especial a las casadas) a no ser que tengan cierta intimidad con ellas. Y suponiendo que fuera el regalo de una amiga… ¿Regalan las mujeres realmente colonia a otras mujeres? No estaba seguro. Lo que sí sabía era que en aquella época no había ningún motivo especial para que le hicieran un regalo a Kumiko. Su cumpleaños era en mayo. Nuestro aniversario de boda también. Quizás ella misma se había comprado el agua de colonia y se había hecho poner una cinta bonita. Pero ¿para qué?

Suspiré y miré hacia el techo.

¿Debía preguntarle directamente a Kumiko quién le había regalado el agua de colonia? Tal vez respondiera: «¡Ah, eso! Es que me encargué de un asunto que llevaba una compañera de trabajo. Es un poco largo de contar, pero la chica estaba en apuros y le eché una mano. Por amistad, ya sabes. Y para agradecérmelo, me ha regalado agua de colonia. ¡A que huele de maravilla! Es muy cara, ¿sabes?».

Sí. Eso tenía sentido. Asunto resuelto. Entonces, ¿por qué tenía que preguntárselo a ella? ¿Por qué había de preocuparme de esa manera?

Pero me preocupaba. Podía habérmelo mencionado siquiera. Si le daba tiempo de volver a casa, ir a su habitación y, sola, deshacer la cinta, desenvolver el paquete, abrir la caja, tirarlo todo a la papelera y meter el frasco en el neceser, también podía haberme dicho: «¡Mira! Hoy una chica que trabaja conmigo me ha regalado esto». Pero se lo había callado. Quizá pensó que no era nada que valiera la pena contar. Pero, aunque fuera así, ahora estaba cubierto por aquel fino velo llamado «secreto». Y me preocupaba.

Me pasé un buen rato contemplando el techo distraídamente. Aunque intentara pensar en otra cosa, fuera lo que fuese, mi mente no me seguía. Recordaba la espalda blanca y suave de Kumiko y el perfume en su oreja al cerrarle la cremallera del vestido. Por primera vez en mucho tiempo tuve ganas de fumar. De ponerme un cigarrillo entre los labios, encenderlo, llenarme los pulmones de humo. Pensé que me calmaría. Pero no tenía tabaco. A cambio, qué le iba a hacer, cogí un caramelo de limón y comencé a chuparlo.

A las nueve y cincuenta minutos sonó el teléfono. Pensé que se trataba del teniente Mamiya. Mi casa era bastante difícil de encontrar. Tanto que incluso se perdían las personas que habían venido antes varias veces. Pero no era el teniente Mamiya. La voz que me llegó a través del auricular era la de la mujer misteriosa que me había hecho aquella llamada absurda tiempo atrás.

—¡Hola! ¡Cuánto tiempo! —dijo—. ¿Cómo fue? ¿Te lo pasaste bien? Espero que te gustara. ¿Por qué colgaste a la mitad? ¡Justo cuando las cosas empezaban a ponerse interesantes!

Por un instante tuve la ilusión de que se refería al sueño erótico donde aparecía Creta Kanoo. Pero, obviamente, era otra historia. Se refería a la llamada de los espaguetis.

—Oye, me sabe mal, pero ahora estoy un poco ocupado —me disculpé—. Dentro de diez minutos llegará una visita y tengo que hacer cosas antes.

—Para estar en el paro siempre andas muy ocupado, ¿no te parece? —me dijo con sarcasmo. Como la vez anterior, le había cambiado súbitamente el tono de voz—. Haces espaguetis, esperas visitas… No pasa nada. Basta con diez minutos. Basta con cortar cuando llegue la visita.

Pensé en colgar sin decir palabra. Pero no pude. Aún estaba un poco confuso por el asunto del agua de colonia de mi mujer. Creo que me apetecía hablar con alguien, fuera quien fuese.

—Yo no sé quién eres —le dije pasándome entre los dedos un lápiz que había junto al teléfono—. Y me pregunto si es verdad que te conozco.

—Pues claro. Yo te conozco a ti y tú me conoces a mí. En esto no te miento. No me sobra el tiempo como para ir llamando a desconocidos. Seguro que en tu memoria hay una especie de ángulo muerto.

—Pues no lo sé. O sea que…

—¡Para! ¡Ya está bien! —dijo de sopetón, cortándome—. Deja de pensar en esto y aquello. Tú me conoces y yo te conozco. Lo que importa, ¿me oyes?…, lo que importa es que voy a ser muy cariñosa contigo. Pero tú no hace falta que hagas nada. ¿No te parece fantástico? Tú no tienes que hacer nada, no debes asumir ninguna responsabilidad, todo te lo hago yo. Todo. ¿Qué? ¿No te parece increíble? Deja de pensar en cosas serias. Vacía tu mente. Como si, un mediodía cálido de primavera, estuvieras tumbado sobre barro suave. —Permanecí en silencio—. Como si estuvieras tumbado sobre barro cálido. Durmiendo. Soñando. Olvida a tu mujer. Olvida el paro, el futuro. Olvídalo todo. Todos nosotros venimos del barro cálido y, un día u otro, volveremos a él. Dime, ¿recuerdas la última vez que hiciste el amor con tu mujer? Quizás haga bastante tiempo. Sí, claro que sí. ¿No habrán pasado ya unas dos semanas?

—Lo siento, pero acaba de llegar la visita.

—¡Hum! En realidad debe de hacer más tiempo. Lo adivino

por tu voz. ¿Cuánto? ¿Tres semanas tal vez? —No dije nada—. Bueno, dejémoslo —dijo la mujer. Su voz me recordaba una escobilla barriendo diligentemente el polvo acumulado en la persiana de una ventana—. Sea como sea, éste es un asunto entre tú y tu mujer. Pero yo te daré cualquier cosa que desees. Y tú no tendrás que cargar con ninguna responsabilidad. ¿Me oyes? Tú doblas una esquina y te lo encuentras: un mundo que no habías visto jamás. Ya te he dicho que tienes un ángulo muerto, ¿no? Esto aún no lo conoces. —Con el auricular en la mano, me mantenía en silencio—. Mira a tu alrededor. Dime. ¿Qué hay? ¿Qué ves?

Entonces sonó el timbre de la puerta. Aliviado, colgué sin decir nada.

El teniente Mamiya era un anciano de elevada estatura, cabeza completamente calva y gafas de montura dorada. De tez morena y aspecto saludable, aparentaba realizar un moderado trabajo físico. No le sobraba ni un gramo de grasa. En el rabillo del ojo tenía esculpidas tres arrugas profundas y daba la impresión de que siempre tenía los ojos entornados, cegado por el sol. No era fácil adivinar su edad, pero seguramente pasaba de los setenta. En su juventud debía de haber sido una persona muy robusta. Lo evidenciaban su porte erguido y sus gestos precisos. Tanto sus ademanes como el lenguaje que empleaba eran extremadamente formales, pero en ellos no había ninguna artificiosidad. El teniente Mamiya parecía un hombre acostumbrado a tomar sus propias decisiones y a responsabilizarse de ellas. Vestía un traje gris claro sin ningún rasgo distintivo, una camisa blanca y una corbata a rayas grises y negras. Aquel traje austero parecía de un género demasiado grueso para aquella bochornosa mañana de julio, pero él no sudaba.

En la mano izquierda llevaba una prótesis enfundada en un fino guante del mismo color gris pálido que el traje. En comparación con el velludo y tostado dorso de la mano derecha, la mano del guante gris se veía especialmente fría e inorgánica.

Le invité a que se sentara en el sofá y le serví un té.

Se excusó por no llevar tarjetas de visita.

—Enseñaba ciencias sociales en un pueblo de la prefectura de Hiroshima, pero desde la jubilación no trabajo. Tengo algunas tierras y, medio por afición, realizo sencillas tareas agrícolas. Es la razón de que no tenga tarjetas. Lo siento mucho.

Yo tampoco tenía.

—¿Puedo preguntarle su edad, señor Okada?

—Treinta años.

Asintió. Bebió un sorbo de té. No logré adivinar qué impresión le había causado saber que tenía treinta años.

—Vive usted en una casa muy tranquila —dijo como para cambiar de tema.

Le conté que nos la cedía mi tío por un alquiler bajo. Que, de ordinario, con nuestros ingresos viviríamos en una casa la mitad de grande. Él asintió mientras miraba con reserva a su alrededor. Yo también lo hice. «Mira a tu alrededor», había dicho la mujer. Y, cuando volví a mirar, sentí que en la estancia flotaba un aire frío e indiferente.

—He estado en Tokio unos quince días —dijo el teniente Mamiya—. Usted, señor Okada, es la última persona a quien entrego el objeto de recuerdo. Ahora ya puedo regresar tranquilo a Hiroshima.

—Había pensado en visitar la casa del señor Honda y hacerle una ofrenda de incienso.

—Le agradezco mucho su intención, pero la casa del señor Honda está en Asahikawa, Hokaido, y allí está también su tumba. Su familia ha venido de Asahikawa y ha recogido todos los objetos de la casa de Meguro. Ahora ya no queda nada allí.

—Comprendo —dije—. ¿Entonces el señor Honda vivía solo en Tokio, lejos de su familia?

—Sí. A su hijo mayor, que vive en Asahikawa, le preocupaba que estuviera solo en Tokio, tan mayor, y le había propuesto que fuera a vivir con él, pero el señor Honda siempre se había negado.

—¿Tenía un hijo? —pregunté sorprendido. Yo me había hecho la idea, no sé por qué, de que el señor Honda había permanecido soltero toda la vida—. ¿Entonces su esposa ya había muerto antes?

—Es un asunto un poco complicado. En realidad, la esposa del señor Honda se suicidó con otro hombre en la posguerra. El año 25 o 26 de *Shoowa*,* creo. No conozco bien los detalles. Ni el señor Honda me lo explicó con exactitud ni yo tenía por qué preguntárselo. —Asentí—. Después, el señor Honda crió solo a sus dos hijos, un niño y una niña, y cuando se independizaron se vino solo a Tokio y, como usted sabe, se convirtió en adivino.

—¿Qué tipo de trabajo hacía el señor Honda en Asahikawa?

—Llevaba una imprenta a medias con su hermano.

Traté de imaginarme al señor Honda con mono de trabajo frente a una imprenta y revisando las pruebas de impresión. Pero, para mí, el señor Honda era aquel anciano un poco sucio que se sentaba en verano y en invierno frente al *kotatsu* y mezclaba sus bastoncillos adivinatorios vestido con un kimono también sucio, que él llevaba ceñido con una especie de cinto de camisón.

El teniente Mamiya deshizo diestramente con una mano el *furoshiki* que llevaba y sacó un paquete que tenía la forma de una caja de caramelos pequeña. Estaba envuelto en un recio papel de embalar y firmemente atado con varias vueltas de cordel. Lo depositó sobre la mesa y lo empujó hacia mí.

—Éste es el recuerdo que el señor Honda me encargó que le entregara —dijo el teniente Mamiya.

Lo cogí. Apenas pesaba. No podía ni imaginar qué contenía.

—¿Puedo abrirlo ahora?

El teniente Mamiya movió la cabeza.

* Años 1950 y 1951, respectivamente. *(N. de los T.)*

191

—No. Lo siento muchísimo, pero el difunto dejó dicho que lo abriera cuando estuviese solo. —Asentí y volví a poner el paquete sobre la mesa—. A decir verdad —dijo el teniente Mamiya—, recibí la carta del señor Honda justo el día antes de que muriera. En ella anunciaba su muerte. «No temo a la muerte», decía. «Es mi destino. Y sólo debo seguirlo. Pero hay algo que me queda por hacer. Dentro del armario empotrado de casa hay esto y lo otro. Son cosas que siempre he querido entregar a diferentes personas. Pero no parece que vaya a poder cumplir mi propósito. Por lo cual, le estaría muy agradecido si me ayudara a distribuir estos objetos de recuerdo, tal como consta en el papel adjunto. Soy consciente de que estoy abusando de su amabilidad. Pero ésta es mi última voluntad y he pensado que tal vez quiera usted ayudarme.» Me sorprendió. Hacía ya muchos años, quizá seis o siete, que había dejado de tener noticias del señor Honda y recibir de repente una carta como ésta... Le respondí de inmediato. Pero mi carta se cruzó con la del hijo del señor Honda anunciándome su muerte. —Tomó el *yunomi** y bebió un sorbo de té—. Él sabía cuándo iba a morir. Seguramente había desarrollado unas facultades que una persona como yo no puede ni imaginar. Como usted muy bien decía en su carta, tenía el don de conmover a los demás. Lo he pensado desde que lo conocí en la primavera del año 13 de *Shoowa.***

—¿Estaba usted en la misma unidad que el señor Honda en la guerra de Nomonhan?

—No —dijo el teniente Mamiya mordiéndose ligeramente el labio—. No, pertenecíamos a unidades diferentes, a divisiones diferentes. Estuvimos juntos en una pequeña operación militar que precedió a la batalla de Nomonhan. El cabo Honda resultó herido en Nomonhan y fue repatriado. Yo tuve que partici-

*   Taza para el té japonés. *(N. de los T.)*
**   Año 1938. *(N. de los T.)*

192

par en la batalla. Yo... —dijo y, en ese punto, el teniente Mamiya levantó la mano izquierda enfundada en el guante— perdí la mano izquierda en agosto del año 20 de *Shoowa*,* en una ofensiva del ejército soviético. Durante la contraofensiva frente a la unidad de tanques, recibí en el hombro un impacto de metralla de armamento pesado, perdí momentáneamente el conocimiento y fue entonces cuando la oruga de un tanque soviético me la aplastó. Me hicieron prisionero y, después de atenderme en un hospital de Chita, me internaron en un campo de concentración de Siberia donde estuve hasta el año 24 de *Shoowa*. Desde que me enviaron a Manchuria el año 12 de *Shoowa*, pasé en el continente doce años en total. Y en todo ese tiempo no pisé ni una sola vez suelo japonés. Mi familia creía que había muerto luchando contra el ejército soviético. En mi país tenía una tumba en el cementerio. Antes de salir de Japón, me había prometido, de manera más o menos formal, con una mujer, pero la encontré casada con otro. Qué le vamos a hacer. Doce años son muchos años. —Asentí—. Pero a un joven como usted, señor Okada, deben de resultarle aburridas las historias de la guerra —dijo—. Déjeme añadir una sola cosa más: nosotros éramos como usted jóvenes normales y corrientes. Yo jamás había querido ser militar. Quería ser profesor. Pero en cuanto salí de la universidad recibí la orden de alistamiento, me convertí medio a la fuerza en cadete y acabé por no poder regresar a mi país. Mi vida se deshizo en humo.

El teniente Mamiya guardó silencio unos instantes.

—Si no le importa —dije—, ¿podría explicarme cómo conoció al señor Honda?

Realmente quería saberlo. Qué tipo de persona había sido antaño el señor Honda.

Todavía con las manos posadas con formalidad sobre las ro-

---

* Año 1945. *(N. de los T.)*

dillas, el teniente Mamiya reflexionó unos instantes. No estaba dudando si contarlo o no. Sólo reflexionaba.

—Puede ser una historia larga.

—No importa.

—Esta historia hasta ahora no se la he explicado a nadie —dijo—. Y el señor Honda tampoco debió de hacerlo. La razón es que acordamos no hablar jamás de ello. Pero ahora el señor Honda ha muerto. Sólo quedo yo. Este relato ya no puede molestar a nadie.

Y el teniente Mamiya empezó a hablar.

12

La larga historia del teniente Mamiya I

—Fui destinado a Manchuria a principios del año 12 de *Shoo-wa** —empezó el teniente Mamiya—. Me incorporé a filas con el grado de alférez en el Cuartel General del Ejército de Kwantung en Hsin-Ching. Como licenciado en Geografía, me destinaron al Cuerpo Topográfico Militar, especializado en el trazado de mapas. Tuve una suerte inmensa. A decir verdad, el servicio que me habían asignado era uno de los más cómodos dentro del ejército.

»En aquella época Manchuria se encontraba en una situación relativamente pacífica o, al menos, en un proceso de estabilización bastante consolidado. A raíz del estallido de la guerra chino-japonesa, el escenario de las operaciones militares se había desplazado desde Manchuria hacia el interior de China y ahora ya no luchaban las tropas del ejército de Kwantung sino las del Cuerpo Expedicionario de la China. Las operaciones de limpieza contra la guerrilla antijaponesa aún continuaban, pero también éstas se desarrollaban bastante hacia el interior y, en general, la etapa más peligrosa ya había pasado. El ejército de Kwantung, aunque con un ojo clavado en los territorios del norte, había estacionado en Manchuria sus poderosas tropas para mantener la paz y la estabilidad política del Estado títere de Manchukuo.

* Año 1937. *(N. de los T.)*

»Por más que haya hablado de paz, obviamente estábamos en tiempo de guerra y las maniobras militares eran frecuentes. Yo no tenía que tomar parte en ellas. También en esto tuve suerte. Maniobras en pleno invierno, con temperaturas de cuarenta o cincuenta grados bajo cero. Eran tan extremadamente duras que, si eras torpe, podías perder la vida. En una sola de estas maniobras, cientos de soldados podían sufrir congelaciones y tener que ser ingresados en el hospital y enviados a curas de baños termales. Hsin-ching, por supuesto, no era una metrópolis, pero sí un interesante y exótico lugar donde podías divertirte. Los nuevos oficiales solteros no vivíamos en el cuartel, sino en una especie de pensión. Aquello era una prolongación de la despreocupada vida de estudiante. Pensaba, con mucho optimismo, que no podría quejarme si los días seguían sucediéndose tranquilos, de aquella forma, sin ningún percance, hasta finalizar el servicio militar. Como es obvio, la paz era sólo aparente. Un paso más allá de ese rincón soleado, una guerra encarnizada seguía su curso. Con la guerra de China estábamos embarrancados en un lodazal sin salida. Eso lo sabían, creo, la mayoría de japoneses. Al menos los japoneses con dos dedos de frente. Por muchas contiendas locales que ganáramos, a largo plazo Japón jamás podría ocupar y mantener bajo control un país tan enorme. Eso podía entenderlo cualquiera que pensara con serenidad. Y, como era de esperar, a medida que se alargaba la guerra, el número de muertos y heridos aumentaba vertiginosamente. Y las relaciones con los Estados Unidos se habían deteriorado tan deprisa como si hubieran caído rodando pendiente abajo. Incluso quienes estaban en Japón podían ver cómo la sombra de la guerra se cernía, cada día más espesa, sobre ellos. Los años 12 y 13 de *Shoowa* fueron una época oscura. Pero en Hsin-ching, con aquella vida de oficial tan despreocupada, a decir verdad, casi me venían ganas de preguntar: «¿La guerra? ¿Pero dónde diablos hay guerra?». Cada noche bebíamos, bromeábamos e íbamos a divertirnos a los cafés donde había mujeres rusas blancas.

»Pero un día, era a finales de abril del año 13 de *Shoowa,* me llamó el oficial al mando del Cuartel General y me presentó a un hombre, vestido de paisano, llamado Yamamoto. Llevaba el pelo corto y bigote. No era muy alto. Y en cuanto a su edad, debía de estar en la mitad de la treintena. En la nuca tenía una cicatriz que parecía un corte de cuchillo. "El señor Yamamoto", me dijo mi superior, "es un civil que ha sido requerido por el ejército para estudiar el modo de vida y las costumbres de los mongoles que viven en Manchukuo. Ahora va a hacer una investigación a la estepa de Hulunbuir, cerca de la frontera con Mongolia Exterior. El ejército le ofrecerá una pequeña escolta y usted formará parte de ella." Yo no me creí ni una palabra. El tal Yamamoto, por muy de paisano que vistiera, tenía todas las trazas de ser militar profesional. Lo delataba su mirada, la manera de hablar, el porte. Supuse que era un oficial de alto rango relacionado con el Servicio de Información. Posiblemente, dada la naturaleza de su misión, no podía revelar su condición de militar. Todo esto me daba muy mala espina.

»La escolta de Yamamoto se componía de tres hombres, incluyéndome a mí. Éramos demasiado pocos para formar una escolta, pero un número mayor hubiera alertado a los soldados de Mongolia Exterior desplegados a lo largo de la frontera. "Pocos y escogidos", podría pensar alguien. Nada más lejos de la verdad. Yo era el único oficial y mi experiencia en combate era nula. La única fuerza bélica con la que podíamos contar era un sargento llamado Hamano. Era un soldado asignado al Cuartel General como ayudante. Yo lo conocía bien. Era lo que se llama un tipo duro, un suboficial de cuchara que se había distinguido por su valor en la campaña de China. Corpulento e intrépido, era un hombre en quien podías confiar en caso de necesidad. Sin embargo, al otro, a un cabo llamado Honda, yo no podía entender por qué razón lo habían incluido en el grupo. Recién llegado de Japón, como yo, obviamente también él carecía de experiencia en combate. A primera vista era un hombre tranquilo, callado, y no parecía que fuera a hacer un gran papel en caso de lucha. Además, pertenecía a la Séptima División, lo que significaba que el Cuartel General lo había hecho venir ex profeso para aquella misión. ¿Tan valioso era? Las razones se esclarecieron mucho más tarde.

»Fui elegido jefe de escolta porque me había encargado prioritariamente de la topografía de la frontera occidental de Manchukuo en el área de la cuenca del río Khalkha. Mi trabajo principal consistía en comprobar que los mapas de la zona fueran lo más completos posible. Incluso la había sobrevolado varias veces en avión. Por lo tanto, se suponía que yo les sería útil. Junto a la labor de escolta, me encargaron paralelamente otra misión: reunir información topográfica detallada de la zona para aumentar la precisión de los mapas. A eso se llama matar dos pájaros de un tiro. Los mapas que teníamos entonces de la zona fronteriza de la estepa de Hulunbuir con Mongolia Exterior, a decir verdad, no eran gran cosa. Viejos mapas retocados de la época de la dinastía Manchú. El ejército de Kwantung había realizado varias veces estudios de agrimensura tras el establecimiento del Estado de Manchukuo y había intentado trazar mapas exactos. Pero el área era demasiado vasta. Además, en la zona occidental de Manchuria se extendía una estepa desértica interminable, con lo que la frontera era casi inexistente. En su origen, habitaban la región pueblos mongoles nómadas. Durante miles de años no habían necesitado tener una frontera y, por no tener, ni siquiera tenían el concepto. Por otra parte, la situación política había retrasado el trazado de mapas precisos de la zona. Hacer mapas oficiales donde se trazara de forma arbitraria una línea fronteriza podría ocasionar conflictos a gran escala. Los dos países que lindaban con Manchukuo, la Unión Soviética y Mongolia Exterior, eran extremadamente susceptibles a las posibles violaciones de la línea fronteriza y ya había habido feroces combates a causa de ello. En aquellos días, el Ejército de Tierra no deseaba una guerra con la Unión Soviética. Empleaba el grueso de sus fuerzas en la guerra de China y no le sobraban efectivos militares para un conflicto de gran envergadura con los soviéticos. Además, en los días posteriores al establecimiento de Manchukuo, era prioritario reforzar la frágil estructura política del Estado. Según el ejército, establecer las fronteras del norte y noroeste podía esperar. El truco consistía en ganar tiempo dejando, de momento, las cosas imprecisas. Incluso el poderoso ejército de Kwantung aprobó esta idea en líneas generales y adoptó la postura de observar desde lejos.

»Pero si, contra toda expectativa, estallara la guerra por accidente (como en realidad sucedió al año siguiente en Nomonhan), nosotros no podríamos luchar sin mapas. Y no son mapas normales de uso civil lo que se necesitan, sino mapas especializados para el combate. Para luchar se requieren mapas con una gran cantidad de información bien detallada que muestren dónde acampar, cuál es el lugar idóneo para instalar la artillería, cuántos días tardará la infantería en desplazarse hasta un determinado lugar, dónde proveerse de agua, cuánto forraje se necesita para los caballos... Sin mapas así no se puede combatir en una guerra moderna. Gran parte de nuestro trabajo se solapaba, en consecuencia, con el de la Sección de Información y manteníamos un contacto continuo con el Servicio Secreto Militar en Hailar y con la Sección de Información del Ejército de Kwantung. Nos conocíamos todos, pero yo al tal Yamamoto no lo había visto jamás.

»Tras cinco días de preparativos, nos dirigimos en tren desde Hsin-ching a Hailar. Allí reemprendimos la marcha en camión, pasamos por un lugar donde hay un templo lamaísta llamado Khandur-byoo y llegamos al puesto de observación fronterizo del ejército de Kwantung, cerca del río Khalkha. No recuerdo la distancia exacta, pero debía de estar a unos trescientos o trescientos cincuenta kilómetros. Era una estepa desierta, sin nada a la vista. Mi trabajo requería ir cotejando desde el camión las irregularidades del terreno con el mapa que llevaba. Pero no había nada que cotejar, nada que pudiera llamarse accidente topográfico. Sólo una sucesión de lomas bajas cubiertas de espesos hierbajos hirsutos, un horizonte inabarcable y algunas nubes flotando en el cielo. Ni siquiera sabía con exactitud en qué punto del mapa nos encontrábamos. Tenía que deducirlo, de una manera aproximada, contando el tiempo que llevábamos en ruta.

»A veces, cuando avanzas en silencio por paisajes tan desolados, pierdes la cohesión como ser humano y te sobreviene la alucinación de que te vas disgregando progresivamente. El espacio que te rodea es tan vasto que es difícil mantener el sentido de la proporción con respecto a la propia existencia. ¿Me comprende usted? Mi conciencia se iba dilatando junto con el paisaje y acababa por ser tan difusa que no podía mantenerme aferrado a mi cuerpo. Ésta fue la sensación que experimenté en medio de las estepas de Mongolia. "¡Qué inmensidad!", pensaba. Más que la estepa, parecía el mar. El sol ascendía por la línea del horizonte del este, cruzaba el cielo despacio y se hundía en el horizonte del oeste. Ante mis ojos, esto era lo único que cambiaba. Y hacia este desplazamiento del sol yo sentía algo que cabía definir como un enorme amor cósmico.

»En el puesto de observación del ejército, bajamos del camión y proseguimos a caballo. Aparte de los cuatro caballos que montábamos nosotros, había otros dos para el transporte de agua, víveres y armas. Nuestro armamento era bastante ligero. El tal Yamamoto y yo sólo llevábamos pistola. Hamano y Honda llevaban, además, rifles de infantería del calibre 38 y dos granadas de mano cada uno.

»Quien comandaba el grupo era, de hecho, Yamamoto. Era él quien tomaba todas las decisiones y quien daba las instrucciones. Dado que supuestamente él era un civil, el reglamento militar requería que fuera yo quien tomara el mando, pero nadie cuestionó su liderazgo. A los ojos de cualquiera, el hombre indicado para el mando era él, y yo, por más que tuviese el grado de alférez, en realidad no pasaba de ser un chupatintas sin experiencia en combate. Los soldados saben discernir a la perfección quién detenta el poder real y obedecen al líder de forma instintiva. Además, antes de salir, mi superior me había ordenado seguir las instrucciones de Yamamoto al pie de la letra. En resumen, que acatar sus órdenes era algo que trascendía el reglamento militar.

»Llegamos al río Khalkha y seguimos hacia el sur. El río bajaba crecido a causa del deshielo. En el agua se veían grandes peces. A lo lejos se vislumbraban a veces las figuras de los lobos. No eran de raza pura, sino mezcla de perros salvajes. En todo caso eran peligrosos. Por la noche teníamos que hacer guardia para proteger a los caballos. También solían verse pájaros. La mayoría eran aves migratorias que regresaban a Siberia. Yamamoto y yo hablábamos mucho sobre topografía. Cotejando nuestro recorrido con el mapa, anotábamos en un cuaderno cualquier pequeño dato que descubríamos. Aparte de este intercambio de información especializada, Yamamoto apenas abría la boca. Hacía avanzar su caballo en silencio, comía aparte y se ponía a dormir sin decir nada. A mí me daba la impresión de que aquélla no era la primera vez que iba allí. Tenía un conocimiento asombrosamente preciso de las direcciones y de la configuración del terreno.

»Tras haber avanzado sin novedad dos días hacia el sur, Yamamoto me llamó y me dijo que, antes del amanecer, cruzaríamos el río Khalkha. Me horroricé. La orilla opuesta era territorio mongol. La orilla derecha del Khalkha, donde nos encontrábamos, ya era un área fronteriza muy peligrosa. Mongolia Exterior exigía la soberanía territorial, Manchukuo exigía la soberanía territorial, y ya había habido numerosos incidentes armados. Pero mientras nos mantuviéramos en la ribera derecha, si nos sorprendían los soldados de Mongolia Exterior, podríamos ampararnos en la divergencia de opiniones entre ambos países. Además, en la época del deshielo no había muchas tropas mongoles que se aventuraran a cruzar el río y, por lo tanto, el peligro real de tropezar con ellas era pequeño. Pero la orilla izquierda ya era otra historia. Allí seguro que había soldados de Mongolia Exterior patrullando continuamente. Y, si nos pillaban, no tendríamos excusa. Sería un claro caso de violación territorial que podría conllevar diversos problemas políticos. Y, aunque nos fusilaran, nadie podría quejarse. Mis superiores no me habían ordenado cruzar la frontera. Me habían ordenado seguir las instrucciones de Yamamoto. Pero yo no sabía si eso era extensible a una acción tan grave como una violación de la frontera. Por otra parte, el río Khalkha, como ya he mencionado antes, bajaba crecido en aquella época del año y la corriente era demasiado fuerte para cruzarlo. Además el agua provenía del deshielo y estaba terriblemente fría. Ni siquiera los nómadas solían cruzar el Khalkha en aquella época. Ellos solían hacerlo cuando el río está helado o en verano, cuando la corriente no es tan tumultuosa ni el agua está tan fría.

»Cuando se lo dije a Yamamoto, se me quedó mirando fijamente. Después asintió varias veces.

»—Entiendo que te preocupe violar la frontera —me dijo en tono paternalista—. Eres un oficial con soldados a tu cargo y te preguntas en quién recaerán las responsabilidades. No quieres exponer de forma inútil la vida de tus hombres. Pero eso déjalo en mis manos. Yo asumo toda la responsabilidad. No estoy en situación de darte grandes explicaciones, pero este asunto ha llegado a las más altas esferas del ejército. Y, por lo que respecta a cruzar el río, no hay ningún problema técnico. Conozco un punto secreto por donde es posible vadearlo. El ejército mongol ha construido varios de estos puntos y los conserva. Esto también lo sabes tú, ¿no es verdad? Yo ya he cruzado por ahí varias veces. El año pasado, en esta misma época, me interné en Mongolia Exterior por el mismo sitio. No te preocupes.

»Era cierto que el ejército mongol, que conocía el territorio como la palma de su mano, había enviado alguna vez, aunque no con frecuencia, tropas a la orilla derecha del Khalkha incluso en la época del deshielo. Y que existían algunos vados por donde podían cruzar sin problemas unidades enteras. Y si ellos podían cruzar, y también podía cruzar aquel tal Yamamoto, no tenía por qué sernos imposible cruzar a nosotros.

»Nos hallábamos ante uno de aquellos puntos secretos creados por el ejército mongol. Cuidadosamente camuflado, a simple vista nadie lo hubiese descubierto. Entre dos puntos donde el agua era poco profunda habían tendido unos tablones bajo el agua, bien amarrados con cuerdas para que no se los llevara la rápida corriente. Era obvio que en cuanto el agua bajara un poco de nivel, podrían cruzar fácilmente por allí camiones con transporte de tropas, carros blindados y tanques. Tendido bajo el agua, no podía ser avistado desde el aire. Cruzamos la corriente agarrados a las cuerdas. Primero pasó Yamamoto solo y, una vez hubo comprobado que no había soldados patrullando, lo seguimos nosotros. El agua estaba tan fría que se nos entumecieron los pies, pero, con todo, nosotros y nuestros caballos pudimos pisar la orilla izquierda del río Khalkha. La ribera izquierda era mucho más elevada que la derecha y, desde allí, se veía un erial interminable extendiéndose en la distancia. Ésta fue una de las razones por las cuales, en la batalla de Nomonhan, el ejército soviético se encontró, de principio a fin, en una posición privilegiada. La diferencia de altura representa una gran ventaja en la precisión del fuego artillero. Consideraciones aparte, recuerdo que me sorprendió que ambas riberas fueran tan distintas. Empapados del agua del río fría como el hielo, permanecimos largo tiempo paralizados. Ni siquiera nos salía la voz. Sin embargo, la tensión de pensar que estábamos en territorio enemigo nos hizo olvidar el frío.

»Seguimos el río hacia el sur. A la izquierda, bajo nuestros ojos, el río fluía sinuoso como una serpiente. Poco después de cruzar, Yamamoto nos aconsejó que nos arrancáramos los galones del uniforme. Así lo hicimos. Pensé que, si el enemigo nos capturaba, no era conveniente que supiera nuestra graduación. Por el mismo motivo, me quité las botas altas de oficial y me puse unas polainas.

»Aquel día por la noche, justo cuando estábamos levantando el campamento, vino un hombre. Un mongol. Los mongoles montan a caballo en una silla más alta de lo normal y, por tanto, se pueden distinguir aun de lejos. Al verlo, el sargento Hamano lo apuntó con el rifle, pero Yamamoto le dijo: "¡No dispares!", y Hamano, sin decir palabra, bajó el arma. Los cuatro permanecimos de pie, inmóviles, esperando a que el jinete se acercara. Llevaba un rifle de fabricación rusa colgado a la espalda y una pistola Mauser en el cinto. La barba ocupaba la mitad de su rostro y llevaba un gorro con orejeras. Vestía, al uso de los nómadas, unas ropas sucias, aunque por el porte se adivinaba que era un soldado profesional.

»Cuando desmontó, se dirigió a Yamamoto y estuvo hablando con él. Creo que en mongol. Yo entendía el ruso y el chino hasta cierto punto, pero no era ninguno de los dos. Así que debía de ser mongol. Yamamoto también se dirigió al hombre en mongol. Y entonces tuve la certeza de que, tal como había supuesto, Yamamoto era un oficial del Servicio de Información.

»—Alférez Mamiya, me voy con este hombre —dijo Yamamoto—. No sé cuánto tiempo tardaré, pero quiero que me esperéis aquí. No creo que haga falta que te diga que debes hacer guardia continuamente. Si no vuelvo antes de treinta y seis horas, quiero que informes al Cuartel General. Haz cruzar el río a uno de tus hombres y envíalo al puesto de observación fronterizo.

»—A sus órdenes —respondí.

»Yamamoto montó a caballo y se dirigió a galope hacia el oeste junto con el mongol.

»Nosotros tres acampamos y tomamos una cena sencilla. No pudimos encender fuego ni hervir arroz. En aquel vasto erial, donde las dunas bajas eran la única protección en lo que abarcaba la vista, el humo habría significado nuestra captura inmediata. Levantamos la tienda al abrigo de una duna y, allí agazapados, roímos unos biscotes y comimos carne enlatada fría. Cuando el sol descendió por el horizonte, cayó la oscuridad y brillaron en el cielo incontables estrellas. Mezclado con el rumor de la corriente, se oía el aullido de los lobos. Nos acostamos sobre la arena, rendidos por las fatigas de la jornada.

»—Mi alférez —dijo el sargento Hamano—. En qué situación más peliaguda estamos, ¿verdad?

»—Pues sí —respondí.

»Por entonces, el sargento Hamano, el cabo Honda y yo ya nos conocíamos bastante bien. Los suboficiales de cuchara con experiencia en combate suelen burlarse de los oficiales novatos como yo, pero en nuestro caso no sucedía así. Yo era un oficial que había recibido enseñanza superior en la universidad y él me respetaba por eso. Yo, por mi parte, prescindiendo de la graduación, reconocía su superioridad en cuanto a experiencia en combate y a capacidad de juicio real. Además, como él era de Yamaguchi y yo de una parte de Hiroshima que linda con Yamaguchi, nos era fácil hablar y se creó entre nosotros cierta familiaridad. Me habló de la guerra de China. Era un simple soldado y sólo tenía estudios primarios, pero abrigaba grandes dudas frente a aquella engorrosa guerra que parecía interminable y una vez me confesó abiertamente sus sentimientos.

»—Soy un soldado —dijo—, y no me importa luchar. No me importa morir por mi país. Es mi oficio. Pero la guerra que estamos haciendo ahora, mi alférez, por más vueltas que le des, no es una guerra honesta. No es una guerra donde haya un frente y puedas lanzarte a un combate decisivo contra el enemigo. Nosotros avanzamos. El enemigo huye sin oponer apenas resistencia. Los soldados chinos en retirada se deshacen de las ropas militares y se mezclan con la población civil. Y nosotros ni siquiera sabemos quién es el enemigo. Con el pretexto de capturar a bandidos y a soldados emboscados, matamos a gente inocente y les robamos la comida. La línea del frente avanza tan rápido que el abastecimiento no llega, y no nos queda otro remedio que el saqueo. Y como no tenemos campos para internar a los prisioneros ni comida que darles, hemos de matarlos. Y esto está mal. En Nankin cometimos muchas barbaridades. Mi unidad también las cometió. Empujamos a decenas de personas a un pozo y luego lanzamos dentro granadas de mano. Y otras cosas que ni siquiera soy capaz de contar. Mi alférez, ésta es una guerra sin principios. Sólo nos matamos los unos a los otros. Y los que salen perdiendo, en definitiva, son los pobres campesinos. Ellos, que ni ideología tienen. Ni Partido Nacionalista, ni Zhang Xueliang, ni Octavo Ejército Rodado, ni ejército japonés, ni monsergas. Con poder comer ya tienen bastante. Yo soy hijo de pescadores pobres y sé lo que sienten estos campesinos miserables. Gente sencilla que se mata trabajando de la mañana a la noche y todo, mi alférez, por un puñado de arroz. Yo no puedo creer que matar por las buenas a todos los que caen en nuestras manos sea servir a Japón.

»Por el contrario, el cabo Honda apenas hablaba de sí mismo. Era un hombre callado que tendía a escuchar sin intervenir. Pero por más que diga que era callado, eso no significa que tuviera un carácter sombrío. Simplemente, no tomaba la iniciativa en la conversación. Es cierto que a veces yo me preguntaba qué estaría pensando, pero no daba una impresión desagradable. En el silencio de aquel hombre había algo que apaciguaba el espíritu. Era increíblemente sereno y nada alteraba su expresión. Procedía de Asahikawa, donde su padre llevaba una imprenta. Era dos años menor que yo y desde que salió del instituto ayudaba a su padre, junto con sus hermanos, en la imprenta. Era el menor de tres hermanos varones, pero el mayor había muerto dos años atrás en China. Le gustaba leer y, en cuanto tenía un momento libre, se tendía en cualquier parte y leía libros relacionados con el budismo.

»Como ya he mencionado antes, Honda no tenía experiencia en combate y sólo había recibido un año de instrucción militar. Era, sin embargo, un soldado excepcional. En cualquier pelotón hay uno o dos de estos hombres. Hombres que, pacientemente, sin una queja, van desempeñando su misión, paso a paso, con competencia. Tienen fuerza física e intuición. Asimilan enseguida lo que se les explica y lo ponen en práctica con exactitud. Él era uno de esos soldados. Además, como había recibido la instrucción en caballería, de los tres era quien más sabía de caballos y cuidaba de los seis que llevábamos. Y no se limitaba a cuidarlos de una manera usual. Nosotros llegamos a pensar que comprendía a la perfección, hasta en los menores detalles, los sentimientos de los caballos. Incluso el sargento Hamano reconocía el talento del cabo Honda y le encomendaba diferentes tareas con absoluta confianza.

»Pese a ser un grupo tan heterogéneo, nos entendíamos muy bien. Y, al no ser un pelotón regular, nos veíamos libres de la rigidez formalista del ejército. Estábamos tan cómodos juntos que parecíamos predestinados a encontrarnos. Por este motivo el sargento Hamano me hablaba con absoluta franqueza, apartándose del trato convencional entre superior y subordinado.

»—¿Qué piensa usted del tal Yamamoto, mi alférez? —me preguntó Hamano.

»—Que es del Servicio Secreto —respondí—. Si habla mongol, debe de ser un profesional. Y conoce esta zona como la palma de su mano.

»—Yo pienso lo mismo. Al principio creía que era uno de esos bandoleros conectados con los altos grados del ejército, o un aventurero, pero no lo es. A esos tipos yo los conozco muy bien. No paran de fanfarronear. Y siempre están dispuestos a apretar el gatillo. Pero ese Yamamoto no es un boceras. Tiene agallas. Huele a oficial de alta graduación. He estado aguzando el oído por ahí y, por lo visto, el ejército quiere formar unidades estratégicas compuestas por mongoles procedentes del ejército soviético; para ello han llamado a algunos militares japoneses especialistas en estrategia. Quizás está relacionado con esto.

»Honda permanecía alejado haciendo guardia con el rifle. Yo había dejado mi Browning en el suelo, cerca, de modo que la tuviera a mano en cualquier momento. El sargento Hamano se había sacado las polainas y se daba un masaje en los pies.

»—Sólo es una suposición, claro está —continuó Hamano—. Pero aquel mongol puede ser un oficial antisoviético del ejército de Mongolia Exterior en contacto con nuestro ejército.

»—Es posible —admití—. Pero es mejor que no hables tanto. Te juegas la cabeza.

»—No soy tan estúpido. Lo digo aquí y punto —dijo sonriendo desdeñosamente. Luego se puso serio de repente—. Pero, mi alférez, si eso es verdad, el asunto es muy peligroso. Puede acabar en guerra.

»Asentí. Mongolia Exterior, pese a ser en teoría un país independiente, era en realidad un estado satélite de la Unión Soviética. En este sentido no era muy diferente de Manchukuo, donde el ejército japonés detentaba el poder real. Sin embargo, en el caso de Mongolia era muy conocida la existencia de actividades secretas por parte de una facción antisoviética, que había mantenido contactos secretos con el ejército japonés de Manchukuo y se había sublevado en diversas ocasiones. El núcleo de los elementos rebeldes lo componían oficiales del ejército mongol resentidos con el despotismo de los militares soviéticos, miembros de la clase terrateniente contrarios a la reforma agraria, impuesta por la fuerza, y monjes lamaístas. En conjunto, su número superaba los cien mil. Y la única fuerza exterior en que podían apoyarse los insurgentes era el ejército japonés estacionado en Manchuria. Además se sentían más próximos a los japoneses, como pueblo asiático, que a los rusos. El año anterior, el 12 de *Shoowa*, se habían descubierto los planes de una rebelión a gran escala en la capital, Ulan Bator, y había habido grandes purgas. Miles de soldados y monjes lamaístas habían sido ejecutados acusados de ser elementos contrarrevolucionarios en contacto secreto con el ejército japonés. Pese a ello, el sentimiento antisoviético no se apagó y siguió ardiendo en diversos lugares. No era, por tanto, nada extraño que un oficial japonés del Servicio de Información cruzara el río Khalkha y se pusiera secretamente en contacto con un oficial mongol antisoviético. Justo para prevenir ese tipo de actividades, el ejército de Mongolia Exterior patrullaba sin cesar la zona fronteriza y prohibía rebasar una franja de terreno de una anchura de diez a veinte kilómetros desde la frontera con Manchukuo, pero la extensión era demasiado grande y no podía mantenerla bajo control.

»Si se produjera una rebelión, era fácil deducir que el ejército soviético intervendría de inmediato para aplastar la contrarrevolución. Y si intervenía la Unión Soviética, los insurgentes pedirían ayuda al ejército japonés, lo que daría al ejército de Kwantung un pretexto para intervenir. Tener Mongolia Exterior equivalía a asestar una certera puñalada al dominio soviético en Siberia. Pese a que el Cuartel General Imperial en Japón intentaba frenarlos, los oficiales del Estado Mayor del ejército de Kwantung, que eran la ambición personificada, no dejarían escapar una oportunidad semejante. Y el resultado podría ser no ya una mera disputa fronteriza, sino una auténtica guerra entre Japón y la Unión Soviética. Y si estallaba una guerra real entre Japón y la Unión Soviética, Hitler podría responder invadiendo Polonia y Checoslovaquia. Eso era lo que el sargento Hamano quería decir.

»Al amanecer, Yamamoto todavía no había vuelto. Yo hice la última guardia. Tomé el rifle del sargento Hamano, me senté en lo alto de una duna un poco más elevada que las otras y contemplé el cielo hacia el este. El amanecer en Mongolia es algo magnífico. En un instante, el horizonte se convierte en una débil línea que flota en la oscuridad y, después, la línea sube más y más. Como si, desde el cielo, se alargara una gran mano que levantase despacio el velo de la noche de la superficie de la tierra. Era una vista sublime. Esa majestuosidad, como he dicho antes, sobrepasaba de lejos los límites de mi conciencia como ser humano. Contemplando el alba, sentí cómo mi vida se desdibujaba poco a poco, diluyéndose en la nada. En ella no tenían cabida trivialidades como las vicisitudes de los seres humanos. Desde tiempos remotos, cuando todavía no existía ninguna forma de vida, había ocurrido cientos de millones, cientos de billones de veces. Atónito, me quedé mirando el amanecer e incluso me olvidé de hacer guardia.

»Cuando el sol hubo subido completamente sobre el horizonte, encendí un cigarrillo, bebí agua de la cantimplora y oriné. Y pensé en Japón. Recordé el paisaje de mi pueblo a principios de mayo. Pensé en el olor de las flores, en el murmullo del río, en las nubes, en el cielo. Pensé en mis viejos amigos, en mi familia. Pensé en los pastelillos tiernos de arroz dulce. Nunca me han gustado demasiado las cosas dulces, pero recuerdo que aquel día me moría de ganas de comerme un pastelillo de arroz dulce. Habría dado gustoso la paga de un año a cambio de uno. Y, al pensar en Japón, me sentí abandonado en el fin del mundo. ¿Por qué tenía que arriesgar mi vida peleando por aquel territorio inmenso donde sólo había insectos e hirsutos hierbajos polvorien-

210

tos, por aquel pedazo de tierra estéril que apenas tenía valor militar o económico? No podía entenderlo. Para proteger mi patria perdería la vida luchando. Pero era una completa idiotez perder la vida, la única vida, por aquella tierra yerma que no daba ni un grano de cereal.

—Yamamoto volvió al día siguiente al amanecer. También aquella mañana era yo quien montaba guardia. En aquel momento miraba distraídamente el río, pero al oír un relincho a mis espaldas me di la vuelta de un salto. No vi nada. Permanecí inmóvil, apuntando con el fusil hacia la dirección de donde había venido el relincho. Tragué saliva y pude oír cómo pasaba por la garganta. Fue tanto el ruido que incluso me sobresalté. El dedo apoyado en el gatillo temblaba con violencia. Jamás había disparado a nadie.

»Pero fue la figura a caballo de Yamamoto la que apareció tambaleante por la cima de una duna. Todavía con el dedo en el gatillo, lancé una mirada a mi alrededor, pero no vi a nadie más. Ni al mongol que había venido a recibirnos, ni a ningún soldado enemigo. Al este una gran luna blanca flotaba en el cielo como un megalito siniestro. Parecía que habían herido a Yamamoto en el brazo izquierdo. El pañuelo que lo envolvía estaba rojo, teñido de sangre. Desperté a Honda y le confié el caballo de Yamamoto. Debía de haber recorrido una larga distancia porque el caballo resollaba violentamente y estaba empapado en sudor. Hamano me sustituyó en la guardia y yo tomé el botiquín y me dispuse a curarle la herida a Yamamoto.

»—La bala ha salido y la hemorragia ya está cortada —me dijo.

»Por suerte, la bala había atravesado limpiamente el brazo. Sólo había arrancado un poco de carne. Le quité el pañuelo que llevaba a modo de venda, le desinfecté la herida con alcohol y le puse un vendaje nuevo. Él no hizo ni una mueca. Sólo le brotaron unas gotitas de sudor sobre el labio. Después de saciar la sed con el agua de la cantimplora, encendió un cigarrillo y dio, con deleite, una profunda calada llenándose hasta el fondo los pulmones de humo. Luego sacó su Browning, la sujetó bajo el sobaco, extrajo los cartuchos de la recámara y, con una sola mano, recargó tres balas con destreza.

»—Alférez Mamiya, debemos marcharnos de inmediato. Atravesaremos el río e iremos al puesto de vigilancia del ejército.

»Casi sin decir palabra, levantamos el campamento deprisa, montamos a caballo y nos dirigimos al vado. No le pregunté a Yamamoto ni qué diablos había sucedido ni quién le había disparado. No estaba en situación de preguntárselo y, aun suponiendo que tuviera derecho a hacerlo, dudaba que él me respondiera. De todos modos, mi único pensamiento en aquellos instantes era escapar lo antes posible del enemigo, cruzar el río Khalkha y alcanzar la relativamente segura orilla derecha.

»Hicimos avanzar en silencio nuestros caballos por la estepa. Nadie hablaba, pero era obvio que todos nos formulábamos la misma pregunta: *¿Podremos cruzar el río sanos y salvos?* Sólo ésta. Si la patrulla del ejército mongol llegaba al puente antes que nosotros, estaríamos perdidos. Nos encontraríamos en una posición desesperada. Recuerdo el sudor manando de mis axilas. El tiempo fue pasando, pero el sudor no se secó.

»—Alférez Mamiya, ¿te han disparado alguna vez? —me preguntó Yamamoto desde la grupa del caballo después de un largo silencio.

»Le respondí que no.

»—¿Has disparado alguna vez a alguien?

»Volví a responder que no.

»No sabía qué impresión le habían causado mis respuestas. Tampoco sabía con qué propósito me lo había preguntado.

»—En realidad, aquí tengo unos documentos que debo llevar al Cuartel General —dijo, y puso una mano sobre una alforja, junto a la silla–. En caso de que sea imposible entregarlos, se tienen que destruir. Quemados, enterrados, da igual, pero no deben caer en manos del enemigo. *Bajo ningún concepto.* Es de importancia capital. Quiero que lo entiendas bien. Esto es muy, muy importante.

»–Comprendo –dije.

»Yamamoto me miró fijamente a los ojos.

»–Y si las cosas van mal, lo primero que tienes que hacer es dispararme. Disparar sin pensártelo dos veces. Si puedo hacerlo yo mismo, lo haré. Pero con el brazo herido quizá no pueda matarme. En este caso, dispárame tú. Y, sobre todo, dispara a matar.

»Asentí en silencio.

»Llegamos al vado antes del anochecer y allí supimos que la preocupación que nos había embargado durante el camino no era infundada. Un pequeño pelotón de soldados del ejército de Mongolia Exterior ya se había desplegado por la zona. Yamamoto y yo subimos a una duna alta y, desde la cima, miramos por turno con los prismáticos. Había ocho soldados. Aunque no eran muchos, llevaban un armamento muy pesado para ser una patrulla fronteriza. Un soldado acarreaba una ametralladora ligera. En un puesto elevado habían plantado una ametralladora pesada. A su alrededor se amontonaban sacos de arena. Era evidente que la habían instalado apuntando hacia el río. Y que habían acampado allí para impedir que cruzáramos a la otra orilla. Habían levantado las tiendas al lado del río y se veían unos diez caballos atados a estacas clavadas en el suelo. Era obvio que tenían la intención de no moverse de allí hasta capturarnos.

»–¿No hay otro punto por donde cruzar el río? –pregunté.

»Yamamoto apartó la vista de los prismáticos, me miró y sacudió la cabeza.

»–Sí lo hay, pero está demasiado lejos. Está a dos días a caballo y no nos sobra el tiempo. A la fuerza tendremos que pasar por aquí.

»—¿Cruzar encubiertos por la noche?

»—Exacto. No hay más remedio. Dejaremos los caballos atrás. Si liquidamos a los soldados que montan guardia, los demás probablemente seguirán durmiendo como si nada. La corriente del río sofocará el ruido. No hay de qué preocuparse. A los centinelas ya los liquidaré yo. Hasta entonces, nada podemos hacer. Es mejor que durmamos para recobrar las fuerzas.

»Fijamos la hora de la operación a las tres de la mañana. El cabo Honda descargó todo lo que acarreaban los caballos, los llevó lejos y los soltó. En cuanto a las municiones y a los víveres sobrantes, cavamos un profundo hoyo y los enterramos. Lo único que llevaríamos sería la cantimplora, comida para un día, los fusiles y una pequeña cantidad de munición. En caso de que nos capturara el infinitamente mejor armado ejército mongol, por más municiones que lleváramos no tendríamos nada que hacer. Luego decidimos dormir hasta que llegase la hora. Si lográbamos cruzar el río, no tendríamos ocasión de dormir durante algún tiempo. Aquélla era la última oportunidad por el momento. Primero haría guardia el cabo Honda y a continuación lo sustituiría el sargento Hamano.

»En cuanto se acostó en la tienda, Yamamoto cayó dormido. Parecía no haber dormido apenas hasta entonces. Se había puesto junto a la cabeza la cartera de piel que contenía los documentos importantes. También Hamano se durmió poco después. Estábamos todos exhaustos. Pero yo no podía conciliar el sueño a causa de la tensión. Me moría de sueño, pero no podía dormir. Me iba sintiendo cada vez más excitado imaginando que matábamos a los soldados mongoles de guardia, que las ametralladoras abrían fuego contra nosotros mientras cruzábamos el río. Tenía las palmas de las manos sudorosas y sentía un dolor sordo en las sienes. No estaba seguro de ser capaz de portarme, llegado el momento, de manera digna de un oficial. Salí de la tienda, me acerqué al lugar donde Honda estaba haciendo guardia y me senté a su lado.

»—¿Sabes, Honda? Puede que muramos aquí —dije.

»—Puede —contestó él.

»Durante unos instantes permanecimos los dos en silencio. En aquel "puede" había algo que no me convenció. Una nota de vacilación. Nunca he sido una persona muy intuitiva. Pero comprendí que aquella respuesta ambigua escondía algo. Se lo pregunté. Que si tenía algo que decir, que lo dijera sin tapujos, que se desahogara, porque tal vez aquélla sería la última oportunidad.

»Honda, con los labios firmemente apretados, estuvo unos instantes acariciando la arena a sus pies. Parecía poseído por sentimientos contradictorios.

»—Mi alférez —dijo poco después. Me miraba de hito en hito—. De nosotros cuatro, usted es quien vivirá más tiempo. Y morirá en Japón. Vivirá muchos más años de los que usted imagina. —Esta vez me tocó a mí mirarlo a él—. Debe de estar preguntándose cómo lo sé. Pero eso es algo que no puedo explicarle. Simplemente lo sé.

—¿Se trata de una especie de iluminación?

—Tal vez. Pero esa palabra no se ajusta a lo que yo siento. No es algo tan extremo. Como le he dicho antes, simplemente lo sé. Sólo eso.

»—¿Y esta facultad la tienes desde hace tiempo?

»—Sí —dijo con claridad—. Pero lo he ocultado desde que tengo uso de razón. Hablo ahora porque es una cuestión de vida o muerte y porque se trata de usted.

»—¿Y a los demás? ¿Sabes qué les pasará a ellos?

»Meneó la cabeza.

»—Algunas cosas las sé y otras no. Pero es mejor que usted no sepa nada, mi alférez. Quizá sea un atrevimiento hablarle así, a usted que ha ido a la universidad, pero el destino es algo que, una vez se ha cumplido, puedes mirar volviendo la vista hacia atrás. No antes. Yo estoy, hasta cierto punto, acostumbrado a ello. Pero usted no.

»—En cualquier caso, yo no moriré aquí, ¿verdad?

»Él cogió un puñado de arena y dejó que fuera deslizándose entre sus dedos.

»—Esto es lo único que puedo decirle. Usted no morirá en el continente.

»Hubiese querido seguir hablando, pero tras pronunciar aquellas palabras, el cabo Honda no añadió nada más. Parecía absorto en sus propios pensamientos. Con el fusil entre las manos, miraba fijamente el vasto erial. Nada de lo que yo dijera llegaría a sus oídos.

»Volví a la tienda que habíamos levantado al abrigo de una duna, me tendí junto a Hamano y cerré los ojos. Esta vez logré conciliar el sueño. Un sueño tan profundo como si me hubieran agarrado por las piernas y me hubiesen arrastrado hasta el fondo del océano.

13

La larga historia del teniente Mamiya II

—Me despertó el sonido metálico del seguro de un rifle. Por muy profundamente dormido que esté, un soldado en combate jamás pasa por alto ese sonido. Un sonido especial. Frío y pesado como la muerte. Casi en un acto reflejo, alargué la mano hacia la Browning que tenía junto a la cabeza, pero alguien me dio un puntapié en la sien y, por el impacto, me quedé ciego unos instantes. Cuando hube recuperado el aliento, entreabrí los ojos y vi, encorvado y recogiendo mi Browning, al hombre que debía de haberme dado el puntapié. Alcé la vista despacio. Las bocas de dos rifles me apuntaban a la cabeza. Detrás de los rifles había dos soldados mongoles.

»Cuando me dormí, se suponía que estaba dentro de una tienda, pero ahora ésta había desaparecido y sobre mi cabeza titilaban las estrellas del cielo de Manchuria. A mi lado, otro soldado mongol apuntaba con una ametralladora ligera a la cabeza de Yamamoto. Éste debía de pensar que era inútil resistirse y permanecía tendido en silencio, con trazas de estar ahorrando energía. Los soldados mongoles llevaban largos capotes y cascos de guerra. Dos de ellos sostenían grandes linternas con las que nos alumbraban a Yamamoto y a mí. Al principio no entendía bien qué diablos había sucedido. Creo que el sueño había sido demasiado profundo y la impresión demasiado fuerte. Pero, mirando la figura de los soldados y la cara de Yamamoto, logré finalmente comprender la situación. Habían descubierto nuestra tienda antes de que pudiéramos cruzar el río.

»Me pregunté qué debía de haberles sucedido a Honda y a Hamano. Volví la cabeza despacio y miré a mi alrededor, pero no alcancé a verlos. ¿Los habrían matado los soldados mongoles? ¿Habrían, por el contrario, logrado escapar?

»Parecían los soldados de la patrulla que habíamos avistado antes en el vado. No eran muchos. Su equipo consistía en una ametralladora ligera, pistolas y rifles. Al mando había un suboficial corpulento, el único que llevaba un buen par de botas de caña alta. Era él quien me había golpeado. Se agachó, agarró la cartera de piel que Yamamoto había puesto al lado de su cabeza, la abrió y miró dentro. Luego le dio la vuelta y la sacudió con violencia. Lo único que cayó al suelo fue un paquete de tabaco. Me quedé atónito. Había visto con mis propios ojos cómo Yamamoto metía los documentos dentro de la cartera de piel. Los había sacado de las alforjas y metido en una cartera que se había puesto a la cabeza. No se me pasó por alto cómo también a Yamamoto, que se esforzaba en mantener la misma expresión impasible de siempre, se le descomponía la cara por un instante. Aparentemente, él tampoco tenía la menor idea de cuándo y cómo se habían esfumado los documentos. De cualquier modo, para él debió de representar un gran alivio. Tal como me había dicho, nuestra máxima prioridad era que aquellos documentos no cayeran en manos del enemigo.

»Los soldados desparramaron nuestro equipaje y lo inspeccionaron de arriba abajo, con todo detalle. Pero allí no había nada importante. Luego nos hicieron desnudar y registraron todos los bolsillos. Con las bayonetas rasgaron la ropa y los macutos. Pero los documentos no aparecieron por ninguna parte. Se hicieron con nuestro tabaco, los bolígrafos, monederos, cuadernos y relojes y se los metieron en el bolsillo. Uno tras otro, se fueron probando nuestros zapatos y se quedaron con los que les iban bien.

Dos soldados se enzarzaron en una violenta discusión sobre quién debía quedarse no sé qué, pero el suboficial los ignoró. Supuse que entre los mongoles era normal apropiarse de las pertenencias de los soldados prisioneros o de los enemigos muertos en combate. El suboficial se quedó con el reloj de Yamamoto y luego dejó que sus soldados cogieran lo que quisieran. El resto del equipo, es decir, nuestras pistolas, las municiones, los mapas, la brújula y los prismáticos, lo pusieron dentro de un saquito. Probablemente, luego lo enviarían al Cuartel General en Ulan Bator.

»Después nos ataron, desnudos, con una cuerda delgada y fuerte. De cerca, los soldados mongoles olían como una cuadra que no se hubiera limpiado en años. Los uniformes eran extremadamente míseros y estaban cubiertos de emplastos de barro, polvo y comida, tan sucios que ni siquiera se adivinaba cuál debía de haber sido su color original. Los zapatos, terriblemente gastados, llenos de agujeros, parecía que fueran a caerse a pedazos de un momento a otro. No era de extrañar que quisieran los nuestros. La mayoría de ellos tenía rostros de una rudeza extrema, los dientes sucios y las barbas largas y enmarañadas. A simple vista parecían, más que soldados, rufianes o bandoleros, pero las armas de fabricación soviética que llevaban y los galones con estrellas indicaban que eran tropas regulares del ejército de la República Popular de Mongolia. Me daba la impresión de que tanto su cohesión como grupo de combate como su espíritu militar no eran muy altos. Los mongoles son soldados fuertes y resistentes. Pero no están hechos para el combate en equipo de la guerra moderna.

»Por la noche hacía un frío glaciar y, al mirar el aliento blanco de los soldados flotar unos instantes en el aire y desvanecerse a continuación, sentí como si me hubieran introducido por equivocación en una pesadilla ajena. Era incapaz de asimilar que aquello era un acontecimiento real. Tenía que ser una pesadilla. Pero, como comprendería más tarde, aquello no era más que el principio de una pesadilla enorme.

»Poco después, uno de los soldados surgió de la oscuridad arrastrando un bulto tras de sí. Con una sonrisa maliciosa lo arrojó a nuestros pies. Era el cadáver de Hamano. Estaba descalzo, alguien ya debía haberle quitado los zapatos. Después desnudaron el cadáver e inspeccionaron todo lo que encontraron en los bolsillos. Sacaron un reloj de pulsera, un portamonedas y tabaco. Se repartieron el tabaco y, mientras se lo fumaban, registraron el portamonedas. Dentro había algunos billetes del banco de Manchukuo y la fotografía de una mujer, probablemente la madre de Hamano. El suboficial que estaba al mando dijo unas palabras y agarró el dinero. La fotografía la arrojaron al suelo.

»Durante la guardia, los soldados debían haberse acercado a Hamano sigilosamente por detrás y lo habían degollado. Se nos habían adelantado haciendo lo mismo que nosotros pensábamos hacer. Del tajo abierto en redondo brotaba una sangre muy roja. Pero ya debía de haber manado profusamente porque, por lo enorme que era la herida, brotaba bastante poca sangre. Un soldado extrajo de la vaina que le pendía del cinto un cuchillo curvo de unos quince centímetros de hoja y me lo mostró. Era la primera vez que veía un cuchillo con una forma tan extraña. Debía de tener algún uso especial. El soldado hizo ademán de cortarme la garganta con él mientras silbaba "fiuu". Algunos rieron. Aquel cuchillo, más que pertrechos del ejército, parecía propiedad personal del soldado. Mientras que todos llevaban una bayoneta a la cintura, él era el único que llevaba un cuchillo curvo. Debía de haber sido aquel hombre quien, con aquel cuchillo, había degollado a Hamano. Tras hacerlo dar vueltas en una mano con habilidad, lo enfundó.

»Yamamoto, sin decir palabra, sólo con un movimiento de ojos, me lanzó una rápida mirada. Duró un instante, pero comprendí enseguida lo que quería decir. Se leía en sus ojos: "¿Crees que Honda ha logrado escapar?". Entre la confusión y el terror, yo también había estado pensando lo mismo: "¿Dónde diablos se habrá metido el cabo Honda?". Si él había logrado escapar al ataque sorpresa de los soldados mongoles, nosotros aún teníamos alguna esperanza. Una esperanza muy tenue. Pensar qué podría hacer Honda solo era descorazonador. Pero, con todo, era una esperanza. Y eso es mejor que nada.

»Atados todavía, permanecimos tumbados en la arena hasta el amanecer. El soldado de la ametralladora ligera y el del fusil permanecieron de guardia vigilándonos, pero los otros, aparentemente tranquilos ahora que nos habían capturado, se reunieron en un lugar un poco apartado y estuvieron hablando y riendo mientras fumaban. Yamamoto y yo no dijimos una palabra. Aun en el mes de mayo, al amanecer las temperaturas descienden bajo cero. Llegué a pensar que, desnudos como estábamos, moriríamos congelados. Pero ni siquiera un frío como aquél era nada comparado con el terror que sentía. No tenía ni idea de lo que nos esperaba. Eran simples soldados de patrulla y no debían de poder decidir nuestra suerte por sí mismos. Tendrían que esperar órdenes superiores. No era probable que nos mataran de inmediato. Con respecto a lo que nos sucedería después, era imposible hacer conjeturas. Yamamoto debía de ser un espía y, al haberme capturado con él, era lógico que a mí me consideraran cómplice. En cualquier caso, la cosa no se resolvería así como así.

»Poco después del amanecer, se oyó en el cielo el zumbido de un motor de avión. Pronto entró en nuestro campo visual un fuselaje de color plateado. Era un avión de reconocimiento de fabricación soviética con la insignia del ejército de Mongolia Exterior. Dio varias vueltas sobre nuestras cabezas. Los soldados agitaron las manos. El avión les hizo señales subiendo y bajando los alerones. Después aterrizó en una explanada cercana, levantando una nube de polvo. Pese a no haber una pista, como en aquel lugar el suelo era duro y uniforme, se podía despegar y aterrizar con relativa facilidad. Posiblemente, a falta de aeropuerto, ya habían utilizado el mismo lugar muchas veces. Un soldado galopó hacia el avión llevando dos caballos de reserva. Volvió con dos hombres, a todas luces oficiales de alta graduación. Uno era ruso y el otro, mongol. Deduje que el suboficial de la patrulla había notificado nuestra captura por radio al Cuartel General y que los dos oficiales se habían desplazado ex profeso desde Ulan Bator para interrogarnos. Debían de ser oficiales del Servicio de Información. Había oído decir que el GPU estaba detrás de los arrestos masivos de miembros de la facción antigubernamental y de las grandes purgas de los años precedentes.

»Los dos oficiales vestían uniformes impolutos e iban bien afeitados. El ruso llevaba una especie de impermeable con cinturón. Por debajo, asomaban unas botas altas, brillantes, inmaculadas. Era un hombre delgado, no muy alto para ser ruso. Debía de estar en la primera mitad de la treintena. Tenía la frente ancha, la nariz pequeña, la piel sonrosada y llevaba unas gafas con montura de alambre dorado. En conjunto, su cara era bastante anodina. A su lado, el oficial mongol, de piel oscura, bajo y macizo, parecía un pequeño oso.

»El oficial mongol llamó al suboficial y los tres empezaron a hablar en un aparte. Supuse que el suboficial estaba dándoles una información detallada. Trajo el saco donde había metido las cosas que nos habían requisado y se las enseñó. El ruso las inspeccionó con atención, una a una, pero poco después volvió a guardarlas en el saco. Dijo algo al oficial mongol y éste, a su vez, dijo algo al suboficial. Luego el ruso se sacó una pitillera del bolsillo del pecho y les ofreció un cigarrillo. Los tres siguieron hablando mientras fumaban. El ruso golpeaba una y otra vez la palma de su mano derecha con el puño izquierdo mientras les decía algo. Parecía irritado. El oficial mongol permanecía con los brazos cruzados y el semblante hosco, mientras el suboficial negaba con la cabeza.

»Poco después, el oficial se acercó caminando despacio al lugar donde estábamos. Se detuvo ante nosotros.

»—¿Queréis un cigarrillo? —nos preguntó en ruso.

»Como he dicho antes, yo había estudiado ruso en la universidad y podía seguir, más o menos, una conversación en este idioma. Pero como no quería meterme en líos, fingí no entender ni una palabra.

»—Gracias, pero no —respondió Yamamoto en ruso. Su ruso era bastante bueno.

»—Muy bien —dijo el oficial—. Si hablamos en ruso, iremos más rápido.

»Se quitó los guantes y se los metió en el bolsillo del impermeable. En el dedo anular de la mano izquierda llevaba un pequeño anillo de oro.

»—Como tú debes de saber muy bien, estamos buscando *una cosa*. La estamos buscando desesperadamente. Y sabemos que tú la tienes. No me preguntes cómo lo sabemos. Lo sabemos y punto. Pero tú ahora no la llevas encima. Lo que, pensando con lógica, significa que debes de haberla escondido en alguna parte antes de que te atrapáramos. Allí… —y en este punto señaló el río Khalkha—, allí, no la has podido llevar. Nadie ha cruzado el río todavía. Por tanto, la carta debe de estar escondida en esta orilla. ¿Entiendes lo que te he dicho?

»Yamamoto asintió.

»—Lo he entendido. Pero nosotros no sabemos nada de ninguna carta.

»—Muy bien —dijo el ruso con rostro inexpresivo—. Entonces podrás responderme a esta pequeña pregunta: ¿Qué diablos estáis haciendo aquí? Éste, como tú muy bien sabes, es territorio de la República Popular de Mongolia. ¿Con qué propósito habéis entrado en otro país? Explícamelo.

»Yamamoto le dijo que estábamos trazando un mapa. Que él era un civil que trabajaba para una empresa de cartografía y que yo y el soldado que habían matado le ofrecíamos escolta. Sabía que esta orilla era territorio mongol y sentía mucho haber cruzado la frontera. Pero no teníamos ninguna intención de cometer una violación territorial. Nosotros sólo queríamos observar la topografía desde la meseta de aquella orilla.

»El oficial ruso, con aire muy poco divertido, curvó los labios en una sonrisa.

»—*Que lo sientes mucho* —dijo repitiendo despacio las palabras de Yamamoto—. Claro. Querías observar la topografía desde la meseta. Claro. En un lugar alto, la visibilidad es buena. Esto tiene sentido.

»Durante unos instantes permaneció en silencio contemplando las nubes en el cielo. Luego volvió a posar la vista en Yamamoto, negó lentamente con la cabeza y suspiró.

»—Me encantaría creer lo que me estás contando. Darte un golpecito en la espalda y decirte: "De acuerdo. Vamos, cruza el río y vete. A partir de ahora, ten más cuidado". Me encantaría poder decirte eso. No te miento. Lo pienso de veras. Pero, desgraciadamente, no puedo hacerlo. Porque sé muy bien quién eres. También sé muy bien qué estás haciendo aquí. Nosotros tenemos algunos amigos en Hailar. Igual que vosotros tenéis algunos amigos en Ulan Bator. —El ruso se sacó los guantes del bolsillo y, después de volver a doblarlos, se los guardó de nuevo en el bolsillo—. A decir verdad, yo no tengo ningún interés personal en haceros sufrir o en mataros. Si me entregáis la carta, daré el asunto por terminado. A una orden mía os soltarán y podréis marcharos enseguida de aquí. Os doy mi palabra de honor. Lo que suceda luego es asunto nuestro. No tiene nada que ver con vosotros.

»La luz del sol que llegaba del este empezaba a calentarnos la piel. No hacía viento y en el cielo flotaban algunas nubes blancas y compactas.

»Siguió un largo, larguísimo silencio. Nadie dijo una palabra. Ni el oficial ruso, ni el oficial mongol, ni los soldados de la patrulla ni Yamamoto. Todos estábamos sumidos en nuestro propio silencio. Yamamoto, que desde que nos habían capturado parecía resignado a morir, no mostraba en su rostro ninguna expresión.

»—O... de lo contrario... vosotros dos... moriréis... aquí —dijo el ruso despacio remarcando las palabras como si le hablara a un niño—. Y tendréis una muerte horrible, además. A ellos... —continuó señalando a los soldados mongoles, y el soldado corpulento de la ametralladora ligera me miró a la cara y sonrió burlón mostrando una dentadura sucia—, a ellos les encantan las maneras de matar lentas y refinadas. Podríamos decir que son expertos en eso. Desde tiempos de Gengis Khan, los mongoles se han divertido matando a gente de las maneras más atroces que quepa imaginar y saben muy bien cómo hacerlo. Nosotros, los rusos, desgraciadamente, lo sabemos también. Lo aprendemos en la escuela, en clase de historia. Lo que nos han hecho los mongoles. Cuando los mongoles invadían Rusia, mataban a millones de personas. Mataban por matar. No sé si sabes que en Kiev mataron de una vez a cientos de nobles rusos que habían caído prisioneros. Construyeron grandes y gruesos tablados, ataron a los nobles debajo, uno junto al otro, y celebraron un banquete sobre ellos, quienes, bajo aquel peso, murieron aplastados. Este tipo de cosas no se les ocurre a las personas normales, ¿no te parece? Se tarda tiempo, los preparativos son complicados. Demasiado trabajo, ¿no te parece? Pero ellos, estas cosas están dispuestos a hacerlas. Porque para ellos son una diversión. Incluso hoy en día siguen haciéndolas. Una vez vi una con mis propios ojos. Hasta entonces pensaba que había visto toda clase de brutalidades, pero recuerdo que aquella noche, como puedes imaginarte, no tuve apetito. ¿Entiendes bien lo que te estoy diciendo? ¿Hablo demasiado rápido?

»Yamamoto negó con la cabeza.

»—Muy bien. —Carraspeó e hizo una pausa—. Esta vez será

la segunda y, con un poco de suerte, ya habré recuperado el apetito a la hora de cenar. Si por mí fuera, preferiría evitar muertes inútiles.

»El ruso, con las manos cruzadas a la espalda, contempló el cielo durante unos instantes. Después cogió los guantes y miró hacia el avión.

»—Hace buen tiempo —dijo—. Es primavera. Aún hace un poco de frío, pero se está bien así. Cuando haga más calor saldrán los mosquitos. Son terribles. La primavera es mucho mejor que el verano. —Sacó de nuevo la pitillera, tomó un cigarrillo y lo encendió con una cerilla. Inhaló el humo despacio y lo exhaló también despacio—. Voy a preguntártelo sólo una vez más. ¿Sabes dónde está la carta?

»—*Niet* —contestó simplemente Yamamoto.

»—Muy bien —admitió el ruso—. Muy bien. —Luego se dirigió al oficial mongol y le dijo algo en su lengua. El oficial asintió y transmitió la orden a los soldados. Éstos trajeron un leño no sé de dónde, afilaron un extremo hábilmente con las bayonetas e hicieron cuatro estacas. Después, midieron a pasos la distancia necesaria entre las estacas y las clavaron en el suelo con una piedra, formando un cuadrado. Sólo en estos preparativos invirtieron unos veinte minutos. De lo que vendría a continuación, yo no tenía ni la más remota idea.

»—Para ellos, una buena carnicería es como una buena comida —dijo el ruso—. Cuanto más se tarda en prepararla, mayor es la diversión. Si sólo se tratara de matar, con un disparo sería suficiente. Un minuto y listos. Pero eso... —se acarició la barbilla despacio con la punta del dedo—, eso no es divertido.

»Desataron a Yamamoto y lo llevaron a la zona delimitada con estacas. Completamente desnudo, lo ataron a ellas de pies y manos. Su cuerpo, boca arriba, con los brazos y las piernas en cruz, mostraba multitud de heridas. Todas ellas heridas impresionantes.

»—Como sabéis muy bien, son nómadas —dijo el oficial—. Los nómadas crían ovejas, comen su carne, las esquilan, las desuellan. En resumen, las ovejas lo son todo para ellos. Pasan los días con las ovejas, pasan la vida con las ovejas. Y son muy hábiles desollándolas. Con la piel hacen tiendas, hacen vestidos. ¿Has visto alguna vez cómo despellejan una?

»—Si quieres matarme, hazlo de una vez —dijo Yamamoto.

»El ruso unió las palmas de las manos y, frotándoselas, asintió.

»—No te preocupes, te mataremos bien muerto. No tienes por qué preocuparte. No tienes por qué preocuparte en absoluto. Tardarás un poco, pero morirás. No te preocupes. No hay ninguna prisa. Aquí, en esta estepa, sin nada en lo que alcanza la vista, nos sobra tiempo. Además, hay muchas cosas que quiero decirte. Por lo que hace a desollar, al parecer hay en cada tribu un especialista. Un profesional. Alguien que sabe hacerlo realmente bien. Milagrosamente bien, podríamos decir. Obras de arte. Desuella en un santiamén. Lo hace tan deprisa que llegas a pensar que, ni que te desollara vivo, podrías darte cuenta. Pero... —dijo, y se sacó la pitillera del bolsillo del pecho y la sostuvo con la mano izquierda mientras tamborileaba encima con los dedos de la derecha—, evidentemente, te das cuenta. El dolor es atroz. Espantoso. El dolor es mucho peor de lo que puedas llegar a imaginar. Y mueres muy despacio. Mueres desangrado, tardas mucho tiempo en morir.

»Chasqueó los dedos. El oficial mongol que había llegado con él en el avión se adelantó. De un bolsillo del capote sacó un cuchillo enfundado. Tenía la misma forma que el del soldado que había hecho el ademán de degollarme. Lo desenfundó y lo alzó en el aire. Al sol de la mañana, la hoja de acero lanzó un destello blanco y apagado.

»—Este hombre es uno de esos especialistas —apuntó el oficial ruso—. Mira bien el cuchillo. Es un cuchillo especial para el desuello. Está muy bien hecho. La hoja es fina y afilada como una cuchilla de afeitar. Y el nivel técnico de este pueblo es extraordinariamente alto. Llevan miles de años desollando ovejas. Ellos, en realidad, pueden despellejar a un hombre como si pelaran un melocotón. A la perfección, con limpieza, sin un desgarro. ¿Hablo demasiado deprisa? —Yamamoto no dijo nada—. Van levantando la piel despacio. Para desollar limpiamente, sin desgarrar la piel, es mejor hacerlo despacio. Si de pronto te entran ganas de hablar, dilo y pararemos enseguida. Si hablas, lo dejaremos correr y no te mataremos. Él lo ha hecho ya varias veces antes y ni una sola persona ha mantenido la boca cerrada hasta el final. Quiero que recuerdes una cosa. Si tenemos que parar, es mejor que lo hagamos pronto. Es mucho más fácil para los dos.

»Con el cuchillo en la mano, el oficial que parecía un oso miró a Yamamoto y le sonrió burlonamente. Aún ahora recuerdo aquella sonrisa. Aún ahora se me aparece en sueños. Jamás podré olvidarla. Y se puso manos a la obra. Los soldados sujetaron a Yamamoto por manos y rodillas, y el oficial mongol fue desollándolo minuciosamente con el cuchillo. En verdad lo desollaba como si pelara un melocotón. No pude enfrentarme a la escena. Cerré los ojos. Pero al cerrarlos, los soldados mongoles me golpearon con las culatas de sus fusiles. Abriera los ojos o los cerrara, de cualquier modo oía su voz. Al principio lo soportó estoicamente, en silencio. Pero, a la mitad, empezó a lanzar alaridos de dolor. Unos alaridos que no parecían de este mundo. El hombre, primero, le hizo con el cuchillo un rápido corte en el hombro derecho. Luego le fue desollando el brazo derecho de arriba abajo. Lo fue desollando despacio, con cuidado, casi con amor. Tal como había dicho el oficial ruso, aquello cabía calificarlo de arte. De no ser por los alaridos, tal vez hubiera llegado a pensar que ni siquiera dolía. Pero los alaridos de Yamamoto hablaban de la monstruosidad del dolor que lo acompañaba.

»La piel del brazo derecho estuvo poco después completamente levantada y se había convertido en una especie de fina película. El desollador la entregó al soldado que estaba a su lado. Éste la prendió con las puntas de los dedos, la extendió y fue dándole la vuelta, mostrándola a los demás. De la piel seguía goteando sangre. El oficial desollador pasó entonces al brazo izquierdo. Repitió la misma operación. Le levantó la piel de las dos piernas, le cortó el pene y los testículos, le cortó las orejas. Luego desolló la cabeza, la cara, todo el cuerpo. Yamamoto perdió el conocimiento; volvió a recobrarlo; y lo perdió de nuevo. Inconsciente, los alaridos cesaban; al recobrar la conciencia, los alaridos volvían. Pero la voz se fue debilitando cada vez más y, al final, se apagó. El oficial ruso, mientras tanto, estuvo dibujando una especie de planos sin sentido con el tacón de su bota. Los soldados mongoles, todos como un solo hombre, permanecieron inmóviles contemplando la operación. Sus rostros carecían de expresión. No se observaba en ellos ni repugnancia, ni emoción, ni espanto. Contemplaban las películas de piel de Yamamoto exactamente como si, de vuelta de un paseo, se hubieran detenido un momento a mirar unas obras.

»Yo, mientras tanto, vomité muchas veces. Al final ya no tenía nada que vomitar, pero seguí vomitando. El oficial mongol que parecía un oso extendió la piel del tronco de Yamamoto, desollada limpiamente de una pieza. Incluso estaban los pezones. Cosa tan siniestra como aquélla ni la había visto antes ni la he vuelto a ver jamás. Alguien se la llevó y la puso a secar como si fuera una sábana. Y el cadáver de Yamamoto, un amasijo de carne roja y sanguinolenta al que le habían arrancado toda la piel, quedó allí tirado. Lo más lastimoso era la cara. Entre la carne roja, dos grandes globos oculares blancos miraban con fijeza. La boca de dientes desnudos estaba abierta de par en par como si aún gritara. Al desprenderse la nariz, sólo habían quedado unos pequeños agujeros. El suelo era un mar de sangre.

»El oficial ruso escupió al suelo y me miró a la cara. Se sacó un pañuelo del bolsillo y se secó las comisuras de los labios.

»—Parece que este hombre realmente no sabía nada —dijo. Y se guardó el pañuelo en el bolsillo—. Si lo hubiese sabido, seguro que lo habría dicho. ¡Qué lástima! De todas maneras este hombre era un profesional y, antes o después, habrían acabado matándolo de mala manera. ¡Qué le vamos a hacer! En fin, si él no lo sabía, tú tampoco debes de saberlo. —El ruso se puso un cigarrillo entre los labios y encendió una cerilla—. O sea que tú ya no nos sirves para nada. No vale la pena torturarte para que hables. Tampoco vale la pena dejarte con vida y hacerte prisionero. A decir verdad, para nosotros esto es un asunto interno y pensamos mantenerlo en secreto. Y llevarte a Ulan Bator podría traer problemas. Lo mejor sería pegarte un tiro en la cabeza ahora mismo, enterrarte en alguna parte o quemarte y arrojarte al río Khalkha. Así, todo acabaría sin más complicaciones. ¿No te parece? —dijo mirándome fijamente a los ojos. Pero yo seguí fingiendo no entender una palabra de lo que me decía—. De todas formas, me parece que tú no entiendes el ruso. Es una pérdida de tiempo hablar contigo. Pero, bueno, ¿y por qué no? Es como si hiciera un monólogo. Y tú escucha. Por cierto, tengo una buena noticia para ti. He decidido no matarte. Es mi manera de expresar mis más humildes excusas por haber matado inútilmente a tu amigo contra mi voluntad. Hoy, de buena mañana, ya nos hemos hartado de matar. Estas cosas, con una al día ya es demasiado. Por eso a ti no te mataré. Te daré la oportunidad de sobrevivir. Si todo va bien…, te salvarás. Las posibilidades no son muchas. Se puede decir que casi no hay ninguna. Pero una oportunidad es una oportunidad. Al menos es mucho mejor que morir despellejado. ¿No te parece?

»Levantó la mano y llamó al oficial mongol. Éste acababa de lavar cuidadosamente el cuchillo con agua de la cantimplora y de afilarlo con una piedra. Los soldados mongoles habían extendido la piel de Yamamoto y estaban discutiendo algo frente a ella. Tal vez intercambiaban opiniones sobre los pormenores de la técnica del desuello. El oficial mongol enfundó el cuchillo y, tras guardarlo en el bolsillo del capote, se acercó. Me miró a la cara un instante y luego dirigió la mirada hacia el ruso. El ruso le dijo cuatro palabras en mongol y éste asintió con cara inexpresiva. Un soldado les trajo dos caballos.

»—Nosotros ahora volvemos a Ulan Bator en avión —dijo el ruso—. Es una pena volver con las manos vacías, pero ¡qué le vamos a hacer! A veces hay suerte y a veces no. Espero recuperar el apetito para la hora de cenar, pero no confío mucho en ello.

»Montaron a caballo y se fueron. El avión despegó y, cuando se convirtió en un pequeño punto plateado y desapareció en el cielo por el oeste, me quedé solo con los soldados mongoles y los caballos.

—Los soldados mongoles me ataron a la silla de un caballo y partimos en fila hacia el norte. El soldado que iba justo delante de mí tarareaba en voz baja una melodía monótona. Aparte de eso, lo único que se oía era el sonido seco de los cascos de los caballos golpeando rítmicamente la arena. No tenía ni idea de adónde me llevaban o de qué diablos me esperaba. Todo lo que sabía era que yo era un engorro sin ningún valor. Me repetí una y otra vez las palabras del oficial ruso. Había dicho que no me matarían. Que matarme, no me matarían…, pero que casi no tenía ninguna posibilidad de sobrevivir. ¿Qué significaba aquello? No lo entendía. Eran unas palabras demasiado vagas. Tal vez quería decir que me utilizarían en algún juego de trama diabólica. Quizás abrigaban la secreta intención de disfrutar despacio de esa trama en vez de matarme de golpe.

»Pero, con todo, me sentía aliviado de que no me hubieran matado, especialmente de que no me hubieran desollado vivo como a Yamamoto. Quizás, al final, me mataran de todos modos, pero había escapado a aquella muerte horrorosa. Al menos, todavía estaba vivo, todavía respiraba. Y, de creer lo que me había dicho el oficial ruso, no me matarían de inmediato. Y si aún me quedaba tiempo antes de morir, significaba que aún tenía posibilidades de salvarme. Por remotas que fueran las posibilidades, no podía por menos de aferrarme a ellas.

»Luego, de pronto, resurgieron en mi memoria las palabras del cabo Honda. La extraña profecía según la cual yo no moriría en el continente. Atado a la silla del caballo, con el sol del desierto abrasándome la espalda desnuda, rumié sus palabras una y otra vez. Tomándome tiempo, recordé la expresión de su rostro, su entonación, el sonido de cada palabra. Y quise creer de corazón en aquella profecía. ¡Sí! Yo no moriría como un perro en un sitio así. Yo saldría con vida de aquello y volvería a pisar el suelo de mi patria.

»Avanzamos hacia el norte unas dos o tres horas. Nos detuvimos en un lugar donde se alzaba, construida en piedra, una torre sagrada lamaísta. Estas torres se llaman *Obo*. Son una especie de dioses protectores de los caminos y, a la vez, desempeñan la valiosa función de indicadores en el desierto. Desmontaron frente a uno de esos *Obo* y me desataron. Luego me llevaron en volandas entre dos a un lugar un poco apartado. Pensé que iban a matarme allí. Estábamos ante un pozo excavado en el suelo. Rodeado por un brocal de piedra de un metro de alto. Me hicieron arrodillar en la boca del pozo y, agarrándome por el cogote, me obligaron a asomar dentro. Parecía muy profundo. El interior estaba muy oscuro y no se veía nada. El suboficial de las botas trajo un pedrusco del tamaño de un puño y lo arrojó dentro. Poco después se oyó un sonido seco. Al parecer no había agua en el pozo. Quizás antes había servido de pozo en el desierto, pero las venas subterráneas de agua debían de haberse desplazado y el pozo se había secado mucho tiempo atrás.

Por el tiempo que había tardado la piedra en alcanzar el fondo, el pozo era bastante profundo.

»El oficial me miró a la cara sonriendo burlonamente. Luego sacó una gran pistola automática de una funda de piel que le colgaba del cinto. Soltó el seguro y, con un sonido metálico, cargó una bala en la recámara. Apoyó la boca de la pistola contra mi cabeza. Pero pasó mucho tiempo y no apretaba el gatillo. Luego bajó la pistola despacio. Levantó la mano izquierda y señaló el pozo, a mis espaldas. Pasándome la lengua por los labios resecos, inmóvil, bajé los ojos hacia la pistola. Se trataba, en resumen, de que yo decidiera mi suerte. Tenía dos posibilidades. La primera, que él me disparara. Una muerte rápida. La segunda, que saltara dentro del pozo. Era profundo y, al caer, podía matarme. Si sobrevivía, moriría lenta e inexorablemente en el fondo de aquel agujero oscuro. Al fin comprendí. Era aquélla la oportunidad de la que hablaba el ruso. El suboficial señaló el reloj de Yamamoto, que ya había pasado a formar parte de sus pertenencias, y levantó los cinco dedos de una mano. Me daba cinco segundos para decidir. Cuando hubo contado hasta tres, pasé las piernas por encima del brocal y salté dentro con resolución. No tenía alternativa. Pensaba que podría agarrarme a las paredes del pozo e ir descendiendo hasta el fondo, pero, a la hora de la verdad, no pude hacerlo. Mis manos resbalaron y caí rodando.

»Era un pozo profundo. Me dio la impresión de que pasó mucho tiempo antes de que chocara contra el suelo. Como es obvio, tardé a lo sumo unos pocos segundos, y a eso no se le puede llamar "mucho tiempo". Pero recuerdo que pensé en muchas cosas mientras caía a través de las tinieblas. Pensé en mi pueblo lejano. Pensé en la mujer a quien había abrazado una sola vez antes de partir hacia el frente. Pensé en mis padres. Me sentí agradecido por tener una hermana pequeña, no un hermano. De este modo, aunque yo muriera, a ella al menos no la llamarían a filas y podría quedarse con mis padres. Pensé en los pastelillos de arroz. Luego mi cuerpo golpeó contra el suelo seco y por el impacto perdí el conocimiento durante unos instantes. Me dio la sensación de que todo el aire contenido dentro de mi cuerpo estallaba. Mi cuerpo chocó pesadamente contra el fondo del pozo como si fuese un saco de arena.

»Creo que sólo estuve inconsciente unos instantes. Cuando recobré el conocimiento, sentí que algo me salpicaba. Al principio pensé que llovía. Pero no. Era orina. Todos los soldados estaban orinando sobre mí, que yacía en el fondo del pozo. Al mirar hacia lo alto, allá a lo lejos, vi a los soldados de pie en la boca redonda del pozo orinando por turno, con sus figuras perfilándose, pequeñas, como siluetas. Me pareció terriblemente irreal. Como una alucinación producida por la ingestión de alguna droga. Pero era real. Yo me encontraba realmente en el fondo del pozo y ellos me estaban rociando con orina real. Cuando todos acabaron de orinar, alguien me alumbró con una linterna. Se oyeron risotadas. Y sus figuras desaparecieron de la boca del pozo. Cuando se hubieron ido, todo quedó sumido en un silencio profundo.

»Durante unos instantes esperé, inmóvil, con la cara pegada al suelo, a ver si volvían. Pero pasaron veinte, treinta minutos (eso es lo que me pareció, claro, no tenía reloj), y ellos no volvieron. Debían de haberse ido. Me habían abandonado allí, solo, en el fondo de un pozo en medio del desierto. Cuando comprendí que no volverían, comprobé en qué estado se hallaba mi cuerpo. Averiguarlo en la oscuridad es bastante difícil. No podía verme. Con los ojos no podía comprobar cómo estaba. Tenía que basarme sólo en lo que sentía. Sumido en una oscuridad tan profunda, pierdes la facultad de discernir si la percepción es real o no. Me daba la impresión, incluso, de que mis sentidos se burlaban de mí, de que me engañaban. Una sensación muy extraña.

»Poco a poco, con infinito cuidado, fui averiguando la situación en que me hallaba. Lo primero que comprendí, y eso para mí había sido una gran suerte, fue que el fondo del pozo era de una arena bastante blanda. De no haber sido así, dada su profundidad, al caer me hubiera roto, molido, los huesos. Respiré profundamente una vez e intenté moverme. Primero, los dedos de la mano. Un poco entumecidos, pero se movían. Después intenté incorporar la parte superior de mi cuerpo. No pude. Había perdido la sensibilidad por completo. Conciencia sí tenía, pero estaba desligada del cuerpo. Aunque determinara hacer algo, mi pensamiento no llegaba a transformarse en acción. Desistí y permanecí tumbado en la oscuridad.

»No sé cuánto tiempo permanecí allí inmóvil. Poco después, mi cuerpo fue recuperando la sensibilidad. Y con la recuperación de los sentidos volvió, evidentemente, el dolor. Un dolor intenso. Pensé que debía de haberme roto las piernas. Quizá también me había dislocado los hombros. O tal vez peor: quizás estuviesen rotos.

»Me mantuve en la misma posición, soportando el dolor. Las lágrimas me corrían por las mejillas sin que me diera cuenta. Lágrimas de dolor y también de desesperación. Creo que comprenderá usted la soledad y la desesperanza que sentía, atacado por un dolor intenso en la negra oscuridad, abandonado en el fondo de un profundo pozo en medio del desierto, en los confines del mundo, solo. Incluso llegué a lamentar que el suboficial no me hubiera disparado. Si alguien me hubiera matado de un disparo, al menos mi muerte habría estado relacionada con esa persona. Pero si moría allí, mi muerte sería verdaderamente solitaria. Sin relación con nadie. Una muerte muda.

»A veces oía el viento. Cuando barría la superficie, producía un extraño sonido en la boca del pozo. Parecía el lamento de una mujer en algún mundo remoto. Aquel mundo remoto y mi mundo estaban unidos por un pequeño agujero a través del cual me

235

llegaba su voz. Pero incluso este sonido lo oía muy de tarde en tarde. Yo había sido abandonado, solo, en la más profunda de las oscuridades, en el más profundo de los silencios.

»Reprimiendo el dolor, palpé en torno a mí con cautela. El fondo del pozo era plano. No muy amplio. Quizá de un metro sesenta o setenta centímetros. Mientras iba palpando el suelo, mi mano rozó de repente algo duro y afilado. Sorprendido, aparté la mano en un acto reflejo, pero volví a alargarla hacia allá despacio, con precaución. Primero pensé que eran ramas de un árbol. Pero pronto comprendí que se trataba de huesos. No eran huesos humanos, sino de un animal más pequeño. Tal vez porque llevaran mucho tiempo allí, o tal vez porque los había aplastado al caer, lo cierto es que estaban esparcidos. Aparte de los huesos del pequeño animal, en el fondo del pozo no había nada. Sólo arena fina y seca.

»Luego pasé la palma de la mano por la pared del pozo. Estaba recubierta de piedras planas y delgadas superpuestas. Durante el día, en la superficie de la tierra hacía bastante calor, pero el calor no llegaba a aquel mundo subterráneo, frío como el hielo. Pasé la mano por la pared y fui estudiando, uno a uno, todos los intersticios. Quizá, con un poco de suerte, podría encaramarme hincando el pie en ellos. Pero eran demasiado estrechos para trepar apoyando allí los pies y, además, yo estaba herido. Aquello rayaba en lo imposible.

»Arrastrándome, me incorporé y me apoyé en la pared haciendo un gran esfuerzo. Al moverme, sentía un dolor sordo en los hombros y en las piernas, como si me clavaran una multitud de gruesas agujas. Durante un buen rato, cada vez que respiraba parecía que el cuerpo se me fuera a romper en mil pedazos. Me llevé la mano a la espalda y comprobé que la zona estaba caliente e hinchada.

—No sé cuánto tiempo pasó. Pero, en un momento dado, sucedió algo imprevisto. Un rayo de sol penetró de repente hasta el fondo del pozo como si fuera una revelación. En ese instante pude ver todo lo que había a mi alrededor. El pozo rebosaba de luz brillante. Era como una inundación de luz. Ante esa claridad sofocante apenas pude respirar. La oscuridad y el frío fueron desterrados en un instante y los cálidos rayos del sol abrazaron dulcemente mi cuerpo desnudo. Incluso el dolor parecía haber sido bendecido por la luz. A mi lado estaban los huesos del pequeño animal. La luz del sol también iluminó cálidamente aquellos huesos blancos. Con aquel fulgor, incluso aquellos huesos funestos se convirtieron en un afable compañero. Pude ver la pared de piedra que me rodeaba. Bañado por aquel resplandor me olvidé incluso del pánico, el sufrimiento y la desesperación. Atónito, me senté sumergido en esa luz deslumbrante. Pero tampoco aquello duró mucho. Y pronto la luz se extinguió de repente, tal como había venido. Y cayeron de nuevo las tinieblas. Fue un acontecimiento brevísimo. A lo sumo diez o quince segundos. Por cuestión de ángulo, los rayos del sol no podían penetrar en línea recta hasta el fondo del profundo agujero más que unos pocos segundos al día. Y el resplandor se apagó antes de que lograra entender su significado.

»Cuando se extinguió la luz, me hallé sumido en una oscuridad aún más profunda. Ni siquiera podía moverme. No tenía agua, ni comida. Ni un trozo de tela que me cubriera. Y, tras una larga tarde, llegó la noche. Al anochecer, las temperaturas bajaron de repente. Apenas pude dormir. Mi cuerpo pedía reposo, pero el frío me punzaba igual que incontables espinas. Sentía como si el tuétano de mi vida fuera endureciéndose y muriera poco a poco. Sobre mi cabeza se veían las estrellas heladas. Tantas que asustaba. Contemplé inmóvil cómo se desplazaban despacio. Su movimiento me mostró que el tiempo aún corría. Dormí un poco, me desperté de frío, de dolor, volví a dormir otro poco, volví a despertarme.

»Y llegó la mañana. En la boca redonda del pozo, las nítidas estrellas de la noche se difuminaron poco a poco. La luz suave de la mañana flotaba allí, redonda. Pero incluso después del amanecer, las estrellas no desaparecieron. Empalidecidas, quedarían allí para siempre. Aplaqué la sed lamiendo el rocío posado en las paredes del pozo. Obviamente había poca cantidad, pero fue una bendición del cielo. Recordé que hacía más de un día que ni bebía ni comía. Pero no sentía ni pizca de hambre.

»Permanecí inmóvil en el fondo del pozo. ¿Qué otra cosa podía hacer? Ni siquiera pensar. Mi soledad y mi desesperación eran demasiado profundas. Estuve simplemente sentado allí, sin hacer nada, sin pensar en nada. Pero, de manera inconsciente, esperaba aquel rayo de luz. En todo un día no penetraba en línea recta hasta el fondo del pozo más que unos segundos. Aquella luz deslumbrante. Según los principios de la física, los rayos caían perpendicularmente al suelo cuando el sol estaba en su punto más alto, por tanto, debía de suceder cerca del mediodía. Sólo esperaba que llegara la luz. Porque no podía esperar ninguna otra cosa.

»Me pareció que había pasado mucho tiempo. Me adormecí. Cuando, advertido por algún indicio, me desperté sobresaltado, la luz ya estaba allí. Y conocí de nuevo el abrazo de la luz abrumadora. Casi de manera inconsciente, alargué las palmas de ambas manos y recibí en ellas el sol. Era un fulgor mucho más intenso que la primera vez. Al menos así me lo pareció. Bañado por aquel fulgor, empecé a verter lágrimas. Sentí que todo el líquido que contenía mi cuerpo se transformaba en lágrimas que manaban de mis ojos. Que todo mi cuerpo se fundía e iba manando de la misma forma. En el estado de gracia de aquella luz mágica, poco me importaba morir. No, incluso *deseaba morir*. Sentí que todo lo que había en el fondo del pozo, ahí y en ese momento, se convertía en una única cosa. Una sensación abrumadora de comunión. Sí, el verdadero sentido de la vida se encontraba en aquella luz que no duraba más que unos pocos segundos, y *yo debía morir* ahí y en ese momento.

»Pero, obviamente, la luz se apagó pronto. Cuando me di cuenta, estaba tan abandonado como antes en el fondo de aquel pozo miserable. La oscuridad y el frío me aferraron con fuerza como si jamás hubiera existido la luz. Permanecí acurrucado durante mucho tiempo, inmóvil. Tenía la cara anegada en lágrimas. Ni siquiera podía pensar, como si una fuerza colosal me hubiera derribado. Ni siquiera sentía mi propio cuerpo. Yo era una cáscara reseca, una muda de reptil. Y entonces, la profecía del cabo Honda volvió a resonar en mi cabeza, convertida en una cámara vacía. La profecía según la cual yo no moriría en el continente. Ahora que aquella luz había venido y se había ido, sí podía creer firmemente en ella. Porque yo no había podido morir en el lugar donde debía morir en el momento en que debía morir. No es que yo *no muriera* allí, sino que *no había podido morir* allí. ¿Me entiende usted? Yo había perdido la gracia divina.

En este punto del relato, el teniente Mamiya miró su reloj de pulsera.

—Y como puede usted ver, ahora estoy aquí —dijo en voz baja. Y sacudió ligeramente la cabeza como si intentara recobrar el hilo de sus recuerdos—. Yo, tal como dijo el señor Honda, no morí en el continente. Y soy, de los cuatro el que ha vivido más tiempo. —Asentí—. Perdóneme por haber hablado tanto tiempo. Debe de haberse aburrido escuchando las historias del pasado de un viejo que escapó con vida de la muerte —dijo el teniente Mamiya. Y luego cambió de posición en el sofá—. Si me quedo más tiempo, perderé el Shinkansen.

—Espere un momento —dije precipitadamente—. No deje de contar la historia ahora. ¿Qué sucedió después? Quiero saber cómo termina.

El teniente Mamiya me miró unos instantes.

—¿Qué le parece? En realidad no tengo más tiempo, así que, ¿por qué no vamos andando hasta la parada del autobús? Mientras tanto podré contarle de forma concisa el resto de la historia.

Salí de casa con el teniente Mamiya y caminamos hasta la parada del autobús.

—Al tercer día por la mañana, el cabo Honda me rescató. La noche que nos apresaron intuyó que vendrían los mongoles, huyó solo de la tienda y se ocultó. Al salir cogió los documentos que Yamamoto llevaba en la cartera de piel y se los llevó. Nuestra máxima prioridad era evitar, a cualquier precio, que los documentos cayeran en manos del enemigo. Quizás usted se pregunte cómo es que, sabiendo que vendrían los mongoles, no nos despertó para que huyéramos todos, cómo es que escapó solo. Pero, de haberlo hecho, todo se habría perdido. Ellos sabían que estábamos allí. Estaban en su territorio, eran superiores en número y armamento. Nos hubieran encontrado fácilmente, nos hubiesen matado a todos y habrían interceptado los documentos. Es decir, que en aquella situación *era necesario* que huyera solo. En el campo de batalla el acto del cabo Honda habría sido considerado, como es obvio, deserción ante el enemigo. Pero en una misión especial es imprescindible obrar ateniéndose a las circunstancias.

»Vio cómo venían el ruso y su acompañante y cómo éste desollaba a Yamamoto. Vio cómo los soldados mongoles se me llevaban. Pero él había perdido los caballos y no pudo seguirme de inmediato. No tuvo más remedio que desplazarse a pie. Desenterró las municiones y enterró los documentos en el mismo lugar. Luego nos buscó. Por lo tanto, le resultó muy difícil llegar al pozo. Ni siquiera sabía la dirección hacia donde nos habíamos dirigido.

—¿Cómo pudo encontrar el pozo? —pregunté.

—No lo sé. Tampoco él me habló demasiado de eso. Pero creo

que *simplemente lo sabía*. Cuando me encontró, se rasgó la ropa, trenzó una cuerda larga y, con enormes esfuerzos, logró izarme, semiinconsciente, fuera del agujero. Después consiguió encontrar los caballos, me cargó encima, cruzamos el desierto, vadeamos el río y me llevó hasta el punto de observación del ejército de Manchukuo. Allí me curaron las heridas, me subieron a un camión del ejército que habían enviado del Cuartel General y me trasladaron al hospital de Hailar.

—¿Qué pasó con los documentos, la carta o lo que fuera?

—Deben de estar todavía allí, enterrados cerca del río Khalkha. El cabo Honda y yo no tuvimos tiempo de desenterrarlos. Tampoco encontramos ninguna razón para hacerlo al tener que jugarnos la vida. Llegamos a la conclusión de que una cosa así habría sido mejor que no hubiera existido jamás. Antes del interrogatorio militar convinimos de antemano decir que no sabíamos nada de los documentos. Si no, probablemente nos habrían hecho responsables de no haberlos llevado de vuelta. Con el pretexto de la atención médica estuvimos confinados en habitaciones separadas y cada día sufríamos un nuevo interrogatorio. Acudieron varios oficiales de alta graduación y nos hicieron repetir una y otra vez la misma historia. Sus preguntas eran concretas y capciosas. Pero al parecer nos creyeron. Expliqué detalladamente mis experiencias sin omitir nada. Sólo oculté con celo la cuestión de los documentos. Anotaban todo lo que contaba, pero me dijeron que se trataba de un asunto de máxima reserva del que ni siquiera quedaría constancia en los registros oficiales del ejército. Nos advirtieron que no debíamos decir nada a nadie bajo ningún concepto so pena de ser, si lo revelábamos, severamente castigados. Dos semanas después me reincorporé a mi puesto. Es posible que el señor Honda también fuera devuelto a su división.

—Lo que no entiendo es por qué hicieron ir ex profeso al señor Honda para la misión —dije.

—Sobre eso no me dijo gran cosa. Posiblemente le habían prohibido revelarlo y debió de pensar que era mejor que yo no lo supiera. Pero la impresión que tuve cuando hablé con él fue que había habido algún tipo de relación personal entre él y el tal Yamamoto. Algo que, tal vez, estuviera relacionado con sus poderes extraordinarios. Yo había oído decir que el Ejército de Tierra había montado un departamento en el que se investigaban científicamente todo tipo de poderes ocultos, que allí se reunían personas de todo el país con facultades adivinatorias y telequinésicas y se llevaban a cabo diversos experimentos. Sospecho que Honda y Yamamoto ya se conocían. De todos modos, sin esos poderes él jamás me hubiera localizado y tampoco hubiese podido llevarme hasta el puesto del ejército de Manchukuo. Pese a carecer de mapa y de brújula se dirigió allí sin vacilar. El sentido común le dice a cualquiera que eso no es posible. Yo soy especialista en trazado de mapas. Conocía la geografía de la zona. Y no hubiese podido hacerlo. Quizá fueran esos poderes lo que Yamamoto buscaba en él.

Llegamos a la parada del autobús y esperamos.

—Por supuesto, muchas cosas siguen siendo un enigma. Hay cosas que todavía ahora no entiendo. ¿Quién diablos era el mongol que nos aguardaba allí? ¿Qué diablos habría sucedido si hubiésemos llevado los documentos al Cuartel General? ¿Por qué Yamamoto no cruzó el río solo y nos dejó a nosotros en la ribera derecha del Khalkha? Solo habría podido moverse con mayor libertad. Quizá tuviera la intención de utilizarnos de cebo y huir solo. Es posible. Y quizás el cabo Honda lo supiera desde el principio. Quizá por eso dejó que lo mataran.

»Sea como sea, el cabo Honda y yo no volvimos a vernos durante mucho tiempo. Nos separaron en cuanto llegamos a Hailar y nos prohibieron vernos y hablarnos. Quería darle las gracias por última vez, pero me fue imposible. Luego, él resultó herido en la batalla de Nomonhan y fue repatriado. Yo permanecí en

Manchuria hasta el fin de la guerra y luego fui trasladado a Siberia. No pude localizarlo hasta años después de mi retorno a casa, tras ser liberado del campo de concentración. Después nos vimos varias veces y fuimos escribiéndonos con cierta frecuencia. Pero el señor Honda parecía que evitaba hablar de lo que pasó cerca del río Khalkha y yo tampoco deseaba hablar de ello. Había sido para los dos un acontecimiento demasiado importante. Compartimos esa experiencia *no hablando de ella*. ¿Lo entiende usted?

»La historia se ha alargado mucho, pero lo que quería decirle es que mi verdadera vida posiblemente acabó dentro de aquel profundo pozo del desierto de Mongolia. Tengo la impresión de que el corazón de mi vida se consumió por entero envuelto en aquella luz cegadora que brillaba, sólo diez o quince segundos al día, en el fondo del pozo. Tan grande fue para mí el misterio de aquella luz. No puedo explicárselo bien, pero, a decir verdad, después de aquello nada de lo que he visto, nada de lo que me ha sucedido ha hecho mella en el fondo de mi corazón. Incluso frente a las poderosas unidades de tanques soviéticos, cuando perdí la mano izquierda o en aquel infernal campo de concentración en Siberia, me poseía una especie de insensibilidad. Le sonará extraño, pero nada de aquello podía importarme. *Algo* que había *dentro de mí* ya había muerto. Y posiblemente, tal como lo sentí entonces, yo debía haber muerto sumergido en aquella luz y desvanecerme con ella. Era aquélla la hora de mi muerte. Pero, tal como había profetizado el señor Honda, yo no morí allí. O quizá sería mejor decir que yo *no pude morir*.

»Con un solo brazo y doce preciosos años de mi vida perdidos, volví a Japón. Regresé a Hiroshima, pero mis padres y mi hermana ya habían muerto. Mi hermana había sido reclutada, y mientras trabajaba en una fábrica de Hiroshima cayó la bomba y ella murió. Mi padre, que había ido a visitar a mi hermana, también perdió la vida. Mi madre, a consecuencia del disgusto, ya no pudo volver a levantarse de la cama y murió el año 22 de *Shoowa*.* Como he dicho antes, la mujer con la que estaba prometido de manera no oficial se había casado con otro hombre y tenía ya dos hijos. En el cementerio estaba mi tumba. No me quedaba nada. Me sentí verdaderamente vacío. No debía haber vuelto. La vida que he llevado desde entonces apenas la recuerdo. Me convertí en profesor de ciencias sociales e impartí geografía e historia en un instituto. Pero no he estado, en el verdadero sentido de la palabra, vivo. Simplemente he ido desempeñando, una tras otra, las funciones de la vida real que me eran asignadas. No ha habido una sola persona a quien haya podido llamar amigo y, con mis alumnos, tampoco he establecido ninguna relación. No he querido a nadie. Ya no sé qué es querer a alguien. Al cerrar los ojos se me aparecía la figura de Yamamoto desollado vivo. Lo he soñado infinitas veces. En mis sueños, Yamamoto era desollado una vez tras otra y se convertía en un amasijo de carne roja. Podía oír con claridad sus alaridos de dolor. Y he soñado infinitas veces que me iba descomponiendo vivo en el fondo del pozo. A veces me he preguntado si la verdadera realidad no será aquélla y si no es mi vida la que es un sueño.

»Cuando, en las orillas del Khalkha, el señor Honda me dijo que yo no moriría en el continente, me alegré. Lo creyera o no lo creyera, en aquel momento necesitaba aferrarme a algo. Es posible que el señor Honda lo supiera y me lo dijera para tranquilizarme. Pero, en realidad, no me ha producido una sola alegría. Desde que volví a Japón he vivido como la muda vacía de un animal que ha cambiado la piel. Y viviendo como una muda, por más larga que sea la vida, no se puede decir que se haya vivido de verdad. Del corazón de una muda vacía y del cuerpo

* Año 1947. *(N. de los T.)*

de una muda vacía no puede nacer más que la vida de una muda vacía. Esto es lo que quiero que usted entienda, señor Okada.

—Entonces, ¿no ha estado casado nunca desde que volvió del continente? —pregunté.

—Por supuesto que no —dijo el teniente Mamiya—. No tengo ni mujer, ni padres, ni hermanos. Estoy completamente solo.

Después de dudar un poco, le pregunté:

—¿Cree que hubiera sido mejor no conocer la profecía del señor Honda?

El teniente Mamiya permaneció en silencio unos instantes. Después me miró fijamente.

—Quizá sí. Quizás el señor Honda no debiera habérmelo dicho nunca. Quizá yo no debiera haberlo escuchado. Como él mismo dijo entonces, el destino es algo que se debe mirar volviéndose hacia atrás, no algo que deba saberse de antemano. Pero, en mi opinión, eso ahora ya no tiene importancia. Lo único que hago ahora es cumplir con la obligación de seguir, simplemente, viviendo.

Cuando llegó el autobús, el teniente Mamiya me hizo una profunda reverencia. Después se disculpó por haberme hecho perder tanto tiempo.

—Me despido de usted —dijo el teniente Mamiya—. Muchas gracias por todo. Estoy muy contento de haber podido entregarle el recuerdo. Con esto mi misión ha concluido. Ya puedo volver tranquilo a casa. —Utilizando la mano artificial y la mano derecha sacó con destreza unas monedas y las metió en la máquina expendedora de billetes.

Permanecí allí de pie, mirando fijamente cómo el autobús doblaba la esquina y desaparecía. Cuando se hubo ido, tuve una extraña sensación de vacío. El desconsuelo de un niño abandonado en una ciudad desconocida.

Luego volví a casa, me senté en el sofá de la sala de estar y abrí el paquete que el señor Honda me había dejado como recuerdo. Desenvolví con esfuerzo las esmeradas vueltas y vueltas de papel de embalar y apareció una sólida caja de cartón. Una caja de regalo de Cutty Sark. Pero por el peso comprendí que no contenía whisky. Abrí la caja y descubrí que dentro no había nada. Completamente vacía. El señor Honda me había dejado una caja vacía.

Segunda parte
El pájaro profeta

De julio a octubre de 1984

1
Lo más concreto posible
Apetito literario

Aquella noche, la del día en que acompañé al teniente Mamiya a la parada del autobús, Kumiko no volvió a casa. Atendí su regreso leyendo y escuchando música, pero al dar las doce desistí de esperar y me fui a la cama. Me quedé dormido con la luz encendida. Y, poco antes de las seis, me desperté. Al otro lado de la ventana brillaba ya el sol. Tras los finos visillos se escuchaba el canto de los pájaros. Pero mi mujer no estaba en la cama, a mi lado. La almohada seguía hinchada, blanca, sin trazas de que alguien hubiera depositado su cabeza en ella durante la noche. Sobre la mesilla, lavado y doblado con esmero, seguía su pijama de verano. Yo lo había lavado y lo había doblado. Apagué la lamparilla de noche y respiré profundamente una vez, como si marcara el compás del tiempo.

Todavía en pijama, eché una ojeada por la casa. Primero fui a la cocina, pasé al cuarto de estar, me asomé a su habitación. Registré el baño y el retrete y, por si acaso, abrí el armario empotrado. Kumiko no se encontraba en ninguna parte. La casa estaba más silenciosa que de costumbre. Sentí que, recorriéndola solo, perturbaba en vano su serena armonía.

Nada me quedaba por hacer. Me dirigí a la cocina, llené de agua el hervidor y encendí el gas. Hirvió el agua, hice café, me senté a la mesa para bebérmelo. Tosté pan en la tostadora, saqué de la nevera una ensalada de patata, me la comí. Hacía muchísimo tiempo que no desayunaba solo. Pensándolo bien, desde que estábamos casados no habíamos dejado de desayunar juntos jamás. Nos habíamos saltado el almuerzo con frecuencia y, alguna que otra vez, incluso la cena. Pero el desayuno jamás. Teníamos un acuerdo tácito respecto al desayuno y, para nosotros, era casi un ritual. Por muy tarde que nos acostáramos, nos levantábamos temprano, preparábamos un buen desayuno y nos lo tomábamos con la mayor tranquilidad posible.

Pero aquella mañana Kumiko no estaba. Me tomé el café en silencio, solo, me comí las tostadas en silencio, solo. Frente a mí, únicamente había una silla vacía. Mirándola, me acordé del agua de colonia que se había puesto la mañana anterior. Pensé en el hombre que debía de habérsela regalado. Imaginé a Kumiko en la cama con ese hombre, abrazados. Imaginé las manos de ese hombre acariciando el cuerpo desnudo de Kumiko. Me acordé de la espalda lisa como la porcelana que había visto por la mañana al subirle la cremallera del vestido.

No sé por qué, pero el café sabía a jabón. El primer sorbo me dejó un regusto desagradable en la boca. Pensé, al principio, que eran figuraciones mías, pero el segundo sorbo sabía igual. Vacié la taza en el fregadero, llené otra, lo probé. Seguía oliendo a jabón. No entendía por qué. Lavé bien la cafetera. En el agua no había nada de extraordinario. Pero lo cierto era que olía a jabón, o a loción. Tiré todo el contenido de la cafetera y puse otra vez a hervir agua limpia, pero a medio hacer me entró pereza y lo dejé correr. Llené la cafetera de agua del grifo y me la bebí en vez de café. Tampoco me apetecía tomarme uno.

Esperé a que dieran las nueve y media y llamé a su oficina. A la chica que se puso al teléfono le pregunté por la señora Okada. «Todavía no ha llegado», me dijo. Le di las gracias, colgué. Luego, tal como hago siempre que me siento inquieto, me puse a limpiar la casa. Até con una cuerda periódicos y revistas viejos, fregué bien la alacena y el fregadero, limpié el baño y el retrete. Limpié los espejos y las ventanas con limpia cristales, saqué las pantallas de las lámparas y las lavé. Quité las sábanas, las metí en la lavadora, puse unas limpias.

A las once volví a llamar a la oficina de Kumiko. Se puso la misma chica de antes y me dio la misma respuesta: «La señora Okada aún no ha llegado».

—¿Faltará hoy al trabajo? —pregunté.

—Pues no me han comunicado nada al respecto —me dijo con una voz desprovista de todo sentimiento. Se limitaba a informarme sobre un hecho.

No era normal que, a las once de la mañana Kumiko no hubiera llegado al trabajo. Las redacciones de muchas editoriales tienen horarios irregulares, pero éste no era el caso de la empresa de Kumiko. Allí publicaban revistas de salud y alimentación natural, y los articulistas, las empresas de alimentos naturales, los agricultores y los médicos con quienes estaban en contacto empezaban a trabajar por la mañana temprano y terminaban al atardecer. Tanto Kumiko como sus compañeros se adecuaban a estos horarios y, a las nueve, estaban todos puntualmente en la oficina; excepto en épocas de mucho trabajo, volvían a casa antes de las seis.

Colgué, fui al dormitorio y eché una ojeada a los vestidos, blusas y faldas de Kumiko colgados en el armario. Si se había ido de casa, debía de haberse llevado su ropa. Obviamente, no recordaba todas sus prendas. Si uno a duras penas se acuerda de su propia ropa, menos podrá hacer un inventario de la ajena. Pero yo iba y venía con frecuencia de la tintorería con la ropa de Kumiko y sabía más o menos qué vestidos solía llevar, las prendas que prefería. Y, si no me fallaba la memoria, allí no faltaba nada.

Además, Kumiko no debía de haber tenido tiempo de llevarse su ropa. Intenté recordar una vez más el instante en que había salido de casa por la mañana. Qué vestido llevaba. Qué bolso. Sólo había cogido el bolso que siempre llevaba para ir al trabajo. Embutía en él la agenda, el neceser, el monedero, el bolígrafo, un pañuelo y pañuelos de papel. No era un bolso donde cupiera una muda de ropa.

Abrí la cómoda. La bisutería, los calcetines, las gafas de sol, la ropa interior y las camisetas de algodón estaban perfectamente ordenados dentro de los cajones. No sabía si faltaba algo. Ropa interior o medias sí podía haberlas metido dentro del bolso. Pero, pensándolo bien, son cosas que no hace falta llevarse a propósito: pueden adquirirse en cualquier parte.

Luego fui al cuarto de baño y estudié de nuevo el neceser que estaba en el cajón. Tampoco allí se apreciaba ningún cambio. Sólo contenía unos cuantos cosméticos. Destapé el frasco de Christian Dior y lo olí una vez más. Era el mismo perfume de antes. Un olor a flores blancas acorde con una mañana de verano. Volví a recordar sus orejas y su blanca espalda.

Regresé a la sala de estar, me tendí en el sofá. Cerré los ojos y agucé el oído. Aparte del reloj marcando el tiempo, no se oía ningún ruido. Ni el motor de un coche, ni el canto de un pájaro, nada. ¿Qué debía hacer? No lo sabía. Decidí llamar una vez más a la oficina, descolgué, marqué el número; al pensar que se pondría la misma chica de antes me sentí abatido y colgué. No podía hacer nada. Sólo esperar con paciencia. Quizá me hubiera abandonado… No comprendía la razón, pero *podía haber ocurrido.* Suponiendo que así fuera, ella no era el tipo de persona que se va en silencio, sin una palabra. Si Kumiko quisiera dejarme, me explicaría con todo detalle por qué. Estaba seguro de ello, casi en un cien por cien.

Quizás había sufrido un accidente. Quizá la había atropellado un coche y estaba ingresada en un hospital. O estaba inconsciente y habían tenido que hacerle transfusiones. Al pensar en ello se me aceleró el corazón. Pero dentro del bolso llevaba el permiso de conducir, la tarjeta de crédito y la cédula de residencia. Si hubiera sufrido un accidente, la policía o el hospital ya se habrían puesto en contacto conmigo.

Me senté en el cobertizo y contemplé distraídamente el jardín. En realidad no veía nada. Intenté pensar, pero era incapaz de concentrar mi atención en una sola cosa. Una y otra vez me venía a la memoria la espalda de Kumiko mientras le cerraba la cremallera del vestido. Me venía a la memoria el olor a agua de colonia detrás de sus orejas.

Pasada la una sonó el teléfono. Me levanté del sofá y descolgué.

—Discúlpeme. ¿Vive aquí el señor Okada? —Era la voz de Malta Kanoo.

—Sí.

—Soy Malta Kanoo. Llamaba por el asunto del gato.

—¿El gato? —pregunté confuso. Me había olvidado completamente de él. Luego, claro, me acordé. Me parecía, sin embargo, algo que pertenecía a un pasado remoto.

—El gato que estaba buscando su esposa —dijo Malta Kanoo.

—No, no. Sí, claro.

Al otro lado del hilo, Malta Kanoo permaneció en silencio unos instantes como si estuviera calibrando algo. Quizá mi tono de voz la había alertado. Carraspeé y me pasé el auricular a la otra mano.

Tras una corta pausa, Malta Kanoo dijo:

—Yo diría, señor Okada, que, a menos que suceda algo excepcional, no volverán ustedes a ver el gato. Es una pena, pero creo que es mejor que se hagan a la idea. El gato se ha ido para siempre. No creo que vuelva.

—¿A menos que suceda algo excepcional? —repetí. Pero no obtuve respuesta.

Malta Kanoo guardó un largo silencio. Yo esperaba a que ella dijera algo, pero ni aguzando el oído lograba oír su respiración a través del auricular. Cuando empezaba a creer que la línea se había averiado, por fin abrió la boca.

—Señor Okada. Tal vez sea un atrevimiento por mi parte, pero, aparte del gato, ¿puedo ayudarle en algo?

No pude responderle enseguida. Con el auricular en la mano, apoyé la espalda en la pared. Me costó que me salieran las palabras.

—Hay muchas cosas que aún no tengo claras —dije—. No sé nada seguro. Sólo lo estoy pensando. Pero quizá mi mujer se ha ido de casa.

Le expliqué que Kumiko no había vuelto la noche anterior y que por la mañana no estaba en la oficina.

Durante unos instantes pareció que, al otro lado del hilo, ella reflexionara.

—Debe de estar usted muy preocupado. Ahora no creo que pueda decirle nada. Pero posiblemente todo se aclare dentro de poco. Lo único que puede hacer ahora es esperar. Debe de ser muy duro para usted, pero a todo le llega su momento para actuar. Igual que el flujo y reflujo de las mareas. Nadie puede cambiarlo. Cuando hay que esperar, hay que esperar.

—Escuche, señorita Kanoo. Le estoy muy agradecido por las molestias que se ha tomado con lo del gato y siento mucho lo que voy a decirle. Pero no estoy en disposición de escuchar obviedades. Me siento perdido. Verdaderamente perdido. Y tengo un mal presentimiento. Pero no tengo ni idea de lo que debo hacer. ¿Está claro? No sé qué debo hacer cuando cuelgue. Lo que quiero es, por pequeño e insignificante que pueda ser, un hecho concreto. ¿Comprende? Un hecho que pueda ver con mis propios ojos y tocar con mis propias manos.

Al otro lado del hilo se oyó cómo caía algo al suelo. El ruido de un objeto no muy pesado, tal vez una bolita de latón chocando contra el suelo de madera. Luego se oyó como un rozamiento. Como si alguien sujetara papel cebolla entre los dedos y luego tirara de él con fuerza. Los ruidos parecían haberse producido ni muy lejos ni muy cerca del aparato. Pero, aparentemente, Malta Kanoo no les prestaba especial atención.

—De acuerdo. Algo concreto, ¿verdad? —dijo con tono monótono—. Espere una llamada.

—Una llamada ya hace rato que la estoy esperando.

—Posiblemente pronto le llame alguien cuyo nombre empieza por «O».

—¿Y esa persona sabe algo de Kumiko?

—Esto es todo lo que sé. Ha dicho que quería un hecho concreto, fuera el que fuese, y es lo que le estoy diciendo. Aquí tiene otro: dentro de poco, la media luna durará varios días.

—¿La media luna? ¿Se refiere a la luna que está en el cielo?

—Sí. La luna que está en el cielo. Pero, de todos modos, debe usted esperar, señor Okada. Esperar lo es todo. Adiós, hasta pronto —dijo Malta Kanoo y colgó.

Cogí la agenda de encima de la mesa y la abrí por la página de la «O». Allí, anotados con la letra pequeña y cuidada de Kumiko, aparecían en total cuatro nombres, direcciones y números de teléfono. Arriba de todo estaba mi padre, Tadao Okada. Después venía Onoda, un amigo de la universidad; a continuación, un dentista llamado Otsuka y, al final, el dueño de la bodega del barrio, el señor Oomura.

Decidí excluir primero al dueño de la bodega. La tienda estaba a diez minutos andando, pero, exceptuando las ocasiones en que lo llamaba para que me trajeran una caja de cervezas, no teníamos ninguna relación especial. El dentista tampoco podía ser. Me había tratado una muela dos años atrás, pero Kumiko no había ido nunca. Ella, al menos desde que estábamos casados, no había ido jamás al dentista. A mi amigo Onoda hacía muchos años que no lo veía. Después de licenciarse en la universidad se había puesto a trabajar en un banco. Al segundo año lo habían trasladado a una sucursal en Sapporo y desde entonces vivía en Hokkaido. Últimamente nos limitábamos a intercambiar una felicitación por Año Nuevo. Ni siquiera logré recordar si Kumiko lo conocía.

Sólo quedaba mi padre. Pero era impensable que él y Kumiko guardaran alguna relación. Desde que murió mi madre y mi padre se volvió a casar, no habíamos vuelto a vernos, ni a escribirnos, ni tampoco a llamarnos. Y Kumiko jamás lo había visto.

Mientras hojeaba la agenda, pensé una vez más en lo reducido que era el círculo de nuestras amistades. Desde que, seis años atrás, nos habíamos casado, exceptuando el trato ocasional con nuestros compañeros de trabajo, habíamos vivido encerrados en nosotros mismos sin relacionarnos con nadie.

Decidí hacerme otra vez espaguetis para almorzar. No tenía hambre. Al contrario, apenas tenía apetito. Pero no podía quedarme indefinidamente sentado en el sofá, inmóvil, esperando a que sonara el teléfono. Necesitaba moverme con alguna finalidad. Llené una olla de agua, encendí el gas, esperé a que hirviera el agua mientras hacía la salsa de tomate y escuchaba una emisora de FM. Emitían una sonata para violín solo de Bach. La interpretación era excepcionalmente buena, pero había en ella algo irritante. No sé a qué se debía, a los intérpretes o a mi situación anímica, pero, de todos modos, apagué la radio y cociné en silencio. Calenté el aceite de oliva, añadí ajo, cebolla picada, la sofreí y, cuando la cebolla empezaba a dorarse, agregué el tomate que ya había picado y colado de antemano. Cortar y sofreír no está mal. Al menos produce un efecto real, hay un sonido, un olor.

El agua empezó a hervir, eché sal y un puñado de espaguetis. Puse el temporizador para diez minutos y enjuagué los cacharros en el fregadero. Incluso frente a los espaguetis recién hechos no se me despertó el apetito. Me comí a duras penas la mitad y tiré el resto. Metí la salsa sobrante en un recipiente y lo guardé en la nevera. ¡Qué le iba a hacer! Desde el principio no tenía apetito.

Me vino a la memoria una historia que había leído no sé dónde tiempo atrás. Hablaba de un hombre que comía y bebía sin parar mientras esperaba no sé qué. Tuve que hacer serios esfuerzos para, al final, recordar que se trataba de *Adiós a las armas,* de Hemingway. El protagonista (del nombre no me acuerdo) huye de Italia a Suiza en un bote. Allí, en una pequeña ciudad, espera a que su mujer dé a luz y, mientras tanto, entra una y otra vez en el café de enfrente para comer y beber. Apenas me acordaba del argumento. Lo único que recordaba era esa escena, cerca del final, en la que el protagonista no para de comer y beber mientras espera en un país extranjero a que su mujer dé a luz. Lo recordaba porque me pareció que transmitía una fuerte sensación de realismo. Me parecía más verosímil que, en literatura, la ansiedad despertara un hambre canina en vez de impedir la ingestión de un solo bocado.

En la realidad, a diferencia de *Adiós a las armas,* mientras esperaba paciente a que algo sucediera, encerrado en aquella casa silenciosa mirando las agujas del reloj, yo apenas sentí apetito. Y entonces, de repente, se me ocurrió preguntarme si esta falta de apetito no sería fruto de mi carencia de realismo literario. Tuve la impresión de formar parte de una novela mal escrita. Y de que alguien me acusaba diciendo: «No eres verosímil». Quizá fuera verdad.

El teléfono sonó antes de las dos de la tarde. Descolgué enseguida.

—¿Es ésta la casa del señor Okada? —me preguntó una voz masculina desconocida. Era una voz de persona joven, grave y aterciopelada.

—Sí, aquí es —respondí con una voz un poco tensa.

—¿El señor Okada del número 26 de la segunda manzana?

—Sí.

—Le llamo de la bodega Oomura. Gracias por solicitar siempre nuestros servicios. Pensaba pasar a cobrar. ¿Le va bien que vayamos ahora?

—¿A cobrar?

—Sí. El importe de dos cajas de cerveza y una caja de zumo.

—Sí, bien. Todavía estaré un rato más en casa —le dije. Y con esto terminó la conversación.

Después de colgar me pregunté si la conversación contenía algún tipo de información sobre Kumiko. Pero, lo mirara desde el ángulo que lo mirara, aquello no pasaba de ser una breve llamada de la bodega, con fines prácticos, sobre un cobro. Era cierto que yo había encargado cervezas y zumo, y que me los habían traído a casa. Treinta minutos después llegó el dependiente de la bodega y pagué el importe de las dos cajas de cerveza y la de zumo.

El dependiente era un chico simpático. Al pagarle, me hizo un recibo sonriendo.

—Señor Okada, ¿ha oído lo del accidente de esta mañana delante de la estación? Esta mañana, alrededor de las nueve y media.

—¿Un accidente? —pregunté sorprendido—. ¿Quién ha sufrido un accidente?

—Una niña pequeña. La ha atropellado una furgoneta que hacía marcha atrás. Por lo visto está muy grave. Yo pasaba por allí justo en aquel momento. Es horrible ver estas cosas de buena mañana. Los niños pequeños dan miedo, ¿sabe? Cuando vas marcha atrás, no se los ve por el espejo retrovisor. ¿Conoce la tintorería enfrente de la estación? Ha sido delante mismo. Por allí aparcan muchas bicicletas y hay muchas cajas de cartón apiladas, la visibilidad es muy mala.

Una vez se hubo ido el chico de la bodega, decidí que no soportaba más estar en casa cruzado de brazos. De repente, me pareció que el ambiente dentro de casa era agobiante, oscuro y bochornoso. Me puse los zapatos y salí. Ni siquiera eché la llave. No cerré las ventanas ni apagué la luz de la cocina. Vagué por el barrio sin rumbo chupando un caramelo de limón. Pero, mientras reproducía en mi memoria la conversación con el chico de la bodega, recordé que había dejado ropa en la tintorería enfrente de la estación. Una blusa y una falda de Kumiko. Tenía el resguardo en casa, pero pensé que posiblemente no importaría.

A mis ojos, el barrio parecía diferente. Como si todas las personas con quienes me cruzaba en la calle tuvieran un algo antinatural, artificial. Mientras andaba, iba estudiando sus rostros, uno a uno. Me pregunté qué tipo de personas debían de ser. En qué tipo de casa vivían. Qué tipo de familia tenían. Qué tipo de vida llevaban. Si se acostaban ellos con otras mujeres aparte de su esposa, o ellas con otros hombres aparte de su marido. Si eran felices. Si eran conscientes de lo poco naturales y artificiales que resultaban.

Delante de la tintorería, las huellas del accidente aún eran recientes. En el pavimento se veía la línea de tiza blanca trazada por la policía y varias personas hablaban del accidente con expresión grave. Dentro de la tienda, todo seguía como siempre. El negrísimo radiocasete tocaba la misma música ambiental, el aparato de aire acondicionado, un modelo antiguo, zumbaba al fondo de la tienda y el vapor de la plancha se elevaba hasta el techo formando una densa nube. Sonaba *Ebb Tide*. Arpa de Robert Maxwell. Pensé lo maravilloso que sería poder ir a la playa. Imaginé el olor del mar y el rumor de las olas rompiendo en la orilla. Dibujé en mi cabeza la figura de las gaviotas, pensé en una lata de cerveza bien helada.

Le dije al dueño que había olvidado el resguardo.

—Pero seguro que el viernes o el sábado de la semana pasada le dejé una blusa y una falda.

—¿Señor Okada, verdad? Okada… —dijo el dueño. Y hojeó un cuaderno—. ¡Ah, sí! Aquí está. Una blusa y una falda. Pero esto, señor Okada, ya se lo llevó su esposa.

—¿Ah, sí? —dije sorprendido.

—Vino a recogerlo ayer por la mañana. Me acuerdo muy bien porque se lo entregué yo mismo. Me figuré que pasaba de camino al trabajo. Y también me dio el resguardo. —Como no me salían las palabras, me quedé mirándolo en silencio—. Pregúnteselo a su esposa después y confírmelo. Estoy completamente seguro —dijo el dueño de la tintorería. Tomó una cajetilla que tenía sobre la caja registradora, sacó un cigarrillo, se lo llevó a los labios y lo encendió con el mechero.

—¿Ayer por la mañana? —pregunté—. ¿No por la noche?

—Por la mañana. Debían de ser alrededor de las ocho. Su esposa fue mi primer cliente del día. Por eso la recuerdo bien. Si el primer cliente es una mujer joven, uno se pone de buen humor, ¿no le parece?

No pude recomponer la expresión de mi cara y la voz que me salió no parecía mía.

—Ah, pues entonces, ya está bien. Es que no sabía que hubiera pasado ella a recogerlo.

El dueño de la tintorería asintió y, tras lanzarme una ojeada rápida a la cara, aplastó el cigarrillo al que había dado sólo dos o tres caladas y volvió al planchado. Algo en mí parecía haber despertado su interés. Me miró, hizo ademán de dirigirme la palabra. Pero al final optó por callarse.

También yo quería preguntarle muchas cosas. ¿Qué aspecto tenía Kumiko cuando fue a recoger la ropa? ¿Llevaba algo en la mano? Me sentía confuso, terriblemente sediento. De momento, quería sentarme en algún lugar y tomarme algo frío. Tenía la impresión de que, de no hacerlo, sería incapaz de ordenar mis ideas.

Salí de la tintorería, entré en una cafetería del barrio, pedí un té con hielo. Se estaba fresco dentro y yo era el único cliente. De unos pequeños altavoces en la parte alta de la pared surgía la melodía de una versión orquestal de los Beatles, *Eight Days a Week*. Volví a pensar en la playa. Me imaginé andando por la arena descalzo, yendo hacia la orilla. La arena ardía y el aire traía el olor a agua salada. Yo respiraba profundamente y levantaba la vista hacia el cielo. Abría las manos, las palmas hacia arriba, sentía en ellas el sol del verano ardiendo vivamente. Entonces, una ola helada me mojaba los pies.

Se mirara a través del prisma que se mirara, era muy extraño que Kumiko hubiera pasado por la tintorería a recoger la ropa antes de ir al trabajo. De este modo, uno tiene que ir en un tren atestado de gente con la ropa recién planchada colgando de los dedos. Y, a la vuelta, debe repetir la misma operación. Es un engorro y, sobre todo, la ropa que ha llevado a propósito a la tintorería acaba hecha un guiñapo. Era impensable que Kumiko, con su aprensión a las arrugas y a la suciedad, hiciera algo tan absurdo. Ella hubiera pasado por la tintorería a la vuelta del trabajo y listos. Y si fuera demasiado tarde, podría haberme pedido a mí que fuera a buscarla. Sólo había una posibilidad. Que ella ya tuviera entonces la intención de no volver a casa y que se hubiera ido a alguna parte con la blusa y la falda. Así tenía una muda, y el resto podía comprarlo en cualquier parte. Tenía tarjeta de crédito y libreta de ahorros. Tenía cuenta propia. Si quería, podía ir a donde se le antojara.

Y quizás estuviera con alguien… con un hombre. Posiblemente no tenía otra razón para irse de casa.

Quizás el asunto fuera serio. Kumiko se había ido dejando atrás toda su ropa, sus zapatos. A ella le gustaba comprarse ropa para ampliar su vestuario y siempre la cuidaba con esmero. Para dejarla toda e irse con lo puesto era necesario estar muy decidido. Pero ella, sin la menor vacilación…, o al menos eso es lo que me parecía a mí, se había ido de casa sólo con una blusa y una falda colgando de la mano. A lo mejor Kumiko ni siquiera había pensado en la ropa entonces.

Me recosté en la silla y, oyendo sin escuchar aquella música ambiental casi penosa por descafeinada, imaginé a Kumiko camino de la oficina en un tren atestado con la ropa colgando de una percha de alambre y envuelta en la bolsa de plástico de la tintorería. Recordé el color de su vestido, recordé el olor a agua de colonia detrás de sus orejas, recordé su espalda suave y perfecta. Estaba exhausto. Tenía la sensación de que, si cerraba los ojos, saldría flotando hacia otro lugar.

2
En este capítulo no hay ninguna buena noticia

Salí de la cafetería, volví a vagar sin rumbo por el barrio. Debido quizás al terrible calor de la tarde, fui sintiéndome cada vez peor mientras andaba. Incluso tenía escalofríos. Pero no deseaba volver a casa. La sola idea de estar esperando una llamada incierta, inmóvil en aquella casa silenciosa, me producía una insoportable sensación de asfixia.

Todo lo que se me ocurrió fue ir a visitar a May Kasahara. Al volver a casa, salté el muro y bajé por el callejón hasta la parte trasera de su casa. Me apoyé en la valla de la casa abandonada, al otro lado del callejón, y me quedé contemplando el jardín donde estaba el pájaro de piedra. Si permanecía allí, May Kasahara sin duda me descubriría. Cuando no iba a trabajar para la empresa de pelucas, ella solía vigilar el callejón desde el jardín tomando el sol o desde su cuarto.

Pero May Kasahara no apareció. En el cielo no había una sola nube. El sol del verano me abrasaba el cogote. Desde la tierra, bajo mis pies, se elevaba un sofocante olor a hierba. Contemplando el pájaro de piedra recordé la historia que me había contado mi tío e intenté reflexionar sobre el destino de los antiguos habitantes de la casa. Pero sólo podía pensar en el mar. Un mar frío y azul. Respiré hondo una y otra vez. Miré el reloj. Y, cuando ya estaba a punto de desistir pensando que ya no habría suerte, al fin apareció May Kasahara. Cruzó el jardín y se me acercó despacio. Llevaba pantalones cortos de dril, camisa azul estampada, calzaba sandalias rojas de goma. Se plantó ante mí y sonrió a través de sus gafas de sol.

—¡Hola, señor *pájaro-que-da-cuerda!* ¿Ya has encontrado el gato? *Noboru Wataya.*

—No, todavía no. Hoy has tardado mucho en salir, ¿no?

May Kasahara se embutió las manos en los bolsillos traseros del pantalón y lanzó a su alrededor una mirada divertida.

—Oye, señor *pájaro-que-da-cuerda.* Por muy desocupada que esté, no me paso el día, de la mañana a la noche, con los ojos abiertos como platos vigilando el callejón. Yo también tengo algunas cosillas que hacer. Pero, en fin. Lo siento. ¿Tanto te he hecho esperar?

—No, no tanto. Pero es que estar aquí de pie, con este calor...

May Kasahara me lanzó una larga y atenta mirada. Frunció levemente el entrecejo.

—¿Qué te ha pasado, señor *pájaro-que-da-cuerda?* Haces una cara de espanto. Como si acabaran de desenterrarte. Ven aquí. Mejor que te pongas a la sombra y que descanses un poco.

Me tomó de la mano y me introdujo en su jardín. Luego arrastró una de las tumbonas bajo un roble y me hizo sentar en ella. Las ramas del tupido follaje proyectaban una sombra fresca que olía a vida.

—No te preocupes. En casa no hay nadie, como de costumbre. Puedes estar tranquilo. Descansa un poco y no pienses en nada.

—Oye, ¿podrías hacerme un favor? —pregunté.

—Dime.

—Quiero que llames por mí.

Me saqué del bolsillo un bolígrafo y la agenda y apunté el número de teléfono de la oficina de mi mujer. Arranqué la hoja y se la di. La agenda con tapas de plástico estaba tibia de sudor.

—Llama a este número y pregunta si Kumiko Okada está en

la oficina. Si te dicen que no, pregúntales si fue ayer a trabajar. Sólo eso.

May Kasahara tomó el papel y lo miró fijamente apretando los labios. Después me miró a mí.

—De acuerdo. Ahora llamo. Pero tú estáte ahí tumbado y no pienses en nada. Enseguida vuelvo.

Cuando se hubo ido, me tumbé y cerré los ojos tal como me había dicho. Todo mi cuerpo rezumaba sudor. Si intentaba pensar en algo, sentía un dolor sordo y profundo en la cabeza, y tenía un nudo de hilachos hundido en el fondo del estómago. De vez en cuando me entraban náuseas. A mi alrededor todo estaba en silencio. Y esa calma me recordó que llevaba bastante tiempo sin oír el *pájaro-que-da-cuerda*. ¿Cuándo lo había oído por última vez? Cuatro o cinco días atrás. No estaba seguro. Cuando me había dado cuenta, su voz ya había dejado de oírse. Quizá fuera un pájaro que emigraba según la estación. Pensándolo bien, había empezado a oírlo aquel último mes. Y, durante ese tiempo, aquel pájaro había dado cuerda, un día tras otro, al pequeño mundo en que vivíamos. Había sido la estación del *pájaro-que-da-cuerda*.

Diez minutos después, May Kasahara volvió y me alargó un gran vaso que llevaba en la mano. El hielo tintineó con un ruido seco. Sentí que aquel sonido me llegaba de un mundo remoto. Entre el lugar donde me encontraba y aquel mundo había varias puertas. Ahora, por azar, estaban todas abiertas y yo oía el sonido. Pero esto era estrictamente temporal. En cualquier momento, sólo con que se cerrara una de ellas, el sonido dejaría de llegar a mis oídos.

—Es agua con limón. Bébetela —me dijo—. Te aclarará la cabeza.

Me bebí la mitad y le devolví el vaso. El agua fría atravesó la garganta y fue descendiendo despacio por el interior de mi cuerpo. Me asaltó una violenta náusea. Dentro de mi estómago, los hilachos putrefactos se desataron y fueron arrastrándose hasta la base de mi garganta. Cerré los ojos y dejé que se me pasara. Con los ojos cerrados, veía a Kumiko subiéndose al tren con la blusa y la falda colgando de la mano. Pensé que sería mejor que vomitara. Pero no vomité. Respiré hondo varias veces y, finalmente, la sensación de náusea disminuyó y se fue.

—¿Estás bien? —me preguntó May Kasahara.

—Sí, estoy bien.

—Ya he llamado. He dicho que era una pariente. ¿He hecho bien?

—Sí.

—Esa persona es tu mujer, ¿verdad?

—Sí.

—Dicen que ayer tampoco fue a trabajar. No les avisó ni nada. Simplemente no fue a trabajar. Se ve que para ellos es un problema. Dicen que no es de ese tipo de personas.

—Sí. No es del tipo que falta al trabajo sin avisar.

—¿Desapareció ayer?

Asentí.

—¡Pobrecillo señor *pájaro-que-da-cuerda!* —exclamó. Parecía que me compadecía de verdad. Alargó una mano y me la puso sobre la frente—. ¿Hay algo que pueda hacer por ti?

—Por ahora, no —dije—. Pero gracias de todos modos.

—Oye, ¿puedo preguntarte una cosa? ¿O es mejor que no te pregunte nada?

—No me importa que preguntes. Pero no sé si sabré responderte.

—¿Tu mujer se ha ido con otro hombre?

—No lo sé. Pero quizá sí. Existe la posibilidad.

—Pero, oye… Vivíais juntos, ¿no? Desde hace tiempo. ¿Y viviendo juntos ni siquiera te habías dado cuenta? —Pensé que tenía toda la razón. ¿Cómo es que no me había dado cuenta?—. ¡Pobrecillo señor *pájaro-que-da-cuerda!* —repitió—. Ojalá se me ocurriera algo, pero desgraciadamente no sé nada. Ni siquiera sé cómo es la vida de matrimonio.

Me levanté de la silla. Necesité más fuerza de lo que pensaba.

—Muchas gracias por todo. Me has ayudado mucho. Pero tengo que irme —dije—. Quizás haya alguna noticia. Quizá llame alguien.

—Cuando llegues a casa, dúchate enseguida. Primero, una ducha. ¿De acuerdo? Te cambias de ropa. Y luego te afeitas.

—¿Afeitarme? —pregunté. Me palpé la barbilla. Era cierto que se me había olvidado. La idea de afeitarme ni siquiera se me había pasado por la cabeza aquella mañana.

—Esas pequeñas cosas tienen su importancia, ¿sabes, señor *pájaro-que-da-cuerda?* —dijo May Kasahara mirándome fijamente a los ojos—. Vuelve a casa y mírate con calma en el espejo.

—Así lo haré.

—¿Podré ir a verte luego?

—Claro —dije. Y agregué—: Me ayudará mucho que vengas.

Regresé a casa y miré mi rostro reflejado en el espejo. Era cierto que hacía una cara realmente espantosa. Me desnudé, me duché, me lavé bien el pelo, me afeité, me lavé los dientes, me puse loción, luego volví a estudiar, hasta los más mínimos detalles, mi rostro en el espejo. Me pareció que había mejorado un poco. Las náuseas también habían cesado. Sólo tenía aún la cabeza un poco turbia.

Me puse unos pantalones cortos, saqué un jersey polo limpio y me lo puse también. Me senté en el cobertizo, recostado en una columna, y dejé que se me secara el pelo mientras contemplaba el jardín. Intenté ordenar los acontecimientos que habían sucedido a mi alrededor durante los últimos días. Primero me llamó el teniente Mamiya. Eso había sido el día antes por la mañana… O sea, había sido ayer… sí, ayer por la mañana, sin duda. Mi mujer se había ido. Yo le había subido la cremallera de la espalda del vestido. Y había encontrado la caja de agua de colonia. Luego había venido el teniente Mamiya y me había contado una extraña historia de la guerra. Cómo lo habían atrapado unos soldados mongoles y lo habían arrojado dentro de un pozo. Y me había traído el recuerdo del señor Honda. Sólo una caja vacía. Y Kumiko no había vuelto. Por la mañana había recogido ropa en la tintorería enfrente de la estación. Y había desaparecido. No había llamado a la oficina. Eso era lo que había sucedido ayer.

Me costaba creer que realmente hubiera pasado todo eso. Demasiadas cosas para un solo día.

Mientras estaba dándole vueltas a los hechos, me entraron unas ganas terribles de dormir. No era un sueño corriente. Era intensísimo, casi violento. Me arrancaba la conciencia como si alguien le arrancara la ropa a un ser indefenso. Sin pensar, me dirigí al dormitorio, me desnudé y me metí en la cama. Quise mirar el reloj que había sobre la mesilla de noche. Pero ni siquiera pude volverme hacia un lado. Cerré los ojos y caí de inmediato en un sueño tan profundo que no se avistaba el fondo.

En el sueño, yo subía la cremallera del vestido de Kumiko. Veía su espalda blanca y suave. Pero, cuando acababa de subir la cremallera hasta arriba de todo, me daba cuenta de que no era Kumiko sino Creta Kanoo. En la habitación sólo estábamos ella y yo.

Era la misma habitación del sueño anterior. La *suite* de un hotel. Sobre la mesa había una botella de Cutty Sark y dos vasos. También había una cubitera de acero inoxidable llena de hielo a rebosar. Alguien pasaba por el pasillo hablando a voz en grito. No captaba sus palabras, pero sonaban a algún idioma extranjero. Del techo colgaba, apagada, una lámpara de araña. La única iluminación de la estancia eran unos apliques que daban una luz tenue. Las gruesas cortinas también estaban perfectamente corridas.

Creta Kanoo llevaba uno de los vestidos de verano de Kumiko. El de color azul pálido con un motivo calado de pájaros. La falda le llegaba un poco por encima de la rodilla. Creta Kanoo iba, como de costumbre, maquillada como Jacqueline Kennedy. En el brazo izquierdo llevaba dos brazaletes a juego.

—Oye, ¿de dónde has sacado este vestido? ¿Es tuyo? —le preguntaba yo.

Creta Kanoo se volvía hacia mí y negaba con un movimiento de cabeza. Al moverla, las puntas rizadas del pelo se balanceaban agradablemente.

—No. No es mío. Lo he tomado prestado de forma provisional. Pero no se preocupe, señor Okada. Esto no va a ocasionarle ninguna molestia.

—¿Dónde diablos estamos? —preguntaba yo.

Creta Kanoo no respondía. Yo estaba sentado en la cama, como antes. Llevaba traje y la corbata de lunares.

—No tiene que pensar en nada, señor Okada —decía Creta Kanoo—. No hay de qué preocuparse. Todo va bien.

Y, como la primera vez, me quitaba los pantalones, sacaba el pene y se lo metía en la boca. La única diferencia era que no se desnudaba. Llevaba todo el tiempo el vestido de Kumiko. Yo intentaba moverme. Pero sentía mi cuerpo atado por un hilo invisible. Dentro de su boca, mi pene se endurecía y crecía de inmediato.

Veía cómo se movían sus pestañas postizas y se balanceaban las puntas rizadas de su pelo. Los dos brazaletes entrechocaban con un ruido seco. Su lengua era larga y suave, y me lamía, retorciéndose, encaramándose. Y justo cuando me había conducido hasta las puertas de la eyaculación, se apartaba de repente.

Y empezaba a desnudarme despacio. Me quitaba la americana, la corbata, los pantalones, la camisa, la ropa interior y, desnudo, me hacía tender en la cama boca arriba. Ella se sentaba en la cama, alcanzaba una de mis manos y la conducía bajo su vestido. No llevaba bragas. Mis dedos sentían la calidez de su sexo. Profundo, cálido, muy húmedo. Y penetraban dentro sin encontrar resistencia, casi absorbidos.

—Oye, *Noboru Wataya* llegará pronto, ¿verdad? ¿No lo estabas esperando? —preguntaba.

Sin responder, Creta Kanoo me ponía una mano sobre la frente.

—Usted, señor Okada, no tiene que pensar en nada. Nosotras pensamos en todo. Déjenoslo a nosotras.

—¿A *nosotras?* —decía yo. Pero no había respuesta.

Ella montaba sobre mí a horcajadas, agarraba con una mano mi pene endurecido y lo conducía dentro. Se lo introducía hasta el fondo, empezaba a hacer movimientos rotatorios con la cintura. Al compás del balanceo de su cuerpo, los bajos del vestido azul pálido acariciaban mis muslos y mi vientre desnudos. Con los bajos del vestido extendidos y montada sobre mí, Creta Kanoo parecía una blanda y enorme seta. Una seta que asomara en silencio a través de la hojarasca y extendiera su tela bajo las alas de la noche. Su vagina era cálida y, al mismo tiempo, fría. Me envolvía, me incitaba y, a la vez, me empujaba afuera. En su interior, mi pene se endurecía más, crecía más. Parecía que iba a estallar. Era una sensación muy extraña. Algo que iba más allá del deseo y del placer. Sentía que algo de ella, algo especial, me iba penetrando poco a poco a través del pene.

Creta Kanoo cerraba los ojos, adelantaba ligeramente la barbilla y balanceaba de forma rítmica el cuerpo, hacia adelante y hacia atrás, como si soñara. Bajo el vestido, su pecho subía y bajaba al compás de la respiración. Le caían algunos cabellos sobre la frente. Yo imaginaba que estaba flotando solo en medio de un mar inmenso. Cerraba los ojos y aguzaba el oído intentando oír el rumor de las olas que me azotaban el rostro. Mi cuerpo estaba completamente sumergido en el agua tibia del mar. La marea subía poco a poco. Arrastrado por ella, flotaba a la deriva. Tal como me había dicho Creta Kanoo, intentaba no pensar en nada. Cerraba los ojos, relajaba el cuerpo y me abandonaba a la corriente.

De repente, me daba cuenta de que la habitación había quedado a oscuras. Yo intentaba mirar a mi alrededor, pero apenas veía nada. Los apliques habían desaparecido. Sólo vislumbraba la silueta del vestido azul de Creta Kanoo sobre mí.

—Olvídalo —decía ella. Pero no era la voz de Creta Kanoo—. Olvídalo todo… Como si durmieras, como si soñaras, como si estuvieras tumbado en el barro cálido. Todos nosotros venimos del barro cálido y volveremos a él.

Era la voz de la mujer del teléfono. La que estaba montada sobre mí haciendo el amor era la mujer de las llamadas misteriosas. Y, como era de esperar, llevaba el vestido de Kumiko. En algún momento, sin que yo me diera cuenta, Creta Kanoo y aquella mujer se habían intercambiado el sitio. Quería decir algo, no sé qué. Pero, de todos modos, quería decir algo. Sin embargo, estaba terriblemente turbado y no me salía la voz. Lo único que expedía mi boca era una bocanada de aire caliente. Abría bien los ojos e intentaba verle la cara a la mujer encima de mí. Pero en la habitación había demasiada oscuridad.

Sin añadir nada más, la mujer empezaba a mover la cintura de manera mucho más provocativa que antes. Su carne suave envolvía mi pene, lo constreñía con suavidad. Era como un animal dotado de vida propia. A sus espaldas oía girar el pomo de la puerta. O me lo parecía. Algo lanzaba un blanco destello en la oscuridad. Quizá fuera la cubitera, encima de la mesa, que reflejaba la luz del pasillo. O quizás el destello de un cuchillo afilado. Pero yo ya no podía pensar más. Y eyaculé.

271

Me duché, me limpié bien y lavé a mano los calzoncillos manchados de semen. «¡Caray!», pensé. «Mira que tener poluciones justo ahora que todo es tan complicado.»

Volví a cambiarme de ropa y volví a sentarme en el cobertizo a contemplar el jardín. Los rayos del sol danzaban, cegadores, filtrándose a través de la tupida vegetación. Gracias a la larga sucesión de días lluviosos, una hierba de un vivo color verde erguía la cabeza aquí y allá, dándole al jardín un ligero aire de decadencia y estancamiento.

Otra vez Creta Kanoo. En un corto espacio de tiempo había tenido dos poluciones, y ambas con Creta Kanoo. Jamás había deseado acostarme con ella. No lo había pensado ni siquiera un momento. Pero siempre acababa en aquella habitación haciendo el amor con Creta Kanoo. No entendía la razón. ¿Y aquella mujer del teléfono, que había reemplazado a Creta Kanoo, quién diablos debía de ser? Ella me conocía. Y decía que yo la conocía a ella. Intenté recordar, una a una, a todas las mujeres con quienes había mantenido relaciones sexuales. La mujer del teléfono no era ninguna de ellas. Con todo, algo había despertado un eco en mi cabeza. Y eso me impacientaba.

Como si algún recuerdo pugnara por salir fuera de una pequeña caja. Y yo podía sentir los torpes y lentos movimientos de ese *algo*. Una simple pista bastaría. Si estirara de un hilo, todo se desembrollaría con facilidad. Estaba esperando a que yo lo desembrollara. Pero yo no atinaba a descubrir ese hilo delgado.

Pronto desistí. «No pienses nada… Como si durmieras, como si soñaras, como si estuvieras tumbado en el barro cálido. Todos nosotros venimos del barro cálido y volveremos a él.»

A las seis aún no había llamado nadie. Sólo había venido a verme May Kasahara. Dijo que le apetecía tomar un poco de cerveza, así que saqué una de la nevera y nos la partimos. Como tenía hambre, me comí dos rebanadas de pan con jamón y lechuga. Al verme comer, May Kasahara dijo que a ella también le apetecía. Así que le hice uno igual. Los dos nos comimos el sándwich y bebimos la cerveza en silencio. De vez en cuando, yo posaba la mirada en el reloj de pared.

—¿En esta casa no hay tele? —preguntó May Kasahara.

—No, no la hay.

May Kasahara se mordisqueó los labios.

—Sí, ya me figuraba que aquí no había tele. ¿No te gusta la tele?

—No es que no me guste. Es que no la necesito para nada.

May Kasahara reflexionó unos instantes.

—¿Cuántos años hace que estáis casados?

—Seis —dije.

—¿Y durante todo este tiempo habéis estado sin tele?

—Pues sí. Al principio no teníamos dinero para comprarla. Y nos fuimos acostumbrando a la vida sin televisión. Se está mejor, más tranquilo.

—Seguro que habéis sido felices los dos.

—¿Qué te hace suponerlo?

May Kasahara hizo una mueca.

—Es que yo sin tele no podría pasar ni un día.

—¿Porque eres infeliz?

May Kasahara no respondió.

—Pero Kumiko se ha ido de casa. Y ahora tú tampoco eres tan feliz.

Asentí y bebí un sorbo de cerveza.

—Pues sí, más o menos —dije. Y era más o menos así.

Ella se puso un cigarrillo entre los labios y, con mano experta, lo encendió con una cerilla.

—Oye, quiero que me digas lo que piensas, sinceramente, toda la verdad. ¿Te parezco fea?

Dejé el vaso de cerveza y miré su rostro de nuevo. Había estado pensando en otra cosa mientras hablábamos. Llevaba un *top* negro que le iba demasiado grande y, cuando se inclinaba hacia adelante, enseñaba la mitad de sus firmes y pequeños senos de adolescente.

—Tú no eres nada fea. Eso seguro. ¿Por qué me lo preguntas?

—El chico que salía conmigo me lo decía a menudo. Eres un cardo, casi no tienes tetas.

—¿El chico del accidente de moto?

—Sí.

Observé cómo May Kasahara exhalaba el humo despacio.

—Los chicos a esa edad suelen decir cosas así. No saben expresar bien sus sentimientos y, entonces, dicen y hacen, aposta, de la manera más tonta, algo que no tiene nada que ver con lo que piensan. Y hieren sin sentido a los demás, y quizá también se hieran a sí mismos. Sea como sea, tú no eres nada fea. Creo que eres muy bonita. No es mentira, ni tampoco ningún cumplido.

May Kasahara reflexionó unos instantes sobre lo que yo le había dicho. Dejó caer la ceniza dentro de la lata vacía de cerveza.

—¿Es guapa tu mujer?

—Pues, no lo sé. Hay quien dirá que sí y quien dirá que no. Es una cuestión de gustos.

—Ya —dijo May Kasahara. Y repiqueteó con las uñas en el vaso con aire aburrido.

—¿Y cómo te va con ese novio de la moto? ¿Ya no os veis? —le pregunté.

—Ya no —respondió May Kasahara. Y se palpó con cuidado la cicatriz del rabillo del ojo izquierdo—. No pienso verlo más. Eso seguro. En un doscientos por cien. Me apostaría el dedo meñique del pie derecho. Pero de eso ahora no tengo ganas de hablar. No sé, pero creo que hay cosas que, si se habla de ellas, se pifian. ¿Entiendes lo que te quiero decir, señor *pájaro-que-da-cuerda?*

—Claro que lo entiendo.

Posé los ojos en el teléfono de la sala de estar. Sobre la mesa, el aparato se cubría con el velo del silencio. Parecía una criatura de las profundidades marinas esperando a que pasara una presa, agazapada, fingiéndose un objeto inanimado.

—Señor *pájaro-que-da-cuerda,* ya te hablaré de ese chico alguna vez. Cuando tenga ganas. Ahora no. Ahora no me apetece.

Después miró su reloj de pulsera.

—Bueno, yo tengo que irme ya. Gracias por la cerveza.

Acompañé a May Kasahara hasta el muro del jardín. La luna, casi llena, vertía su cruda luz granulada sobre la tierra. Mirando la luna llena, pensé que se acercaba el periodo de Kumiko. Pero eso, probablemente, ya no tenía nada que ver conmigo. Y al pensarlo me asaltó una sensación extraña, como si mi cuerpo se colmara de un fluido desconocido. Y diría que se asemejaba a la tristeza.

Con una mano en la valla, May Kasahara me miró.

—Oye, señor *pájaro-que-da-cuerda,* tú estás enamorado de Kumiko, ¿verdad?

—Eso creo.

—Si tu mujer tuviera un amante y se hubiera ido de casa con él, ¿seguirías queriéndola? Y si ella quisiera volver contigo, ¿la dejarías?

Suspiré.

—Es una pregunta muy difícil. Eso tendría que pensarlo cuando se diera el caso de verdad.

—Quizás hablo demasiado —dijo May Kasahara. Y chascó ligeramente la lengua—. Pero no te enfades. Sólo quería saberlo, sólo eso. Qué significa que se te vaya la mujer de repente. Es que hay muchas cosas que todavía no sé.

—No estoy enfadado —repuse. Y volví a mirar la luna llena.

—Bueno, señor *pájaro-que-da-cuerda*. Cuídate. Ojalá volviera tu mujer y todo se arreglara —dijo y, después, con agilidad pasmosa, saltó el muro y se perdió en la noche de verano.

Cuando se fue, volví a quedarme completamente solo. Me senté en el cobertizo e intenté reflexionar sobre las preguntas que me había espetado May Kasahara. Suponiendo que Kumiko tuviera un amante y que se hubiera ido con él, ¿la dejaría volver? No lo sabía. *En verdad no lo sabía.* También había muchas cosas que yo no sabía.

De repente sonó el teléfono. Casi en un acto reflejo alargué la mano y descolgué.

—Oiga —dijo una mujer. Era la voz de Malta Kanoo—. Soy Malta Kanoo. Perdóneme por llamarle tantas veces, señor Okada. Sólo quería preguntarle si tiene usted algún compromiso para mañana.

Le respondí que no tenía ninguno. Yo... jamás tenía compromisos.

—Entonces, si fuera posible, desearía verle mañana a mediodía.

—¿Tiene eso algo que ver con Kumiko?

—Yo diría que cabe la posibilidad —dijo Malta Kanoo escogiendo con cuidado las palabras—. Creo que también estará presente el señor Noboru Wataya.

Cuando oí eso, a punto estuve de dejar caer el auricular sin darme cuenta.

—¿Se trata de encontrarnos y hablar los tres?

—Sí, así ha resultado ser —dijo Malta Kanoo—. En la presente situación es necesario hacerlo así. Lo siento, pero por teléfono no puedo darle más explicaciones.

—De acuerdo. Está bien así.

—Entonces, ¿le va bien que quedemos a la una en el mismo lugar del otro día? En la cafetería del hotel Pacific de Shinagawa.

—A la una en la cafetería del hotel Pacific de Shinagawa —repetí. Y colgué.

A las diez me llamó May Kasahara. No tenía nada especial que decirme. Sólo quería hablar con alguien. Estuvimos hablando un poco de cosas sin importancia.

—Oye, señor *pájaro-que-da-cuerda* —me preguntó al final—, ¿has tenido alguna buena noticia?

—Buena noticia, ninguna —respondí—. Nada.

3
Habla Noboru Wataya
La historia de los monos de la isla de mierda

Llegué a la cafetería diez minutos antes de la una, pero Noboru Wataya y Malta Kanoo ya estaban sentados allí, esperándome. Era la hora de comer y la cafetería estaba llena a rebosar, pero localicé a Malta Kanoo de inmediato. No hay en este mundo muchas personas que se pongan un sombrero de plástico rojo una tarde soleada de verano. A no ser que tuviera una colección de sombreros de idéntico color y forma, llevaba el mismo de la primera vez que nos habíamos visto. Y, como la primera vez, iba vestida con sobriedad y buen gusto. Chaqueta blanca de lino de manga corta y, debajo, una camisa de algodón de cuello redondo. Chaqueta y camisa inmaculadas, sin una arruga. No llevaba adornos ni maquillaje. Sólo el sombrero de plástico rojo desentonaba irremisiblemente, tanto por el estilo como por la calidad del material, con el resto del atuendo. Al sentarme se lo quitó, como si hubiera estado esperándome, y lo dejó sobre la mesa. Al lado del sombrero, había un pequeño bolso de piel amarilla. Había pedido una tónica, aunque, como era de esperar, no la había tocado. Y en la bebida se alzaban pequeñas y vanas burbujas como si se sintiera incómoda dentro del vaso largo.

Noboru Wataya llevaba gafas de sol de color verde. Cuando me senté, se las quitó y las sostuvo en la mano mirándolas fijamente, pero volvió a ponérselas poco después. Debajo de la cazadora de algodón azul marino llevaba un polo blanco que parecía

278

recién estrenado. Ante él, un té con hielo, pero tampoco él lo había tocado.

Pedí un café y bebí un trago de agua fría.

Hasta aquí nadie había dicho una sola palabra. Noboru Wataya ni siquiera parecía haber apreciado mi llegada. Al poner las palmas de las manos sobre la mesa y darles la vuelta varias veces comprobé que no era invisible a sus ojos. Llegó el camarero, depositó una taza y me sirvió el café de la cafetera. El camarero se fue. Malta Kanoo carraspeó ligeramente como si quisiera probar un micrófono. Pero no dijo nada.

El primero en hablar fue Noboru Wataya.

—Tengo poco tiempo, así que me gustaría que habláramos de la manera más llana y directa posible.

Parecía que estuviera hablándole al azucarero de acero inoxidable que había en el centro de la mesa, pero el interlocutor, por supuesto, era yo. El azucarero estaba estratégicamente situado entre ambos y se dirigía a él.

—¿De qué tenemos que hablar de la manera más llana y directa posible? —le pregunté de manera directa.

Noboru Wataya, por fin, se quitó las gafas, las plegó, las dejó encima de la mesa y me miró. Hacía ya más de tres años que habíamos hablado por última vez, pero no tenía en absoluto la impresión de que hubiera pasado tanto tiempo. Pensé que era porque de vez en cuando había visto su cara por televisión, o en las revistas. Cierto tipo de información penetra como el humo en los ojos y en la mente de las personas, les guste o no les guste, la busquen o no la busquen.

Ahora, al mirarlo de nuevo frente a frente, me di cuenta de lo mucho que había cambiado la expresión de su rostro a lo largo de tres años. Aquel poso turbio y lodoso que había apreciado en él la primera vez había sido empujado hacia el fondo, cubierto por algo taimado y artificial. En pocas palabras, Noboru Wataya había conseguido una máscara nueva más sofisticada.

Una máscara muy bien hecha, sin duda. Quizá fuera una nueva piel. Pero, máscara o piel, yo…, incluso yo…, reconocía que ese *algo* poseía cierto atractivo. «Es como si estuviese mirando una pantalla de televisión», pensé. Él hablaba como alguien televisivo, se movía como alguien televisivo. Entre ambos siempre había existido un cristal. Yo estaba a un lado y Noboru Wataya al otro.

—Como debes imaginarte, tenemos que hablar de Kumiko. De lo que haréis de aquí en adelante. Ella y tú.

—¿De lo que haremos? ¿No podrías ser un poco más concreto? —pregunté, así mi taza de café y bebí un sorbo.

Noboru Wataya me miró fijamente con unos ojos de sorprendente inexpresividad.

—¿Más concreto, dices? No pensarás continuar toda la vida en esta situación, ¿no? Kumiko tiene un amante, se ha ido con él, te ha plantado. Esto no es bueno para nadie.

—¿Que tiene un amante?

—Esperen un momento, por favor —intervino Malta Kanoo—. La historia sigue un orden. Señor Wataya, señor Okada, les ruego que hablen siguiendo este orden.

—No lo entiendo. Pero si aquí no hay ningún orden —dijo Noboru Wataya con voz inorgánica—. ¿Dónde diablos ve usted un orden?

—Sería mejor que le dejara hablar a él primero —le pedí a Malta Kanoo—. Después, entre todos, ya ordenaremos los acontecimientos. Si es que la historia lo permite, claro.

Malta Kanoo me miró unos instantes con los labios ligeramente apretados, pero luego hizo un pequeño signo afirmativo.

—Muy bien. Hable usted primero, señor Wataya.

—Kumiko ha encontrado a otro hombre, y se ha ido con él. Esto es evidente. En esta situación, no tiene sentido que continuéis casados. Por suerte no hay hijos de por medio y, a la vista de las circunstancias, no será necesario pagar compensaciones, con lo cual, todo será rápido. Bastará con que Kumiko se borre del registro civil. Con que firméis los papeles que os preparen los abogados y les pongáis el sello, ¡listos! ¡Ah! Y mejor que te lo comunique por si acaso: lo que te estoy transmitiendo es la decisión irrevocable de la familia Wataya.

Me crucé de brazos y reflexioné unos instantes.

—Tengo varias preguntas. En primer lugar: ¿cómo sabes que Kumiko tiene un amante?

—Porque me lo contó directamente ella —respondió Noboru Wataya.

No sabía bien qué decir. Puse las dos manos sobre la mesa y permanecí unos instantes en silencio. Era incomprensible que Kumiko le hubiera hecho unas confesiones tan personales a Noboru Wataya.

—Hace una semana, más o menos, Kumiko me telefoneó y me dijo que tenía que hablar conmigo —dijo Noboru Wataya—. Nos vimos y hablamos. Ella me dijo claramente que se veía con otro hombre.

Me entraron ganas de fumar, después de tanto tiempo. No tenía cigarrillos. Bebí a cambio un sorbo de café y volví a depositar la taza sobre el platillo. Se oyó un sonoro y seco *clic*.

—Y luego, Kumiko se ha ido de casa —dijo él.

—De acuerdo —admití yo—. Ya que tú lo dices, debe de ser así. Que Kumiko tiene un amante. Y que ella fue a hablarte de eso. Yo aún no acabo de creérmelo, pero no puedo imaginar que me estés mintiendo en una cosa así.

—Pues claro que no miento —dijo Noboru Wataya. Y en sus labios incluso flotaba una ligera sonrisa.

—¿Y esto es todo lo que tienes que decirme? ¿Que Kumiko ha encontrado a otro hombre, que se ha ido con él y que acepte el divorcio?

Noboru Wataya asintió con un gesto vago, como si estuviera ahorrando energía.

—Supongo que ya lo sabes, pero desde el principio no estuve de acuerdo con que te casaras con Kumiko. Pensé que no era asunto mío y no me opuse activamente, pero, visto como han ido las cosas, casi lamento no haberlo hecho. —Después de decir esto, bebió un sorbo de agua y dejó el vaso sobre la mesa en silencio. Luego prosiguió—: Desde la primera vez que nos vimos supe que no podía esperarse gran cosa de ti. No adivinaba en ti ni un elemento positivo que te permitiera realizar algo en serio, convertirte en una persona como es debido. Desde el principio nunca has tenido nada que brillara o que diera luz a algo. Pensé que cualquier cosa que empezaras la dejarías a medias, que nunca conseguirías llevar nada a término. Y así ha sido. Han pasado seis años desde que te casaste. ¿Y qué has hecho en todo este tiempo? ¡Nada! ¿No es cierto? Lo único que has hecho es dejar la empresa donde trabajabas y convertirte en una carga para Kumiko. Ahora ni tienes trabajo, ni tienes un solo proyecto para el futuro. Hablando claro, en tu cabeza no hay más que basura y piedras. Qué vio Kumiko en ti, todavía ahora no lo entiendo. Quizás encontró interesantes la basura y las piedras. Pero, a la postre, la basura es basura y las piedras son piedras. En resumen, que lo que mal empieza mal acaba. Claro que Kumiko también ha tenido parte de culpa. Esta chica, por una serie de circunstancias, ha tenido desde pequeña sus rarezas. Supongo que por eso se sintió momentáneamente atraída por ti. Pero eso ya se acabó. Sea como sea, las cosas han ido así y es mejor acabar con este asunto lo antes posible. De Kumiko ya nos encargaremos mis padres y yo. Tú no te ocupes más de ella. No intentes encontrarla. Ella ya no tiene nada que ver contigo. Si te metes en lo que no te importa, sólo te buscarás complicaciones innecesarias. Lo mejor que puedes hacer es desaparecer y empezar en cualquier parte una nueva vida adecuada para ti. Eso sería lo mejor para ambos.

Noboru Wataya dejó claro que había terminado el discurso

acabándose el agua que quedaba en el vaso. Llamó al camarero y pidió más.

—¿Es esto todo lo que querías decir? —le pregunté.

Noboru Wataya ladeó esta vez ligeramente la cabeza.

—Entonces —proseguí, dirigiéndome a Malta Kanoo—, ¿qué orden se puede seguir en eso?

Malta Kanoo sacó un pequeño pañuelo blanco del bolso y se secó las comisuras de los labios. Después tomó el sombrero rojo de encima de la mesa y lo puso sobre el bolso.

—Esta historia debe de haberle producido una fuerte conmoción, señor Okada —dijo Malta Kanoo—. Supongo que será consciente de que también para nosotros es extremadamente penoso sentarnos frente a usted y hablarle de ello.

Noboru Wataya lanzó una mirada a su reloj de pulsera como si quisiera confirmar que la tierra continuaba rotando sobre su eje y que él seguía perdiendo su precioso tiempo.

—Comprendo —dijo Malta Kanoo—. Hablemos de la manera más directa y llana posible. Primero vino su esposa a verme. A consultarme.

—A instancias mías —intervino Noboru Wataya—. Kumiko me llamó por lo del gato y yo las puse en contacto.

—¿Eso fue antes o después de que usted y yo nos encontráramos? —le pregunté a Malta Kanoo.

—Antes.

—O sea —le dije a Malta Kanoo—, que ordenando los acontecimientos vendría a ser algo así: Kumiko conocía su existencia por Noboru Wataya. Fue a consultarle a su casa acerca del gato desaparecido. Después, por no sé qué razón, ella me ocultó que ya había hablado antes con usted y me hizo ir a verla. Entonces, nosotros nos encontramos aquí y hablamos. En resumen viene a ser eso, ¿no?

—Más o menos es así —contestó Malta Kanoo con cierta reluctancia—. Al principio se trataba de la pura búsqueda del gato.

Pero yo sentí que allí había algo más profundo. Por eso quise verle a usted, señor Okada. Por eso quise verle y hablar directamente con usted. Luego volví a encontrarme con su esposa y tuve que preguntarle sobre algunos asuntos más profundos, más personales.

—¿Y entonces Kumiko le dijo que tenía un amante?

—Resumiendo, eso es. Dada mi posición, no me es posible darle una información más detallada —dijo Malta Kanoo.

Suspiré. No solucionaba nada haciéndolo, pero no pude evitarlo.

—¿Entonces hacía tiempo que Kumiko se veía con este hombre?

—Creo que hacía dos meses y medio, más o menos.

—¡Dos meses y medio! En dos meses y medio, ¿cómo es que no me había dado cuenta de nada?

—Porque usted, señor Okada, tenía plena confianza en su esposa —dijo Malta Kanoo.

Asentí.

—Tiene usted toda la razón. Una cosa así ni se me habría pasado por la cabeza. Jamás hubiera pensado que Kumiko pudiera mentir de ese modo y, la verdad, aún no acabo de creérmelo.

—Resultados aparte, la capacidad de creer plenamente en otro es uno de los valores más bellos del ser humano —dijo Malta Kanoo.

—Un valor más bien escaso —admitió Noboru Wataya.

El camarero se acercó y me sirvió más café. En la mesa de al lado unas jóvenes reían a carcajadas.

—¿Entonces, cuál demonios es el motivo de este encuentro? —pregunté dirigiéndome a Noboru Wataya—. ¿Por qué nos hemos reunido los tres aquí? ¿Para convencerme de que me divorcie de Kumiko? ¿O hay algún otro objetivo más profundo? Lo que tú me has dicho, a primera vista, tiene sentido, pero las par-

284

tes principales son ambiguas y hacen agua por todas partes. Dices que Kumiko tiene un amante y que por eso se ha ido de casa. Entonces, ¿adónde ha ido? ¿Qué está haciendo? ¿Se ha ido sola o con ese hombre? ¿Por qué me ha dejado sin decir nada? Si hay otro hombre, no hay nada que hacer, desde luego. Pero esto quiero oírlo de boca de Kumiko. Hasta entonces no me creeré una palabra. ¿Está claro? Esto sólo nos atañe a Kumiko y a mí. Somos nosotros quienes debemos hablar y tomar una decisión. Tú no tienes ningún derecho a inmiscuirte.

Noboru Wataya apartó el vaso de té con hielo que no había tocado.

—Nosotros estamos aquí para *informarte*. Yo le he pedido a la señorita Kanoo que viniera. He pensado que sería mejor que estuviera presente una tercera persona. Quién es el amante de Kumiko o dónde está ella ahora no lo sé. Kumiko ya es mayorcita y puede hacer lo que se le antoje. Y aunque supiera dónde está, tampoco te lo diría. Respecto a por qué no te ha dicho nada, pues será porque no quiere hablar contigo.

—¿Y qué diablos te ha dicho a ti Kumiko? Tenía entendido que vuestra relación no era muy estrecha, que digamos —le dije.

—Pues si Kumiko y tú tenéis una relación tan estrecha, ¿por qué se acuesta con otro? —preguntó Noboru Wataya.

Malta Kanoo carraspeó ligeramente.

—Ella misma me dijo que tenía relaciones con otro hombre. Y me dijo también que quería dejar el asunto bien liquidado. Yo le aconsejé que se divorciara. Y ella me dijo que se lo pensaría —explicó Noboru Wataya.

—¿Esto es todo? —pregunté.

—¿Qué diablos puede haber más?

—No me lo explico. A decir verdad, me parece increíble que Kumiko te haya consultado una cosa así. Sobre un asunto de esta envergadura, ella no te habría consultado. Lo hubiera pensado por sí misma. O lo habría hablado directamente conmigo. ¿No te habrá hablado de otra cosa? De algo que teníais que resolver cara a cara ella y tú.

Noboru Wataya esbozó una vaga sonrisa. Esta vez era una sonrisa pálida y fría como la luna en cuarto creciente flotando en el cielo del amanecer.

—¡Vaya! Por la boca muere el pez —dijo en voz baja pero perfectamente audible.

—¿Por la boca muere el pez? —repetí.

—Pues sí, ¿no te parece? Tu mujer se acuesta con otro, se larga de casa y tú intentas echarme las culpas a mí. ¡Nunca había oído estupidez semejante! A mí no me apetecía venir. He venido porque no me ha quedado otro remedio. Para mí, esto sólo es una pérdida de tiempo. Como si tirara mi tiempo a la cuneta.

Cuando terminó de hablar, cayó un profundo silencio sobre la mesa.

—¿Conoces la historia de los monos de la isla de mierda? —le pregunté a Noboru Wataya.

Negó con la cabeza, sin ningún signo de interés.

—No la conozco.

—En algún lugar lejano había una isla de mierda. No tenía nombre. No valía la pena ponerle ninguno. Era una isla de mierda con forma de mierda. Allí crecían palmeras con forma de mierda. Y las palmeras daban cocos que olían a mierda. Pero allí vivían monos de mierda que adoraban los cocos que olían a mierda. Y cagaban mierda de mierda. La mierda caía al suelo, aumentaba la capa de mierda y las palmeras de mierda que allí crecían eran cada vez más de mierda. Un círculo vicioso. —Me bebí el resto del café—. Mirándote, me he acordado de la historia de la isla de mierda —le dije a Noboru Wataya—. A lo que me refiero es que hay un tipo de mierda, un tipo de podredumbre, cierta tenebrosidad que se autoalimenta y, formando un círculo vicioso, crece con celeridad. Cuando se sobrepasa cierto punto, nadie lo puede detener. *Ni siquiera la persona interesada.* —El rostro de Noboru Wataya no mostraba expresión alguna. Se le había borrado la sonrisa, pero tampoco había en él sombra de ira. Sólo tenía una pequeña arruga en el entrecejo. No recordaba si había estado siempre allí. Proseguí—: ¿Está claro? Sé *muy bien* qué tipo de persona eres. Dices que soy basura y piedras. Y piensas que podrías hundirme en un segundo con tal de que te lo propusieras. Pero las cosas no son tan simples. Seguro que para ti, según tu sistema de valores, soy basura y piedras. Pero no soy tan estúpido como crees. Sé muy bien qué hay debajo de esa máscara pulida dirigida a la televisión, dirigida a la opinión pública. Conozco el secreto que se esconde debajo. Lo conoce Kumiko y también lo conozco yo. Y puedo revelarlo en cualquier momento. Exponerlo a la luz del día. Posiblemente me llevaría cierto tiempo, pero podría hacerlo. Tal vez yo sea un don nadie, pero no soy un saco de arena. Soy un ser vivo. Y, si me golpean, devuelvo el golpe. Quiero que aprendas esto de una vez por todas.

Noboru Wataya, el rostro inexpresivo, me miraba de hito en hito sin decir palabra. Su cara parecía una amalgama de piedras que flotaran en el espacio. Casi todo lo que había dicho eran fanfarronadas. Secretos de Noboru Wataya no conocía ni uno. Simplemente imaginaba que en su interior debía de haber algo profundamente pervertido. Pero no tenía la menor idea de qué era en concreto. Sin embargo, mis palabras habían tocado algo en su interior. Pude ver con claridad el efecto en su rostro. Ni se burló de mis afirmaciones, ni intentó ponerme la zancadilla, ni trató de pillarme en una contradicción tal como solía hacer en los debates televisivos. Se quedó en silencio sin mover un músculo.

Después empezó a producirse en su cara un curioso fenómeno. Poco a poco fue enrojeciendo. Pero de una manera extraña. Algunas zonas se le pusieron lívidas, otras de color rosáceo y, el resto, de un extraño y cadavérico blanco. Me hizo pensar en un bosque otoñal donde crecieran mezclados caprichosamente todo tipo de árboles, de hoja caduca y perenne, creando una paleta caótica de colores.

Poco después, Noboru Wataya se levantó en silencio, se sacó las gafas de sol del bolsillo y se las puso. Su rostro seguía cubierto de aquella extraña mezcla de manchas de color. Parecía haberse estampado en su cara de manera indeleble. Malta Kanoo permanecía petrificada en su asiento sin decir palabra. Yo me hacía el desentendido. Noboru Wataya me miró e hizo ademán de decir algo. Al final, optó por callarse. Se alejó de la mesa sin decir nada y desapareció.

Cuando se hubo ido Noboru Wataya, Malta Kanoo y yo permanecimos unos instantes en silencio. Yo estaba exhausto. El camarero se acercó y me preguntó si me apetecía otra taza de café. Le contesté que no. Malta Kanoo tomó el sombrero rojo de encima de la mesa y estuvo mirándolo fijamente dos o tres minutos, al final lo dejó en la silla de al lado. Yo tenía un sabor amargo en la boca. Intenté quitármelo bebiendo agua. Pero no se fue.

Poco después, habló Malta Kanoo:

—Los sentimientos deben exteriorizarse de vez en cuando. Si no, la corriente se estanca dentro. Ahora que se ha desahogado se encuentra mejor, ¿verdad?

—En parte —dije—. Pero esto no soluciona nada. Tampoco concluye nada.

—A usted no le gusta el señor Noboru Wataya, ¿verdad?

—Cada vez que veo a este hombre me siento terriblemente vacío. Siento que todo, absolutamente todo lo que me rodea es insustancial. Todo lo que ven mis ojos me parece hueco. No puedo expresarle con exactitud por qué. Y, a causa de ello, a veces digo y hago cosas que no son propias de mí. Y luego me siento fatal. Nada me alegraría más que no volver a ver nunca a este hombre.

Malta Kanoo negó varias veces con la cabeza.

—Por desgracia tendrá que encontrarse con él varias veces más. Es inevitable.

Pensé que ella debía de tener razón. No podría librarme tan fácilmente de él. Alcancé el vaso de encima de la mesa y bebí otro trago de agua. Me preguntaba de dónde me habría venido aquel sabor horrible.

—Por cierto, quisiera preguntarle una sola cosa. Usted, en este asunto, ¿de parte de quién está? ¿De parte de Noboru Wataya o de mi parte? —le pregunté a Malta Kanoo.

Malta Kanoo apoyó los codos sobre la mesa y unió las palmas de ambas manos.

—No estoy de parte de nadie. Aquí no hay partes. En este asunto *no existe* nada de eso. No es un asunto de arriba o abajo, derecha o izquierda, cara o cruz, señor Okada.

—Esto suena a zen. Como sistema de pensamiento es interesante, pero en sí mismo no explica nada.

Ella asintió. Luego separó cinco centímetros las palmas de las manos, que mantenía unidas frente a su rostro, y las volvió hacia mí formando un pequeño ángulo. Unas palmas pequeñas y de forma bonita.

—Es probable que mis palabras sean muy vagas, y tiene usted razón en enfadarse. Pero, en estos momentos, cualquier cosa que diga no le va a servir de nada en la práctica. Al contrario, puede empeorar las cosas. Debe conseguirlo usted con su propia fuerza, con su propia mano.

—Como en el *Reino de la Selva* —repliqué sonriendo—. Si me golpean, devuelvo el golpe.

—Exactamente —dijo Malta Kanoo—. Así es.

Luego, como si recobrara una pertenencia de alguien fallecido hace poco, cogió el bolso en silencio y se puso el sombrero de plástico rojo. Y yo tuve la extraña sensación de que, con ese gesto, una fase temporal llegaba a su fin.

Después de que se fuera Malta Kanoo, permanecí largo tiempo allí sentado, solo, inmóvil, sin pensar en nada. No se me ocurría adónde ir o qué hacer cuando me levantara. Evidentemente, no podía permanecer allí para siempre. Veinte minutos después, pagaba la cuenta de los tres y salía de la cafetería. Nadie había pagado su consumición.

4
La gracia perdida
La prostituta de la mente

De vuelta a casa, encontré un sobre grueso en el buzón. Era una carta del teniente Mamiya. Mi nombre y dirección estaban escritos con unos bellos caracteres igual que la vez anterior. Primero me cambié de ropa, me lavé la cara, fui a la cocina y me bebí dos vasos de agua fría. Después abrí el sobre con un suspiro. El teniente Mamiya había llenado el fino papel con una letra pequeña escrita con estilográfica. Debía de haber unas diez hojas. Fui volviendo las páginas, una tras otra, y las metí de nuevo en el sobre. Estaba demasiado cansado para leer una carta tan larga y había perdido el poder de concentración. Al seguir con la mirada aquellas columnas escritas a mano, me parecieron un enjambre de extraños insectos azules. Y todavía me perseguía el eco de la voz de Noboru Wataya.

Me tendí en el sofá y permanecí mucho tiempo con los ojos cerrados sin pensar en nada. En aquellos momentos no me resultaba difícil. Todo lo que tenía que hacer era pasar de una idea a otra. Centrarme un instante en un pensamiento y dejar luego que se perdiera en el espacio.

Eran casi las cinco de la tarde cuando me decidí finalmente a leer la carta. Me senté en el cobertizo, me apoyé en una columna y saqué las hojas del sobre.

Toda la primera página la ocupaban expresiones introductorias: largos saludos adecuados a la estación, agradecimientos por su estancia anterior, disculpas por haberme entretenido tanto tiempo con una historia tan insustancial. El teniente Mamiya era una persona extraordinariamente bien educada. Superviviente de una época en que la cortesía desempeñaba un papel muy importante en la vida cotidiana. Esta página me la leí por encima y pasé a la siguiente.

«Le presento mis disculpas», escribía el teniente Mamiya, «por haberme extendido tanto en los preliminares. El único motivo de esta carta, aun sabiendo que puede representar una molestia adicional para usted, es hacerle saber que la historia que le conté ni es una invención ni es el recuerdo magnificado de un viejo, sino que es, hasta en los más mínimos detalles, la estricta y solemne verdad. Como usted muy bien sabe, hace mucho tiempo que acabó la guerra y, con los años, los recuerdos van degenerando de forma natural. Los recuerdos y los pensamientos envejecen igual que envejece el hombre. Pero hay algunos pensamientos que nunca se erosionan.

»Hasta ahora, jamás le había contado a nadie esta historia, aparte de a usted. A los oídos de la mayoría de la gente sonaría a invención disparatada. La mayor parte de la gente ignora y evita las cosas que trascienden los límites de su entendimiento, tachándolas de irracionales e indignas de consideración. ¡Cuánto desearía que la historia que le conté fuera en verdad una invención disparatada! He sobrevivido todos estos años aferrado a la endeble esperanza de que se tratara de un error en mi memoria, de una obsesión, de un simple sueño. Me he esforzado mil veces en convencerme de que era una obsesión, un error. Pero, cada vez que intentaba en vano confinar estos recuerdos al olvido, emergían con más fuerza, más vívidos. Han arraigado en mi mente y penetrado en mi carne como una célula cancerígena.

»Aún ahora puedo recordar cada uno de los pormenores tan vívida y detalladamente como si hubieran sucedido ayer. Puedo tocar la arena y la hierba y sentir su olor. Puedo ver la silueta de las nubes en el cielo. Puedo sentir incluso el viento arenoso y seco azotándome las mejillas. Si los comparo, los acontecimientos posteriores me parecen una obsesión irreal rayana en la ilusión. El principio de mi vida, de esa vida que puedo considerar propiamente mía, murió en aquellas estepas de Mongolia Exterior donde la vista se perdía sin encontrar obstáculo. Luego perdí el brazo en la terrible contraofensiva frente a las unidades de tanques soviéticos que rompieron la línea fronteriza, padecí un sufrimiento inimaginable en un gélido campo de concentración en Siberia y, después de volver a mi país, trabajé durante treinta años de profesor de ciencias sociales en el campo, y ahora vivo solo, cultivando la tierra. Pero todos estos años me han parecido la escena de una ilusión. El tiempo ha pasado sin que yo me apercibiera de ello. Mi memoria atraviesa en un instante estos largos años de vacuidad y vuelve directamente a las estepas de Hulumbuir.

»Lo que destruyó mi vida, lo que la convirtió en un pellejo vacío, fue aquella luz que vi en el fondo del pozo. Aquel brillante rayo de sol que penetraba directamente hasta el fondo sólo diez o veinte segundos. Aquel rayo que, sólo una vez al día y sin previo aviso, llegaba de repente y se desvanecía al instante. Pero yo, en aquella inundación de luz tan fugaz, vi más cosas de las que pueden verse en toda una vida. Y luego, habiéndolas visto, me convertí en una persona completamente distinta a la que había sido. Han pasado más de cuarenta años, pero todavía no puedo entender con exactitud el significado de lo que sucedió en el fondo del pozo. Lo que voy a contarle ahora no pasa de ser, pues, una mera hipótesis. No tiene ningún fundamento lógico. Pero, de momento, creo que esta hipótesis es lo que más se acerca a la realidad que experimenté.

»Había sido arrojado por los soldados mongoles al fondo de un pozo profundo y oscuro que estaba en mitad de las estepas de Mongolia, me dolían las piernas y los brazos, no tenía ni agua ni comida y sólo esperaba la muerte. Antes había visto desollar vivo a un ser humano. En esas circunstancias específicas, creo que mi mente había llegado a un estado de concentración tan exacerbado que, cuando brilló aquella luz, fui capaz de descender directamente hasta el núcleo de mi propia conciencia. En todo caso, vi todo lo que allí había. Todo a mi alrededor estaba bañado en esa luz brillante. Yo me hallaba justo en el centro de ese chorro de luz. Mis ojos no podían ver nada. Yo estaba enteramente sumergido en luz. Pero allí se veía algo. Algo se perfiló en el interior de esa ceguera momentánea. Algo. Algo vivo. Dentro de la luz, ese algo intentaba emerger, negro como la sombra de un eclipse solar. Pero yo no pude distinguir con claridad su forma. Intentó acercárseme. Intentó ofrecerme una especie de gracia divina. Yo lo esperaba temblando. Pero, fuera porque cambió de parecer, o porque no tuvo el tiempo suficiente, ese algo no llegó. Un instante antes de tomar forma se disolvió y desapareció de nuevo en la luz. Y la luz se fue apagando. Y el tiempo de que brillara llegó a su fin.

»Sucedió dos días seguidos. Exactamente lo mismo. Algo empezaba a perfilarse en el chorro de luz y desaparecía luego sin llegar a tomar forma. Dentro del pozo tenía hambre y sed. No era un sufrimiento común. Pese a ello, carecía de importancia. Lo que más me hizo sufrir fue no poder distinguir claramente ese *algo* que vivía en la luz. Era el hambre de ser incapaz de ver algo que debía ver, la sed de ser incapaz de conocer algo que debía ser conocido. Si hubiera sido capaz de distinguir su forma con claridad, no me habría importado morir de hambre y sed. Lo pensé realmente. Hubiera sacrificado cualquier cosa para poder ver su forma.

»Pero aquella forma se apartó de mí para siempre. La gracia divina se alejó sin serme concedida. Y, como ya le he dicho antes, tras salir de aquel pozo, mi vida se convirtió en un pellejo vacío. Por eso, poco antes de acabar la guerra, durante la ofensiva del ejército soviético en Manchuria, me ofrecí voluntario para ir a la primera línea del frente. También en el campo de concentración de Siberia procuré ponerme de forma deliberada en situaciones difíciles. Pero no logré morir. Tal como aquella noche había profetizado el cabo Honda, mi destino era volver a Japón y vivir un tiempo asombrosamente largo. Recuerdo haberme alegrado la primera vez que lo escuché. Sin embargo, era casi una maldición. No es que yo *no muriera,* sino que *no podría morir.* Tal como dijo el cabo Honda, hubiera sido mejor no haberlo sabido.

»Porque cuando se extinguieron la revelación y la gracia divina, se extinguió también mi vida. Todo lo que vivía dentro de mí, y que tenía por tanto algún valor, murió. No quedó nada. Todo ardió dentro de aquella luz violenta y quedó reducido a cenizas. O, tal vez, el calor que emitía aquella revelación, aquella gracia, abrasó el núcleo de mi vida. Quizá no tenía la fuerza suficiente para resistir aquel calor. Por eso no tengo miedo a morir. La muerte física de mi cuerpo para mí representará incluso una salvación. Me liberará para siempre del sufrimiento de ser yo, de esta prisión sin esperanza.

»Una vez más me he extendido demasiado. Pero lo que verdaderamente quería que supiera era esto. Soy un ser humano que, en cierto momento, perdió su propia vida y ha vivido más de cuarenta años acompañado de esa vida perdida. Como persona que se encuentra en esta situación, creo que la vida es mucho más limitada de lo que piensan las personas que están en pleno proceso vital. La luz brilla durante un limitado y brevísimo espacio de tiempo en el acto de vivir. Quizá sólo unas decenas de segundos. Una vez se ha ido, si has fracasado en el intento de alcanzar la revelación que se te ofrecía, no tienes una segunda oportunidad. Y luego deberás pasar el resto de tus días dentro de una profunda soledad sin esperanza ni remordimiento. En este mundo del crepúsculo, la persona ya nunca podrá esperar nada.

Lo único que poseerá serán los restos efímeros de lo que pudo haber sido.

»En todo caso, me siento contento de haberle visto y haberle podido contar esta historia. Ignoro si le será de alguna utilidad. Pero tengo la sensación de que hablar con usted me ha producido una especie de consuelo. Es un pequeño consuelo, pero, por insignificante que sea, para mí es tan preciado como un tesoro. No puedo dejar de sentir los hilos del destino en el hecho de que haya sido el señor Honda quien me haya conducido hacia él. Hago votos para que sea usted feliz en el futuro.»

Releí la carta otra vez desde el principio y la metí en el sobre.

La carta del teniente Mamiya me conmovió de una manera extraña, pero no me evocó más que imágenes vagas y lejanas. El teniente Mamiya era una persona a la que creía y aceptaba. Y aceptaba como real lo que él afirmaba que era realidad. Pero palabras como «realidad» o «verdad» tenían para mí poco poder de persuasión. Lo que más me conmovió de la carta era la frustración que se traslucía en cada una de sus frases. La frustración de querer describir algo, de querer explicar algo y fracasar.

Fui a la cocina, bebí un vaso de agua y, después, empecé a recorrer la casa. Fui al dormitorio, me senté en la cama, me quedé contemplando la ropa de Kumiko colgada en el armario. Me pregunté en qué había consistido mi vida hasta entonces. Entendía perfectamente lo que sobre mí había dicho Noboru Wataya. Me había enfadado al oírlo, pero tenía toda la razón. «Han pasado seis años desde que te casaste. ¿Y qué has hecho en todo este tiempo? Lo único que has hecho es dejar la empresa donde trabajabas y convertirte en una carga para Kumiko. Ahora ni tienes trabajo ni tienes un solo proyecto para el futuro. Hablando claro, en tu cabeza no hay más que basura y piedras.» Éstas habían sido sus palabras. Y no me quedaba más remedio que reconocer que su opinión era certera. Mirándolo con objetividad, durante aquellos seis años apenas había hecho nada y mi cabeza estaba llena de algo parecido a basura y piedras. Yo era un don nadie. Tal como había dicho.

¿Pero había sido realmente una carga para Kumiko?

Permanecí largo tiempo mirando los vestidos, las blusas y las faldas del armario. Eran las sombras que Kumiko había dejado tras de sí. Y, sin su dueña, estas sombras colgaban allí, inertes. Fui al cuarto de baño, saqué del cajón el frasco de agua de colonia de Christian Dior que alguien le había regalado a Kumiko, lo destapé y lo olí. Era la misma fragancia que había olido detrás de sus orejas la mañana que ella se había marchado. Vertí despacio todo el contenido del frasco en el lavabo. Conforme el líquido se deslizaba hasta el interior de la tubería, un fuerte olor a flores (no logré recordar su nombre) se alzó del lavabo como si atizara mis recuerdos. Sumergido en ese aroma intensísimo, me lavé la cara y me cepillé los dientes. Luego decidí ir a ver a May Kasahara.

Me planté como de costumbre en la parte trasera de la casa de los Miyawaki a esperar a que May Kasahara apareciera, pero ella no apareció. Apoyado en la verja, chupando un caramelo de limón y contemplando la estatua del pájaro, reflexioné sobre la carta del teniente Mamiya. Mientras tanto, empezó a anochecer. Tras esperar una media hora desistí. May Kasahara debía de haber salido.

Volví por el callejón hasta la parte posterior de mi casa y salté el muro. El interior de la casa se hallaba sumergido en la penumbra azulada y silenciosa de los crepúsculos de verano. Y allí estaba Creta Kanoo. Tuve la alucinación de que se trataba de un sueño. Pero era la continuación de la realidad. Aún flotaba vagamente por la casa el olor de la colonia que había vertido. Creta Kanoo estaba sentada en el sofá con ambas manos sobre las rodillas. Ni siquiera cuando me acerqué hizo el menor movimiento, como si el tiempo se hubiera detenido en su interior. Encendí la luz y me senté en una silla frente a ella.

—No estaba cerrado con llave —dijo al fin Creta Kanoo—. Y me he tomado la libertad de entrar.

—No importa. Normalmente no echo la llave al salir.

Creta Kanoo llevaba una blusa blanca de encaje, una vaporosa falda de color lila y unos grandes pendientes. En el brazo izquierdo llevaba dos grandes brazaletes. Al verlos me dio un vuelco el corazón. Eran casi idénticos a los que había visto en sueños. El peinado y el maquillaje eran los habituales. El pelo, como siempre, estaba cuidadosamente fijado con laca, como si acabara de salir de la peluquería.

—No dispongo de mucho tiempo —dijo Creta Kanoo—. Debo volver pronto a casa. Pero antes quería hablar con usted, señor Okada. Hoy ha visto al señor Noboru Wataya y a mi hermana, ¿verdad?

—Sí, aunque no puede decirse que la conversación haya sido muy divertida.

—¿Hay, entonces, algo que quiera usted preguntarme?

Uno tras otro, diferentes tipos de personas fueron apareciendo y haciéndome diversas preguntas.

—Quiero saber más cosas sobre Noboru Wataya. Me da la sensación de que tengo que saber más sobre él.

Ella asintió.

—También yo quiero saber más cosas sobre él. Me parece que mi hermana ya se lo ha dicho, pero, hace tiempo, él me deshonró. Ahora no puedo explicarle nada más. Pero lo haré algún día. Sucedió contra mi voluntad. Yo debía tener relaciones con él. Por tanto, no fue una violación en el sentido usual de la palabra. Pero *me deshonró*. Y esto me hizo cambiar mucho como persona en varios sentidos. Pude recuperarme. Es más, esa experiencia, con ayuda, por supuesto, de mi hermana Malta, me hizo acceder a un estadio superior. Pero, resultados aparte, el hecho es que fui ultrajada y deshonrada contra mi voluntad por el señor Noboru Wataya. Fue una cosa errónea y muy peligrosa. Cabía la posibilidad de que yo me hubiera perdido para siempre. ¿Me entiende? —Por supuesto que no la entendía—. Claro que también he tenido relaciones con usted, señor Okada. Pero ha sido algo hecho de una manera correcta con un propósito correcto. Con relaciones como ésas no me siento deshonrada.

Me quedé mirando el rostro de Creta Kanoo como si contemplara un muro lleno de manchas de colores.

—¿Relaciones conmigo, dice?

—Sí —respondió Creta Kanoo—. La primera vez sólo utilicé la boca y la segunda vez tuvimos relaciones. Las dos veces en la misma habitación. Supongo que se acordará, ¿no es así? La primera vez yo tenía poco tiempo y hubimos de apresurarnos. La segunda dispusimos de un poco más de tiempo. —No pude replicarle nada—. La segunda vez me puse un vestido de su esposa. Un vestido azul. Y en la muñeca izquierda llevaba dos pulseras como éstas. ¿No es así? —Y me puso delante la muñeca izquierda con el par de brazaletes.

Asentí.

Creta Kanoo prosiguió:

—Por supuesto, no tuvimos relaciones reales. Cuando usted eyaculó, no lo hizo dentro de mi cuerpo, sino en su mente. ¿Me entiende? Era una conciencia creada. Pero, después de todo, nosotros tenemos en común la conciencia de haber mantenido relaciones el uno con el otro.

—¿Y con qué finalidad hace eso?

—Para conocer —contestó—. Para conocer más y mejor.

Suspiré. Era una historia extravagante. Pero ella había descrito a la perfección la escena del sueño. Acariciándome con el dedo las comisuras de los labios, me quedé mirando los brazaletes que llevaba en el brazo izquierdo.

—Quizá sea un poco tonto, pero no acabo de entender lo que me está contando —dije con voz seca.

—La segunda vez, cuando estaba teniendo relaciones con usted, otra mujer me reemplazó, ¿verdad? Yo no sé quién es. Pero quizás este hecho le sugiera a usted algo. Esto es lo que quería decirle. —Yo permanecía en silencio—. No tiene por qué sentirse culpable por haber mantenido relaciones conmigo. ¿De acuerdo? Señor Okada, yo soy una prostituta. Antes era prostituta de la carne, ahora lo soy de la mente. Estas cosas pasan a través de mí.

Luego, Creta Kanoo se puso en pie y se arrodilló a mi lado. Tomó mi mano entre las suyas. Sus manos eran suaves, cálidas y pequeñas.

—Señor Okada, abráceme —dijo Creta Kanoo.

La abracé. A decir verdad, no tenía ni idea de lo que debía hacer. Pero me pareció que abrazar a Creta Kanoo en aquel momento no era una acción equivocada. No puedo explicarlo bien, pero me dio esa impresión. Rodeé su esbelta cintura con un brazo como si me dispusiera a bailar. Ella era mucho más pequeña que yo y su cabeza me llegaba un poco más arriba de la barbilla. Sus senos se apretaban contra mi estómago. Apoyó su mejilla en mi pecho. Creta Kanoo lloraba en silencio. Mi camiseta estaba húmeda y caliente por las lágrimas. Veía balancearse su pelo perfectamente peinado. Parecía un sueño muy bien dibujado. Pero no era un sueño.

Después de permanecer mucho tiempo inmóvil en la misma posición, ella se separó de mí como si de repente se hubiera acordado de algo. Retrocedió y me miró desde cierta distancia.

—Muchas gracias, señor Okada. Ahora tengo que irme —dijo Creta Kanoo. Aunque debía de haber llorado mucho, su maquillaje apenas se había corrido. El sentido de la realidad estaba extrañamente ausente.

—¿Piensa volver a aparecer en mis sueños? —le pregunté.

—Eso yo no lo sé. —Y sacudió la cabeza despacio—. No lo sé. Pero debe confiar en mí. Pase lo que pase, no me tenga miedo ni se ponga en guardia contra mí. ¿De acuerdo, señor Okada?

Asentí.

Y Creta Kanoo se fue.

La oscuridad de la noche era más espesa que antes. Tenía el pecho de la camiseta empapado en lágrimas. No pude dormir hasta el amanecer. No podía dormir y, además, temía dormirme. Tenía la sensación de que, en cuanto me durmiera, sería engullido por una especie de arenas movedizas y transportado a otro mundo. Y que luego no podría regresar jamás. Encima del sofá esperé a que amaneciera bebiendo brandy y pensando en la historia que me había contado Creta Kanoo. Cuando empezó a salir el sol, la presencia de Creta Kanoo y el aroma del agua de colonia Christian Dior aún perduraban en el interior de la casa igual que sombras prisioneras.

5
Vistas de ciudades lejanas
La media luna eterna
La escala bien sujeta

El teléfono sonó justo cuando empezaba a conciliar el sueño. Mi primera reacción fue ignorarlo y seguir durmiendo, pero el teléfono, como si adivinara mi propósito, continuó sonando, diez, veinte veces, persistentemente, sin fin. Abrí un ojo y miré el reloj que estaba junto a la cabecera de la cama. Eran poco más de las seis de la mañana. Al otro lado de la ventana ya era de día. Podía ser Kumiko. Salté de la cama, fui a la sala de estar y descolgué.

—Diga.

Nadie respondió. Había señales de vida al otro lado del hilo. Pero ese alguien no parecía tener la intención de decir nada. Yo también enmudecí. Si aguzaba el oído, lograba oír una débil respiración a través del auricular.

—¿Quién es? —Pero el silencio continuaba—. Si eres la de siempre, llama más tarde, por favor. No quiero hablar de sexo antes del desayuno.

—¿Y la de siempre quién es? —preguntó una voz de repente. Era May Kasahara—. ¿Con quién hablas de sexo?

—Con nadie —respondí.

—¿Con la mujer que abrazabas anoche? ¿Hablas de sexo por teléfono con esa mujer?

—No, no es con ella.

—Pero oye, señor *pájaro-que-da-cuerda*. ¿Cuántas mujeres hay a tu alrededor? Aparte de la tuya, claro.

—Es una historia muy larga. Ahora son las seis de la mañana y esta noche apenas he dormido. Pero, oye, ¿así que anoche viniste a casa?

—Sí, y vi cómo tú y aquella mujer os abrazabais.

—Aquello no fue nada, de veras. Fue, por decirlo de alguna manera, una especie de ceremonia.

—Conmigo no hace falta que te excuses —dijo May Kasahara con frialdad—. No soy tu mujer. Pero déjame decirte que tienes un problema.

—Puede ser.

—Ahora estás pasando un mal momento… Y seguro que lo estás pasando mal… Pero tengo la impresión de que te lo buscas tú. Tienes algún problema de base que actúa como un imán y atrae los malos rollos. Y entonces cualquier mujer, por poco lista que sea, se va corriendo de tu lado.

—Quizá tengas razón.

May Kasahara enmudeció unos instantes al otro lado del hilo. Luego carraspeó.

—Ayer por la tarde viniste al callejón, ¿no? Pasaste mucho rato plantado detrás de casa, ¿verdad? Como un raterillo de tercera. Yo te estuve mirando.

—Pero no saliste.

—Hay veces que a una chica no le apetece salir, ¿sabes? —dijo May Kasahara—. A veces, una está en plan malvado. Y piensa, si ése quiere esperar, pues que espere un poco más.

—¡Ah!

—Pero luego me supo mal y fui a tu casa. Como una imbécil.

—Y yo estaba abrazando a una mujer.

—Pero, oye, ¿aquella mujer no estará un poco chalada? —preguntó May Kasahara—. Hoy en día no hay mucha gente con esa pinta, maquillada de ese modo. Y si no ha llegado hasta aquí viajando a través del tiempo, sería mejor que un médico le examinara la cabeza.

—No, mujer. No es que esté loca. Cada uno tiene sus gustos.

—Los gustos son cosa de cada uno. Pero las personas normales no llevan las cosas tan lejos. Esa mujer parece, de los pies a la cabeza, el recorte de una revista del año de la pera. —No repliqué nada—. Oye, señor *pájaro-que-da-cuerda,* ¿te has acostado con ella?

—No, no me he acostado con ella —respondí tras dudar un instante.

—¿De verdad?

—De verdad. No hemos tenido relaciones *carnales.*

—¿Entonces por qué os abrazabais?

—Las mujeres a veces queréis que os abracen.

—Quizá sí. Pero me parece que es una idea un poco peligrosa —dijo May Kasahara.

—Tienes toda la razón —reconocí yo.

—¿Cómo se llama esa mujer?

—Creta Kanoo.

May Kasahara volvió a enmudecer unos instantes al otro lado del hilo.

—Es broma, ¿no?

—No, no es broma. Y su hermana se llama Malta Kanoo.

—No será ése su nombre de verdad, supongo.

—No, no es su nombre verdadero. Es un seudónimo.

—¿Y esas dos qué son? ¿Una pareja de *manzai?* ¿O tienen algo que ver con el Mediterráneo?

—Con el Mediterráneo sí tienen que ver.

—Y esa hermana que dices, ¿viste como una persona normal?

—Pues, sí. Bastante. Al menos mucho más normal que la otra. ¡Ah! Pero lleva siempre un sombrero de plástico rojo.

—Me da la impresión de que ésa muy normal tampoco es. ¿Y cómo es que tienes que tratar con esas chaladas?

—Es una historia muy, muy larga —respondí—. Quizá te lo cuente algún día, cuando todo se calme un poco. Pero ahora no puede ser. Me siento muy confuso y la situación está también muy difícil.

—¡Hum! —dijo May Kasahara con una nota de sospecha—. Por cierto, ¿tu mujer todavía no ha vuelto?

—No, todavía no.

—Oye, señor *pájaro-que-da-cuerda,* tú ya eres una persona adulta, ¿por qué no usas un poco la cabeza? ¿Qué crees que habría pasado si tu mujer hubiera cambiado de opinión, hubiera vuelto anoche y te hubiese encontrado abrazado a aquella mujer?

—Por supuesto, cabía la posibilidad.

—Y si llega a ser ella quien hubiera llamado ahora, ¿qué crees que habría pensado al oír lo del sexo por teléfono?

—Tienes toda la razón del mundo.

—Sí, realmente tienes un problema bastante grande —dijo May Kasahara y suspiró.

—Sí, es verdad. Tengo un problema.

—¡Para ya de darme la razón por las buenas! No vas a resolver nada reconociendo que te equivocas.

—Sí, tienes razón —dije. Llevaba toda la razón.

—¡Ya estamos otra vez! —gritó May Kasahara con tono de desconcierto—. ¿Y qué te pasaba anoche? Querías algo, ¿no?

—Ya no importa.

—¿Cómo que ya no importa?

—Sí, que eso… ya no tiene importancia.

—O sea, que abrazas a aquella mujer y yo ya no te sirvo para nada.

—No, no es eso. Sólo es que pensé que…

May Kasahara colgó sin decir palabra. ¡Caray! May Kasahara, Malta Kanoo, Creta Kanoo, la mujer del teléfono y Kumiko. Verdaderamente, tal como había dicho May Kasahara, en los últimos tiempos había demasiadas mujeres a mi alrededor. Y cada una llena de problemas incomprensibles.

Pero yo estaba demasiado cansado para pensar. Primero tenía

que dormir. Luego, cuando me despertara, había algo que debía hacer. Volví a la cama y me dormí.

Al despertarme, saqué la mochila del armario. Era una mochila de emergencia, para terremotos y otros desastres. Contenía una cantimplora, galletas, una linterna y un encendedor. Cuando nos mudamos a esta casa, Kumiko, que tenía miedo del *Big One*,* la había comprado. Pero la cantimplora estaba vacía, las galletas reblandecidas y las pilas de la linterna agotadas. Llené la cantimplora de agua, tiré las galletas y puse pilas nuevas. Luego fui a la tienda y compré una escala de cuerda para salidas de emergencia en caso de incendio. Me pregunté si necesitaba algo más, pero sólo me acordé de los caramelos de limón. Recorrí las habitaciones, cerré todas las ventanas y apagué la luz. Eché la llave a la puerta de entrada, pero cambié de opinión y volví a abrirla. Quizá viniera alguien. Quizá regresara Kumiko. Además, en la casa no había nada que robar. Y dejé una nota sobre la mesa de la cocina. Escribí: «Salgo un rato. Enseguida vuelvo. T». Me imaginé a Kumiko de vuelta, leyéndola. ¿Qué sentiría ella? Agarré el papel, lo arrugué y escribí otra nota. «Salgo un momento por un asunto importante. Volveré enseguida. Espéreme, por favor. T.»

Vestido con pantalones de algodón y un polo de manga corta, me cargué la mochila a la espalda, salí al cobertizo y bajé al jardín. A mi alrededor, la impronta del verano era evidente. Un artículo genuino, sin reservas ni condiciones. El fulgor del sol, el olor del aire, el color del cielo, la forma de las nubes, el chirrido de las cigarras: todo proclamaba la auténtica llegada del verano. Con la mochila a la espalda, salté el muro de la parte posterior del jardín y bajé al callejón.

* El gran terremoto que se supone que arrasará la ciudad de Tokio. *(N. de los T.)*

Una vez, aún de niño, me escapé de casa una mañana de verano tan soleada como ésa. No recordaba bien las circunstancias que me impulsaron a irme. Posiblemente me había enfadado con mis padres. De todos modos, me había cargado la mochila a la espalda como hoy, me había metido los ahorros en el bolsillo del pantalón y me había ido de casa. Mentí a mi madre diciéndole que iba de excursión con mis amigos y que me preparara la comida para llevar. Cerca de casa había varias montañas adonde se podía ir de excursión y no era extraño que los niños fueran allí solos. Salí de casa, tomé el autobús que había elegido de antemano y fui hasta la terminal. Aquél era para mí un «barrio lejano y desconocido». Enlacé con otro autobús y fui hasta otro «barrio (aún más) lejano y desconocido». Sin saber siquiera cómo se llamaba, me apeé del autobús y empecé a vagar sin rumbo por las calles. Era un barrio sin ninguna particularidad. Un poco más bullicioso que el barrio donde yo vivía, y un poco más sucio. Había una calle llena de tiendas, una estación de tren y una pequeña fábrica. Por allí pasaba un río y, delante del río, había un cine. En el cartel anunciaban una película del Oeste. A mediodía me senté en un banco en un parque y almorcé. Estuve en aquel barrio hasta el atardecer, pero, conforme iba acercándose la noche, me sentía más y más desamparado. Aquélla era la última oportunidad de retroceder, pensaba. Si caía la noche, ya no podría regresar. Volví a casa en los mismos autobuses que a la ida. Llegué antes de las siete y nadie se dio cuenta de que me había escapado. Mis padres pensaban que había ido a la montaña con mis amigos.

Había olvidado por completo este episodio. Pero, en el instante de saltar el muro con la mochila a la espalda, resurgió de súbito la sensación de aquel momento. La indescriptible sensación de desamparo al estar de pie, solo, en unas calles desconocidas, entre gente desconocida, entre casas desconocidas, mirando cómo la luz del sol de la tarde va perdiendo poco a poco su fulgor. Y pensé en Kumiko. Kumiko, que había desaparecido llevándose sólo un bolso y la blusa y la falda que acababa de recoger en la tintorería. Ella ya había dejado atrás su última oportunidad de retroceder. Y quizás estaba ahora de pie, sola, en un barrio lejano y desconocido. Al pensar en ello, me invadió el desasosiego.

Luego me dije que no, que no estaba necesariamente sola. Quizá la acompañaba un hombre. Era mucho más lógico.

Dejé de pensar en Kumiko.

Me adentré en el callejón. Bajo mis pies, la hierba había perdido la frescura y la fragancia de la estación de las lluvias y ahora tenía el aspecto descaradamente deslucido propio de la hierba en verano. Mientras avanzaba, algún saltamontes verde daba un vigoroso brinco desde la hierba. También saltaban algunas ranas. El callejón se había convertido en el reino de aquellas pequeñas criaturas y yo era un invasor que perturbaba su equilibrio.

Al llegar a la casa abandonada de los Miyawaki abrí la cancela y entré sin más en el jardín. Abriéndome paso entre los hierbajos, me dirigí hacia el fondo del jardín. Pasé junto a la sucia estatua del pájaro que, como de costumbre, tenía la mirada clavada en el cielo, y rodeé la casa deseando que May Kasahara no me hubiera visto entrar.

Ante el pozo, aparté las piedras y las dos tablas con forma de media luna que lo cubrían. Arrojé una piedra pequeña para comprobar si había agua. Volví a oír el mismo sonido seco de la vez anterior. No había agua. Me quité la mochila que llevaba a la espalda, saqué la escala de cuerda y até un extremo en el tronco de un árbol cercano. Tras dar unos fuertes tirones me aseguré de que no se soltaría. Todas las precauciones eran pocas. Si llegaba a soltarse o desatarse, tal vez no podría volver a la superficie.

Con la escala enrollada al brazo empecé a descolgarla dentro del pozo. Metí toda la escala, pero no había señales de que hubiera tocado fondo. Era muy larga y no creía, por tanto, que la longitud fuera insuficiente. Pero el pozo era profundo y, por más que intentara enfocar el fondo con la linterna, no conseguía ver hasta dónde alcanzaba la escala. A partir de cierto punto, el rayo de luz desaparecía engullido por las tinieblas.

Me senté en el brocal y agucé el oído. Las cigarras chirriaban entre los árboles con tanta fuerza como si rivalizaran en capacidad pulmonar y potencia vocal. Pero no se oía ningún pájaro. Eché de menos el *pájaro-que-da-cuerda*. Quizá detestaba competir con las cigarras y se había ido a cualquier otra parte.

Luego volví las palmas de las manos hacia arriba y las expuse a la luz del sol. Enseguida se caldearon. Como si la luz penetrara en cada arruga, en cada línea de la mano. Aquél era el indudable dominio de la luz. Todo cuanto había a mi alrededor estaba bañado en luz y brillaba con los colores del verano. Incluso las cosas que carecían de forma, como el tiempo y la memoria, recibían la bendición de la luz del verano. Me puse un caramelo de limón en la boca y permanecí allí sentado hasta que el caramelo se deshizo por completo. Luego volví a tirar con todas mis fuerzas de la escala de cuerda para comprobar si estaba bien sujeta.

Descender por el pozo fue una tarea mucho más ardua de lo que suponía. La escala estaba hecha de una mezcla de algodón y nailon y su resistencia estaba fuera de cuestión, pero el apoyo de los pies era terriblemente inestable y, cada vez que intentaba bajar un peldaño, la suela de goma de las zapatillas de tenis resbalaba. Tenía que sujetarme con tanta fuerza que empezaron a dolerme las palmas de las manos. Fui bajando peldaño a peldaño con grandes precauciones. Pero, por más que descendiera, no avistaba el fondo. Como si el descenso fuera a durar eternamente. Recordé el sonido de la piedra al chocar contra el fondo.

No había problema. Fondo, sí lo había. Sólo que con aquella maldita escala no se llegaba nunca.

Pero me invadió el pánico cuando hube contado veinte peldaños. El terror me asaltó de repente, como una descarga eléctrica, y me dejó petrificado en el lugar. Mis músculos se hicieron piedra. Me encontré bañado en sudor y las piernas empezaron a temblarme. ¿Era posible que existiera un pozo tan profundo? Estábamos en el centro de Tokio. Detrás de la *casa donde yo vivía*. Conteniendo la respiración, agucé el oído. No se oía nada. Ni siquiera el chirrido de las cigarras. Sólo los violentos latidos de mi corazón retumbando en mis oídos. Respiré hondo. En el vigésimo escalón, aferrado a la escala, me sentía tan incapaz de seguir bajando como de volver a subir. En el interior del pozo el aire era frío y olía a tierra. Aquél era un mundo apartado de la superficie donde brillaba sin freno el sol del verano. Alcé la vista, vislumbré, pequeña, la boca. La media tabla que quedaba de la tapa dividía, justo por la mitad, la boca redonda del pozo. Desde abajo parecía una media luna que flotara en el cielo. *«La media luna durará un tiempo»*, me había dicho Malta Kanoo. Ella me lo había *profetizado* por teléfono. ¡Caray! Al pensarlo, sentí que mis fuerzas flaqueaban, que mis músculos se aflojaban y que una bocanada de aire vaciaba mi cuerpo.

Haciendo acopio de todas mis fuerzas, inicié de nuevo el descenso. Me decía que debía bajar sólo un poco más. Un poco más. Todo iba bien, seguro que había un fondo. Y, tras bajar el vigesimotercer peldaño, llegué a él. Mis pies tocaron la tierra del fondo del pozo.

Lo primero que hice en la oscuridad, aferrado todavía a un peldaño de la escala por si tenía que emprender la huida, fue tantear el fondo con la punta del zapato. Sólo tras comprobar que no había agua ni tampoco algo extraño, me atreví a pisarlo.

Me quité la mochila de la espalda, abrí la cremallera a tientas y saqué la linterna. El rayo de luz iluminó el interior del pozo. La tierra del fondo no era ni muy dura ni muy blanda. Por fortuna estaba seca. Había algunas piedras que la gente debía de haber arrojado. Aparte de las piedras, sólo vi una bolsa vieja de patatas fritas. A la luz de la linterna, el aspecto del fondo del pozo me recordó la superficie de la luna tal como la había visto tiempo atrás por televisión. Las paredes eran de cemento, lisas, sin particularidad alguna, y el musgo crecía adhiriéndose aquí y allá. Se alzaban rectas como una chimenea y, en lo más alto, se veía el agujero de luz con forma de media luna. Al mirar directamente hacia arriba tuve conciencia, una vez más, de la profundidad del pozo. Volví a tirar con fuerza de la escala. Parecía estar sujeta con firmeza. Mientras estuviera allí, podría ascender a la superficie cuando quisiera. Respiré hondo. El aire olía a moho, pero no parecía haber nada malo en él. Era justo el aire lo que más me preocupaba. En los pozos secos suele haber emanaciones de gas tóxico. Tiempo atrás había leído un artículo en un periódico que hablaba de un constructor que había muerto en un pozo a causa del gas metano.

Respiré, me senté en el fondo del pozo y apoyé mi espalda contra la pared. Luego cerré los ojos y dejé que mi cuerpo se familiarizara con el lugar. «¡Bueno!», pensé, «ya estoy en el fondo de un pozo.»

6
La herencia
Reflexión sobre las medusas
Cierta sensación de disociación

Me senté en la oscuridad. Sobre mi cabeza, la luz recortada por la tapa en forma de media luna exacta flotaba como el signo de algo. Pero la luz de la superficie no llegaba hasta el fondo.

Con el paso del tiempo, mis ojos fueron acostumbrándose a la oscuridad. Pronto fui capaz de distinguir, aunque borrosa, la forma de mi mano al acercármela a la cara. Diversas cosas fueron perfilándose lenta y vagamente a mi alrededor. Como animalillos asustadizos que se van confiando poco a poco. Sin embargo, por más que mis ojos se acostumbraran a ella, la oscuridad era, a fin de cuentas, oscuridad. Cuando intentaba fijar en algo la mirada, el objeto me ocultaba de súbito su forma y se sumergía silenciosamente en las tinieblas. Quizá cupiera hablar de una «tenue oscuridad». Pero, aunque así fuera, ésta poseía su propia densidad. Y en algunos casos contenía una oscuridad de significado más profundo que la auténtica negrura. Veía algo. Pero, al mismo tiempo, no veía nada.

En aquella oscuridad llena de extraños sobrentendidos, mis recuerdos adquirieron una fuerza desconocida. Las imágenes fragmentarias que evocaban en mí eran prodigiosamente vívidas en cada detalle, tan claras que podía asirlas con la mano. Cerré los ojos e intenté recordar la época en que había conocido a Kumiko, casi ocho años atrás.

La conocí en la sala de espera para familiares del hospital universitario de Kanda. En aquella época, a causa de la redacción de un testamento, yo iba todos los días a visitar a un cliente ingresado en el hospital. El cliente era un hombre de, quizá, sesenta y ocho años, un potentado, propietario de terrenos y bosques en el centro de la prefectura de Chiba. Su nombre había aparecido una vez en los periódicos en una relación de los mayores contribuyentes. El problema estaba en que una de sus diversiones consistía en cambiar de forma periódica el testamento. En el bufete, todo el mundo estaba harto del carácter y las manías de ese personaje, pero era muy rico y pagaba buenas comisiones por cada modificación. Como los trámites no eran especialmente complicados, no teníamos derecho a quejarnos. Por eso me encargaron el caso a mí, aunque todavía era novato.

Por más que diga que me lo encargaron, como no poseía la titulación requerida, yo era poco más que un simple recadero. El abogado especialista escuchaba las voluntades del cliente, redactaba el testamento siguiendo las pautas legales (según reglas y fórmulas establecidas sin las cuales un testamento no es válido), preparaba un borrador y lo pasaba a máquina. Yo lo llevaba al cliente y se lo leía. Si estaba conforme, éste lo copiaba a mano, lo firmaba y le ponía el sello. Es decir, que hacía lo que, en términos legales, se conoce como testamento ológrafo, que, como su nombre indica, debe estar escrito a mano por la persona en cuestión.

Cuando el cliente había acabado de copiarlo sin errores, tras meterlo en un sobre y sellarlo, yo lo llevaba con extremo cuidado al bufete. Allí lo depositaban en la caja de caudales. Y el asunto quedaba zanjado. Pero en el caso de aquel personaje las cosas no eran tan fáciles. Postrado en la cama, no podía escribirlo todo de una vez. Como el testamento era largo, necesitaba como mínimo una semana. Mientras tanto, yo iba cada día al hospital y respondía a sus preguntas (como había estudiado derecho, las preguntas que entraban en el dominio del sentido común podía responderlas), aunque cada vez que desconocía la respuesta llamaba al bufete y pedía instrucciones. Era una persona muy quisquillosa con los detalles y se le tenía que explicar cada expresión. Sin embargo, pasito a pasito, día a día, cabía esperar que aquella odiosa tarea un día u otro acabara. Sin embargo, cuando empezaba a avistarse el final del túnel, el hombre, invariablemente, recordaba algo que había olvidado especificar o cambiaba radicalmente de opinión. Si las rectificaciones eran menores, se podía añadir un *vale la enmienda,* pero cuando eran sustanciales, había que reescribirlo todo desde el principio. El cuento de nunca acabar. Además, le iban haciendo intervenciones quirúrgicas, chequeos y más cosas, con lo cual, aunque me presentara a la hora indicada, no siempre podía recibirme enseguida. También me había sucedido que iba a una hora y tenía que volver porque decía que no se encontraba bien. Tampoco era infrecuente que me hiciera esperar dos o tres horas antes de recibirme. Ésta fue la razón de que, durante dos o tres semanas, me pasara casi todos los días sentado con paciencia en una silla de la sala de espera del hospital matando un tiempo que se me hacía eterno.

La sala de espera del hospital, como cualquiera puede imaginarse, no era un lugar precisamente acogedor. El plástico de los sofás era de una rigidez casi *post mortem* y parecía que uno debía enfermar sólo con respirar aquel aire. Por la televisión emitían de forma invariable programas estúpidos y el café de la máquina automática sabía a tinta. Todo el mundo tenía una expresión sombría y preocupada. El lugar hacía pensar en unas posibles ilustraciones de Munch para una novela de Kafka. Pero allí fue donde conocí a Kumiko.

Kumiko acudía al hospital todos los días, entre las clases de la universidad, a cuidar a su madre ingresada por una úlcera duodenal. Solía llevar tejanos o una faldita corta y un jersey, y el pelo recogido en una cola de caballo. Estábamos a principios de noviembre y unas veces se ponía abrigo y otras no. Siempre llevaba un bolso colgado al hombro y acarreaba entre los brazos varios libros, sin duda manuales de la universidad y álbumes de dibujo.

La primera tarde que fui al hospital, Kumiko ya se encontraba allí. Estaba sentada en el sofá con las piernas cruzadas, los mocasines negros, absorta en la lectura de un libro. Sentado frente a ella, esperaba la hora de la entrevista con mi cliente mirando el reloj cada cinco minutos. Kumiko casi no levantó los ojos del libro. Recuerdo haber pensado que tenía unas piernas bonitas. Mirándola a ella me mejoró algo el humor. Intenté imaginar cómo debía de sentirse, tan joven, la cara tan simpática (o, como mínimo, tan inteligente) y con aquel fantástico par de piernas.

Tras varios encuentros, Kumiko y yo empezamos a intercambiar algunas frases banales. A pasarnos revistas que ya habíamos leído, a comernos a medias la fruta que le habían ofrecido a su madre las visitas. Estábamos terriblemente aburridos, hartos, necesitábamos un interlocutor de nuestra edad.

Kumiko y yo simpatizamos desde el principio. No fue una de aquellas emociones fuertes e irresistibles, como una descarga eléctrica, que algunos experimentan al encontrarse, sino un sentimiento mucho más dulce y sosegado. Como dos pequeñas luces que, mientras avanzan en paralelo a través de un vasto espacio oscuro, van acercándose de forma imperceptible la una a la otra. A medida que la iba viendo, casi sin darme cuenta, fue resultándome menos duro ir al hospital. Cuando tuve conciencia de ello, experimenté una sensación aún más extraña: más que haber conocido a una persona nueva, me había reencontrado con un viejo y querido amigo.

Me sentía insatisfecho con el intercambio de frases cortadas que manteníamos dentro del recinto del hospital y deseaba hablar con ella en otro lugar, sin prisas. Un día me decidí a pedirle una cita.

—Creo que nos iría bien cambiar de aires. ¿Por qué no vamos a cualquier sitio donde no haya enfermos ni clientes?

Kumiko, tras pensárselo un instante, respondió:

—¿Qué tal el acuario?

Ésa fue nuestra primera cita. El domingo por la mañana, Kumiko le llevó una muda de ropa a su madre al hospital y nos encontramos en la sala de visitas. Era un día cálido y soleado. Kumiko llevaba un sencillo vestido blanco y una chaqueta azul pálido sobre los hombros. Ya entonces me sorprendió lo bien que sabía vestirse. Por sencilla que fuera la ropa que se ponía, con un detalle o toque personal, como doblar el cuello o arremangarse, conseguía en un instante transformarla en algo espléndido. Además trataba la ropa con mucho cuidado, casi con amor. Cada vez que me encontraba con Kumiko, mientras caminaba a su lado contemplaba con admiración la ropa que llevaba. Blusas sin una arruga, los pliegues de la falda bien plisados, la ropa blanca inmaculada, como acabada de estrenar, y los zapatos sin ni una mancha. Miraba su ropa e imaginaba sus blusas y jerséis perfectamente doblados y alineados dentro del cajón de una cómoda, sus vestidos y faldas colgando del armario enfundados en bolsas de plástico (y eso sería, en efecto, lo que vería al casarme).

Aquel día pasamos juntos la tarde en el acuario del parque zoológico de Ueno. Hacía un día espléndido y yo hubiese preferido pasear tranquilamente por el parque, así que, en el tren de ida a Ueno, sondeé a Kumiko, pero ella parecía decidida a ir al acuario. Si ella deseaba ir al acuario, yo no pondría ninguna objeción. Justo entonces había en el acuario una exposición especial de medusas y fuimos mirando, uno tras otro, los especímenes más raros llegados de todos los rincones del mundo. Dentro de los acuarios flotaban ondeando todo tipo de medusas: desde menudencias del tamaño de la punta de un dedo semejantes a hilachos blandos de algodón a monstruos de más de un metro de diámetro. Pese a ser domingo, el acuario no estaba muy lleno. De hecho apenas había gente. En un día tan precioso, cualquiera prefería mirar los elefantes y las jirafas del parque que las medusas del acuario.

A Kumiko no se lo dije, pero yo odiaba las medusas. De niño, nadando en el mar cerca de casa, me habían picado a menudo. Y una vez, mientras me adentraba en el mar, me hallé de pronto en un banco de medusas. En un santiamén me vi rodeado por ellas. Aún hoy recuerdo vivamente el tacto frío y viscoso. En el centro de aquella vorágine me invadió un pánico horroroso, como si me engullera una oscuridad profunda. Por misteriosas razones, aquella vez no llegaron a picarme, pero tragué mucha agua. De haber podido, me hubiese saltado con gusto la exposición de medusas para ver algún pez más normal, un atún o un lenguado.

Pero Kumiko parecía fascinada. Se detenía ante cada acuario, se inclinaba hacia delante y permanecía allí detenida como si hubiera perdido la noción del tiempo.

—¡Mira ésta! —me decía—. ¡Pensar que en el mundo hay una medusa de un rosa tan brillante! Y nada de una forma tan bonita, además. ¡Pensar que se pasa la vida errando por los mares del mundo! ¿No te parece increíble?

—Sí, y tanto —respondía yo.

Pero mientras acompañaba a Kumiko esforzándome en contemplar cada una de las medusas, empecé a sentir una fuerte opresión en el pecho. Sin darme cuenta, enmudecí y empecé a contar nervioso la calderilla en el bolsillo y a enjugarme las comisuras de los labios con el pañuelo. Rezaba para que acabaran pronto los acuarios de medusas. Pero parecían eternos. Se ve que en los mares del mundo hay una variedad de medusas realmente enorme. Logré resistir media hora antes de que, por la tensión, empezara a darme vueltas la cabeza. Al final, cuando ya ni siquiera podía mantenerme en pie apoyado en la barandilla, me dirigí solo hacia un banco que había allí cerca y me senté. Kumiko se me acercó y me preguntó preocupada si me encontraba mal. Le respondí con sinceridad. Que lo sentía, pero que me había mareado al observar las medusas.

Kumiko me miró fijamente a los ojos con expresión grave.

—Es verdad. Tienes la mirada extraviada. ¡No me lo puedo creer! ¡Mira que pasarte eso mirando las medusas! —exclamó atónita. Me agarró del brazo y me llevó del húmedo y sombrío acuario a la luz del sol.

Tras permanecer sentado unos diez minutos y haber respirado hondo varias veces, me recuperé. El sol de otoño brillaba acogedor y las hojas secas de los álamos danzaban a cada soplo de viento con un leve crujido.

—¿Estás bien? —me preguntó Kumiko poco después—. ¡Mira que eres raro! Si tanto odiabas las medusas, no hacía falta que aguantaras hasta sentirte mal. Podrías habérmelo dicho desde el principio —rió Kumiko.

El cielo estaba despejado, el aire era agradable y las personas que pasaban por allí, en domingo, tenían todas una expresión alegre. Una joven guapa y esbelta paseaba un perro de pelo largo, un abuelo vigilaba a su nieta subida al columpio. Había algunas parejas sentadas en los bancos, como nosotros. En la distancia, alguien hacía escalas con un saxofón.

—¿Y cómo es que te gustan tanto las medusas? —le pregunté.

—Pues, no lo sé. Las encuentro bonitas. Antes, mientras las miraba, he pensado una cosa. Escucha, lo que nosotros vemos es sólo una pequeña parte del mundo. Damos por hecho que esto es el mundo, pero no es del todo cierto. El verdadero mundo está en un lugar más oscuro, más profundo, y en su mayor parte lo ocupan criaturas como las medusas. Eso nosotros lo olvidamos. ¿No te parece? Dos terceras partes del planeta son océanos y lo que nosotros podemos ver con nuestros ojos no pasa de ser la superficie del mar, la piel. De lo que verdaderamente hay debajo casi no sabemos nada.

Luego dimos un largo paseo. A las cinco, Kumiko dijo que tenía que regresar al hospital y yo la acompañé.

—Gracias por un día tan fantástico —me dijo al despedirnos. Y en su sonrisa descubrí una luz serena que no existía antes. Al verla, supe que durante aquel día me había acercado un poco a ella. Tal vez gracias a las medusas.

Después de aquel día, Kumiko y yo seguimos saliendo juntos. Su madre fue dada de alta sin complicaciones y el asunto del testamento concluyó, con lo cual ya no fue necesario volver al hospital, pero nosotros continuamos quedando una vez por semana, íbamos al cine, a escuchar música o, simplemente, a pasear. Cada vez que nos veíamos, nos acercábamos más el uno al otro. Me gustaba estar con ella y, cuando me rozaba, me estremecía. A veces, incluso me costaba trabajar cuando se acercaba el fin de semana. Estaba seguro de que yo le gustaba. De no ser así no quedaría conmigo todas las semanas.

Pero no quería apresurarme en profundizar mi relación con Kumiko. Porque percibía en ella algunas dudas. No podía concretar de qué se trataba, pero en sus palabras y en sus acciones asomaba en ocasiones una especie de vacilación. A veces, cuando le preguntaba algo, retrasaba un poco la respuesta. Creaba una pequeña pausa. Y yo, en esos instantes de vacío, no podía por menos de percibir la «sombra» de algo más.

Llegó el invierno y, después, Año Nuevo. Nos habíamos visto todas las semanas. Ni yo le había preguntado nada a Kumiko sobre este «algo» ni ella me había dicho nada. Nos veíamos, íbamos a cualquier lado, comíamos y hablábamos de cosas impersonales.

—Oye, ¿no tendrás novio o algo así? —me atreví a preguntarle un día.

Kumiko se me quedó mirando unos instantes.

—¿Qué te hace suponerlo?

—Pues, no lo sé. Me da esa impresión.

Estábamos en los jardines imperiales de Shinjuku, desiertos en invierno.

—¿Qué tipo de impresión?

—Pues como si hubiera algo que quisieras decirme. Si puedes hablarme de ello, hazlo.

Vi cómo cambiaba la expresión de su rostro. Aunque fue un cambio muy leve, casi imperceptible. Puede que sólo vacilara un instante. Pero la decisión estaba tomada desde el principio.

—Gracias. Pero no tengo nada especial que decir —dijo Kumiko.

—Aún no has respondido a la primera pregunta.

—¿Si tengo novio o algo así?

—Sí.

Kumiko se detuvo, se quitó los guantes y los deslizó en el bolsillo del abrigo. Tomó mis manos, sin guantes, entre las suyas. Unas manos calientes y suaves. Se las estreché ligeramente como respuesta. Me pareció que su aliento se volvía más breve, más blanco.

—¿Podemos ir a tu apartamento ahora?

—Claro que sí —dije yo un poco sorprendido—. Pero no es gran cosa.

En aquella época vivía en Asagaya, en un pisito con cocina, lavabo y una ducha del tamaño de una cabina telefónica. Estaba en un primer piso, orientado al sur, y las ventanas daban a un solar donde se amontonaban materiales de una empresa de construcción. La luz era lo único bueno. Un piso sin ningún encanto en el que la luz era el único elemento positivo. Kumiko y yo permanecimos largo tiempo sentados uno junto al otro, apoyados en la pared, en aquel rincón soleado.

Aquel día hice el amor con Kumiko por primera vez. Aún hoy sigo pensando que ella lo quiso así. En cierto sentido, fue ella quien me invitó a ello. No es que me lo propusiera con palabras o acciones concretas. Pero cuando mis brazos rodearon su cuerpo, supe que ella había deseado desde el principio que ocurriera. Su cuerpo era suave y se abandonó sin resistencia.

Fue su primera experiencia sexual. Después de hacer el amor, permaneció largo tiempo en silencio. Intenté iniciar varias veces una conversación, pero no respondió. Se metió en la ducha, se vistió y volvió a sentarse en el rincón soleado. Yo no sabía qué decir. Me senté a su lado y permanecí en silencio. A medida que el sol se desplazaba, también nos desplazábamos nosotros, siguiéndolo. Al anochecer, Kumiko dijo que volvía a casa y yo la acompañé.

—¿De verdad no hay nada que quieras decirme? —le pregunté una vez más ya en el tren.

Kumiko negó con un movimiento de cabeza.

—No pasa nada, de veras —dijo ella en voz baja.

No volví a hablar más de ello. A fin de cuentas, ella había decidido libremente hacer el amor conmigo y, si ocultaba algo que era incapaz de expresar con palabras, ya se resolvería solo con el paso del tiempo.

Después seguimos viéndonos una vez por semana. Ella solía pasar por mi apartamento y hacíamos el amor. A fuerza de abrazos y caricias empezó a hablar, poco a poco, de sí misma. De ella, de sus experiencias y, también, de los sentimientos que le habían suscitado. Y yo, poco a poco, fui comprendiendo su manera de ver el mundo. Y, poco a poco, fui contándole cómo lo veía yo. Me enamoré de Kumiko profundamente y también ella decía que no quería separarse de mí. Esperamos a que se licenciara en la universidad y nos casamos.

Después de casados vivimos felices, sin preocupaciones. Con todo, yo no podía evitar pensar a veces que en su interior existía un territorio al que yo no tenía acceso. Por ejemplo, cuando conversábamos, de manera normal o apasionada, a veces enmudecía, súbitamente, sin más. Callaba de repente en mitad de la conversación sin ninguna razón especial (o, al menos, sin ninguna que yo atinara a descubrir). Como si fuera andando por un camino y, de repente, cayera en una trampa. El mutismo no duraba mucho tiempo, pero después, durante unos instantes, ella parecía no estar en realidad allí. Y hasta después de cierto tiempo no volvía a ser ella misma. Mientras escuchaba, me respondía con evasivas: «¡Ah, claro!», «Tienes razón», «Pues, quizás».

Poco después de casarnos, cada vez que ella hacía esto le preguntaba: «Oye, ¿te pasa algo?». Me desconcertaba terriblemente, me preocupaba haber dicho algo que la hubiese herido. Pero Kumiko siempre sonreía y decía sin más: «No me pasa nada». Transcurrido el tiempo oportuno, volvía a la normalidad.

Recuerdo haber sentido una turbación extraña, parecida a eso, la primera vez que entré dentro de Kumiko. Para ella era la primera vez y sólo debió de sentir dolor. De hecho, mantuvo todo el tiempo el cuerpo rígido de dolor. Pero no fue eso lo único que me turbó. Allí había algo extrañamente lúcido. Es difícil de expresar, pero era una especie de disociación. Me asaltó la extraña idea de que el cuerpo que tenía entre los brazos era diferente del cuerpo de la mujer que unos minutos antes había estado tendida a mi lado hablando íntimamente conmigo. En algún momento, sin que me diera cuenta, había sido sustituido por otro cuerpo. Mientras la abrazaba, seguía acariciándole la espalda con la palma de mi mano. Me fascinaba el tacto de aquella espalda pequeña y suave. Pero, al mismo tiempo, la sentía lejísimos de mí. Entre mis brazos, Kumiko parecía encontrarse muy lejos, pensando en otra cosa. Volví a pensar que el cuerpo que tenía entre los brazos era un sustituto. Es posible que fuera ésa la razón por la que, pese a sentirme sexualmente excitado, me costara tanto eyacular.

Pero sólo me dio esa sensación la primera vez que hicimos el amor. Después la sentí cada vez más cerca de mí, y sus reacciones físicas se hicieron más vivas. Me convencí de que había sentido aquella especie de disociación porque era su primera experiencia sexual.

Mientras seguía el hilo de mis recuerdos, de vez en cuando alargaba el brazo, alcanzaba la escala y daba un fuerte tirón para asegurarme de que no se hubiera soltado. Todavía temía que se soltara en cualquier momento. En las tinieblas, cada vez que pensaba en esta posibilidad, me sentía terriblemente inquieto. Tanto, que podía oír los latidos del corazón retumbando en mis oídos. Pero después de haberme asegurado tras tirar de la escala varias veces —quizás unas veinte o treinta— fui calmándome. La escala estaba bien sujeta al árbol. No se soltaría así como así.

Miré el reloj. Las agujas fluorescentes señalaban poco antes de las tres. Las tres de la tarde. Sobre mi cabeza flotaba la tabla de luz con forma de media luna. La superficie de la tierra debía de estar bañada por la luz deslumbrante del verano. Imaginé un riachuelo centelleante y las hojas verdes mecidas por el viento. Justo debajo de una luz tan abrumadora existía una oscuridad como aquélla. Bastaba con descender un poco con una escala de cuerda. Y hallabas una profunda oscuridad.

Volví a tirar de la escala de cuerda y comprobé que estaba bien sujeta. Luego apoyé la cabeza en la pared y cerré los ojos. Pronto me invadió el sueño, como una marea que va subiendo despacio.

7
Recuerdos y conversaciones sobre el embarazo
Reflexión empírica sobre el dolor

Al despertarme, la media luna del pozo había mudado al azul oscuro del anochecer. Las agujas del reloj marcaban las siete y media. Las siete y media de la tarde. Había dormido allí cuatro horas y media.

El aire del fondo del pozo era frío. Al bajar debía de haber estado demasiado nervioso para percibir la temperatura. Ahora sentía el frío en la piel. Me froté los brazos desnudos con las palmas de las manos para entrar en calor y pensé que debería haber metido algo en la mochila para ponerme encima de la camisa. Había olvidado por completo que la temperatura en el fondo de un pozo es muy distinta a la de la superficie de la tierra.

Me envolvía una oscuridad profunda. Por más que aguzara la vista, no veía nada. Ni siquiera dónde estaba mi propia mano. Palpé las paredes del pozo, descubrí a tientas la escala y tiré de ella. Seguía firmemente sujeta a la superficie. Al mover la mano, era como si la oscuridad vibrara, pero debía de ser una simple ilusión óptica.

Se me hacía extraño saber que mi cuerpo estaba allí y no ser capaz de verlo. Inmóvil en la oscuridad, cada vez me parecía menos evidente el hecho real de encontrarme allí. Por eso, de vez en cuando carraspeaba o me pasaba la palma de la mano por la cara. Así, mis oídos se cercioraban de la existencia de mi voz, mis manos de la existencia de mi rostro y mi rostro podía cerciorarse de la existencia de mi mano.

Pero, por más que me esforzara, mi cuerpo iba perdiendo poco a poco peso y densidad, como la arena peinada por la corriente. En mi interior se llevaba a cabo una especie de mudo y encarnizado tira y afloja y la conciencia iba arrastrando poco a poco la carne hacia su territorio. Las tinieblas perturbaban sobremanera el equilibrio original entre ambas. Pensé que el cuerpo, en definitiva, estaba hecho para contener la mente y que no era más que una cáscara provisional. Si cambiaba la alineación de aquellos signos llamados cromosomas que conformaban mi cuerpo actual, me encontraría dentro de un cuerpo totalmente distinto. «Prostituta de la mente», había dicho Malta Kanoo. Ahora sí podía aceptar estas palabras sin renuencia. Incluso era posible que copuláramos en el territorio de la mente y que yo eyaculara en la realidad. En una oscuridad tan profunda como aquélla, cualquier cosa, por extraña que fuera, era posible.

Sacudí la cabeza. Y, con esfuerzo, logré devolverle la conciencia al cuerpo.

En las tinieblas, presioné las yemas de los cinco dedos de una mano contra las cinco de la otra. El pulgar con el pulgar, el índice con el índice. Los dedos de la mano derecha se cercioraron de la existencia de los dedos de la mano izquierda, los dedos de la mano izquierda se cercioraron de la existencia de los dedos de la mano derecha. Luego respiré de forma lenta y profunda. Basta de pensar en la mente. Voy a pensar en cosas más reales. Voy a pensar en el mundo de la realidad al que pertenece la carne. Para eso he venido. Para reflexionar sobre la realidad. Porque me pareció que para reflexionar sobre la realidad era mejor alejarme lo más posible de ella. El fondo de un pozo, por ejemplo. «Cuando debas ir hacia abajo, busca el pozo más profundo y desciende hasta el fondo», había dicho el señor Honda. Apoyado en la pared, aspiré lentamente aquel aire que olía a moho.

Nosotros no hicimos ceremonia nupcial. No disponíamos de dinero ni queríamos recurrir a nuestros padres. Más que en formulismos, era preferible emplear todos nuestros esfuerzos en empezar una vida en común. Un domingo por la mañana fuimos a la ventanilla del ayuntamiento abierta los festivos, despertamos al funcionario de guardia que estaba dormitando y registramos el matrimonio. Más tarde fuimos a un restaurante francés de primera categoría al que habitualmente no hubiésemos podido ni entrar, pedimos una botella de vino y, los dos solos, nos regalamos con un buen banquete. Todo eso a cambio de la ceremonia.

Cuando nos casamos, apenas disponíamos de ahorros (contaba con un poco de dinero que me había dejado mi madre al morir, pero decidimos reservarlo para posibles emergencias), tampoco teníamos ningún mueble digno de este nombre. Nuestras perspectivas de futuro no eran muy halagüeñas. A una persona que trabaja en un bufete sin el título de abogado no le espera un futuro muy prometedor. Y ella trabajaba en una pequeña editorial sin nombre. Al licenciarse, de haberlo deseado, hubiese podido encontrar una colocación mucho mejor gracias a la influencia de su padre. Pero ella prefirió encontrar un trabajo por sus propios medios. No nos sentíamos insatisfechos. Nos parecía suficiente ir tirando los dos solos.

Construir algo juntos partiendo de cero no fue tarea fácil. Yo adolecía de la tendencia al aislamiento propia de los hijos únicos. Cuando tenía que hacer algo en serio, prefería llevarlo a cabo por mí mismo. Explicar las cosas, una a una, y hacérselas entender a los demás me parecía una pérdida de tiempo y energía, me era más cómodo hacerlo yo solo sin decir nada a nadie. Y Kumiko, después de perder a su hermana, cerró su corazón a su familia y creció prácticamente sola. Pasara lo que pasara, ella nunca le pedía consejo a nadie de esa casa. En ese sentido éramos idénticos.

A pesar de ello, Kumiko y yo adaptamos nuestros cuerpos y nuestras mentes a aquella nueva unidad, «nuestro hogar». Nos ejercitamos en pensar y sentir los dos juntos. Nos esforzamos en concebir nuestras experiencias individuales como «experiencias comunes» y en compartirlas. No hace falta decir que a veces salía bien y a veces mal. Pero disfrutábamos la novedad de aquella serie de pruebas y fracasos. Y si bien era cierto que entre ambos había enfrentamientos violentos, también lo era que éramos capaces de olvidarlos el uno en brazos del otro.

Al tercer año de casados, Kumiko se quedó embarazada. Tomábamos siempre grandes precauciones y para nosotros —o al menos para mí— fue una gran sorpresa. Debíamos de haber cometido algún error. No recordaba cuál, pero era la única explicación. Fuera como fuese, carecíamos de medios económicos para tener y criar un hijo. Kumiko acababa de familiarizarse con su trabajo en la editorial y pensaba continuar allí el máximo tiempo posible. Pero se trataba de una empresa pequeña y no podía permitirse el lujo de conceder bajas de maternidad. Si alguien quería tener un hijo, no le quedaba más remedio que dejar el empleo. Y si ella lo hacía, durante algún tiempo deberíamos subsistir sólo con mi sueldo, cosa prácticamente imposible.

—En fin, tendremos que dejarlo correr esta vez —dijo Kumiko con voz inexpresiva al volver del hospital con el resultado de las pruebas.

También a mí me parecía inevitable. Se mirara como se mirara, aquélla era la decisión más sensata. Todavía éramos jóvenes y no estábamos preparados para traer un hijo al mundo. Tanto

Kumiko como yo necesitábamos tiempo para asentarnos. Nuestra prioridad era establecer nuestras propias vidas. Ya aparecerían luego mil oportunidades de tener hijos.

A decir verdad, yo no quería que Kumiko abortara. Una vez, en segundo curso de universidad, había dejado embarazada a una chica. Era un año menor que yo y la había conocido en mi trabajo de media jornada. Era una buena chica y enseguida nos llevamos bien. Simpatizábamos, claro, pero ni fuimos novios ni hubo jamás perspectivas de que lo fuéramos en el futuro. Los dos nos encontrábamos solos y necesitábamos tener a alguien entre los brazos.

La causa de que se quedara encinta estaba muy clara. Cuando me acostaba con ella, siempre usaba condón, pero aquel día me olvidé de llevar uno. Se me habían terminado. Cuando se lo conté, ella, tras dudar unos segundos, me dijo: «Bueno, hoy no creo que haya problema». Pero se quedó encinta.

No acababa de hacerme a la idea de que «la hubiera dejado embarazada», y la única solución era abortar. Reuní dinero para la operación y la acompañé. Tomamos el tren y nos dirigimos a un hospital que le había recomendado una conocida, en una pequeña ciudad de la prefectura de Chiba. Nos apeamos en una estación que ni siquiera había oído nombrar. Por las laderas de una baja colina se arracimaban cientos de casitas a la venta, extendiéndose en todo lo que alcanzaba la vista. Era un complejo residencial enorme que se había creado en los últimos años para empleados relativamente jóvenes que no podían pagar una casa dentro de Tokio. También la estación era nueva y, delante, aún quedaban campos de arroz. Al pasar el control de billetes me hallé ante el campo encharcado más grande que había visto en mi vida y en las calles sólo se veían carteles de una agencia inmobiliaria.

La sala de espera del hospital estaba literalmente llena a rebosar de mujeres embarazadas con barrigas enormes. La mayor parte debían de llevar casadas unos cuatro o cinco años, habían logrado por fin comprar una casita a plazos en la periferia y ahora, tras establecerse allí, habían decidido tener un hijo. Durante el día, entre semana, yo debía de ser el único hombre que deambulaba por el hospital, y más tratándose de la sala de espera de un hospital ginecológico. Las embarazadas me lanzaban rápidas miradas llenas de interés. Y no precisamente amistosas. A sus ojos yo no podía parecer mayor de lo que era, un estudiante de segundo de universidad, y era evidente que había dejado embarazada a mi novia por error y que ahora la llevaba a abortar.

Tras la intervención, nos subimos al tren y volvimos a Tokio. Antes del anochecer, el tren para Tokio estaba vacío. Dentro del vagón me disculpé. Le pedí perdón por haberla metido en aquella situación a causa de un descuido.

−No pasa nada. No te preocupes −me dijo ella−. Al menos tú me has acompañado hasta el hospital y has pagado la operación.

Ella y yo, poco después, dejamos de vernos sin que la iniciativa partiera de ninguno de los dos en particular. No sé qué ha sido de ella, dónde está ahora o qué hace. Pero, durante mucho tiempo después del aborto, e incluso después de dejar de vernos, sentí una extraña desazón. Cada vez que me acordaba de ella, me venía al pensamiento la sala de espera del hospital llena a rebosar de jóvenes mujeres encintas repletas de certezas. Y, cada vez, me decía que no debía haber dejado embarazada a aquella chica.

Dentro del tren, ella, para consolarme −*para consolarme a mí*−, me explicó la operación, punto por punto, diciendo que carecía de importancia.

−No es una operación tan seria como te piensas. No es nada larga y tampoco me han hecho daño. Sólo he tenido que desnudarme y estarme allí quieta. Sí, bueno, da un poco de vergüenza, pero el doctor era una buena persona y las enfermeras también eran muy amables. Eso sí, me han reñido diciendo que, a partir de ahora, vaya con más cuidado. No es para tanto. Yo también tengo parte de culpa. ¿No fui yo quien te dijo que no pasaría nada? ¿No es así? ¡Pues anímate!

Pero mientras me dirigía en tren a aquella pequeña ciudad de Chiba y regresaba luego a Tokio, yo me transformé, en algún sentido, en una persona distinta. Después de acompañarla a casa, cuando volví a mi habitación y me tendí en el suelo mirando el techo, me di perfecta cuenta del cambio que se había operado en mí. El yo que estaba allí (mi nuevo yo) jamás podría volver atrás. Y lo que allí había hizo que me diera cuenta de que había perdido la inocencia.

Cuando supe que Kumiko estaba encinta, lo primero que me vino a la cabeza fueron las jóvenes encintas que abarrotaban la sala de espera del hospital ginecológico. Y el peculiar olor que flotaba en la sala. No sabía qué olor era, a qué olía. Quizá no oliera a nada en concreto, tal vez sólo fuera *algo parecido* a un olor. Cuando la llamó la enfermera, la chica se levantó despacio del duro asiento de plástico y se dirigió en línea recta hacia la puerta. Antes de levantarse, me lanzó una mirada breve, y en sus labios flotaba una sonrisa pálida como si, tras esbozarla, hubiera cambiado de opinión.

Le dije a Kumiko que, aunque sabía que no era realista pensar en tener un hijo, no era inevitable, a pesar de todo, abortar.

—Ya hemos hablado mucho de ello, pero si trajéramos al mundo un hijo ahora, yo tendría que dejar la editorial y tú tendrías que buscar otro empleo con un salario más alto, para mantenernos a mí y al niño. Iríamos justos de dinero y no podríamos hacer nada de lo que queremos. Las posibilidades de hacer algo se reducirían drásticamente a partir de entonces. ¿No te importaría?

—No me importaría —dije.

—¿De verdad?

—Si quisiera podría encontrar otro empleo. Mi tío está buscando a alguien que le ayude. Quiere abrir un nuevo local, pero como no encuentra un encargado de confianza, no puede. Ganaría mucho más que ahora. Y aunque no tenga nada que ver con el derecho, la verdad es que me parece que en estos momentos ya me da igual.

—¿Llevar tú un restaurante?

—¿Por qué no? Y en caso de emergencia, aún nos queda algo del dinero de mi madre. No nos moriríamos de hambre.

Kumiko permaneció largo rato en silencio, reflexionando, con unas arrugas finas en el rabillo del ojo.

—¿Es que quieres tener un hijo?

—No lo sé. Por una parte, pienso que sería mejor seguir con la vida que llevamos, los dos juntos. Por otra, pienso, al mismo tiempo, que si tenemos un hijo, nuestro mundo tomará una dimensión más amplia. No sé qué es lo correcto. Sólo sé que no quiero que abortes. Por eso no puedo asegurarte nada. No sé nada a ciencia cierta y tampoco obra en mi poder una solución milagrosa. Lo siento de este modo, simplemente.

Kumiko reflexionó unos instantes. De vez en cuando se pasaba una mano por la barriga.

—Oye, ¿cómo crees que he podido quedarme embarazada? ¿Se te ocurre algo?

Negué con un movimiento de cabeza.

—Siempre hemos tomado precauciones. No queríamos pasar por esto. Así que no tengo ni idea de cómo ha pasado.

—¿No se te ha ocurrido pensar que quizás haya ido con otro hombre? ¿No has pensado en esa posibilidad?

—No.

—¿Y por qué no?

—No soy una persona muy intuitiva, pero de eso estoy seguro.

Kumiko y yo estábamos sentados a la mesa de la cocina bebiendo vino. Era ya tarde, de noche, y no se oía un solo ruido en los alrededores. Kumiko, los ojos entornados, miraba el vino que quedaba en el fondo del vaso. Ella apenas bebía. Sólo un vaso de vino cuando no podía dormir. Después siempre era capaz de conciliar el sueño. Y yo la acompañaba. No utilizábamos copas finas de vino ni nada parecido, sino unos vasos de cerveza que nos habían regalado en la bodega del barrio.

—¿Has estado con otro hombre? —le pregunté, súbitamente preocupado. Kumiko negó varias veces con la cabeza, riendo.

—¡Pero qué dices! Jamás haría una cosa así. Sólo he querido exponer esta hipótesis.

Luego se puso seria de repente e hincó los codos en la mesa.

—Pero la verdad es que yo, a veces, dejo de entender las cosas. Lo que es real y lo que no lo es. Lo que ha ocurrido en realidad y lo que no ha ocurrido... *A veces,* ¿sabes?

—¿Y ahora estamos en una de esas *veces?*

—Pues sí. ¿A ti no te pasa?

Reflexioné unos instantes.

—Pues no recuerdo nada concreto —dije.

—No sé cómo explicarlo. Hay una especie de desfase entre lo que yo creo que es real y la auténtica realidad. Tengo la impresión de que dentro de mí, en alguna parte, hay una pequeña cosa oculta. Como un ladrón que ha entrado en una casa y se ha escondido en el armario. Y sólo de vez en cuando sale y altera mi orden y mi lógica. Como un imán que altera el funcionamiento de una máquina.

Miré a Kumiko unos instantes.

—¿Crees que hay alguna relación entre el hecho de que te quedaras embarazada y este *pequeño algo?*

Kumiko negó con un movimiento de cabeza.

—No se trata de si hay relación o no. Sólo que a veces pierdo la noción del orden de las cosas. Eso era lo único que quería decir.

Empezaba a apreciarse cierta irritación en su voz. El reloj marcaba la una. Era el momento de interrumpir la conversación. Extendí el brazo por encima de la estrecha mesa y le tomé la mano.

—Oye, ¿me dejarás decidir a mí? —dijo Kumiko—. Está claro que es un problema que nos afecta a ambos. Eso ya lo sé. Pero hemos hablado mucho de ello y ya sé lo que sientes. Ahora déjame decidir a mí. Aún dispongo de un mes. Así que, de momento, dejemos de hablar de ello.

El día que Kumiko abortó yo estaba en Hokkaido. No solían enviar a empleados de baja categoría en viaje de negocios, pero en aquel momento no había nadie más disponible y me tocó ir a mí. Tenía que llevar una maleta atiborrada de papeles, dar una sencilla explicación, recoger los documentos que me darían y volver. Eran documentos muy importantes y no podían enviarlos por correo ni confiarlos a nadie ajeno a la empresa. El vuelo de regreso a Tokio estaba completo y tuve que pasar la noche en un hotel de Sapporo. Mientras tanto, Kumiko fue sola al hospital y abortó. Luego, pasadas las diez de la noche, me llamó al hotel.

—Esta tarde he abortado —dijo—. Me sabe mal hablarte de hechos consumados, pero de repente tenían hora y me ha parecido que así era más fácil para los dos, que lo hiciera yo sola estando tú ausente.

—No te preocupes. Si creías que así era mejor, has hecho bien.

—Hay más cosas que debo decirte, pero todavía no puedo. De todos modos, tengo que hablar contigo sobre algo.

—Cuando vuelva a Tokio ya hablaremos con calma.

Después de colgar me puse el abrigo, salí de la habitación y empecé a vagar sin rumbo por las calles de Sapporo. Estábamos a principios de marzo y la nieve se acumulaba a ambos lados de la calle. El viento era tan frío que casi dolía respirar y el aliento de los transeúntes flotaba, blanco, durante unos instantes y se desvanecía. Todos llevaban abrigos gruesos, guantes, bufandas enrolladas hasta la boca y caminaban con tiento sobre el pavimento helado para evitar resbalones. Taxis con ruedas claveteadas deambulaban por la calle entre crujidos. Cuando no pude resistir más el frío, entré en un bar y me tomé varios whiskies solos. Luego reanudé el paseo.

Vagué por las calles mucho tiempo. De vez en cuando caían algunos copos, pero era una nieve tan ligera como un recuerdo que se borra en la distancia. El segundo bar en el que entré estaba en un sótano. Era mucho mayor de lo que la entrada daba a suponer. A un lado había un pequeño escenario y un hombre delgado con gafas cantaba acompañándose de la guitarra. Estaba sentado, con las piernas cruzadas, en una silla metálica y tenía el estuche de la guitarra a los pies.

Me senté y escuché la música mientras bebía sin prestarle demasiada atención. En una pausa, explicó que él mismo había compuesto la música y escrito las letras de todas las canciones. Debía de estar en la segunda mitad de la veintena, su rostro carecía de personalidad y llevaba unas gafas con montura de plástico de color marrón. Vestía tejanos, botines y le asomaban los faldones de una camisa de franela a cuadros por fuera del pantalón. No sabría explicar qué tipo de canciones eran. Acordes simples, melodías monótonas, letras insustanciales. Normalmente no hubiera prestado atención a canciones así y me hubiera limitado a beberme el whisky, pagar la cuenta y salir del local. Pero aquella noche me sentía helado hasta el tuétano de los huesos y no quería salir por nada del mundo hasta haber entrado en calor. Me tomé un whisky solo y enseguida pedí otro. Permanecí con el abrigo puesto y la bufanda enrollada al cuello. El barman me preguntó si me apetecía alguna tapa y pedí queso, pero sólo me comí un trozo. Intenté pensar en algo, pero mi cerebro no funcionaba bien. Ni siquiera sabía qué pensar. Tenía la sensación de haberme convertido en una habitación vacía. Y, dentro de ella, la música resonaba distorsionada como un eco hueco.

Cuando el hombre terminó de cantar unas cuantas canciones, el público aplaudió. No fervorosamente, pero tampoco por compromiso. El local no estaba muy lleno. Debía de haber unas diez o quince personas. Se levantó y saludó. Hizo una especie de broma y algunos clientes rieron. Llamé al camarero y le pedí el tercer whisky. Y, al fin, me quité la bufanda y el abrigo.

—Con esto termina mi actuación de hoy —dijo el cantante. Luego hizo una pausa y barrió el interior de la sala con la mirada—. A algunos de ustedes no les habrán gustado mis canciones. Y, para ellos, voy a hacer hoy un pequeño juego. Hoy en especial. Así que pueden considerarse afortunados.

El cantante dejó con cuidado la guitarra a sus pies y extrajo una vela del estuche. Una vela blanca y gruesa. La encendió con una cerilla, dejó caer cera en un plato y pegó con ella la vela. Luego alzó el plato hacia lo alto con ademanes de filósofo griego.

—Bajen un poco las luces, por favor —dijo el hombre. Un empleado bajó la intensidad de la luz—. Un poco más, por favor.

Cuando la sala hubo quedado casi a oscuras, se vio claramente la llama de la vela. Con el vaso de whisky entre las manos, para calentarlo, miré al hombre y la vela que sostenía en la mano.

—Como ustedes saben muy bien, el hombre experimenta en el curso de su vida diversos tipos de dolor —dijo en voz baja, pero audible—. Dolor del cuerpo y dolor del alma. Yo, hasta hoy, he experimentado diversas clases de dolor y supongo que ustedes también. Pero estoy seguro de que, en la mayoría de los casos, les ha resultado muy difícil describir con palabras ese dolor a los demás. La gente dice que el dolor sólo lo comprende quien lo sufre. Pero ¿es eso realmente cierto? Yo no lo creo así. Si alguien, por ejemplo, sufre de verdad ante nuestros ojos, nosotros también podemos sentir su dolor, su sufrimiento en nuestra propia carne. La fuerza de la empatía. ¿Me comprenden? –Hizo una pausa y barrió de nuevo la sala con la mirada–. Creo que las personas cantan porque quieren alcanzar la empatía con los demás. Porque quieren salir de su reducida cáscara y compartir con muchos otros el dolor y la alegría. Pero eso, por supuesto, no es fácil. Por eso esta noche quisiera hacer, por así decirlo, un sencillo experimento de empatía física.

Todo el mundo miraba al escenario de hito en hito conteniendo el aliento, impacientes por saber qué diablos ocurriría a continuación. En el silencio, el hombre miraba al vacío con la finalidad de hacer una pausa o, quizá, de concentrarse. Luego, sin decir palabra, puso la palma de la mano izquierda sobre la vela y fue acercándola poco a poco a la llama. Un cliente exhaló un sonido que no era ni un suspiro ni un gemido. Pronto se vio cómo el fuego le quemaba la palma de la mano. Incluso parecía oírse el crepitar que producía al abrasarse. Una mujer lanzó un pequeño gemido. Los demás contemplábamos la escena petrificados. El hombre, con la cara violentamente contraída, soportaba el dolor. *«¡Pero qué hace!»*, pensé. *«¿Por qué hará una tontería semejante?»* Noté cómo se me secaba la boca. Tras permanecer así cinco o seis segundos, apartó despacio la mano de la llama y dejó en el suelo el plato con la vela. Luego juntó las dos manos, apretando la palma derecha contra la izquierda.

–Como ustedes han podido comprobar, el dolor puede abrasar de forma literal la carne de un hombre –dijo. La voz era idéntica a la de antes: baja, clara y serena. La angustia se había borrado de su rostro. Incluso flotaba en él una pálida sonrisa–.

Y ustedes han percibido el dolor que supuestamente sentía yo. Éste es el poder de la empatía.

Separó entonces despacio las manos que mantenía unidas. Y, de entre ellas, extrajo un fino pañuelo rojo, lo desplegó y lo mostró. Luego extendió los brazos y dirigió las palmas abiertas hacia el público. No mostraban ni rastro de quemaduras. Tras un breve silencio, la gente, aliviada, aplaudió con entusiasmo. Las luces se encendieron y la gente, liberada de la tensión, empezó a hablar animadamente. El hombre, como si nada hubiera sucedido, guardó la guitarra dentro del estuche, bajó del escenario y desapareció.

Al pagar la consumición, le pregunté a una camarera si aquel hombre solía cantar allí y si, aparte, hacía juegos de manos.

—No estoy segura —dijo—. Por lo que yo sé, ésta es la primera vez que canta aquí. Y nunca lo había oído nombrar. Tampoco he oído que se dedique a la magia. Pero ha sido increíble, ¿verdad? ¿Cómo lo habrá hecho? ¡Incluso podría salir por televisión!

—¡Desde luego! Parecía que se estuviera quemando de verdad —dije.

Volví andando al hotel y, al tenderme en la cama, el sueño acudió de inmediato como si me hubiera estado aguardando. En el instante de dormirme, pensé en Kumiko. Pero la sentí terriblemente lejana y, además, era incapaz de pensar en algo. De repente me vino al pensamiento el rostro de aquel hombre cuando se le abrasaba la palma de la mano. «Realmente parecía que se estuviera quemando», pensé. Y luego me sumergí en el sueño.

8
El origen del deseo
En la habitación 208
Atravesando la pared

Antes del amanecer, en el fondo del pozo, tuve un sueño. Pero no fue un sueño. Era *algo* que tomaba la forma de un sueño.

Yo caminaba solo. En la pantalla de un televisor enorme, situado en el centro de un amplio vestíbulo, aparecía la cara de Noboru Wataya, que acababa de empezar su discurso. Llevaba traje de *tweed*, camisa a rayas y una corbata azul marino. Con los brazos cruzados sobre la mesa, hablaba mirando a la cámara. A sus espaldas se veía un gran mapamundi. Debía de haber cientos de personas en el vestíbulo, pero todas, sin excepción, permanecían inmóviles, con expresión grave, escuchando el discurso. Como si estuvieran anunciándoles algo de importancia capital.

También yo me detenía y miraba la pantalla. Noboru Wataya se dirigía con tono profesional, pero extremadamente sincero, a millones de personas que no podía ver. Aquel *algo* nauseabundo que sentía yo cuando estábamos frente a frente permanecía oculto, en algún lugar recóndito, en el fondo de sus ojos. Su oratoria tenía un gran poder de persuasión. Las pequeñas pausas bien dosificadas, la resonancia de su voz, los cambios de expresión: todo ello dotaba a su discurso de un extraño realismo. Noboru Wataya era cada día mejor orador. No me gustaba reconocerlo, pero así era.

—¿Me explico? Todas las cosas son complicadas y simples a la vez. Ésta es la regla fundamental que gobierna el mundo —decía—. Y no debemos olvidarlo. Incluso las cosas que parecen complicadas —y que en realidad lo son— tienen un móvil extremadamente simple: *qué se está buscando,* sólo eso. Y lo que llamamos móvil es, por así decirlo, el origen del deseo. Lo importante es seguir la raíz del deseo. Cavar en el terreno de esa complejidad que llamamos lo real. Seguir cavando de forma indefinida. Seguir cavando más y más hasta el extremo de la raíz. Entonces —y señalaba el mapa a sus espaldas—, todo se aclara pronto. Así es como funciona el mundo. Las personas necias no pueden escapar jamás de esta complejidad aparente. Y, sin entender ni una sola cosa del funcionamiento del mundo, permanecen en la oscuridad y mueren buscando aturdidos una salida. Están desorientados como si se encontraran en el interior de un bosque espeso o en el fondo de un profundo pozo. Y están perdidos porque no comprenden el principio fundamental de las cosas. En su cabeza sólo hay basura y rocas. Ni siquiera saben distinguir entre delante y detrás, entre arriba y abajo, entre norte y sur. Por eso jamás podrán escapar de la oscuridad. —Noboru Wataya hacía aquí una pausa para que sus palabras pudieran penetrar despacio en la conciencia de su auditorio, y luego proseguía—: Olvidémonos de ellos. Dejemos que sigan desorientados. Nosotros tenemos cosas más importantes que hacer.

Mientras le escuchaba, me iba invadiendo la cólera. Una cólera que casi me cortaba la respiración. Él simulaba dirigirse al mundo entero, pero en realidad me hablaba sólo a mí. Y tenía algún motivo terriblemente retorcido para hacerlo. Pero nadie se daba cuenta de ello. Por eso mismo, Noboru Wataya podía servirse de ese enorme sistema de comunicación que es la televisión para enviarme mensajes cifrados. No poder compartir la ira que me invadía con ninguno de los presentes me provocaba una profunda sensación de soledad.

Cruzaba entonces el vestíbulo abarrotado de personas que aguzaban el oído para no perderse ni una sola de las palabras de Noboru Wataya y me dirigía en línea recta al pasillo que conducía a las habitaciones. Allí estaba el hombre sin rostro. Al acercarme, me miraba con su rostro sin rostro. Y me cortaba el paso en silencio.

—Ahora no es el momento indicado. Usted no puede estar aquí.

Pero me acuciaba el dolor, parecido a una herida profunda, que me había infligido Noboru Wataya. Yo alargaba un brazo y lo empujaba a un lado. El hombre vacilaba como una sombra y se apartaba.

—Lo digo por usted —me advirtió el hombre sin rostro a mis espaldas. Cada una de sus palabras se me clavaba en la espalda como un canto agudo—. Si sigue usted avanzando ya no podrá volver atrás. ¿No le importa?

Ignorándolo, proseguía a paso rápido. Tenía que saber. No podía continuar perdido indefinidamente.

Andaba por un pasillo que me era familiar. Me preguntaba si el hombre sin rostro me seguía para cortarme el paso, pero cuando me daba la vuelta no veía a nadie. En el largo corredor lleno de recovecos se sucedían, una tras otra, puertas idénticas. Cada una de ellas tenía su propio número, pero yo no lograba recordar cuál era el número de la habitación a la que me habían conducido en otras ocasiones. Debería saberlo, pero no lo recordaba. ¡Y no podía ir abriendo una puerta tras otra!

Vagaba por el pasillo sin rumbo, hasta encontrar a un camarero del servicio de habitaciones con una bandeja en la mano. Llevaba una botella de Cutty Sark sin empezar, una cubitera y dos vasos. Lo dejaba pasar y lo seguía a hurtadillas. La pulida bandeja lanzaba destellos a la luz de las lámparas del techo. El camarero no se volvió ni una sola vez. Con la barbilla hundida contra el pecho, caminaba con pasos regulares, dirigiéndose en línea recta a alguna parte. De vez en cuando silbaba. Era la obertura de *La gazza ladra*. El fragmento donde entran los tambores. Silbaba bastante bien. El pasillo era largo, pero mientras lo seguía no me crucé con nadie. Al fin, el camarero se detuvo ante una puerta y llamó suavemente tres veces. Segundos después, alguien le abrió desde el interior y el camarero entró en la habitación con la bandeja. Me dispuse a esconderme detrás de un gran jarrón chino y me apoyé en la pared, esperando a que saliera el camarero. Era la habitación número 208. «¡Ah! ¡Es la 208!», me dije. ¿Por qué no me habría acordado antes?

El camarero tardaba mucho en salir. Yo miraba mi reloj de pulsera. Se me había parado sin que me diera cuenta. Contemplaba, una a una, las flores del jarrón. Las olía. Parecían recién cortadas del jardín: todas estaban admirablemente frescas, y no habían perdido ni el color ni el aroma. Quizás aún no se habían dado cuenta de que las habían arrancado de la planta. Entre los gruesos pétalos de una rosa roja pululaba un pequeño insecto.

Cinco minutos después, el camarero salió por fin de la habitación. La barbilla hundida contra el pecho, como antes, las manos vacías, se volvió por donde había venido. Tras perderlo de vista en un recodo del pasillo, yo me planté ante la puerta. Conteniendo el aliento, agucé el oído para comprobar si llegaba algún ruido desde el interior de la habitación. No se oía nada, no había signo alguno de vida. Me decidí a llamar a la puerta. Tres veces, suavemente, como el camarero. No hubo respuesta. Esperé un momento y volví a dar tres golpes más, esta vez un poco más fuertes. Pero tampoco obtuve respuesta.

Hice girar el pomo con suavidad. La puerta se abrió hacia dentro sin ruido. La habitación estaba a oscuras, pero a través de los resquicios de las cortinas se filtraba una luz tenue y, fijando la mirada, logré distinguir las siluetas de una ventana, una mesa y un sofá. Se trataba, sin duda alguna, de la habitación donde había tenido relaciones sexuales con Creta Kanoo. Una *suite* compuesta de una salita y, al fondo, un dormitorio. Sobre la mesa de la salita distinguía, aunque vagamente, una botella de Cutty Sark, vasos y una cubitera. Al abrir la puerta, la cubitera plateada de acero inoxidable lanzó unos destellos acerados, como un cuchillo afilado, al reflejar la luz del pasillo. Yo cerré la puerta a mis espaldas y me sumergí en la oscuridad. El aire de la habitación era cálido y olía profusamente a flores. Conteniendo el aliento, agucé el oído. Mantuve una mano sobre el pomo, presto a abrir la puerta en cualquier momento. En algún rincón de la habitación debía de haber alguien. Ese alguien había pedido el whisky, el hielo y los vasos al servicio de habitaciones, había abierto la puerta y había indicado al camarero que entrara en la habitación.

—Mantén las luces apagadas —me dijo una voz de mujer. Procedía del fondo de la habitación, del lugar donde estaba la cama. Inmediatamente supe de quién se trataba. Era la mujer misteriosa que me había hecho aquellas llamadas extrañas. Yo aparté la mano del pomo de la puerta y me dirigí despacio, a tientas a través de la oscuridad, hacia la voz. En el fondo de la estancia, la oscuridad era todavía más profunda. Me detuve en el dintel que separaba las dos habitaciones y fijé la mirada en las tinieblas.

Oí el frufrú de las sábanas y vi cómo una sombra negra temblaba levemente en la oscuridad.

—Deja la habitación a oscuras —dijo la mujer.

—No te preocupes. No encenderé la luz —contesté yo.

Me así al dintel.

—¿Has venido solo? —me preguntó la mujer con un deje de cansancio.

—Pues claro —contesté yo—. He pensado que, si venía, quizá podría verte. O, si no, a Creta Kanoo. Tengo que saber dónde está Kumiko. Todo empezó con tus llamadas. Me hiciste llamadas extrañas y, como si se abriera la caja de las sorpresas, empezaron a ocurrir cosas raras. Al final, Kumiko ha desaparecido. Por eso he venido solo. No sé quién diablos eres, pero sé que tienes en tu poder algún tipo de clave. ¿No es así?

—¿Creta Kanoo? —me preguntó la mujer con recelo—. Jamás he oído ese nombre. ¿Está aquí?

—No sé dónde está. Pero la he visto aquí varias veces.

Al respirar, inhaló un intenso olor a flores. El aire estaba impregnado de su intensa fragancia. Debía de haber algún jarrón dentro de la habitación. En algún lugar, entre las tinieblas, las flores respiraban y serpenteaban. En la oscuridad, saturado de aquella violenta fragancia, empecé a perder la conciencia de mi propio cuerpo. Sentí como si me hubiera convertido en un pequeño insecto. Yo era un insecto y me disponía a penetrar entre los enormes pétalos. Allí me aguardaban el viscoso néctar, el polen y los suaves estambres. Ellos requerían mi intrusión y mi presencia.

—Oye —le dije a la mujer—. Antes que nada quiero saber quién eres. Dices que te conozco. Pero, por más que pienso, no logro acordarme. ¿Quién eres?

—¿Que quién diablos soy? —repitió mecánicamente la mujer. Pero en su voz no había una sola nota de mofa—. Quiero un trago. Prepara dos whiskies con hielo. Tú también tomarás uno, ¿verdad?

Yo volví a la salita, le quité el precinto a la botella, puse hielo en los vasos y preparé dos whiskies. A causa de la oscuridad, tardé mucho tiempo en hacer algo tan simple. Regresé al dormitorio con los vasos. La mujer me dijo que los depositara en una mesilla que había junto a la cabecera de la cama. Y que me sentara en la silla que estaba a los pies.

Eso hice. Dejé un vaso sobre la mesilla y me senté en una silla de brazos, con el vaso en la mano, en un lugar algo apartado. Mis ojos ya se habían acostumbrado un poco a la oscuridad.

Vi cómo dentro de las tinieblas unas sombras se movían en silencio. Me pareció que la mujer se incorporaba sobre la cama. El hielo tintineaba dentro del vaso y yo comprendí que la mujer estaba tomándose el whisky. Yo también bebí un sorbo.

La mujer permaneció en silencio durante un buen rato. Cuanto más se alargaba el silencio, más intenso me parecía el olor de las flores.

—¿De veras quieres saber quién soy? —preguntó la mujer.

—Para eso he venido —contesté yo. Pero mi voz, en las tinieblas, tenía un deje de incomodidad.

—¿Así que has venido hasta aquí para saber mi nombre?

Yo carraspeé como toda respuesta, un carraspeo que también resonó con extraña reverberación.

La mujer agitó varias veces el hielo dentro del vaso.

—Tú quieres saber mi nombre. Pero, sintiéndolo mucho, no te lo voy a decir. Yo te conozco muy bien. Tú también me conoces muy bien a mí. Pero yo no me conozco a mí misma.

En la oscuridad, negué con un movimiento de cabeza.

—No acabo de entender lo que dices. Estoy harto de acertijos. Lo que necesito son pistas concretas. Hechos que pueda tomar en la mano, hechos que pueda usar como palanca para forzar la puerta. Eso es lo que quiero.

La mujer exhaló un profundo suspiro que pareció salir de lo más hondo de su ser.

—Tooru Okada, descubre mi nombre. No, no hace falta que lo descubras. *Ya lo conoces muy bien.* Únicamente tienes que recordarlo. Sólo podré salir de aquí a condición de que descubras mi nombre. Y entonces podré ayudarte a encontrar a tu mujer. A Kumiko Okada. Si quieres encontrarla, descubre mi nombre. Ésa es tu palanca. No tienes tiempo de seguir desorientado. Cada día que pasas sin descubrirlo, Kumiko Okada se aleja un poco más de ti.

Yo dejé el vaso de whisky en el suelo.

—Oye, ¿dónde estamos? ¿Desde cuándo te encuentras aquí? ¿Y qué estás haciendo?

—Es mejor que te vayas —decía de repente la mujer a modo de respuesta—. Si aquel hombre te encuentra aquí, tendríamos problemas. *Él* es mucho más peligroso de lo que crees. Podría matarte. En él ni siquiera eso me extrañaría.

—¿Quién diablos es *él*?

La mujer no respondía. Tampoco yo sabía qué añadir. Estaba desorientado. Dentro de la habitación no se oía nada: el silencio era profundo y sofocante. Me ardía la cabeza. Quizá se debiera al polen. Las pequeñas partículas de polen mezcladas en el aire quizás habían penetrado en mi cabeza y desquiciado mis nervios.

—Oye, Tooru Okada —dijo la mujer. Su voz sonó entonces con un timbre distinto. Su tono lograba cambiar en un santiamén. En ese momento iba a la par de la pastosa atmósfera de la habitación—. Oye, ¿querrás volver a abrazarme alguna vez? ¿Querrás volver a penetrarme? ¿A lamerme toda entera? Puedes hacerme todo lo que quieras, ¿sabes? Y yo te haré todo lo que tú quieras. Lo que tu mujer, Kumiko Okada, jamás te ha hecho yo te lo haré. Te haré sentir tan bien que no podrás olvidarlo jamás. Si tú...

Sin previo aviso, se oyó llamar a la puerta. Un sonido claro, como si remacharan clavos sobre alguna superficie dura. En la oscuridad tenía una resonancia siniestra.

La mujer alargó una mano a través de las tinieblas y me agarró el brazo.

—Ven por aquí, rápido —dijo en voz baja. La voz de la mujer había recuperado su timbre normal. De nuevo se oyó cómo llamaban a la puerta. Dos veces, con la misma intensidad. Recordé que la puerta no estaba cerrada con llave—. Ven, rápido. Tienes que salir de aquí y sólo hay una manera de lograrlo.

Arrastrado por ella, avancé a través de la oscuridad. Se oyó cómo el pomo giraba despacio. El sonido me provocó un escalofrío que me recorrió la espina dorsal. Y, casi en el mismo instante en que la luz del pasillo irrumpió en la oscura habitación, nosotros nos deslizamos dentro de la pared. Era fría y viscosa como una gelatina enorme. Yo mantuve la boca cerrada para que nada me entrara dentro. *Estaba atravesando la pared.* Atravesaba la pared para desplazarme de un lugar a otro. Y me parecía la cosa más natural del mundo.

Sentí cómo la lengua de la mujer se introducía en mi boca. Era cálida y suave. Se me metió por todos los rincones de la boca, se enroscó con la mía. El denso olor de los pétalos de flor se adhirió a las paredes de mis pulmones. En el fondo de la cintura notaba el sordo deseo de eyacular. Pero cerré los ojos con fuerza y me contuve. Poco después, sentí un intenso calor en mi mejilla derecha. Una sensación extraña. No era dolor. Sólo la percepción de que *allí había* calor. Ni siquiera pude discernir si procedía del exterior o se generaba dentro de mí. Pero pronto todo desapareció. La lengua, el olor a pétalos, el deseo de eyacular, el calor en la mejilla. Y atravesé la pared. Cuando abrí los ojos, estaba en el otro lado..., en el fondo de un pozo profundo.

9

El pozo y las estrellas
Cómo desapareció la escala

Pasadas las cinco de la mañana ya había amanecido, pero aún quedaban algunas estrellas sobre mi cabeza. Tal como había dicho el teniente Mamiya, desde el fondo de un pozo pueden verse las estrellas incluso de día. Dentro del fragmento recortado en forma de media luna perfecta, las estrellas se agrupaban bellamente como un muestrario de minerales extraños.

Una vez, en quinto o sexto de primaria, fui con mis amigos a acampar a la montaña y vi por la noche un cielo cubierto de incontables estrellas. Tantas, que parecía que el cielo no iba a poder soportar su peso, que se partiría y caería en pedazos. Nunca antes había visto un cielo estrellado tan prodigioso, ni volvería a verlo jamás. Después de que todos se durmieran, como yo no podía conciliar el sueño, me deslicé fuera de la tienda, me tendí boca arriba y permanecí inmóvil contemplando aquel precioso cielo estrellado. De vez en cuando, la línea brillante de una estrella fugaz cruzaba el cielo. Pero me fue entrando miedo. Había demasiadas estrellas, el cielo de la noche era demasiado vasto y profundo. Aquel abrumador y extraño ente me rodeaba, me envolvía, provocándome inseguridad. Hasta entonces había creído que la tierra que pisaba seguiría siendo eternamente sólida. No, ni siquiera me había parado a pensar en ello. Lo había dado por supuesto. Pero la Tierra no era, en realidad, más que un pedrusco que flotaba en algún rincón del universo. Visto desde la inmensidad, no pasaba de ser un andamio efímero. Sólo con un pequeño cambio de fuerza, o con un destello momentáneo de luz, la Tierra, con todos nosotros, podría ser barrida mañana mismo. Bajo un cielo tan magnífico que cortaba el aliento, pensé que iba a desmayarme en cualquier momento pensando en la pequeñez e incertidumbre de mi propia existencia.

Mirar el cielo estrellado desde el fondo de un pozo o mirarlo desde la cima de una montaña son experiencias únicas de diferente índole. A través de aquella ventana angosta sentía que mi existencia como ser consciente estaba unida por vínculos especiales a aquellas estrellas. Me sentía íntimamente ligado a ellas. Es probable que sólo yo pudiera verlas desde el fondo del pozo. Yo las tomaba como una existencia especial y ellas me ofrecían a cambio su fuerza y su calor.

Conforme pasaba el tiempo y la luz brillante de la mañana de verano iba adueñándose del cielo, las estrellas fueron desapareciendo, una tras otra, de mi campo visual. En silencio. Yo observaba inmóvil su progresiva desaparición. Pero la luz de la mañana no logró borrarlas todas. Quedaron unas pocas de potente luz. Aquéllas, por muy alto que se elevara el sol, resistirían estoicamente y permanecerían. Esto me llenó de alegría. Aparte de alguna nube, las estrellas eran lo único que yo podía ver.

Había sudado mientras dormía y el sudor se había ido enfriando poco a poco. Me estremecí varias veces. El sudor me recordó la negra habitación de hotel y la mujer del teléfono. Aún resonaban en mis oídos cada una de sus palabras, los golpes en la puerta. Todavía permanecía en las ventanas de mi nariz el sofocante olor a flores ocultas. Noboru Wataya hablaba desde el otro lado de la pantalla. El recuerdo de estas diferentes impresiones no se desvanecía con el tiempo. *Porque no era un sueño*, me advirtió la memoria. Incluso tras despertar, seguía sintiendo calor en la mejilla derecha. Y, con él, se mezclaba ahora un ligero dolor. Como si me hubieran frotado la mejilla con papel de lija. Con la palma de la mano presioné aquella zona a través de la barba crecida, pero ni el calor ni el dolor se desvanecieron. En el fondo de la negrura del pozo, sin espejo, sin nada, no había manera de saber qué me había pasado en la mejilla.

Alargué el brazo y palpé las paredes del pozo. Exploré la superficie con las yemas de los dedos y luego apreté la palma de la mano contra la pared. Una vulgar pared de cemento. La golpeé con el puño. Una pared dura, inexpresiva, ligeramente húmeda. Recordaba la extraña sensación de viscosidad mientras la atravesaba. Una sensación idéntica a la de atravesar gelatina.

Saqué a tientas la cantimplora de la mochila y bebí un trago de agua. Llevaba casi un día sin tomar nada. Al pensarlo sentí de repente un hambre terrible. Pero, al poco, la sensación de hambre desaparecería y me sumergiría en la insensibilidad. Volví a palparme la cara y comprobé lo que me había crecido la barba. En la barbilla tenía la barba de un día. Había transcurrido un día. Pero mi ausencia de un día es probable que no hubiera tenido efecto sobre nadie. Quizá ningún ser humano se hubiera dado cuenta. En el momento en que yo desapareciera, el mundo continuaría funcionando impertérrito. La situación era terriblemente complicada, sin duda. Pero una cosa la tenía clara: a mí no me necesitaba nadie.

Volví a mirar las estrellas sobre mi cabeza. Observándolas se desaceleraron poco a poco los latidos de mi corazón. Y, movido por un pensamiento repentino, alargué el brazo a través de las tinieblas y busqué la escala que colgaba contra la pared del pozo. Pero mis manos no lograron encontrarla. Palpé con extremo cuidado una amplia superficie. La escala no estaba allí. No se encontraba en el lugar donde debía estar. Respiré profundamente, hice una pequeña pausa, saqué la linterna de la mochila y la encendí. Allí no había ninguna escala. De pie, con la linterna, iluminé el suelo y las paredes sobre mi cabeza. Hasta donde alcanzaba la luz. Pero la escala no aparecía por ninguna parte. Un sudor frío me manó de las axilas y resbaló despacio por mis costados, como un animal. La linterna se me soltó de la mano, cayó al suelo y, del golpe, se apagó. Aquello era una señal. En un instante, mi conciencia estalló, se redujo al tamaño de la fina arena, se diluyó en la oscuridad y fue absorbida por ella. Mis funciones vitales se interrumpieron como si hubieran cortado la corriente. Me sumergí en la nada más absoluta.

Probablemente fue cosa de segundos. Pronto me recuperé. El funcionamiento del cuerpo se me normalizó poco a poco. Me agaché, recogí la linterna a mis pies y, tras darle unos golpes, conseguí encenderla. Intenté calmarme y ordenar mis ideas. Por más que me atolondrara, por más miedo que sintiera, no conseguiría nada. ¿Cuándo había comprobado la existencia de la escala por última vez? Pasada la medianoche, poco antes de dormirme. Sin duda. La escala había desaparecido mientras dormía. Me la habían retirado, arrebatado.

Apagué la linterna y me apoyé en la pared. Cerré los ojos. Ante todo, sentía hambre. Avanzaba desde lejos, como una ola, me bañaba en silencio y luego se retiraba. Y, cuando retrocedía, mi cuerpo quedaba hueco, vacío como el de un animal disecado. Tras superar el abrumador pánico inicial, ya no sentí ni miedo ni desesperación. Era realmente extraño, una especie de resignación, eso era todo lo que sentía.

Cuando volví de Sapporo, abracé a Kumiko y la consolé. Se sentía confusa y desconcertada. Ni siquiera había ido a trabajar. Me dijo que aquella noche no había podido dormir.

—En el hospital tenían una hora libre que me iba bien y lo decidí yo sola —me contó y lloró un poco.

—Ya ha terminado todo —dije—. Hemos hablado mucho al respecto y ahora ya está hecho. Es inútil darle más vueltas. Si quieres decirme algo, hazlo ahora. Y luego olvídalo todo. Querías hablarme de algo, ¿verdad? Me lo dijiste por teléfono.

Kumiko negó con un movimiento de cabeza.

—Es igual. Ya no tiene importancia. Tienes razón. Olvidémoslo todo.

Durante un tiempo evitamos mencionar el aborto de Kumiko. Pero no era fácil. Mientras hablábamos de cualquier cosa, a veces enmudecíamos los dos de repente. Los días festivos solíamos ir juntos al cine. En la oscuridad nos concentrábamos en la película, pensábamos en algo que no tuviera nada que ver con ella o nos relajábamos dejando la mente en blanco. En ocasiones, me daba cuenta de que, en el asiento vecino, Kumiko estaba pensando en otra cosa. Lo percibía.

Después de la película, íbamos a tomar una cerveza o a comer algo. Pero, a veces, no sabíamos de qué hablar. Esta situación se prolongó durante seis semanas. Seis largas semanas. A la sexta, Kumiko me dijo:

—Oye, ¿por qué no nos tomamos mañana el día libre y hacemos un viajecito? Hoy es jueves. Podríamos estar hasta el domingo. Es necesario hacer algo así de vez en cuando.

—Sí, tienes razón, pero no sé si en el bufete alguien sabe lo que significa esa maravillosa palabra: «vacaciones» —dije riendo.

—Ponte enfermo, entonces. De gripe o algo así. Yo haré lo mismo.

Fuimos en tren a Karuizawa. Kumiko prefería un lugar tranquilo, en la montaña, donde pudiéramos pasear cuanto quisiéramos. Y elegimos Karuizawa. Era abril, temporada baja, y los hoteles estaban prácticamente vacíos y casi todas las tiendas cerradas, pero nosotros queríamos un lugar tranquilo. Nos pasamos el día paseando. Paseamos de la mañana a la noche.

Kumiko tardó un día y medio en liberar sus sentimientos. Lloró casi dos horas sentada en una silla del hotel. Mientras, yo la abrazaba sin decir palabra.

Luego, Kumiko empezó a hablar, poco a poco, conforme le acudían las ideas. Habló del aborto. De lo que sintió en aquellos momentos. De la horrible sensación de pérdida. De lo sola que se había sentido mientras yo estaba en Hokkaido. De cómo únicamente en medio de aquella soledad pudo llevarlo a cabo.

—No es que me arrepienta —dijo Kumiko al final—. No había otra solución. Esto lo tengo muy claro. Lo que me resulta más duro es no poder explicarte con exactitud todo, absolutamente todo lo que siento.

Kumiko se echó el pelo para atrás mostrando su pequeña oreja. Luego negó con un movimiento de cabeza.

—No es que quiera ocultártelo. Algún día podré hablarte de ello, seguro. Quizá seas la única persona a quien puedo decírselo. Pero aún no. Todavía no soy capaz de expresarlo bien con palabras.

—¿Pertenece al pasado?

—No.

—Si lo que necesitas es tiempo, tienes todo el que quieras. Hasta que estés preparada. Yo permaneceré siempre a tu lado. No hay ninguna prisa. Pero quiero que tengas esto presente: tus cosas, sean del tipo que sean, las considero mías. De eso nunca tendrás por qué preocuparte.

—Gracias —dijo Kumiko—. He tenido suerte casándome contigo.

Pero no dispusimos de tanto tiempo como yo suponía. ¿Qué podía ser aquello que Kumiko *no era capaz de expresar bien con palabras*? ¿Tenía alguna relación con su fuga? Si entonces le hubiera sacado a la fuerza aquel *algo,* quizás ahora no habría perdido a Kumiko. Pero después de darle vueltas a estas ideas, decidí que era inútil. Kumiko había dicho que era incapaz de traducirlo en palabras. Fuera lo que fuese, superaba sus propias fuerzas.

—¡Oye, señor *pájaro-que-da-cuerda!* —me llamó May Kasahara a voz en grito. Estaba adormecido y, al escucharla, creí que soñaba. Pero no era un sueño. Al mirar hacia arriba vi, diminuta, la cara de May Kasahara—. ¡Oye, señor *pájaro-que-da-cuerda!* Estás aquí, ¿verdad? Sé que estás aquí. Así que, ¡responde!

—Sí, aquí estoy.

—¿Qué narices estás haciendo en ese sitio?

—Reflexionando —contesté.

—Hay otra cosa que no acabo de entender. ¿Por qué, para reflexionar, has tenido que bajar, a propósito, al fondo de un pozo? No es fácil hacerlo y es bastante pesado, ¿no crees?

—Así puedes concentrarte mejor en tus pensamientos. Está oscuro, fresco, en silencio.

—¿Haces a menudo cosas de este tipo?

—No, no. Ésta es la primera vez en mi vida. La primera vez que bajo al fondo de un pozo —dije.

—¿Van bien tus reflexiones? ¿Se puede pensar bien ahí dentro?

—Aún no lo sé. Sólo estoy probándolo.

Ella carraspeó. El carraspeo resonó fuertemente hasta el fondo del pozo.

—Oye, señor *pájaro-que-da-cuerda,* ¿te has dado cuenta de que ha desaparecido la escala?

—Sí, hace un rato.

—¿Y sabías que había sido yo quien la había sacado?

—Pues no. No lo sabía.

—Entonces, ¿quién diablos pensabas que lo había hecho?

—No lo sé —respondí con sinceridad—. No sé cómo explicarlo, pero no había pensado en eso. En quién se la había llevado. Simplemente he pensado que había desaparecido. De verdad.

May Kasahara permaneció en silencio unos instantes.

—Que *simplemente había desaparecido* —dijo ella con tono cauto. Como si pensara que en mis palabras se escondía una complicada trampa—. ¿Qué quieres decir con eso? Con ese «simplemente había desaparecido». ¿Que había desaparecido sola?

—Pues, tal vez.

—Oye, señor *pájaro-que-da-cuerda*. No me lo hagas decir otra vez: eres muy raro, ¿sabes? No hay mucha gente tan rara como tú. ¿Lo sabías?

—Yo no creo ser tan raro, la verdad —dije.

—Entonces, ¿cómo crees que se lo hacen las escalas para desaparecer solas?

Me palpé el rostro con ambas manos. Intenté concentrar mi atención en la conversación con May Kasahara.

—Te la has llevado tú, ¿verdad?

—¿Y a ti qué te parece? —replicó May Kasahara—. Por poco que uno piense, lo comprende enseguida. Claro que lo hice yo. Vine por la noche a escondidas y la saqué.

—¿Por qué lo has hecho?

—Ayer me acerqué muchas veces a tu casa. Quería proponerte que fuéramos a trabajar juntos otra vez. Pero tú no estabas. En la cocina había una nota. Esperé mucho tiempo, pero tú no volvías. Por si acaso, me acerqué a mirar a la casa abandonada. Vi que habían quitado media tapa del pozo y que una escala colgaba por dentro. Sin embargo, ni se me pasó por la cabeza que tú pudieras estar ahí. Pensé que estaban haciendo obras o algo así y que habían colgado la escala. ¿A quién se le ocurre? No hay mucha gente que se meta dentro de un pozo, se siente en el fondo y se ponga a reflexionar.

—Sí, claro —admití.

—Pero luego, a medianoche, volví a tu casa y aún no habías regresado. Entonces se me ocurrió que a lo mejor estabas dentro del pozo. No podía ni imaginar qué estarías haciendo allí, pero como eres tan raro... Me acerqué otra vez al pozo y retiré la escala. Te has asustado, ¿no?

—Pues sí —dije.

—¿Has traído comida y agua?

—Agua, un poco. Comida no. Pero me quedan tres caramelos de limón.

—¿Desde cuándo estás aquí?

—Desde ayer por la mañana.

—Tendrás hambre, ¿no?

—Pues sí.

—¿Y cómo te lo montas para hacer pipí y todo eso?

—Me las apaño. Como apenas he tomado nada, no es un problema tan grave.

—Oye, señor *pájaro-que-da-cuerda,* ¿te das cuenta de que si me diera la gana, tú te morirías aquí dentro? Soy la única persona que sabe que estás aquí. Y te he escondido la escala. ¿Te das cuenta? Si me largara, tú te morirías dentro. Nadie te oiría aunque gritaras, y nadie podría imaginar tampoco que estás en el fondo de un pozo. Además, nadie se daría cuenta de que has desaparecido. No trabajas en ningún sitio y tu mujer se ha largado. Aunque alguien se diera cuenta y avisara a la policía, tú acabarías muriendo y jamás encontrarían el cadáver.

—Seguro que pasaría eso. Si a ti te diera la gana, yo me moriría aquí.

—¿Qué siente uno en esta situación?

—Miedo —respondí.

—Pues no pareces muy asustado que digamos.

Volví a palparme las mejillas con las dos manos. «Ésta es mi mano, ésta es mi mejilla», pensé. Inmerso en la oscuridad, no lo veía, pero mi cuerpo estaba ahí.

—Porque aún no me he hecho a la idea.

—Pues yo sí me he hecho a la idea —dijo May Kasahara—. Matar a alguien quizá sea más fácil de lo que parece.

—Depende de la forma de matar.

—Sería fácil. Bastaría con dejarte aquí dentro. Sin hacer nada más. ¡Va! Trata de imaginártelo, señor *pájaro-que-da-cuerda*. Lo que sufrirías muriéndote en la oscuridad, poco a poco, de hambre y de sed. No sería una muerte dulce precisamente.

—Pues no —repuse.

—No me tomas en serio, ¿verdad? No crees que pueda hacer algo tan cruel, ¿no es así?

—No lo sé. Ni lo creo ni dejo de creerlo. Existe como posibilidad. Eso es lo que creo.

—Yo no estoy hablando de posibilidades —dijo ella con voz gélida—. ¿Sabes? Se me acaba de ocurrir una cosa. He tenido una buena idea. Ya que te has metido dentro del pozo para reflexionar, voy a hacer que te concentres mejor en tus pensamientos.

—¿Cómo? —pregunté.

—Así.

Y cerró la mitad abierta de la tapa. Entonces la oscuridad fue completa, total.

10
Reflexión de May Kasahara sobre la muerte
y la evolución del hombre
Cosas hechas *en otra parte*

Acurrucado en el fondo de una oscuridad absoluta, sólo podía ver la *nada*. Yo mismo era parte de la *nada*. Con los ojos cerrados, escuché el sonido de mi corazón, el sonido de la circulación de la sangre, el sonido de las contracciones pulmonares, como un fuelle, los retortijones que las húmedas vísceras, reclamando alimento, provocaban en mi estómago. En la oscuridad total, cada movimiento, cada oscilación, sonaba amplificada, como algo artificial. Aquél era mi cuerpo. Pero, envuelto en las tinieblas, era demasiado fresco, demasiado carnal.

Y, de nuevo, poco a poco, la conciencia fue deslizándose fuera de mi cuerpo.

Me imaginé convertido en el *pájaro-que-da-cuerda*, surcando el cielo del verano, posándome en la rama de un árbol, dándole cuerda al mundo. Si era cierto que el pájaro había desaparecido, alguien tenía que asumir sus funciones. Alguien tenía que darle cuerda al mundo por él. De no ser así, la cuerda se iría aflojando y aquel sutil engranaje acabaría deteniéndose. Pero yo era el único ser humano que había notado su desaparición. En el fondo de mi garganta intenté reproducir su grito. No lo conseguí, sólo logré emitir un sonido feo y absurdo como el de dos cosas feas y absurdas frotándose entre sí. Quizá sólo el auténtico *pájaro-que-da-cuerda* pudiera emitir el grito del *pájaro-que-da-cuerda*. Y sólo el *pájaro-que-da-cuerda* podía darle cuerda al mundo como es debido.

Pero yo, como *pájaro-que-da-cuerda* mudo e incapaz de dar cuerda al mundo, decidí volar por el cielo del verano. Volar no es tan difícil. Una vez alzas el vuelo, basta con mover las alas en el ángulo preciso y controlar la dirección y la altura. Mi cuerpo había adquirido en un instante la facultad de volar y surcaba el cielo sin dificultades, libre. Contemplaba el mundo con los ojos del *pájaro-que-da-cuerda*. De vez en cuando, me cansaba de volar, me posaba en una rama y observaba a través de las hojas verdes los tejados de las casas y el callejón. Observaba a las personas moviéndose por el suelo, viviendo su cotidianidad. Por desgracia, yo no podía verme. Porque jamás había visto al *pájaro-que-da-cuerda* y no sabía cómo era.

Durante mucho tiempo —¿cuánto debió de pasar?— fui el *pájaro-que-da-cuerda*. Pero serlo no me conducía a ninguna parte. Ser el *pájaro- que-da-cuerda* y volar por el cielo era divertido, por supuesto. Pero no iba a divertirme con ello eternamente. Tenía otras cosas que hacer en la negrura de aquel pozo. Y dejé de ser el *pájaro-que-da-cuerda* para volver a mí.

Pasaban de las tres cuando May Kasahara volvió. Las tres de la tarde. Cuando abrió la tapa del pozo, la luz irrumpió de repente sobre mi cabeza. Los cegadores rayos de sol de una tarde de verano. Para que no se me lastimaran los ojos, acostumbrados a la oscuridad, los cerré unos instantes, mirando hacia el suelo. Sentí que se me anegaban en lágrimas sólo de pensar que allí había luz.

—Oye, señor *pájaro-que-da-cuerda* —dijo May Kasahara—. ¿Aún estás vivo? Si aún vives, responde.

—Claro que estoy vivo.

—Debes de tener hambre, ¿no?

—Yo diría que sí.

—¿Todavía vas con el «diría que sí»? Aún falta mucho para que te mueras de hambre, ya veo. Pero, por más hambre que uno pase, si tiene agua, tarda mucho en morir.

—Pues, quizá sí —dije. Mi voz, al resonar en el pozo, se oía terriblemente distorsionada, amplificada por el eco.

—Esta mañana he ido a la biblioteca y lo he buscado —dijo May Kasahara—. He leído libros que hablaban de la muerte por hambre y sed. Quizá ya lo sepas, señor *pájaro-que-da-cuerda*, pero hay una persona que resistió veintiún días sólo con agua, sin comer nada. Ocurrió durante la Revolución Rusa.

—¡Caramba! —exclamé.

—Seguro que las pasó canutas.

—Y tanto que debió de pasarlas canutas.

—Lo que se dice sobrevivir, sobrevivió. Pero no le quedó ni un solo pelo ni un solo diente. Se le cayeron todos. Se salvó, pero debió de ser terrible para él.

—Pues sí que debió de serlo —dije.

—Pero, bueno. Aunque te quedes sin pelo y sin dientes, con una peluca y una dentadura postiza podrás ir tirando.

—Sí, claro. La técnica de la fabricación de pelucas y dentaduras postizas ha hecho grandes progresos desde la Revolución Rusa. En este sentido no hay problema.

—Oye, señor *pájaro-que-da-cuerda* —dijo May Kasahara con un carraspeo.

—¿Qué?

—Si el hombre viviera eternamente, sin desaparecer, sin envejecer, si pudiera vivir una juventud perpetua en este mundo, ¿crees que se rompería la cabeza, como hacemos nosotros, pensando en esto y aquello? Es decir, nosotros pensamos, más o menos, en muchas cosas, ¿no? Filosofía, psicología, lógica, o religión, literatura. ¿Crees que si no existiera la muerte surgirían todos esos pensamientos, esos conceptos tan complicados en la superficie de la tierra? Es decir...

May Kasahara se interrumpió en este punto y enmudeció. Mientras tanto, la expresión «es decir» quedó colgando, inmóvil, en la oscuridad del pozo, como un fragmento de pensamiento arrancado a la fuerza. Quizás hubiera perdido las ganas de seguir hablando. O quizá necesitara tiempo para pensar cómo continuar su discurso. Permanecí en silencio esperando a que prosiguiera. Mantenía la cabeza gacha. De repente, se me ocurrió que si quisiera matarme enseguida lo tendría fácil. Bastaría con traer un pedrusco y dejarlo caer dentro del pozo. Si tiraba varios, alguno me daría en la cabeza.

—Es decir…, lo que yo creo es que el hombre piensa en el significado de la vida porque sabe con certeza que va a morir algún día. ¿No te parece? ¿Quién se tomaría en serio el hecho de estar vivo si viviera eternamente? ¿De dónde surgiría esta necesidad? Aun suponiendo que la tuviera, uno acabaría diciendo: «Todavía tengo muchísimo tiempo. Ya pensaré en ello más adelante». Pero eso, en la realidad, no es así. Nosotros debemos pensar en este instante, aquí y ahora. Mañana por la tarde quizá muera atropellada por un camión. Quizá dentro de tres días tú mueras de hambre y de sed en el fondo de este pozo. ¿No es así? Nadie sabe lo que va a ocurrir. Por eso nosotros, para evolucionar, necesitamos la muerte. Eso es lo que creo. Cuanto más viva y gigantesca sea la presencia de la muerte, más pensaremos en ella. —Y en este punto, May Kasahara hizo una pausa—. Oye, señor *pájaro-que-da-cuerda*.

—¿Qué?

—Tú, ahí dentro, en la oscuridad, ¿has pensado en tu muerte?, ¿en cómo te irás muriendo ahí dentro?

Reflexioné un instante.

—No —dije—. No he pensado especialmente en ello.

—¿Por qué? —preguntó May Kasahara con asombro. Parecía que se estuviera dirigiendo a un animal estúpido—. ¿Por qué no has pensado en ello? Tú, ahora, estás en la encrucijada. No bromeo. Hablo muy en serio. Ya te lo he dicho antes, ¿no? Está en mis manos que vivas o mueras. Depende de mi capricho.

—También podrías tirarme una piedra.

—¿Una piedra? ¿Qué quieres decir con eso?

—Que bastaría con traer un pedrusco y tirármelo a la cabeza.

—Pues, mira, sí. También podría hacer eso —dijo May Kasahara. Pero no parecía gustarle demasiado la idea—. Pero, oye, señor *pájaro-que-da-cuerda*. Debes de tener hambre, ¿no? Y a partir de ahora cada vez tendrás más. Y se te acabará el agua. Pero, a pesar de ello, tú no piensas en la muerte. ¿Por qué será? Te lo mires como te lo mires, es extraño.

—Seguro que sí —admití—. Pero es que yo he estado todo el rato pensando en otras cosas. Quizá, cuando tenga más hambre, piense en mi propia muerte. Total, para morir aún me quedan unas tres semanas, ¿no?

—Si tuvieras agua —dijo May Kasahara—. Aquel ruso podía beber agua. Era un terrateniente o algo así y el ejército revolucionario lo echó dentro de una vieja mina abandonada, pero el agua se filtraba por las paredes y él logró sobrevivir lamiéndola. Aquel hombre estuvo, como tú, en una oscuridad total. Pero tú no tienes demasiada agua, ¿verdad?

—Sólo me queda un poco —le contesté con honestidad.

—Entonces es mejor que la raciones —dijo May Kasahara—. Sorbo a sorbo. Y tómate tiempo para pensar. En la muerte, en que te estás muriendo. Aún tienes mucho tiempo.

—¿Por qué te empeñas en que piense en la muerte? No sé, pero debe de servirte para algo el que yo piense en la muerte.

—¡Pero qué dices! —exclamó May Kasahara con auténtica sorpresa—. A mí eso no me sirve para nada. ¿Por qué crees que va a servirme que pienses en tu muerte? Se trata de tu vida, ¿no? No tiene nada que ver conmigo. Simplemente, siento interés.

—¿Curiosidad?

—Sí, eso es. Curiosidad. Por ver cómo alguien se va muriendo. Qué se siente cuando uno se va muriendo. Curiosidad.

May Kasahara enmudeció. Al callar, un profundo silencio llenó el espacio alrededor de mis pies como si hubiera esperado esta oportunidad con impaciencia. Levanté la cara y miré hacia arriba. Quería comprobar si veía a May Kasahara, pero la luz era demasiado fuerte. Seguro que me quemaría los ojos.

—Oye, me gustaría decirte una cosa.

—Dila.

—Mi mujer tiene un amante. Me parece que sí. No me había dado cuenta, pero durante meses, mientras vivía conmigo, se ha estado acostando con otro hombre. Al principio me resistía a creerlo, pero cuanto más lo pienso, más convencido estoy de ello. Ahora, al reconsiderarlo, he comprendido una serie de pequeñas cosas. Que la hora de llegada fuera cada día más irregular, que se sobresaltara cuando la tocaba. Pero no supe leer estas señales. Yo confiaba en ella. Nunca pensé que me fuera infiel. Ni siquiera se me pasó por la cabeza.

—¡Caramba! —dijo May Kasahara.

—Y entonces mi mujer se fue un buen día, de repente. Por la mañana desayunamos juntos. Luego, con el mismo aspecto que tenía siempre cuando iba al trabajo, con el bolso de siempre, llevándose sólo la falda y la blusa que fue a recoger a la tintorería, se marchó sin más. Desapareció sin decir adiós, sin una nota. Dejando su ropa y todas sus cosas atrás. Y quizás ella no vuelva nunca aquí, a mi lado. Al menos no por iniciativa propia. Eso lo tengo muy claro.

—¿Kumiko está con otro hombre?

—No lo sé —respondí. Y moví lentamente la cabeza. Sentí el aire a mi alrededor como agua densa, intangible—. Pero es probable que sí.

—¿Y entonces, tú te has sentido decepcionado y te has metido en el pozo?

—Decepcionado sí me he sentido. Por supuesto. Pero no me he metido aquí dentro por eso. No es que deseara huir de la realidad y que me esté escondiendo. Como te he dicho antes, necesitaba un lugar en el que estar solo y donde poder concentrarme en mis pensamientos. Lo que no entiendo es dónde diablos se estropeó mi relación con Kumiko, cómo enfilamos un rumbo equivocado. No hace falta decir que no todo había sido perfecto hasta entonces. Un hombre y una mujer, en la veintena, con diferentes personalidades, se conocen por casualidad y empiezan a vivir juntos. No hay ningún matrimonio que no tenga problemas. Pero yo siempre pensé que lo nuestro, básicamente, funcionaba. Pensaba que, aunque tuviéramos problemas, se irían solucionando solos con el paso del tiempo. Pero en realidad no era así. Se me debió de pasar por alto algo importante. Debí de cometer algún error fundamental. Y quería pensar en ello. —May Kasahara no dijo nada. Tragué saliva—. No sé si lo entenderás. Cuando nos casamos, hace seis años, queríamos construir entre los dos un mundo completamente nuevo. Como si levantásemos una casa en un solar vacío. Teníamos una idea muy clara de lo que queríamos. No necesitábamos una casa lujosa. Nos bastaba un techo bajo en que cobijarnos y estar los dos juntos. Preferíamos no tener cosas superfluas. Todo nos parecía muy simple, muy sencillo. Oye, tú quizá no lo hayas pensado nunca, pero ¿no te gustaría ser otra persona completamente distinta?

—Claro que sí —dijo May Kasahara—. Lo estoy pensando siempre.

—Cuando nos casamos, eso era lo que yo quería hacer. Huir de mí mismo. Y Kumiko igual. En aquel nuevo mundo queríamos poseer algo propio, adecuado a nuestro nuevo ser. Creíamos que allí podríamos llevar una vida mejor, más acorde con nosotros mismos. —Dentro de la luz, May Kasahara trasladó un poco el centro de gravedad de su cuerpo. Lo percibí. Parecía esperar a que yo prosiguiera. Pero yo no tenía nada más que decir. No se me ocurría nada más. Me había cansado de escuchar mi propia voz resonando en las paredes de cemento del pozo–. ¿Entiendes lo que quiero decir?

—Lo entiendo.

—¿Y qué opinas?

—Yo todavía soy una niña y no conozco la vida de casada. Así que no sé por qué tu mujer se enrolló con otro hombre, te dejó y se fue de casa. Pero, por lo que he oído, me da la impresión de que has estado equivocado desde el principio. Oye, señor *pájaro-que-da-cuerda,* lo que tú acabas de decir no puede hacerlo nadie. Cosas como: «¡Vamos! A partir de ahora construiremos un mundo nuevo», o «A partir de ahora me cambiaré a mí mismo». Mi opinión es la siguiente: Por más que quieras creer que has logrado crear un nuevo yo, por más que te hayas familiarizado con ese nuevo yo, bajo esta fachada permanece tu yo original y, a la mínima, asomará diciendo: «¡Hola!». ¿Acaso no lo entiendes? Tú eres algo hecho en *otra parte.* Y por lo que respecta al propósito de cambiarte, también esa idea está hecha en alguna *otra parte.* Señor *pájaro-que-da-cuerda,* tú eso no lo entiendes. ¿Por qué no podrás comprenderlo tú, que eres adulto? No entenderlo es un grave problema, sin duda. Seguro que ahora te están pasando factura diferentes cosas. Como, por ejemplo, el mundo al que quisiste renunciar; el yo al que quisiste cambiar. ¿Entiendes lo que te estoy diciendo? –Enmudecí mirando la oscuridad que envolvía la superficie alrededor de mis pies. No sabía qué decir–. Oye, señor *pájaro-que-da-cuerda* –dijo ella en voz baja–. Piensa. Piensa. Piensa.

Y volvió a cerrar la tapa del pozo.

Saqué la cantimplora de la mochila y la sacudí. En el interior de las tinieblas se escuchó un ligero tintineo. Debía de quedar una cuarta parte del agua. Apoyé la cabeza en la pared y cerré los ojos. Pensé que quizá May Kasahara tuviera razón. El hombre que era yo, a fin de cuentas, había sido hecho en alguna *otra parte*. Y todo venía de *otra parte* y luego volvía a irse a *otra parte*. Yo no soy más que un simple camino por donde pasa el hombre que yo soy.

¿Sabes, señor *pájaro-que-da-cuerda*? Yo esas cosas las entiendo. ¿Por qué no las entenderás tú?

11
El sufrimiento del hambre
La larga carta de Kumiko
El pájaro profeta

Me adormecí varias veces, pero enseguida volvía a despertarme. Momentos de sueño breves e inquietos como los que se descabezan en el asiento de un avión. Cada vez que parecía que iba a sumergirme en un sueño profundo, me despertaba de repente; siempre a punto de desvelarme, sin darme cuenta, volvía a adormecerme. Eso se repitió indefinidamente. A causa de la ausencia de cambios en la luz, el tiempo se había vuelto tan inestable como un vehículo con los ejes flojos, y mi postura, incómoda y antinatural, iba privando poco a poco de estabilidad a mi cuerpo. Cada vez que me despertaba echaba una ojeada al reloj y miraba la hora. El paso del tiempo era lento e irregular.

Como no tenía nada que hacer, tomé la linterna y fui dirigiendo el chorro de luz acá y allá. Iluminé el suelo, las paredes, la tapa. Pero siempre había el mismo suelo, las mismas paredes, la misma tapa. Con las fluctuaciones de la luz, las sombras se alargaban y acortaban, crecían y se empequeñecían como un cuerpo que se retuerce. Cuando me cansé me palpé la cara, centímetro a centímetro, con atención. Intenté descubrir qué diablos de cara tenía. Hasta entonces jamás me había preocupado seriamente la forma de mis orejas. Si alguien me hubiera pedido que las dibujara, no habría sabido cómo hacerlo, ni siquiera a grandes trazos. Pero en aquel momento yo era capaz de reproducir cada hueco y cada curva con el detalle del miniaturista.

Al compararlas con atención, descubrí para mi sorpresa que la oreja derecha y la izquierda eran diferentes. No sabía a qué podía deberse ni qué consecuencias podía conllevar esa falta de simetría (alguna conllevaría, tal vez).

Las agujas del reloj marcaban las siete y veintiocho. Debía de haber mirado la hora unas dos mil veces desde que había bajado al pozo. De todos modos, eran las siete y veintiocho minutos de la tarde. En el partido nocturno de béisbol debían de estar en la segunda mitad de la tercera entrada o en la primera de la cuarta. De pequeño me gustaba sentarme en lo alto de las gradas y ver cómo terminaban en verano los días. El sol había desaparecido ya bajo la línea del horizonte, pero aún quedaba un resplandor crepuscular bello y brillante. Las sombras de las luces del estadio se alargaban sobre la hierba como si indicaran algo. Al poco rato de empezar el partido, iban encendiéndose con cautela, una tras otra, todas las luces. Pero aún había claridad suficiente para leer el periódico. La memoria de un largo día de calor permanecía apostada en el umbral de la puerta para impedir que entrara la noche.

Pero la luz artificial, con calma y paciencia, y de forma certera, vencía a la luz del sol. Y los alrededores se teñían de colores festivos. El verde brillante del césped, el hermoso negro de la tierra, las líneas blancas recién trazadas, el brillante barniz de los bates de los jugadores que esperaban su turno, el humo de los cigarrillos flotando en los rayos de luz (en días sin viento era como una procesión de almas esperando a que alguien las poseyera) todo ello empezaba a mostrarse con una claridad absoluta. A la luz, los jóvenes vendedores de cerveza se ponían como visera los billetes que llevaban entre los dedos, y la gente se levantaba para seguir la trayectoria de una pelota alta gritando o soltando un suspiro. Se veía cómo los pájaros que regresaban al nido volaban en bandadas en dirección al mar. Esto era el estadio a las siete y media de la tarde.

Me vinieron a la memoria diversos partidos de béisbol que había visto. Cuando todavía era muy niño, los Saint Louis Cardinals vinieron a Japón para un partido amistoso. Los vi con mi padre desde un buen asiento. Antes del partido, los jugadores del Cardinals dieron vueltas alrededor del campo con una cesta repleta de pelotas de tenis con sus autógrafos y fueron arrojándolas hacia las gradas con rapidez, una tras otra, como si se tratara de una competición de enceste en el día del Deporte. La gente, enloquecida, iba recogiéndolas. Yo me limité a permanecer inmóvil en mi asiento, pero, en un momento dado, me encontré con una pelota sobre las rodillas. Fue un acontecimiento tan repentino y extraño que me pareció obra de magia.

Volví a mirar el reloj. Las siete treinta y seis. Habían pasado ocho minutos desde que lo había consultado por última vez. Sólo ocho minutos. Me quité el reloj y me lo acerqué al oído, funcionaba. En la oscuridad, me encogí de hombros. Había ido perdiendo la noción del tiempo. Decidí no mirar más el reloj. Aunque no tuviera nada más que hacer, no era sano comprobar tanto la hora. Pero no hacerlo requería un gran esfuerzo. Parecido al sufrimiento que había experimentado al dejar de fumar. Pese a haber decidido olvidarme del tiempo, no hacía más que pensar en él. Era una especie de contradicción, de esquizofrenia. Cuanto más deseaba olvidar el tiempo, más me obsesionaba con él. Antes de darme cuenta, mis ojos ya estaban dirigiéndose hacia el reloj de pulsera en la muñeca izquierda. Cada vez que sucedía desviaba la cabeza, cerraba los ojos y me esforzaba en no mirar. Al final me quité el reloj y lo arrojé dentro de la mochila. A pesar de ello, mi conciencia estuvo pendiente de la existencia de aquel reloj que continuaba marcando la hora dentro de la mochila.

Y, así, el tiempo fue discurriendo en las tinieblas privado del avance de las agujas del reloj. Era un tiempo no dividido, no medido. Al perder su escala, el tiempo dejaba de ser una línea continua y se convertía en un fluido sin forma que se dilataba y encogía a su capricho. En ese tiempo me dormí, me desperté, volví a dormirme y volví a despertarme. Y, poco a poco, me acostumbré a no mirar el reloj. Aprendí con mi propio cuerpo que no lo necesitaba. Pero me poseyó una ansiedad insoportable. Era cierto que me había librado del acto neurótico de mirar el reloj cada cinco minutos. Pero, al desaparecer completamente el punto de referencia del tiempo, me sentía como si, en plena noche, me hubieran arrojado por la borda de un barco en movimiento. Gritaba a pleno pulmón pero nadie me oía, y el barco, dejándome atrás, proseguía su marcha y se iba alejando poco a poco hasta desaparecer de mi vista.

Desistí, saqué el reloj de la mochila y me lo puse de nuevo en la muñeca izquierda. Las agujas marcaban las seis y cuarto. Posiblemente las seis y cuarto de la mañana. La última vez que había mirado el reloj marcaba más de las siete. Las siete y media de la tarde. Lo lógico era pensar que habían transcurrido once horas. No podían haber pasado veintitrés. Pero no estaba seguro. ¿Qué diferencia esencial había entre once y veintitrés horas? En cualquiera de los dos casos —once o veintitrés— la sensación de hambre se había agudizado mucho. Y era muy diferente de lo que yo, de forma vaga, había imaginado. Siempre había supuesto que el hambre era esencialmente una sensación de vacío. Pero, en realidad, se acercaba más al sufrimiento físico. Era un dolor extremadamente físico y directo, parecido a una puñalada o al estrangulamiento. Un dolor desigual y discontinuo. Al igual que la marea, a veces crecía hasta estar a punto de hacerme desfallecer, y, llegado a este punto, iba decreciendo poco a poco.

Para olvidar el hambre intenté concentrarme en algo. Pero era inútil pensar seriamente en otra cosa. De vez en cuando me venían a la cabeza pensamientos fragmentarios, pero enseguida se desvanecían. Cuando intentaba atraparlos, se me escapaban de entre los dedos como animales escurridizos.

Me levanté, me desperecé y respiré profundamente. Me dolía todo el cuerpo. Había mantenido durante largo tiempo una postura forzada y ahora mis músculos y articulaciones se lamentaban. Estiré el cuerpo despacio hacia arriba e hice ejercicios de flexibilidad. Pero, tras repetirlos diez veces, de repente me mareé. Me senté en el fondo del pozo y cerré los ojos. Me zumbaban los oídos y el sudor me caía por la cabeza. Quise agarrarme a algo, pero no había nada a que agarrarse. Tenía ganas de vomitar, pero no tenía nada que vomitar. Respiré hondo varias veces. Para renovar el aire de mis pulmones, reactivar la circulación de la sangre y aclarar mi mente. Pero se me nublaba todo el rato la mente. Pensé que me sentía muy débil. Y, sin darme cuenta, intenté decir realmente estas palabras: «Me parece que estoy muy débil». Pero mi boca no era capaz de articular con normalidad. «Si al menos pudiera ver las estrellas», pensé. Pero no se veían. May Kasahara había sellado la boca del pozo.

Pensaba que May Kasahara volvería antes de mediodía, pero no lo hizo. La esperé con paciencia recostado en la pared del pozo. Aún sentía el malestar de la mañana y había perdido la capacidad de concentrarme en algo, aunque fuera momentáneamente. La sensación de hambre continuaba viniendo y desapareciendo. También la oscuridad que me envolvía se espesaba y aclaraba. Todo esto había ido despojándome poco a poco de mi poder de concentración como un ladrón que entra en una casa vacía y va robando los muebles.

Pasó el mediodía y May Kasahara no apareció. Cerré los ojos e intenté dormir. Pensaba que tal vez podría soñar con Creta Kanoo. Pero dormía de forma demasiado poco profunda para soñar. Cuando renuncié a esforzarme en pensar en algo concreto, acudieron a mi memoria recuerdos fragmentarios. Me asaltaron en secreto, como el agua que llena en silencio un agujero. Lugares adonde había ido, personas a las que había visto, heridas que había sufrido en mi carne, conversaciones que había mantenido, objetos que había comprado, cosas que había perdido: fui capaz de recordarlo todo claramente. De manera tan vívida y detallada que me sorprendió a mí mismo. Recordé las casas donde había vivido. Recordé las ventanas, los armarios empotrados, los muebles y las lámparas. Profesores que había tenido desde la escuela primaria a la universidad. En la mayoría de los casos, los recuerdos no estaban hilvanados. No seguían un orden cronológico y, en su mayor parte, se trataba de cosas absurdas e insignificantes. Y, de vez en cuando, los interrumpía aquella violenta sensación de hambre. Pero cada recuerdo era asombrosamente vívido y me estremecía con la fuerza de un poderoso torbellino.

Mientras seguía mis recuerdos, me vino a la memoria un acontecimiento que ocurrió en el bufete tres o cuatro años atrás. Una cosa absurda y sin importancia. Pero mientras lo revivía de principio a fin para matar el tiempo fue adueñándose de mí una sensación desagradable. Y pronto el desagrado se convirtió en cólera. Me poseyó una ira tan violenta que olvidé el cansancio, el hambre y la ansiedad. Me hizo temblar y jadear. Mi corazón latió con fuerza y la ira inundó mi sangre de adrenalina. Se trataba de una disputa causada por un pequeño malentendido. Un compañero me había ofendido con sus palabras y yo, por mi parte, le había dicho todo lo que pensaba. Al tratarse de una tontería nacida de un equívoco, más tarde nos disculpamos los dos y la cosa no fue a mayores. Ni siquiera nos dejó mal sabor de boca. Cuando se tiene mucho trabajo y se está cansado, a veces se dicen cosas desagradables. Por eso me había olvidado completamente de ello. Pero, en el fondo de la negrura del pozo, alejado de la realidad, aquel episodio resurgió con una viveza extrema que abrasó mi mente. Sentí su calor en la piel y pude oír cómo me quemaba la carne. Con los labios apretados, me pregunté cómo había permitido que me hablaran de aquel modo y por qué no había respondido yo de manera más contundente. Formulé en mi cabeza una y otra vez las palabras que tendría que haber dicho entonces, pero, más que pulirlas, lo que hacía es radicalizarlas cada vez más. Y cuanto más las radicalizaba, más intensa era la ira que sentía.

Luego, como si me hubieran exorcizado, se me pasó todo de súbito. ¿Por qué tenía que volver a enfadarme por una tontería así? Seguro que mi compañero ni siquiera se acordaba de la pelea. Tampoco yo la había recordado hasta entonces. Respiré hondo, relajé los hombros y acostumbré mi cuerpo a la oscuridad. Traté de evocar otros recuerdos. Pero, una vez hubo pasado aquella ira absurda, el hilo de mis recuerdos se cortó. Mi cabeza había quedado tan vacía como mi estómago.

Sin darme cuenta, me puse a hablar solo. Susurraba pensamientos fragmentarios sin apercibirme de ello. No podía impedirlo. Me oía musitar algo. Pero ni yo mismo entendía lo que estaba diciendo. Mi boca, desligada de mi mente, se movía sola, a su capricho, lanzando a la oscuridad una palabra absurda tras otra. Las palabras surgían de la oscuridad y eran absorbidas por otra oscuridad. Mi cuerpo parecía haberse convertido en un túnel vacío. Simplemente dejaba que me atravesaran las palabras. Sin duda, eran fragmentos de pensamientos. Pero aquellos pensamientos se gestaban fuera de mi conciencia.

¿Qué diablos ocurriría a continuación? ¿Estaban empezando a ceder mis nervios? Miré el reloj. Las agujas marcaban las tres cuarenta y dos minutos. Probablemente, las tres cuarenta y dos minutos de la tarde. Imaginé la luz de las tres cuarenta y dos minutos de la tarde estival brillando sobre mi cabeza. Me vi envuelto por esa luz. Agucé el oído. No se oía nada. Ni el chirrido de las cigarras, ni el canto de los pájaros ni la voz de los niños llegaban a mis oídos. Quizá, mientras permanecía dentro del pozo, como el pájaro que da cuerda al mundo no le había dado cuerda, éste se había detenido completamente. La cuerda se había ido aflojando y, en cierto punto, todo el movimiento —las corrientes de los ríos, el susurro de las hojas, el vuelo de los pájaros, todo—

se había detenido. ¿Qué estaría haciendo May Kasahara? ¿Por qué no venía? Ya hacía mucho tiempo que se había marchado. De repente se me ocurrió que podía haberle ocurrido algo imprevisto. Quizás hubiera sufrido un accidente de tráfico. Si así fuera, no quedaría nadie en el mundo que supiera dónde me hallaba. Y en verdad me iría muriendo poco a poco en el fondo del pozo. Cambié de idea. May Kasahara no era tan imprudente. No era fácil que la atropellara un coche. Sin duda estaba en su habitación mirando hacia el jardín con los prismáticos, imaginándome dentro del pozo. Me dejaba tiempo ex profeso para que me invadiera la ansiedad. Me sintiera abandonado. Ésa fue mi conclusión. Y si ése era el propósito de May Kasahara, sus designios se cumplían al pie de la letra. Me embargaba una terrible sensación de ansiedad y abandono. Al pensar que iría pudriéndome despacio en aquella terrible negrura, el miedo casi me cortaba la respiración. Probablemente, con el paso del tiempo, me iría debilitando más y el hambre se haría más crudo y mortal. Quizás acabara por no poder moverme siquiera. Aunque colgaran la escala, a lo mejor no podía subir por ella. Quizá se me caerían todo el cabello y todos los dientes.

¿Y el aire? Tantos días dentro de un pozo de cemento, estrecho y profundo, con la boca sellada. Apenas circulaba el aire. Al pensarlo, el aire que me rodeaba me pareció viciado y asfixiante. Si era impresión mía o si de verdad estaba enrarecido por falta de oxígeno, no podía discernirlo. Para comprobarlo, aspiré y espiré profundamente varias veces. Pero cuanto más respiraba, más asfixiante me parecía. Empecé a sudar de ansiedad y de pánico. Pensando en el aire, en mi cabeza se hacía más real e inminente la presencia de la muerte. Como unas aguas negrísimas que se acercaran en silencio y anegaran mi mente. Hasta entonces, la posibilidad de morir por inanición me había parecido remota. Pero si faltaba el oxígeno, todo iría mucho más rápido.

¿Qué se debía de sentir al morir por asfixia? ¿Cuánto tiempo se tardaba? ¿Morías tras una larga agonía o ibas perdiendo gradualmente la conciencia hasta sumirte en una especie de sueño? Imaginé a May Kasahara viniendo y descubriendo que estaba muerto. Me llamaría varias veces y, al no obtener respuesta, me tiraría varias piedras pequeñas. Pensando que estaba dormido. Pero yo no despertaría. Y ella comprendería que me había muerto.

Quería llamar a alguien a voces. Gritarle que estaba encerrado allí dentro. Que tenía hambre, que el aire se iba viciando. Tuve la sensación de que volvía a ser niño, pequeño e indefenso. Se me había antojado escaparme de casa y ahora no sabía volver. Había olvidado el camino de regreso. Lo había soñado muchas, muchísimas veces. Era una pesadilla recurrente en mi niñez. Que me perdía, que no encontraba el camino de vuelta a casa. Había olvidado este sueño durante mucho tiempo. Pero, ahora, en el fondo del pozo, la pesadilla resurgía con fuerza. En la oscuridad, el tiempo retrocedía y era absorbido hacia otra dimensión.

Saqué la cantimplora de la mochila, la destapé, eché un trago con las máximas precauciones para que no se me escapara ni una gota y, después de dejarla un tiempo para que se me humedeciera bien toda la boca, me la tragué. Al ingerirla se oyó un fuerte ruido en el fondo de mi garganta. Como si un objeto duro y pesado cayera al suelo. Pero no era más que un sorbo de agua.

—¡Señor Okada! —me llamó alguien. Oí la voz en sueños—. ¡Señor Okada! ¡Señor Okada! ¡Despierte!

Era la voz de Creta Kanoo. Abrí los ojos, pero seguía rodeado de tinieblas y no podía ver nada. La frontera entre el sueño y la vigilia no estaba clara. Intenté incorporarme, pero me faltaba fuerza en las puntas de los dedos. Tenía el cuerpo yerto, acartonado y torpe como un pepino que llevara mucho tiempo olvidado en el fondo del refrigerador. Mi mente estaba embotada por el cansancio y la impotencia. No importa. Haz lo que quieras. Volveré a tener una erección en la mente y a eyacular en la realidad. Hazlo, si así lo quieres. En mi mente embotada, esperé a que las manos de Creta Kanoo me desabrocharan el cinturón de los pantalones. Pero la voz de Creta Kanoo venía de algún lugar sobre mi cabeza. «¡Señor Okada! ¡Señor Okada!», llamaba. Levanté la cabeza. La media tapa estaba abierta y se veía un hermoso cielo estrellado. Recortado en forma de media luna.

—¡Estoy aquí! —Me incorporé como pude, me levanté, miré hacia arriba y repetí a voz en grito—: ¡Estoy aquí!

—¡Señor Okada! —dijo la Creta Kanoo *real*—. ¿Está usted ahí?

—Sí, aquí estoy.

—¿Cómo es que se ha metido ahí?

—Es un poco largo de explicar.

—Lo siento. No le oigo bien. ¿Le importaría hablar un poco más alto?

—¡Que es largo de explicar! —grité—. Cuando salga, ya se lo contaré. No puedo hablar muy alto.

—¿Es suya la escala que hay aquí?

—Sí.

—¿Cómo se lo ha hecho para subirla y enrollarla? ¿La ha arrojado usted hacia arriba?

—Claro que no —dije. ¿Por qué habría de hacer yo una cosa así? ¿Cómo podía ser yo capaz de hacer algo así?—. Claro que no. No he sido yo. Lo hizo alguien sin que yo me diera cuenta.

—Pero, entonces, usted ya no puede salir del pozo.

—Pues claro —dije con paciencia—. Exacto. No puedo salir. ¿Hará el favor de bajarme la escala? Entonces sí podré subir.

—Sí, por supuesto. Ahora se la bajo.

—Oiga, antes de bajarla, compruebe que esté bien sujeta al tronco del árbol. Si no lo estuviera…

No hubo respuesta. Parecía que ya no había nadie. Agucé la vista, pero no logré ver a nadie en la boca del pozo. Saqué la linterna de la mochila y dirigí el chorro de luz hacia arriba, pero no iluminó a nadie. Sin embargo, la escala estaba colgada. Casi parecía que había estado allí desde el principio. Exhalé un profundo suspiro. Al suspirar, se deshizo el apretado nudo que tenía en mi interior.

—¡Oiga, señorita Creta Kanoo! —grité.

No hubo respuesta. Las agujas del reloj marcaban la una y siete minutos. Por supuesto, la una y siete minutos de la noche. Lo sabía por las estrellas que brillaban sobre mi cabeza. Me colgué la mochila a la espalda y, tras respirar hondo, emprendí la escalada. Subir por aquella escala inestable no fue tarea fácil. Al hacer fuerza, todos mis músculos, huesos y articulaciones crujieron y yo grité de dolor. Pero, conforme iba subiendo con cautela un escalón tras otro, el aire que me envolvía fue volviéndose tibio y empezó a traer el olor a hierba. Los chirridos de los insectos comenzaron a llegar a mis oídos. Apoyé las manos en el brocal del pozo. Con un último acopio de fuerzas, pasé por encima y caí rodando al suelo blando. La *superficie de la tierra*. Por unos instantes, permanecí tendido boca arriba sin pensar en nada. Alcé la vista al cielo y respiré hondo repetidas veces hasta llenarme los pulmones de aire. Era el aire tibio y pesado de una noche de verano, pero estaba lleno de un fresco olor a vida. Pude oler la tierra. También olí la hierba. Sólo con el olor pude percibir en la palma de mi mano el suave tacto de la tierra y la hierba. Incluso deseé tomar tierra y hierba en mis manos y devorarlas.

En el cielo no se veía una sola estrella. Únicamente podían verse desde el fondo del pozo. En el cielo sólo flotaba una luna *redonda,* ya casi llena. No sé cuánto tiempo permanecí allí tendido. Durante un buen rato sólo estuve atento a los latidos de mi corazón. Me pareció que podía seguir viviendo de forma indefinida escuchándolos, sin hacer nada más. Pero poco después me incorporé y miré despacio a mi alrededor. No había nadie. Sólo el jardín extendiéndose en la noche y el pájaro de piedra mirando, como siempre, fijamente al cielo. Las luces de la casa de May Kasahara estaban apagadas y sólo había una lámpara de vapor de mercurio encendida en el jardín. Proyectaba una luz pálida e inexpresiva sobre el callejón desierto. ¿Dónde diablos se habría metido Creta Kanoo?

Pero lo primero era volver a casa. Regresar, beber algo, comer algo y tomar una larga ducha. Mi cuerpo debía de apestar. Ante todo, tenía que quitarme aquel mal olor. Después, llenar mi estómago vacío. Luego, todo lo demás.

Volví a casa por el mismo camino de siempre. Pero el callejón, a mis ojos, se mostraba distinto, desconocido. Quizá fuera culpa de la luz extrañamente cruda de la luna, pero los indicios de putrefacción y estancamiento eran mucho más palpables. Percibí el olor de algo parecido al cadáver putrefacto de un animal y un inconfundible olor a excrementos. Pese a ser más de medianoche, en la mayoría de los hogares la gente aún estaba levantada mirando la televisión, hablando o comiendo. Desde una ventana se extendía un olor a frito que me removió el estómago. Zumbaba un aparato de aire acondicionado exterior y, al pasar por su lado, recibí una bocanada de aire caliente. De un cuarto de baño llegaba el rumor de la ducha y en el cristal de la ventana se reflejaba, borrosa, una silueta humana.

Logré saltar el muro y entrar en mi jardín. Desde allí, la casa se veía negra, tan silenciosa como si estuviera conteniendo la respiración. No mostraba un solo signo de calor o intimidad. Había vivido en aquella casa día tras día, pero en ese momento no era más que un edificio vacío y desierto. Sin embargo, era el único lugar al que yo podía volver.

Subí al cobertizo y abrí la puerta de cristal. La casa llevaba tiempo cerrada y en su interior el aire se sentía denso, estancado. Olía a una mezcla de fruta madura e insecticida. Sobre la mesa de la cocina todavía estaba la nota que había escrito. Encima del escurridor, apilados tal como los había dejado, había unos cacharros de cocina limpios. Alcancé un vaso y bebí, uno tras otro, varios vasos de agua del grifo. Dentro de la nevera no había nada que valiera la pena. Restos de comida y verduras abandonados allí dentro en desorden. Huevos, jamón, ensalada de patata, berenjenas, lechuga, tomate, *toofu*, crema de queso. Vertí el contenido de una lata de sopa vegetal en una olla y la puse a calentar. Me comí unos cereales con leche. Debería haber tenido un hambre canina, pero al abrir el refrigerador y ver lo que contenía, apenas sentí apetito. Sentí más bien una ligera náusea. Pese a ello, y para calmar el dolor de estómago producido por el hambre, me comí unas cuantas galletas saladas.

Fui al cuarto de baño, me desnudé y arrojé la ropa dentro de la lavadora. Me puse bajo el agua caliente y me froté a conciencia todo el cuerpo con jabón, me lavé el pelo. En la ducha aún colgaba el gorro de baño de Kumiko. Estaban allí su champú, su acondicionador, el cepillo de pelo que usaba en la ducha. Su cepillo de dientes, su hilo dental. Desde su marcha, el aspecto de la casa no había cambiado en absoluto. Lo único que conllevaba su ausencia era algo muy simple: ella ya no estaba allí.

Me planté ante el espejo y me examiné el rostro. Lo cubría una barba negra. Tras dudar unos instantes, decidí no afeitarme. Probablemente acabaría cortándome. Ya lo haría por la mañana. Tampoco pensaba ver a nadie. Me lavé los dientes, hice gárgaras y salí del cuarto de baño. Luego abrí una lata de cerveza, saqué tomate y lechuga del frigorífico y me preparé una ensalada sencilla. Fue después de comérmela cuando se me despertó el apetito, así que saqué una ensalada de patata de la nevera, me la puse entre dos rebanadas de pan de molde y me la comí. Miré el reloj sólo una vez. Y me pregunté cuántas horas, en total, había estado dentro del pozo. Sólo de pensar en el tiempo empecé a sentir un sordo dolor de cabeza. No quería pensar más en el tiempo. Era en lo que menos me apetecía pensar en aquel momento.

Fui al cuarto de baño y, con los ojos cerrados, oriné larga, tan largamente que ni yo mismo acababa de creérmelo. Mientras orinaba, me sentí desfallecer. Me tendí sobre el sofá de la sala de estar y me quedé mirando al techo. Era una sensación extraña. Mi cuerpo estaba cansado. Pero mi mente estaba despejada. No tenía ni pizca de sueño.

Se me ocurrió de improviso. Me incorporé, fui al recibidor y miré dentro del buzón. Pensé que quizás había llegado alguna carta mientras yo estaba fuera. Había una sola carta. No llevaba remitente, pero sólo con echar una ojeada a las señas adiviné que era de Kumiko. Era su característica letra menuda. Los caracteres estaban tan primorosamente trazados, uno a uno, que parecían dibujados. Era una escritura que requería tiempo. Pero ella no sabía escribir de otro modo. Mis ojos se dirigieron de forma automática al timbre. Estaba borroso, casi ilegible, pero se podía descifrar el carácter «taka». Podía tratarse de Takamatsu. ¿Takamatsu en la prefectura de Kagawa? Por lo que yo sabía, Kumiko no conocía allí a nadie. De casados, nunca habíamos estado en Takamatsu y jamás había oído que Kumiko hubiese ido antes allí. Ese nombre jamás había surgido en nuestras conversaciones. Quizá no se tratara de Takamatsu.

De todos modos, tomé la carta, volví a la cocina, me senté frente a la mesa y abrí el sobre con unas tijeras. Lo abrí despacio, con mucho cuidado, para no cortar por equivocación la carta en su interior. Me temblaban los dedos. Para tranquilizarme, me acabé de un trago la cerveza que quedaba.

«Debiste de sentirte sorprendido y preocupado cuando desaparecí sin decir nada», escribía Kumiko. Era la tinta azul de la Mont Blanc que ella solía utilizar. El papel era un fino papel de carta de color blanco de los que pueden encontrarse en cualquier parte.

«Quería haberte escrito antes y explicártelo todo, pero mientras pensaba qué debía decir para describirte bien mis sentimientos y cómo debía contártelo todo para que comprendieras bien mi situación, el tiempo ha pasado volando. Me sabe muy mal por ti. Como ya debes de haber comprendido, me he estado viendo con un hombre. He tenido relaciones sexuales con él durante los últimos tres meses. Lo conocí por cuestiones de trabajo y tú no lo has visto jamás. Tampoco importa demasiado quién es. No pienso volver a verlo. Al menos por lo que a mí respecta, todo ha terminado. Aunque no sé si eso va a ser un consuelo para ti. Si me preguntaras si lo amaba, no sabría qué responderte. De hecho, el amor poco tiene que ver con aquello. Pero si me preguntaras si te amaba *a ti*, podría responderte sin dudarlo un instante. Te amaba. Siempre me he alegrado de haberme casado contigo. Incluso ahora me sigue alegrando. Así las cosas, me preguntarás por qué te he sido infiel y, luego, te he dejado, ¿verdad? Yo también me he hecho esta misma pregunta muchas, muchísimas veces. ¿Por qué tuve que hacer una cosa así?

»No puedo explicártelo. Jamás había deseado tener un amante, serte infiel. Tampoco al principio de mi relación con este hombre me sentí culpable. Nos vimos algunas veces por cuestiones de trabajo, simpatizamos, empezamos a hablar por teléfono de cosas ajenas al trabajo. Él es mucho mayor que yo, tiene mujer e hijos y, como hombre, no es especialmente atractivo, así que ni siquiera se me había pasado por la cabeza llegar a tener con él una relación más profunda.

»No se puede decir que yo no deseara devolverte la pelota. En el fondo, aún seguía doliéndome que, tiempo atrás, hubieras pasado la noche en casa de aquella chica. Me dijiste que no había sucedido nada y yo te creí, pero eso no lo solucionaba todo. A fin de cuentas, era una cuestión de sentimientos. Pero no ha sido por venganza por lo que te he sido infiel. Recuerdo haberte amenazado alguna vez, pero sólo eran palabras. Me acosté con él simplemente porque me apeteció hacerlo. No pude contenerme. No pude reprimir mi deseo.

»Por cierto asunto relacionado con el trabajo, nos citamos y comimos juntos. Después fuimos a tomar algo. Ya sabes que apenas bebo, así que el zumo de naranja que me tomé no contenía ni una gota de alcohol. De lo que sucedió, el alcohol no tuvo, pues, ninguna culpa. Nos vimos como siempre y hablamos como siempre. Pero cuando, en un determinado momento, nos rozamos accidentalmente, me entraron de repente unas irrefrenables ganas de hacer el amor con él. Al tocarnos, adiviné de manera instintiva que él me deseaba. Y que él sabía que yo lo deseaba a él. Fue algo irracional, una especie de descarga eléctrica paralizadora que saltó entre nosotros. Sentí cómo el cielo se derrumbaba sobre mí. Mis mejillas empezaron a arder, el corazón me palpitó con fuerza, sentí una pesada presión en el bajo vientre. Casi me resultaba difícil permanecer sentada en el taburete. Al principio no sabía qué me estaba sucediendo. Pero pronto comprendí que era deseo sexual. Era tan acuciante que casi se me entrecortaba la respiración. Sin que ninguno de los dos lo propusiera, entramos en un hotel cercano e hicimos el amor como si nos devoráramos el uno al otro.

»Quizás hiera tus sentimientos que te describa todo con pelos y señales. Pero, a la larga, creo que será mejor que te lo cuente de manera sincera y detallada. Por eso, aunque te duela, sigue leyendo, por favor.

»Eso no guardaba relación alguna con el amor. Lo único que yo quería era tener relaciones sexuales con él, sentirlo dentro de mí. Por primera vez en mi vida deseaba a un hombre hasta el punto de faltarme el aliento. Antes había leído la expresión "un deseo irrefrenable" en los libros, pero jamás había sabido de qué se trataba con exactitud.

»¿Por qué me ocurrió a mí de repente? ¿Por qué me sucedió con alguien que no eras tú? No lo sé. Lo que sí sé es que, en aquel momento, no pude frenarme. Ni siquiera lo intenté. Entiéndelo, por favor. Ni se me pasó por la cabeza que te estuviera traicionando. Y, en la cama de aquel hotel, hice el amor con aquel hombre como una posesa. Te lo digo de todo corazón: nunca me había sentido mejor en mi vida. No, no era algo tan simple como sentirse bien. Me estaba revolcando en barro cálido. Mi mente absorbía el placer hinchándose hasta el punto de estallar. Y estallaba. Un auténtico milagro. Una de las cosas más maravillosas que me han sucedido en la vida.

»Y luego, como tú muy bien sabes, lo mantuve oculto. Tú no te diste cuenta de que te era infiel y jamás sospechaste nada, ni siquiera cuando llegaba tarde a casa. Debías de confiar ciegamente en mí. Pensabas que yo no te traicionaría jamás. Pero yo, en aquellos momentos, no tenía el menor sentimiento de culpa por engañarte. A veces te llamaba desde la habitación del hotel para decirte que se había alargado una reunión. Decía una mentira tras otra sin sentir el menor remordimiento. Me parecía la cosa más natural del mundo. Mi corazón anhelaba una vida junto a ti. Nuestro hogar era el lugar al que yo debía volver. El mundo al que yo debía pertenecer. Pero mi cuerpo sentía un deseo irrefrenable de sexo con aquel hombre. Una mitad mía estaba en casa, la otra mitad, allí. Era obvio que, antes o después, sobrevendría la catástrofe. A mí, en aquel momento, me parecía que aquel tipo de vida podría durar de forma indefinida. Una doble vida en la que, en casa, vivía feliz contigo y, allí, hacía el amor desenfrenadamente con él.

»Quiero que entiendas al menos una cosa: no se trataba de que tú fueras sexualmente inferior a él, ni de que carecieras de atractivo sexual, ni de que yo me hubiera cansado de hacer el amor contigo. Era que mi cuerpo, en aquel momento, sentía un apetito voraz, irresistible. Y no pude controlarme. No sé por qué ocurrió. Lo único que puedo decirte es que *fue así*. Durante el periodo que mantuve relaciones físicas con él, pensé varias veces en hacer también el amor contigo. Acostarme con él y no hacerlo contigo me parecía una terrible injusticia hacia ti. Pero en tus brazos no sentía *nada en absoluto*. Tal vez te dieras cuenta incluso tú. Por eso, durante los últimos dos meses, he buscado diferentes pretextos para no tener relaciones sexuales contigo.

»Un día, me pidió que te dejara y me fuera con él. Que, ya que estábamos hechos el uno para el otro, no había ninguna razón para no vivir juntos. Dijo que él también dejaría a su familia. Le respondí que me diera tiempo para pensarlo. Tras despedirnos, en el tren de vuelta a casa, me di cuenta de súbito. Había perdido todo el interés por él. No entiendo la razón, pero en el instante en que surgió la idea de vivir juntos, aquel algo especial que había en mi interior se extinguió como barrido por un fuerte viento. No quedó ni un ápice de mi deseo hacia él.

»Fue después cuando empecé a sentirme culpable. Tal como te he dicho antes, mientras sentía aquel violento deseo sexual no experimentaba culpabilidad alguna. Sólo pensaba que me convenía que no te dieras cuenta de nada. Incluso llegué a pensar que, mientras tú no te enteraras, yo podía hacer lo que quisiera. Mi relación con él y mi relación contigo pertenecían a dos mundos diferentes. Pero cuando el deseo desapareció, me sentí completamente perdida.

»Siempre había creído ser una persona honesta. No hace falta decir que tengo muchos defectos. Pero sobre cuestiones importantes, ni miento ni me engaño a mí misma. Jamás te había ocultado nada. Y yo me enorgullecía de ello. Sin embargo, durante meses dije gravísimas mentiras sin sentir el menor remordimiento. Esto me hizo sufrir. Me sentí un ser vacío sin valor ni sentido alguno. Posiblemente, así sea en realidad. Pero, además, hay otra cosa que me preocupa: ¿por qué sentí de repente un anormal e irrefrenable deseo sexual por un hombre a quien no amaba? No puedo comprenderlo. De no haberlo sentido, yo aún viviría feliz y contenta junto a ti. Y él todavía sería un amigo con quien poder charlar a gusto. Pero aquel absurdo deseo sexual ha derrumbado desde la base todo lo que habíamos construido los dos durante estos años y lo ha arruinado. Y me lo ha arrebatado todo: a ti, el hogar que había creado contigo, mi trabajo. ¿Por qué ha tenido que suceder una cosa así?

»Hace tres años, después del aborto, te anuncié que tenía algo que decirte. ¿Lo recuerdas? Quizá debería haberme sincerado entonces contigo. De haberlo hecho, quizás esto no hubiera ocurrido jamás. Pero ni siquiera ahora me siento con fuerzas para decírtelo. Porque tengo la impresión de que, una vez pronuncie esas palabras, todo se habrá acabado definitivamente entre nosotros. Por eso decidí que era mejor guardármelo para mí misma y desaparecer.

»Me duele mucho decírtelo, pero yo, ni antes ni después de casarme, he sentido contigo un auténtico placer sexual. Hacer el amor contigo era maravilloso, pero en aquellos momentos yo no sentía más que sensaciones terriblemente vagas, tan lejanas que, incluso, me parecían ajenas. No era en absoluto culpa tuya. La responsabilidad de que yo no fuera capaz de sentir nada era al cien por cien mía. Dentro de mí había una especie de *obstáculo* que detenía el placer sexual justo en la entrada. Sin embargo, cuando me acosté con aquel hombre, no sé por qué razón, este obstáculo desapareció de repente. Me quedé completamente desconcertada.

»Desde el principio, entre tú y yo hubo algo muy íntimo y delicado. Ahora también eso se ha perdido. Aquel perfecto engranaje, casi mítico, se ha estropeado. Lo he estropeado yo. Hablando con exactitud, había *algo* que me ha hecho estropearlo. Siento muchísimo que haya sucedido. No todo el mundo es tan afortunado de disponer de una oportunidad como la que yo he tenido contigo. Odio con todas mis fuerzas la existencia de ese algo que ha provocado todo esto. No sabes cuánto lo odio. Quie-

384

ro saber con *exactitud* de qué se trata. Debo saberlo, sea como sea. Debo erradicarlo, juzgarlo y castigarlo. No sé si seré lo bastante fuerte para hacerlo. De todos modos, es algo que me atañe sólo a mí, nada tiene que ver contigo.

»Por favor, de aquí en adelante no te preocupes más por mí. Tampoco intentes averiguar mi paradero. Olvídame e intenta rehacer tu vida. Por lo que respecta a mi familia, les escribiré diciéndoles que todo ha sido culpa mía y que tú no tienes ninguna responsabilidad. No creo que te ocasionen molestia alguna. Quizá pronto se inicien los trámites de divorcio. Creo que será lo mejor para los dos. Te ruego que no te opongas. Respecto a mi ropa y mis cosas, tíralas o haz con ellas lo que consideres oportuno. Pertenecen al pasado. Todas las cosas que he usado durante nuestra vida en común, ya no tengo derecho a seguir usándolas. Adiós.»

Releí la carta una vez más con calma y volví a meterla en el sobre. Saqué otra cerveza del refrigerador y me la bebí.

Que Kumiko quisiera iniciar los trámites de divorcio quería decir que no tenía intención de suicidarse a corto plazo ni nada por el estilo. Esto me tranquilizó un poco. Después caí en la cuenta de que durante cerca de dos meses yo no había hecho el amor con nadie. Tal como ella había escrito, Kumiko había rehusado a lo largo de todo ese tiempo acostarse conmigo. Me dijo que tenía una ligera cistitis y que el médico le había aconsejado que se abstuviera de mantener relaciones sexuales durante un tiempo. Me lo creí, por supuesto. No tenía ningún motivo para dudar de su palabra. A lo largo de estos dos meses, en el mundo de los sueños —o en lo que, dentro del ámbito de mi vocabulario, no se puede llamar de otro modo— había mantenido relaciones con otras mujeres. Con Creta Kanoo y con la mujer de las llamadas. Pero, pensándolo bien, ya casi hacía dos meses que no tenía relaciones con una mujer real en el mundo real. Me tendí sobre el sofá y mientras me observaba las manos, que descansaban sobre el pecho, recordé la última vez que había visto el cuerpo de Kumiko. Recordé la suave curva de su espalda mientras le subía la cremallera del vestido y el olor a agua de colonia detrás de sus orejas. Pero si lo que me anunciaba Kumiko en su carta era una decisión irrevocable, ya no volvería a acostarme con ella jamás. Y, habiéndose expresado con una claridad tan meridiana, debía de ser *una decisión irrevocable.*

Cuanto más pensaba en la posibilidad de que mi relación con Kumiko fuera algo que perteneciese al pasado, más añoraba la dulzura y calidez de aquel cuerpo que una vez había sido mío. A mí me gustaba acostarme con ella. Me gustaba, obviamente, antes de casarnos, pero incluso cuando, con el paso de los años, se hubo apagado la pasión del principio, me siguió apeteciendo tener relaciones sexuales con ella. Recordaba con vívida frescura el tacto de su espalda esbelta, de su nuca, de sus piernas, de sus senos. Recordaba cada una de las cosas que durante el acto sexual yo le había hecho a ella y que ella me había hecho a mí.

Pero Kumiko había hecho el amor de una manera tan desenfrenada que apenas podía imaginarlo. Con alguien a quien yo no conocía. Y con él había descubierto un placer que no había obtenido conmigo. Probablemente, mientras hacía el amor con él lanzaba unos gemidos tan intensos que podían oírse en la habitación de al lado y se retorcía de tal modo que hacía temblar la cama. Probablemente había tomado la iniciativa y le había hecho cosas a él que a mí jamás me había concedido. Me levanté, abrí el refrigerador, saqué una cerveza y me la bebí. Después comí más ensalada de patata. Me apeteció escuchar música y sintonicé un programa de música clásica en la radio, FM, a bajo volumen.

«Oye, estoy muy cansada y no tengo ganas. Me sabe mal. Lo siento, ¿eh?», decía Kumiko.

«No, no te preocupes», respondía yo.

Cuando hubo terminado la *Serenata para cuerda* de Tchaikovsky, empezó una pequeña pieza que me sonaba a Schumann. La melodía me resultaba familiar, pero no logré recordar el título. Al acabar, la locutora anunció que se trataba de «El pájaro profeta», la séptima pieza de *Escenas del bosque* de Schumann. Imaginé a Kumiko retorciéndose debajo de aquel hombre, las piernas abiertas, clavándole las uñas en la espalda, babeando sobre las sábanas. «Schumann», explicaba la locutora, «nos describe una escena fantástica donde un maravilloso pájaro vive en el bosque prediciendo el futuro.» *Pero ¿qué diablos sabía yo de Kumiko en realidad?* Estrujé en silencio la lata de cerveza vacía y la arrojé a la basura. La Kumiko que yo creía conocer, la Kumiko con quien había hecho el amor como esposa durante tantos años no era, en definitiva, más que una máscara superficial de la auténtica Kumiko. Exactamente como si la mayor parte de este mundo perteneciera al reino de las medusas. Y si era así, aquellos seis años que Kumiko y yo habíamos vivido juntos, ¿qué diablos representaban? ¿Qué sentido tenían?

Estaba releyendo la carta una vez más, cuando de repente sonó el teléfono. El timbre me hizo saltar literalmente del sofá. ¿Quién llamaría a las dos de la madrugada pasadas? ¿Kumiko? No, no podía ser ella. No llamaría a casa bajo ningún concepto. Quizá se tratara de May Kasahara. Tal vez me había visto salir de la casa abandonada y ahora llamaba. O Creta Kanoo. Para explicarme por qué razón había desaparecido. O quizá fuera la mujer de las llamadas. Quizá quería transmitirme algún mensaje. En verdad, May Kasahara tenía razón. Había demasiadas mujeres a mi alrededor. Tras secarme la cara con una toalla que tenía a mano, descolgué despacio.

—¿Sí?

—¿Sí? —repitieron al otro lado del hilo. No era la voz de May

Kasahara. Tampoco era la voz de Creta Kanoo. Ni era la voz de la mujer misteriosa. Era Malta Kanoo—. ¿Oiga? ¿Es usted el señor Okada? Soy Malta Kanoo. No sé si se acordará de mí.

—Pues claro que sí —dije calmando los latidos de mi corazón. ¡Vamos! Como si no fuera a acordarme.

—No sé cómo disculparme por llamarle a estas horas. Pero se trata de una emergencia. Soy consciente de que estoy ocasionándole una gran molestia y que usted debe de estar enfadado por ello, pero me he visto en la obligación de hacerlo. Lo siento muchísimo.

Le dije que no se preocupara. Que todavía estaba levantado. No tenía mayor importancia.

12
Lo que descubrí al afeitarme
Lo que descubrí al despertar

—Le llamo a estas horas de la madrugada porque me ha parecido oportuno ponerme en contacto con usted lo antes posible —dijo Malta Kanoo. Escuchándola, tuve la misma impresión que de costumbre: que elegía cada palabra de una manera extremadamente lógica, y que luego iba alineándolas una tras otra—. Me gustaría hacerle algunas preguntas. ¿Le importa?

Con el auricular en la mano, me senté en el sofá.

—Se lo ruego. Pregunte cuanto quiera.

—Estos dos últimos días, ¿no habrá estado usted fuera, por casualidad? Le he estado llamando y no le encontraba en casa.

—Pues sí —respondí—. He estado fuera un tiempo. Quería estar solo, ordenar mis ideas, reflexionar con calma. Son muchas las cosas en las que debo pensar.

—Sí, por supuesto. Soy consciente de ello. Comprendo muy bien cómo se siente usted. Cuando se quiere pensar con calma, lo mejor es cambiar de aires. Y, aunque tal vez esté preguntando cosas que no me atañen, ¿ha ido usted *muy* lejos?

—Pues tampoco se puede decir que haya ido muy lejos… —respondí con una ambigüedad deliberada. Y me pasé el auricular de la mano izquierda a la derecha—. Cómo se lo diría… He estado en un lugar un poco apartado. Pero ahora no puedo explicárselo con pelos y señales. Tengo mis razones. Además, acabo de volver y estoy demasiado cansado para hablar largo y tendido.

—Por supuesto. Todos tenemos nuestras razones. No hace falta que se esfuerce en contármelo ahora. No hace falta más que oír su voz para comprender que está muy cansado. No se preocupe. Siento muchísimo entretenerle preguntándole esto y lo otro. Ya hablaremos más adelante. Sólo que, durante estos últimos días, he estado muy preocupada por si le había ocurrido algo malo. Por eso me he permitido estas indiscreciones. Lo lamento.

Yo iba asintiendo en voz baja, pero mis monosílabos no sonaban a afirmaciones. Más bien parecían los jadeos de un animal acuático que se hubiera equivocado al respirar. «*Algo malo*», pensé. Entre las cosas que me estaban ocurriendo, ¿cuáles eran las malas y cuáles las buenas? ¿Cuáles las correctas y cuáles las incorrectas?

—Le agradezco que se haya preocupado por mí, pero estoy bien —le dije aclarándome la voz—. No se puede decir que me haya pasado nada bueno, pero tampoco nada malo.

—Entonces, perfecto.

—Estoy cansado. Eso es todo —añadí.

Malta Kanoo carraspeó ligeramente.

—Por cierto, señor Okada. ¿Se ha dado cuenta de si, durante estos días, ha experimentado usted algún cambio físico?

—¿Algún cambio físico? ¿En mi cuerpo?

—Sí, señor Okada. En su cuerpo.

Levanté la cara y miré mi figura reflejada en el cristal de la ventana. No se apreciaba nada que pudiera llamarse así. Cuando, en la ducha, había lavado mi cuerpo centímetro a centímetro, tampoco había observado nada anormal.

—¿A qué tipo de cambios se refiere?

—No lo sé con exactitud. Algún cambio evidente a los ojos de cualquiera.

Deposité sobre la mesa la mano izquierda abierta y me quedé contemplando la palma unos instantes. Era la de siempre.

No se apreciaba ninguna transformación. Ni estaba cubierta de hojas de pan de oro ni le habían salido membranas. No era ni bonita ni fea.

—*¿Cambios evidentes a los ojos de cualquiera?* ¿Como, por ejemplo, que me salieran alas en la espalda?

—Pues, tal vez algo por el estilo —contestó Malta Kanoo con tono calmado—. Aunque, por supuesto, no es más que *una posibilidad* entre muchas otras.

—Sí, claro —dije.

—Entonces, ¿no ha percibido usted ningún cambio?

—Parece que no se ha producido ninguno. Al menos por ahora. Si me hubieran salido alas, por mucho que me pesase, me habría dado cuenta, ¿no le parece?

—Posiblemente sí —asintió Malta Kanoo—. Pero tenga cuidado, señor Okada. No es nada fácil conocer el estado en que uno se encuentra. Por ejemplo, uno no puede mirarse directamente a la cara con sus propios ojos. Sólo podemos mirar la imagen que nos devuelve el espejo. Y nosotros nos limitamos a creer, *de manera empírica,* que la imagen reflejada en el espejo es la real.

—Tendré cuidado —dije.

—Por cierto, hay otra cosa que querría preguntarle. Hace poco he perdido el contacto con Creta. Exactamente igual que me sucedió con usted. Quizá sea una coincidencia, pero es extraño. He pensado que tal vez sepa usted algo sobre este asunto, aunque sólo sea de manera tangencial.

—¿Creta Kanoo? —pregunté sorprendido.

—Sí. ¿Sabe usted algo?

Le respondí que no. No tenía razones fundadas para creerlo, pero me pareció que era preferible ocultarle que había visto a Creta y hablado con ella poco antes y que luego había desaparecido. Era una simple impresión.

—Creta estaba preocupada por haber perdido el contacto con

usted y anoche decidió ir a su casa a ver qué sucedía, pero aún no ha regresado. No sé por qué, no puedo sentir bien su *presencia*.

—Comprendo. Si viene, le diré que se ponga en contacto con usted de inmediato.

Malta Kanoo enmudeció unos instantes al otro lado del hilo.

—La verdad es que estoy preocupada por Creta. Como usted muy bien sabe, el trabajo que desempeñamos ella y yo no es nada corriente. Y mi hermana todavía no conoce este mundo tan bien como yo. Eso no significa que no tenga aptitudes. Sólo que aún no está muy familiarizada con ellas.

—Comprendo. —Malta Kanoo volvió a enmudecer. Su silencio fue esta vez más largo que el anterior. Noté que dudaba—. Oiga.

—Estoy aquí, señor Okada —respondió Malta Kanoo.

—Si veo a Creta, le diré que se ponga en contacto con usted de inmediato —repetí.

—Muchas gracias —dijo Malta Kanoo.

Y, tras disculparse de nuevo por haber llamado a aquellas horas, colgó. Después de colgar yo, contemplé de nuevo mi imagen reflejada en el cristal. Y en aquel momento se me ocurrió de pronto. Quizá jamás volvería a hablar con Malta Kanoo. Puede que desapareciera de mi vida para siempre. No tenía ninguna razón especial para creerlo. Fue un presentimiento súbito.

Luego, de repente, recordé la escala de cuerda colgando dentro del pozo. Sería mejor que la sacara de allí lo antes posible. Podría ocasionarme problemas si alguien la encontraba. Además, estaba el asunto de la repentina desaparición de Creta Kanoo. Nuestro último encuentro había sido en el pozo.

Me metí la linterna en el bolsillo, me calcé, bajé al jardín y salté el muro. Fui por el callejón hasta la casa abandonada. La casa de May Kasahara aún permanecía sumida en la oscuridad. Las agujas del reloj marcaban poco antes de las tres. Entré en el jardín de la casa deshabitada y fui directo al pozo. La escala de cuerda continuaba atada al tronco del árbol y colgaba hacia dentro del pozo. La tapa estaba medio abierta.

Súbitamente preocupado, me asomé y la llamé.

—Oiga, señorita Kanoo —susurré.

No hubo respuesta. Saqué la linterna del bolsillo y dirigí el foco de luz hacia el interior del pozo. La luz no llegaba hasta el fondo, pero oí una voz tan débil que parecía un gemido. Volví a llamarla.

—No me pasa nada. Estoy aquí —dijo Creta Kanoo.

—¿Qué diablos está haciendo ahí? —pregunté en voz baja.

—¿Que qué estoy haciendo, dice? Pues lo mismo que usted —me respondió ella con extrañeza—. Reflexionar. Es el lugar idóneo para hacerlo.

—Probablemente lo sea. Pero, hace un rato, me ha llamado su hermana. Está muy preocupada por su desaparición. Dice que, a estas horas, usted aún no ha vuelto a casa y que, además, no siente su presencia. Me ha pedido que, si la veo, le diga que la llame de inmediato.

—De acuerdo. Muchas gracias por las molestias.

—Oiga, señorita Kanoo. ¿Le importaría salir de ahí? Tengo que hablar con usted.

Creta Kanoo no respondió. Apagué la luz de la linterna y me la volví a meter en el bolsillo.

—¿Y por qué no baja usted? Podemos sentarnos los dos aquí y hablar.

No me pareció mala idea volver a meterme en el pozo y hablar con Creta Kanoo. Pero, al recordar la mohosa oscuridad del fondo, sentí un peso en el estómago.

—No, lo siento mucho, pero no me apetece volver a bajar. Y sería mejor que usted también abandonara esa idea. Pueden volver a retirar la escala y, además, la ventilación no es buena ahí abajo.

—Ya lo sé. Pero quiero quedarme un poco más. No se preocupe por mí.

Si ella no quería subir, poco podía hacer yo.

—Cuando he hablado con su hermana por teléfono, no le he dicho que nos habíamos visto poco antes. ¿He hecho bien? No sé por qué, pero he tenido la impresión de que era mejor callarme.

—Sí, ha hecho bien. No le diga a mi hermana que estoy aquí. —Hizo una pequeña pausa y añadió—: No quiero preocuparla, pero yo también necesito pensar. Una vez lo haya hecho, saldré. Déjeme sola. No voy a ocasionarle ninguna molestia.

Volví a casa dejando allí a Creta Kanoo. Bastaba con pasarme a la mañana siguiente. Aunque May Kasahara se acercara y retirara la escala, yo podría rescatar a Creta de un modo u otro. Al volver a casa, me desnudé y me tumbé en la cama. Tomé el libro que había a la cabecera y lo abrí por la página que estaba leyendo. Me sentía muy excitado y pensaba que me costaría conciliar el sueño. Pero cuando hube leído una o dos páginas, comprendí que estaba a punto de dormirme. Cerré el libro y apagué la luz. Un instante después, ya estaba sumergido en el sueño.

Me desperté a las nueve y media de la mañana. Me preocupaba Creta Kanoo, así que, sin lavarme siquiera la cara, me vestí corriendo y me dirigí por el callejón a la casa abandonada. Aquella mañana, las nubes estaban bajas, el aire cargado de humedad y parecía que iba a empezar a llover de un momento a otro. La escala ya no colgaba dentro del pozo. Alguien la había desatado del tronco del árbol y se la había llevado. Las dos mitades de la tapa sellaban la boca. Encima había unas piedras. Aparté media tapa, me asomé hacia dentro y llamé a Creta Kanoo.

No obtuve respuesta. A pesar de ello la llamé, entre pequeñas pausas, varias veces más. Le arrojé piedrecitas pensando que tal vez estuviera dormida. Pero, en el fondo del pozo, no parecía haber nadie. Creta Kanoo, por la mañana, debía de haber salido del pozo y retirado la escala, debía de habérsela llevado a alguna parte. Volví a poner la tapa en su sitio y me alejé.

Salí de la casa abandonada y me apoyé en la cancela mirando hacia la casa de May Kasahara. Quizá me viera y se acercara como solía hacer. Pero no apareció. Reinaba un silencio profundo en los alrededores. No se veía a nadie, no se oía nada. Ni siquiera el chirrido de las cigarras. Con la punta del zapato removí la tierra a mis pies. Tenía una sensación de extrañeza, como si durante los días que había estado dentro del pozo, la realidad que había conocido hasta entonces hubiera sido desplazada por otra realidad. Lo sentía en lo más hondo de mi corazón desde que había salido del pozo y regresado a casa.

Volví por el callejón, entré en el cuarto de baño y, mientras me lavaba los dientes, pensé en afeitarme. Una barba negra de varios días me cubría el rostro por entero. Parecía un náufrago a quien acabaran de rescatar. Era la primera vez en mi vida que la barba me crecía así. Consideré la posibilidad de dejármela, pero, tras pensármelo un poco, decidí afeitarme. No sé por qué, pero me daba la impresión de que era mejor conservar el aspecto que tenía cuando se fue Kumiko.

Me ablandé la barba con una toalla caliente y me puse abundante espuma de afeitar. Luego me fui afeitando con grandes precauciones para no cortarme. Me rasuré el mentón, la mejilla izquierda y, después, la derecha. Pero cuando al terminar dirigí la mirada hacia el espejo, me quedé sin aliento. En la mejilla derecha tenía una mancha negriazul. Primero pensé que accidentalmente se me había pegado algo. Me quité los restos de espuma, me lavé bien la cara con jabón y me froté con fuerza aquella zona con la toalla. Pero la mancha no desapareció. Ni había señales de que fuera a hacerlo. Parecía estar profundamente estampada en mi piel. La palpé con la punta de los dedos. La piel de aquella zona estaba ligeramente más caliente, pero eso era lo único que se apreciaba al tacto. Era una *mancha de nacimiento*. *Me había salido una mancha de nacimiento* en el punto exacto donde, en el fondo del pozo, había tenido aquella sensación de calor.

Acerqué la cara al espejo y estudié la mancha con detenimiento. Estaba debajo del pómulo derecho y tenía el tamaño de la palma de la mano de un bebé. Era negriazul, de color parecido a la tinta de la Mont Blanc que usaba Kumiko.

La primera posibilidad que se me ocurrió fue que se tratara de alergia. Quizás algo en el fondo del pozo había provocado algún tipo de irritación. Como sucedía con la laca. Pero ¿qué diablos podía haber en el fondo del pozo que pudiera provocarme una erupción así? Había estudiado el reducido espacio centímetro a centímetro a la luz de la lámpara. Sólo había tierra y una pared de cemento. Además, ¿podía en realidad la alergia, o la urticaria, formar una mancha de contornos tan nítidos?

Durante unos instantes, me dominó un ligero pánico. Me sentí confuso, desorientado, como si hubiera sido barrido por una ola gigantesca. La toalla se me cayó de las manos, volqué la papelera, tropecé y empecé a soltar palabras incoherentes. Luego, volví en mí, me apoyé en el lavabo e intenté pensar con calma cuál era la mejor manera de afrontar aquel hecho.

Decidí esperar a ver qué ocurría. Al médico podía ir después. Quizá fuera algo pasajero y desapareciera de manera espontánea como sucedía con la reacción a la laca. Habiéndose formado en pocos días, quizá se borrara con la misma facilidad. Fui a la cocina y calenté café. Tenía hambre, pero al intentar comer algo, el apetito se esfumaba como el agua que fluye.

Me tendí en el sofá y me quedé inmóvil contemplando la lluvia que había empezado a caer. De vez en cuando, iba al lavabo y me miraba en el espejo. No observé ningún cambio. La mancha lucía en mi mejilla bellamente teñida de un color azul oscuro.

La única posible causa que se me ocurría de la aparición de la mancha era haber atravesado la pared del pozo, arrastrado por la mujer del teléfono, aquel amanecer, en aquella fantasía parecida a un sueño, cuando, para huir de aquel *alguien* peligroso que había abierto la puerta y entrado en la habitación, ella me había cogido de la mano y conducido al interior de la pared. Mientras la traspasaba, había notado una clara sensación de calor en la mejilla. Justo en el punto donde estaba la mancha. Pero la relación causa-efecto entre el hecho de traspasar la pared y la aparición de la mancha era, por supuesto, algo inexplicable para mí.

Aquel hombre sin rostro me lo había dicho en el vestíbulo del hotel. «Ahora no es el momento indicado. Usted no puede estar aquí.» Él me había avisado. Pero yo había desoído su advertencia y había seguido adelante. Estaba enfadado con Noboru Wataya y también lo estaba con mi propio desconcierto. Y, como resultado, quizás había recibido aquella mancha.

Quizá fuera el estigma que me había dejado aquel extraño sueño o fantasía. A través de él me decían: «*Aquello no fue un simple sueño. Fue algo que sucedió en realidad y tú, cada vez que te mires al espejo, lo recordarás*».

Sacudí la cabeza. Eran demasiadas las cosas que no podía explicar. Lo único que sabía con certeza era que no comprendía nada. Y volvió a dolerme sordamente la cabeza. Era incapaz de seguir pensando. No me apetecía hacer nada. Tomé un sorbo de café frío y me quedé de nuevo contemplando la lluvia.

Pasado el mediodía, telefoneé a mi tío. Charlamos un rato. Tenía la impresión de que si no hablaba con alguien, fuera quien fuese, me iría alejando, cada vez más, de la realidad.

Mi tío me preguntó por Kumiko y respondí que estaba bien. Que se había ido de viaje por cuestiones de trabajo. Podría haberme sincerado con él, pero me resultaba casi imposible contar aquella serie de acontecimientos recientes, desde el principio, de manera ordenada, a una tercera persona. Ni siquiera yo los comprendía. ¿Cómo iba a explicárselos a otro? Así que, de momento, decidí ocultarle los hechos.

—Estuviste viviendo un tiempo en esta casa, ¿verdad? —le pregunté.

—Sí, creo que en total estuve ahí unos seis o siete años —respondió mi tío—. Espera un momento. La compré a los treinta y cinco años y viví en ella hasta los cuarenta y dos. Es decir, siete años. Luego me casé y me mudé a este apartamento. Hasta entonces viví ahí solo.

—Oye, tío. Me gustaría preguntarte una cosa. ¿Te ocurrió algo malo mientras vivías aquí?

—¿Algo malo? —preguntó mi tío con sorpresa.

—Sí. No sé. Si estuviste enfermo o te separaste de alguna mujer… En fin, esas cosas.

Mi tío rió divertido al otro lado del hilo.

—Romper con alguna mujer mientras estaba ahí, seguro. Pero también pasó cuando vivía en otros lugares. Y no creo que fuera especialmente malo. Si te soy sincero, no eran mujeres con las que me apenara cortar. Enfermedades no recuerdo ninguna. Me salió un pequeño bulto en la nuca y me lo hice extirpar. Sólo eso. Cada vez que iba al barbero me decía que era mejor que me lo quitara, por si acaso. Así que acudí al médico. No se trataba de nada importante. Mientras estuve en la casa, ésa fue la primera y última vez que fui al médico. Vamos, como para pedir que me reembolsaran la cuota del seguro.

—¿Y no tienes ningún mal recuerdo de este lugar?

—Pues no —respondió mi tío tras reflexionar unos instantes—. ¿Cómo te da por hacerme semejantes preguntas?

—Nada importante. La verdad es que el otro día Kumiko visitó a un adivino y le metió en la cabeza que la casa es de mal agüero y no sé qué más —le mentí—. A mí estas cosas no me interesan, pero Kumiko me pidió que te lo consultara.

—¡Uff! De agüeros y cosas de esas no entiendo. Así que no puedo decirte si el de la casa es bueno o malo. Basándome en mis impresiones de cuando vivía en ella, yo diría que no le pasa nada malo. La casa de los Miyawaki, ésa sí es harina de otro costal, pero está bastante lejos.

—¿Quién vivió aquí después de que te fueras tú?

—Después de que me fuera, creo que durante unos tres años estuvo viviendo ahí un maestro del Instituto Municipal con su familia y, más tarde, unos cinco años, un matrimonio joven. Me parece que tenían algún negocio, no recuerdo cuál. Pero no puedo decirte si todos ellos vivieron ahí felices y contentos. De la administración se ocupa una agencia inmobiliaria. Yo ni sé la cara que tenían los inquilinos ni por qué dejaron la casa. Pero no oí que hubiera ocurrido nada malo. Supuse que la casa se les había quedado pequeña, que se habían hecho construir una o algo por el estilo.

—Una vez me dijeron que en ese lugar la corriente está obstruida. ¿Te suena eso?

—¿La corriente obstruida? —repitió mi tío.

—Tampoco lo entiendo yo. Me lo dijeron. Eso es todo.

Mi tío reflexionó unos instantes.

—No recuerdo haber oído nada al respecto. Pero quizá no sea demasiado bueno que los dos lados del callejón estén tapiados. Un camino sin entrada ni salida, pensándolo bien, es extraño. El principio fundamental de los caminos y de los ríos es fluir en libertad. Si se cierran, se estancan.

—Claro, tienes razón —dije—. Una pregunta más. Mientras vivías aquí, ¿oíste alguna vez al *pájaro-que-da-cuerda*?

—¿El *pájaro-que-da-cuerda*? ¿Y eso qué es?

Se lo expliqué en cuatro palabras. Que se posaba en un árbol del jardín y que, una vez al día, emitía un chirrido como si estuviera dándole cuerda a algo.

—No sé qué es. Ni lo he visto ni lo he oído jamás. Me gustan los pájaros y hace tiempo que me fijo en su canto, pero es la primera vez que oigo hablar de uno así. ¿Tiene algo que ver con la casa?

—No en especial. Sólo me preguntaba si sabías qué era.

—Si quieres saber más cosas del pozo, de quienes vivieron después de mí en la casa, etcétera, ve a la Agencia Inmobiliaria Setagaya Dai-ichi, delante de la estación. Diles que vas de mi parte y pregúntale lo que quieras a un señor mayor que se llama Ichikawa. Él se ha encargado de la administración de la casa durante años. Hace mucho tiempo que está allí y podrá decirte muchas cosas del lugar. En realidad, fue él quien me contó lo de la casa de los Miyawaki. Le gusta mucho charlar y puede serte útil.

—Gracias. Lo haré —dije.

—Por cierto, ¿cómo va lo del trabajo? —preguntó mi tío.

—Nada, todavía. Aunque, a decir verdad, tampoco es que me haya matado buscando. Por ahora, vamos tirando: Kumiko trabaja fuera y yo me encargo de la casa.

Mi tío pareció reflexionar unos instantes.

—De todos modos, en caso de apuro, dímelo. Yo te podría echar una mano.

—Gracias. Si tengo algún problema, te lo haré saber —dije.

Y cortamos.

Pensé en llamar a la agencia que me había dicho mi tío y preguntar sobre la historia de la casa o sobre las personas que habían vivido en ella antes, pero al final me pareció una estupidez y desistí.

Por la tarde, la lluvia continuó cayendo con la misma mansedumbre. Bañaba los tejados de las casas, los árboles del jardín, la tierra. Para almorzar comí una lata de sopa y unas tostadas. Y me pasé toda la tarde en el sofá. Quería ir a comprar, pero al pensar en la mancha de la cara se me quitaron las ganas. Me arrepentí de no haberme dejado crecer la barba. Pero en el refrigerador aún quedaba un poco de verdura y en la alacena se alineaban varias latas de conservas. Tenía arroz y huevos. Si no exigía demasiado, podía subsistir dos o tres días más.

En el sofá no pensé en casi nada. Leí, escuché algunas cintas de música clásica. Y contemplé de forma distraída cómo caía la lluvia en el jardín. Mi capacidad de reflexión había tocado fondo, posiblemente por haber estado concentrado en mis pensamientos durante demasiado tiempo en el interior del pozo. Cuando intentaba fijar mi atención en algo, me dolía sordamente la cabeza, como si me la constriñera un torno blando. Cuando intentaba recordar algo, oía rechinar todos los músculos y los nervios del cuerpo. Tenía la impresión de haberme convertido en el hombre de lata de *El Mago de Oz,* oxidado, sin aceite.

De vez en cuando iba al lavabo, me plantaba ante el espejo y observaba el estado de la mancha. No se apreciaba ningún cambio. Ni crecía ni disminuía. El color seguía teniendo la misma intensidad. Me di cuenta de que me había dejado por afeitar el bigote. Antes, al rasurarme la mejilla y descubrir la mancha, me sentía tan aturdido que me había olvidado de afeitarme el resto. Volví a mojarme la cara con agua caliente, me puse espuma y me afeité el vello que quedaba.

Una de las veces que me acerqué al espejo, recordé las palabras que Malta Kanoo me había dicho por teléfono. «*Nosotros nos limitamos a creer de manera empírica que la imagen reflejada en el espejo es la real. Tenga cuidado.*» Por si acaso, me dirigí al dormitorio y me contemplé en la luna del armario ropero de Kumiko. Pero la mancha permanecía allí. No era culpa del espejo.

Aparte de la mancha, no apreciaba ningún otro cambio en mi cuerpo. Me tomé la temperatura, era la misma de siempre.

Dejando de lado que, pese a no haber ingerido alimento alguno durante tres días, apenas tenía apetito, y que de vez en cuando sentía unas ligeras náuseas —continuación, posiblemente, de las que había sentido en el fondo del pozo—, mi cuerpo gozaba de una normalidad absoluta.

Fue una tarde apacible. El teléfono no sonó ni una vez. No llegó ni una carta. Nadie pasó por el callejón. No se oyó a ningún vecino. Ningún gato cruzó el jardín. Ningún pájaro se acercó a trinar. De vez en cuando se oía chirriar a las cigarras, pero no con la fuerza acostumbrada.

Poco antes de las siete se me despertó el apetito y me preparé una cena sencilla a base de verduras y conservas. Por primera vez en mucho tiempo escuché las noticias de la noche por la radio, pero en el mundo no había ocurrido nada especial. Unos jóvenes habían resultado muertos en la autopista al chocar contra un muro cuando se disponían a adelantar a otro coche. El director y algunos empleados de la sucursal de un banco importante eran investigados por la policía por un asunto de préstamos ilegales. Un ama de casa de treinta y seis años había resultado muerta a martillazos por un joven que pasaba por la calle. Pero eran acontecimientos que pertenecían a un mundo distinto, lejano. En el mundo donde estaba yo, sólo llovía en el jardín. En silencio, con dulzura.

Cuando el reloj marcó las nueve, dejé el sofá y me pasé a la cama, acabé el capítulo del libro, apagué la luz y me dormí.

Me desperté sobresaltado en mitad de un sueño. No podía recordarlo, pero debía de ser un sueño tenso porque el corazón me latía con fuerza. La habitación estaba todavía sumida en la oscuridad. Tras despertar, durante unos instantes fui incapaz de recordar dónde me encontraba. Pasó bastante tiempo hasta que comprendí que estaba en mi casa, en mi cama. Las agujas del reloj marcaban las dos pasadas. En el pozo había dormido de una forma muy irregular, y esto había alterado mi ciclo de sueño y vigilia. Una vez me hube calmado, sentí que necesitaba orinar. Debía de ser la cerveza que había bebido antes de acostarme. Hubiera preferido conciliar el sueño de nuevo, pero me fue imposible. Cuando, resignado, me incorporé, mi mano tocó la piel de alguien a mi lado. No me extrañó. Era donde siempre dormía Kumiko. Y estaba acostumbrado a dormir acompañado. De súbito caí en la cuenta. Kumiko ya no estaba. Se había ido. Me decidí a encender la lamparilla. Era Creta Kanoo.

13
Continuación de la historia de Creta Kanoo

Dormía vuelta hacia mí, desnuda, sin cubrirse con nada. Mostraba dos senos perfectos, de pequeños pezones rosados y, bajo un vientre plano, el negro vello púbico, similar a un sombreado hecho a lápiz. Su piel era blanca, tersa, como recién creada. Paralizado por la sorpresa, me quedé mirando aquel cuerpo. Creta Kanoo dormía con las rodillas juntas y las piernas algo flexionadas. El pelo le caía hacia delante, cubriéndole media cara, y no podía verle los ojos. Pero parecía estar profundamente dormida, ya que, cuando encendí la lamparilla de la cabecera de la cama, no hizo el menor movimiento y siguió respirando al mismo ritmo, plácido y acompasado. A mí, por el contrario, aquello me despertó por completo. Saqué del armario un fino cubrecama de verano y la arropé. Luego apagué la luz y, en pijama, me dirigí a la cocina y me senté frente a la mesa.

Me acordé de la mancha. Al tocarme la mejilla la noté un poco caliente. No hacía falta que me mirara en el espejo. Aún estaba ahí. No era una menudencia que desapareciera sin más, en una noche. Al amanecer, quizá convendría buscar en la guía telefónica algún dermatólogo que viviera cerca. Pero cuando me preguntara si tenía alguna idea sobre la causa de su aparición, ¿qué diablos podía responderle yo? He estado casi tres días dentro de un pozo. No, no tiene nada que ver con mi trabajo. Sólo quería reflexionar un poco. Y pensé que el fondo de un pozo era un sitio idóneo para pensar. No, no llevaba comida. No, el pozo no estaba en mi casa. Estaba en otro lugar. En una casa abandonada del vecindario. Y entré allí por las buenas.

Suspiré. ¡Uff! Evidentemente no podía decirle eso.

Hinqué los codos en la mesa y, mientras estaba distraído con la mente en blanco, me vino al pensamiento, de una forma vívida y extraña, el cuerpo desnudo de Creta Kanoo. Dormía en mi cama profundamente. Recordé haber hecho en sueños el amor con ella. Llevaba el vestido de Kumiko. Aún recordaba con toda claridad el tacto de su piel y el peso de su cuerpo. Si no contrastaba cada hecho con detenimiento, siguiendo un orden estricto, no podía discernir hasta dónde llegaba la realidad y dónde empezaba la fantasía. El muro que dividía ambos territorios empezaba a fundirse. En mi memoria, al menos, lo real y lo irreal coexistían con una consistencia y una nitidez casi idénticas. Había tenido relaciones sexuales con Creta Kanoo y, a la vez, no las había tenido.

Para alejar de mi cabeza estas confusas imágenes sexuales, tuve que ir al baño y lavarme la cara con agua fría. Unos instantes después fui a ver cómo seguía Creta Kanoo. Se había destapado hasta la cintura y continuaba durmiendo profundamente. Desde donde estaba, sólo veía su espalda. Me recordó la de Kumiko el día que la había visto por última vez. Pensándolo bien, el cuerpo de Creta Kanoo se parecía de manera asombrosa al de Kumiko. Pero como el peinado, la ropa, el estilo y el maquillaje eran del todo distintos, no me había dado cuenta antes. Ambas eran de una estatura similar y pesaban casi lo mismo. Era posible que usaran, incluso, la misma talla de ropa.

Cogí mi cubrecama, fui a la sala de estar, me tendí en el sofá y abrí un libro. Había estado leyendo un volumen de historia de la biblioteca. Trataba de la administración de Manchuria por las fuerzas japonesas antes de la guerra y sobre la lucha contra los soviéticos en Nomonhan. Oír la historia del teniente Mamiya había suscitado mi interés por los sucesos en el continente durante aquella época y había pedido prestados varios tomos en la biblioteca. Pero tras seguir durante diez minutos aquellos detallados hechos históricos, me entró sueño. Dejé el libro en el suelo y cerré los ojos con la intención de descansar la vista. Pero, al fin, sin darme tiempo siquiera a apagar la luz, me hundí en un sueño profundo.

De súbito, oí unos ruidos que provenían de la cocina. Cuando fui a ver qué sucedía, me encontré a Creta Kanoo preparando el desayuno. Llevaba una camiseta blanca y unos pantalones cortos de color azul. Ambos de Kumiko.

—Perdone, ¿dónde tiene su ropa? —le pregunté plantado en el umbral de la puerta de la cocina.

—¡Ah! Lo siento. Como estaba durmiendo, me he tomado la libertad de ponerme la ropa de su esposa. Ya sé que ha sido una desfachatez por mi parte, pero no tenía con qué vestirme —me dijo volviendo sólo la cabeza hacia mí. Ya había recuperado su maquillaje y su peinado estilo años sesenta. Sólo le faltaban las pestañas postizas.

—Eso no tiene ninguna importancia, pero ¿dónde diablos está su ropa?

—La he perdido.

—¿Perdido?

—Sí, la he perdido en alguna parte.

Entré en la cocina, me apoyé en la mesa y me quedé mirando cómo hacía la tortilla. Cascó los huevos, añadió condimento y los batió con mano experta.

—¿O sea que ha venido desnuda?

—Pues sí —dijo como si fuera la cosa más natural del mundo—. Completamente desnuda. Pero eso usted ya lo debe de saber. Antes me ha arropado con un cubrecama.

—Sí, es cierto —tartamudeé—. Lo que yo, a fin de cuentas, quiero saber es cómo y dónde ha perdido la ropa. Y también cómo ha llegado desnuda hasta aquí.

—Eso tampoco lo sé yo —dijo Creta Kanoo sacudiendo la sartén y removiendo los huevos.

—¿Tampoco lo sabe usted? Creta Kanoo puso la tortilla en un plato y la acompañó con brécol hervido. Luego tostó pan y lo depositó en la mesa junto con el café. Yo saqué la mantequilla, la sal y la pimienta. Y desayunamos sentados el uno frente al otro como dos recién casados.

De repente me acordé de la mancha de la cara. Creta Kanoo no había mostrado sorpresa alguna al mirarme, ni me había preguntado nada. Por si acaso, me llevé la mano a la cara. El calor permanecía.

—¿Le duele eso, señor Okada?

—No, en absoluto.

Creta Kanoo estuvo mirándome unos instantes.

—Parece una mancha de nacimiento.

—Sí, a mí también me lo parece. Me pregunto si no sería mejor ir al médico.

—Es una simple suposición, pero diría que poco podrá hacer el médico.

—Tal vez no. Pero tampoco puedo dejarlo así.

Creta Kanoo reflexionó unos instantes con el tenedor en la mano.

—Si tiene que ir a comprar o hacer algún recado, déjemelo a mí. Si no le apetece salir, quédese en casa cuanto quiera.

—Se lo agradezco, pero usted también debe de tener cosas que hacer. Y yo no puedo quedarme indefinidamente encerrado entre estas cuatro paredes.

Creta Kanoo reflexionó unos instantes.

—Quizá Malta Kanoo sepa qué se debe hacer.

—¿Podría, entonces, ponerme en contacto con ella?

—Eso no es posible. Siempre es ella quien llama —dijo Creta Kanoo mordisqueando el brócoli.

—Pero usted sí puede ponerse en contacto con ella, ¿verdad?

—Claro. Somos hermanas.

—Entonces, cuando la vea, podría preguntarle sobre la mancha. O decirle que me llame.

—Lo siento mucho, pero es imposible. No puedo preguntarle nada a mi hermana de parte de los demás. Es una especie de principio.

Untando una tostada con mantequilla, exhalé un suspiro.

—Es decir que, cuando necesite hablar con Malta Kanoo, lo único que puedo hacer es esperar pacientemente a que ella se ponga en contacto conmigo.

—Exacto —dijo Creta Kanoo. E hizo un movimiento de cabeza afirmativo—. Pero si no le duele, ni le pica, ni siente molestia alguna, es mejor que, de momento, se olvide de la mancha. A mí ese tipo de cosas jamás me han preocupado. Tampoco usted debería darles importancia. A las personas, a veces, les ocurren esas cosas.

—Tal vez tenga razón.

Durante unos instantes, seguimos desayunando en silencio. Hacía tiempo que no tomaba el desayuno acompañado y éste estaba, por cierto, bastante bueno. Cuando se lo dije, Creta Kanoo pareció alegrarse.

—Volviendo al tema de su ropa —empecé.

—Le ha molestado que me haya puesto por las buenas la ropa de su esposa, ¿verdad? —me preguntó Creta Kanoo con aire preocupado.

—No, en absoluto. No me importa que se haya puesto la ropa de Kumiko. Ella la dejó aquí y no me molesta que alguien se la ponga. Lo único que me preocupa es cómo y dónde perdió usted la ropa.

—No sólo la ropa. También los zapatos.

—¿Y cómo perdió todo eso?

—No me acuerdo —dijo Creta Kanoo—. Lo único que recuerdo es que me he despertado en su cama, desnuda. Lo que sucedió antes no lo recuerdo.

—Bajó al pozo. Después de que saliera yo.

—Eso lo recuerdo. Y luego me dormí dentro. Pero no puedo acordarme de lo que pasó después.

—O sea que no tiene ni idea de cómo salió del pozo.

—No me acuerdo de nada. Mi memoria se interrumpe a la mitad —dijo Creta Kanoo con los índices de ambas manos alzados, mostrándome una distancia de unos veinte centímetros. Cuánto tiempo representaba aquello, yo no lo sabía.

—¿Tampoco sabe qué sucedió con la escala de cuerda que colgaba dentro del pozo? Ha desaparecido.

—No sé nada de la escala. Ni siquiera recuerdo haber subido por ella para salir.

Me quedé observando unos instantes la taza de café que sostenía en la mano.

—Perdone, ¿me enseña la planta de los pies? —pregunté.

—Sí, claro —dijo Creta Kanoo. Se sentó a mi lado, alargó ambas piernas y me las mostró. La así por los tobillos y le observé con detenimiento las plantas de los pies. Estaban limpísimas. Bellamente formadas, no presentaban ni rasguños ni manchas de barro.

—No tiene ni heridas ni barro —comenté.

—No —dijo Creta Kanoo.

—Ayer estuvo lloviendo todo el día, así que si hubiera venido andando y descalza, tendría las plantas de los pies sucias de barro. Además, habiendo entrado por el jardín, debería haber dejado huellas de barro en el cobertizo, ¿no le parece? Pero tiene los pies limpios y en el cobertizo tampoco hay pisadas.

—Sí.

—O sea que usted no ha venido descalza.

Admirada, Creta Kanoo ladeó la cabeza.

—El razonamiento tiene su lógica.

—Quizá tenga lógica, pero aún no hemos llegado a ninguna parte —dije—. ¿Dónde ha perdido la ropa y los zapatos, y cómo ha podido llegar hasta aquí?

Creta Kanoo negó con un movimiento de cabeza.

—No tengo ni idea.

Mientras ella, ante el fregadero, se afanaba en lavar los cacharros, yo, frente a la mesa, reflexionaba sobre todo aquello. No hace falta decir que yo tampoco tenía ni idea.

—¿Le suceden a menudo estas cosas? No acordarse de dónde estaba —le pregunté.

—No es la primera vez que me pasa. No se puede decir que me ocurra con frecuencia no acordarme de adónde he ido ni de qué he hecho, pero a veces me pasa. Antes también había perdido la ropa una vez. Pero nunca la ropa y los zapatos, todo junto.

Creta Kanoo cerró el grifo y limpió la mesa con un trapo.

—Por cierto —dije—. Aún no he oído toda la historia que me empezó a contar tiempo atrás. Desapareció de repente, dejándola a medias. ¿Lo recuerda? Me gustaría que prosiguiera, que me la contase hasta el final. Decía que una banda de mafiosos la atraparon y la obligaron a trabajar para ellos, y que entonces conoció a Noboru Wataya y se acostó con él, pero no me contó lo que sucedió después.

Creta Kanoo se apoyó en el fregadero y me miró. El agua de las manos se le escurría, gota a gota, por la punta de los dedos e iba cayendo al suelo despacio. En la pechera de la camiseta blanca se perfilaban con claridad sus pezones. Al verlos, se dibujó vívidamente en mi cabeza el cuerpo desnudo que había visto la noche anterior.

—De acuerdo. Le contaré todo lo que sucedió a continuación. —Y Creta Kanoo volvió a tomar asiento frente a mí—. La razón por la cual aquel día me fui tan de repente sin terminar la historia es que aún no estaba lo bastante preparada para hablarle con franqueza sobre aquello. Había empezado mi relato porque pensaba que era mejor contarle lo que me había sucedido de la forma más sincera posible. Pero, a fin de cuentas, no pude llegar hasta el final. Supongo que debió de sorprenderse cuando desaparecí.

Creta Kanoo depositó ambas manos sobre la mesa y me miró a la cara mientras me lo decía.

—Sorprenderme, me sorprendí, por supuesto. Pero tampoco puede decirse que haya sido lo que más me ha sorprendido últimamente.

—Como ya le dije la vez anterior, el último cliente que tuve como prostituta, como *prostituta de la carne,* fue Noboru Wataya. Cuando me encontré por segunda vez con él, por cuestiones del trabajo de Malta Kanoo, lo reconocí de inmediato. Aunque hubiera querido olvidarlo, no habría podido. Pero no sé si él me reconoció. Noboru Wataya no es una persona que muestre sus sentimientos.

»Pero será mejor que se lo cuente siguiendo un orden. Primero le explicaré qué sucedió cuando Noboru Wataya requirió mis servicios como prostituta. De eso hace ya seis años.

»Como ya le conté antes, en aquella época yo no sentía ningún dolor físico. Ni dolor ni sensación alguna. Vivía sumida en una profunda insensibilidad sin fondo. Por supuesto, percibía de alguna manera el frío, el calor o el dolor. Pero esas sensaciones parecían llegarme de un mundo lejano, sin relación con el mío. Por eso no sentía ningún rechazo ante la idea de acostarme con hombres por dinero. Me hicieran lo que me hiciesen, lo que yo sentía no tenía nada que ver conmigo. Mi cuerpo insensible no era mi cuerpo. Antes había sido reclutada por una organización mafiosa que controlaba la prostitución. Cuando me ordenaban que me acostara con un hombre lo hacía, y, cuando me pagaban, cobraba. Le conté hasta aquí, ¿verdad? —Asentí con la cabeza—. Aquel día, el lugar de la cita era el decimosexto piso de un hotel del centro. La habitación estaba a nombre de Noboru Wataya. Un nombre poco corriente. Cuando llamé a la puerta, él estaba sentado en el sofá, leyendo un libro mientras tomaba un café que había pedido al servicio de habitaciones. Vestía un polo verde y unos pantalones de algodón de color marrón, llevaba el pelo corto y unas gafas con los cristales también marrones. Frente a él, sobre una mesa baja, había una cafetera, una taza y un libro. Aparentemente, había estado muy concentrado en la lectura y sus ojos conservaban aún cierta excitación. Su cara era anodina y sólo los ojos mostraban una energía casi extraña. Al verlos, pensé, por un momento, que me había equivocado de habitación. Pero no era así. Me dijo que entrara y cerrase la puerta.

»Luego, sentado todavía en el sofá y sin decir palabra, me miró con detenimiento. De los pies a la cabeza. Al entrar en la habitación, la mayoría de hombres me estudiaban atentamente el cuerpo y el rostro. Perdone la indiscreción, pero ¿ha estado alguna vez con una prostituta? —Le dije que no—. Es como si inspeccionaran la mercancía. Enseguida me acostumbré a esa mirada. Han pagado dinero para comprar un cuerpo y es normal que inspeccionen la mercancía. Pero la mirada de aquel hombre era distinta. Parecía que me atravesara el cuerpo y estuviese observando lo que había al otro lado. Bajo su mirada, me sentí incómoda, como si me hubiera convertido de repente en un ser semitransparente.

»Me turbé, y el bolso que llevaba en la mano se me resbaló al suelo. Al caer hizo ruido, pero yo estaba tan aturdida que durante unos instantes ni siquiera me di cuenta. Luego me agaché y lo recogí. Se había soltado el cierre y mis cosméticos se habían desparramado por todo el suelo. Recogí el lápiz de cejas, la crema de labios y un pequeño frasco de agua de colonia y fui metiéndolos, uno tras otro, dentro del bolso. Mientras tanto, él seguía escrutándome con aquella mirada.

»Cuando hube terminado de recogerlo todo, me dijo que me desnudara. Le pregunté si antes podía ducharme. Estaba un poco sudada. Era un día muy caluroso y, mientras iba en tren camino del hotel, había transpirado bastante. Me contestó que no le importaba. Que no tenía tiempo y que me desnudara enseguida.

»Cuando me hube despojado de la ropa, me dijo que me tendiera en la cama boca abajo. Eso hice. Me ordenó que permaneciera inmóvil, con los ojos cerrados, y que no dijera nada mientras él no preguntase. Se sentó a mi lado, sin desnudarse, y se limitó a permanecer quieto, sin ponerme un solo dedo encima. Sentado, contempló mi cuerpo desnudo tendido boca abajo. Durante casi diez minutos. Podía sentir su mirada en la nuca, en la espalda, en las nalgas, en las piernas, con una intensidad casi dolorosa. Me pregunté si no sería impotente. De vez en cuando aparecen clientes así. Alquilan los servicios de una prostituta, hacen que se desnude y se limitan a mirarla fijamente. También los hay que, una vez desnuda, se masturban delante. ¡Hay tantos tipos distintos de hombres y que van con prostitutas por tantas razones diferentes! Por eso me pregunté si no se trataría de uno de ésos.

»Pero después alargó el brazo y empezó a tocarme. Cada uno de sus diez dedos recorría despacio mi cuerpo, de los hombros a la espalda, de la espalda a la cintura, como si buscara algo. No eran los preliminares ni, por supuesto, un masaje. Sus dedos se desplazaban sobre mi cuerpo con una atención infinita, como si fueran siguiendo una ruta trazada en un mapa. Mientras me acariciaba, estaba absorto en sus pensamientos. No parecía pensar sencillamente en algo, sino que se le veía muy concentrado en esos pensamientos.

»Sus dedos vagaban por aquí y por allá, de súbito se detenían y permanecían inmóviles durante largo tiempo.

»Aquellos diez dedos parecían estar, literalmente, dudando y cerciorándose de algo. ¿Me comprende? Cada uno de ellos parecía tener vida propia, voluntad y capacidad de reflexión. Su tacto era muy extraño. Siniestro incluso.

»Pero, a pesar de ello, el tacto de aquellos dedos me excitó sexualmente. Era la primera vez que me sucedía. Antes de dedicarme a la prostitución, el acto sexual sólo me había producido dolor. Nada más pensar en el sexo, invadía mi cabeza el pánico al dolor. Después de convertirme en prostituta, todo cambió de forma radical y me insensibilicé. Ya no sentía dolor, pero tampoco otra cosa. Para complacer a mis clientes, suspiraba y fingía estar excitada. Pero era todo mentira. Una simple actuación profesional. En aquel momento, bajo la presión de sus dedos, mis jadeos eran reales. Brotaban de manera espontánea de lo más profundo de mi ser. Comprendí que, en mi interior, algo había empezado a moverse. Como si el centro de gravedad se desplazara de un lugar a otro.

»Después, aquel hombre dejó de mover los dedos. Con ambas manos posadas en mi cintura, parecía estar pensando en algo. A través de las yemas de sus dedos me transmitía que estaba acompasando la respiración. Y empezó a desnudarse despacio. Yo, con los ojos cerrados y el rostro hundido en la almohada, esperaba lo que vendría a continuación. Cuando se hubo desnudado, me hizo abrir de piernas y brazos.

»La habitación permanecía en silencio. Sólo se oía el leve zumbido del aire acondicionado. El hombre casi no hizo ruido. Ni siquiera se le oía respirar. Me puso las palmas de las manos sobre la espalda. Me sentí flaquear. Su pene tocó mi cintura. Pero aún estaba flácido.

»Entonces sonó el teléfono a la cabecera de la cama. Abrí los ojos y lo miré a la cara. No parecía haberlo oído siquiera. Tras ocho o nueve timbrazos, dejó de sonar. La habitación volvió a quedar en silencio. —En este punto, Creta Kanoo exhaló un suspiro. Permaneció unos instantes contemplándose las manos en silencio—. Discúlpeme, pero querría descansar un poco. ¿Le importa?

—Por supuesto que no.

Volví a llenarme la taza de café y me lo tomé. Ella bebió agua fría. Después permanecimos diez minutos sentados en silencio.

—Él siguió deslizando aquellos diez dedos por cada rincón de mi cuerpo —prosiguió Creta Kanoo—. No dejaron una sola parte por tocar. Yo era ya incapaz de pensar en algo. Los latidos del corazón, con una lentitud extraña, resonaban violentamente en mis oídos. Había perdido todo autocontrol. Mientras sus manos recorrían mi cuerpo, grité muchas veces. No quería hacerlo, pero otra persona, sirviéndose de mi voz, jadeaba y gritaba a su antojo. Sentía como si todos los *tornillos* de mi cuerpo se hubieran aflojado. Mucho después, estando yo aún de bruces, me metió *algo* dentro por detrás. Qué era, no lo sé todavía. Algo muy duro y extraordinariamente grande, pero no era su pene. De eso estoy segura. En aquellos momentos pensé: «*Tenía razón. Este hombre es impotente*».

»Fuera lo que fuese, cuando me lo introdujo sentí claramente, por primera vez después de mi tentativa de suicidio, el dolor como algo propio. ¿Cómo se lo explicaría? Era un dolor fuera de toda medida, como si estuvieran partiéndome por la mitad. Pero, me retorcía de dolor y, a la vez, de placer. El placer y el dolor se habían convertido en una sola cosa. ¿Me comprende? Era un placer que nacía del dolor y un dolor que nacía del placer. Y yo tuve que engullirlo como una única cosa. Y, en medio del dolor y del placer, mi carne empezó a rasgarse. No pude evitarlo. Y luego sucedió algo extraño. De mi cuerpo, dividido en dos limpias mitades, empezó a salir algo que ni había visto ni tocado jamás. No sé cuál debía de ser su tamaño. Pero era resbaladizo como un recién nacido. No tenía ni idea de qué podría ser. Había estado siempre dentro de mí y yo no lo conocía. Pero aquel hombre lo había extraído fuera de mi ser.

»Quería saber qué era. Me moría por saberlo. Quería verlo con mis propios ojos. Era parte de mí. Tenía derecho. Pero no pude. Aquel torrente de dolor y placer me arrastraba. Yo, que era sólo carne, gritaba, babeaba, sacudía convulsivamente las caderas. Ni siquiera podía abrir los ojos.

»Y alcancé el clímax sexual. Pero más que alcanzar una cima, tuve la sensación de despeñarme por un alto precipicio. Grité y sentí que todos los cristales de la habitación se rompían. No sólo lo pensé, sino que vi y oí cómo se hacían añicos. Y cómo todos aquellos diminutos pedazos caían sobre mí. Después me entraron unas violentas arcadas. Mi conciencia empezó a debilitarse y mi cuerpo se enfrió. Sé que es una comparación un poco extraña, pero me sentía como unas gachas de arroz frío. Espesas y llenas de grumos. Y cada uno de esos grumos me producía un dolor sordo mientras se dilataba despacio al compás de los latidos de mi corazón. Recordaba muy bien aquel dolor. Apenas tardé en recordarlo. Era *el* dolor sordo y eterno que me aquejaba siempre antes de mi tentativa frustrada de suicidio. Y, como si fuera una potente *palanca* de hierro, ese dolor saltó la tapa de mi conciencia. Y tras destaparla fue arrastrando fuera unos recuerdos de consistencia gelatinosa que nada tenían que ver con mi voluntad. Es un símil extraño, pero era como si un difunto presenciara su propia autopsia. ¿Me comprende? Lo que sentiría mirando con sus propios ojos desde algún lugar cómo despedazan su cuerpo y van extrayendo, uno a uno, sus órganos.

»Seguí babeando sobre la almohada, presa de convulsiones.

Me oriné. Pensé que debía de detener aquello como fuera. Pero no podía controlarme. Todos los tornillos de mi cuerpo se habían soltado y caído. En mi mente confusa, sentía de forma vívida lo sola e indefensa que estaba. Del interior de mi cuerpo se derramaban sin cesar diferentes cosas. Cosas con forma definida y cosas amorfas, todas ellas se licuaron fluyendo lánguidamente hacia fuera como la saliva o la orina. Pensé que no debía permitir que todo se me escapara de aquella forma. Era mi ser y yo no podía consentir que se derramara en vano y se perdiera para siempre. Pero no pude detener la corriente. Sólo podía contemplar aquel derrame, confusa, con los brazos cruzados. No sé cuánto tiempo seguí así. Parecía que toda mi memoria y toda mi conciencia habían huido. Todo, completamente todo, había salido fuera de mí. Después, igual que si hubiera caído un pesado telón, me vi de repente envuelta por las tinieblas.

»Cuando recobré la conciencia ya era otra persona. —Creta Kanoo interrumpió aquí su historia y me miró a la cara—. Eso fue lo que ocurrió —dijo en voz baja.

Yo aguardaba en silencio a que prosiguiera su relato.

14
Nueva partida de Creta Kanoo

—Durante unos cuantos días viví con la sensación de que mi cuerpo había sido desmembrado. Andaba, pero no percibía que mis pies tocasen el suelo. Comía, pero no notaba que masticase. Si permanecía inmóvil, con frecuencia me invadía la horrible sensación de que mi cuerpo caía, eternamente, por un espacio sin techo ni fondo o de que ascendía, eternamente, como arrastrado por un globo. Era incapaz de coordinar el movimiento del cuerpo y la percepción. Obraban a su antojo, independientes de mi voluntad. Sin orden, sin dirección. No sabía cómo contener aquel horrendo caos. Lo único que podía hacer era esperar con paciencia a que todo se calmara a su debido tiempo. A mi familia le dije que no me encontraba bien y permanecí encerrada en mi habitación de la mañana a la noche sin comer ni beber apenas.

»Pasé varios días sumida en el caos. Tres o cuatro días, creo. Y luego, como tras un violento temporal, llegó la calma y la paz. Miré a mi alrededor y me descubrí a mí misma. Y comprendí que me había convertido en otra persona. Es decir, que aquél era mi tercer yo. El primero había vivido la tortura interminable del dolor. El segundo había vivido en un estado de insensibilidad sin sufrimiento. El primero había sido mi yo original, incapaz de librarse del pesado yugo del dolor. Y cuando había intentado, a la desesperada, quitármelo del cuello con mi intento de suicidio frustrado, me había convertido en mi segundo yo. Había sido, por decirlo de alguna manera, un yo provisional. El dolor que me había atormentado hasta entonces desapareció. Pero con él se retrajo y empañó cualquier otra sensación. La voluntad de vivir, la vitalidad física, la capacidad de concentración: todo desapareció junto con el sufrimiento. Tras atravesar ese extraño periodo de transición me había convertido en otra. Aún no sabía si aquélla era la persona que *originariamente* debía de haber sido. Pero tenía la sensación, aunque vaga, de estar avanzando en la dirección correcta.

Creta Kanoo alzó la vista y me miró fijamente a los ojos. Como si quisiera saber qué impresión me había causado su relato. Aún tenía las manos sobre la mesa.

—O sea, que gracias a aquel hombre se convirtió en otra persona, ¿no es así? —pregunté.

—Posiblemente sí. —Y asintió varias veces con la cabeza. Su rostro carecía de expresión, igual que el fondo de un estanque seco—. Gracias al intensísimo placer sexual que, por primera vez en mi vida, sentí mientras aquel hombre me abrazaba y me acariciaba, se produjo una gran transformación en mi cuerpo. Por qué ocurrió y por qué tuvo que suceder con *aquel hombre,* no lo sé. Pero, independientemente del proceso, al darme cuenta ya estaba metida en otro recipiente. Y, una vez superada aquella profunda confusión que he mencionado antes, acepté mi nuevo yo como «algo más auténtico». Había logrado escapar de aquella profunda insensibilidad que para mí era una prisión sofocante.

»Pero un deje amargo me persiguió largo tiempo como una sombra negra que se proyectara sobre mí. Cada vez que recordaba aquellos diez dedos, cada vez que recordaba aquello que tenía dentro, cada vez que recordaba aquellos grumos viscosos que salieron (o eso creí) de mi cuerpo, me sentía terriblemente angustiada. Me invadían una ira y una desesperación incontrolables. Deseaba borrar de mi memoria todo lo que ocurrió aquel día. Pero no podía. Porque aquel hombre había destapado algo de mi interior. Y las sensaciones que *habían sido liberadas* habían quedado para siempre unidas al recuerdo de aquel hombre. Y dentro de mí había una mancha innegable. Era una sensación contradictoria. ¿Me comprende? La metamorfosis que se había operado en mí era correcta. Pero, por otra parte, lo que había desencadenado esta transformación era algo sucio. Equivocado. Esta contradicción, esta paradoja, me atormentó durante mucho tiempo. —Creta Kanoo volvió a quedarse unos instantes contemplando sus manos sobre la mesa—. Y dejé de vender mi cuerpo. Ya no tenía ningún sentido hacerlo —dijo ella. Su rostro no mostraba, como de costumbre, ninguna expresión.

—¿Pudo hacerlo sin problemas? —le pregunté.

Creta Kanoo asintió.

—Lo dejé por las buenas, sin decir nada. No tuve ningún problema. Fue casi decepcionantemente fácil. Estaba segura de que como mínimo llamarían, y ya estaba preparada para ello. Pero no dijeron nada. Sabían mi dirección y mi número de teléfono. Podían haberme amenazado. Pero no sucedió nada.

»Y entonces, al menos en apariencia, volví a ser una chica normal. En aquella época ya había devuelto el préstamo a mi padre y, encima, tenía bastante dinero ahorrado. Mi hermano, con lo que le había entregado, volvió a comprarse otro estúpido coche. Él no podía ni siquiera imaginar cómo había conseguido yo el dinero.

»Necesité tiempo para acostumbrarme a mi nuevo yo. ¿Qué tipo de persona era? ¿Cómo funcionaba? ¿Qué sentía y cómo? Tuve que aprenderlo todo a través de la experiencia, memorizarlo y atesorarlo. ¿Me explico? Todo lo que había en mi interior se había derramado y perdido para siempre. Yo era un ser nuevo, pero, a la vez, estaba vacío. Tuve que llenar, poco a poco, ese vacío. Tuve que construir, paso a paso, con mis propias manos, *mi yo*, o *aquello que conformaba mi yo*.

»Aún era estudiante, pero no me apetecía volver a la universidad. Por la mañana salía de casa, me iba al parque y me sentaba, sola, sin hacer nada, en cualquier banco. O paseaba y, cuando llovía, entraba en una biblioteca, ponía un libro sobre la mesa y simulaba leer. Me pasaba días enteros dentro de un cine o dando vueltas por la ciudad en la línea Yamanote. Tenía la impresión de estar flotando, yo sola, en el negro cosmos. No había nadie con quien pudiera hablar. Si mi hermana Malta hubiera estado aquí, se lo hubiera contado todo, pero en aquella época se había confinado en la isla de Malta para realizar sus ejercicios ascéticos. No sabía su dirección y no podía ponerme en contacto con ella. Tenía que hallar la solución confiando únicamente en mis propias fuerzas. No había un solo libro que hablara de experiencias parecidas a la mía. Pero, pese a estar sola, no era infeliz. Podía aferrarme a mi persona. Al menos, en ese momento *me tenía a mí misma*.

»Mi nuevo yo podía sentir dolor, aunque no con la virulencia de antes. Al mismo tiempo, había acabado por aprender la manera de huir de él. O sea, que era capaz de distanciarme de mi yo físico aquejado por el dolor. ¿Me comprende? Podía dividirme a mí misma en una *parte física* y en otra *parte no física*. Al oírlo, puede parecer complicado, pero una vez aprendes la manera no es tan difícil. Cuando llega el dolor, dejo mi yo físico. Como cuando viene alguien a quien no me apetece ver y me voy a hurtadillas a la habitación de al lado. Puedo hacerlo con toda naturalidad. Reconozco que mi cuerpo está aquejado por el dolor. Siento su presencia. Pero yo no estoy ahí. Estoy en la habitación de al lado. Por eso el dolor no puede esclavizarme.

—¿Entonces, puede usted distanciarse de sí misma cuando quiere?

—No —dijo Creta Kanoo tras reflexionar unos instantes—. Al principio, sólo era capaz de hacerlo cuando mi cuerpo sentía dolor físico. O sea, que el dolor era la llave de la disociación de la conciencia. Después, con la ayuda de Malta, he aprendido hasta cierto punto a controlar mentalmente esta división. Pero esto ha sucedido más tarde.

»Entre tanto, llegó una carta de Malta Kanoo. Decía que por fin habían concluido sus tres años de ejercicios ascéticos en la isla de Malta y que regresaba a Japón en el plazo de una semana. Pensaba quedarse aquí de manera definitiva. Me alegré muchísimo. Hacía ya siete u ocho años que no nos veíamos. Y Malta, como le he dicho antes, era la única persona del mundo con quien podía sincerarme sin reservas.

»El mismo día de su vuelta le conté absolutamente todo lo que me había ocurrido. Malta escuchó mi larga y extraña historia en silencio hasta el final. Sin hacer una sola pregunta. Luego, cuando terminé, exhaló un profundo suspiro.

»—La verdad —dijo— es que debería haber permanecido a tu lado y haberte protegido. No sé por qué razón, pero no me había dado cuenta de que tenías problemas tan graves. Quizá porque estabas demasiado cerca de mí. Pero, de todos modos, había cosas que debía hacer. Tenía que ir sola a diferentes lugares. No tenía elección.

»Le dije que no se preocupara. Que era *problema mío* y que, a fin de cuentas, la situación ya no era tan mala. Malta Kanoo reflexionó en silencio unos instantes y luego habló:

»—Las cosas por las que has pasado desde que me fui de Japón hasta ahora han sido amargas y crueles. Pero, como tú misma has explicado, tenías que ir acercándote, paso a paso, a la persona que debías ser. Los tiempos peores ya han pasado y nunca volverán. Esas cosas no se repetirán jamás. Sé que no es fácil, pero, con el paso del tiempo, lo olvidarás. Un ser humano no puede vivir sin su verdadero yo. Es como un terreno. Si falta, no se puede construir nada encima. Hay una cosa, sin embargo, que no debes olvidar, y es que tu cuerpo ha sido mancillado por aquel hombre. Eso no debería haber sucedido jamás. Podrías haberte perdido para siempre y tener que errar eternamente por la nada más absoluta. Por suerte, de forma *accidental,* tu ser en aquel momento no era el auténtico y se produjo, por tanto, el efecto contrario. En vez de perderte, te liberó de tu "yo provisional". Tuviste muchísima suerte. A pesar de ello, la mancha permanece aún en tu interior y tienes que desprenderte de ella como sea. No puedo decirte la manera concreta de hacerlo. Es algo que debes descubrir y hacer por ti misma.

»Luego mi hermana me puso un nuevo nombre: Creta. Yo había renacido y necesitaba uno. Me gustó desde el principio. Y Malta decidió servirse de mí como médium. Guiada por ella, he ido aprendiendo cómo controlar mi nuevo yo y cómo separar el cuerpo de la mente. Y, al final, por primera vez en mi vida, he podido vivir tranquila, en paz. Por supuesto, aún no he accedido a mi *verdadero yo.* Todavía me falta mucho para lograrlo. Pero, ahora, hay alguien a mi lado en quien puedo confiar: Malta Kanoo. Ella me comprende y me acepta. Me ha guiado y me ha protegido.

—Pero usted volvió a ver a Noboru Wataya, ¿verdad?

Creta Kanoo asintió.

—Sí. A principios de marzo de este año. Más de cinco años después de estar con él y experimentar aquella metamorfosis, y de empezar a trabajar con Malta. Noboru Wataya vino a casa a ver a Malta y lo vi. No hablé con él, sólo lo entreví en el recibidor. Pero, en cuanto eché una ojeada a su rostro, me quedé petrificada, como fulminada por un rayo. Era *aquel hombre,* el último que me había comprado.

»Llamé a Malta y le expliqué que aquél era el hombre que me había mancillado. "Vaya. Déjame hacer a mí. No te preocupes", me contestó mi hermana. "Métete dentro y no te muevas. Que no te vea bajo ningún concepto." Hice lo que me decía. Por eso no sé de qué hablaron.

—¿Qué diablos querría Noboru Wataya de Malta Kanoo?

Creta Kanoo sacudió la cabeza.

—No lo sé, señor Okada.

—Pero es normal que la gente vaya a pedirles cosas, ¿verdad?

—Sí.

—¿Y qué tipo de cosas les piden?

—Muchas cosas diferentes.

—Como, por ejemplo, cuáles.

Creta Kanoo se mordió los labios.

—Objetos perdidos, el destino, el futuro… todo.

—¿Y ustedes lo saben?

—Sí —contestó Creta Kanoo—. No todo, por supuesto, pero —y se señaló la sien— la mayoría de respuestas están allí. No hay más que entrar dentro.

—¿Como bajar al fondo de un pozo?

—Sí.

Hinqué los codos en la mesa y respiré lenta y profundamente.

—Entonces, me gustaría que hiciera el favor de aclararme algo. Usted ha aparecido varias veces en mis sueños. Eso ha ocurrido queriéndolo usted, lo controlaba a voluntad, ¿no es así?

—Sí, así es —dijo Creta Kanoo—. Lo controlaba todo. Entré en su mente y allí tuve relaciones con usted.

—¿Y usted puede hacer ese tipo de cosas?

—Sí. Ésa es una de mis funciones.

—Usted y yo tuvimos relaciones en mi mente —dije. Y al pronunciar estas palabras tuve la sensación de colgar un audaz cuadro surrealista en una pared inmaculada. Luego, como si contemplara desde lejos si el cuadro estaba torcido, repetí—: Usted y yo tuvimos relaciones en mi mente. Pero yo no les pedí a ustedes nada. Yo no quería saber nada. ¿No es verdad? Entonces, ¿por qué tuvo usted que hacerme todo aquello?

—Porque Malta Kanoo me ordenó que lo hiciera.

—Entonces, Malta Kanoo se servía de usted como médium para entrar en mi mente y hallar algún tipo de respuesta, ¿verdad? ¿Por qué? Debían de ser respuestas relacionadas con algo que había requerido Noboru Wataya. O quizá con algo que había pedido Kumiko.

Creta Kanoo permaneció en silencio unos instantes. Parecía confusa.

—No lo sé. Yo jamás tengo información detallada. De ese modo puedo funcionar como médium de manera más espontánea. Yo sólo soy un instrumento. Malta Kanoo es quien da sentido a lo que encuentro. Pero quiero que usted entienda una cosa: Malta Kanoo, básicamente, está de su parte. Yo odio a Noboru Wataya y Malta Kano, ante todo, piensa en lo que a mí me conviene. Creo que fue *por usted, señor Okada,* por quien lo hizo.

—Escúcheme un momento. No sé por qué, pero en cuanto ustedes aparecieron empezaron a pasar cosas. No digo que todo sea culpa suya. Y tal vez sea cierto que hicieran algo *por mí.* Pero, hablando claro, esto no me ha hecho precisamente feliz. Más bien al contrario. He perdido muchas cosas. Me han abandonado. Primero desapareció el gato. Luego desapareció mi mujer. Recibí una carta de Kumiko donde confesaba que había estado acostándose con otro hombre durante mucho tiempo. No tengo amigos. No tengo trabajo. No tengo ingresos. Carezco de perspectivas de futuro, de objetivos para seguir viviendo. ¿Todo esto es en *mi provecho?* ¿Qué diablos nos han hecho ustedes a Kumiko y a mí?

—Entiendo muy bien cómo se siente. Es natural que esté irritado. Me gustaría mucho poder explicárselo todo con claridad.

Con un suspiro, me toqué la mancha de la mejilla derecha.

—No, déjelo correr. Sólo estaba desahogándome. No se preocupe.

Ella me miró fijamente.

—Es verdad que durante estos últimos meses le han sucedido muchas cosas, señor Okada. Quizá nosotras seamos en parte responsables de lo ocurrido. Pero eran cosas que tenían que suceder *algún día,* antes o después. Y si iban a suceder, mejor que fuera pronto, ¿no cree? Yo estoy convencida de ello. ¿No le parece, señor Okada? *Podría haber sucedido algo mucho peor.*

Creta Kanoo salió de casa diciendo que iba al supermercado del barrio a hacer la compra. Le di dinero y le sugerí que, ya que salía, se vistiera algo mejor. Ella asintió, fue al dormitorio y se puso una blusa de algodón blanco y una falda verde floreada de Kumiko.

—¿No le importa que me ponga la ropa de su esposa?

Negué con un movimiento de cabeza.

—En la carta me dijo que la tirara. Que usted se la ponga no puede importarle a nadie.

Tal como suponía, la ropa de Kumiko le sentaba a la perfección. Asombrosamente bien. Incluso los zapatos. Creta Kanoo se calzó unas sandalias de Kumiko y salió de casa. Mirando la figura de Creta Kanoo enfundada en las ropas de Kumiko sentí que la realidad volvía a cambiar de rumbo. Como si un barco de pasajeros fuera alterando despacio su ruta.

Después de que se fuera, me tendí en el sofá y me quedé contemplando distraídamente el jardín. Al cabo de media hora, ella bajaba de un taxi con tres grandes bolsas atiborradas de comida entre los brazos. Hizo huevos con jamón y una ensalada con sardinas.

—¿Le interesa la isla de Creta, señor Okada? —me preguntó de repente después de comer.

—¿La isla de Creta? ¿La isla de Creta en el Mediterráneo?

—Sí.

Sacudí la cabeza.

—No lo sé. Ni tengo interés ni dejo de tenerlo. Nunca me he parado a pensar en la isla de Creta.

—¿Le gustaría ir conmigo a Creta?

—¿Ir con usted a Creta? —repetí.

—La verdad es que quiero pasar un tiempo fuera de Japón. Lo estuve pensando dentro del pozo, después de despedirme de usted. Siempre, desde que llevo este nombre, he querido ir a Creta. He leído mucho sobre la isla. Incluso he estudiado griego por mi cuenta para poder vivir allí cuando vaya. Tengo ahorros suficientes para subsistir sin problemas mientras esté allí. Por el dinero no tiene que preocuparse.

—¿Malta Kanoo sabe que piensa ir a Creta?

—No, aún no le he dicho nada. Pero si yo quiero ir, mi hermana no se opondrá. Posiblemente piense que me irá bien. Ella se ha servido de mí como médium durante los últimos cinco años, pero esto no quiere decir que me haya utilizado como un instrumento. En cierto sentido, así me ha ayudado a recuperarme. Ella creía que, pasando por los egos y conciencias de diferentes personas, podía adquirir mi propia personalidad. ¿Me comprende? Era como experimentar a través de otros lo que era poseer un yo.

»Pensándolo bien, hasta ahora, ni una sola vez le he dicho a alguien: "quiero hacer esto, sea como sea". En realidad, no lo he pensado siquiera. Desde que nací, mi vida giró alrededor del sufrimiento. Coexistir con un sufrimiento cruel casi era el único objetivo de mi vida. Y a los veinte años, después de que desapareciera el dolor a raíz de mi tentativa frustrada de suicidio, me poseyó, a cambio, una profunda, profundísima insensibilidad. Era como un cadáver andante. Cubierta por entero por el grueso velo de la insensibilidad. No había en mí ni un ápice de algo que pudiera llamarse voluntad. Y cuando Noboru Wataya violó mi cuerpo y forzó las puertas de mi mente, entré en posesión de mi tercer yo. Todavía no era, sin embargo, mi propia identidad. Sólo había obtenido lo mínimo: un recipiente. Un simple recipiente. Y, como tal, de la mano de Malta Kanoo he dejado pasar muchos egos a través de mí. Ésta ha sido mi vida durante veintiséis años. ¿Se lo imagina? *Durante estos veintiséis años yo no he sido nada.* Lo comprendí de repente mientras reflexionaba en el fondo del pozo. A lo largo de estos años no he existido como persona. No he sido más que una prostituta. Una prostituta de la carne y una prostituta de la mente.

»Pero ahora estoy intentando conseguir un nuevo yo. No soy un recipiente ni un instrumento. Quiero establecerme sobre la superficie de la tierra.

—La entiendo, pero ¿por qué quiere ir conmigo a la isla de Creta?

—Porque probablemente sería bueno para usted y para mí —respondió Creta Kanoo—. Durante algún tiempo, no es necesario que permanezcamos *aquí.* Y tengo la impresión de que incluso sería mejor que no estuviéramos. ¿Tiene usted algún plan para el futuro inmediato, señor Okada? ¿Algún camino que seguir?

Negué en silencio.

—Los dos tenemos que empezar de nuevo —dijo Creta Kanoo—. Y creo que ir a la isla de Creta no es un mal punto de partida.

—Tal vez no lo sea —reconocí—. Todo esto es un poco repentino, pero no creo que sea un mal punto de partida.

Creta Kanoo me sonrió. Pensándolo bien, era la primera vez que me sonreía. Mirarla me hizo sentir que la historia empezaba a reconducirse hacia la dirección correcta.

—Aún hay tiempo. Los preparativos, por más que me apresure, me llevarán unos quince días. Mientras tanto, piénseselo con calma. No sé si tengo algo que ofrecerle o no. Me parece que en este momento no tengo nada que dar. Estoy, literalmente, vacía. Pero, a partir de ahora, voy a ir llenando, poco a poco, este recipiente vacío. Y esa identidad será, si le basta, lo que podré ofrecerle a usted, señor Okada. Creo que nos podríamos ayudar el uno al otro.

Asentí.

—Pero antes —dije—, hay cosas en las que debo pensar. Hay cosas que debo resolver.

—Y si, al final, usted decide no ir a la isla de Creta, no me sentiré herida. Lo sentiré mucho, pero dígamelo sin ambages.

Creta Kanoo también permaneció en casa aquella noche. Al anochecer me propuso ir a pasear a un parque cercano. Decidí olvidarme de la mancha y salir de casa. No servía de nada darle tanta importancia. Paseamos una hora en el agradable atardecer veraniego, volvimos a casa y cenamos.

Mientras paseábamos le expliqué con todo detalle el contenido de la carta de Kumiko. Le dije que probablemente no volvería jamás. Que había estado acostándose con su amante durante más de dos meses. Que, al parecer, se había separado de él, pero que no parecía que tuviera intención de volver a mi lado. Creta Kanoo me escuchó en silencio. No hizo ningún comentario. Me dio la impresión de que ya estaba al corriente. Quizá fuera yo quien menos sabía de todo aquel asunto.

Después de cenar, Creta Kanoo me dijo que quería acostarse conmigo. Que quería que hiciéramos el amor.

—Es que así, tan de repente, no sé qué hacer —le confesé con honestidad.

Creta Kanoo me miró fijamente.

—Vaya o no vaya usted conmigo a la isla de Creta, dejando esta cuestión aparte, quiero que me haga el amor una vez, una única vez, como a una prostituta. Me gustaría que comprara mi cuerpo aquí, esta noche. Y tras esta última vez, dejar para siempre de ser prostituta del cuerpo, prostituta de la mente. Y dejar incluso el nombre de Creta Kanoo. Para conseguirlo, necesito una línea de demarcación bien visible que me diga: *«aquí termina»*.

—Entiendo que quiera una línea de demarcación, pero ¿por qué tiene que acostarse conmigo?

—¿No lo entiende? Haciendo el amor *en la realidad* con el Tooru Okada real, quiero pasar a través de usted como ser humano. De este modo me veré libre de la mancha que hay en mí. Ésta será la línea de demarcación.

—Me sabe mal, pero yo no compro los cuerpos de las personas.

Creta Kanoo se mordió los labios.

—Hagámoslo de este modo. En vez de dinero, déme algunos vestidos de su esposa. Y zapatos. Será como pagar un precio simbólico por mi cuerpo. Y así, yo me salvaré.

—¿Salvarse significa librarse de la suciedad que dejó en usted Noboru Wataya aquella última vez?

—Exacto.

Miré a Creta Kanoo a la cara durante unos instantes. Sin pestañas postizas parecía mucho más infantil que de costumbre.

—Dígame, ¿qué tipo de persona es en realidad Noboru Wataya? Es el hermano de mi mujer. Pero, pensándolo bien, apenas sé nada de él. No tengo ni idea de qué diablos piensa, ni de qué debe querer. Sólo sé que nos odiamos el uno al otro.

—Noboru Wataya y usted pertenecen a un mundo diametralmente opuesto —dijo Creta Kanoo. Enmudeció y, durante unos instantes, estuvo buscando las palabras apropiadas—. En un mundo donde usted pierda, Noboru Wataya ganará. En un mundo donde usted sea rechazado, Noboru Wataya será aceptado. También podría decir lo contrario. Por eso este hombre lo odia tanto a usted.

—No lo entiendo. A sus ojos, debo de ser tan insignificante que me extraña que se dé cuenta de que existo. Noboru Wataya es famoso, tiene poder. A su lado, yo no soy nadie. ¿Por qué tiene que gastar tiempo y energías en detestarme a mí?

Creta Kanoo sacudió la cabeza.

—El odio es una sombra negra y alargada. En muchos casos, ni siquiera quien lo siente sabe de dónde le viene. Es un arma de doble filo. Al tiempo que herimos al contrincante, nos herimos a nosotros mismos. Cuanto más grave es la herida que le infligimos, más grave es la nuestra. Puede llegar a ser fatal. Pero no es fácil librarse de él. Usted también debe tener cuidado, señor Okada. El odio es muy peligroso. Y, una vez ha arraigado en nuestro corazón, extirparlo es una tarea titánica.

—Usted puede sentirla, ¿verdad? La raíz del odio que había dentro de Noboru Wataya.

—Sí, la siento —dijo Creta Kanoo—. Fue lo que partió mi cuerpo por la mitad y me mancilló. Por eso no quiero que sea mi último cliente como prostituta.

Aquella noche me acosté con Creta Kanoo. La despojé de la ropa de Kumiko e hice el amor con ella. Dulcemente. Me pareció una prolongación de mi sueño. Como si calcáramos en la realidad lo que habíamos hecho en él. Su cuerpo era *real*, estaba vivo. Pero faltaba algo. La vívida sensación de hallarme realmente con ella. Mientras hacía el amor con ella, tenía la ilusión de estar haciendo el amor con Kumiko. Tenía el convencimiento de que, al eyacular, me despertaría. Pero no fue así. Eyaculé dentro de ella. Sucedió realmente. Pero cada vez que me decía a mí mismo que aquello era real, la realidad parecía serlo cada vez menos. La realidad iba disociándose poco a poco de la realidad, alejándose. Pero, con todo, sucedió de verdad.

—Señor Okada —dijo Creta rodeándome con sus brazos—, vayámonos los dos a la isla de Creta. Ni usted ni yo deberíamos continuar aquí. Tenemos que irnos a Creta. Si usted se queda aquí, inevitablemente le ocurrirá algo malo. Lo sé.

—¿Algo malo?

—Algo *muy malo* —predijo Creta Kanoo. En voz baja y penetrante, como el pájaro profeta que vivía en el bosque.

15
El nombre verdadero
La quema de una mañana de verano
Una metáfora incorrecta

Por la mañana, Creta Kanoo ya había perdido su nombre. Me despertó con dulzura poco después del alba. Al abrir los ojos, vi la luz de la mañana filtrándose por los resquicios de las cortinas. Y, después, la descubrí a ella, sentada en la cama, a mi lado. Como pijama se había puesto una vieja camiseta mía. Era lo único que llevaba. Y su vello púbico relucía con un brillo pálido a la luz de la mañana.

—¿Sabe, señor Okada? Ya no tengo nombre —dijo *ella*. Había dejado de ser prostituta. Había dejado de ser médium. Había dejado de ser Creta Kanoo.

—¡Ok! Ya no es Creta Kanoo —dije. Y me froté los ojos con las yemas de los dedos—. ¡Felicidades! Es una persona nueva. Pero si no tiene nombre, ¿cómo la llamaré? ¿Qué debo decir, por ejemplo, cuando esté a sus espaldas y quiera llamarla?

Ella —la mujer que hasta la víspera se había llamado Creta Kanoo— sacudió la cabeza.

—No lo sé. Quizá debería buscar un nombre nuevo. Hace tiempo, tenía un nombre verdadero. Pero cuando me dediqué a la prostitución, palabra que no quiero volver a pronunciar jamás, usé uno provisional. Después, Malta me puso el nombre de Creta para hacer de médium. Pero ahora ya no soy ni una cosa ni otra. Necesito un nombre nuevo, distinto. ¿Se le ocurre alguno, señor Okada? ¿Algún nombre que pudiera irme bien?

Reflexioné durante unos instantes, pero no se me ocurría ningún nombre apropiado.

—Quizá sería mejor que se lo buscara usted misma. A partir de ahora es una persona nueva e independiente. Por más tiempo que tarde, creo que es mejor que lo busque usted.

—Pero es muy difícil encontrar un nombre correcto para uno mismo.

—Sí, claro. En algunos casos, el nombre lo expresa todo —admití—. Quizá yo también debería hacer como usted. Dejar mi nombre ahora. No sé, tengo esta impresión.

La hermana de Malta Kanoo se incorporó, alargó una mano y me tocó la mejilla derecha con las yemas de los dedos. Allí debía de encontrarse todavía la mancha del tamaño de la palma de la mano de un bebé.

—*Si* deja su nombre, ¿cómo deberé llamarlo de aquí en adelante?

—*Pájaro-que-da-cuerda* —contesté. Yo, al menos, tenía un nombre nuevo.

—Señor *pájaro-que-da-cuerda* —dijo ella. Y permaneció unos instantes contemplando cómo el nombre flotaba en el espacio—. Es un nombre precioso. ¿Qué tipo de pájaro es ése?

—Es un pájaro de verdad. No sé cómo es. Jamás lo he visto. Sólo lo he oído. El *pájaro-que-da-cuerda* se posa en un árbol de por aquí y, poco a poco, va dándole cuerda al mundo. Mientras tanto, hace *ric-ric*. Si él no le diera cuerda, el mundo no funcionaría. Pero eso nadie lo sabe. Todos, absolutamente todos, creen que es un enorme mecanismo, mucho más imponente y complejo, el que mueve el mundo con mano férrea. Pero no es así. La verdad es que el *pájaro-que-da-cuerda* va de un lugar a otro accionando el resorte que hace funcionar el mundo. Es un mecanismo tan sencillo como el de un juguete de cuerda. Basta con hacer girar una llavecita. Pero esa llavecita sólo la puede ver el *pájaro-que-da-cuerda*.

—El *pájaro-que-da-cuerda* —repitió ella de nuevo—. El pájaro que da cuerda al mundo.

Alcé los ojos y miré a mi alrededor. Era la misma habitación de siempre. Había dormido en ella, día tras día, durante cuatro o cinco años. Pero la encontré extrañamente grande y vacía.

—Por desgracia, no sé dónde está la llave. Y tampoco cómo es.

Ella puso un dedo sobre mi hombro. Después, con la yema, dibujó un pequeño círculo.

Me coloqué boca arriba y me quedé largo rato mirando fijamente una pequeña mancha del techo con forma de estómago. Quedaba justo sobre la almohada. Era la primera vez que reparaba en ella. ¿Cuánto tiempo debía de llevar allí? Quizás estaba desde antes de que viviéramos en la casa. Y, mientras Kumiko y yo dormíamos, había permanecido agazapada justo sobre nuestras cabezas, en silencio, conteniendo el aliento. Y una mañana, de repente, yo la había descubierto.

Noté pegado a mí el cálido aliento de la mujer que antes se llamaba Creta Kanoo. Percibí el tibio olor de su cuerpo. Ella aún seguía dibujando pequeños círculos en mi hombro. Me hubiera gustado tomarla de nuevo entre mis brazos, pero no sabía si era correcto o no. La relación entre las cosas, arriba y abajo, derecha e izquierda, se había complicado demasiado. Renuncié a pensar y me quedé contemplando el techo en silencio. Poco después, ella se inclinó sobre mí y me dio un dulce beso en la mejilla. Cuando sus suaves labios tocaron la mancha, sentí un profundo entumecimiento.

Cerré los ojos y presté atención a los sonidos del mundo circundante. En alguna parte se oía el arrullo de una paloma. Un arrullo constante y monótono. Lleno de buenos propósitos hacia el mundo. Bendecía la mañana de verano y anunciaba a los hombres el inicio de un nuevo día. «Pero sólo eso», pensé. «Alguien debería darle cuerda al mundo.»

—Señor *pájaro-que-da-cuerda* —me dijo de pronto la mujer que había sido Creta Kanoo—, seguro que algún día usted encontrará la llave.

Todavía con los ojos cerrados pregunté:

—Si así fuera, si alguna vez consiguiese encontrar la llave y darle cuerda, ¿cree que, a mi alrededor, mi vida entera, todo, volvería a su cauce?

Ella sacudió la cabeza en silencio. En sus ojos flotaba una ligera sombra de tristeza. Como una nubecilla que surcase, allá en lo alto, el cielo.

—No lo sé —dijo ella.

—Nadie lo sabe —repuse yo.

«En el mundo hay cosas que es mejor no saber», había dicho el teniente Mamiya.

La hermana de Malta Kanoo dijo que quería ir a la peluquería. Como no tenía dinero (había venido, literalmente, sin nada encima), se lo dejé yo. Se puso una blusa, una falda y unas sandalias de Kumiko y fue a la peluquería que había cerca de la estación. La peluquería adonde Kumiko solía ir.

Cuando la hermana de Malta Kanoo se hubo marchado, pasé el aspirador —después de mucho tiempo de no hacerlo— y metí un montón de ropa sucia en la lavadora. Luego saqué todos los cajones de mi escritorio y vacié el contenido en una caja de cartón. Pensaba elegir las cosas que aún pudiera necesitar y quemar el resto, pero apenas había algo útil. Casi todo era inservible. Viejos diarios, viejas cartas por responder, viejas agendas llenas de anotaciones precisas, libretas con direcciones de personas que tiempo atrás habían pasado por mi vida, recortes amarillentos de periódicos y revistas, carnets de socio de la piscina caducados, folletos de instrucciones y garantías de radiocasetes, lápices y bolígrafos a medio usar, trozos de papel con números de teléfono (de los que ya era imposible adivinar de quién debían de ser). Después quemé todas las cartas viejas que había conservado metidas en cajas dentro del armario. Casi la mitad eran de Kumiko. Antes de casarnos, nos escribíamos a menudo. En los sobres aparecían sus pequeños y precisos caracteres. Su letra apenas había cambiado en siete años. Incluso el color de la tinta era el mismo.

Saqué las cartas al jardín, las rocié con aceite y eché una cerilla para prenderles fuego. Las cajas ardieron entre vivas llamaradas, pero el contenido tardó en quemarse más de lo que imaginaba. Era un día sin viento y la blanca columna de humo se alzó en línea recta apuntando al cielo de verano. Era como la enorme planta que creció hasta el cielo de «Las habichuelas mágicas». Si yo trepara por ella, tal vez, allá en lo alto, encontraría un pequeño mundo donde todas las cosas que pertenecían a mi pasado coexistieran con alegría. Sentado en una piedra del jardín, sudando a mares, contemplé inmóvil cómo se alzaba la columna de humo. Era una cálida mañana de verano que anunciaba una tarde tórrida. La camiseta, empapada en sudor, se adhería a mi cuerpo. En una vieja novela rusa, las cartas servirían para alimentar el fuego en una noche de invierno. Jamás para arder en el jardín, rociadas con aceite, una mañana de verano. Pero en la sórdida realidad del mundo en que vivimos, personas empapadas en sudor queman cartas por la mañana, y en verano. En este mundo, uno no puede guiarse por sus preferencias. Hay cosas que no pueden esperar hasta el invierno.

Cuando todo hubo ardido, traje un cubo de agua, lo eché por encima y apagué el fuego. Después esparcí las cenizas con la suela del zapato.

Tras liquidar mis cosas, fui a la habitación de Kumiko y registré los cajones del escritorio. Incluso después de su marcha me había resistido a hacerlo. No me había parecido correcto. Pero, tras afirmar ella misma que no volvería jamás, pensé que poco podía importarle que registrara sus cajones.

Parecía que los había ordenado antes de irse. Estaban casi vacíos. Lo único que quedaba era papel de cartas y sobres, clips metidos en una cajita, una regla, unas tijeras, bolígrafos y lápices a medio usar. Ese tipo de cosas. Quizá los hubiera ordenado y preparado de antemano su marcha. No quedaba nada que hiciera sentir su presencia.

¿Pero qué diablos había hecho con mis cartas? Debía de tener una cantidad similar a la mía. Y debían de haber estado guardadas en alguna parte. No logré imaginar dónde.

A continuación, fui al cuarto de baño y arrojé dentro de una caja todos los cosméticos que encontré. Pintalabios, leche desmaquilladora, perfume, pasadores para el pelo, lápiz de cejas, discos desmaquilladores, loción y otras cosas que no logré adivinar para qué servían, todo fue a parar dentro de una caja de cartón. No había muchas cosas. Kumiko no era una persona a quien le fascinara maquillarse. Luego tiré su cepillo de dientes y su hilo dental. Y también el gorro de baño.

Al terminar estaba muy cansado. Fui a la cocina, me senté en una silla y me bebí un vaso de agua. El único rastro que quedaba de Kumiko era una parte de los libros de la pequeña estantería y su ropa. Los libros bastaba cogerlos y venderlos a un librero de viejo. El problema era la ropa. Kumiko me decía en la carta que hiciese con ella lo que considerase oportuno. Pero no decía nada concreto respecto a la manera en que podía disponer de ella «como me pareciese oportuno». ¿Debía venderla a un trapero? ¿Meterla en bolsas de plástico y tirarla a la basura? ¿Regalarla a cualquiera que la quisiera? ¿Darla a una organización de beneficencia? Ninguna de estas soluciones me parecía «oportuna». ¡Bah! No corría ninguna prisa. De momento, bastaba con dejarla. Quizá Creta Kanoo (la mujer que antes era Creta Kanoo) se la pusiera. O quizá Kumiko cambiara de opinión y viniera por ella. Era casi imposible, pero ¿quién podía asegurarlo? Nadie sabe lo que sucederá mañana. Y menos, pasado mañana. Y, puestos a decir, no podemos imaginar siquiera lo que ocurrirá hoy por la tarde.

La mujer que había sido Creta Kanoo volvió del peluquero poco antes del mediodía. Su peinado nuevo era asombrosamente corto: los mechones más largos no debían de medir más de tres o cuatro centímetros. Los llevaba pegados a la cabeza con espuma para el pelo. Como se había quitado el maquillaje, al primer golpe de vista no adiviné quién era. No hace falta decir que ya no se parecía a Jacqueline Kennedy.

Alabé su nuevo peinado:

—Así está mucho más natural y juvenil. Pero, no sé por qué, parece otra persona.

—¡Pues claro que soy otra persona! —exclamó ella sonriendo.

La invité a comer conmigo, pero negó con un movimiento de cabeza. Dijo que tenía cosas que hacer.

—Escuche, señor Okada. Señor *pájaro-que-da-cuerda*. Creo que el primer paso como nueva persona ya lo he dado. Ahora tengo que volver a casa, hablar tranquilamente con mi hermana y empezar los preparativos para viajar a la isla de Creta. Sacarme el pasaporte, adquirir los billetes de avión, hacer el equipaje. No estoy nada familiarizada con esas cosas, no sé muy bien qué hay que hacer. Nunca he ido de viaje. Ni siquiera he salido de Tokio.

—¿Aún quiere ir a Creta conmigo? —le pregunté.

—Claro que sí —dijo—. Sería lo mejor, tanto para usted como para mí. Así que piénseselo bien. Es muy importante.

—Me lo pensaré —dije.

Cuando la mujer que había sido Creta se marchó, me vestí con un polo limpio y unos pantalones largos. Y las gafas de sol me las puse de manera que no resaltara la mancha. Luego fui andando bajo los fuertes rayos del sol hasta la estación, tomé un tren, vacío a aquellas horas de la tarde, y fui al barrio de Shinjuku. Compré dos guías turísticas en Kinokuniya y luego me dirigí a la sección de objetos de piel de Isetan, donde compré una maleta de tamaño medio. Tras hacer estas compras, decidí entrar en un restaurante que vi por allí y almorzar. La camarera era antipática, tenía un humor terrible. Creía estar acostumbrado a camareras así, pero era la primera vez que me encontraba ante una que lo fuera en grado superlativo. No había, ni en mi persona ni en mi pedido, nada, absolutamente nada, que fuese de su agrado. Mientras yo estudiaba el menú, ella, con expresión de que le hubieran augurado algo malo, estuvo mirándome la mancha de hito en hito. Sentí todo el rato sus ojos sobre la mejilla. Pedí una cerveza pequeña, pero, poco después, me trajo una grande. No me quejé. Podía sentirme afortunado de que me hubiera servido una cerveza bien fría, con mucha espuma. Si tenía demasiada, bastaba con dejar la mitad.

Mientras esperaba la comida, leí las guías tomándome la cerveza. Creta era la isla griega más próxima a África. Tenía una forma estrecha y alargada. En la isla no había ferrocarril y los turistas debían desplazarse en autobús. La ciudad más grande era Iraklion, cerca de la cual se encontraba el palacio de Cnossos, famoso por su laberinto. La riqueza principal de la isla era el olivo, aunque también eran muy apreciados sus vinos. En gran parte de Creta soplaba un fuerte viento y la isla estaba cubierta de molinos. Por diferentes circunstancias políticas había sido la última región del territorio griego en independizarse de Turquía. Y, debido a ello, tanto el paisaje como las costumbres de Creta eran un poco diferentes a los del resto de Grecia. El pueblo cretense era muy belicoso y era famosa la encarnizada resistencia que había ofrecido al ejército alemán durante la segunda guerra mundial. La larga novela de Kazantzakis, *Zorba el griego*, estaba ambientada en la isla. Ésta fue toda la información que pude extraer de la guía turística. Apenas se traslucía cómo se vivía allí en realidad. Era natural. Las guías se escriben para turistas que están de paso, no para personas que quieran recalar y vivir en un lugar.

Intenté imaginar mi vida en Grecia con la mujer que *antes se llamaba Creta*. ¿Qué tipo de vida llevaríamos los dos allí? ¿En qué tipo de casa viviríamos? ¿Qué tipo de alimentos comeríamos? Tras levantarnos por la mañana, ¿qué haríamos hasta la noche? ¿De qué hablaríamos? ¿Y cuántos meses, cuántos años continuaría aquello? En mi cabeza no lograba dibujar una sola imagen. Pero, de todos modos, podía irme a Creta. Ir a Creta y vivir junto a *la mujer que antes se llamaba Creta Kanoo*. Fui mirando alternativamente las dos guías, encima de la mesa, y la maleta por estrenar, a mis pies. Eran la materialización de esta *posibilidad*. De hecho, me había acercado a Shinjuku a comprar las guías y la maleta para que esa idea tomara una forma concreta. Y, cuanto más las miraba, más atractiva me parecía esa posibilidad. Bastaba con dejarlo absolutamente todo e irse con una sola maleta en la mano. Era sencillo.

Lo único que podía hacer quedándome en Japón era encerrarme en casa y esperar de brazos cruzados a que volviera Kumiko. Y Kumiko no volvería. En la carta decía claramente que no la esperara, que no la buscase. Por supuesto, yo tenía todo el derecho a ignorar sus palabras y esperarla. Pero, si lo hacía, me iría deprimiendo más y más. Sintiéndome cada vez más solo, más desorientado, más impotente. El problema era que nadie me necesitaba.

Quizá debería ir a la isla de Creta con la hermana de Malta Kanoo. Tal como me había dicho, era lo mejor, tanto para ella como para mí. Lancé una larga mirada a la maleta, a mis pies. Me imaginé con ella en la mano, bajando del avión junto con la hermana de Malta Kanoo en el aeropuerto de Iraklion (así se llamaba el aeropuerto de Creta). Me imaginé viviendo apaciblemente en alguna aldea, comiendo pescado, nadando en un mar azulísimo. Pero, mientras esas imágenes deshilvanadas parecidas a postales iban superponiéndose en mi cabeza, espesas nubes fueron extendiéndose dentro de mi pecho. Mientras, con la maleta en la mano, andaba por las calles de Shinjuku atestadas de gente que iba de compras, seguía teniendo un nudo en la garganta que me asfixiaba. Me daba la impresión de que era incapaz de coordinar el movimiento de piernas y brazos.

Salí del restaurante. Andaba por la calle cuando mi maleta chocó contra las piernas de un hombre que venía veloz en dirección contraria. Era un joven corpulento con una camiseta gris y una gorra de béisbol. Las orejas tapadas con unos auriculares. Me disculpé educadamente. Pero el hombre se encasquetó la gorra y, sin decir palabra, alargó un brazo y me dio un violento empujón. Como no me lo esperaba, trastabillé y caí dando de cabeza contra la pared. El hombre, aun viendo que me había caído, continuó andando impertérrito. Por un instante quise ir tras él, pero me lo pensé dos veces y desistí. ¿Para qué? No tenía ningún sentido. Me levanté y, con un suspiro, me sacudí el polvo de los pantalones. Cogí la maleta. Alguien había recogido los libros. Una anciana diminuta con un sombrero redondo casi sin ala. Un sombrero de una forma muy extraña. Cuando me dio los libros, sacudió ligeramente la cabeza sin decir palabra. Y yo, no sé por qué, al mirar el sombrero de la anciana y su cara compasiva me acordé del *pájaro-que-da-cuerda*.

Me dolió la cabeza un rato, pero no fue nada importante. Sólo un pequeño chichón en la parte posterior de la cabeza. Pensé que era mejor que dejara de dar vueltas por allí y regresara directamente a casa. A mi tranquilo callejón.

Para calmarme, compré el periódico y unos caramelos en el quiosco de la estación. Saqué la cartera del bolsillo, pagué y, cuando ya me dirigía hacia la entrada de los andenes con el periódico bajo el brazo, oí una voz de mujer a mis espaldas:

—¡Oye, chico! El chico alto con la mancha en la cara.

Era yo. Y la que me llamaba era la vendedora del quiosco. Retrocedí sin comprender qué pasaba.

—Te has olvidado la vuelta —dijo. Y me entregó la vuelta de mil yenes. Le di las gracias y tomé el dinero—. Perdona por lo de la mancha, ¿eh? —añadió—. No se me ha ocurrido otra forma de llamarte. Lo he dicho sin pensar.

Sonreí como diciendo que no tenía importancia. Ella me miró a la cara.

—Se te ve muy sudado. ¿Estás bien? ¿No te encontrarás mal?

—¡Oh, no! Es que hace calor y, al andar, he sudado. Sólo eso. Gracias.

Cogí el tren y me puse a leer el periódico. No había caído en la cuenta, pero hacía mucho tiempo que no tenía uno en las manos. Nosotros no nos lo hacíamos llevar a casa. Kumiko, cuando le apetecía, de camino al trabajo, compraba la edición de la mañana en el quiosco de la estación y lo llevaba de vuelta a casa. Yo, al día siguiente, leía las noticias de la mañana anterior. Lo cogía para mirar las columnas de ofertas de empleo. Pero desde que Kumiko no estaba, no había nadie que lo comprara y lo llevase a casa.

En el periódico no había nada que despertara mi interés. Eché una ojeada rápida de la primera a la última página, pero no encontré una sola cosa que tuviese que saber. Lo cerré y, mientras miraba uno tras otro los carteles publicitarios de revistas que colgaban dentro del vagón, mis ojos se posaron en el nombre «Noboru Wataya». Escrito con letras bastante grandes, ponía: REPERCUSIÓN DE LA CANDIDATURA DE NOBORU WATAYA. Permanecí largo rato con los ojos clavados en el nombre «Noboru Wataya». Así que iba en serio. Pensaba en dedicarse seriamente a la política. Sólo por eso ya valía la pena irse de Japón, pensé.

Con la maleta vacía en la mano, fui de la estación a casa en autobús. Mi casa parecía una concha vacía, pero, con todo, me sentí aliviado al regresar. Reposé unos instantes y me dirigí al cuarto de baño con la intención de ducharme. En el baño ya no quedaba rastro de Kumiko. El cepillo de dientes, el gorro de baño, el maquillaje, todo había desaparecido. Ya no había medias ni ropa interior secándose, ni tampoco su champú.

Salí del cuarto de baño y, mientras me secaba con la toalla, pensé que debería haber comprado la revista donde aparecía el artículo sobre Noboru Wataya. Me fui sintiendo cada vez más intrigado pensando qué diablos debía de poner. Sacudí la cabeza. Si Noboru Wataya quería dedicarse a la política, era muy libre de hacerlo. En Japón, cualquiera tenía derecho a ser político si así lo deseaba. Además, al dejarme Kumiko, se había roto sustancialmente el vínculo que me unía a Noboru Wataya y el destino que siguiese en lo sucesivo no era de mi incumbencia. De la misma manera que el mío no le concernía a él. Perfecto. *Así debería haber sido desde el principio.*

Pero no pude apartar el titular de mi cabeza. Por la tarde estuve ordenando los armarios y la cocina, pero, por más que otras cosas ocuparan de forma momentánea mis pensamientos, por más que me moviera, aquel «Noboru Wataya» del anuncio, escrito con grandes caracteres, permanecía, grabado con fuerza, flotando ante mis ojos. Como el timbre de un teléfono que llegara amortiguado, a través de la pared, desde el piso de al lado. Seguía sonando indefinidamente sin que nadie respondiera. Yo intentaba ignorarlo. Fingía no oírlo. En vano. Me rendí. Fui andando hasta el *drugstore* del barrio y compré la revista.

Me senté en la cocina y leí el artículo mientras bebía un té frío. El conocido economista y crítico Noboru Wataya está considerando seriamente la posibilidad de presentar su candidatura a las elecciones como diputado por la circunscripción de X de la prefectura de Niigata. El artículo comentaba esta hipótesis. Incluso incluía una detallada biografía de Noboru Wataya. Su currículum académico, sus publicaciones, su frenética actividad durante años en los medios de comunicación. Su tío, Yoshitaka Wataya, el actual diputado, había hecho público que no se presentaría a las próximas elecciones por problemas de salud. Sin sucesores directos lo bastante válidos como para sustituirle, era más que probable que su sobrino Noboru Wataya tomase el relevo. De este modo, continuaba diciendo el artículo, la influencia del tío unida a la juventud y fama del sobrino aseguraban la victoria de este último. «Las probabilidades de que Noboru Wataya se presente son de un noventa y cinco por ciento. Todavía están discutiendo los detalles, pero Noboru Wataya está profundamente interesado en la propuesta y, a su debido tiempo, todo se andará», decía una «persona influyente» de la circunscripción.

Incluso había un artículo del propio Noboru Wataya. Un artículo bastante largo. Decía que todavía no había presentado la candidatura de manera oficial. Se había hablado de ello, cierto. Pero él tenía sus propias ideas y no era una propuesta que pudiera responderse con un simple: «Muy bien, de acuerdo». Tal vez difería mucho lo que él le exigía al mundo de la política y lo que la política le exigía a él. Era necesario discutirlo con calma y llegar a un acuerdo. Ambas partes estaban, de todos modos, convencidas de que, en caso de que realmente se presentara, lo haría dispuesto a ganar a toda costa. Y, tras ser elegido, no tenía la menor intención de ser un simple soldado raso recién incorporado a filas. Había cumplido treinta y siete años y su carrera aún podía ser muy larga. Tenía las ideas muy claras y contaba con un gran poder de convocatoria. Actuaba basándose en una estrategia a largo plazo. Sus objetivos los situaba a lo largo de los próximos quince años. Antes de finalizar el siglo XX abrigaba el propósito de estar en condiciones, como político, de promover el establecimiento de una clara identidad nacional de Japón. Éste era su primer objetivo. Lo que se proponía era sacar al país de la situación política marginal en la que se encontraba y relanzarlo a la posición de modelo político y cultural. En otras palabras, crear un nuevo marco para Japón. Arrinconar la hipocresía, afirmar la lógica y la moral. Lo que hacía falta no eran discursos incomprensibles y retóricas huecas, sino ideas claras, comprensibles e indicadoras. «En la época en que nos ha tocado vivir es imprescindible tener las ideas claras, y a los políticos se les exige el establecimiento de un consenso popular y nacional. La política sin ideología que tenemos en la actualidad convertirá al país en una especie de medusa enorme que oscila arrastrada por la marea. No me interesan ni los ideales ni las utopías. Simplemente estoy hablando de lo que debéis hacer, y lo que debéis hacer, cueste lo que cueste, debéis hacerlo. Para ello dispongo de un programa político preciso que, a tenor de los acontecimientos, iré perfilando a partir de ahora.»

El artículo de la revista parecía simpatizar con él. Noboru Wataya era un crítico inteligente en temas de política y economía, y su oratoria era bien conocida por todos. Era joven, de buena familia y su futuro, como político, era prometedor. En este sentido, sus palabras «estrategia a largo plazo» no eran una quimera, sino que se ceñían a la realidad. Los electores daban la bienvenida a su candidatura. Al tratarse de un distrito electoral conservador, el hecho de que estuviera divorciado y no se hubiese vuelto a casar podía representar un pequeño problema, pero su juventud y talento podían compensar con creces ese punto negativo. Podía captar, además, el voto femenino. «Sin embargo», concluía el artículo introduciendo una ligera nota crítica, «que Noboru Wataya presente su candidatura como sucesor de su tío puede interpretarse en el sentido de que se aprovecha de la "política sin ideología" que él tanto critica. El noble programa político de Noboru Wataya tiene un gran poder de persuasión, pero su efectividad aplicada a la realidad política deberemos juzgarla viendo cómo actúa de aquí en adelante.»

Tras leer el artículo, tiré la revista a la basura. Luego empecé a embutir en la maleta la ropa y las cosas que necesitaría en Creta. No tenía ni idea del frío que podía hacer allí en invierno. Mirando el mapa, vi que quedaba muy cerca de África, pero incluso en África hay lugares donde el frío es considerable en invierno. Saqué la cazadora de piel y la metí en la maleta. Y dos jerséis más dos pantalones. Dos camisas de manga larga y tres de manga corta. Una chaqueta de *tweed*. Camisetas y pantalones cortos. Calcetines y ropa interior. Una gorra y unas gafas de sol. Un bañador. Una toalla. Un neceser de viaje. Tras haberlo metido todo, la maleta estaba aún medio vacía. Pero no se me ocurría nada más que pudiera necesitar.

Al cerrar la maleta, tuve por primera vez la sensación real de que iba a salir de Japón. Me iría de la casa, me iría del país. Chupando un caramelo de limón, me quedé unos instantes contemplando la maleta nueva. Y, de repente, recordé que Kumiko se había ido sin llevarse siquiera una maleta. Se había marchado una soleada mañana de verano sólo con un bolso pequeño, y con la falda y la blusa que había ido a recoger a la tintorería. Su equipaje era aún más ligero que el mío.

Luego pensé en las medusas. «La política sin ideología que tenemos en la actualidad convertirá al país en una especie de medusa enorme que oscila arrastrada por la marea», había dicho Noboru Wataya. ¿Habría observado de cerca medusas de verdad? Probablemente no. Yo sí. Con Kumiko, en el acuario, había visto a regañadientes medusas del mundo entero. Kumiko se detenía frente a cada uno de los tanques de agua y se quedaba muda, absorta, contemplando los movimientos suaves y exquisitos de las medusas. Era nuestra primera cita y ella ya se olvidó completamente de que yo estaba allí. Había medusas de diferentes tipos, diferentes formas y diferentes tamaños. Medusas con forma de peine, de calabacín, medusas de cinta, medusas fantasma, medusas de agua, medusas... Kumiko las miraba fascinada. Tanto que después le regalé un libro ilustrado de medusas. Probablemente Noboru Wataya no lo supiera, pero hay medusas que tienen huesos y músculos. Respiran oxígeno y evacuan. Producen esperma y óvulos. Y, sirviéndose de sus umbrelas y velos, realizan movimientos hermosos. No van a la deriva, oscilando, arrastradas por las mareas. No estoy, bajo ningún concepto, abogando en favor de las medusas, pero ellas también tienen, a su modo, voluntad de vivir.

¿Sabes, Noboru Wataya? No me importa que te dediques a la política. Es asunto tuyo. A mí no me concierne. Pero déjame decirte una cosa. Te has equivocado insultando a las medusas con esa metáfora incorrecta.

Poco después de las nueve, el teléfono sonó de repente. Por el momento, no descolgué. Permanecí unos instantes mirando fijamente cómo sonaba encima de la mesa preguntándome quién diablos sería. ¿Quién era y qué quería de mí? Pronto lo adiviné. Era la *mujer del teléfono*. No sé por qué, pero estaba seguro. Ella, que requería mi presencia desde aquella extraña habitación oscura. Aún flotaba, allí, aquel denso y pesado olor a flores. Allí, aún estaba ella con su violento deseo sexual. «Te haré lo que tú quieras. Incluso lo que tu mujer no quiere hacerte.» Al final, decidí no descolgar. El teléfono sonó diez veces, se cortó y volvió a sonar doce veces más.

Luego, el silencio. Un silencio mucho más profundo que antes de sonar el teléfono. Mi corazón latía con fuerza. Me quedé mucho tiempo contemplándome la punta de los dedos. Imaginé mi sangre, propulsada por el corazón, llegando despacio hasta la punta de los dedos. Me cubrí la cara con ambas manos y exhalé un profundo suspiro.

En el silencio de la habitación, sólo resonaba el tictac del reloj. Fui al dormitorio, me senté en el suelo y volví a contemplar la maleta durante unos instantes. ¿La isla de Creta? Lo siento mucho, pero pienso irme allí. Estoy harto de vivir aquí como Tooru Okada. «El hombre que antes era Tooru Okada se irá a la isla de Creta con la mujer que antes era Creta Kanoo», dije en voz alta. Ni yo mismo sabía a quién me dirigía. A alguien.

Tic-tac, tic-tac. El reloj marcaba el paso del tiempo. Y ese sonido parecía sincronizado con los latidos de mi corazón.

16
La única cosa mala ocurrida en casa de May Kasahara
Reflexión de May Kasahara sobre la fuente del calor

—Señor *pájaro-que-da-cuerda* —dijo una voz de mujer. Con el auricular contra la oreja, lancé una mirada al reloj. Eran las cuatro de la tarde. El teléfono había sonado mientras hacía una siesta tendido en el sofá, bañado en sudor. Un sueño breve y desagradable había dejado en mi cuerpo la sensación de que, mientras dormía, alguien se había sentado sobre mí. Ese alguien había aguardado a que me durmiera para venir a sentárseme encima y se había ido poco antes de que me despertase—. Oiga —dijo la mujer en voz baja, casi en un susurro. El sonido parecía llegar a través de una finísima capa de aire—. Soy May Kasahara.

—¡Hola! —Saludé. Tenía los músculos de la boca entumecidos y no sé cómo sonaría a oídos de mi interlocutor, pero eso fue lo que había intentado decir. A lo mejor se pareció a un gruñido.

—¿Qué estabas haciendo? —preguntó con trazas de tantear el terreno.

—Nada —respondí. Me aparté el auricular de la boca y carraspeé—. Nada importante. Estaba durmiendo la siesta.

—¿Te he despertado?

—Sí, pero no importa. Era sólo la siesta.

Antes de proseguir, May Kasahara hizo una pequeña pausa. Parecía dudar.

—Oye, señor *pájaro-que-da-cuerda*, ¿podrías venir a casa ahora?

Cerré los ojos. Luces de diferentes colores y formas danzaban en la oscuridad.

—Podría.

—Estaré tumbada en el jardín tomando el sol. ¿Entrarás directamente por la puerta de atrás?

—De acuerdo.

—Oye, señor *pájaro-que-da-cuerda*, ¿estás enfadado conmigo?

—No estoy seguro —contesté—. Pero, de todos modos, ahora mismo me ducho, me cambio de ropa y voy a tu casa. Tengo que hablar contigo.

Me puse bajo el chorro del agua fría para despejarme y luego me duché con agua caliente. Acabé con agua fría. Al final ya estaba completamente despierto, pero aún me aquejaba una languidez insoportable. Mientras me duchaba, tuve que asirme al colgador de las toallas y sentarme en la bañera varias veces. Debía de estar más cansado de lo que creía. Mientras me lavaba la cabeza, me palpé el chichón y pensé en el joven que me había derribado empujándome en las calles de Shinjuku. No lograba entenderlo. ¿Qué impulsaría a la gente a comportarse así? Había ocurrido el día anterior, pero parecía que hubiesen pasado una o dos semanas.

Después de secarme, me lavé los dientes y me miré en el espejo. En la mejilla derecha aún brillaba la mancha negriazul. Ni más oscura ni más clara que antes. Tenía ojeras y los globos oculares surcados de finas venitas rojas. Las mejillas parecían chupadas y el pelo demasiado crecido. Ofrecía el aspecto de un cadáver al que acabaran de desenterrar e insuflar un aliento de vida.

Me puse una camiseta y unos pantalones cortos limpios, una gorra, unas gafas de sol y salí al callejón. Seguía siendo un día tórrido. Cualquier cosa, sin excepción, que se encontrara en la superficie de la tierra jadeaba suspirando por una tormenta, pero en el cielo no se vislumbraba una sola nube. No había viento, y una capa de aire, caliente y enrarecido, abrazaba la tierra. En el callejón, como de costumbre, no me topé con nadie. Lo prefería, con aquel calor y yo con una cara tan horrible.

En el jardín de la casa abandonada, el pájaro de piedra seguía con el pico alzado, escudriñando el cielo. Parecía más sucio y exhausto que la última vez. Su mirada mostraba algo acuciante. El pájaro tenía los ojos clavados en alguna visión extraordinariamente lúgubre que flotaba en el cielo. De ser capaz, hubiera desviado la vista. Pero no podía. Sus ojos eran de piedra y no podía evitar ver. Los altos hierbajos que rodeaban la estatua permanecían inmóviles, conteniendo el aliento, como el coro de una tragedia griega que aguardara el advenimiento de un oráculo. La antena de televisión del tejado extendía apáticamente sus tentáculos plateados dentro del calor sofocante. Bajo los ardientes rayos del sol estival, todo estaba reseco y exhausto.

Tras contemplar durante unos instantes el jardín de la casa abandonada, entré en el de May Kasahara. El roble proyectaba sobre el suelo su sombra fresca, pero ella había preferido tenderse bajo los ardientes rayos del sol. Estaba en una tumbona, boca arriba, con un biquini de color chocolate increíblemente pequeño. El biquini se componía de minúsculos retales unidos, de forma rudimentaria, con cordones. Me pregunté si alguien podía nadar realmente con una cosa semejante. Llevaba las mismas gafas de sol que la primera vez que nos habíamos visto. Por su rostro corrían grandes goterones de sudor. Bajo la tumbona había una toalla blanca, un frasco de bronceador, unas cuantas revistas. Y dos latas de Sprite tiradas por el suelo, de las que utilizaba una, al parecer, como cenicero. Sobre el césped había una manguera de plástico en la misma posición que cuando la habían usado por última vez.

Al acercarme, May Kasahara se incorporó, alargó un brazo y apagó la radio. Su piel estaba mucho más tostada que la última vez que la había visto. No era un bronceado ordinario, de haber pasado el fin de semana en la playa. Cada centímetro de su cuerpo, desde los lóbulos de las orejas hasta la punta de los dedos de los pies, lucía un bello y uniforme bronceado. Debía de pasarse el día tumbada allí, tostándose. Probablemente eso era lo que estuvo haciendo mientras yo permanecía en el fondo del pozo. Eché un vistazo a mi alrededor. El jardín mostraba el mismo aspecto que la última vez que lo había visto. Una vasta superficie de césped muy bien cuidado y un estanque sin agua, tan reseco que daba sed sólo verlo.

Me senté en la tumbona de al lado y me saqué un caramelo de limón del bolsillo. Por el calor, se había adherido al papel.

May Kasahara se me quedó mirando fijamente, en silencio.

—Oye, señor *pájaro-que-da-cuerda*, ¿cómo diablos te ha salido esta mancha que tienes en la cara? Porque eso es una mancha de nacimiento, ¿verdad?

—Me parece que sí. Pero no tengo ni idea de cómo ha salido. Cuando me di cuenta, ya tenía esto en la cara.

May Kasahara se incorporó y me miró de hito en hito. Después se enjugó con el dedo el sudor de las aletas de la nariz y se alzó las gafas de sol sujetándolas por el puente. Tras los oscuros cristales apenas se le veían los ojos.

—¿No se te ocurre nada? ¿De cómo o dónde pudiste hacerte eso?

—No tengo ni idea.

—¿Ni idea?

—Poco después de salir del pozo me miré en el espejo y ya estaba ahí. Es lo único que sé. De verdad.

—¿Te duele?

—No. Ni duele, ni pica, ni nada de nada. Sólo noto un poco de calor.

—¿Has ido al médico?

Negué con un movimiento de cabeza.

—Me parece que sería inútil.

—Seguro —dijo May Kasahara—. A mí tampoco me gustan los médicos.

Me quité la gorra, las gafas de sol y me enjugué el sudor de la cara con un pañuelo. Mi camiseta gris ya estaba negra bajo las axilas.

—Es muy bonito ese biquini —dije.

—Gracias.

—Parece hecho de retazos. Una buena manera de aprovechar los escasos recursos naturales.

—Cuando no hay nadie, me quito la parte superior.

—¡Vaya!

—Ni que me lo quite, debajo tampoco hay gran cosa, ¿no te parece? —dijo ella a modo de excusa.

Los pechos que se adivinaban bajo el biquini ciertamente aún eran pequeños y poco turgentes.

—¿Has nadado alguna vez con eso puesto? —pregunté.

—No. No sé nadar. ¿Y tú?

—Yo sí.

—¿Cuántos kilómetros? —Desplacé el caramelo de limón bajo la lengua—. ¿Diez kilómetros?

—Quizá.

Me imaginé nadando en la costa de Creta. «Una playa de arena blanca y un mar de color oscuro como el vino.» No lograba imaginar cómo debía ser un mar de ese color. Pero no sonaba nada mal. Volví a enjugarme el sudor de la cara.

—¿No hay nadie en tu casa ahora?

—Ayer se fueron todos al chalet de Izu. A pasar el fin de semana. A bañarse. Por todos me refiero sólo a mis padres y a mi hermano, claro.

—¿Y tú no has ido?

Ella esbozó el gesto de encogerse de hombros. Luego sacó de entre la toalla un paquete de Hope cortos y una caja de cerillas, se puso un cigarrillo entre los labios y lo encendió.

—Señor *pájaro-que-da-cuerda*, haces una cara espantosa, ¿lo sabías?

—He estado varios días en el fondo de un pozo sin ver la luz y casi sin comer ni beber. No es raro que haga mala cara.

May Kasahara se quitó las gafas y me miró. En el rabillo del ojo aún tenía aquella profunda cicatriz.

—Oye, señor *pájaro-que-da-cuerda*, ¿estás enfadado conmigo?

—No estoy seguro. Hay muchas cosas en las cuales debo pensar antes de enfadarme contigo.

—¿Ha vuelto tu esposa?

Negué con la cabeza.

—Hace poco ha llegado una carta suya. Dice que no volverá jamás. Y si Kumiko dice que no vuelve, seguro que no vuelve.

—¿Es de ese tipo de personas que una vez toman una decisión no cambian fácilmente de idea?

—Pues sí, lo es.

—¡Pobrecillo, señor *pájaro-que-da-cuerda*! —dijo May Kasahara incorporándose y extendiendo el brazo para darme una palmadita en la rodilla—. ¡Pobre, pobrecillo, señor *pájaro-que-da-cuerda*! Oye, una cosa. Tú quizá no lo creas, pero pensaba sacarte del pozo en el último momento. Sólo pretendía asustarte, atormentarte un poco. Hacerte gritar de miedo. Ver cuánto tardabas en perder la cabeza y sentirte confuso. —Como no sabía muy bien qué decir, asentí en silencio—. Oye, ¿pensabas que iba en serio? ¿Que te dejaría morir allí?

Hice una bolita de papel con el envoltorio del caramelo de limón.

—No estaba seguro. Parecía que ibas en serio, pero, a la vez, que sólo pretendías asustarme. Cuando se habla desde lo alto a alguien que está en el fondo de un pozo, la voz resuena de una manera muy extraña y no se puede captar bien el tono. Pero, a fin de cuentas, no se trata de cuál de las dos cosas era correcta. ¿Me explico? La realidad se compone de diferentes capas. Tú, en aquella realidad, tal vez quisieras matarme de verdad. Pero, en esta realidad, no pretendías hacerlo. La cuestión es qué realidad coges tú y qué realidad cojo yo.

Metí el envoltorio de papel convertido en una bolita dentro de una de las latas de Sprite.

—Señor *pájaro-que-da-cuerda*, ¿puedes hacerme un favor? —dijo May Kasahara señalándome la manguera extendida sobre el césped—. ¿Me echas un poco de agua por encima con aquella manguera? Si no me mojo de vez en cuando, con este calor se me derriten los sesos.

Me levanté de la tumbona, me dirigí hacia el césped y cogí la manguera de plástico azul. Estaba caliente, reblandecida. Abrí el grifo que se encontraba detrás de los arbustos y el agua empezó a manar. Al principio, el agua de dentro del tubo, caldeada por el sol, salía casi hirviendo; luego, cada vez más fresca, hasta salir casi helada. Dirigí un potente y largo chorro hacia May Kasahara, tendida sobre el césped.

Ella, cerrando los ojos con fuerza, se dejaba bañar.

—¡Qué fría! ¡Qué fantástico! ¿Por qué no te mojas tú también, señor *pájaro-que-da-cuerda*?

—No tengo traje de baño —dije.

Pero May Kasahara parecía encontrarse realmente en la gloria bajo el agua fría y yo no podía soportar más el calor. Me quité la camiseta sudada, me incliné hacia delante y dejé que el agua me corriera por la cabeza. Mientras, me metí un poco en la boca y la probé. Estaba fría, deliciosa.

—¿Es agua subterránea? —le pregunté.

—Sí, la sacamos con una bomba. Está helada. Es fantástica, ¿verdad? Incluso se puede beber. Hace poco vinieron los de la inspección de aguas del Departamento de Sanidad y dijeron que no había ningún problema, que era extraño encontrar un agua tan pura dentro de Tokio. Los de la inspección casi estaban sorprendidos. Con todo, nos preocupa que pueda haber algo y no nos la bebemos. En un sitio como éste, tan lleno de casas, nunca se sabe si puede llegar a mezclarse algo con el agua.

—Pensándolo bien, es extraño. Ahí enfrente, en casa de los Miyawaki, el pozo se ha secado completamente, y aquí en cambio sale agua fresca a chorros. Estando las dos tan cerca, separadas por un callejón tan estrecho, ¿a qué se deberá la diferencia?

—¿Por qué debe de ser? —dijo May Kasahara ladeando la cabeza—. Quizá la corriente de la vena de agua subterránea haya sufrido, vete a saber por qué, algún cambio, y entonces aquel pozo se ha secado y éste no. No entiendo muy bien cómo va, pero debe de ser algo así.

—¿Ha sucedido algo malo en tu casa? —pregunté.

May Kasahara hizo una mueca y negó con un movimiento de cabeza.

—Lo único malo que ha pasado en mi casa durante estos últimos diez años es que me he aburrido mortalmente.

Después de estar un rato bajo el agua, mientras se secaba con una toalla, May Kasahara me preguntó si me apetecía una cerveza. Le dije que sí. Trajo de la casa dos latas frías de Heineken. Ella se bebió una y yo la otra.

—Señor *pájaro-que-da-cuerda*, ¿qué piensas hacer a partir de ahora?

—Todavía no lo he decidido en firme —dije—, pero tal vez me vaya de aquí. Tal vez me vaya de Japón.

—¿Y adónde irás?

—A Creta.

—¿A Creta? ¿Tiene eso alguna relación con aquella mujer, con *la tal Creta no-sé-qué*?

—Algo, sí.

May Kasahara reflexionó unos instantes.

—¿Fue esa Creta *no-sé-qué* la que te sacó del pozo?

—Creta Kanoo —dije—. Sí, fue ella.

—Tienes muchos amigos, ¿no te parece?

—No tantos. Más bien al contrario. Soy famoso por tener pocos amigos.

—Y esa Creta Kanoo, ¿cómo sabía que estabas en el fondo del pozo? Tú te habías metido dentro sin decírselo a nadie, ¿no? Entonces, ¿cómo lo sabía ella?

—Lo ignoro —dije—. No tengo ni idea.

—Bueno, sea como sea, tú te vas a la isla de Creta con ella, ¿verdad?

—Aún no lo he decidido. Simplemente, *existe esa posibilidad.*

May Kasahara se puso un cigarrillo entre los labios y lo encendió. Después se tocó con la punta del dedo la cicatriz del rabillo del ojo.

—Oye, señor *pájaro-que-da-cuerda,* mientras tú estabas en el fondo del pozo, yo estuve casi todo el tiempo aquí tumbada, tomando el sol. Desde aquí miraba el jardín de la casa abandonada mientras me bronceaba y pensaba en ti, en el fondo del pozo. Que estabas allí. Que dentro de aquel pozo oscuro tenías hambre, que te ibas acercando, paso a paso, a la muerte. No podías salir, yo era la única persona que sabía dónde te encontrabas. Podía sentir de una manera terriblemente vívida tu dolor, tu ansiedad, tu pánico. ¿Entiendes lo que te digo? Y así me daba la impresión de estar *terriblemente* cerca de ti. No tenía ninguna intención de dejarte morir. De verdad. Pero pretendía ir más allá. Hasta el límite. Hasta que estuvieras exhausto y aterrado a más no poder. Hasta que no pudieras aguantar más. Creía que eso era lo mejor, para ti y para mí.

—Pero yo creo que si hubieras ido hasta el límite, te habrían entrado ganas de llegar hasta el final. Eso tal vez sea mucho más fácil de lo que piensas. Una vez se ha llegado hasta ahí, basta un pequeño empujón. Luego habrías pensado lo siguiente: a fin de cuentas, esto ha sido lo mejor, para él y para mí —dije. Y bebí un sorbo de cerveza.

May Kasahara se quedó pensativa, mordisqueándose los labios.

—Quizá tengas razón —admitió poco después—. No estoy segura.

Me bebí el último trago de cerveza y me levanté. Me puse las gafas de sol y me enfundé la camiseta empapada en sudor.

—Gracias por la cerveza.

—Oye, señor *pájaro-que-da-cuerda* —dijo May Kasahara—. Ayer por la noche, después de que mi familia se fuera al chalet, me metí dentro del pozo. Estuve allí metida unas cinco o seis horas.

—¡Ah! Entonces fuiste tú quien se llevó la escala de cuerda.

May Kasahara hizo una pequeña mueca.

—Sí, fui yo.

Dirigí una mirada al césped. De la tierra empapada de agua se elevaba un vapor parecido a un velo de calina. May Kasahara apagó la colilla dentro de la lata de Sprite.

—Durante las primeras dos o tres horas no noté nada especial. Estaba oscuro y me sentía un poco intranquila, claro. Pero eso no podía llamarse ni miedo ni pánico. Yo no soy de esas chicas que pegan chillidos de terror por cualquier tontería. Me decía que estaba oscuro y ya está. Que tú habías estado varios días ahí dentro, que no había ningún peligro, ningún motivo para tener miedo. Pero al cabo de dos o tres horas empecé a perder la conciencia de mí misma. Inmóvil en la oscuridad, algo que había en mi interior empezó a hincharse. Igual que las raíces de una planta van creciendo hasta romper la maceta, tuve la sensación de que ese *algo* iría aumentando de tamaño indefinidamente en mi interior y que, al final, me haría reventar. Era una cosa que, bajo la luz del sol, había permanecido en calma dentro de mi cuerpo, pero que, en la oscuridad, empezó a crecer a una velocidad de vértigo como si se nutriera de algún alimento especial. Intenté detenerlo. Pero no pude. Y empecé a sentir un pánico terrible. Era la primera vez en mi vida que estaba tan atemorizada. Aquel gelatinoso pedazo de sebo blanco iba apoderándose de mi persona. Me estaba devorando. Señor *pájaro-que-da-*

cuerda, esa gelatina era realmente pequeña al principio. —Enmudeció unos instantes y se miró las manos como si recordara lo que sucedió aquel día—. Estaba asustada de veras. Seguro que ése era el pánico que quería hacerte sentir a ti. Quería que escucharas cómo *eso* iba royéndote las entrañas.

Volví a sentarme en la tumbona. Contemplé el cuerpo de May Kasahara cubierto por el exiguo biquini. Tenía dieciséis años, pero físicamente aparentaba trece o catorce. Los senos y las caderas aún no estaban desarrollados. Su cuerpo me recordaba uno de esos bocetos apuntados con el mínimo de líneas posible, pero que sin embargo dan una increíble sensación de realidad. Pero, al mismo tiempo, había algo en su figura que hacía pensar en una anciana.

—¿Te has sentido alguna vez hasta ahora mancillada por algo? —se me ocurrió preguntarle de repente.

—¿Mancillada? —repitió entornando los ojos—. ¿Físicamente? ¿Violada por alguien, quieres decir?

—Física o también espiritualmente.

May Kasahara recorrió con la mirada su propio cuerpo y luego la dirigió hacia mí.

—Físicamente, no. Yo aún soy virgen. Los pechos se los he dejado tocar a un chico, pero sólo por encima de la ropa. —Asentí en silencio—. Y espiritualmente… La verdad es que no sé qué decirte. No acabo de entender qué significa ser mancillada espiritualmente.

—Yo tampoco sabría explicártelo. Es una cosa que se siente o no se siente. Y si tú no la sientes, quiere decir que no lo has sido.

—¿Por qué me has preguntado eso?

—Porque a algunas personas que conozco les ha pasado. Y eso les ha ocasionado muchas complicaciones. Me gustaría preguntarte una cosa. ¿Por qué siempre estás pensando en la muerte?

Ella se puso un cigarrillo entre los labios y, con una sola

mano, encendió una cerilla con habilidad. Luego se puso las gafas de sol.

—¿Tú no piensas casi nunca en la muerte?

—A veces sí, claro. Pero siempre, siempre, no. *De vez en cuando*. Como la mayoría de personas en este mundo.

—Oye, señor *pájaro-que-da-cuerda* —dijo May Kasahara—, quizá sólo sean cuestiones mías, pero creo que cada uno de nosotros nace con una cosa diferente en el centro de su existencia. Y esta cosa, cada una de estas cosas distintas, se convierte en una especie de fuente de calor que mueve desde el interior a cada uno de los seres humanos. Yo también la tengo, claro, pero de vez en cuando se me escapa de las manos. Se dilata y reduce a su antojo dentro de mí haciéndome temblar. Yo querría comunicar esta sensación a los demás. Pero nadie lo comprende. No debo explicarme bien, pero es que los demás tampoco me escuchan. Fingen hacerlo, pero no escuchan de verdad. Por eso, a veces, me impaciento muchísimo y acabo haciendo cosas sin ton ni son.

—¿Cosas sin ton ni son?

—Como encerrarte a ti dentro del pozo o, cuando iba en moto, taparle los ojos con las dos manos al chico que conducía.

Al decirlo, se llevó la mano a la cicatriz del rabillo del ojo.

—¿Fue entonces cuando sufriste el accidente? —pregunté.

May Kasahara me miró con aire de extrañeza. Como si no hubiera oído bien la pregunta. Pero mis palabras, todas y cada una de ellas, debían de haber llegado a sus oídos. No veía bien la expresión de sus ojos tras las gafas de sol, pero, en un instante, una especie de insensibilidad se había extendido por su rostro como si hubieran vertido aceite en aguas mansas.

—¿Qué le pasó a ese chico? —pregunté.

May Kasahara me miraba con el cigarrillo entre los labios. Para ser precisos, me miraba la mancha de la cara.

—¿Tengo que responder a esa pregunta, señor *pájaro-que-da-cuerda*?

—Si no quieres, no. Has sido tú quien ha sacado el tema. Si no quieres hablar de ello, no lo hagas.

May Kasahara permaneció en silencio como si le costara tomar una decisión. Luego dio una profunda calada al cigarrillo y exhaló el humo despacio. Se quitó las gafas lentamente y alzó el rostro hacia el sol con los ojos cerrados con fuerza. Mirándola, sentí que el tiempo fluía más y más despacio. «*Parece que la cuerda del tiempo está empezando a romperse*», pensé.

—Murió —dijo al fin May Kasahara con voz inexpresiva, como si se resignara a algo.

—¿Murió?

May Kasahara tiró la ceniza del cigarrillo al suelo. Luego cogió la toalla y se enjugó una y otra vez el sudor del rostro. Y explicó de forma rápida y mecánica, como si recordara un asunto que había olvidado:

—Corríamos mucho. Fue cerca de Enoshima.

Yo la miraba en silencio. May Kasahara asía la toalla de playa blanca con ambas manos y la apretaba contra sus mejillas. El cigarrillo humeaba entre sus dedos. No había viento y el humo se alzaba recto como pequeñas señales de fuego. Ella parecía dudar si llorar o reír. Al menos eso fue lo que me pareció. Permaneció oscilando en la delgada e inestable línea que separa el llanto y la risa. Pero, al fin, no se decantó hacia ninguno de los dos lados. May Kasahara recompuso su rostro, depositó la toalla en el suelo y dio una calada. Eran casi las cinco, pero no parecía que el calor fuera a remitir lo más mínimo.

—Yo lo maté. Por supuesto, no tenía intención de hacerlo. Sólo quería llegar hasta el límite. Antes habíamos hecho lo mismo muchas veces. Era como un juego. Cuando íbamos en moto, le tapaba los ojos desde atrás, le hacía cosquillas. Hasta entonces no había pasado nada. Sólo aquel día, casualmente… —May Kasahara alzó el rostro y me miró—. Oye, señor *pájaro-que-da-cuerda*. Yo no me siento mancillada ni nada parecido. Yo sólo quería acercarme a esa cosa. Atraerla, arrastrarla hacia fuera y aplastarla. Pero, para sacarla, es necesario llegar hasta el límite. Si no, no se puede arrastrar. Hay que ofrecerle un buen cebo —dijo sacudiendo la cabeza despacio—. Me parece que no estoy mancillada. Pero tampoco me ha salvado nadie. Ahora, en el mundo, no hay nadie que pueda hacerlo. Oye, señor *pájaro-que-da-cuerda*. El mundo me parece tan vacío, ¿sabes? Todo lo que me rodea me parece una estafa. Lo único que no es una estafa es esa cosa gelatinosa que hay dentro de mí.

May Kasahara respiró largo tiempo breve y acompasadamente. No se oía ni el canto de los pájaros, ni el chirrido de las cigarras. Nada. El jardín estaba en un silencio absoluto. Parecía que el mundo se hubiera quedado vacío de veras.

Y, como si hubiese recordado algo de repente, May Kasahara cambió de posición y se volvió hacia mí. Se había borrado toda expresión de su rostro. Como si le hubiesen lavado la cara.

—Señor *pájaro-que-da-cuerda*, ¿te has acostado con esa Creta Kanoo? —Asentí—. Si te vas a Creta, ¿me escribirás?

—Por supuesto. Si me voy, claro está. Aún no lo he decidido en firme.

—Pero tienes intención de irte, ¿no?

—Quizá vaya.

—Acércate, señor *pájaro-que-da-cuerda* —dijo May Kasahara. Y se incorporó. Me levanté y fui junto a ella—. Siéntate aquí, señor *pájaro-que-da-cuerda*. —Me senté a su lado, tal como me decía—. Enséñame la cara, señor *pájaro-que-da-cuerda*. —Me miró de frente, con fijeza. Luego depositó una mano sobre mi rodilla y puso la palma de la otra sobre la mancha de la cara—. Pobre señor *pájaro-que-da-cuerda* —susurró—. Seguro que aún tendrás que pasar por muchas cosas. Antes de que te des cuenta. Sin posibilidad de elección. Como el prado recibe la lluvia… Cierra los ojos, señor *pájaro-que-da-cuerda*. Ciérralos con fuerza, como si estuviesen pegados con cola.

Los cerré con fuerza. May Kasahara posó los labios sobre la mancha de mi rostro. Unos labios pequeños y finos. Como una imitación bien hecha. Luego sacó la lengua y lamió despacio toda la superficie de la mancha. Mantenía la otra mano apoyada en mi rodilla. Aquel tacto cálido y húmedo me llegaba de un lugar más lejano que si hubiera atravesado todos los prados del mundo. Después tomó mi mano y la puso sobre su herida en el rabillo del ojo. Yo acaricié aquella cicatriz de un centímetro de largo. Al hacerlo, las ondulaciones de su conciencia me llegaron a través de la punta de los dedos. Era un pequeño estremecimiento que parecía una súplica. Quizás alguien debería estrechar con fuerza entre sus brazos a esa jovencita. Posiblemente alguien que no fuera yo. Alguien que estuviera en situación de ofrecerle algo.

—Si vas a Creta, escríbeme, ¿eh, señor *pájaro-que-da-cuerda*? A mí me gusta recibir cartas larguísimas. Pero no hay nadie que me escriba.

—Te escribiré —dije.

17
Lo más simple
Una venganza refinada
Lo que había dentro del estuche de la guitarra

A la mañana siguiente fui a hacerme las fotografías para el pasaporte. Me senté en la silla del estudio, el fotógrafo me observó un instante el rostro con mirada profesional y, luego, sin mediar palabra, fue a la trastienda, volvió con una caja de polvos y me empolvó la mancha de la mejilla derecha. Después retrocedió unos pasos y reguló con precisión el ángulo y la intensidad de la luz para que la mancha no se notara demasiado. Vuelto hacia el objetivo, curvé las comisuras de los labios y esbocé una pálida sonrisa, tal como me indicaba. El fotógrafo dijo que estarían listas al día siguiente a mediodía, que pasara a recogerlas a partir de entonces. Volví a casa, telefoneé a mi tío, le anuncié que tal vez estaría fuera unas semanas. Tras disculparme por decírselo de manera tan brusca, le confesé que Kumiko se había marchado repentinamente de casa. Que, según una carta que había llegado después, no volvería jamás, y que yo pensaba alejarme de allí un tiempo (no sabía cuánto). Cuando mi somera explicación hubo concluido, mi tío enmudeció unos instantes al otro lado del hilo telefónico. Parecía estar reflexionando.

—Y yo que creía que tú y Kumiko os llevabais tan bien —dijo mi tío tras un breve suspiro.

—A decir verdad, yo también lo creía —le confesé honestamente.

—Si no quieres hablarme de eso, no lo hagas, pero ¿hay alguna razón de peso para que Kumiko se haya ido?

—Posiblemente, ella tenía un amante.

—¿Eso es lo que supones?

—No, yo no supongo casi nada. Me lo dijo ella misma. En la carta.

—¡Ah! Entonces, debe de ser eso.

—Sí, eso debe de ser. —Volvió a suspirar—. Yo estoy bien —dije con voz alegre, como si quisiera consolarlo—. Sólo que me gustaría alejarme de aquí un tiempo. Cambiando de aires, me sentiré mejor y, además, quiero pensar con calma qué voy a hacer en el futuro.

—¿Hay algún lugar adonde quieras ir?

—Tal vez vaya a Grecia. Tengo un amigo que vive allí y que me insiste desde hace tiempo en que vaya a visitarlo.

Mentirle a mi tío me puso de mal humor. Pero, en aquel momento, era imposible explicarle la verdad de una manera detallada y fácil de entender. Una mentira era lo menos malo.

—¡Ah, caramba! —dijo él—. Tú no te preocupes. No pienso alquilar la casa de momento, así que puedes dejar ahí todas tus cosas. Aún eres joven y reharás tu vida. Y me parece muy bien que te marches durante un tiempo lejos, que te lo tomes con calma. ¿Grecia, dices? Sí, Grecia puede estar bien.

—Gracias por todo, tío. Pero si mientras yo estoy fuera te sale algo y quieres alquilar la casa, haz lo que te parezca con lo que hay dentro. De todos modos, no hay nada que valga la pena.

—De acuerdo. Tú por eso no te preocupes. Déjamelo a mí. Pero, oye. Aquello que me dijiste el otro día por teléfono, lo de la «corriente obstruida» y demás, ¿crees que guarda alguna relación con lo de Kumiko?

—Pues un poco, sí. Y ahora que lo mencionas, a mí también me preocupaba.

Mi tío pareció reflexionar unos instantes.

—¿Puedo pasarme un día de éstos? Quiero ver la situación con mis propios ojos. Además, hace tiempo que no me acerco por ahí.

—Ven cuando quieras. No tengo nada que hacer.

Al colgar, me puse de repente de un humor insoportable. Aquella extraña corriente de los últimos meses me había arrastrado hasta allí. Y, ahora, entre el mundo en que estaba mi tío y el mundo en que estaba yo se alzaba un muro invisible, alto y grueso. Un muro que separaba los dos mundos. Y mi tío se encontraba en el mundo de *aquel lado* y yo en el de *éste*.

Mi tío vino a casa dos días después. Aunque vio la mancha, no dijo nada. Posiblemente no sabía qué decir. Se limitó a entrecerrar los ojos con aire de extrañeza. Había traído una botella de buen whisky escocés y un surtido de patés de pescado comprado en Odawara. Nos sentamos en el cobertizo, comimos paté y bebimos whisky.

—¡Qué bien estar sentado en el cobertizo! —exclamó mi tío y asintió repetidas veces—. En mi piso no hay, claro. Y a veces lo echo de menos. En ningún lugar te sientes tan bien como en un cobertizo.

Mi tío se quedó unos instantes contemplando la luna que flotaba en el cielo. Era una luna blanca nítida, en cuarto creciente, que parecía acabada de cincelar. Casi parecía un milagro que una luna así pudiera seguir realmente flotando en el cielo.

—Por cierto, ¿cuándo y dónde te ha salido esa mancha? —me preguntó mi tío con indiferencia.

—Pues no lo sé —dije. Y bebí un sorbo de whisky—. Cuando me di cuenta ya la tenía. De eso debe de hacer una semana. Me gustaría poder explicártelo mejor, pero no sé cómo.

—¿Has ido al médico? —Negué con un movimiento de cabeza—. Perdona, pero hay algo que no entiendo: ¿crees que existe alguna relación entre *eso* y la marcha de Kumiko?

Negué con la cabeza.

—La mancha me salió después de que ella se marchara. Sí, una cosa sucedió a la otra. Pero tanto como decir que existe una relación de causa y efecto entre ambas... No lo sé.

—Nunca había oído hablar de alguien a quien le hubiera salido de repente una mancha de nacimiento.

—Yo tampoco —dije—. Pero la verdad es que, no sé si podré explicártelo bien, lo cierto es que me voy acostumbrando, poco a poco, a su existencia. Cuando me salió me sorprendí, por supuesto, la impresión fue muy fuerte. Sólo con mirarme al espejo me ponía enfermo, no sabía qué iba a hacer el resto de mi vida con una cosa así en la cara. Pero, a medida que han ido pasando los días, no sé por qué, ha dejado de importarme. Incluso he llegado a pensar que no es tan malo. Pero ni yo mismo sé la razón.

—¡Caramba! —exclamó mi tío. Y se quedó largo rato contemplando la mancha en mi mejilla derecha con mirada recelosa—. Si tú lo dices, ya está bien. Al fin y al cabo, es problema tuyo. Pero si quieres, puedo recomendarte un médico.

—Gracias. Pero ahora no tengo intención de ir. No creo que pudiera hacer nada.

Mi tío cruzó los brazos y levantó la vista hacia el cielo. No se veían tantas estrellas como de costumbre. Sólo la nítida luna en cuarto creciente.

—Hacía mucho tiempo que no hablábamos los dos así, con calma. Pensaba que no hacía falta que me ocupase de ti, que tú y Kumiko os llevabais bien. Además, a mí nunca me ha gustado entrometerme en los asuntos de los demás.

Le dije que lo sabía muy bien.

Mi tío hizo tintinear el hielo dentro del vaso, bebió un sorbo de whisky y lo depositó en el suelo.

—¿Qué diablos está ocurriendo últimamente a tu alrededor? No lo entiendo. Que si la corriente está obstruida, que si la casa es de mal agüero, que si Kumiko se ha ido, que si un día, de repente, te ha salido una mancha de nacimiento, que si te vas un tiempo a Grecia. Sí, de acuerdo. Así están las cosas. Tu mujer se ha ido y te ha salido una mancha en la cara. Me sabe mal decírtelo así, pero no se trata ni de mi mujer ni de mi cara. ¿No? Por lo tanto, si no quieres contármelo con detalle, no lo hagas. A mí tampoco me gusta dar más explicaciones que las estrictamente necesarias. Pero creo que tú sí deberías volver a pensar muy, muy bien qué es lo más importante para ti.

Asentí.

—Ya lo estoy haciendo. Pero hay demasiadas cosas complicadísimas, muy embrolladas unas con otras. Y no puedo desembrollarlas, ir separándolas una a una. No sé cómo hacerlo.

Mi tío sonrió.

—Hay un truco para hacerlo. La mayoría de la gente toma resoluciones equivocadas justamente porque no lo conoce. Y luego, cuando fracasa, va por ahí quejándose, echándole la culpa a los demás. He visto eso muchas veces y te aseguro que odio verlo. Quizás esté siendo un poco presuntuoso, pero el truco consiste en empezar por las cosas poco importantes. O sea, en una escala de la A a la Z, no empezar jamás por la A, sino por la XYZ. Dices que el asunto está demasiado embrollado y que se te escapa de las manos. ¿No será porque quieres resolverlo partiendo de arriba? Cuando tienes que decidir algo importante, lo mejor es dar prioridad a los detalles insignificantes. Empezar por cosas realmente estúpidas, por esas que cualquiera puede ver, que cualquiera puede entender. E invertir mucho tiempo en ellas. Mis negocios ya sabes que no son nada del otro jueves. Cuatro o cinco locales de poca monta en Ginza. No son gran cosa, nada de lo que pueda presumir. Pero si hablamos en términos de *éxito o fracaso,* yo no he fracasado ni una sola vez. Y es porque he seguido siempre fiel a este truco. Todos los demás se saltan a la torera las cosas tontas, obvias, y avanzan demasiado rápido. Yo no. Es a las cosas más tontas a las que dedico más tiempo. Porque sé que cuanto más tiempo se les dedica, mejor va todo luego. —Mi tío bebió un sorbo de whisky—. Supongamos, por ejemplo, que vamos a abrir un local. Un restaurante, un bar, cualquier cosa. Imagínate la situación. Quieres abrir un local. Entre varios lugares posibles, tienes que elegir uno. ¿Qué harías?

Reflexioné un poco.

—Pues no sé, barajando diferentes posibilidades, debería calcular el alquiler, el préstamo, la devolución, la capacidad del local, la posible rotación de clientela y la consumición aproximada por cliente, los gastos de personal, hacer un balance...

—Eso es lo que hace la mayoría de la gente. Y por eso fracasa —dijo riendo mi tío—. Voy a explicarte lo que hago yo. Si un lugar me parece bueno, me planto allí tres o cuatro horas diarias, un día, otro día y otro día, con los ojos clavados en la cara de la gente que pasa por la calle. No hace falta pensar en nada, no hace falta hacer ningún cálculo. Basta con mirar qué tipo de gente pasa por allí, qué cara tiene. Tardo una semana como mínimo. Durante este tiempo, he visto las caras de tres o cuatro mil personas. Es posible que necesite más tiempo. Pero llega un momento en que lo veo claro. Como si la niebla se hubiera disipado de repente. Qué tipo de lugar es. Qué requiere. Y, si las exigencias del lugar son distintas a las mías, lo dejo correr. Voy a otro sitio y repito todo el proceso. Pero si comprendo que las exigencias del lugar coinciden, concuerdan con las mías, eso significa que ha habido suerte. Y la suerte hay que amarrarla bien, no hay que dejarla escapar. Pero antes de eso he tenido que estar allí plantado día tras día, llueva o nieve, como un imbécil, mirando fijamente con mis propios ojos la cara de la gente. Los cálculos puedo hacerlos después. Soy una persona básicamente realista. Sólo creo en lo que puedo verificar con mis propios ojos. Las razones, ventajas y cálculos, los principios y las teorías son para personas incapaces de ver con sus propios ojos. Y la mayor parte de la gente de este mundo lo es. No sé por qué será. De intentarlo, cualquiera debería poder, ¿no te parece?

—Entonces no era sólo el toque mágico.

—¡Ah! También lo hay —dijo mi tío sonriendo—. Pero no basta. En mi opinión, lo que tú deberías hacer es empezar a reflexionar partiendo de lo más simple. Como, por ejemplo, plantarte en una esquina e ir observando, día tras día, la cara de la gente. Sin tomar decisiones precipitadas. Quizá sea un poco duro, pero debes permanecer inmóvil, tomarte tu tiempo.

—¿Esto significa que debo quedarme aquí más tiempo?

—No te estoy diciendo ni que te vayas ni que te quedes. Si quieres ir a Grecia, hazlo. Si quieres quedarte aquí, quédate. Sólo que siempre pensé que habías hecho bien casándote con Kumiko. Y que vuestro matrimonio también era bueno para ella. Y no puedo entender por qué se ha estropeado todo de repente. Tampoco debes de acabar de entenderlo tú, ¿verdad?

—No, tampoco.

—Entonces, lo mejor es que te ejercites en mirar las cosas con tus propios ojos hasta que acabes comprendiéndolas. No temas dedicarle tiempo. Invertir mucho tiempo en algo es la más refinada de las venganzas.

—¿Venganza? —dije sorprendido—. ¿Qué tipo de venganza? ¿Qué quieres decir? ¿Venganza contra quién?

—Pronto también tú lo entenderás —dijo mi tío sonriendo.

Estuvimos, en total, poco más de una hora sentados en el cobertizo, bebiendo. Luego mi tío se levantó, dijo que ya llevaba ahí mucho tiempo y se fue. Una vez solo, me apoyé en una columna del cobertizo y me quedé contemplando distraídamente la luna. Durante un buen rato respiré a pleno pulmón la atmósfera de realismo que había dejado mi tío. Y, gracias a ella, me sentí confortado por primera vez en muchas semanas. Pero a medida que pasaron las horas y ese aire fue disipándose, me vi envuelto de nuevo por el fino velo de la melancolía. A fin de cuentas, mi tío estaba en el mundo de aquel lado y yo en el de éste.

Mi tío había dicho que reflexionara partiendo de las cosas más simples, pero yo no era capaz de distinguir lo simple de lo complejo. Entonces, a la mañana siguiente, después de la hora punta, salí de casa y me fui a Shinjuku en tren. Decidí plantarme allí y observar la cara de la gente. No sabía si iba a servirme de algo, pero siempre era mejor que no hacer nada, me dije a mí mismo. Si mirar rostros hasta la náusea era un ejemplo de cosa simple, me convenía hacerlo. Como mínimo, no perdía nada con ello. Y, si funcionaba, tal vez me indicara qué podría ser, en mi caso particular, una «cosa simple».

El primer día me senté en el borde de un parterre de flores delante de la estación de Shinjuku y estuve unas dos horas observando la cara de la gente que pasaba ante mis ojos. Pero los transeúntes eran demasiados y su paso demasiado rápido. Era difícil mirarlos a la cara. Encima, se me acercó un vagabundo y se empeñó en darme conversación. Un policía pasó repetidas veces por delante mirándome de pies a cabeza. Renuncié al lugar y decidí buscar otro más adecuado.

Crucé el paso subterráneo y salí a la boca oeste de la estación. Después de dar unas cuantas vueltas descubrí una pequeña plaza ante un rascacielos. En la placita había un banco desde donde podría contemplar cuanto quisiera a los transeúntes. Por allí no pasaba tanta gente como por delante de la estación y tampoco había vagabundos con botellines de whisky embutidos en el bolsillo. Me tomé un café y unos donuts del Dunkin' Donuts como almuerzo y me pasé allí sentado el resto del día. Luego me retiré a casa antes de la hora punta de la tarde. El primer día se me iban los ojos tras las personas de pelo ralo. Era una reminiscencia de la encuesta que había hecho con May Kasahara para el fabricante de pelucas. Los ojos se me iban en pos de hombres de pelo escaso y los clasificaba en un santiamén en «pino», «bambú» o «ciruela». Pensé incluso que habría hecho bien en llamar a May Kasahara para volver a trabajar juntos.

Pero, con el paso de los días, me fui acostumbrando a mirar a la gente sin pensar en nada. La mayoría de personas que pasaba por allí trabajaba en las oficinas del rascacielos. Los hombres vestían camisa blanca y corbata, y llevaban carteras de piel, y la mayoría de mujeres calzaba zapatos de tacón alto. También había quienes visitaban los restaurantes y tiendas del interior del edificio y quienes subían, acompañados de su familia, hasta el mirador del último piso. Pero la mayoría no andaba demasiado rápido. Yo me limitaba a mirarles distraídamente la cara sin un propósito definido. A veces había alguien que, por una razón u otra, me llamaba la atención de manera especial, me concentraba en él y lo seguía con la mirada hasta que desaparecía.

Continué haciendo lo mismo una semana. Cogía el tren para Shinjuku a las diez, cuando la gente ya había ido a trabajar, me sentaba en el banco y permanecía inmóvil hasta las cuatro de la tarde observando rostros. Lo que comprendí sólo después de haberlo experimentado en la práctica era que, al ir siguiendo con los ojos los rostros de las personas que pasaban, una tras otra, ante mí, la cabeza se me iba vaciando como si le hubiera sacado el corcho a una botella. No decía nada a nadie y nadie me decía nada a mí. No sentía nada y no pensaba nada. A veces tenía la impresión de haberme convertido en parte del banco de piedra.

Hubo una sola persona que me dirigió la palabra. Una mujer delgada, de mediana edad, muy bien vestida. Llevaba un vestido ajustado de un vivo color rosa, gafas de sol con montura de carey, un sombrero blanco y un bolso de malla. Tenía las piernas bonitas y calzaba unas inmaculadas sandalias blancas de piel, seguramente carísimas. Iba bastante maquillada, pero no en exceso. La mujer me preguntó si tenía algún problema. Le respondí que ninguno en especial. Me dijo que me veía allí todos los días y me preguntó qué estaba haciendo. Mirar la cara de la gente, respondí. Me preguntó si lo hacía con algún propósito determinado. Le respondí que ninguno en especial.

Sacó del bolso un paquete de Virginia Slims y encendió un cigarrillo con un pequeño mechero de oro. Me ofreció uno. Negué con la cabeza. Luego se quitó las gafas de sol y, sin decir palabra, se me quedó mirando la cara de hito en hito. A decir verdad, miraba la mancha. Yo, a mi vez, la miré a los ojos. En ellos no se leía emoción alguna. Sólo había un par de pupilas negras que desempeñaban correctamente su función. Tenía la nariz pequeña y afilada. Los labios eran delgados, pintados con esmero. Era difícil adivinar su edad, pero debería de estar en mitad de la cuarentena. A primera vista parecía más joven, pero tenía un rictus de cansancio a ambos lados de la nariz.

—¿Tiene dinero? —me preguntó.

—¿Dinero? —repetí sorprendido—. ¿Qué quiere decir?

—Sólo se lo preguntaba. Si tiene dinero. ¿No tiene usted problemas de dinero?

—De momento, ninguno en especial —dije yo.

La mujer me miró con gran atención, curvando un poco las comisuras de los labios, con aire de estar calibrando mis palabras. Luego asintió. Se puso las gafas de sol, tiró el cigarrillo al suelo, se levantó y desapareció sin volverse. Estupefacto, la vi perderse entre la multitud. Quizás estuviese un poco loca, pero su aspecto era demasiado distinguido. Apagué con la suela del zapato el cigarrillo que ella había tirado y miré lentamente a mi alrededor. Lo llenaba el mismo mundo real de siempre. Personas que se desplazaban de un lugar a otro, cada una con su propio objetivo. No las conocía y ellas no me conocían a mí. Respiré hondo y me enfrasqué de nuevo en la tarea de contemplar rostros sin pensar en nada.

Permanecí sentado allí once días en total. Bebía café, comía donuts y observaba la cara de las miles de personas que pasaban ante mí. Aparte de la corta y absurda conversación con aquella elegante mujer de mediana edad, durante aquellos once días nadie me dirigió la palabra. No hice nada remarcable y nada ocurrió. Después de aquellos once días, casi un vacío en mi vida, continuaba sin avanzar un solo paso. Seguía perdido en aquel intrincado laberinto. Ni siquiera había sido capaz de deshacer el nudo más sencillo.

Pero al undécimo día por la tarde pasó una cosa extraña. Era domingo y me había quedado hasta más tarde de lo habitual. En domingo, el tipo de gente que se acerca a Shinjuku es diferente y, además, no hay hora punta. De repente, mis ojos se posaron en un joven que llevaba un estuche de guitarra negro. No era ni alto ni bajo. Llevaba gafas con montura de plástico de color negro, el pelo largo colgando hasta los hombros, pantalones tejanos, camisa tejana y unas zapatillas de deporte blancas que se caían a pedazos. Pasó ante mí con expresión absorta y siguió hacia delante en línea recta. Al verlo, algo me sacudió la mente. Se me aceleraron los latidos del corazón. *Conocía a aquel hombre.* Lo había visto antes en otro lugar. Tardé unos segundos en recordar dónde. Era el hombre que aquella noche, en Sapporo, cantaba en el bar. Era él, sin duda.

Me levanté inmediatamente del banco y fui tras él. Andaba más bien despacio y no me resultó difícil seguirlo. Ajusté mis pasos a los suyos y caminando unos diez metros por detrás de él. Pensé en llamarlo. «Hace tres años cantabas en Sapporo, ¿verdad? Te escuché allí», le diría yo. «¿Ah, sí? Muchas gracias», contestaría él. Pero ¿cómo proseguiría? «La verdad es que, aquella noche, mi mujer acababa de abortar. Hace poco se ha ido de casa. Se acostaba con otro hombre.» ¿Acaso podía contarle algo así? Decidí dejar que las cosas siguieran su curso y caminé en pos de él. Tal vez se me ocurriera una buena idea mientras andaba.

El hombre iba en dirección opuesta a la estación. Atravesó la zona de los rascacielos, cruzó la autopista Kooshuu y enfiló hacia Yoyogi. No sé en qué estaría pensando, pero parecía absorto en sus reflexiones. Debía de estar acostumbrado a hacer aquel recorrido porque ni miraba a su alrededor ni dudaba. Avanzaba mirando al frente, a paso regular. Mientras lo seguía, recordé el día en que Kumiko había abortado. Sapporo a principios de marzo. El suelo duro y helado, los copos de nieve danzando. Volví a aquellas calles y me llené los pulmones de su aire gélido. Apareció ante mis ojos el hálito blanco que exhalaban los transeúntes.

Tal vez fue entonces cuando todo empezó a cambiar, se me ocurrió de súbito. Sin duda. A partir de entonces la corriente había mostrado un cambio evidente. Visto desde ahora, el aborto había tenido una importancia capital para los dos. Pero antes yo no había sabido calibrar su importancia. Me había centrado en el hecho del *aborto* en sí mismo. Pero quizá la clave estuviera en otro lugar.

«Tenía que hacerlo. He pensado que era la mejor solución para ambos. Oye, hay algo que todavía no sabes. Algo que aún no puedo formular con palabras. No es que quiera ocultártelo. Sólo que tengo que comprobar si es verdad o no. Por eso todavía no puedo expresarlo con palabras.»

En aquel momento, ella aún no tenía la certeza de que aquel *algo* fuera real. Y, sin duda, aquel algo estaba más relacionado con el *embarazo* que con el aborto. O quizá tuviera que ver con el feto. ¿Qué diablos debía ser? ¿Qué habría confundido tanto a Kumiko? ¿Había tenido relaciones con otro hombre y se negaba a tener el niño? No, imposible. Ella misma lo había negado con rotundidad. Seguro que el niño era mío. Pero allí había *algo* que no podía decirme. Y aquel *algo* estaba íntimamente ligado con la marcha de Kumiko. Todo había empezado en aquel punto.

Pero ¿qué secreto se ocultaba allí? No podía ni imaginarlo. Yo había sido abandonado, solo, en las tinieblas. Lo único que sabía era que, mientras no descubriera aquel secreto, Kumiko no volvería a mi lado. Empezó a invadirme una ira sorda. Rabia contra aquel *algo* invisible a mis ojos. Enderecé la espalda, respiré hondo y acompasé los latidos de mi corazón. Pero aquella ira se infiltró, silenciosa, como agua, por todos los rincones de mi cuerpo. Una ira llena de tristeza. Que no podía descargar en nada. Que no podía ahogar.

El hombre seguía andando al mismo paso. Cruzó las vías de la línea Odakyuu, pasó por un mercado, pasó por delante de un santuario sintoísta, pasó por intrincadas callejuelas. Yo lo seguía dejando una distancia prudente, variable según el lugar, para que no me descubriera. Y estaba claro que no me había descubierto. No se volvió ni una sola vez. Pensé que aquel hombre tenía algo inusual. Sin duda. No sólo no miró atrás ni una sola vez, sino que tampoco miró hacia ninguna otra parte. ¿Qué debía de estar pensando, tan concentrado? O tal vez fuera al contrario. ¿No sería que no pensaba en nada?

Pronto, el hombre se alejó de la zona con más tráfico y se adentró en unas callejuelas solitarias con casas de madera de dos plantas a ambos lados. Las calles eran estrechas, serpenteaban y, a ambos lados, casas viejísimas se amontonaban unas sobre otras. Casi era anormal la falta de señales de vida. Tal vez se debía a que más de la mitad estaban abandonadas. En las entradas desiertas no se veía placa alguna y había carteles colgados que anunciaban planes de construcción. Aquí y allá se veían espacios vacíos, similares a dientes arrancados, donde había crecido la hierba del verano, rodeados por alambradas. Probablemente hubiera planes de derribar en un futuro próximo todas las casas de la zona y construir edificios nuevos. Delante de una casa aún habitada se amontonaban macetas de dondiego de día y otras plantas. Había un triciclo y, en la ventana del primer piso, se veían tendidas toallas y ropa interior de niño. Unos cuantos gatos, tumbados bajo la ventana, junto a la puerta, me miraban con indolencia. Pese a haber todavía luz a aquellas horas de la tarde, no se veía un alma. ¿Dónde debía de situarse aquel lugar en el plano? No estaba seguro. Tampoco sabía dónde quedaban el norte y el sur. Supuse que debía de encontrarse dentro de un triángulo en cuyos vértices estarían las estaciones de Yoyogi, Sendagaya y Harajuku. Pero no podía asegurarlo.

De todos modos, era un reducto abandonado en el centro de la ciudad. Quizá por tener unas callejuelas tan estrechas que no permitían el paso de los coches, aquel barrio había escapado de las manos de los promotores del desarrollo. Al pisarlo, me sentí como si hubiera retrocedido veinte o treinta años. De súbito me di cuenta de que el ruido de los coches, que me había ensordecido hasta poco antes, había desaparecido, engullido en algún lugar. El hombre, con el estuche de la guitarra en la mano, andaba por aquel laberinto de callejas. Se detuvo frente a un edificio de madera. Abrió la puerta, entró, la cerró tras de sí. No parecía que hubiese echado la llave.

Permanecí frente a la casa unos instantes. Las agujas del reloj marcaban las seis y veinte. Luego me apoyé en la alambrada del descampado de enfrente y estudié el aspecto de la casa. Era un edificio de dos plantas de madera de lo más normal. Lo sabía por la entrada y por la disposición de las habitaciones. De estudiante había vivido un tiempo en un lugar parecido. Un apartamento con un armario en el recibidor para dejar los zapatos, con un lavabo común y una pequeña cocina. Allí vivían estudiantes y trabajadores solteros. Pero en éste no había trazas de que viviera nadie. No se oía ningún ruido, no se apreciaba ningún movimiento. Sobre la puerta de fórmica ya no había ninguna placa. Parecía haber sido arrancada poco antes, ya que quedaba una marca larga y estrecha de color blanco. Aunque todavía se dejaba sentir el calor de la tarde, las ventanas de todas las habitaciones permanecían herméticamente cerradas y las cortinas del interior, corridas.

Quizás hubiera planes de derribar aquel edificio junto con los demás y en su interior ya no viviera nadie. Pero, de ser así, ¿qué estaría haciendo allí el hombre con el estuche de guitarra? Esperé a ver si se abría alguna ventana después de que él hubiese entrado, pero no hubo ningún movimiento.

No podía permanecer indefinidamente matando el tiempo en un callejón desierto. Me dirigí hacia la entrada y abrí la puerta. Tal como suponía, no estaba cerrada con llave y cedió hacia dentro con facilidad. Permanecí en el quicio de la puerta, mirando hacia el interior, pero como la habitación estaba sumida en la penumbra, a primera vista no podía distinguirse nada. Las ventanas estaban selladas y un aire caliente, estancado, llenaba la estancia. Olía a moho, como en el fondo del pozo. Hacía tanto calor que, bajo las axilas, mi camisa estaba empapada. Un hilillo de sudor me corría por detrás de las orejas. Entré con decisión y cerré la puerta silenciosamente. Pretendía comprobar si aún vivía alguien en la casa mirando (si las había) las placas de los buzones o del zapatero. Pero entonces me di cuenta de que alguien me observaba sin apartar los ojos de mí.

A la derecha de la puerta, agazapado tras el alto armario zapatero, había *alguien*. Conteniendo el aliento, miré hacia la calinosa penumbra. Era el joven con el estuche de guitarra a quien había seguido. Debía de haberse escondido nada más entrar.

Sentía cómo el corazón me martilleaba con fuerza en la base de la garganta. ¿Qué diablos estaría haciendo allí aquel hombre? Quizá me estuviera esperando. O, si no…

—¡Hola! —le dije con resolución—. Quisiera preguntarle…

Entonces, de improviso, algo me golpeó en el hombro. Brutalmente. No entendí qué diablos estaba sucediendo. Lo único que noté era un impacto tan violento que casi me cegó. Permanecí clavado en el lugar, incapaz de calibrar la situación. Pero, al instante siguiente, lo comprendí sobresaltado. Era un bate. El hombre había salido de un salto, ágil como un mono, de detrás del zapatero y me había golpeado con todas sus fuerzas en el hombro con un bate de béisbol. Estupefacto, contemplé cómo volvía a alzar el bate y se disponía a descargarlo de nuevo sobre mí. Demasiado tarde para esquivarlo. Esta vez me golpeó el brazo izquierdo. Durante unos segundos perdí la sensibilidad. No sentía dolor. Como si el brazo se hubiera desintegrado en el espacio.

Pero aquella vez, en un acto reflejo, le di una patada. En la época del instituto, un amigo mío con más de un *dan,* me había iniciado, aunque no de manera formal, en la técnica del kárate. Día tras día me obligaba a practicar las patadas. Nada espectacular, simples ejercicios de dar patadas cada vez más fuertes, más altas, más directas y en la distancia más corta. «En caso de apuro», decía mi amigo, «esto es lo más útil.» Y tenía toda la razón. Al hombre, obcecado en blandir el bate, ni se le había pasado por la cabeza la posibilidad de recibir un puntapié. Yo, frenético como estaba, ni siquiera sabía dónde pegaba, y tampoco lo hacía con excesiva fuerza, pero el hombre se arredró ante el ataque. Dejó de blandir el bate y se me quedó mirando atontado, inmóvil, como si el tiempo se hubiera detenido. Aprovechando su desconcierto, le propiné una certera y brutal patada en el bajo vientre. El hombre se dobló de dolor y, entonces, le arrebaté el bate de la mano. Luego le di una fuerte patada en el costado. Como el hombre intentó agarrarme la pierna, le di otra patada. Y volví a darle otra más en el mismo sitio. Luego, le golpeé en el muslo con el bate. El hombre profirió un agudo chillido de dolor y cayó al suelo.

Al principio, seguí golpeándolo y dándole patadas debido al terror y la excitación. Le pegaba para impedir que me pegara él a mí. Pero una vez se hubo desplomado al suelo, el terror se convirtió en pura rabia. Aquella ira sorda que poco antes, mientras andaba, había sentido pensando en Kumiko permanecía aún dentro de mí. Y ahora se había desatado y, exacerbada, ardía como una llama. Una ira cercana al odio. Con el bate, volví a descargarle otro golpe en el muslo. El hombre babeaba por las comisuras de los labios. Empecé a sentir un dolor agudo en el hombro y el brazo, donde él me había dado con el bate. El dolor avivó aún más mi furia. El hombre tenía el rostro desencajado de dolor, pero aún intentó incorporarse apoyándose en un brazo. Como el brazo izquierdo me flaqueaba, tiré el bate, me arrojé sobre el hombre y empecé a darle puñetazos en la cara con todas mis fuerzas. Le golpeé una y otra vez. Hasta que los dedos, entumecidos, empezaron a dolerme. Pensaba seguir dándole hasta que perdiera el conocimiento. Lo agarré por el cuello de la camisa y golpeé su cabeza contra el suelo de madera. Era la primera vez que me pegaba con alguien. Jamás había golpeado a alguien de aquella forma. Pero, por alguna razón, no podía detenerme. «Tienes que parar», me decía a mí mismo. «Ya es suficiente. Te estás excediendo. Ese tipo ya no puede levantarse.» Pero no podía. Comprendí que mi persona estaba dividida en dos. *Una parte* era incapaz de detener a la *otra parte*. Y sentí un violento escalofrío.

Entonces me di cuenta de que el hombre sonreía. A pesar de que le estaba pegando, él me miraba y sonreía. Y cuanto más le pegaba, más amplia era su sonrisa. Al final, con la sangre manándole de la nariz, con la sangre manándole del labio partido, ahogándose en sus propias babas, soltó una risa aguda. «Debe de estar loco», pensé. Dejé de pegarle y me levanté.

Miré a mi alrededor y vi el estuche negro de la guitarra apoyado contra el zapatero. Dejé al hombre riendo, me acerqué al estuche, lo tiré al suelo, solté los cierres y abrí la tapa. No había nada dentro. Estaba vacía. Ni guitarra ni velas. El hombre me miró, riendo y tosiendo a la vez. De repente, sentí que me ahogaba. La bochornosa atmósfera del interior del edificio me pareció, de súbito, insoportable. El olor a moho, el tacto de mi propio sudor, el olor a sangre y babas, la ira, el odio, todo me pareció insoportable.

Abrí la puerta y salí. Cerré la puerta. Seguía sin verse un alma. Sólo un enorme gato marrón que cruzó el descampado a paso cansino sin dirigirme ni una mirada.

Quería abandonar el lugar antes de que alguien me descubriera. No sabía qué dirección tomar, pero mientras vagaba sin rumbo, me topé con la parada de un autobús con destino a la estación de Shinjuku. Me propuse acompasar la respiración y ordenar las ideas antes de que llegase el autobús. Pero continué jadeando, la mente confusa. *«Yo sólo quería observar la cara de la gente»*, me repetía una y otra vez. «Yo sólo estaba mirando el rostro de los transeúntes, tal como había hecho mi tío. Sólo pretendía deshacer el más sencillo de los nudos.» Al subir al autobús, todos los pasajeros se volvieron a mirarme como si fueran una sola persona. Me observaron un instante sorprendidos y desviaron la vista con incomodidad. Supuse que se debía a la mancha. Tardé un tiempo en comprender que la culpa la tenían las salpicaduras de sangre de aquel hombre (en su mayor parte de la nariz) sobre mi camisa blanca y el bate de béisbol que asía en una mano. No me había dado cuenta, pero no lo había soltado todavía.

Acabé llevándomelo a casa. Lo arrojé dentro de un armario.

Aquella noche no pude conciliar el sueño hasta el amanecer. Con el paso de las horas, las zonas del hombro y del brazo donde me había golpeado aquel hombre se me hincharon y empezaron a dolerme. En el puño de la mano derecha permanecía aún la sensación de estar golpeando al hombre una y otra vez. Me descubrí a mí mismo con el puño cerrado con fuerza en ademán de combate. Por más que intentara abrirlo, la mano no respondía. No quería dormir. Sabía que, si me dormía en aquel estado, tendría una pesadilla horrible. Para calmarme, me senté frente a la mesa de la cocina y me bebí, solo, el whisky que había dejado mi tío y escuché música tranquila. Me apetecía hablar con alguien. Que alguien me dirigiera la palabra. Puse el teléfono encima de la mesa y lo contemplé durante horas. «¡Que me llame alguien, por favor! Quien sea. ¡No importa quién!», pensé. Incluso la extraña y misteriosa mujer. Quien fuera. Y cualquier historia, por absurda y sucia que pudiera ser, valía. Cualquier historia, por desagradable y funesta que fuera. Deseaba que alguien me hablara.

Pero el teléfono no sonó. Me acabé la media botella de whisky que había quedado y, después del amanecer, me acosté y me dormí. «¡Por favor, no me hagas soñar! Aunque sólo sea hoy, permite que mi sueño sea sólo un vacío», pensé antes de acostarme.

Soñé, por supuesto. Y, tal como había imaginado, fue una pesadilla horrible. Aparecía el hombre del estuche de guitarra. Y, en el sueño, yo hacía exactamente lo mismo que había hecho en la realidad. Lo seguía, abría la puerta del recibidor, él me golpeaba y luego yo lo golpeaba a él, lo golpeaba, lo golpeaba, lo golpeaba. Después, el sueño proseguía de manera distinta. Cuando dejaba de pegarle y me levantaba, el hombre sacaba una navaja del bolsillo. Una navaja pequeña y muy afilada. La hoja despedía destellos de una blancura ósea a la tenue luz del atardecer que se filtraba por los resquicios de las cortinas. Pero no la utilizaba para atacarme. Se despojaba de sus ropas hasta quedar desnudo y, exactamente igual que si pelara una manzana, empezaba a levantarse la piel. Iba desollándose mientras reía a carcajadas. La sangre manaba de todo su cuerpo formando un lago oscuro y siniestro a sus pies. Con la mano derecha, se desollaba la izquierda y, a continuación, con la mano izquierda, ensangrentada y sin piel, se desollaba la mano derecha. Al final, el hombre quedaba convertido en un amasijo de carne roja. Pero incluso entonces abría el negro agujero que tenía por boca y reía. Entre aquel amasijo de carne, sólo unos globos oculares, blancos y desorbitados, rotaban incansables. Después, la piel desollada, al compás de aquella risotada antinatural, empezaba a reptar por el suelo con un rumor sibilante y se me iba acercando. Yo intentaba huir, pero no podía moverme. Pronto me alcanzaba los pies, empezaba a trepar por mi cuerpo. Me cubría. La piel sanguinolenta de aquel hombre se iba adhiriendo, superponiendo, poco a poco, a la mía. El olor a sangre lo invadía todo. La piel, como una fina membrana, me cubría las piernas, el cuerpo, la cara. Todo quedaba negro ante mis ojos y sólo la risa seguía resonando, hueca, en las tinieblas. Y me desperté.

Al abrir los ojos, me encontré terriblemente confundido y asustado. Por unos instantes, ni siquiera tuve conciencia de existir. Me temblaban los dedos de las manos. Pero había llegado a una conclusión.

No podía huir, no debía huir. Ésta fue la conclusión que extraje. Por lejos que marchara, *aquello* me seguiría. Adonde quiera que fuese.

18
Noticias de Creta
Lo que se cae del borde del mundo
Las buenas noticias se dan en voz baja

Me lo estuve pensando hasta el último momento, pero al final no fui a la isla de Creta. Justo una semana antes de partir para Grecia, la mujer que había sido Creta Kanoo vino a casa con una bolsa repleta de comida y preparó la cena. Mientras comíamos, apenas hablamos. Después de lavar los cacharros, le dije que tenía la impresión de que era mejor que no fuese a Creta con ella. No se sorprendió. Parecía esperarlo. Pinzándose un mechón de su corto flequillo con los dedos, dijo:

—Me sabe muy mal que no venga, pero, en fin... Puedo ir sola a Creta sin ningún problema. Por mí no se preocupe.

—¿Ya ha terminado los preparativos del viaje?

—Las cosas importantes ya las tengo resueltas. El pasaporte, el billete de avión, los cheques de viaje, las maletas. No pienso llevar mucho equipaje.

—¿Y su hermana qué dice?

—Las dos estamos muy unidas. Será muy duro separarnos. Para ambas. Pero Malta es una persona fuerte e inteligente, y sabe muy bien lo que me conviene —dijo y me miró esbozando una plácida sonrisa—. Así pues, usted ha llegado a la conclusión de que debe quedarse aquí solo, ¿verdad?

—Sí —Contesté. Me levanté y puse agua a hervir para hacer café—. Tengo esa impresión. Lo he comprendido hace poco. Puedo *salir* de todo esto. Pero no puedo *escapar*. Por más lejos que vaya, no podré huir. Creo que a usted le conviene ir a Creta. En muchos sentidos, usted se dispone a enterrar su pasado y a empezar una nueva vida. Pero mi caso es distinto.

—¿Tiene algo que ver con Kumiko?

—Es posible.

—¿Y piensa permanecer aquí, quieto, aguardando su regreso?

Apoyado en el fregadero esperaba a que hirviera el agua. Pero el agua no rompía a hervir.

—Si le digo la verdad, no sé qué debo hacer. No tengo ninguna pista. Pero sí he comprendido una cosa. Y es que tengo que hacer *algo*. No puedo quedarme aquí con los brazos cruzados esperando su regreso. Si quiero que vuelva, antes tengo que ser capaz de aclarar muchas cosas.

—¿Pero todavía no sabe qué debe hacer?

Asentí.

—Hay algo que, poco a poco, está tomando forma a mi alrededor. Puedo sentirlo. Las cosas todavía son muy confusas, pero debe existir una especie de vínculo entre ellas. Intentar desentrañarlo a toda costa es contraproducente. Lo único que puedo hacer es esperar a que las cosas vayan aclarándose.

La hermana de Malta Kanoo, con las dos manos juntas sobre la mesa, reflexionó unos instantes sobre lo que yo le había dicho.

—Esperar no es fácil.

—Probablemente no —dije—. Tal vez sea mucho más duro de lo que imagino. Quedarme aquí solo, con los problemas medio resueltos, sin saber si llegaré a alguna parte. Esperando. Lo que me gustaría hacer, en realidad, si pudiera, es dejarlo todo e irme con usted a Creta. Olvidarlo todo y empezar una nueva vida. Si incluso me había comprado la maleta y había ido a hacerme las fotografías para el pasaporte. Incluso había preparado el equipaje. Pensaba seriamente en dejar Japón, quería irme. Pero no puedo borrar el presentimiento, la sensación, de que *aquí* hay algo que reclama mi presencia. Esto es lo que quiero decir con «no poder escapar». —La hermana de Malta Kanoo asintió en silencio—. Mirándolo de una manera superficial, ésta es una historia estúpidamente simple. Mi mujer se ha liado con otro hombre y me ha dejado. Y ahora quiere el divorcio. Tal como dice Noboru Wataya, estas cosas pasan todos los días. Quizá lo mejor fuera no darle más vueltas, ir a Creta con usted, olvidarlo todo y empezar una vida nueva. Pero, *en realidad,* esta historia no es tan sencilla como parece. Eso lo sé yo. Lo sabe usted, ¿no es así? Lo sabe Malta Kanoo. Y quizá también lo sepa Noboru Wataya. Aquí se esconde algo que desconozco. Y quiero sacarlo a la luz como sea. —Renuncié a hacer café, apagué el fuego, volví a sentarme frente a la hermana de Malta Kanoo y la miré a la cara—. Y, si es posible, quiero recuperar a Kumiko. Arrastrarla de vuelta hasta *mi mundo* con mis propias manos. Si no lo hago, continuaré perdido para siempre. Esto lo he ido comprendiendo poco a poco. Aún es algo confuso.

La hermana de Malta Kanoo contempló sus manos sobre la mesa, levantó el rostro y me miró. Mantenía firmemente apretados los labios sin maquillar. Al final, dijo:

—Por eso quería llevármelo a la isla de Creta.

—¿Para que no lo hiciera?

Ella asintió con un leve movimiento de cabeza.

—¿Y por qué quería impedírmelo?

—Porque es peligroso —dijo ella en voz baja—. Es un terreno muy peligroso. Ahora todavía puede retroceder. Bastaría con ir los dos juntos a Creta. Allí estaríamos a salvo.

Mientras contemplaba distraído el rostro de la renacida Creta Kanoo, libre de sombra de ojos y pestañas postizas, dejé de saber por un instante dónde me encontraba. De improviso, mi mente se vio envuelta por una niebla espesa. Me perdí de vista a mí mismo. Desaparecí de mi campo visual. *«¿Dónde estoy?»*, pensé. «¿Qué diablos estoy haciendo aquí? ¿Quién es esta mujer?»

Pero pronto volví a la realidad. Estaba sentado a la mesa de la cocina de mi casa. Me enjugué el sudor con un trapo de cocina. Sentía un ligero vértigo.

—¿Se encuentra bien, señor Okada? —me preguntó la que antes había sido Creta Kanoo con aire preocupado.

—No me pasa nada.

—Escuche, señor Okada. No sé si podrá recuperar alguna vez a Kumiko. Pero, suponiendo que así fuera, ¿qué garantía tiene usted, o su esposa, de que podrían ser tan felices como antes? Es posible que las cosas fuesen distintas. ¿Ya ha pensado en ello?

Junté los dedos de ambas manos frente a mi rostro, y luego los separé. En los alrededores no se oía nada. Volví a familiarizarme con mi existencia.

—Ya lo he pensado. Quizá las cosas se hayan estropeado y, por más que me resista a admitirlo, ya no vuelvan a ser como antes. Quizá sea, incluso, lo más posible, lo más probable. Pero ¿sabe? Hay cosas que no funcionan basándose sólo en posibilidades o probabilidades.

La hermana de Malta Kanoo alargó el brazo sobre la mesa y me rozó ligeramente la mano.

—Si aun sabiendo todo esto quiere usted quedarse, eso es lo que debe hacer. No hace falta decir que es usted quien decide. Me sabe muy mal que no venga a Creta conmigo, pero comprendo sus razones. A partir de ahora, posiblemente le ocurran a usted *muchas cosas,* así que no me olvide. ¿De acuerdo? Si le sucede algo, piense en mí. Yo también pensaré en usted.

—Eso haré —dije.

La mujer que antes había sido Creta Kanoo volvió a apretar los labios con fuerza y, durante un rato, buscó las palabras en el aire. Luego me dijo en voz baja:

—¿Sabe, señor Okada? Como usted muy bien es consciente de ello, éste es un mundo sangriento y lleno de violencia. Si no eres fuerte, no sobrevives. Pero al mismo tiempo debes permanecer en silencio, aguzando el oído, para no perderte el más leve susurro. Las buenas noticias, en la mayoría de los casos, se dan en voz baja. Acuérdese de esto. —Asentí—. Espero que encuentre la llave, señor *pájaro-que-da-cuerda* —dijo la mujer que había sido Creta Kanoo—. Adiós.

A finales de agosto recibí una postal de la isla de Creta. El sello era griego y también eran griegas las letras del timbre. No había ninguna duda de que la enviaba la mujer que antes había sido Creta Kanoo. Aparte de ella, no conocía a nadie más que pudiera enviarme una carta desde Creta. Pero en el remitente no aparecía nombre alguno. «Quizá no ha decidido aún cómo se llama», pensé. Las personas, si no tienen nombre, no pueden escribirlo. Pero no sólo faltaba el nombre, no había ni una sola línea escrita. Sólo mi nombre y dirección, con bolígrafo azul, y el timbre de la oficina de correos de Creta. En el anverso, una fotografía en color de las playas de la isla. Una playa de arena blanquísima circundada de rocas y una joven con el pecho desnudo tomando el sol. El mar era de un azul profundo y en el cielo flotaba una nube blanca que parecía artificial. Tan compacta que daba la impresión de que era posible tenerse en pie y andar sobre ella.

Al parecer, la mujer que antes había sido Creta Kanoo había llegado sin novedad a la isla de Creta. Me alegré por ella. Allí pronto encontraría un nuevo nombre. Y, con el nombre, una nueva identidad y una nueva vida. Pero ella no me había olvidado. Me lo anunciaba aquella postal sin una sola línea escrita que me había enviado desde Creta.

Para matar el tiempo le escribí una carta. No sabía su dirección, tampoco su nombre. Era una carta que, desde buen principio, no pensaba enviar. Simplemente me apetecía escribirle una carta a alguien.

«Ya hace mucho tiempo que no tengo noticias de Malta Kanoo», escribí. «Por lo visto, también ella ha desaparecido de mi mundo. Podría decirse que las personas van cayendo en silencio, una tras otra, por el borde del mundo que me pertenece. Todas encaminan hacia allí sus pasos y, de repente, desaparecen. Quizás el borde del mundo esté en aquel lugar. Para mí los días transcurren sin que suceda nada en particular. Tan anodinos que he acabado por no distinguirlos unos de otros. No leo el periódico, no veo la televisión, apenas salgo. A veces, a lo sumo, voy a la piscina. El subsidio de desempleo se ha agotado hace tiempo y ahora vivo de mis ahorros. No necesito gran cosa para subsistir (aunque más, tal vez, de lo que se necesita en Creta) y, gracias a la pequeña herencia que me dejó mi madre, por ahora puedo ir tirando. En la mancha tampoco se aprecia ningún cambio remarcable. Pero, a decir verdad, conforme van pasando los días, cada vez me importa menos. Si debo tenerla hasta el fin de mis días, la tendré y en paz. Quizá sea algo que *deba* tener. Ni yo mismo sé la razón, pero me he convencido de ello. Sea como fuera, permanezco aquí, en silencio, aguzando el oído.»

A veces recordaba la noche en que me había acostado con Creta Kanoo. Pero el recuerdo era extrañamente vago. Aquella noche hice el amor con ella varias veces. Era un hecho irrefutable. Pero con el paso de las semanas, la sensación de evidencia fue disipándose. No podía recordar su cuerpo. Tampoco podía recordar bien cómo habíamos hecho el amor. En comparación, el recuerdo de la vez anterior, cuando había hecho el amor con ella en mi pensamiento, en la fantasía, era mucho más vívido que el recuerdo de los hechos reales de aquella otra noche. La imagen de la mujer vestida con las ropas de Kumiko, montada sobre mí, en la habitación de aquel extraño hotel, aparecía una vez tras otra ante mis ojos, diáfana. Ella llevaba en el brazo izquierdo dos pulseras que entrechocaban con un tintineo seco. También podía recordar la sensación de mi pene erecto. Jamás había alcanzado un tamaño y una dureza iguales. Ella lo tomaba en su mano, se lo introducía y empezaba a rotar despacio en torno a él como si trazase círculos. Recordaba aún vívidamente el tacto de los bajos del vestido de Kumiko acariciándome la piel. Pronto, Creta cedía el puesto a la extraña mujer desconocida. Aquella mujer vestida con las ropas de Kumiko, montada a horcajadas sobre mí, era la mujer misteriosa que me había llamado varias veces por teléfono. Ya no era la vagina de Creta Kanoo, sino la de aquella mujer. Notaba la diferencia de temperatura, de tacto. Como si hubiera entrado en una habitación distinta. «Olvídalo todo», me susurraba la mujer. «Como si durmieras, como si soñaras, como si estuvieras revolcándote en el barro cálido.» Y yo eyaculaba.

Era obvio que significaba algo. Y, justo por eso, su recuerdo sobrepasaba con mucho la realidad y había quedado grabado de manera indeleble en mi memoria. Sin embargo, aún no comprendía su significado. Y, envuelto en la eterna reminiscencia de aquel sueño, cerré los ojos y suspiré.

A principios de septiembre me llamaron de la tintorería enfrente de la estación diciéndome que la ropa estaba lista y que pasara a recogerla.

—¿La ropa? —pregunté—. Pero si yo no he llevado nada a lavar.

—Sí, tenemos algo suyo. Venga a buscarlo. Ya está pagado, sólo tiene que pasar a recogerlo. Usted es el señor Okada, ¿verdad?

Asentí. El número de teléfono también era correcto. Todavía sin acabar de creérmelo, fui a la tintorería. El dueño estaba, como de costumbre, planchando una camisa mientras escuchaba *easy*

491

listening en el radiocasete negro. En aquel pequeño mundo no se había producido ninguna modificación. Allí no había ni modas ni cambios. Ni vanguardias ni retaguardias. Ni progresión ni regresión. Ni alabanzas ni reprobaciones. Nada crecía, nada desaparecía. Aquella vez, sonaba un viejo motivo de Burt Bacharach, *Camino de San José*.

Cuando entré en la tintorería, el dueño se me quedó mirando la cara fijamente, desconcertado, con la plancha en la mano. Al principio no comprendí por qué. Pero pronto caí en la cuenta de que se debía a la mancha. Era natural. Cualquiera se asombraría al ver salir de repente una marca de nacimiento en el rostro de un conocido.

—He tenido un pequeño accidente —le expliqué.

—¡Debe de haber sido horrible! —me dijo con aire de estar sinceramente apenado. Tras contemplar unos segundos la plancha que tenía en la mano, la depositó vertical sobre la tabla. Como si sospechara que la plancha pudiera ser la culpable de todo.

—¿Se cura eso?

—No lo sé.

Me entregó una blusa y una falda de Kumiko envueltas en una bolsa de plástico. Eran las prendas que le había dado a Creta Kanoo. «Se lo trajo una chica con el pelo corto, ¿verdad? Así de corto», le dije separando los dedos unos tres centímetros. «No, qué va. Tenía el pelo hasta aquí», repuso él, señalando con una mano la altura del hombro. «Llevaba un traje chaqueta de color marrón y un sombrero de plástico rojo. Pagó el importe y me dijo que lo avisara cuando estuviese listo.» Le di las gracias y regresé a casa con la blusa y la falda. Creía habérselas regalado a Creta Kanoo. Era el precio que había pagado por su cuerpo y, además, no sabía qué hacer con ellas. No entendía por qué Malta Kanoo había tenido que molestarse en llevarlas a la tintorería. Pero acabé doblándolas con cuidado y guardándolas en un cajón junto con las otras prendas de Kumiko.

Escribí una carta al teniente Mamiya. Le expliqué someramente todo lo que había sucedido. Primero me disculpé por ello. Le escribí que tal vez podría molestarle, pero que no se me ocurría a nadie más a quien recurrir. Después le conté que el mismo día que él me había visitado, Kumiko se había ido de casa. Que ella había estado meses acostándose con otro hombre, que yo había pasado casi tres días reflexionando en el fondo de un pozo, que ahora vivía completamente solo, que el recuerdo del señor Honda había resultado ser una caja de whisky vacía.

Una semana después me llegó la respuesta. El teniente Mamiya me escribía que, a decir verdad, también él había estado pensando en mí de una manera extraña. «Tengo la impresión de que deberíamos haber hablado, con el corazón en la mano, con más calma. Sentí mucho no poder hacerlo, pero un asunto requería mi presencia en Hiroshima antes de la noche. Su carta ha supuesto, en diferentes sentidos, una gran alegría para mí. Tal vez sean simples suposiciones, pero ¿no querría el señor Honda, en realidad, presentarnos el uno al otro? ¿No es posible que pensara que conocernos sería bueno para ambos? ¿Y que, justamente por eso, con el pretexto de entregarle el recuerdo, me hizo visitarlo? Esto explicaría que le hubiera dejado una caja vacía. Haberme hecho ir a su casa era, en realidad, el recuerdo que el señor Honda le había dejado a usted.

»Me ha sorprendido mucho saber que ha bajado a un pozo. Los pozos, como puede suponer, siguen ejerciendo una fuerte atracción sobre mí. Sería comprensible que, tras aquella funesta experiencia, no soportara la simple visión de uno, pero no es así. Aun ahora, cuando descubro un pozo, me asomo de forma instintiva a su interior. Y si no hay agua, incluso siento deseos de bajar. Tal vez desee el reencuentro con algo. Tengo la esperanza de que, si me meto dentro y espero paciente, tal vez pueda reencontrarme con ese algo. No es que quiera, con ello, recobrar mi vida. Soy demasiado viejo para esperarlo. Lo que deseo es encontrar un sentido a mi vida perdida. ¿Cómo, por qué la he perdido? Quiero descubrirlo por mí mismo. Si pudiera averiguarlo, ni siquiera me importaría perderme más aún. No sólo eso. Desconozco cuántos años me quedan de vida, pero seguiría adelante acarreando sobre mis espaldas el peso de tal revelación.

»Siento muchísimo que su mujer se haya ido. Pero no puedo decirle nada más. Llevo viviendo demasiado tiempo apartado del amor y del hogar. No estoy en situación de decir nada más. Pero si su corazón alberga el deseo de esperar el regreso de su esposa, creo que eso es lo que debe hacer. Si me la pide, ésta es mi opinión. Cuando nos abandonan, resulta durísimo permanecer en el mismo lugar y seguir viviendo solo. Esto lo sé muy bien. Pero, en este mundo, nada hay tan cruel como la desolación de no desear nada.

»En un futuro próximo iré a Tokio y espero que podamos vernos de nuevo. Ahora, por desgracia, tengo una pierna lastimada y aún tardará un poco en sanar. Cuídese mucho.»

May Kasahara no apareció en mucho tiempo. Estábamos ya a finales de agosto cuando vino a mi casa. Saltó el muro y entró en el jardín como de costumbre. Me llamó. Nos sentamos en el borde del cobertizo y hablamos.

—¿Sabes, señor *pájaro-que-da-cuerda*? Ayer empezaron a derribar la casa abandonada. La casa de los Miyawaki.

—¡Vaya! Parece que al fin la han comprado, ¿no?

—Pues no lo sé. Ni idea.

May Kasahara y yo fuimos por el callejón hasta la parte trasera de la casa. Los trabajos de demolición ya habían empezado. Seis obreros con casco sacaban puertas y contraventanas, los cristales de las ventanas, acarreaban el fregadero, aparatos eléctricos. Permanecimos unos instantes mirando cómo trabajaban. Parecían avezados a estas labores y trabajaban de manera muy sistemática, sin despegar apenas los labios. En lo alto del cielo se extendían unas nubes blancas y deshilachadas que anunciaban la llegada del otoño. Me pregunté cómo debía de ser el otoño en Creta. En su cielo también debían de flotar nubes parecidas.

—¿Crees que también van a cegar el pozo? —preguntó May.

—Es probable —dije—. No sirve para nada, ¿para qué querrían dejarlo? Además, es peligroso.

—Sí, puede entrar alguien dentro —dijo May Kasahara con una expresión más bien seria. Al mirar su rostro bronceado recordé vívidamente el tacto de su lengua cuando me lamió la marca, aquel día, en el jardín sumergido en un calor infernal.

—Señor *pájaro-que-da-cuerda*, veo que al final no has ido a Creta.

—No, he decidido quedarme aquí y esperar.

—Pero dijiste que Kumiko no volvería jamás. ¿No lo dijiste?

—Eso es otro asunto.

May Kasahara me miró entrecerrando los ojos. Al hacerlo, la cicatriz del rabillo del ojo parecía más profunda.

—Señor *pájaro-que-da-cuerda*, ¿por qué te acostaste con Creta Kanoo?

—Porque era necesario.

—Eso también es *otro* asunto, ¿no?

—En efecto.

Ella suspiró.

—Adiós, señor *pájaro-que-da-cuerda*. Hasta un día de estos.

—Adiós —le dije también yo.

—Oye, señor *pájaro-que-da-cuerda* —añadió ella tras dudar un poco—. Quizá vuelva pronto a la escuela.

—¿Te han entrado ganas de volver?

Ella se encogió ligeramente de hombros.

—Pero a *otra* escuela. A la que iba antes no regreso ni loca. Así que iré a otra. Está un poco lejos. Lo que quiere decir que, de momento, no podré verte.

Asentí. Me saqué del bolsillo un caramelo de limón y me lo metí en la boca. May Kasahara, tras dar una rápida mirada a su alrededor, se puso un cigarrillo entre los labios y lo encendió.

—Oye, señor *pájaro-que-da-cuerda*, ¿encuentras divertido acostarte con tantas mujeres?

—No se trata de eso.

—Eso ya me lo has dicho.

—Ya —repuse. Pero no sabía qué añadir.

—¡Bah! No importa. Es una tontería. ¿Sabes? Gracias a haberte conocido, me han entrado ganas de volver a la escuela. Es la pura verdad.

—¿Por qué debe de ser?

—¿Por qué será? —repitió May Kasahara. Y volvió a mirarme frunciendo el entrecejo—. Tal vez porque quiero regresar a un mundo más normal. ¿Sabes, señor *pájaro-que-da-cuerda*? Me lo he pasado súper bien contigo. Hablo en serio. Y tú eres una persona de lo más normal. Normalísimo. Pero, a la vez, haces cosas anormales, raras. Eres… ¿cómo se dice eso? ¡Imprevisible! Contigo nunca me aburro. Por eso me has ayudado. Porque, ¿sabes? Si no te aburres, no te comes el coco. ¿No te parece? Y en este sentido ha sido una suerte que estuvieras a mi lado. Aunque, la verdad, a veces me ponías nerviosa.

—¿Cómo?

—A ver, ¿cómo te lo diría? A veces, cuando te miro, me da la sensación de que estás luchando con todas tus fuerzas contra algo y que lo haces *por mí*. Y, entonces, es raro, pero me siento toda sudada, como si estuviera en tu lugar, ¿me entiendes? Tú pareces siempre tan sereno, pase lo que pase, como si nada tuviera que ver contigo. Pero, en realidad, no es así. Tú, a tu manera, estás luchando con todas tus fuerzas. Aunque a los demás no se lo parezca. Si no, no hubieras bajado al pozo, ¿no es así? Pero no hace falta decir que no es por mí por quien luchas a brazo partido con esa cosa asquerosa, sino para encontrar a Kumiko. Así que no hay ninguna razón para que yo sude de esta manera, ¿verdad? Eso ya lo sé, pero a pesar de todo, tengo la impresión de que también luchas por mí. Al mismo tiempo que luchas por Kumiko, quizá lo hagas también, a la vez, por otras personas. Por eso a veces pareces tonto. No sé, me da esa impresión. Pero ¿sabes, señor *pájaro-que-da-cuerda*? A veces, cuando te veo, me pongo nerviosa. Es que no tienes ninguna probabilidad de ganar. Si tuviera que apostar mi dinero, me sabe fatal, pero lo apostaría a que pierdes. Me caes súper bien, pero no quiero arruinarme contigo.

—Lo entiendo perfectamente.

—No quiero ver cómo te hundes, no quiero sudar más por ti. Por eso quiero volver a un mundo un poco más normal. Pero ¿sabes? Si no te hubiese encontrado, aquí, delante de la casa abandonada, quizá no sería así. No habría pensado en volver a la escuela. Seguro que aún estaría dándole vueltas a mil tonterías. En este sentido, ha sido gracias a ti. Ya no se puede decir que no sirvas para nada. —Asentí. Hacía mucho que nadie me alababa—. ¡Va! Choca la mano.

Estreché aquella mano pequeña y bronceada. Volvió a sorprenderme lo pequeña que era. La mano de una niña, pensé.

—¡Adiós, señor *pájaro-que-da-cuerda!* —repitió—. ¿Por qué no te has ido a Creta? ¿Por qué no has huido?

—Porque yo no puedo elegir por quién apostar.

May Kasahara me soltó la mano y clavó los ojos en mi rostro como si estuviese mirando algo rarísimo.

—¡Adiós, señor *pájaro-que-da-cuerda!* Hasta un día de estos.

En unos diez días, la casa estuvo demolida hasta los cimientos. Sólo quedó un solar plano y pelado. Del edificio, como por obra de magia, no quedó vestigio alguno, y del pozo, rellenado con tierra, tampoco quedó rastro. Los hierbajos y los árboles del jardín fueron arrancados y al pájaro de piedra se lo llevaron a alguna parte. Debieron de tirarlo. Tal vez fuera lo mejor para él. La sencilla cerca que rodeaba el jardín fue sustituida por una sólida valla tan alta que impedía atisbar el interior.

Una tarde, a mediados de octubre, estaba solo nadando en la piscina municipal y tuve una visión. Sonaba, como siempre, música de fondo, aquella vez viejas canciones de Frank Sinatra, *Dream* y *Little girl blue*. Sonaba sin que le prestara oídos mientras recorría una y otra vez los veinticinco metros de la piscina. Entonces tuve la visión. O una revelación.

Súbitamente, me di cuenta de que me encontraba en el interior de un pozo enorme. Y yo estaba nadando en el fondo, no en la piscina municipal. El agua que me circundaba era tibia y pesada. Estaba completamente solo y el ruido del agua a mi alrededor resonaba de manera extraña. Dejé de nadar, eché una mirada en torno y, después, me quedé flotando sobre la espalda mirando hacia lo alto. El agua me sostenía y yo flotaba sin esfuerzo. A mi alrededor todo estaba sumido en las tinieblas y, justo sobre mi cabeza, se veía un círculo de cielo bellamente recortado. Era extraño, pero no sentía ningún miedo. Que allí hubiera un pozo y que yo estuviese flotando en su interior me parecía la cosa más natural del mundo. Más sorprendente me parecía no haberme dado cuenta hasta entonces. Era uno de los muchos pozos que hay en el mundo, y yo uno de los muchos yoes que hay en el mundo.

En aquella porción circular de cielo brillaban con viveza incontables estrellas, como si el espacio hubiera estallado en diminutos fragmentos. Mudas estrellas taladraban con su luz acerada aquel techo de infinitas capas superpuestas de tinieblas. Podía oír soplar el viento en lo alto. Parecía una voz que llamara a alguien. Una voz que yo había oído tiempo atrás. Quería responder, pero no lograba emitir sonido alguno o, quizá, mis palabras no conseguían atravesar la atmósfera de aquel mundo.

El pozo era terriblemente profundo. Observando la boca, sobre mi cabeza, mi percepción del sentido de arriba y abajo se invirtió dándome la impresión de estar mirando desde la cima de una elevada chimenea. Pero, por primera vez desde hacía tiempo, me sentía tranquilo y seguro. Extendía con calma piernas y brazos dentro del agua y respiraba hondo una y otra vez. Una sensación de calor se difundía por todo mi cuerpo desde mi interior y yo me sentía ligero como si me sostuvieran desde abajo. Me sentía abrazado, sostenido, protegido.

Pasó no sé cuánto tiempo antes de que al fin llegara, en silencio, el amanecer. Una tenue línea de luz violeta reseguía el borde del círculo y, luego, a medida que la luz extendía sus dominios y cambiaba de tonalidad, las estrellas fueron perdiendo su brillo. Algunas estrellas de gran potencia permanecieron aún en el cielo, pero al final empalidecieron hasta desvanecerse. Yo continuaba flotando boca arriba en aquel agua pesada, mirando el sol. No me cegaba. Mis ojos estaban a salvo de la intensa luz por algo muy consistente, como unas gafas de sol muy oscuras.

Poco después, cuando el sol se situó justo encima del pozo, en aquel enorme globo se produjo un pequeño pero evidente cambio. Un instante antes de que ocurriera, el eje del tiempo pareció dislocarse. Contuve el aliento y agucé la vista, esperando ver qué sucedería a continuación. Pronto, a la derecha, en el borde derecho del sol, apareció una sombra negra parecida a mi mancha de nacimiento. Y aquella pequeña mancha fue borrando la luz del sol de la misma forma que, poco antes, el nuevo sol había barrido las tinieblas de la noche. «Un eclipse», pensé. Creí que ante mis ojos iba a producirse un eclipse solar. Pero, en el estricto sentido de la palabra, no podía ser tal. Una vez hubo cubierto medio sol, la mancha negra se detuvo por completo. No tenía, además, un perfil tan nítido como un eclipse normal. Aquello, con toda seguridad, no era un eclipse pese a que su apariencia era la misma. No tenía ni idea de cómo llamar a aquel fenómeno. Y como ante el test de Rorschach, entrecerré los ojos e intenté desentrañar el significado de aquella figura. Cuanto más la miraba, más dudaba de mi propia existencia. Respiré hondo repetidas veces y apacigüé los latidos del corazón, moví despacio los dedos de las manos dentro del agua pesada para verificar mi presencia en la oscuridad. ¡Todo va bien! No hay duda. Estoy aquí. En el fondo de un pozo, aunque esté en la piscina; ante un eclipse que no es un eclipse.

Cerré los ojos. Con los ojos cerrados podía oír un rumor sordo en la distancia. Al principio, tan débil que dudé de su existencia. Parecía un murmullo confuso de personas hablando al otro lado de una pared. Pero enseguida, como si sintonizaran bien un aparato de radio, las palabras fueron precisándose. «*Las buenas noticias se dan en voz baja*», había dicho la mujer que antes era Creta Kanoo. Concentré toda mi atención, aguzando el oído para que no se me escapara ni una sola palabra. No eran voces humanas. Eran los relinchos entremezclados de varios caballos. En algún lugar, en la oscuridad, unos caballos encabritados por alguna razón lanzaban agudos relinchos, piafaban y golpeaban con fuerza el suelo con los cascos. Parecía que con sus relinchos y caracoleos quisieran comunicarme con urgencia algún mensaje. Pero yo no los entendía. ¿Por qué había caballos en un sitio como aquél? ¿Qué querían decirme?

No tenía ni la más remota idea. Con los ojos cerrados, intenté trazar en mi mente la figura de los caballos que supuestamente estaban allí. Pero los caballos que imaginé estaban en sus establos, tumbados sobre la paja, relinchando agónicos mientras echaban espumarajos blancos por la boca. Algo los atormentaba.

De súbito, recordé la historia de los caballos que morían durante el eclipse de sol. Que el eclipse mataba a los caballos. Lo había leído en el periódico y se lo había contado a Kumiko la noche que ella había vuelto tan tarde y yo había tirado la cena. Los caballos aterrados se encabritaban bajo el pedazo negro de sol que faltaba. Posiblemente, algunos de ellos murieran.

Al abrir los ojos, el sol había desaparecido. Ya no quedaba nada. Sólo el aire bellamente recortado en forma de círculo flotando sobre mi cabeza. El fondo del pozo estaba ahora inmerso en el silencio. Un silencio tan profundo y poderoso que parecía absorber todo cuanto lo rodeaba. Sentí que me asfixiaba e hinché los pulmones. Y entonces percibí el olor que transportaba el aire. Olor a flores. El olor que desprendía una gran cantidad de flores voluptuosas esparcidas en la oscuridad. Un olor fugaz como el recuerdo arrancado de un sueño. Instantes después, como por acción de un potente catalizador, el olor creció en mis pulmones en intensidad y violencia.

Las minúsculas agujas de polen me punzaban la garganta, la nariz, las paredes interiores de mi cuerpo.

Era el mismo olor que flotaba en la habitación 208. Creo. El gran jarrón sobre la mesa, las flores. Mezclado ligeramente con el olor a whisky escocés del vaso. Y aquella extraña mujer del teléfono… «Dentro de ti hay un ángulo muerto fatal.» En un acto reflejo miré a mi alrededor. Oscuridad total, no podía distinguirse nada. Pero lo percibí con claridad. Era la huella de algo que, segundos antes, había estado allí y que ya no estaba. Alguien, durante unos instantes, había compartido la oscuridad conmigo y, como señal de su presencia, había dejado tras de sí aquel aroma a flores.

Continué flotando sobre el agua conteniendo el aliento. El agua seguía sosteniéndome. Como si me alentara de manera tácita. Uní los dedos de las manos sobre el pecho, en silencio. Cerré los ojos una vez más, me concentré. Sentí el corazón martilleándome con fuerza en el oído. Aquel sonido me era ajeno. Pero eran los latidos de mi propio corazón. Parecía que vinieran de otro lugar. «Dentro de ti hay un ángulo muerto fatal», había dicho la mujer.

Sí, dentro de mí había un ángulo muerto fatal.

Algo se me pasaba por alto.

Ella debía de ser alguien a quien yo conocía bien.

Y, como si algo se diera la vuelta de repente, lo entendí todo. En un instante todo quedó expuesto a la luz. Y, bajo aquella luz, las cosas eran terriblemente claras, sencillas. Aspiré una breve bocanada de aire y lo exhalé despacio. Mi aliento era duro y caliente como piedra quemada. No había duda. *Aquella mujer era Kumiko.* ¿Por qué no me habría dado cuenta hasta entonces? Dentro del agua sacudí con violencia la cabeza. Bastaba pensar en ello para entenderlo. Era evidente. En aquella extraña habitación, Kumiko se dirigía a mí, una y otra vez, lanzándome desesperadamente un único mensaje: «descubre mi nombre».

Kumiko estaba encerrada en aquella habitación, me suplicaba que la rescatase. Yo era el único que podía hacerlo. En todo este vasto mundo, yo era la única persona capaz de hacerlo. Porque yo la amaba a ella y ella me amaba a mí. Y si en aquel momento yo hubiera descubierto su nombre, utilizando ese algo que se ocultaba allí, quizás habría podido rescatar a Kumiko del mundo de las tinieblas. Pero no supe descubrirlo. Y había ignorado, además, el timbre del teléfono cuando ella llamaba. Y quizá no volviera a tener otra oportunidad igual.

Poco después, aquella agitación que casi me hacía temblar se fue apaciguando y, en su lugar, el pánico fue apoderándose en silencio de mí. En un instante, el agua que me rodeaba perdió su calidez y *algo* extraño, húmedo como un banco de medusas, empezó a envolverme. El corazón me martilleaba con furia. Recordé con detalle todo lo que había visto con mis propios ojos en aquella habitación. El sonido fuerte y seco de alguien aporreando la puerta aún estaba grabado en mis oídos, y el instantáneo destello blanco del cuchillo reflejando la luz del corredor aún me ponía la piel de gallina. Quizás aquélla fuera la cara oculta de Kumiko. Tal vez aquella habitación oscura fuese el dominio de las tinieblas que había en ella. Tragué saliva con un ruido fuerte y hueco, como si alguien golpeara una cavidad desde el exterior. Sentía miedo de aquella cavidad vacía y, al mismo tiempo, temía lo que intentaba llenarla.

Pronto aquel pánico se desvaneció tan deprisa como había venido. Exhalé aquel aliento helado y respiré aire nuevo. El agua que me envolvía fue recuperando su tibieza y una exaltación cercana a la alegría brotó desde lo más hondo de mi corazón. «No volveré a verte nunca más», había dicho Kumiko. Ella, y yo no sabía por qué, se había apartado de mi lado. Pero no me había abandonado. Al contrario. Me necesitaba con urgencia, me buscaba desesperadamente. Sólo que, por algún motivo, no podía formularlo con palabras. Por eso intentaba revelarme, como fuera, de diferentes maneras, tomando diferentes formas, su secreto.

Al pensar en ello sentí calor en el pecho. Sentí cómo todas las cosas que estaban heladas en mi interior se hacían añicos y se fundían. Diferentes recuerdos, ideas y sensaciones se convertían en una sola cosa que barría aquella especie de costra endurecida de sentimientos que había dentro de mí. Y, fundida y expulsada, la costra fue mezclándose en silencio con el agua y fue envolviéndome dulcemente como una sutil membrana dentro de las tinieblas. «Está allí», pensé. «Esperaré a que me tienda la mano. No sé cuánto tiempo tardará. No sé cuánta fuerza necesitaré. Pero ahora debo detenerme. Y encontrar la manera de acceder a este mundo. Eso es lo que debo hacer. *"Cuando se tiene que esperar, se tiene que esperar"*, había dicho el señor Honda.»

Se oía el rumor sordo del agua. Alguien se me acercaba, deslizándose como un pez. Y me rodeaba con su brazo robusto. Era el socorrista de la piscina. Había hablado varias veces con él.

—¿Todo va bien? —preguntó.

—Sí, gracias —contesté.

Ya no estaba en el fondo de aquel pozo enorme, sino en la piscina municipal de veinticinco metros de largo. El olor a cloro y el ruido del agua resonando en el techo volvieron a estar presentes en mi conciencia. En el borde de la piscina, algunas personas, de pie, miraban hacia mí preguntándose si había sufrido algún percance. Le expliqué al socorrista que me había dado un calambre. Que por eso me había quedado haciendo el muerto. El socorrista me ayudó a salir de la piscina y me aconsejó que descansara unos instantes fuera del agua. Le di las gracias.

Me senté con la espalda apoyada contra la pared del borde de la piscina y cerré los ojos en silencio. La sensación de felicidad que me había producido aquella visión aún permanecía en mi interior como un rincón soleado. Y yo, en aquel rincón soleado, reflexioné. *Eso estaba ahí.* No todo se me había escapado de las manos. No todo había ido a caer a las tinieblas. Ahí aún quedaba una cosa preciosa, cálida y bella. *Eso estaba ahí.* Lo sabía. O quizá yo fuera batido. Quizá me perdiera. Quizá no llegara a ninguna parte. Quizá, por más que luchara, todo se había estropeado hasta un punto que ya no admitía retorno. Quizá yo fuera el único en no darse cuenta de que estaba tratando inútilmente de reavivar unas cenizas heladas. Quizá no hubiera nadie que apostara por mí. «No me importa», dije en voz baja, pero decidida, a quienquiera que estuviese allí. «Yo, como mínimo, tengo algo que esperar, algo que buscar.»

Luego, conteniendo la respiración, agucé el oído. Intenté escuchar una voz tenue que debía de estar allí. Al otro lado del chapoteo del agua, de la música, de las risas de la gente, mi oído captó un débil y mudo eco. Una persona llamaba a otra persona. Una persona buscaba a otra persona. Una voz que no llegaba a ser voz. Con palabras que aún no eran palabras.

Tercera parte
El cazador de pájaros

De octubre de 1984 a diciembre de 1985

1
El punto de vista de May Kasahara (1)

Hace tiempo que pensaba escribirte, señor *pájaro-que-da-cuer-da*, pero la verdad es que, como no había manera de recordar tu verdadero nombre, lo iba dejando siempre para otro día. ¡Imagínate que en las señas hubiera puesto «Señor *pájaro-que-da-cuer-da* Nº 2 XXX, Setagaya-Ku»! Por muy amable que hubiera sido el cartero, no creo que la hubiese llevado a tu casa, ¿no te parece? Si no me equivoco, cuando nos vimos por primera vez, me lo dijiste, pero lo olvidé completamente (porque Tooru Okada es un nombre del que uno se olvida con facilidad al cabo de tres o cuatro lluvias, ¿no crees?). Pero el otro día, por una tontería, lo recordé *de repente*. Como si, de golpe, una puerta se abriera con una ráfaga de viento. ¡Ya lo tengo! ¡El verdadero nombre del señor *pájaro-que-da-cuerda* es Tooru Okada!

Primero tendría que explicarte brevemente dónde estoy y qué hago aquí, pero no es tan sencillo. Lo que no quiere decir que me encuentro en una situación difícil. Quizá sea, más bien, simple y fácil de comprender. El camino que me ha conducido hasta aquí no ha sido nada complicado. Como si trazara una línea de un punto a otro con un lápiz y una regla. Simple, ¿verdad? Pero ¿sabes?... si intento explicártelo por orden, desde el principio, no sé por qué, señor *pájaro-que-da-cuerda*, lo cierto es que no me sale ni una palabra. Mi cabeza se queda en blanco como un conejo blanco un día de nevada. No sé cómo te lo diría, pero explicar algo simple a otra persona resulta a veces complicado. Por ejemplo, algo como «la trompa de un elefante es muy larga», según en qué momento, puede convertirse en una mentira, ¿no crees? Acabo de descubrirlo hace unos instantes tras desperdiciar unas cuantas hojas de papel intentando escribir esta carta. Tal como Colón descubrió América.

Así que, no es que quiera proponerte una adivinanza, pero el sitio donde yo me hallo es «un lugar» de «érase una vez un lugar...». El sitio desde donde te escribo es una habitación pequeña, con una mesa, una cama, una librería y un armario. Todos los muebles son pequeños, sencillos, sobrios. «Lo mínimo necesario» sería la expresión exacta. Sobre la mesa hay una lámpara fluorescente, una taza de té inglés y, para escribir esta carta, unas hojas de papel y un diccionario. A decir verdad, no consulto el diccionario a menos que me sea imprescindible. No me gustan demasiado los diccionarios. No me gustan ni su aspecto ni las definiciones que contienen. Cuando consulto alguno, siempre acabo haciendo una mueca y pensando: «¡Bah! ¡Esas cosas, qué más da que las sepa!». Y las personas que pensamos así, evidentemente, no podemos llevarnos bien con ellos, ¿no crees? Por ejemplo, *«Sen´i:* pasar de un estado a otro». *¡Y yo qué sé!* Por eso, al mirar el diccionario que hay encima de mi mesa, me da la impresión de que miro un perro que se ha colado en mi jardín y está soltando una caca retorcida sobre el césped. Pero, la verdad, pensé que me daría vergüenza escribir mal algún carácter mientras redacto esta carta, así que, señor *pájaro-que-da-cuerda,* fui y lo compré.

También hay una docena de lápices con la punta bien afilada y colocados en perfecto orden. Lápices relucientes acabados de comprar en la papelería. No pretendo que te sientas agradecido, pero los he comprado para escribirte a ti, señor *pájaro-que-da-cuerda*. Los lápices nuevos recién afilados me producen una sensación muy agradable. Y luego hay un cenicero, cigarrillos y cerillas. No fumo tanto como antes, sólo fumo muy de vez en cuando para cambiar de estado de ánimo (justamente ahora estoy fumando un cigarrillo). Esto es todo lo que tengo encima de la mesa. Delante hay una ventana con cortinas. Las cortinas tienen un estampado de flores muy mono. Pero no creas. No las escogí pensando: «las cortinas las prefiero floreadas», sino que ya estaban aquí. Así que, dejando aparte las cortinas de flores, es una habitación de apariencia muy, muy sencilla. No es una habitación apropiada para una chica de mi edad. Parece, más bien, una habitación modelo de una prisión para pequeños delincuentes diseñada por alguien bienintencionado.

Aún no quiero hablarte del exterior. Lo haré más tarde. No es que intente darme importancia, pero todo tiene su momento, ¿no te parece? Por ahora, señor *pájaro-que-da-cuerda,* sólo puedo describirte el interior de la habitación. Por ahora.

Incluso después de dejar de verte, he pensado a menudo en la *mancha* de tu cara. En la mancha azul que te salió de repente en la mejilla derecha. Un día entraste como un tejón en el pozo de la casa abandonada de los Miyawaki sin que te viera nadie, ¿no?, y, poco después, cuando saliste de allí, ya *tenías* la mancha, ¿verdad? Pensándolo ahora me parece mentira, pero eso ocurrió realmente ante mis propios ojos. Y, desde que la vi por primera vez, siempre he creído que debía de ser una *señal* especial. Que quizá tuviera algún significado profundo que yo no puedo entender. Si no fuera así, no te habría salido la mancha tan de repente en el rostro.

Por eso, al final te di un beso en la mancha. Tenía curiosidad por saber qué sensación me daría y qué sabor tendría. No es que bese todas las semanas al primer hombre que encuentro. Lo que sentí en aquel momento, y lo que pasó... me gustaría contártelo algún día con calma (no estoy segura de poder hacerlo bien).

El pasado fin de semana fui a una peluquería del pueblo y, mientras me cortaban el pelo, que hacía tiempo que no me cortaba, descubrí en una revista semanal un artículo sobre la casa abandonada de los Miyawaki. Por supuesto, *me sorprendió muchísimo*. Yo nunca leo revistas de esas, pero en aquella ocasión estaba delante de mí y la hojeé por casualidad, sin intención de leerla. Es lógico que me sorprendiera, ¿no te parece? El artículo en sí era algo misterioso. Evidentemente, no había una sola palabra que hablara de ti, señor *pájaro-que-da-cuerda*. Pero, a decir verdad, de repente se me ocurrió que quizás estuvieras, de algún modo, implicado en el asunto. Me asaltó la duda. Justo en el mismo instante en que pensaba que tenía que escribirte, sopló una ráfaga de viento, se abrió la puerta con estrépito y, gracias al ruido, recordé tu verdadero nombre. ¡Sí! Se llama Tooru Okada.

Con el tiempo que estoy tardando en escribir, podría haberte visitado como solía hacer antes, saltando el muro de la parte trasera de tu casa, para hablar sentados a la mesa uno enfrente del otro, en aquella cocina lúgubre. Creo que sería la forma más rápida de aclararlo todo. Pero, por desgracia, *diversas circunstancias* me impiden hacerlo. Y, como resultado de todo ello, estoy ante la mesa, con el lápiz bien agarrado, escribiéndote esta carta.

Últimamente he pensado mucho en ti, señor *pájaro-que-da-cuerda*. Es verdad. Incluso he soñado varias veces contigo. También he soñado con el pozo. Ninguno de los sueños era importante. Tú no eras el protagonista, sólo representabas un «papel secundario». Así que no debía de tener un sentido profundo. Pero a mí me preocupaba *mucho, muchísimo*. Y, entonces, como si mi preocupación hubiera sido un presagio, apareció en aquella revista semanal el artículo sobre la casa deshabitada de los Miyawaki (ahora ya no lo está).

Es una simple suposición, pero Kumiko no debe de haber vuelto todavía a tu lado, ¿verdad? Y tú, señor *pájaro-que-da-cuerda,* no habrás empezado a hacer cosas extrañas para recuperar a Kumiko, ¿verdad? Simple intuición.

Adiós, señor *pájaro-que-da-cuerda.* Si me entran ganas, te escribiré otra vez.

2
El misterio de la mansión de la horca (1)

Situado en 2-Chome, ... Setagaya-ku, el lugar es bien conocido como «la mansión de la horca». El solar, de unos trescientos treinta metros cuadrados, está situado en un tranquilo barrio de la zona alta. La casa, orientada al sur, soleada, resulta idónea como vivienda, pero todos cuantos conocen su historia afirman que no la aceptarían ni regalada. Esto se debe a que quienes se instalaron en aquel terreno tuvieron, sin excepción, un final aciago. De la investigación realizada se desprende que, de entre quienes compraron el solar y vivieron en él, nada menos que siete personas se quitaron la vida optando, en la mayoría de los casos, por el ahorcamiento o la asfixia [se omite la descripción del suicidio de las personas fallecidas hasta el momento].

UNA EMPRESA FANTASMA COMPRA
EL TERRENO SINIESTRO

En el lugar aún se recuerda el suicidio de la familia de Kooichi Miyawaki (foto I), propietario de la prestigiosa cadena de restaurantes Roof Top Grill con central en Ginza, como el caso más reciente de una serie de horribles sucesos que no pueden ser considerados, bajo ningún concepto, como meras coincidencias. Hace dos años, Miyawaki contrajo grandes deudas al quebrar sus negocios, vendió todos sus establecimientos e hizo declaración de suspensión de pagos, lo que impidió que fuera acosado por el sistema de financiación privada. Finalmente, en enero de este año, mató a su segunda hija, Yukie (catorce años), estrangulándola con un cinturón en un hotel de la ciudad de Takamatsu. A continuación se quitó la vida junto con su esposa Natsuko, ahorcándose ambos con unas sogas. Se desconoce el paradero de la primogénita, estudiante universitaria en aquel momento. Miyawaki conocía los siniestros rumores relacionados con el solar cuando lo compró, en abril de 1972, pero los ignoró creyendo que se trataba de simples casualidades. Tras comprarlo, mandó derribar la casa, deshabitada durante largo tiempo, y allanar el terreno. Como precaución, solicitó la presencia de un sacerdote sintoísta para que librara el terreno de la maldición, y sólo enton-

ces construyó la casa de dos plantas. Según los vecinos, las hijas eran alegres y la familia parecía muy unida. Once años después, la familia Miyawaki era azotada repentinamente por una tragedia del destino.

En otoño de 1983, Miyawaki se deshizo del terreno y de la vivienda, hipotecados ambos, para respaldar un préstamo. Debido, sin embargo, a una discordia entre los acreedores con respecto al orden en la devolución de la deuda, la resolución quedó aplazada. Hasta el verano del pasado año no hubo finalmente acuerdo por mediación del juzgado y fue posible la expropiación. El terreno fue vendido por un precio bastante inferior a su valor real a una importante empresa inmobiliaria, Terrenos y Construcciones…, con sede en Tokio. En un primer momento, la empresa derribó la casa de la familia Miyawaki e intentó revender el solar como terreno edificable. Surgieron varias ofertas, puesto que el solar está situado en la mejor zona de Setagaya, pero, justo antes de ser vendido, las ofertas eran súbitamente retiradas a consecuencia de las siniestras historias. El jefe de ventas de Terrenos y Construcciones…, el señor M., comentó: «Desde luego conocíamos la reputación del lugar, aunque como la situación era óptima, confiábamos en que, fijando un precio no muy elevado, podríamos venderlo. Lo cierto es que, cuando lo pusimos a la venta, nadie lo compró. Para acabar de agravar la situación, ocurrió el lamentable suicidio de la familia Miyawaki. Estábamos seriamente preocupados».

El solar se vendió finalmente en abril de este año. «No me pregunten», se excusó M., «ni el nombre del comprador ni el precio por el que lo hemos vendido.» Se desconocen, por tanto, los detalles, pero fuentes provenientes del sector inmobiliario indican que la empresa Terrenos y Construcciones… ha revendido el terreno a un precio bastante inferior al que ella misma lo había adquirido. «Por supuesto, el cliente está al corriente de las circunstancias. No teníamos intención alguna de engañarlo, se lo hemos explicado todo previamente», afirmó M.

Se intentó entonces descubrir quién había adquirido el terreno, pero, en este punto, nuestra investigación no resultó tan fructífera como cabía esperar. Según el registro municipal, el comprador es la empresa Akasaka Research, con oficina en Minato-Ku, dedicada al asesoramiento y la in-

vestigación económica. El terreno fue comprado con vistas a la construcción de viviendas para los trabajadores de la empresa. Y, realmente, éstas se construyeron a continuación. Akasaka Research ha resultado ser, sin embargo, una empresa fantasma, y cuando acudimos a su sede en 2-Chome Akasaka, sólo hallamos la placa, Akasaka Research, en la puerta de un apartamento. Llamamos, pero nadie acudió.

VIGILANCIA PERFECTA
Y SECRETO ABSOLUTO

La antigua mansión Miyawaki está rodeada por un muro de hormigón mucho más alto que el de las casas contiguas. Una puerta de acero pintada de color negro, grande y de apariencia sólida, impide que se pueda mirar hacia su interior (foto 2). En lo alto de una de las columnas del portal hay instalada una cámara de vídeo para prevenir los robos. Algunos vecinos aseguran que varias veces al día se abre el portón mediante un sistema eléctrico para permitir el acceso o la salida a un Mercedes Benz 500 SEL de color negro con los cristales oscuros. Con todo, ningún

516

vecino ha visto entrar o salir a nadie ni ha oído ruido alguno proveniente del interior de la casa.

Las obras de construcción empezaron el mes de mayo y se llevaron a cabo, de principio a fin, ocultas tras los altos muros. Los vecinos ni siquiera sabían qué tipo de edificio estaba construyéndose. Las obras se efectuaron con una celeridad excepcional, se terminaron en sólo dos meses. El propietario de la casa de comidas a domicilio, que se acercó varias veces al lugar, comentó: «La casa, en sí, no es muy grande. Me pareció una simple caja de hormigón. No era una casa normal donde fuera a vivir una persona cualquiera. Sin embargo, había jardineros trabajando en el terreno, plantando árboles magníficos por todos los rincones. Creo que han invertido mucho dinero en el jardín».

Tras contactar telefónicamente con todas las empresas de jardinería que hay en Tokio y alrededores, una de ellas admitió haber participado en las obras de la antigua mansión Miyawaki, pero negó poseer información alguna sobre el cliente. La empresa de jardinería recibió el encargo directamente del constructor, conocido de la empresa, y éste sólo les entregó una lista de pedidos y el plano del jardín con las indicaciones de que plantaran los árboles especificados.

Según uno de los jardineros, mientras llevaban a cabo los trabajos de jardinería, se encargó a unos poceros la perforación de un profundo pozo. «Levantaron una torre en un rincón del jardín para sacar a la superficie la tierra excavada. Pude verlo bien porque yo estaba plantando un caqui muy cerca de allí. Decían que estaban perforando el mismo pozo que había sido cegado, de modo que el trabajo de perforación no resultaba difícil. Lo que me extrañó es que no hubiera agua. Si el pozo ya estaba seco de buen principio, volver a perforarlo exactamente como antes no era razón para que ahora sí saliera el agua. Tuve una sensación extraña. Como si ahí se ocultara algún secreto.»

Por desgracia, ha resultado imposible localizar a los poceros. Pero sí hemos descubierto que el Mercedes Benz que entra y sale de la casa pertenece a una importante empresa de alquiler de coches cuya oficina central se halla en Chiyoda-ku y que lo ha alquilado, con un contrato de tres años, a una empresa situada en Minato-ku. Señalaron que les era del todo imposible facilitar el nombre de la empresa contratante a terceras personas, pero se trata, sin duda alguna, de Akasaka Research. Dicho sea de paso, la supuesta tarifa de alquiler del 500 SEL durante un año se sitúa en torno a los diez millones de yenes. La empresa de alquiler de coches también ofrece servicios de chófer, pero se desconoce si, en concreto, este 500 SEL está alquilado con chófer o sin él.

Durante la investigación, los vecinos se mostraron reacios a hablar de la «mansión de la horca» al periodista responsable de la misma. Cabe suponer que no tienen relación con los habitantes de la casa y es probable que no quieran verse involucrados en el asunto. El señor A., que vive cerca del lugar, señaló: «Las medidas de seguridad son, en efecto, excesivas, pero no tenemos derecho alguno a protestar. Tampoco creo que esto moleste a ningún vecino. Yo, personalmente, lo prefiero a que esté deshabitada y se perpetúe así su siniestra fama».

De todos modos, persisten las incógnitas: ¿Quién ha comprado la mansión? ¿Con qué finalidad la está usando ese tal señor X? El misterio es cada vez más profundo.

3
El *pájaro-que-da-cuerda* de invierno

De finales de aquel extraño verano a principios de invierno, no se produjo en mi vida nada que pudiera denominarse «cambio». Los días empezaban y terminaban sin imprevisto alguno. En septiembre llovió mucho. En noviembre hubo algunos días de mucho bochorno. Salvo por el clima, un día apenas se diferenciaba del otro. Iba a la piscina casi a diario, nadaba una larga distancia, paseaba, hacía tres comidas al día y procuraba emplear mis energías sólo en cosas reales y prácticas.

A veces, sin embargo, la soledad me punzaba el corazón. El agua que bebía, incluso el aire que respiraba, venían cargados de largas agujas de punta afilada. Las esquinas de las páginas del libro que sostenía en la mano me amenazaban con un destello blanco como filos de una navaja de afeitar. A las cuatro de la madrugada, cuando todo estaba en silencio, podía oír cómo crecían las raíces de mi soledad.

Pero había unas cuantas personas que no me dejaban en paz. La familia de Kumiko. Me enviaban cartas sin cesar. Decían que Kumiko no podía seguir viviendo conmigo. Que deseaba que le concediera el divorcio. Que, de ese modo, el problema se resolvería de forma amigable. En las primeras cartas mantuvieron una postura coercitiva y funcional. No contesté. El tono de las cartas se volvió amenazador y, finalmente, se transformó en súplica. Pero lo que querían seguía siendo lo mismo.

Más tarde, el padre de Kumiko me llamó por teléfono.

—No digo que me oponga categóricamente al divorcio —le respondí—. Pero antes quiero hablar a solas con Kumiko. Si me convence, lo aceptaré. Pero si no puedo hablar con ella, no hay divorcio.

Posé los ojos en la ventana de la cocina y observé el cielo oscuro y encapotado que se extendía fuera. Aquella semana había llovido cuatro días seguidos. El mundo estaba mojado, negro y húmedo.

—Kumiko y yo decidimos casarnos después de hablarlo mucho. Quiero que termine de la misma manera.

Nuestras conversaciones avanzaron en paralelo sin llegar a ninguna parte. No, para ser exactos, no es que no llegaran a ninguna parte. Llegaron a un lugar donde nada fructifica.

Me quedaron algunas dudas. ¿Quería realmente Kumiko divorciarse de mí? ¿Había pedido a sus padres que me convencieran? «Kumiko *dice* que no quiere verte más», había afirmado su padre. También su hermano, Noboru Wataya, me había dicho antes lo mismo. Algo de verdad debía haber. Los padres de Kumiko tendían a interpretar las cosas según su conveniencia. Pero, tal como al menos yo los conocía, jamás crearían una situación semejante partiendo de la nada. Eran realistas para lo bueno y para lo malo. Entonces, de ser verdad lo que decía su padre, ¿estaba Kumiko en aquel momento bajo su protección?

No podía creer tal cosa. Desde niña, Kumiko jamás había sentido gran cariño hacia sus padres y hermano y siempre había intentado con todas sus fuerzas no depender de ellos. Era posible que Kumiko tuviera un amante y que, por esa razón, me hubiese dejado. Todavía no acababa de creerme las explicaciones que me había dado en la carta, pero reconocía que *cabía* esa posibilidad. Lo que, sin embargo, no me convencía de ninguna de las maneras era que Kumiko se hubiese marchado de casa para ponerse bajo la protección de sus padres y que se pusiese en contacto conmigo a través de ellos.

Cuanto más lo pensaba, menos lo entendía. Una de las posibilidades que se me ocurrieron era que Kumiko hubiese caído en una depresión hasta el punto de no poder valerse por sí misma. Otra posibilidad era que, por alguna razón, la hubieran encerrado a la fuerza en algún lugar. Intenté reunir, ordenar y reordenar los hechos, las palabras y los recuerdos, pero al fin desistí. Mis deducciones ya no me llevaban a ninguna parte.

Se acercaba el otoño y a mi alrededor empezaron a percibirse los signos del invierno. Como hacía siempre en esa época del año, barrí la hojarasca del jardín, la recogí en bolsas de basura y la tiré. Apoyé una escalera en el tejado y saqué las hojas que había en el canalón. El pequeño jardín de casa no tenía ningún árbol, pero las grandes ramas de los árboles vecinos extendían su follaje dentro de mi jardín y dejaban caer un montón de hojas que se esparcían a capricho de las ráfagas de viento. El trabajo no me desagradaba. Mientras contemplaba distraído cómo las hojas danzaban en un rincón soleado de la tarde, el tiempo pasaba sin que me diera cuenta. En el jardín de la casa de la derecha había un árbol grande que daba unos frutos rojos, y de vez en cuando se acercaban unos pájaros y chirriaban como si compitieran entre sí. Pájaros de vivos colores que punzaban el aire con sus estridentes chirridos.

No sabía cómo ordenar y guardar la ropa de verano de Kumiko. Barajé la posibilidad de tirarla, tal como había escrito ella. Pero recordaba que Kumiko siempre había tratado sus prendas con mucho cariño. Como no me faltaba espacio para guardarlas, decidí conservarlas durante un tiempo.

Sin embargo, cada vez que abría la puerta del armario ropero sentía inexorablemente la ausencia de Kumiko. La ropa allí colgada era un conjunto de mudas sin vida dejadas atrás por algo que había existido. Recordaba a la perfección a Kumiko vestida con aquella ropa, y algunas prendas estaban embebidas de recuerdos concretos. A veces me encontraba a mí mismo sentado en la cama e inmerso en la contemplación de la hilera de blusas, vestidos y faldas. No podía recordar cuánto tiempo llevaba allí sentado. Podían ser diez minutos o una hora.

A veces, mirándolas, me imaginaba que un hombre al que yo no conocía desnudaba a Kumiko. En mi cabeza, veía cómo las manos del hombre le desabrochaban la blusa, le quitaban la ropa interior. Veía cómo sus manos le acariciaban los pechos, le separaban las piernas. Podía ver el pecho suave, los blancos muslos de Kumiko y, sobre ellos, las manos de un hombre. No quería pensar en esas cosas. Pero no podía dejar de hacerlo. Porque, seguramente, *habían ocurrido de verdad*. Tenía que acostumbrarme a esas imágenes. No podía dejar de lado, a mi antojo, la realidad.

El tío de Noboru Wataya, diputado al Congreso por la circunscripción de Niigata, murió a principios de octubre. A medianoche tuvo un ataque de corazón en un hospital de Niigata donde estaba ingresado. Pese a los esfuerzos de los médicos, que hicieron todo lo posible por reanimarlo, al amanecer ya era cadáver. Dado que se preveía su muerte y se rumoreaba que en un futuro próximo habría elecciones generales, la asociación de partidarios del diputado Wataya tomó rápidamente medidas. Como se había acordado tiempo atrás, Noboru Wataya asumió la sucesión de su tío. La organización de la campaña electoral del difunto diputado Wataya era sólida. Aquella zona era, además, feudo del partido conservador. Salvo circunstancias imprevistas, él saldría elegido sin duda alguna. Leí el artículo en el periódico de la biblioteca. Lo primero que pensé fue que la familia Wataya estaría muy ocupada con este asunto. No tendría tiempo para pensar en el divorcio de Kumiko.

A principios de la primavera del año siguiente se disolvió el Congreso y hubo elecciones generales. Noboru Wataya, tal como se suponía, fue elegido diputado dejando muy atrás al candidato del partido de la oposición. Seguí a través de los periódicos de la biblioteca todo el proceso electoral, desde la presentación de su candidatura hasta el recuento de los votos, pero la elección de Noboru Wataya me dejó indiferente. Me daba la sensación de que todo estaba decidido de antemano. Y que luego la realidad lo calcaba todo minuciosamente.

La mancha azul de mi cara ni crecía ni disminuía. Tampoco sentía ni calor ni dolor. Me fui olvidando de ella. Dejé de ponerme las gafas oscuras y el sombrero para ocultarla. De vez en cuando me acordaba de que la tenía porque, al ir de compras durante el día, la gente que se cruzaba conmigo me miraba la cara sorprendida o desviaba la vista. Una vez me hube acostumbrado, dejó de importarme. No molestaba a nadie por tenerla. Decidí inspeccionar minuciosamente cada mañana cómo seguía la mancha mientras me lavaba la cara y me afeitaba. No mostraba alteración alguna. Su tamaño, su forma y su color continuaban siendo los mismos.

Fueron pocos quienes se preocuparon por la mancha que me había aparecido de repente en la cara. Cuatro en total. Me preguntaron por ella el dueño de la tintorería enfrente de la estación, el barbero que frecuentaba, el empleado de la bodega Oomura y la bibliotecaria que siempre estaba detrás del mostrador. Nadie más.

—Un accidente —respondía yo sucintamente poniendo cara de apuro cada vez que me preguntaban.

Ellos ya no insistían más. Decían en voz baja «lo siento», o algo por el estilo, como si tuvieran la culpa.

Me daba la impresión de que cada día que pasaba me alejaba más de mí mismo. Si me quedaba mucho rato contemplándome las manos, tenía a veces la sensación de que transparentaban, de que se veía el otro lado. Apenas hablaba con la gente. No me escribía ni me telefoneaba nadie. En el buzón sólo encontraba las facturas del gas, la electricidad o el teléfono, además de publicidad. La mayor parte de los folletos, destinados a Kumiko, eran catálogos a todo color de distintos diseñadores de moda. Fotos de vestidos, blusas y faldas ya de cara a la primavera. Aquel invierno era frío, pero yo ni siquiera pensaba en encender la estufa. Porque no distinguía si el frío era verdadero o era el frío que había siempre en mi interior. Sólo encendía la estufa cuando, al mirar el termómetro, me convencía de que en efecto hacía frío. Había veces que, por más que caldeara la habitación con la estufa, no dejaba de pasar frío.

A veces me acercaba a la casa abandonada de los Miyawaki, tal como hacía en verano, saltando el muro y pasando por aquel callejón lleno de recovecos. Me ponía un abrigo corto, me enrollaba una bufanda hasta la barbilla y andaba por el callejón pisando la hojarasca. El viento helado soplaba silbando entre los cables eléctricos. La casa abandonada ya estaba totalmente demolida y la rodeaba un alto vallado de madera. Podía atisbar por los resquicios entre los tablones, pero dentro no quedaba nada. Ya no existían ni la casa ni el empedrado ni el pozo ni los árboles ni la antena de televisión, y tampoco la estatua del pájaro. Sólo un terreno negro allanado por un tractor extendiéndose fríamente, y de trecho en trecho matojos y hierbajos que habían sobrevivido. Era increíble que poco antes hubiera habido un pozo profundo y yo hubiese bajado hasta el fondo.

Apoyado contra la valla, contemplé la casa de May Kasahara. Miré hacia arriba donde supuse que debía de encontrarse su habitación. Pero May Kasahara ya no estaba allí. Ya no saldría de la casa a saludarme diciendo: «¡Hola, señor *pájaro-que-da-cuerda*!».

Una tarde muy fría de mediados de febrero, me pasé por la oficina de la Agencia Inmobiliaria Setagaya Dai-ichi de la que me había hablado mi tío, de la estación. Abrí la puerta y, una vez dentro, me encontré con una secretaria de mediana edad. Cerca de la entrada había unas mesas. Pero no había nadie sentado a ellas. Parecía que todos hubieran salido por algún asunto. Una estufa grande de gas ardía con llamarada roja en el centro del despacho. Al fondo se veía una especie de salita y, allí, un anciano de baja estatura leía atento el periódico sentado en un sofá. Pregunté a la secretaria si había alguien llamado Ichikawa.

El anciano sentado al fondo miró hacia mí y me dirigió la palabra:

—Soy yo. ¿Qué deseas?

Di el nombre de mi tío. Le expliqué que era su sobrino y que vivía en la casa de su propiedad.

—¡Ah! Comprendo. Eres el sobrino del señor Tsuruta —dijo el anciano dejando el periódico sobre la mesa. Se quitó las gafas y se las guardó en el bolsillo. Me inspeccionó de arriba abajo, la cara, mi aspecto. No logré adivinar qué impresión le causaba—. Acércate. ¿Quieres una taza de té?

Respondí que no me apetecía, que no se molestara. Pero el anciano o no me oyó o ignoró mis palabras. Lo cierto es que, sin saber yo a cuál de ambas posibilidades se debía, mandó a la secretaria prepararnos un té. Poco después, cuando la empleada nos lo trajo, nos lo tomamos sentados en la salita uno enfrente del otro. La estufa estaba apagada, la salita helada. En la pared había un plano detallado de las viviendas de la zona, con marcas hechas, aquí y allá, con lápiz y rotulador. Junto al plano colgaba un calendario que reproducía el famoso cuadro del puente de Van Gogh. Propaganda de un banco.

—¿Está bien el señor Tsuruta? Hace tiempo que no lo veo —me preguntó tras un sorbo de té.

—Supongo que sí. Mi tío está siempre tan ocupado que apenas nos vemos.

—Eso está bien. ¿Cuántos años hará desde que hablé con él por última vez? Me da la sensación de que hace siglos que no lo veo —dijo el anciano. Sacó un paquete de cigarrillos del bolsillo de la chaqueta y, después de calcular bien el ángulo, encendió con energía una cerilla—. Yo le vendí a tu tío la casa y, más tarde, también me encargué siempre de la administración. Me alegro de que tenga tanto trabajo.

Por lo visto, el señor Ichikawa no estaba tan ocupado. Supuse que ya hacía tiempo que se había medio jubilado y que sólo aparecía por la oficina para atender a los clientes.

—¿Qué te parece la casa? Es cómoda, ¿verdad? ¿Ha surgido algún problema?

—No, ninguno —le dije.

El anciano asintió.

—Me alegro. Aquella casa está muy bien. Es un poco pequeña, pero para vivir es muy confortable. A todos los que han vivido allí les ha ido muy bien. Y a ti, ¿qué tal? ¿Va todo bien?

—Pues de aquella manera —respondí. Y me dije a mí mismo: «al menos estoy vivo»—. He venido porque quería preguntarle una cosa. Cuando hablé con mi tío, me dijo que usted es la persona que mejor conoce los terrenos de esa zona. Por eso he venido a verlo.

El anciano soltó una risilla sofocada.

—Pues claro que la conozco. Hace cuarenta años que me dedico a los negocios inmobiliarios de la zona.

—Quería preguntarle sobre la casa del señor Miyawaki, la que está detrás de la mía. Ahora se ha convertido en un solar edificable, ¿no es así?

—¡Hum! —dijo el anciano, y apretó los labios con expresión de estar consultando su archivo mental—. Diría que se vendió el agosto pasado. Todos los problemas del préstamo, los derechos legales y demás se solucionaron, y al final la finca pudo ponerse a la venta. Hubo conflictos durante mucho tiempo. Entonces la compró una inmobiliaria, demolió la casa y convirtió la finca en un solar edificable con la intención de revenderlo. Evidentemente, si se deja una casa tanto tiempo sin habitar, después ya no puede venderse. La inmobiliaria que la compró no es de la zona. Nadie de por aquí la hubiera comprado. ¿Conoces la historia de la casa?

—Sí, me la ha contado mi tío.

—Entonces ya me entiendes. Nadie que conociera la historia de la casa la querría. Tampoco yo. A lo mejor podrías encontrar a alguien que no supiera nada y vendérsela. Beneficios sí obtendrías, pero el hecho de engañar a un cliente te dejaría mal sabor de boca, ¿no te parece? Nosotros jamás haríamos un negocio así.

Asentí dándole la razón.

—Entonces, ¿qué empresa la ha comprado?

El anciano frunció las cejas y sacudió la cabeza. Me dio el nombre de una importante empresa inmobiliaria.

—Seguramente la habrán comprado sin estudiar bien el asunto, teniendo en cuenta sólo el lugar y el precio. Habrán pensado que podrían obtener un beneficio fácil. Pero las cosas no les van como pensaban.

—¿Todavía no la han vendido?

—Siempre parece que estén a punto de hacerlo y, al final, la cosa queda en nada —dijo el anciano cruzando los brazos—. Un terreno no lo compras con cuatro cuartos, es para toda la vida, y cuando tienes la intención de adquirir uno, antes te informas bien. Y es entonces cuando te enteras de esas historias siniestras. No hay ni una sola agradable. Al oírlas, ninguna persona normal lo compraría. Y la gente de por aquí conoce muy bien las historias.

—¿Y el precio?

—¿El precio?

—Sí, el precio del solar donde estaba la casa del señor Miyawaki.

El anciano me miró con súbito interés.

—Según las cotizaciones actuales, un millón y medio de yenes por *tsubo.** Es, en primer lugar, un barrio de gente acomodada. Además, como zona residencial, es magnífica, soleada. Ésa es la tasa. Estamos en una época de poco movimiento de compraventa de terrenos, el negocio inmobiliario no marcha demasiado bien, pero en ese barrio nunca hay problemas. Bastaría con esperar un tiempo y podría venderse a buen precio *si se tratara de un terreno normal.* Pero aquél no lo es. Así que, por más que esperen, no se venderá. Lo lógico es que el precio baje. El precio actual de venta descenderá hasta un millón por *tsubo.* El terreno tiene poco menos de cien *tsubo,* o sea, que ajustando el precio, pasaría a costar unos cien millones de yenes.

—¿Cree que bajará más de aquí en adelante?

El anciano asintió con categóricos movimientos de cabeza.

—Claro que sí. Rebajarán sin chistar hasta los novecientos mil yenes por *tsubo.* Éste es el precio que pagaron ellos al adquirirlo, así que bajarán hasta ahí. Saben que *metieron la pata* y que pueden darse por satisfechos si recuperan el dinero invertido. No te puedo asegurar si el precio puede llegar a bajar todavía más.

* Un *tsubo* equivale a 3,3 metros cuadrados. *(N. de los T.)*

Depende. Si necesitan dinero, es posible que lo vendan algo más barato aunque salgan perdiendo. Si no tienen problemas de líquido, quizá resistan. No conozco la situación interna de la empresa. Pero lo que sí puedo asegurarte es que deben de estar arrepentidos de haber adquirido el terreno. Todos los que se relacionan con ese lugar acaban teniendo mala suerte. —Dejó caer la ceniza golpeando el cigarrillo en el cenicero.

—En el jardín de la casa hay un pozo, ¿verdad? —pregunté—. Señor Ichikawa, ¿sabe usted algo de él?

—Sí, había uno. Un pozo muy profundo. Se ve que lo han cegado hace poco. De todos modos, estaba seco. No servía para nada.

—¿Sabe cuándo se secó?

El anciano permaneció unos instantes mirando fijamente hacia el techo con los brazos cruzados.

—¡Uff! De eso hace ya mucho tiempo, no me acuerdo bien, pero antes de la guerra decían que había agua. Así que debió de secarse después. No sé cuándo. Cuando la actriz fue a vivir allí, el pozo ya estaba seco y me parece que entonces ya se habló de cegarlo. Pero se dejó correr el asunto. Cegar un pozo es una labor complicada.

—He oído decir que el pozo de la casa de los Kasahara, que está allí cerca, tiene agua y que es muy buena.

—¿Ah, sí? Puede ser. En aquella zona el agua ha sido, desde siempre, muy buena, por la naturaleza del terreno. Además, las venas de agua son algo muy impredecible y no es extraño que allá salga agua y en otro sitio ya no. ¿Tienes algún interés especial en el pozo?

—A decir verdad, me gustaría comprar el terreno.

El anciano alzó el rostro y me miró de hito en hito. Cogió la taza y tomó despacio un sorbo de té.

—*¿Quieres comprar aquel terreno?*

Me limité a asentir con un movimiento de cabeza.

El anciano alcanzó el paquete de cigarrillos, sacó uno y lo golpeó contra el borde de la mesa. Pero lo mantuvo entre los dedos sin encenderlo. Se humedeció los labios con la punta de la lengua.

—Tal como te estaba contando, aquel terreno es problemático. Entre las personas que han vivido allí no encontrarás a ninguna a la que le hayan ido bien las cosas. Ya lo sabes, ¿no? Hablando claro, por bajo que sea el precio, jamás será una buena compra. ¿A ti no te importa?

—Soy consciente de todo eso. Aun así, aunque sea muchísimo más barato de lo normal, todavía no dispongo de dinero para comprarlo. Pero voy a encontrar el modo de procurármelo, como sea. Me gustaría que me mantuviera informado. ¿Me dirá usted si ha habido fluctuaciones en el precio, ofertas de compra del terreno y demás?

El anciano permaneció unos instantes absorto en sus pensamientos mirando el cigarrillo apagado. Carraspeó.

—No te preocupes. No hace falta que te apresures. Todavía tardará un tiempo en venderse. Habrá movimiento cuando fijen un precio ruinoso para ellos, pero yo diría que aún falta para llegar a eso.

Le di el número de teléfono de casa. El anciano se lo apuntó en una pequeña agenda negra desteñida por el sudor. Se la guardó en el bolsillo de la chaqueta, clavó sus ojos en los míos y luego me miró la mancha de la mejilla.

Pasó febrero, y cuando marzo se acercaba a la mitad, aquel frío glacial fue cediendo, poco a poco, y empezó a soplar un viento cálido del sur. En los árboles aparecieron brotes verdes y los pájaros que se acercaban al jardín eran de distinta especie. Cuando hacía buen tiempo, me pasaba las horas sentado en el cobertizo contemplando el jardín. Un atardecer de mediados de marzo, el señor Ichikawa me llamó por teléfono. Me dijo que el terreno de los Miyawaki aún no se había vendido y que el precio había bajado un poco más.

—Ya te lo dije, ¿no?, que no se vendería así como así —anunció con una nota de orgullo—. No te preocupes, todavía bajará una o dos veces más. ¿Y a ti cómo te va? ¿Ya vas ahorrando?

Aquella noche, alrededor de las ocho, mientras me lavaba la cara, me di cuenta de que la mancha estaba algo más caliente. Al tocarla, noté que la temperatura había subido. También el color era más claro, había adquirido una tonalidad púrpura. Conteniendo la respiración, me quedé escrutando mi rostro en el espejo. Lo miraba con tanta fijeza que mi cara empezó a no parecerme mía. Tenía la sensación de que la mancha *me estaba exigiendo* algo con urgencia. Al clavar en mi yo del otro lado del espejo la mirada, mi yo del otro lado del espejo me la devolvía en silencio.

Tengo que conseguir aquel pozo a toda costa. Ésta fue la conclusión a la que llegué.

4
Despertar del letargo hibernal
Otra tarjeta de visita
El anonimato del dinero

Como es natural, para conseguir un terreno no basta con desearlo. En realidad, la cantidad de dinero que yo podía reunir se reducía casi a cero. Aún me quedaba algo del dinero de la herencia de mi madre, pero estaba destinado a desaparecer, en un futuro no muy lejano, pues lo necesitaba para subsistir. No tenía trabajo ni nada que hipotecar para ofrecer como garantía. En el mundo no existía un solo banco tan amable como para prestar su dinero a una persona como yo. O sea, que tenía que hacer aparecer el dinero del aire, por arte de magia. Y en un plazo de tiempo breve.

Una mañana fui andando hasta la estación y compré diez boletos con números correlativos de lotería. Cincuenta millones de yenes al primer premio. Uno al lado del otro, los clavé con chinchetas en la pared de la cocina y los observaba cada día. Había veces que me quedaba sentado en una silla mirándolos fijamente durante casi una hora. Como si esperara que surgiera así la clave secreta que sólo yo podría descifrar. Pero días después tuve una especie de presentimiento.

No me tocará la lotería.

Poco después, el presentimiento se transformó en convicción. *Jamás* resolvería mis problemas yendo a la estación a comprar boletos de lotería y esperando sentado el día de sorteo. Debía usar mi capacidad, tenía que conseguir el dinero *valiéndome de esa ca-*

pacidad. Rasgué los diez boletos y los tiré. Luego me puse ante el espejo del lavabo y miré hacia el fondo del cristal. Me interrogué a mí mismo ante el espejo: «*Seguro que hay algún medio, ¿no es así?*». No hubo respuesta.

Cansado de permanecer en casa dándole vueltas a lo mismo, salí y caminé por los alrededores. Paseé sin rumbo durante tres o cuatro días. Cuando me cansé de deambular por el barrio, cogí el tren y me dirigí a Shinjuku. Al acercarme a la estación, me habían entrado ganas de ir al centro. No estaría mal reflexionar en un paisaje distinto al habitual. Y, pensándolo bien, hacía tiempo que no iba en tren. Mientras metía las monedas por la ranura de la máquina expendedora de billetes, casi llegué a sentir la típica incomodidad de cuando se hace algo a lo que no se está acostumbrado. Ya habían pasado más de seis meses desde que había ido al centro por última vez. El día que me topé con el hombre que llevaba el estuche de guitarra y lo seguí.

Después de tanto tiempo, la aglomeración de la gran ciudad me agobiaba. Sentía asfixia y el corazón se me aceleraba sólo con mirar a la gente que iba y venía. La hora punta ya había pasado y no debía de haber una muchedumbre exagerada, pero al principio yo era incapaz de andar esquivando a los transeúntes. Más que en una aglomeración de personas, me hacía pensar en un gigantesco torrente capaz de desmoronar las montañas y arrastrar las casas. Tras caminar un rato entré, con la intención de calmarme, en una cafetería que tenía una gran luna de cristal que daba a la calle y me senté en uno de los asientos junto a la ventana. La cafetería no estaba llena, aún faltaba para mediodía. Pedí un chocolate caliente y me quedé abstraído mirando a los transeúntes que pasaban por la calle. Perdí la noción del tiempo que había transcurrido. Quince o veinte minutos tal vez. De repente, me encontré persiguiendo con la mirada todos los Mercedes Benz, los Jaguar, los Porsche, relucientes, bruñidos, que pasaban despacio ante mis ojos por aquella calle atestada de coches. Brillaban de manera casi excesiva, como si fueran el símbolo de algo, bajo los rayos del sol matinal que había sucedido a la lluvia. No tenían ni un arañazo, ni una mancha. Pensé: «*Esos tipos tienen dinero*». Era la primera vez en mi vida que se me ocurría una cosa así. Sacudí la cabeza mirando mi rostro reflejado en el cristal de la ventana. Por primera vez en mi vida, *desesperadamente,* necesitaba dinero.

A la hora de la comida, la cafetería se llenó y decidí caminar por las calles. No había ningún lugar adonde quisiera ir. Simplemente, después de tanto tiempo me apetecía vagar por la ciudad. Fui de una calle a otra, atento sólo a no chocar con la gente que venía de frente. Doblaba a la derecha o a la izquierda, o seguía recto, según el color de los semáforos o el impulso del momento. Con las manos en los bolsillos, me concentraba sólo en la acción física de caminar. Pasé de las calles principales, atestadas de grandes almacenes y escaparates de grandes tiendas, a callejuelas donde se alineaban *sex-shops* vistosamente decorados, a calles bulliciosas de cines, volví a las calles principales atravesando el silencioso recinto de un santuario sintoísta. Era una tarde templada y la mitad de las personas que iban por la calle iba sin abrigo. De tanto en tanto, soplaba un airecillo agradable. Y, de súbito, me encontré en un paisaje familiar. Miré el suelo de azulejos. Miré la pequeña estatua y levanté los ojos hacia la pared de cristal que se erguía ante mí. Me encontraba en el centro de una plaza frente a un rascacielos gigantesco. El mismo lugar donde el verano pasado, siguiendo el consejo de mi tío, había contemplado la cara de la gente que pasaba. Lo había hecho durante diez días. Y me había topado con aquel hombre extraño que llevaba el estuche de guitarra, lo había seguido, me había golpeado el brazo izquierdo con un bate de béisbol. Había vuelto a aquel lugar tras vagar sin rumbo por el barrio de Shinjuku.

Igual que la otra vez, me compré en Dunkin' Donuts un donut y un café, me los tomé sentado en un banco de la plaza. Observé el rostro de las personas que pasaban ante mí. Mientras, fui recobrando poco a poco la calma. No sabía por qué, pero allí me sentía muy cómodo, como si en un rincón hubiera hallado un hueco donde mi cuerpo encajase a la perfección. Hacía mucho tiempo que no contemplaba de frente la cara de la gente. Luego me di cuenta de que lo que hacía tiempo que no veía, no era sólo la cara de la gente. *Apenas* había visto cosas durante el último medio año. Enderecé la espalda, volví a contemplar la gente, los edificios que se erguían en el cielo claro, sin nubes, de primavera, las vallas con anuncios de colores y el periódico que había encontrado por allí. Me dio la sensación de que, a medida que se acercaba el atardecer, las cosas recuperaban a mi alrededor sus colores.

A la mañana siguiente, volví a coger el tren para Shinjuku como el día anterior. Sentado en el mismo banco, observé la cara de la gente que pasaba. A mediodía me bebí un café y me comí un donut. Antes de la hora punta cogí el tren y regresé a casa. Al día siguiente repetí exactamente la misma operación. Tal como imaginaba, no pasó nada. No hice ningún descubrimiento. Como siempre, el enigma seguía siendo un enigma, la duda seguía siendo una duda. Pero tenía la vaga sensación de que me acercaba a algo, aunque fuese muy despacio. Podía constatar esa *proximidad* con mis propios ojos poniéndome ante el espejo del lavabo. El color de la mancha era más vivo y la temperatura más alta. En algunos momentos llegué a pensar que *la mancha estaba viva*. Vivía igual que vivía yo.

Como el verano pasado, seguí haciendo lo mismo durante una semana. Me dirigía al centro de la ciudad en el tren de las diez y pico, me sentaba en uno de los bancos de la plaza frente al rascacielos y, sin pensar en nada, observaba todo el día a la gente que iba y venía. Había veces que, por algún motivo, los ruidos se alejaban y desaparecían a mi alrededor. Entonces, lo único que me llegaba a los oídos era el murmullo profundo y sosegado de una corriente de agua que discurría por allí. De súbito, me acordé de Malta Kanoo. Me había hablado de escuchar el rumor del agua. El agua en ella era un tema recurrente. Pero no podía recordar qué había dicho sobre el murmullo del agua. Ni siquiera recordaba su rostro. Lo único que podía recordar era el color rojo de su sombrero de plástico. ¿Por qué llevaría siempre aquella mujer el sombrero de plástico rojo?

Poco a poco, los ruidos a mi alrededor fueron retornando, y yo volví a mirar la cara de la gente.

El octavo día por la tarde se me acercó una mujer. En aquel instante, con un vaso de papel vacío en la mano, yo estaba mirando hacia otra parte.

—Oye —dijo la mujer.

Me di la vuelta y clavé la mirada en el rostro de la mujer que tenía de pie ante mí. Era la mujer de mediana edad que había conocido antes en el mismo lugar. Era la única persona que me había hablado y, aunque no preveía volver a encontrármela, que me hablase me pareció una consecuencia natural del flujo del destino.

Como la vez anterior, llevaba ropa de excelente calidad. Vestía con exquisito buen gusto. Llevaba gafas de sol oscuras con la montura de carey, chaqueta azul con hombreras y una falda de franela de color rojo. La blusa era de seda y, en la solapa de la chaqueta, brillaba un broche de oro minuciosamente trabajado. Los zapatos rojos de tacón alto eran sencillos, sin adorno alguno, pero calculé que su precio equivalía a mis gastos a lo largo de unos cuantos meses. Frente a ella, mi aspecto era tan lamentable como de costumbre. Llevaba una cazadora deportiva que había comprado el año de mi ingreso en la universidad, una sudadera de color gris con el cuello desbocado y unos tejanos deshilachados. Las zapatillas de tenis, blancas originariamente, tenían tantas manchas que era imposible adivinar su color.

Se sentó a mi lado, cruzó las piernas en silencio, abrió el cierre del bolso y sacó un paquete de Virginia Slims. Me ofreció uno, como había hecho la otra vez. Lo rechacé, igual que la otra vez. Con un cigarrillo entre los labios, sacó un encendedor de oro, largo y fino, del tamaño de una goma de borrar, y lo encendió. Luego se quitó las gafas de sol, se las metió en el bolsillo de la pechera y me miró fijamente a los ojos, como si buscara una moneda que se le hubiese caído en un estanque poco profundo. También yo la miré a los ojos. Eran extraños. En ellos había profundidad, pero carecían por completo de expresión.

La mujer entrecerró los ojos.

—De modo que has vuelto otra vez aquí, ¿eh?

Asentí con un movimiento de cabeza.

Contemplé cómo se alzaba el humo desde la punta del fino cigarrillo y desaparecía danzando en el viento. Ella echó una ojeada al paisaje que nos rodeaba. Como si quisiera comprobar con sus propios ojos qué había estado mirando yo todo el tiempo que llevaba sentado en el banco. Pero la panorámica no pareció interesarle demasiado. Fijó de nuevo la mirada en mi rostro. Durante unos instantes mantuvo los ojos clavados en la mancha, luego me miró los ojos, me miró la nariz, la boca, volvió a fijar la mirada en la mancha. De haberle sido posible, quizá me hubiera abierto la boca a la fuerza para inspeccionar la dentadura y quizá me hubiera inspeccionado también las orejas como en un concurso canino.

—Ahora sí necesito dinero —le dije.

—¿Cuánto? —repuso ella tras una pequeña pausa.

—Creo que bastarían ochenta millones.

Ella desvió la mirada, permaneció unos instantes con los ojos clavados en el cielo. Me pareció que calculaba aquella suma de dinero dentro de su cabeza. Como si pensara sacar cierta cantidad de alguna parte y, a cambio, colocar otra cantidad en otra parte. Mientras tanto, observé su maquillaje, la suave sombra de sus ojos, como una sombra tenue de su conciencia, y el delicado rizo de las pestañas, que parecía el símbolo de algo. Torció un poco los labios.

—No es una cantidad pequeña.

—A mí me parece muchísimo dinero —dije yo.

Tiró el cigarrillo del que apenas había fumado una tercera parte y lo pisó con uno de sus zapatos de tacón alto. Sacó del bolso delgado un tarjetero de cuero y me deslizó una tarjeta de visita en la mano.

—Ve mañana a esta dirección a las cuatro en punto de la tarde.

En la tarjeta sólo había la dirección, impresa en caracteres negros. En la dirección se leía: Akasaka, Minato-ku, el número, el nombre del edificio, el número de la puerta. No aparecía ningún nombre. Ningún número de teléfono. Le di la vuelta por si acaso, el dorso estaba en blanco. Me la acerqué a la nariz. No estaba perfumada. Era un simple trozo de papel blanco.

Miré a la mujer a la cara.

—No pone su nombre.

La mujer sonrió por primera vez. Luego negó despacio con la cabeza.

—Lo que necesitas es dinero, ¿verdad? ¿Tiene nombre el dinero?

Yo también negué con un movimiento de cabeza. Claro que el dinero no tiene nombre. Si el dinero tuviera nombre, ya no sería dinero. Lo que realmente da significado al dinero es su anonimato, oscuro como la noche, y su abrumadora intercambiabilidad.

La mujer se levantó del banco.

—¿Podrás venir a las cuatro?

—Si lo hago, ¿podré conseguir el dinero?

—A ver, a ver. —Una sonrisa le flotaba en el rabillo del ojo como dibujos hechos por el viento en la arena. Miró de nuevo el paisaje a su alrededor e hizo con la mano ademán de sacudirse los bajos de la falda.

Después de que se perdiera entre la muchedumbre, me quedé unos instantes mirando la colilla que ella había apagado de un pisotón, y el carmín que manchaba el filtro. Aquel rojo vivo me recordó el sombrero de plástico rojo de Malta Kanoo.

Si todo aquello tenía alguna ventaja, es que no tenía nada que perder. Quizás.

5
Acontecimiento a medianoche (1)

Era medianoche cuando el niño oyó un ruido bien claro. Se despertó, encendió a tientas la lámpara a la cabecera de su cama y lanzó una mirada circular por la habitación. Faltaba poco para que el reloj de pared marcara las dos. El niño no podía imaginar siquiera qué podía ocurrir en el mundo a esas horas de la noche.

Se oyó el mismo ruido de nuevo. Llegaba, sin duda alguna, del otro lado de la ventana. El sonido de alguien que hacía girar una gran llave, dándole cuerda a algo. ¿Quién podía ser a esas horas de la noche? Pero no. El sonido solo parecía el de alguien dándole cuerda a algo, pero no lo era. Era el chirrido de un pájaro. El niño acercó una silla a la ventana, se encaramó a ella, descorrió la cortina y entreabrió la ventana. La luna llena de finales de otoño brillaba, grande y blanca, en el cielo, el jardín se veía como a la luz del día. Pero los árboles le dieron una impresión muy distinta al aspecto que tenían a la luz del día. Carecían de la familiaridad acostumbrada. El roble, como descontento, hacía temblar sus frondosas ramas al viento, que soplaba a ráfagas, y crujía de una forma desagradable. Las piedras del jardín eran más blancas y lisas de lo habitual y tenían la mirada vuelta hacia el cielo, presumidas, como el rostro de un muerto.

Al parecer, el pájaro chirriaba en el pino. El niño, asomándose a la ventana, alzó la mirada. Pero unas ramas grandes ocultaban el pájaro y no se veía desde abajo. El niño quería ver su aspecto. Memorizaría sus colores, su forma y, al día siguiente, lo buscaría en la enciclopedia ilustrada. La curiosidad lo desveló. Lo que más le gustaba en el mundo era buscar pájaros y peces en la enciclopedia. Y en la estantería se alineaban los gruesos tomos de la magnífica enciclopedia ilustrada que le habían comprado sus padres. Aún no iba a la escuela primaria, pero ya sabía leer frases con unos pocos caracteres chinos.

El pájaro, tras girar la llave unas cuantas veces seguidas, enmudeció. «Aparte de mí, ¿habrá oído alguien el chirrido?», pensó el niño. «¿Lo habrán oído mis padres? ¿Y la abuela? Si no lo ha oído nadie, mañana por la mañana podré explicárselo a todos. Les diré: "a las dos de la noche, en un árbol del jardín había un pájaro que chirriaba exactamente como si estuviera dándole cuerda a algo". ¡Si pudiera echarle un vistazo! Entonces podría decirles también el nombre del pájaro.»

Pero el pájaro no volvió a chirriar. Guardaba silencio, como una piedra, en alguna de las ramas del pino bañadas por la luz de la luna. Poco después, una ráfaga de viento helado penetró en la habitación como una advertencia. El niño tembló de frío y cerró la ventana desistiendo de ver el pájaro. «Es distinto de los gorriones y las palomas, no se muestra con tanta facilidad», pensó. Había leído en la enciclopedia ilustrada que casi todos los pájaros nocturnos eran listos y precavidos. «Y quizás este pájaro sepa que yo estoy aquí, vigilándolo», pensó. «Por más que espere, seguro que no saldrá.» Dudó en ir al lavabo. Tenía que pasar por un pasillo largo y oscuro. «No importa. Me meteré en la cama y me dormiré. Puedo aguantarme hasta mañana.»

El niño apagó la luz y cerró los ojos. Pendiente como estaba del pájaro, le costó volver a conciliar el sueño. Tenía apagada la lámpara de la mesita, pero la luz clara de la luna penetraba, tentadora, por la abertura entre las cortinas. Al oír de nuevo el chirrido del *pájaro-que-da-cuerda* se levantó de la cama sin vacilar. Y aquella vez, sin encender la lámpara de la mesita, se echó una chaqueta sobre el pijama y se subió sin hacer ruido a la silla que estaba junto a la ventana. Entreabrió la cortina y miró hacia el pino. «Así el pájaro no sabrá que lo estoy vigilando», pensó.

Pero lo que el niño vio fue la figura de dos hombres. De la sorpresa, se olvidó de respirar. Había dos hombres agazapados, como sombras, bajo el pino. Los dos vestían ropas oscuras, uno no llevaba sombrero, pero el otro se cubría con una gorra con visera, como las de fieltro. ¿Por qué se habrían deslizado aquellos desconocidos dentro del jardín de su casa a esas horas de la noche? Al niño le extrañaba. ¿Por qué no ladraría el perro? «Sería mejor que avisara enseguida a mis padres», pensó. Pero el niño no pudo separarse de la ventana. La curiosidad lo retuvo allí. «Así veré qué intentan hacer.»

El *pájaro-que-da-cuerda* chirrió de repente en lo alto del árbol. Dio unas cuantas vueltas a la llave, *ric-ric-ric*. Pero los hombres no prestaron atención a su chirrido. Ni siquiera alzaron la vista, no hicieron el menor movimiento. Estaban de cuclillas, mudos, con los rostros juntos. Parecía que hablaran en voz baja, pero unas ramas interceptaban la luz de la luna y no se distinguían sus rostros. Poco después se levantaron al unísono, como si se hubieran puesto de acuerdo. Entre ellos habría unos veinte centímetros de diferencia de estatura. Ambos eran delgados. El más alto (el de la gorra) llevaba un abrigo largo, y el más bajo, un traje ceñido. El bajo se acercó al árbol y permaneció unos instantes con los ojos fijos en la copa. Puso ambas manos sobre el tronco, las deslizó por encima de la corteza, rodeó el tronco con las manos como si lo inspeccionara. Poco después se abrazó al tronco. Y empezó a trepar sin la menor dificultad (eso fue, al menos, la impresión que le dio al niño). «Parece un número de circo», se maravilló. Trepar por aquel pino no era fácil. La superficie del tronco era resbaladiza y no había un solo punto de apoyo hasta muy arriba. El niño conocía el pino del jardín como si fuera su amigo. Pero ¿por qué se molestaba en subir al árbol y, encima, a esas horas de la noche? ¿Intentaban atrapar el *pájaro-que-da-cuerda*?

El hombre alto permanecía de pie junto al pino con los ojos clavados en la copa. Poco después, el bajo desapareció de la vista. De vez en cuando se oía el rozar de las ramas entre sí. Por lo visto, el hombre seguía subiendo por el pino grande hacia lo alto. «Seguro que el *pájaro-que-da-cuerda* oye cómo sube y se va volando enseguida. Por más hábil que sea trepando, no podrá atraparlo así como así. Con un poco de suerte, podré ver el pájaro, aunque sea un segundo, cuando escape volando.» Conteniendo la respiración, el niño esperaba oír el aleteo del pájaro. Pero, por más que esperó, no llegó a oírlo. Tampoco su chirrido.

Durante mucho rato no hubo un solo movimiento, ni un ruido. Todo estaba bañado por la luz de la luna, lechosa e irreal, y el jardín se veía húmedo y resbaladizo como el fondo de un mar que acabara de secarse. El niño, inmóvil, como hechizado, miraba el pino y al hombre alto que ahora estaba solo. Ya no podía apartar la vista. Su aliento empañaba de blanco el cristal. Fuera, debía de hacer mucho frío. El hombre, con las manos en la cintura, tenía los ojos clavados en lo alto del árbol. Tampoco él cambiaba de postura, como si estuviera congelado. El niño imaginaba que aguardaba con ansia a que el hombre de baja estatura descendiera del pino tras cumplir su objetivo. No era ilógico que el hombre estuviese preocupado. El árbol era más difícil de bajar que de subir, el niño lo sabía muy bien. Pero, de repente, el hombre alto se dirigió a alguna parte con paso rápido y decidido, como si lo dejara todo.

Una sensación de abandono embargó al niño. El hombre bajo había desaparecido en la copa del pino. El hombre alto se había marchado. El *pájaro-que-da-cuerda* guardaba silencio. «¿Debo despertar a mi padre? Pero seguramente nadie me creerá. Dirán que he soñado otra vez.» El niño soñaba mucho y, además, a veces confundía la realidad con el sueño. «Pero esto *es verdad*, digan lo que digan. El *pájaro-que-da-cuerda* y los dos hombres de traje negro. Sólo que todos se han esfumado casi sin saber cómo. Si se lo explico bien, mi padre me comprenderá.»

Luego el niño cayó en la cuenta. *El hombre bajo se parecía a su padre,* aunque era más bajo que él. Pero, aparte de eso, la figura y el modo de moverse eran idénticos. «No, mi padre no sabe trepar árboles tan bien. No es tan ágil ni tiene tanta fuerza.» Cuanto más lo pensaba, menos lo entendía.

Poco después, el hombre alto regresó. Esta vez llevaba algo en cada mano. Una pala y una maleta grande de tela. El hombre depositó la maleta cuidadosamente en el suelo y empezó a cavar con la pala un hoyo cerca de las raíces del pino. Unos ruidos secos y rítmicos resonaron a su alrededor. El niño pensó que ahora sí se despertarían los demás. Porque los ruidos eran fuertes y nítidos.

Pero nadie se despertó. El hombre seguía cavando el hoyo en silencio, sin descansar ni mirar a su alrededor. Era delgado, pero por lo visto tenía mucha más fuerza de la que aparentaba. El niño lo adivinaba sólo con mirar el modo de mover la pala. Preciso y regular. Al terminar de cavar el hoyo, justo del tamaño planeado, apoyó la pala en el tronco del pino, se echó a un lado del hoyo y lo observó. Ya no dirigía la mirada hacia arriba, quizá se hubiera olvidado por completo del hombre que había trepado al árbol. En su cabeza únicamente existía el hoyo. Al niño eso no le gustaba. «Si yo estuviera en su lugar me preocuparía saber qué le ha pasado al hombre que ha subido al árbol», pensó.

Comprendía que el hoyo no era hondo por la cantidad de tierra que había excavado. Al niño debía de llegarle un poco más arriba de la rodilla. El hombre parecía satisfecho del tamaño y la forma del hoyo que acababa de cavar. De la maleta sacó, cuidadosamente, un objeto envuelto en una tela negra. Por el modo de sostenerlo parecía algo blando. Tal vez intentara enterrar un cadáver en el hoyo. Al pensarlo, se le aceleraron los latidos del corazón. Pero el objeto envuelto en la tela tenía, a lo sumo, el tamaño de un gato. Si fuera el cadáver de un ser humano, debería ser el de un bebé. Pero ¿por qué tenía que enterrarlo en el jardín de su casa? Sin darse cuenta, el niño tragó saliva. El ruido que hizo lo asustó. Era tan fuerte que le pareció que llegaría a oídos del hombre que estaba en el jardín.

El *pájaro-que-da-cuerda* chirrió como si lo hubiera estimulado el ruido del niño tragando saliva. *Ric-ric-ric,* como si le diera cuerda a algo haciendo girar una gran llave.

«Va a ocurrir algo muy importante.» El niño lo sintió intuitivamente al oír el chirrido. Se mordió los labios, sin darse cuenta, y se frotó los dos brazos. No tendría que haber visto esas cosas desde un principio. Pero ya era tarde. Ya no podía apartar los ojos de la escena. Con la boca entreabierta, apretando la nariz contra el frío cristal de la ventana, observaba la escena que tenía lugar en el jardín. Ya no esperaba que se despertara alguien de la casa. El niño pensaba que *por más fuertes que fueran los ruidos, nadie se despertaría. No debía de haber nadie más que los oyera excepto él.* Eso ya era evidente desde el principio.

El hombre alto, en cuclillas, depositó con cuidado el objeto envuelto en la tela negra dentro del hoyo. Y se quedó de pie contemplándolo. Ocultas bajo la sombra de la visera, no se le distinguían las facciones, pero parecía malhumorado, y tenía en la expresión algo solemne. «Es un cadáver, tal como suponía», pensó el niño. Poco después, como movido por un impulso repentino, el hombre tomó la pala y cubrió el hoyo. Cuando terminó, allanó la superficie con los pies. Dejó la pala apoyada en el tronco del árbol y se marchó a paso cansino con la maleta de tela en la mano. No se volvió ni una sola vez. Tampoco miró hacia la copa del árbol. El *pájaro-que-da-cuerda* no volvió a chirriar.

El niño se volvió y posó la mirada en el reloj de pared. Aguzando la vista, pudo saber que las agujas marcaban las dos y media. El niño vigiló el pino diez minutos más mirando por la abertura entre las cortinas por si había algún movimiento, pero de repente le entró sueño. Como si se cerrara sobre su cabeza una pesada tapa de hierro. Quería saber qué les ocurriría al hombre de la copa del árbol y al *pájaro-que-da-cuerda,* pero no podía mantener los ojos abiertos. El niño se quitó la chaqueta con impaciencia, se metió en la cama y se quedó dormido como si hubiera perdido el conocimiento.

6
La compra de unos zapatos nuevos
Lo que vuelve a casa

Desde la estación de Akasaka, caminé por una bulliciosa calle llena de restaurantes y cafeterías hasta encontrar, en lo alto de una suave cuesta, el edificio de oficinas de seis pisos. El edificio no era ni nuevo ni viejo, ni grande ni pequeño, ni lujoso ni modesto. En la planta baja había una agencia de viajes en cuyo amplio aparador había un cartel del puerto de la isla de Mikonos y otro del tranvía de San Francisco. Ambos descoloridos, como el sueño que había tenido el mes anterior. Tras el cristal había tres empleados atareados, telefoneando y aporreando sus ordenadores.

La fachada del edificio no indicaba nada en particular. Era tan vulgar que parecía que hubieran trazado los planos inspirándose en el dibujo a lápiz de un niño de enseñanza primaria. A nadie habría extrañado la afirmación de que el arquitecto lo había concebido tan anónimo con la intención de que pasase inadvertido, oculto entre las casas contiguas. Incluso yo, que iba siguiendo los números, estuve a punto de pasar de largo sin verlo. Junto a la entrada de la agencia de viajes había una puerta solitaria con las placas de las oficinas que el edificio albergaba. A primera vista, no parecía que pudieran ser apartamentos demasiado amplios y la mayoría estaban ocupados por bufetes de abogados, estudios de arquitectos, agencias de importación, dentistas. Algunas placas eran todavía tan nuevas que reflejaban mi rostro cuando me plantaba delante, pero la del apartamento 602 era bastante vieja y el color se veía deslucido. Por lo visto, hacía bastante tiempo que la mujer tenía allí su oficina. En la placa estaba grabado el nombre, ESTUDIO DE DISEÑO DE MODA AKASAKA. La forma en que la placa estaba descolorida me tranquilizó un poco.

Al fondo del vestíbulo del edificio había una puerta cristalera, y para coger el ascensor había que llamar a la oficina a la que se subía para que, desde allí, desbloquearan el cierre de la puerta. Pulsé el timbre del apartamento 602. Quizás una cámara de televisión estuviera enviando mi imagen al monitor instalado en la oficina. Miré a mi alrededor y descubrí una especie de pequeña cámara de televisión en un rincón del techo. Poco después se oyó el zumbido que indicaba el desbloqueo de la puerta, la abrí y entré.

Subí hasta la sexta planta en un ascensor feo, topé con la puerta 602 tras buscarla por un pasillo sobrio, también feo. Comprobé que en la puerta figuraba el nombre ESTUDIO DE DISEÑO DE MODA AKASAKA y pulsé el timbre que había al lado.

Me abrió un hombre joven. Delgado, de pelo corto, rasgos nobles y proporcionados, era el hombre más guapo que había visto en mi vida. Pero lo que realmente me llamó la atención fue, más que sus facciones, su indumentaria. Llevaba una camisa de una blancura cegadora y una corbata con un pequeño estampado de color verde oscuro. La corbata en sí era elegante, pero estaba, además, anudada de manera impecable. Parecía una fotografía heliograbada de una revista de moda masculina. Yo era incapaz de hacer un nudo tan perfecto. ¿Cómo podía alguien hacerlo tan bien? Quizá fuera un talento innato. O tal vez el resultado de un durísimo aprendizaje. Los pantalones eran de color gris oscuro y los mocasines marrones con unos cordones de adorno. Ambos parecían estrenados dos o tres días antes.

Era algo más bajo que yo. En sus labios flotaba una sonrisa simpática. Una sonrisa muy natural, como si acabara de escuchar una broma divertida. Nada vulgar. Sofisticada como la que un ministro de Asuntos Exteriores de la pasada década hubiese dedicado al príncipe heredero en una recepción al aire libre, acogida con un coro de risillas discretas por las personas que los rodeaban. Cuando iba a decirle mi nombre, hizo ademán con la cabeza de que no era preciso. Con la puerta abierta hacia dentro, me hizo pasar. Y, tras lanzar una rápida mirada al pasillo, la cerró. Entretanto, no dijo nada. Sólo me hizo un pequeño guiño. Como si dijera: «Siento no poder hablar, pero hay aquí cerca una pantera negra profundamente dormida, que se irrita con facilidad». Era evidente que no había ninguna pantera. Simplemente me dio esa impresión.

Al otro lado de la puerta había una especie de sala de visitas. Con un tresillo de cuero de apariencia confortable y, al lado, un perchero de madera y una lámpara de pie de estilo antiguo. En la pared del fondo se veía una puerta que debía de conducir a la habitación contigua. Junto a la puerta había un sencillo escritorio de roble arrimado a la pared. Sobre el escritorio, un ordenador grande. Delante del sofá, una mesa tan pequeña que apenas permitía depositar encima un listín de teléfonos. Por el suelo se extendía una alfombra de un color verde claro cuya tonalidad era muy agradable. Sonaba, a bajo volumen, un cuarteto de Haydn. En las paredes había colgados elegantes aguafuertes de flores y pájaros. La habitación estaba muy ordenada y, a simple vista, se veía limpia. En unas estanterías empotradas se alineaban muestrarios de telas y revistas de moda. Los muebles no eran ni lujosos ni nuevos, pero, apropiadamente envejecidos como estaban, tenían una calidez tranquilizadora.

El hombre me condujo al sofá y me hizo sentar, él tomó asiento detrás del escritorio. Abrió ambas manos y me mostró las palmas indicándome que aguardara. Esbozó una sonrisa para expresar «lo siento» y levantó un dedo en vez de decir «no tardará mucho». Parecía que podía transmitir a su interlocutor lo que quisiera aunque no usara palabras. Asentí con un movimiento de cabeza para mostrarle que lo había entendido. Me daba la sensación de que era vulgar e impropio hablar ante él.

El joven tomó cuidadosamente el libro que estaba junto al ordenador, como si sujetara un objeto frágil, y lo abrió por la página que estaba leyendo. Era un libro grueso y muy negro. Como no llevaba cubierta no podía saber el título, pero desde el instante en que lo abrió, quedó absorto en su lectura. Parecía haber olvidado por completo que yo estaba delante. También a mí me apetecía leer algo para matar el tiempo, pero no había nada. Me conformé con escuchar la música de Haydn (aunque dudaría si me preguntaran si *realmente* era Haydn) arrellanado contra el respaldo del sofá y con las piernas cruzadas. Era una música que daba la sensación de ser absorbida en el aire y desaparecer conforme sonaba, pero no me desagradaba. En la mesa, aparte del ordenador, había un teléfono negro normal, una bandeja para los lápices y un calendario de mesa.

Yo llevaba ropa parecida a la del día anterior: chaqueta de béisbol, parca, pantalones tejanos, zapatillas de tenis. De hecho me había puesto lo primero que había encontrado. Pero allí, frente a ese joven guapo y aseado en aquella habitación limpia, mis zapatillas de tenis se veían demasiado sucias y gastadas. No, no sólo lo parecían. Realmente estaban sucias y gastadas. Los talones gastados, el color había mudado a gris, incluso tenían un agujero en un costado. Las zapatillas estaban impregnadas, fatalmente, de mis vivencias. En realidad, durante aquel último año las había llevado cada día. Con aquellas zapatillas había saltado el muro de la parte posterior de mi casa, había cruzado el callejón pisando excrementos de animales e incluso me había metido en el pozo. No era extraño que estuvieran sucias y gastadas. Pensándolo bien, no había vuelto a fijarme en qué zapatos me ponía desde que había dejado el trabajo. Pero ahora, al mirarlas, tuve conciencia vívida de lo solo que me había quedado, de lo apartado que estaba del resto del mundo. Pensé que había llegado el momento de comprarme un par de zapatos nuevos. Estaban hechas un asco.

Poco después, acabó la melodía de Haydn, de un modo tan brusco que no parecía un final. Tras un corto silencio, empezó una pieza de clave que supuse de Bach (sonaba a Bach, pero no estaba seguro al cien por cien). Sentado en el sofá, crucé y descrucé las piernas. Sonó el teléfono. El joven puso un trozo de papel entre las páginas del libro que estaba leyendo y lo cerró. Luego lo empujó a un lado y descolgó el auricular. Escuchó con atención asintiendo de vez en cuando. Posó la vista sobre el calendario de mesa, marcó algo con un lápiz y, al fin, acercó el auricular a la superficie de la mesa y dio con los nudillos dos golpes como si llamara a una puerta. Colgó. Una llamada breve, de unos veinte segundos, durante la cual no había pronunciado ni una sola palabra. Aquel hombre no había emitido sonido alguno desde que me había hecho pasar. ¿No podía hablar acaso? Viendo su reacción al oír el timbre del teléfono y cómo había cogido el auricular y escuchado lo que decía la otra persona, sí parecía, en cambio, oír.

Permaneció unos instantes absorto contemplando el teléfono sobre la mesa, se levantó de la silla, se me acercó y se sentó sin vacilación a mi lado. Puso ambas manos sobre sus rodillas. Sus dedos eran finos y elegantes, como cabía esperar por sus facciones. Por supuesto, tenía algunas arrugas en el dorso y en las articulaciones. No había ningún dedo que no las tuviera. Las arrugas eran necesarias para doblarlos y moverlos. Pero no tenía muchas. Justo las imprescindibles. Sin quererlo, me quedé contemplándolas. Se me ocurrió que el joven podría ser el hijo de aquella mujer. La forma de los dedos era muy parecida a la de ella. Al observarlo de nuevo, comprobé que tenían otros rasgos parecidos. La forma de la nariz era similar. Pequeña y puntiaguda. Y también la transparencia inorgánica de las pupilas. En sus labios flotaba de nuevo aquella sonrisa agradable. Al parecer, surgía y se esfumaba con naturalidad, del mismo modo que una cueva a la orilla del mar aparece y desaparece a capricho de las olas. Poco después se alzó tan de repente como se había sentado y articuló con los labios las palabras: «Por aquí, por favor». Sin emitir sonido alguno. Movía simplemente los labios en silencio. Entendí muy bien lo que intentaba decirme. Me levanté y lo seguí. El hombre abrió la puerta que estaba al fondo y me hizo pasar.

Al otro lado de la puerta, había una pequeña cocina y un lavabo. Y más allá, otra habitación. Una habitación muy parecida a la sala de visitas donde había estado hasta entonces. Aunque algo más pequeña. También en ésta había un sofá de cuero bastante usado y una ventana parecida a la de la otra sala. En el suelo se extendía una alfombra de la misma tonalidad. En el centro de la habitación había una mesa grande de taller y, encima, colocados en orden, unas tijeras, una caja de herramientas, lápices y cuadernos de diseño. Había dos maniquíes de medio cuerpo. En la ventana, en lugar de persiana, colgaba una doble cortina de tela gruesa completamente corrida, para no dejar ningún resquicio. La luz del techo estaba apagada. El interior de la habitación, iluminado sólo por la pequeña bombilla de una lámpara de pie algo separada del sofá, estaba sumido en una penumbra similar a la de un atardecer de un día nublado. Sobre la mesita, delante del sofá, había un jarrón de cristal con unos gladiolos blancos. Las flores eran frescas, como recién cortadas. El agua era cristalina. No se oía la música. No había ni reloj ni cuadros en las paredes.

El joven me indicó sin palabras que me sentase en el sofá. Siguiendo sus instrucciones, me acomodé en él (un sofá tan confortable como el otro). Se sacó de un bolsillo una especie de gafas. Me las mostró. Unas gafas de natación. Normales y corrientes, de goma y plástico. Tenían, más o menos, la misma forma que las que usaba yo cuando nadaba en la piscina. Pero no entendía ni podía imaginar por qué las había sacado en aquel lugar y en aquel momento.

—No tenga miedo —dijo. En realidad, no lo «dijo». Sólo movió los labios como si hablara, y también movió un dedo.

Lo entendí a la perfección. Asentí.

—Póngaselas. Y no se las quite hasta que lo haga yo. No trate de moverlas tampoco. ¿Me ha entendido? —Asentí de nuevo—. Nadie le hará daño. No le pasará nada, no se preocupe.

Asentí.

El joven se colocó detrás del sofá y me puso las gafas. Me pasó la goma que las sujetaba por la cabeza y las ajustó. La diferencia que había entre éstas y las que yo usaba normalmente era que con éstas *no se veía nada*. Habían cubierto el plástico transparente con una capa gruesa de pintura. Me envolvió una oscuridad artificial perfecta. No veía nada. Ni siquiera podía saber dónde estaba la luz de la lámpara de pie. Me sentí de golpe igual que si me hubieran cubierto con algo de pies a cabeza.

El joven posó suavemente las manos sobre mis hombros como para animarme. Los dedos eran finos, sensibles, pero nada frágiles. Poseían un sentido de la propia existencia extrañamente definido, como cuando un pianista coloca con suavidad los dedos sobre el teclado. Pude captar una especie de simpatía a través de las yemas de sus dedos. No se trataba exactamente de simpatía. Pero sí de algo muy parecido. Los dedos me decían: «No pasa nada, no se preocupe». Asentí con la cabeza. Después salió de la habitación. En la oscuridad, resonaron sus pasos alejándose y el ruido de una puerta que se abría y se cerraba.

Después de que el joven saliera, permanecí unos instantes sentado en la misma postura. Aquella oscuridad me producía

553

una sensación extraña. Era, en el sentido de que tampoco así veía nada, la misma oscuridad que había conocido en el fondo del pozo, pero era una oscuridad distinta. No poseía ni dirección ni profundidad. Tampoco peso ni tacto. Más que oscuridad, recordaba el vacío. Me habían privado de la vista de un modo artificial y estaba provisionalmente ciego. Sentía los músculos rígidos, agarrotados, la garganta seca. ¿Qué ocurriría a continuación? Recordé el tacto de los dedos del joven. «No se preocupe», decían. Y, sin que hubiera una razón especial, supe que podía confiar en sus palabras.

La habitación estaba tan silenciosa que me cautivó la idea de que, si contenía la respiración, el mundo se detendría y, en unos instantes, el universo entero sería engullido por la profundidad eterna del fondo del mar. Al parecer el mundo seguía su camino. Poco después, una mujer abrió la puerta y entró a hurtadillas en la habitación.

Supe que era una mujer por la tenue fragancia de su perfume. No era colonia de hombre. Debía de ser un perfume bastante caro, además. Me propuse recordar el olor, pero no confiaba en ser capaz de ello. Cuando te privan de la vista, parece que el olfato también se pierde. Sí estaba seguro, al menos, de que no era el mismo perfume que llevaba la mujer elegantemente vestida que me había hecho ir hasta allí. La mujer atravesó la habitación con un ligero frufrú, se me acercó y, con suavidad, se sentó en el sofá a mi derecha. Por la delicada manera de sentarse, adiviné que era una mujer de baja estatura y poco peso.

Sentada a mi lado, me miró la cara de hito en hito. Noté su mirada en mi piel. Me di cuenta de que, aunque no la viera, podía sentir la mirada de otra persona. La mujer me escrutó el rostro largo rato sin hacer un solo movimiento. Ni siquiera la oía respirar. Debía de hacerlo muy despacio, sin ruido. Yo estaba clavado en mi asiento, con la mirada fija hacia el frente. Me pareció que la temperatura de la mancha aumentaba. Probablemente, también el color fuera más vivo. La mujer alargó la mano y, con cuidado extremo, puso un dedo sobre la mancha en la cara, como si tratara un objeto frágil y precioso. Y empezó a acariciarla con suavidad.

No tenía ni idea de cómo debía reaccionar ni de cómo esperaban que lo hiciera. Me sentía alejado de la realidad. Me embargaba una extraña sensación de disociación, como si saltara de un vehículo a otro que corriera a distinta velocidad. Y en ese vacío entre uno y otro, asumí la existencia de una casa abandonada. Yo era ahora una casa vacía como la de los Miyawaki. La mujer, *por una razón u otra,* había entrado en ella y tocaba a su antojo paredes y columnas. Fuera cual fuese el motivo de su comportamiento, al ser yo una casa vacía (porque no era más que eso) nada podía hacer. *Tampoco había necesidad* de hacer algo. Mientras pensaba en ello, me tranquilicé un poco.

La mujer no dijo una palabra. Aparte del frufrú de sus ropas, la habitación estaba inmersa en un profundo silencio. Ella reseguía mi piel con las yemas de sus dedos como si intentara leer letras pequeñas, secretas, grabadas allí en tiempos remotos.

Poco después dejó de acariciarme, se levantó del sofá, se colocó detrás de mí y puso la punta de su lengua en la mancha, tal como tiempo atrás había hecho May Kasahara en el jardín. La forma de lamer era más experta que la de May Kasahara. La lengua se movía con habilidad. Saboreaba, chupaba y estimulaba mi mancha cambiando la presión, la inclinación y los movimientos. Sentí un dolor sordo, caliente y viscoso en el bajo vientre. No quería tener una erección. No tenía ningún sentido. Pero no podía evitarlo.

Intenté identificarme al máximo con la casa abandonada. Me veo convertido en una columna, en un techo, un suelo, un tejado, una ventana, una puerta, una piedra. Posiblemente eso fuera lo más consecuente. Cierro los ojos, me separo de mi persona física…, me separo del cuerpo calzado con las zapatillas de tenis sucias, con las extrañas gafas de natación puestas, con la inoportuna erección. No es tan difícil separarse del cuerpo. Haciéndolo, me siento mucho más a mis anchas, dejo de sentirme incómodo. Yo era el jardín donde crecían las malas hierbas, con la estatua de piedra del pájaro que no podía volar y con el pozo seco. Y era consciente de que la mujer estaba en la casa deshabitada que era yo. No puedo verla. Pero no me preocupa. Si ella busca algo aquí dentro, se lo daré y en paz.

He perdido la noción del tiempo. De todas las distintas dimensiones del tiempo. Ya no sé por qué tiempo me rijo. La conciencia vuelve despacio a mi cuerpo. Hay indicios de que la mujer se está yendo, como si hubiera sido reemplazada. Se dispone a salir de la habitación tan silenciosamente como ha entrado. Se oye el frufrú de su ropa, vibra el aroma de su perfume. Una puerta que se abre y se cierra. Una parte de mi conciencia sigue *allí* como una casa abandonada. Al mismo tiempo, estoy en *este* sofá como mi propio yo. Y estoy pensando qué debo hacer a continuación. Aún no soy capaz de decidir qué es lo real. Tengo la sensación de que la palabra «aquí» va a ir, poco a poco, dividiéndose en mi interior. *Estoy aquí, pero también estoy aquí.* Lo uno me parece tan cierto como lo otro. Sentado en el sofá, estoy inmerso en esta extraña disociación.

Poco después, se abre la puerta y alguien entra en la habitación. Por los pasos, adivino que es el joven. Recuerdo sus pasos. Se coloca a mis espaldas, me quita las gafas de natación. La habitación está oscura, apenas iluminada por la tenue luz de la lámpara de pie. Me froto suavemente los ojos con las palmas de las manos para que se acostumbren al mundo real. Ahora él lleva puesta la chaqueta del traje. El color de la corbata combina a la perfección con la chaqueta de un oscuro verde grisáceo. Con una sonrisa, me toma suavemente por el brazo, me hace levantar del sofá y abre la puerta que está al fondo. Allí hay un lavabo. Hay un retrete y, al fondo, una ducha. Baja la tapa del retrete, me hace sentar encima y abre el grifo de la ducha. Espera paciente a que el agua salga tibia. Cuando el agua alcanza la temperatura adecuada, me indica con la mano que me duche. Desenvuelve una pastilla nueva de jabón y me la da. Sale del lavabo y cierra la puerta. ¿Por qué tengo que ducharme en un lugar así? No puedo entenderlo. ¿Habrá alguna razón para hacerlo?

Me entero de la razón al desnudarme. He eyaculado sin darme cuenta, llevo los calzoncillos pringados. De pie bajo el agua caliente, me lavo a conciencia con el jabón nuevo de color verde. Me quito el semen que ha quedado pegado al vello púbico. Luego salgo de la ducha y me seco con una toalla grande. Junto a la toalla, en una bolsa de plástico, hay unos calzoncillos tipo bóxer y una camiseta de Calvin Klein. Ambos de mi talla. A lo mejor ya estaba previsto que yo eyaculara aquí. Miro unos instantes mi cara reflejada en el espejo. La cabeza no me funciona con normalidad. De todos modos, tiro la ropa sucia en la papelera y me pongo los calzoncillos blancos limpios que me han preparado. Me pongo la camiseta blanca limpia. Me pongo los tejanos y me paso la parca por la cabeza. Me calzo los calcetines y las zapatillas sucias de tenis. Me pongo la cazadora. Salgo del lavabo.

El joven estaba esperándome fuera. Me acompañó a la habitación donde había estado antes.

El aspecto de la habitación no había cambiado. Sobre el escritorio reposaba el libro que él estaba leyendo. Al lado, el ordenador. Se oía una melodía de música clásica de un compositor desconocido. Me hizo sentar en el sofá y me trajo un vaso de agua mineral fresca. Sólo me bebí la mitad.

—Me siento cansado —dije, pero no parecía mi voz. No tenía, además, intención alguna de decir tal cosa. La voz brotó de manera automática, independiente de mi voluntad. Pero era mi voz.

El joven asintió con la cabeza. Sacó un sobre muy blanco del bolsillo interior de su chaqueta y me lo deslizó, como si insertara el adjetivo en una frase, en el bolsillo interior de la cazadora. Luego, volvió a asentir ligeramente con la cabeza. Miré por la ventana. Ya había anochecido y los anuncios de neón, las luces de las ventanas de las casas, las farolas y los faros de los coches iluminaban las calles. Poco a poco empezó a parecerme insoportable permanecer en aquella habitación. Me levanté del sofá sin decir nada, atravesé la habitación, abrí la puerta y salí. El joven, de pie ante el escritorio, me estaba mirando, pero, como era de esperar, no dijo nada. Tampoco intentó impedir que saliera de la habitación.

La estación de Akasaka Mitsuke estaba abarrotada de gente que regresaba a casa después del trabajo. Decidí caminar hasta donde pudiera, porque no quería coger el metro, con aquel aire viciado. Llegué a la estación de Yotsuya pasando por delante del Palacio de los Huéspedes de Honor. Luego caminé a lo largo de la calle Shinjuku, entré en un local pequeño y pedí una cerveza. Con el primer sorbo, me di cuenta de que tenía hambre y pedí un plato sencillo. Miré el reloj de pulsera, ya eran casi las siete. Pensándolo bien, ¿qué me importaba a mí la hora que fuera?

Al moverme, noté que llevaba algo en el bolsillo interior de la cazadora. Había olvidado por completo el sobre que me había dado el joven antes de irme. Un sobre corriente, muy blanco. Al cogerlo, vi que pesaba mucho más de lo que aparentaba. No sólo pesaba, era, además, un peso extraño. Como si lo que hubiera dentro estuviera conteniendo la respiración. Tras vacilar unos instantes, abrí el sobre (de todos modos tendría que abrirlo un día u otro). Dentro había un fajo de billetes de diez mil yenes. Eran billetes muy nuevos, sin ninguna arruga, ningún pliegue. Tan nuevos que no parecían auténticos. Pero tampoco se me ocurrió ninguna razón para que no lo fueran. Había veinte billetes en total. Volví a contarlos para asegurarme. No había duda. Eran veinte billetes: doscientos mil yenes.

Metí el dinero en el sobre y lo guardé en el bolsillo. Luego cogí el tenedor que estaba sobre la mesa y lo contemplé inconscientemente. Lo primero que me vino a la cabeza fue, con ese dinero, comprarme unos zapatos nuevos. De todos modos necesitaba un par. Pagué la cuenta, salí del restaurante, entré en una zapatería grande que daba a la calle Shinjuku. Escogí unas zapatillas deportivas corrientes de color azul, le dije al dependiente el número que calzaba. Ni siquiera miré el precio. Cuando me las probé y vi que me iban, le dije que me las llevaría puestas. El dependiente, de mediana edad (tal vez el dueño del establecimiento), tras ponerles los cordones hábilmente, preguntó: «¿Qué hacemos con los zapatos que llevaba puestos?». Le respondí que los tirara, que no los necesitaba más. Pero cambié de idea y le dije que me los llevaría. «Hay ocasiones», comentó el dependiente con una simpática sonrisa, «en que es útil tener un par de zapatos viejos que no le importe ensuciar.» Que venía a decir algo así como: «Veo cada día cientos de zapatos tan sucios como éstos. Estoy acostumbrado». Metió las zapatillas de tenis en la caja de las zapatillas nuevas y deslizó la caja dentro de una bolsa de papel con asas. Dentro de la caja, las zapatillas viejas parecían el cadáver de un animal pequeño. Pagué con uno de los billetes de diez mil yenes sin una arruga que saqué del sobre, y, como cambio, recogí algunos billetes de mil yenes no tan nuevos. Subí al tren de la línea Odakyuu con la bolsa que contenía las zapatillas viejas de tenis en la mano y volví a casa. Mezclado con las personas que regresaban a casa después del trabajo, sujeto a una de las correas del vagón, fui enumerando las cosas nuevas que llevaba puestas en aquel momento. *Unos calzoncillos nuevos, una camiseta nueva, unos zapatos nuevos.*

Llegué a casa, me senté a la mesa de la cocina, me bebí una botella de cerveza y escuché, como siempre, música por la radio. Tenía ganas de hablar con alguien. Del tiempo, del gobierno, de cualquier cosa. No importaba, sólo quería mantener *una conversación* con alguien. Por desgracia, no se me ocurrió con quién. Ni siquiera estaba el gato.

Al día siguiente por la mañana, al afeitarme, frente al espejo, inspeccioné como siempre la mancha de la cara. La mancha no mostraba cambio alguno. Por primera vez desde hacía tiempo, me senté en el cobertizo y me pasé el día contemplando el jardín. La mañana fue agradable y la tarde también. La brisa de principios de primavera mecía plácidamente las hojas de los árboles.

Me saqué del bolsillo interior de la cazadora el sobre con los diecinueve billetes de diez mil yenes y lo guardé en el cajón de mi escritorio. El sobre seguía teniendo, igual que el día anterior, un peso extraño. Como si ese peso significara algo. Pero no comprendía qué. Pensé: «*Se parece a algo*». Lo que yo había hecho se parecía mucho a algo. Intentaba recordar qué podía ser mirando fijamente el sobre metido en el cajón. Pero me resultaba imposible.

Cerré el cajón, fui a la cocina, me preparé un té inglés y me lo tomé de pie delante del fregadero. Y al fin lo recordé. *Lo que había hecho se parecía sorprendentemente al trabajo de las prostitutas que conciertan las citas por teléfono, las prostitutas de las que me había hablado Creta Kanoo.* Ir al lugar indicado, acostarse con un desconocido y recibir una remuneración. Yo, en realidad, no me había acostado con aquella mujer (sólo había eyaculado con los pantalones puestos), pero, aparte de eso, era casi lo mismo. Necesitaba una cantidad considerable de dinero y, para conseguirla, entregaba mi cuerpo a alguien desconocido. Reflexioné sobre ello mientras me tomaba el té inglés. A lo lejos se oía ladrar un perro y, poco después, me llegó el ruido del motor de un avión a hélice. Pero mi pensamiento no llegó a tomar una forma definida. Luego volví a sentarme en el cobertizo a contemplar el jardín envuelto en la luz de la tarde. Cuando me cansé de mirar el jardín, me estudié las palmas de las manos. *«Yo convertido en prostituta»,* pensé mirándome las palmas de las manos. ¿Quién iba a imaginar que yo acabaría vendiendo mi cuerpo por dinero? Y que lo primero que haría con ese dinero sería comprarme unas zapatillas de deporte nuevas.

Me apetecía respirar el aire fuera de casa y decidí ir a comprar. Caminé por la calle con las zapatillas nuevas. Me pareció que las zapatillas nuevas transformaban mi existencia en una existencia nueva, distinta a la que había llevado hasta entonces. Encontré el aspecto de las calles, los rostros de las personas que se cruzaban conmigo un poco distintos a como eran antes. Compré verdura, huevos, leche, pescado y café sin moler. Pagué con el cambio que me habían dado en la zapatería la noche anterior. Tenía ganas de confesarle a la cajera, de cara redonda y de mediana edad, que ese dinero lo había ganado el día anterior vendiendo mi cuerpo. Que había recibido como remuneración doscientos mil yenes. Nada menos que doscientos mil yenes. Y pensar que en el bufete donde trabajaba antes me pagaban poco más de ciento cincuenta mil yenes al mes matándome a hacer horas extras cada día. Quería decírselo. Pero, por supuesto, me callé. Simplemente pagué y cogí la bolsa de papel con la comida.

«Sea como sea, la cosa ha empezado a funcionar», me dije a mí mismo mientras caminaba abrazando la bolsa de papel entre los brazos. Ahora ya no tenía más remedio que agarrarme bien para no caer del tren en marcha. De ese modo, quizá llegara a alguna parte. *Por lo menos, a un lugar distinto del que estoy ahora.*

Mi presentimiento no era erróneo. Cuando llegué a casa me recibió un gato. Al abrir la puerta, un gato se me acercó, maullando con fuerza. Tenía el rabo con la punta doblada y lo llevaba erguido. Era *Noboru Wataya*, cuyo paradero ignoraba desde hacía casi un año. Dejé la bolsa de la compra y lo tomé en brazos.

7

Lo que se adivina si se piensa bien
El punto de vista de May Kasahara (2)

¡Hola, señor *pájaro-que-da-cuerda!*

Quizás imagines que estoy en algún instituto, ante las páginas de un libro de texto, estudiando como cualquier alumna normal. Ya sé que la última vez que nos vimos te dije: «Voy a ir a otra escuela», y que no es raro que pienses así. Y no creas, señor *pájaro-que-da-cuerda. Realmente* fui a otra escuela. A un internado de chicas que estaba lejos, muy lejos. Pero no tenía, para nada, un aire pobretón. Las habitaciones, grandes y limpias, parecían las de un hotel, y el comedor era tipo cafetería, de esos donde tú mismo puedes elegir la comida. También había pistas de tenis y una piscina nueva acojonante. Un sitio de esos que cuesta un ojo de la cara, para niñas de familia rica. Además, sólo había *chicas un poco problemáticas.* Supongo que ya puedes imaginarte qué tipo de escuela era, ¿verdad? Estaba rodeado por un muro alto con alambrada de púas, en la entrada había una puerta que ni *Godzilla* hubiese podido derribar, y estaba vigilado las veinticuatro horas, por turno, por unos guardas que parecían muñecos electrónicos. Más que para impedir la entrada a los de fuera, para impedir salir a los de dentro.

Tal vez me preguntes por qué fui sabiendo que era un lugar tan horrible. Ya que, si no lo deseaba, no tenía por qué ir. ¿No es así, señor *pájaro-que-da-cuerda?* Es verdad. Tienes razón. Pero, según se mire, yo entonces no tenía otra alternativa. Por culpa de todos los problemas que causé, no había una sola escuela decente, excepto aquélla, que quisiera aceptarme, y yo quería irme de casa a toda costa. Por eso, aunque sabía que era un lugar horroroso, *decidí* ingresar allí. Pensé que, de una manera u otra, ya me las compondría. Pero era horrible. Me quedo corta diciendo que era peor que una pesadilla. Hasta el punto de despertarme empapada en sudor en mitad de una pesadilla (en realidad, allí las tenía a menudo) y pensar: «¡No, no quiero despertarme!». Porque la realidad era infinitamente peor. ¿Me comprendes, señor *pájaro-que-da-cuerda*? ¿Has pasado tú alguna vez, señor *pájaro-que-da-cuerda*, por una *tortura* semejante?

En esa «prisión-albergue-hotel-de-lujo» sólo estuve medio año. Cuando volví a casa por las vacaciones de primavera, anuncié a mis padres que prefería suicidarme a volver allí. Les dije que me metería tres tampones en la garganta y bebería mucha agua, que me cortaría las venas de las muñecas de ambos brazos con una hoja de afeitar y que me tiraría de cabeza desde el tejado de la escuela. Lo dije en serio. No iba en broma. Mis padres tienen, los dos juntos, menos imaginación que una rana, pero cuando hablo en serio, comprenden que no son simples amenazas. Lo saben por experiencia.

No volví más a aquella maldita escuela. Y así, de finales de marzo a principios de abril, estuve encerrada en casa leyendo, mirando la televisión, haciendo el vago. Unas cien veces al día pensaba: «Me gustaría ir a ver al señor *pájaro-que-da-cuerda*». Tenía ganas de cruzar el callejón, saltar el muro de tu casa y hablar contigo, señor *pájaro-que-da-cuerda*. Pero, por más ganas que tuviera, no podía ir a verte así como así. Porque entonces acabaría repitiéndose lo del verano. Por eso sólo miraba el callejón por la ventana de mi cuarto preguntándome qué estarías haciendo. Y la primavera llegó silenciosamente a todo el mundo. Yo me preguntaba qué tipo de vida llevarías en primavera. ¿Habría vuelto Kumiko? ¿Qué habría sido de aquel par de mujeres raras que se llamaban Malta Kanoo y Creta Kanoo? ¿Habría vuelto el gato, *Noboru Wataya?* ¿Habría desaparecido la mancha que te salió en la cara?

Un mes después, ya no podía aguantar más ese tipo de vida. No sé por qué, pero, para mí, aquel lugar no era otra cosa que «el mundo del señor *pájaro-que-da-cuerda*». Y, allí, yo era simplemente un ser *incluido* en el «mundo del señor *pájaro-que-da-cuerda*». Sucedió sin que me diese cuenta. Y pensé que *ya estaba bien*. No es culpa tuya, ya lo sé, pero eso no podía seguir así. Tenía que encontrar mi propio lugar.

Y, de repente, tras darle muchas vueltas, se me ocurrió.

(Una pista.) Si lo piensas *bien bien,* señor *pájaro-que-da-cuerda,* lo adivinarás. Si te esfuerzas un poco, descubrirás de qué lugar se trata. No es ni una escuela, ni un hotel, ni un hospital, ni una prisión, ni una casa. Es un lugar un poco especial que está muy, muy lejos. Es un secreto. Por ahora.

Este lugar se halla también en la montaña. Y también está rodeado de un muro (no muy alto), con un portal y un vigilante, pero de aquí podemos entrar y salir con toda libertad. Se encuentra en un terreno muy grande, tiene un bosque y un estanque y, cuando paseo al amanecer, veo a menudo animales. Leones, cebras… ¡Es mentira! Son animales pequeños, pavos reales, tejones. Dentro del terreno hay una residencia y yo vivo en ella. La habitación es individual, no tan bonita como la de aquella prisión-albergue-hotel-de-lujo, pero está bastante bien. Creo que ya te la describí en la carta anterior, ¿verdad? Encima de la estantería tengo el radiocasete que me traje de casa (aquel grande, ¿lo recuerdas, señor *pájaro-que-da-cuerda?)* y ahora tengo puesto a Bruce Springsteen. Es domingo por la tarde y todo el mundo ha salido, así que nadie se queja si pongo la música a todo trapo.

Mi única diversión actualmente es ir los fines de semana a la ciudad que hay cerca y comprar unas cuantas cintas de casete en una tienda de discos (libros apenas compro: si quiero leer alguno, voy a buscarlo a la biblioteca). La chica de la habitación de al lado, con quien me llevo bastante bien, se ha comprado un coche pequeño de segunda mano y me lleva a la ciudad. La verdad es que, con ese coche, he aprendido a conducir. El terreno es muy grande y hay sitio de sobra para practicar. Aún no tengo el permiso de conducir, pero ya lo hago bastante bien.

A decir verdad, aparte de comprar casetes, en la ciudad no me divierto demasiado. Las demás dicen que se volverían locas si no fueran allí una vez por semana. Pero yo me siento muy relajada cuando todo el mundo se va y puedo quedarme sola escuchando la música que me gusta. Una vez, la amiga del coche me propuso que quedáramos con dos chicos y saliésemos los cuatro juntos. Acepté para probar. Me presentó a un chico. Ella es de aquí y conoce a mucha gente. El chico estudia en la universidad y no está mal, pero ¿cómo te lo diría?, no sé, me parece que aún no soy capaz de tener una percepción clara de muchas cosas. Como si las cosas estuvieran lejos, como muñecos de tiro al blanco y, entre esos muñecos y yo, hubiera colgadas varias cortinas transparentes.

Si te digo la verdad, cuando estaba contigo, por ejemplo, cuando estábamos sentados a la mesa de la cocina hablando uno enfrente del otro y tomando cerveza, siempre me venía a la cabeza una idea: «¿Qué haría ahora si el señor *pájaro-que-da-cuerda* me echara al suelo e intentara violarme?». No sabría qué hacer. Supongo que me resistiría, como es natural, y diría: «¡No! ¡No quiero! ¡Ésas no son maneras!». Pero, mientras estuviera dándole vueltas a cómo explicarte «por qué no quiero o *por qué ésas no son maneras*», me iría liando, acabaría por no saber dónde tengo la cabeza y tú quizá te aprovecharas de la situación para violarme. Al pensarlo, se me aceleraban los latidos del corazón. Si pasara eso, ¿qué haría? ¡No sería justo! Tú no tenías ni idea de lo que yo estaba pensando, ¿verdad? ¿Te parecen tonterías? Seguro que sí. No tiene sentido, ya lo sé. Pero ¿sabes, señor *pájaro-que-da-cuerda*? En aquel momento, para mí era algo *terriblemente* serio. Creo que por eso saqué la escalera y te encerré en el fondo del pozo. Era como si pusiera punto final a algo. Tú ya no existirías y yo ya no tendría que complicarme la vida pensando en esas cosas.

Te pido perdón. Ahora me doy cuenta de que no tendría que haberte hecho una cosa así (ni a ti *ni a nadie,* vaya). A veces no puedo controlarme. Soy consciente de lo que hago, pero soy incapaz de detenerme. Éste es mi punto flaco.

Estoy segura de que tú, señor *pájaro-que-da-cuerda,* no me tirarías al suelo y me violarías. No sé por qué, pero ahora lo sé muy bien. Eso no quiere decir que no pudieras hacerlo (porque nadie sabe qué puede ocurrir), pero por lo menos estoy segura de que no lo harías para liarme las ideas. No puedo explicártelo bien, pero tengo esa *sensación*.

Bueno, ya está bien. Hablemos de otra cosa. Dejemos esta complicada historia de la violación.

Como te iba diciendo, cuando salgo con un chico, soy incapaz de concentrar mi atención en él, ¿sabes? Aunque esté hablando con él y le esté sonriendo, mi cabeza siempre se va flotando a otro lugar como un globo con el hilo cortado. Una tras otra, voy pensando en cosas que nada tienen que ver con todo aquello. Así que, ¿cómo te lo diría?, creo que quiero seguir sola durante algún tiempo más. Y continuar pensando en mis cosas sin orden ni concierto. En este sentido, debo de estar aún en «fase de recuperación».

Te escribiré. En la próxima carta podré explicarte más cosas y hacerlo un poco mejor.

P. S. Hasta que recibas mi próxima carta, intenta adivinar dónde estoy y qué hago.

8

Nutmeg y Cinnamon

El gato llevaba pegotes de barro seco por todo el cuerpo, de la cabeza a la cola. Tenía el pelo enredado y lleno de bolas. Parecía que hubiera estado revolcándose durante mucho tiempo en algún lugar muy sucio. Agarré el gato, que ronroneaba excitado, y lo examiné minuciosamente. Estaba algo demacrado, pero, aparte de eso, la cara, el cuerpo y el pelaje apenas habían cambiado desde la última vez que lo había visto. Los ojos los llevaba limpios, sin cicatrices. No parecía que hubiera estado ausente durante casi un año. Me daba la sensación de que volvía a casa después de una noche de juerga.

Le puse en el cobertizo un plato con un trozo de *sawara** que había comprado en el supermercado. El gato, que parecía terriblemente hambriento, se comió el pescado en un santiamén, entre jadeos, atragantándose y vomitando de vez en cuando los trozos que no había podido tragar. Encontré bajo el fregadero la escudilla que usábamos para darle de beber. La llené de agua y el gato se la bebió casi toda. Al final recobró el aliento y empezó a lavarse la cara. Poco después, como si recordara algo de repente, se me acercó, se me subió a las rodillas y se quedó dormido hecho un ovillo.

---

* Pescado muy apreciado por su sabor. Es un pez muy común en las costas de Japón y en el mar Interior. *(N. de los T.)*

El gato dormía con las patas delanteras dobladas bajo su cuerpo, tapándose la cara con la cola. Al principio, ronroneaba con fuerza, pero el sonido fue haciéndose cada vez más débil y, al cabo de un rato, el gato se sumió en un profundo sueño, bajando la guardia por completo. Sentado en el soleado cobertizo, lo acariciaba con cuidado para evitar despertarlo. Me habían ocurrido tantas cosas que casi había olvidado su desaparición. Me sentí conmovido con aquel animal pequeño y blando sobre mis rodillas, viendo cómo aquel ser vivo dormía, confiado por entero a mí. Puse una mano sobre su pecho y percibí el latido de su corazón. Era un latido débil y rápido. Su corazón, igual que el mío, marcaba incesantemente un tiempo que se correspondía con el tamaño de su cuerpo.

No podía imaginar dónde había estado, ni qué había hecho ni por qué había vuelto, de repente, a casa. Me hubiera gustado preguntárselo: «¿Dónde has estado? ¿Qué demonios has hecho durante casi un año? ¿Dónde has dejado el rastro de tu tiempo perdido?».

Acerqué un cojín viejo y puse el gato encima. Su cuerpo estaba desmadejado como la ropa recién lavada. Sobre el cojín, el gato entreabrió los ojos, abrió un poco la boca, pero no maulló. Al ver que, tras acomodarse sobre el cojín, bostezaba y volvía a dormirse, fui a la cocina y ordené la comida que había comprado, metí en la nevera el *toofu*, la verdura y el pescado. Por si acaso, fui a echarle una ojeada al gato, que seguía durmiendo en la misma postura. Como su mirada nos recordaba a la del hermano de Kumiko, lo llamábamos *Noboru Wataya*, pero ése no era su verdadero nombre. Pasaron seis años sin que Kumiko y yo le pusiéramos uno.

Pero, aunque fuese una broma, ya no podía seguir llamándolo *Noboru Wataya*. Durante esos seis años la figura del auténtico Noboru Wataya se había agigantado. No podía seguir llamando así a nuestro gato. Mientras el gato estuviera conmigo, tenía que ponerle un nombre nuevo. Cuanto antes mejor. Un nombre simple, concreto y real. Un nombre que pudiera ver con mis ojos y tocar con mis manos. Era necesario borrar por completo la memoria, el sonido y el significado del nombre *Noboru Wataya*.

Retiré el plato donde había puesto el pescado. Brillaba como si lo hubieran lavado y secado. El pescado debía de estar muy bueno. Me alegré de haber comprado pescado, por casualidad, el mismo día en que había vuelto el gato. Me pareció un buen presagio, para mí y para el gato, algo que había que celebrar. Decidí ponerle el nombre del pescado: *Sawara*. Mientras lo acariciaba detrás de las orejas se lo dije: «Escúchame bien. Tú ya no te llamas *Noboru Wataya*. A partir de ahora te llamarás *Sawara*». De haber sido posible, hubiera querido anunciárselo al mundo entero en voz alta.

Leí hasta el anochecer sentado junto a *Sawara* en el cobertizo. El gato dormía profundamente, como si quisiera recuperar algo. Su respiración recordaba un fuelle que se oyera en la distancia y el cuerpo subía y bajaba despacio al compás de la respiración. De vez en cuando, alargaba el brazo y tocaba su cuerpecillo cálido como para comprobar que aún seguía ahí. Era maravilloso que, estirando el brazo, pudiera tocar algo, sentir el calor de algo. Sin ser consciente de ello, durante demasiado tiempo había perdido esa sensación.

Al día siguiente, *Sawara* seguía allí, no había desaparecido. Cuando me desperté, el gato estaba junto a mí, tumbado de costado con las patas extendidas, profundamente dormido. Durante la noche, debía de haberse despertado y lamido de arriba abajo con minuciosidad porque el barro y las bolas habían desaparecido por completo y él había recuperado el aspecto de antes. Desde pequeño, el gato había tenido el pelo bonito. Lo tomé en brazos, le di el desayuno y le cambié el agua. Y lo llamé: «¡*Sawara!*», desde lejos. A la tercera vez se volvió hacia mí y me respondió con un pequeño maullido.

Yo tenía que empezar un nuevo día. Me duché, me planché la camisa recién lavada, me puse unos pantalones de algodón y las zapatillas deportivas nuevas. El cielo estaba un poco nublado, pero como no hacía frío, decidí ponerme un jersey grueso en vez del abrigo. Cogí el tren y bajé en la estación de Shinjuku. Luego crucé el paso subterráneo hasta la plaza de la boca oeste y me senté en el mismo banco de siempre.

La mujer apareció poco después de las tres. Ni ella se sorprendió al verme allí, ni yo me sorprendí al ver que se acercaba. Ni siquiera nos saludamos, como si hubiésemos quedado en vernos. Sólo alcé un poco la vista y ella sólo torció ligeramente los labios mientras se dirigía hacia mí.

Llevaba una chaqueta de algodón de color naranja realmente primaveral y una falda estrecha de color topacio. Y dos pequeños pendientes de oro en las orejas. Se sentó a mi lado y se fumó un cigarrillo en silencio. Igual que siempre, sacó un Virginia Slims del bolso, se lo puso entre los labios y lo encendió con un mechero fino de oro. Como era de esperar, esta vez no me ofreció ninguno. Y, tras dar dos o tres caladas absorta en sus pensamientos, lo tiró al suelo como si probara el estado de la atracción gravitatoria de aquel día.

—Venga conmigo —me dijo luego, y me dio un golpecito en la rodilla.

Se levantó. Apagué el cigarrillo de un pisotón y la seguí. Levantó el brazo, paró un taxi que pasaba y subió. Me senté a su lado. Le dio al taxista una dirección de Aoyama con voz penetrante. No dijo nada hasta que el taxi llegó a la calle Aoyama pasando por calles atestadas de coches. Yo contemplaba el paisaje de Tokio al otro lado de la ventanilla. Entre la salida oeste de la estación de Shinjuku y Aoyama había unos edificios nuevos que no había visto antes. La mujer sacó una agenda del bolso y escribió algo en ella con un bolígrafo dorado. De vez en cuando echaba una ojeada al reloj de pulsera como si comprobara algo. Un reloj de oro en forma de brazalete. Aparentemente, todos los objetos que llevaba eran de oro. ¿O era, tal vez, que todos los objetos se convertían en oro en el instante en que ella los tocaba?

Me llevó a una tienda de un diseñador famoso, en Omotesandoo, y me eligió dos trajes. Trajes de tela fina, uno gris azulado, el otro verde oscuro. El estilo de aquellos trajes hubiera sido, a todas luces, inadecuado para el bufete, pero se adivinaba que eran de buena calidad sólo con meter los brazos en las mangas. Ni ella me dio una explicación ni yo se la pedí. Me limité a obedecerla en todo lo que me decía. Me recordó una escena de una de aquellas películas de la *nouvelle vague* que veía de estudiante. En aquellas películas se huía de las explicaciones como del diablo, porque se consideraba que restaban realismo a las situaciones. Es una forma de pensar y de ver las cosas. Pero era bastante extraño que yo, alguien de carne y hueso, entrara en ese mundo.

Con una talla corriente como la mía, apenas tuvieron que ajustarme los trajes. Bastó con arreglar un poco las mangas y los bajos de los pantalones. Eligió tres camisas y tres corbatas para cada traje. Cogió dos cinturones y media docena de calcetines. Pagó con tarjeta de crédito e hizo que me lo enviaran todo a casa. Parecía tener una idea muy definida del tipo de trajes que debía llevar y de cómo tenía que vestirme, y tardó muy poco en decidirse. A mí me llevaba más tiempo comprar, incluso, una goma de borrar en la papelería. Su buen gusto era, sin embargo, innegable. Los colores y dibujos de las camisas y corbatas, que había ido tomando al azar, por aquí y por allá, combinaban de maravilla, como si los hubiera elegido tras una larga deliberación, y no eran, tampoco, combinaciones ordinarias.

Después me condujo a una zapatería y me compró dos pares de zapatos para llevar con los trajes. Tampoco aquí invirtió mucho tiempo. Volvió a pagar con tarjeta de crédito y a pedir que me los enviaran a casa. Pensé que no era necesario que enviaran expresamente sólo dos pares de zapatos, pero me pareció que ésa era su manera habitual de proceder. Elegir en un santiamén, pagar con tarjeta de crédito, hacer que se lo llevaran a casa.

Luego fuimos a una relojería. Volvió a repetirse lo mismo. Me compró un elegante reloj de pulsera con una correa de piel de cocodrilo que combinaba con los trajes. Como era de esperar, apenas tardó unos minutos en elegirlo. Costó unos cincuenta o sesenta mil yenes. Yo llevaba un reloj barato de plástico, pero, al parecer, a ella no le gustaba. En este caso, como era lógico, no dijo que me lo enviaran a casa. Hizo que lo envolvieran y me lo dio sin decir una palabra.

A continuación me llevó a una peluquería. Una peluquería enorme, de suelo brillante, con un espejo que cubría una pared entera como un estudio de baile. Había quince sillones, y los peluqueros, pertrechados con peines y tijeras, se afanaban a su alrededor. Había plantas de interior por todos los rincones y sonaba, a través de unos altavoces, un reiterativo solo de piano de Keith Jarrett a bajo volumen. Ella debía de haber hecho la reserva con antelación, porque nada más entrar me condujeron a uno de los sillones. Le dio instrucciones detalladas a un peluquero delgado a quien parecía conocer. El peluquero acogía con un movimiento de cabeza afirmativo cada una de las indicaciones de la mujer mientras contemplaba mi rostro en el espejo con ojos de estar mirando un plato compuesto por un puñado de fibras de apio sobre un bol lleno de arroz blanco. El hombre se parecía a Solzhenitsyn de joven.

—Volveré cuando hayas terminado —le comunicó al peluquero y salió del establecimiento a paso rápido.

El peluquero no dijo nada mientras me cortaba el pelo. Un lacónico «por favor, sígame», antes de lavarme el cabello, o un «¿me permite?», cuando me pasó el cepillo. De vez en cuando, al alejarse de mí, extendía el brazo y me tocaba la mancha en la mejilla derecha. En el espejo que ocupaba la pared entera se veían muchas personas reflejadas, y yo entre ellas. En mi cara brillaba la mancha de un color azul vivo. Pero yo ya no la consideraba ni fea ni repugnante. Había pasado a formar parte de mí y tenía que aceptarla como tal. A veces, sentía los ojos de alguien clavados en ella. Percibía que alguien me miraba la mancha del rostro en el espejo. Pero había demasiadas personas reflejadas en él y yo no podía averiguar de quién se trataba. Simplemente, sentía su mirada. Me cortaron el pelo en media hora. Volvía a tener el cabello corto, pues, desde que había dejado de trabajar, había dejado que me creciera sin cortármelo. Cuando, poco después, regresó la mujer, yo estaba sentado en una de las sillas dispuestas para aguardar el turno leyendo sin ganas una revista y escuchando música. Ella pareció satisfecha con mi peinado nuevo. Sacó un billete de diez mil yenes, pagó, salió conmigo. Se detuvo y me examinó de arriba abajo de idéntica forma a como yo había examinado el gato. Como si se preguntara si había olvidado hacer algo. Al parecer, había concluido su labor. Miró su reloj de pulsera de oro y suspiró. Ya eran casi las siete de la tarde.

—Cenemos —dijo—. ¿Tienes apetito?

Había comido, para desayunar, una tostada y, a mediodía, sólo un donut.

—Más o menos —respondí.

Me llevó a un restaurante de cocina italiana que había por allí. También en el restaurante la conocían y, sin que dijera una palabra, nos condujeron hasta una mesa tranquila situada al fondo del local. Ella se sentó y, tras tomar asiento frente a ella, me dijo que sacara todo lo que llevaba en los bolsillos de los pantalones. La obedecí sin chistar. Parecía que mi verdadero yo se hubiera separado de mí y vagara por alguna parte. «Ojalá me encuentre luego», pensé. En los bolsillos no llevaba gran cosa. Saqué unas llaves, un pañuelo, una cartera y lo puse todo encima de la mesa. Ella, que había estado observando el proceso sin aparente interés, tomó la cartera y miró lo que había dentro. Debía de llevar unos cinco mil quinientos yenes en efectivo. Y una tarjeta de teléfono, la tarjeta del banco y el carnet de la piscina municipal. Nada más. Nada fuera de lo común. Nada que debiera ser olido, medido, sacudido, mojado o examinado a contraluz. Me la devolvió sin alterar la expresión de su rostro.

—Mañana ve al centro y cómprate una docena de pañuelos, una cartera nueva y un llavero —dijo la mujer—. Esas cosas las podrás elegir tú solo, ¿verdad? A propósito, ¿cuándo te compraste ropa interior por última vez?

Lo intenté, pero fui incapaz de recordarlo. Le expliqué que no me acordaba.

—Creo que ya hace cierto tiempo, pero a mí, por decirlo de alguna manera, me gusta ir limpio y, pese a vivir solo, hago la colada con bastante frecuencia…

—De todos modos, cómprate una docena de cada —dijo de manera tajante, como si no quisiese tocar más ese tema. —Asentí en silencio—. Si me traes el recibo te pagaré el importe. Cómpratelos de buena calidad. Y también te pagaré la cuenta de la lavandería. Así que lleva las camisas a la lavandería aunque sólo te las hayas puesto una vez, ¿me has entendido?

Asentí de nuevo. Pensé que el dueño de la tintorería enfrente de la estación se alegraría mucho si lo oyera. «Pero…», pensé. Intenté construir una frase tras aquella simple conjunción que parecía pegada a la ventana por su propio poder de adhesión.

—Pero ¿por qué se toma usted la molestia de comprarme trajes y de pagarme el importe de la peluquería y la tintorería?

Ella no contestó. Sacó un Virginia Slims del bolso, se lo puso entre los labios. Un camarero alto, de rasgos nobles y proporcionados, surgió de algún rincón, prendió una cerilla con mano experta y le encendió el cigarrillo. La cerilla ardió con un chasquido agradable. Un sonido capaz de abrir el apetito. Luego el camarero nos puso delante el menú. Ella ni siquiera lo miró. Dijo que tampoco quería saber el plato especial del día.

—Una ensalada y un panecillo. Y un plato de pescado blanco. La ensalada muy poco aliñada, con un poco de pimienta por encima. Agua con gas, sin hielo.

Pedí lo mismo, porque me daba pereza mirar el menú. El camarero hizo una reverencia y se fue. Por lo visto, mi yo real aún no había podido localizarme.

—Lo pregunto por simple curiosidad, exclusivamente por eso —me aventuré a decir—. No pretendo poner objeción alguna a que me haya comprado esas cosas, pero ¿por qué ha invertido usted tanto tiempo y dinero? —No hubo respuesta—. Simple curiosidad —repetí.

Tampoco ahora hubo respuesta. Sin hacer caso a mi pregunta, la mujer miraba con interés el cuadro al óleo colgado en la pared. Una campiña italiana (creo). En el cuadro había unos pinos desmochados, unas cuantas casas rurales de paredes rojizas en una colina. No eran casas grandes. Pero todas tenían un aspecto agradable. Pensé qué tipo de personas viviría allí. Seguramente, personas normales con una vida normal. Ellos no tendrían ocasión de que una mujer desconocida les comprara, de pronto, varios trajes y un reloj, tampoco necesitarían reunir una importante suma de dinero para conseguir un pozo seco. Envidié sinceramente a las personas que vivían en un mundo normal. De haber sido posible, me hubiese gustado entrar en el cuadro. Entrar en alguna de aquellas casas y que me ofrecieran una copa de vino, sumirme en un profundo sueño tapado con un edredón.

Al poco rato vino el camarero, depositó una botella de agua

mineral con gas entre nosotros. Ella apagó el cigarrillo en el cenicero.

—¿Por qué no haces otra pregunta? —dijo la mujer.

Mientras me pensaba otra pregunta, ella fue bebiendo el agua.

—El joven que había en el despacho de Akasaka, ¿es su hijo? —pregunté.

—Sí —contestó de inmediato.

—¿No puede hablar, acaso?

Asintió con la cabeza.

—Nunca fue muy hablador. Pero antes de cumplir los seis años dejó de hablar de repente. Dejó de emitir sonidos.

—¿Por alguna razón especial? —Ella pasó por alto mi pregunta. Pensé otra—. Si no habla, cuando tiene que resolver algún asunto, ¿cómo lo hace?

Ella frunció sólo un poco las cejas. No es que no le prestara atención a mi pregunta, pero, como supuse, no tenía intención de contestarme.

—También eligió usted la ropa que él lleva puesta, ¿no es así? Igual que ha hecho conmigo.

—Simplemente, detesto ver a la gente que no se viste de forma adecuada. No puedo soportarlo de ninguna manera, *en absoluto*. Por lo menos las personas que estén cerca de mí quiero que se vistan de forma adecuada. Quiero que se vistan correctamente, incluso al margen de si se ve o no.

—Así pues, no le preocupa mi duodeno.

—¿Tienes algún problema con el duodeno? —preguntó mirándome fijamente con mirada seria.

Me arrepentí al instante de haber hecho una broma.

—Mi duodeno está en perfecto estado, de momento. Lo he dicho por decir algo, o sea… a modo de ejemplo, nada más.

Ella seguía mirándome a la cara con desconfianza. Pensaba, sin duda, en mi duodeno.

—Por eso digo que, aunque tenga que pagarlo yo, quiero que se vistan de forma adecuada, nada más. Pero tú no te preocupes, *pase lo que pase,* ése es mi problema. Se trata sólo de que no puedo soportar la ropa sucia, ni personal ni *fisiológicamente.*

—Como un músico con el oído educado, que no soporta la música desafinada, ¿no es así?

—Exacto.

—Entonces, ¿usted les compra la ropa a cuantos la rodean, como ha hecho conmigo?

—Sí, pero tampoco hay mucha gente a mi alrededor. Verás, aunque no me guste como vistan, no puedo comprarle la ropa a todo el mundo.

—Todo tiene su límite, ¿es eso?

—Así es —reconoció.

Poco después trajeron la ensalada y nos la comimos. Estaba, ciertamente, muy poco aliñada. Tan poco que casi podían contarse las gotas de condimento.

—¿Tienes otra pregunta? —dijo la mujer.

—Me gustaría saber su nombre. Me gustaría poder llamarla de alguna manera.

Ella mordía un rábano en silencio. Frunció las cejas como si, por equivocación, se hubiese metido algo muy picante en la boca.

—¿Por qué quieres saber mi nombre? No estarás pensando en escribirme una carta, ¿verdad? El nombre, por así decirlo, es algo trivial, ¿no te parece?

—Pero si alguna vez tengo que llamarla estando usted de espaldas, me encontraré con un problema si no sé su nombre.

Dejó el tenedor en el plato y se limpió con delicadeza las comisuras de los labios con la servilleta.

—Tienes razón, no se me habría ocurrido jamás. En tal caso

tendrías, sin duda, un problema. —Permaneció pensativa largo rato. Mientras ella pensaba, yo comía ensalada en silencio—. O sea, que necesitas saber mi nombre para cuando quieras llamarme y yo esté de espaldas.

—Sí, más o menos.

—Entonces, no es preciso que sea mi verdadero nombre, ¿no es así?

Asentí con la cabeza

—Veamos, un nombre…, un nombre…, ¿cuál podría estar bien?…

—Un nombre simple, fácil de decir. A ser posible, un nombre concreto, real, que pueda tocarse con la mano y verse con los ojos. Así será más fácil recordarlo.

—¿Por ejemplo?

—Por ejemplo, mi gato se llama *Sawara*. En realidad, se lo puse ayer.

—¿*Sawara*? —dijo, como si comprobara la resonancia del nombre. Miraba fijamente el juego de sal y pimienta que tenía delante. Luego alzó el rostro y dijo: «Nutmeg».*

—¿Nutmeg?

—Se me ha ocurrido de repente. Si te gusta, considéralo mi nombre.

—Por mí está bien. ¿Y su hijo?

—Cinnamon.**

—Y *parsley, sage, rosemary and thyme*** —dije como si cantara.

—Nutmeg Akasaka y Cinnamon Akasaka… no suena mal.

Nutmeg Akasaka y Cinnamon Akasaka…, si se enterase May Kasahara de que había conocido a gente así se quedaría sorprendida. Vaya, vaya con el señor *pájaro-que-da-cuerda*. ¿Por qué no

---

* En inglés, nuez moscada. *(N. de los T.)*
** En inglés, canela. *(N. de los T.)*
*** En inglés, respectivamente, perejil, salvia, romero y tomillo. *(N. de los T.)*

puede relacionarse con personas un poco más normales? ¿Por qué será? No tengo ni idea, May Kasahara.

—Por cierto, he conocido a dos mujeres que se hacen llamar Malta Kanoo y Creta Kanoo hace ya algunos meses, más o menos un año —le dije—. Por su culpa, he vivido nuevas experiencias, aunque ahora ya no me importe. —Nutmeg apenas asintió con la cabeza y no expresó su opinión al respecto—. Se han esfumado a alguna parte —añadí desanimado—. Como el rocío por la mañana en verano.

«O como una estrella del amanecer.»

Con el tenedor se llevó a la boca una hoja que parecía de escarola. Luego alargó el brazo para coger el vaso y bebió, como si recordara de repente una vieja promesa, un sorbo de agua.

—¿No quieres saber lo del dinero? Lo del dinero que recibiste anteayer, si no me equivoco.

—Claro que tengo ganas de saberlo.

—Puedo explicártelo. Pero la historia puede que sea bastante larga.

—¿Terminará antes del postre?

—Tal vez no —dijo Nutmeg.

9

En el fondo del pozo

Cuando bajo a la negrura del pozo por la escalera de hierro fijada a la pared, busco a tientas el bate de béisbol que siempre dejo apoyado en ella. Es el bate que, casi inconscientemente, le arrebaté al hombre con el estuche de guitarra. Asir ese bate viejo lleno de ralladuras en la oscuridad del fondo del pozo me tranquiliza de una manera extraña. También me ayuda a concentrarme. Por eso lo tengo siempre en el fondo del pozo. Porque bajar y subir cada vez con el bate es una molestia.

Busco el bate, aguanto el mango con ambas manos y lo sujeto como un jugador de béisbol dispuesto a batear. Compruebo si es *mi* bate, el bate de siempre. Luego compruebo, fijándome en todos los detalles, que nada haya cambiado en la oscuridad impenetrable. Aguzo el oído, hincho de aire los pulmones, tanteo el estado de la tierra con la suela del zapato, golpeo suavemente con la punta del bate la pared para comprobar su dureza. Pero todo eso no es más que un ritual para tranquilizarme. El fondo del pozo se parece mucho al fondo de los grandes abismos marinos. Allí todo permanece inmutable, conserva su forma original, como comprimido por la presión del agua. No es que nada cambie, depende del día.

Arriba flota la luz, recortada, redonda. Es el cielo del atardecer. Mirándolo, pienso en el mundo a esa hora del atardecer del mes de octubre. Allí debe de haber una vida con *gente*. Bajo esa luz tenue, la gente camina por las calles, hace compras, prepara la comida, se dirige a su casa en tren. Y piensan que es algo tan natural que no merece siquiera ser pensado. O ni siquiera lo piensan. Como hacía yo antes. Ellos poseen esa identidad imprecisa de quienes pueden denominarse «gente». Yo era uno de ellos, sin nombre. Bajo esa luz, la gente acepta a la gente, la gente es aceptada por la gente. Allí hay, sin duda, una especie de intimidad envuelta en luz, quizá duradera, quizá transitoria. Yo ya no me incluyo entre ellos. Pues están en la superficie de la tierra y yo estoy en el fondo de un pozo profundo. Ellos tienen luz, yo estoy a punto de perderla. A veces pienso que ya no podré volver jamás a ese mundo. Tal vez nunca vuelva a sentir el sosiego de estar envuelto en luz. Tal vez nunca pueda volver a abrazar el cuerpo blando del gato. Cuando pienso estas cosas, siento un dolor sordo, como si algo me oprimiera el pecho.

Pero mientras trazo círculos sobre el suelo blando con la suela de goma de la zapatilla de tenis, la escena de la superficie de la tierra se va alejando de mí. La sensación de realidad se debilita poco a poco y, en su lugar, empieza a envolverme la intimidad del pozo. El fondo del pozo es cálido, silencioso, la ternura de la tierra profunda apacigua mi piel. El dolor que hay en mi pecho va extinguiéndose como se extinguen las ondas en la superficie del agua. Ese lugar me acoge y yo acojo ese lugar. Aprieto el mango del bate. Cierro los ojos, los abro de nuevo, miro hacia lo alto.

Luego tiro de la cuerda que cuelga sobre mí y cierro la tapa del pozo. (Cinnamon me construyó este ingenioso mecanismo con un juego de poleas, para que así pudiera cerrar la tapa desde abajo.) La oscuridad se vuelve perfecta. La boca del pozo está sellada, ya no hay luz en ninguna parte. Dejan de oírse los ruidos del viento que me llegaban de tarde en tarde. El aislamiento de la *gente* es ahora total. Ya no llevo siquiera una linterna. Es como una profesión de fe. Como si les manifestara, *a ellos,* que intento aceptar la oscuridad sin alterarla.

Me siento en el suelo, apoyo la espalda en la pared de cemento, me coloco el bate entre las rodillas, cierro los ojos. Aguzo el oído para escuchar los latidos de mi corazón. Por supuesto que no hace falta cerrar los ojos en la oscuridad. De todos modos no se ve nada. Pero aun así los cierro. A su manera, el acto de cerrar los ojos tiene sentido en cualquier oscuridad. Respiro hondo unas cuantas veces, acostumbro mi cuerpo a ese espacio oscuro cilíndrico y profundo. Persiste el mismo olor, y el tacto del aire es el de siempre. El pozo fue perfectamente cegado, pero el aire, de forma extraña, ha permanecido intacto. Huele a moho y es algo húmedo. El mismo olor de la primera vez que bajé al fondo del pozo. Aquí no existen ni las estaciones ni el tiempo.

Siempre llevo puestas las zapatillas viejas de tenis y el reloj de plástico. Son las zapatillas y el reloj que llevaba cuando bajé por primera vez al pozo. El reloj y las zapatillas me tranquilizan igual que lo hace el bate. En la oscuridad, compruebo que estos objetos están perfectamente sujetos a mi cuerpo. Compruebo que no me he separado de mí mismo. Abro los ojos y, poco después, vuelvo a cerrarlos. Lo hago para igualar la presión entre la oscuridad que hay en mi interior y la oscuridad que me rodea, voy igualándolas poco a poco. Y el tiempo pasa. Al poco rato, empiezo a no poder distinguir bien una oscuridad de la otra. Empiezo a ser incapaz de saber siquiera si tengo los ojos abiertos o cerrados. La mancha de la mejilla empieza a aumentar ligeramente de temperatura. Puedo saber que se pondrá de un vivo color púrpura.

Me concentro en la mancha, en las distintas oscuridades que acabarán fundiéndose, pienso en *aquella habitación.* Intento separarme de mí mismo como hago cuando estoy con «ellas». Intento huir de mi torpe cuerpo agazapado en la oscuridad. Ya no soy más que una casa deshabitada, no soy más que un pozo abandonado. Intento salir de ahí y subirme a una realidad que corre a velocidad distinta. Aprieto el bate entre ambas manos.

Lo que me separa, estando aquí, de aquella habitación extraña no es nada más que una pared. Debería poder traspasar esa pared. Con mis propias fuerzas y con la fuerza de la profunda oscuridad que hay aquí.

Al concentrarme conteniendo el aliento, puedo ver lo que hay en aquella habitación. No estoy allí. Pero *la estoy contemplando*. Es una habitación de hotel. La habitación número 208. La gruesa cortina ante la ventana está corrida del todo. La habitación está muy oscura. Hay un gran ramo de flores en el jarrón y su sugerente aroma flota densamente por toda la estancia. Hay una lámpara de pie junto a la puerta. La bombilla está muerta como la luna de la mañana. Pero a medida que fijo paciente la mirada, van surgiendo las formas de los objetos que están allí gracias a una luz tenue que se filtra desde algún lugar. Como cuando los ojos se acostumbran a la oscuridad del cine. En la mesa pequeña en el centro de la habitación hay una botella de Cutty Sark apenas empezada. En la cubitera, los cubitos están recién troceados (conservan aún afiladas sus aristas). Hay preparado un whisky con hielo. La bandeja de acero inoxidable está puesta fríamente sobre la mesa. No sé la hora. Quizá sea por la mañana o quizá por la tarde. Tal vez sea medianoche. Tal vez allí no ha existido nunca el tiempo. Hay una mujer, está acostada en la cama al fondo de la habitación contigua. Oigo el frufrú de su ropa. Cuando ella remueve el vaso con suavidad, el sonido de los cubitos de hielo resuena de manera extrañamente clara. Percibo que el fino polen que flota mezclado con el aire se agita con el sonido de los cubitos de hielo. A la mínima vibración del aire, el polen resucita. La oscuridad acoge silenciosamente el polen, y el polen va transformando la oscuridad en otra oscuridad todavía más densa. La mujer se lleva el vaso de whisky a los labios, bebe un sorbo e intenta decirme algo luego. La oscuridad del dormitorio es total, no se ve nada. Sólo se vislumbra, vagamente, una tenue sombra que se mueve. Tiene algo que decirme. Espero sin hacer el menor ruido al respirar. Espero sus palabras.

Es *lo que hay allí.*

Estoy contemplando la habitación desde lo alto, como un pájaro imaginario que planeara en un cielo imaginario. Amplío la escena que veo allí, me retiro, la veo desde el aire, vuelvo a acercarme, la amplío. Ni que decir tiene que allí los detalles poseen un sentido, son fundamentales. ¿Cuál es la forma? ¿El color? ¿El tacto? Voy comprobando uno a uno los detalles. Entre uno y otro apenas hay relación. Incluso han perdido su calidez. Lo que ahora hago no es más que el recuento maquinal de los detalles. No es un mal procedimiento. No está mal. Poco a poco se va formando una realidad vinculada a los detalles, de la misma manera que la fricción de unas piedras, de unas maderas, produce al final calor y fuego. De la misma manera que una acumulación casual de sonidos va conformando una secuencia rítmica a través de una repetición monótona aparentemente sin sentido.

Puedo sentir la débil aparición del vínculo entre aquella realidad y los detalles al fondo de la oscuridad. *Así es. Así está bien.* Todo a mi alrededor está en completo silencio, *ellos* no se han percatado aún de mi presencia. Puedo saber que la pared que me separa de ese lugar va a fundirse blandamente, poco a poco, como un pedazo de gelatina. Contengo la respiración. *Ha llegado el momento.*

Pero, en el mismo instante en que doy un paso hacia la pared, resuenan unos golpes agudos llamando a la puerta, como si me hubiesen leído el pensamiento. Alguien golpea con el puño la puerta de la habitación. Los mismos golpes de otras veces —golpes agudos, nítidos, como si clavaran un clavo en la pared con un martillo—. El modo de golpear es siempre idéntico. Dos veces, un intervalo corto, dos veces más. Veo que la mujer contiene la respiración. El polen que flota a su alrededor vibra, la oscuridad tiembla. Es la invasión de los ruidos lo que hace que el pasillo que acababa por fin de abrirse ante mí vuelva a cerrarse del todo.

Como siempre.

Yo soy otra vez el yo que hay dentro de mi cuerpo y vuelvo a estar sentado en el fondo del profundo pozo. Apoyado en la pared, las manos sujetan el bate con fuerza. De la misma manera que una imagen va enfocándose poco a poco, vuelve el tacto del *mundo de este lado* a las palmas de mis manos. Siento que el mango del bate está ligeramente húmedo. El corazón me late con violencia en la garganta. En los oídos aún permanece, vívida, la resonancia de los potentes golpes que llamaban a la puerta como si atravesaran el mundo. Luego se oye girar en la oscuridad el pomo de la puerta. Alguien *(algo)* que está ahí fuera intenta abrir la puerta. Intenta entrar en la habitación despacio, en silencio. Y, en ese instante, todas las imágenes desaparecen. La pared vuelve a ser sólida y me expulsa hacia este lado.

En la profunda oscuridad golpeo con la punta del bate la pared que tengo ante mis ojos. Es una pared de hormigón, tan dura y fría como siempre. Estoy rodeado por el cilindro de hormigón. Pienso que *falta poco*, que voy acercándome allí despacio. Es evidente. Algún día atravesaré esta separación y «entraré» allí. Me meteré en la habitación antes de que resuenen los golpes que llaman a la puerta y me quedaré allí. Pero, hasta entonces, ¿cuánto tiempo necesitaré? ¿Cuánto tiempo queda en mis manos?

Tengo, a la vez, miedo de que *eso se produzca.* Temo enfrentarme con lo que hay allí.

Permanezco un rato agazapado en la oscuridad. Hasta calmar los latidos de mi corazón. Debo ir aflojando las manos en torno al mango del bate. Necesito un poco más de tiempo, un poco más de fuerza para levantarme del fondo del pozo y salir a la superficie de la tierra subiendo por la escalera de acero.

10
Asalto al parque zoológico
(o una matanza torpe)

Nutmeg Akasaka me explicó la historia de los tigres, las panteras, los lobos y los osos que fueron ejecutados por un pelotón de soldados una tarde muy calurosa de agosto de 1945. Me contó este incidente de forma muy vívida, respetando escrupulosamente el orden de los acontecimientos, como si proyectara un documental en una pantalla inmaculada. En su relato no hubo ni un ápice de ambigüedad. *Pero, en realidad, ella no lo había presenciado.* En aquel momento, Nutmeg estaba en la cubierta de un buque mercante que se dirigía a Sasebo y lo que en realidad vio fue un submarino de la marina de Estados Unidos.

Estaba en cubierta contemplando el mar en calma, sin una ola, acariciada por una brisa suave, apoyada en la borda junto a muchas otras personas que huían del bochorno de las bodegas, cuando, de pronto, sin previo aviso, el submarino emergió a la superficie como surgido de un sueño. Primero aparecieron la antena, el radar y el periscopio, y a continuación, emergió la torreta, levantando olas y separando el agua. Pronto, una masa de hierro mojado expuso su cuerpo desnudo a la luz del verano y, aunque tenía la apariencia bien definida de un submarino, más parecía *el símbolo* de algo. Como una *metáfora* incomprensible.

Durante unos instantes, el submarino avanzó en paralelo al buque como si acechara la presa. Poco después se abrió la escotilla y fueron apareciendo, uno tras otro, con movimientos cansinos, los tripulantes. Nadie parecía tener prisa. Los oficiales observaban desde la torreta con unos prismáticos grandes el aspecto del barco mercante. De vez en cuando, las lentes de los prismáticos centelleaban reflejando los rayos del sol. El barco era mercante, pero estaba abarrotado de civiles que regresaban a Japón. La mayor parte eran mujeres y niños, familias de funcionarios japoneses del gobierno de Manchukuo y de altos dirigentes del ferrocarril de Manchuria que huían del caos que seguiría a la inminente derrota. Correr el riesgo de ser atacados por un submarino americano en alta mar era preferible a la tragedia que les aguardaba en el continente chino. Por lo menos hasta que el submarino apareció ante sus ojos.

El capitán del submarino había comprobado que el barco no iba armado y que no lo acompañaban buques escolta. No tenían nada que temer. En aquel momento, el dominio aéreo era suyo. Okinawa ya había caído, en Japón ya no quedaban cazas, no tenían por qué apresurarse, el tiempo estaba en sus manos. Los marineros, dándole vueltas a la manivela, apuntaron con el cañón de cubierta hacia el barco mercante. Un suboficial daba órdenes breves y precisas a los tres marineros que manejaban el cañón. Otros marineros abrieron la escotilla de la cubierta de popa y transportaron desde allí unos proyectiles pesados. Otros colocaban la caja de municiones en la ametralladora situada en la parte elevada de la cubierta cercana a la torreta. Los marineros a cargo del cañón se cubrían todos con casco de combate, pero algunos iban medio desnudos de cintura para arriba. Casi la mitad iba con pantalones cortos. Fijando la mirada, Nutmeg podía distinguir con claridad los tatuajes en sus brazos. Aguzando la vista, podía ver muchas cosas.

Un cañón de cubierta y una ametralladora, ésas eran las únicas armas con que contaba el submarino, pero eran más que suficientes para hundir un barco mercante, lento, reconvertido en barco de pasaje. El número de torpedos que llevaban los submarinos era limitado y los reservaban para cuando topasen con la flota, suponiendo que aún quedara tal cosa en Japón. Era una norma invariable.

Nutmeg, asida a la barandilla, contemplaba cómo un cañón muy negro giraba y apuntaba hacia ella. El sol de verano secó en un segundo el cañón que hacía un instante aún estaba mojado. Era la primera vez que veía un cañón tan grande. En la ciudad de Hsin-ching había visto algunas veces los cañones del regimiento, pero el cañón de la cubierta del submarino no podía compararse con aquéllos en cuanto al tamaño. El submarino heliotelegrafió al barco la orden de detener de inmediato la marcha, informó que iban a cañonear y hundir el barco y que, por tanto, era preciso evacuar antes a los pasajeros en botes de salvamento. (Por supuesto, Nutmeg no sabía interpretar las señales de luz, pero el recuerdo permanece en su memoria con toda claridad.) Pero en el barco mercante, que en pleno caos de la guerra había asumido provisionalmente las funciones de barco de pasaje, no había suficientes botes de salvamento. No había más que dos botes pequeños para más de quinientos pasajeros incluyendo a la tripulación. Ni siquiera contaba con tantos chalecos salvavidas o flotadores.

Asida a la barandilla, Nutmeg miraba fascinada el submarino de formas estilizadas. El submarino brillaba, sin una sola mancha de óxido, como si acabaran de construirlo. Ella observaba el número blanco pintado en la torreta, el radar que giraba sobre ella y al oficial con el cabello del color de la arena y gafas de sol. «Este submarino ha aparecido de las profundidades del mar para matarnos a todos. Pero no es extraño», pensó ella. *«Eso no guarda relación alguna con la guerra, puede ocurrirle a cualquiera y en cualquier lugar.* Todos piensan que la guerra tiene la culpa de todo. Pero no es así. La guerra no es más que *una de las muchas cosas que pueden ocurrirle a uno.*»

Nutmeg no le temía al submarino ni al cañón grande. Su madre le gritó algo, pero no la oyó. Sintió cómo alguien la asía por la muñeca con fuerza y la arrastraba. Pero ella no se soltó de la barandilla. Los gritos y la agitación que la envolvían se fueron alejando poco a poco como si alguien bajara el volumen de una radio. «¿Por qué tengo tanto sueño?», se extrañó ella. Al cerrar los ojos, fue perdiendo el conocimiento rápidamente, se iba alejando de cubierta.

Y en aquel mismo instante, ella ya estaba viendo cómo unos soldados japoneses recorrían un enorme parque zoológico e iban matando, una a una, todas aquellas fieras que hubieran podido atacar a los hombres. A una orden del oficial al mando del pelotón, las balas de fusil calibre 38 de infantería perforaban la suave piel de los tigres y les reventaban las vísceras. El cielo de verano era azul y los chirridos de las cigarras caían como un aguacero vespertino desde los árboles de los alrededores.

Los soldados permanecieron en silencio desde el principio hasta el final. Su cara tostada por el sol aparecía pálida, por eso recordaban las figuras dibujadas en las vasijas de terracota de la edad antigua. Unos días después, como mucho una semana, el grueso de las tropas del ejército soviético de Extremo Oriente llegaría a Hsin-ching. Su avance era imparable. Desde el inicio de la guerra, las tropas de elite del ejército de Kwantung y la mayor parte de su abundante armamento habían sido enviados a reforzar los frentes que iban desplazándose hacia el sur, pero gran parte del armamento se había hundido en las profundidades del mar o había ido pudriéndose en la frondosa jungla. Casi no quedaban cañones antitanque, tampoco quedaban tanques. Los camiones para el transporte de la tropa estaban, en su mayor parte, averiados y no había piezas de repuesto para repararlos. Aunque se había decretado la movilización general, los anticuados fusiles no alcanzaban para todos los soldados reclutados. También escaseaban las municiones. El invencible ejército de Kwantung, que se había arrogado con jactancia la defensa firme del norte, se había convertido en un tigre de cartón piedra. La poderosa tropa motorizada soviética que había destrozado al ejército alemán acababa de ser desplazada al frente de Extremo Oriente por ferrocarril. Su equipamiento era abundante y su moral alta. La caída de Manchukuo era simple cuestión de tiempo.

Todo el mundo lo sabía, y mejor que nadie los propios oficiales del estado mayor del ejército de Kwantung. Por eso habían evacuado al grueso de su tropa, en retirada, abandonado a su suerte los destacamentos de defensa fronteriza y a los colonos japoneses instalados cerca de la frontera. La mayoría de aquellos campesinos desarmados sería asesinada cruelmente por el ejército soviético, que tenía prisa por avanzar (y que, por lo tanto, no podía entretenerse en hacer prisioneros). La mayoría de las mujeres eligieron, o fueron obligadas a elegir, el suicidio colectivo antes que ser violadas. Las tropas de defensa destacadas en la frontera opusieron una resistencia feroz, encastilladas en los búnkeres de hormigón que ellas mismas habían nombrado «fortaleza eterna». Sin el apoyo de la retaguardia, casi todas las tropas fueron aniquiladas bajo la aplastante fuerza del enemigo. Muchos de los oficiales de estado mayor y de los oficiales de alto rango «se desplazaron» al nuevo cuartel general de Tong-Hua, cerca de la frontera con Corea, y el emperador Pu-Yi y su familia hicieron apresuradamente las maletas y huyeron de la capital en un tren privado. La mayor parte de los soldados chinos del «ejército de Manchukuo», encargados de la defensa de la capital, desertó en cuanto supo las noticias del avance del ejército soviético, o se sublevó y mató a los oficiales japoneses que los comandaban. Evidentemente, no había nadie que tuviera intención de luchar hasta la muerte por Japón contra la superioridad soviética. La ciudad única de Hsin-ching, la capital de Manchukuo que Japón empeñando su honor había levantado en aquel desierto quedó, a consecuencia de todo ello, en un interregno extraño. Los altos funcionarios chinos de Manchukuo insistían en rendirse y en declararla «ciudad abierta» para evitar el desorden y el derramamiento inútil de sangre, pero el ejército de Kwantung rechazó la idea.

También los soldados que se dirigían al parque zoológico pensaban que sería inevitable morir allí, luchando contra el ejército soviético, pocos días más tarde (en realidad serían trasladados a una mina de carbón en Siberia y, tres de ellos, perecerían allí). Lo único que podían hacer era rezar para que la muerte fuera lo más indolora posible. No querían morir, después de una larga agonía, aplastados lentamente por la oruga de un tanque, quemados con lanzallamas en una trinchera o de un disparo en el vientre. Sería mejor un disparo a la cabeza o al corazón. Pero antes tenían que matar los animales del parque zoológico.

Los animales tenían que ser «ejecutados» con veneno para no malgastar munición. El joven teniente había recibido órdenes de hacerlo así. Le habían comunicado que la cantidad necesaria de veneno ya había sido entregada en el parque zoológico. El teniente se dirigió al parque zoológico con ocho soldados completamente armados. El parque zoológico estaba a veinte minutos a pie del cuartel general. Desde que había empezado el avance del ejército soviético, las puertas del parque zoológico permanecían cerradas. Dos soldados con fusiles, la bayoneta calada, hacían guardia a la entrada. El teniente les mostró la orden y entraron en el parque.

Pero aunque el director del parque zoológico confirmó que, ciertamente había recibido del ejército la orden de «ejecutar» los animales en caso de emergencia y tenía entendido que había que hacerlo con veneno, lo cierto era que el veneno no había llegado. Al oírlo, el teniente se desconcertó. Él había sido, desde el principio de la guerra, contable de la oficina de pagos del cuartel general, por eso no tenía la menor experiencia de mando con tropa de combate cuando, al iniciarse el estado de emergencia, había sido movilizado. La pistola que atolondradamente había sacado del cajón no la había tocado durante dos años y ni siquiera estaba seguro de que funcionase.

—Mi teniente, la burocracia siempre es así —le dijo al teniente el director chino del parque zoológico con aire compasivo—. Uno *nunca* tiene lo que necesita.

Hicieron acudir al veterinario jefe para corroborarlo, y éste le explicó al teniente que últimamente las provisiones escaseaban y que, con el veneno que les quedaba, era dudoso que pudieran siquiera matar a un caballo. El veterinario debía de tener entre treinta y cinco y cuarenta años, era alto y de facciones correctas, pero tenía una mancha negriazul en la mejilla derecha. La mancha tenía la forma y el tamaño de la palma de la mano de un bebé. El teniente supuso que la mancha era de nacimiento. Telefoneó al cuartel general desde el despacho del director del parque para pedir instrucciones. Pero en el cuartel general del ejército de Kwantung reinaba el caos desde que, pocos días atrás, el ejército soviético había cruzado la frontera, y la mayoría de los oficiales de alta graduación había desaparecido. Los oficiales que habían tenido que permanecer allí a la fuerza estaban ocupados quemando los documentos importantes en el patio del cuartel, excavando fosos antitanque o al mando de las tropas en las afueras de la ciudad. Nadie sabía dónde se encontraba el comandante que había dado la orden de matar a los animales. El teniente no sabía dónde conseguir el veneno necesario. ¿Cuál debía de ser entre los diversos almacenes del ejército de Kwantung el que lo suministraba? Fue pasando de una oficina a otra del cuartel general hasta que se puso al teléfono un coronel-médico.

—¡Imbécil! ¡Estamos en un momento crucial para el futuro de nuestra patria! ¡Qué me importa a mí lo que pueda pasar en el parque zoológico! —gritó con voz trémula de ira.

«¡A mí tampoco me importa!», pensó el teniente. Colgó el teléfono con aire decepcionado y abandonó la idea de conseguir el veneno. Hay dos posibles caminos a seguir. Uno es retirarse sin matar a los animales y otro es matarlos a disparos de fusil. En cualquiera de ambos casos desobedecía las órdenes recibidas, pero optó por matarlos a disparos. Probablemente lo amonestaran más tarde con severidad por haber malgastado munición. Pero al menos habría cumplido el objetivo de «ejecutar» las fieras. En cambio, si las dejaba allí sin más, tal vez fuese juzgado en consejo de guerra. Aunque era improbable que se diera un caso así en semejantes circunstancias. Sin embargo, las órdenes eran órdenes. Mientras exista el ejército, las órdenes hay que cumplirlas.

«De ser posible, preferiría no matar los animales del parque zoológico», se dijo a sí mismo. Y realmente lo pensaba. Pero la comida para los animales ya escaseaba y la situación empeoraría aún más. No había posibilidad alguna de mejora. Posiblemente, incluso para los animales fuese más piadosa una muerte rápida. Además, si como consecuencia de un avance violento o de un bombardeo aéreo quedaran sueltas por la ciudad fieras famélicas, sin duda se produciría una tragedia.

El director entregó al teniente el plano del parque zoológico y la lista de los animales que, según las instrucciones recibidas, había que «ejecutar en caso de emergencia». El veterinario con la mancha en la mejilla y dos peones chinos acompañaron al pelotón de ejecución. El teniente echó una ojeada a la lista. Por suerte los animales que debía «ejecutar» eran menos de los que esperaba, pero en la lista había incluidos dos elefantes de la India. «¿Elefantes?» El teniente hizo una mueca sin darse cuenta. «¡Vaya! ¿Cómo se matan dos elefantes?»

Siguiendo el recorrido por el que tenían que pasar, decidieron «ejecutar» primero los tigres. Dejarían para el final los elefantes. Ante la jaula, un cartel explicaba que aquellos tigres habían sido capturados en el monte Khingan, en Manchukuo. Eran dos tigres. Decidió asignar cuatro soldados por tigre. El teniente dio instrucciones de que apuntaran al corazón, pero ni él estaba seguro de dónde se alojaba el corazón de los tigres. Los ocho soldados tiraron simultáneamente del cerrojo de sus fusiles calibre 38 para cargar la recámara. El ruido seco, siniestro, transfiguró el paisaje a su alrededor.

Con aquel ruido, los tigres se pusieron enseguida en pie, miraron airadamente a los soldados, rugiendo amenazadores, desde el otro lado de los barrotes de la jaula. También el teniente sacó su pistola automática de la pistolera y le quitó el seguro. Carraspeó ligeramente para tranquilizarse. Intentó pensar que *no era nada. Trató de convencerse de que ésas eran cosas que hacía todo el mundo.*

Los soldados, con una rodilla hincada en el suelo, apuntaron y dispararon. El retroceso les golpeó el hombro con violencia. Por un instante, sus cabezas quedaron vacías como si se las hubiesen sacudido. Las detonaciones se extendieron por todo el recinto del parque zoológico desierto. El estampido rebotó de edificio en edificio, de pared en pared, atravesó la arboleda, pasó sobre la superficie del agua, se clavó en el pecho de quienes lo oyeron, siniestro como un trueno lejano. Los animales enmudecieron, incluso las cigarras dejaron de chirriar. Cuando se extinguió el eco de las detonaciones no se oía nada en los alrededores. Los tigres, por un instante, dieron un salto en el aire como si un gigante invisible los hubiera golpeado con un garrote y cayeron al suelo con estrépito. Luego se retorcieron, agonizando, jadeando y vomitando sangre. Los soldados no pudieron matarlos con la primera descarga. Los tigres se movían sin parar por el interior de la jaula y ellos no habían podido apuntar bien. El teniente ordenó con voz maquinal, sin entonación alguna, que se prepararan para una segunda descarga. Los soldados volvieron en sí, tiraron con habilidad de la palanca del cerrojo, extrajeron el casquillo y apuntaron de nuevo.

Luego, el teniente ordenó a un soldado que entrara en la jaula de los tigres y comprobara si ambos estaban muertos. Los tigres permanecían inmóviles, con los ojos cerrados, mostrando los dientes. Había que comprobar si realmente estaban muertos. El veterinario abrió la cerradura de la jaula y el joven soldado, que acababa de cumplir los veinte años, avanzó un paso temeroso sosteniendo el fusil con la bayoneta calada en posición de ataque. Realmente era una postura rara, pero nadie se rió. El soldado tocó casi con suavidad la barriga del tigre con el tacón de la bota militar. El tigre no se movió. Le dio una patada algo más fuerte en la misma zona. El tigre estaba muerto. El otro tigre (una hembra) tampoco se movió. El soldado jamás había estado en un parque zoológico, ni siquiera de niño; era la primera vez que veía tigres de verdad. Por eso no tuvo la sensación de que fueran ellos quienes habían matado los tigres. Una sola idea llenaba su pensamiento, la de que lo habían llevado a un lugar que le era ajeno y que lo habían obligado, *por azar,* a hacer algo que nada tenía que ver con él. De pie en el charco de sangre ennegrecida, miraba distraídamente los tigres muertos. Los tigres muertos le parecían mucho más grandes que cuando estaban vivos. «¿A qué se debería?», pensó extrañado.

El suelo de cemento estaba impregnado por ese intenso hedor a orina propio de los grandes felinos. Un hedor que se mezclaba con el olor tibio de la sangre. La sangre aún manaba a chorro por los agujeros de bala y formaba un charco negro y resbaladizo. El soldado sintió de repente que el fusil que sostenía en las manos era pesado y frío. Hubiese querido tirarlo al suelo, agacharse y vomitar todo lo que tenía en el estómago. Entonces se sentiría mejor. Pero no podía vomitar. Si lo hiciera, el oficial que comandaba el pelotón lo abofetearía hasta hacerlo sangrar (él ignoraba entonces que moriría diecisiete meses más tarde en una mina de carbón de Irkutsk después de que un soldado soviético lo golpeara con una pala y le rompiera la cabeza). Se secó el sudor de la frente con la muñeca. Le pareció que el casco pesaba mucho. Por fin empezaron las cigarras a chirriar de nuevo, una tras otra, como si fueran recuperándose del susto. Al poco rato, se escuchó la voz de un pájaro entre el ruido de las cigarras. El pájaro chirrió de un modo extraño, como si le diera cuerda a algo, *ric-ric*. A los doce años, el soldado había emigrado desde una aldea de las montañas de Hokkaido a un pueblo de colonos japoneses de Bei-An, donde, hasta un año antes, cuando lo habían reclutado, ayudaba a su padre a cultivar la tierra. Conocía bien los pájaros de Manchuria. Y le extrañó no conocer ninguno que chirriara de aquel modo. ¿Sería tal vez el canto de un pájaro exótico encerrado en una de las jaulas? Pero a él le parecía que el chirrido venía de lo alto de unos árboles que había muy cerca de allí. Se volvió, entornó los ojos y dirigió la mirada hacia el lugar de donde provenía el chirrido. No se veía nada. Sólo un olmo grande y frondoso proyectaba su nítida y fresca sombra sobre el suelo.

Miró al teniente como pidiendo instrucciones. El teniente asintió con la cabeza para indicarle que ya era suficiente, que podía salir de la jaula. El teniente desplegó de nuevo el plano del parque zoológico. Bien o mal, habían solventado el asunto de los tigres. Lo siguiente eran las panteras. Luego, tal vez, los lobos. También había osos. «En los elefantes ya pensaré después», se dijo. Hacía mucho calor. El teniente ordenó a sus soldados descanso, y que bebieran un trago de agua. Bebieron del agua de la cantimplora. Luego se echaron el fusil al hombro y se dirigieron en formación hacia la jaula de las panteras. Desde un árbol, el pájaro cuyo nombre el soldado desconocía seguía dándole cuerda a algo con su insistente chirrido. El sudor les teñía de negro el pecho y la espalda del uniforme militar de manga corta. Mientras los soldados caminaban en formación pertrechados con todo el armamento reglamentario, los diferentes ruidos producidos al entrechocar diversos tipos de metal resonaban hueco en el parque zoológico desierto. Agarrados a los barrotes de sus jaulas, los monos chillaban como si fueran presa de un presentimiento. Rasgaban el aire con sus chillidos y lanzaban una alarma furiosa a todos los animales encerrados allí. Los otros animales, cada cual a su manera, coreaban a los monos. Los lobos aullaban hacia el cielo, los pájaros aleteaban, en alguna parte unos animales grandes golpeaban con fuerza las jaulas con sus cuerpos en actitud amenazadora. Un jirón de nube con la forma de un *puño* apareció de repente, como si quisiera recordarles algo, y ocultó el sol por un momento. Aquella tarde de agosto, personas y animales, todos pensaban en la muerte. Hoy mataban ellos a los animales y, al día siguiente, los soldados soviéticos los matarían a ellos. Quizás.

Hablábamos siempre en el mismo restaurante, sentados a la misma mesa uno enfrente del otro. La cuenta siempre la pagaba ella. El reservado, al fondo del restaurante, estaba separado del comedor por un tabique. Las voces no salían de allí y tampoco llegaban las de fuera. Por la noche no había turnos para cenar, de modo que podíamos charlar tranquilamente sin que nadie nos molestara hasta que cerraban el restaurante. Los camareros se mostraban discretos y, excepto para traer la comida, procuraban acercarse lo menos posible a la mesa. Ella pedía casi siempre una botella de vino de Borgoña de un determinado año. Y siempre dejaba la mitad.

—¿El pájaro que da cuerda? —le pregunté alzando el rostro.

—¿El pájaro que da cuerda? —repitió Nutmeg exactamente como yo lo había dicho—. No entiendo. ¿A qué te refieres?

—Un pájaro que le da cuerda a algo. Usted lo ha mencionado hace un momento, ¿no lo recuerda?

Ella negó con un movimiento de cabeza.

—¿Quién, yo? No me acuerdo. Creo que no he hablado de ningún pájaro.

Desistí de preguntar. Era el mejor modo de hablar con ella. Tampoco le pregunté nada sobre la mancha.

—Entonces, usted nació en Manchuria.

Ella negó de nuevo con un movimiento de cabeza.

—Yo nací en Yokohama, pero, cuando tenía tres años, mis padres me llevaron a Manchuria. Mi padre era profesor de la escuela veterinaria y, cuando solicitaron un especialista para mandarlo a Manchuria como veterinario jefe del parque zoológico que iban a crear en Hsin-ching, mi padre se ofreció a ir. A mi madre no le apetecía dejar la vida que llevaba en Japón, ir a un lugar que estaba en los confines de la tierra, pero, al parecer, mi padre insistió. Tal vez quisiera probar su propia capacidad en un lugar más grande antes que seguir de profesor en Japón. Yo aún era pequeña y tanto me daba Japón como Manchuria. Me gustaba mucho la vida en el parque zoológico. El cuerpo de mi padre estaba siempre impregnado del olor de los animales. El olor de diversos animales se mezclaba en uno solo, un olor que variaba cada día, como si cambiaran la composición de un perfume. Cuando mi padre llegaba a casa, dejaba que lo oliera mientras me sostenía en sus rodillas.

»Pero la situación de la guerra fue empeorando y, cuando ya fue alarmante, mi padre decidió enviarnos a mi madre y a mí a Japón. Cogimos el tren en Hsin-ching junto con otras personas y nos dirigimos a Corea. Allí embarcamos en un barco preparado especialmente. Mi padre se quedó solo. La última vez que lo vi fue al despedirnos, agitaba una mano en la estación de Hsin-ching. Asomada a la ventanilla del tren, miraba cómo la figura de mi padre se empequeñecía más y más hasta que se fundió con la muchedumbre del andén. Nadie sabe qué le pasó después. Seguramente fue capturado por el ejército soviético y fue trasladado a Siberia, tal vez le obligaran a hacer trabajos forzados y debió de morir, como tantos otros, allí. Debe de estar enterrado sin lápida en algún lugar frío y solitario.

»Aún recuerdo con claridad cada uno de los recovecos del parque zoológico de Hsin-ching. Los tengo grabados en la cabeza. Cada uno de los caminos, cada uno de los animales. La residencia oficial donde vivíamos estaba en un rincón del parque zoológico y todos los que trabajaban allí me conocían y me dejaban entrar y salir de cualquier sitio con toda libertad. Incluso los días en que el zoológico permanecía cerrado.

Nutmeg, con los ojos ligeramente entornados, reproducía la escena. Esperé, sin decir nada, a que reanudara su historia.

—Pero, no sé por qué, lo cierto es que no estoy segura de que el parque zoológico fuera tal como lo recuerdo. No sabría cómo explicarte, a veces tengo la sensación de que la imagen es *demasiado nítida*. Y, cuanto más lo pienso, menos puedo discernir hasta qué punto es real o un puro invento de mi imaginación. Como si me hubiera perdido en un laberinto. ¿Has tenido alguna vez esa sensación?

No la había tenido nunca.

—¿Existe aún el parque zoológico en la ciudad de Hsin-ching?

—Vete a saber —dijo Nutmeg. Y se tocó con el dedo el colgante del pendiente—. Tengo entendido que lo cerraron después de la guerra, pero no sé si sigue cerrado o no.

Durante mucho tiempo, Nutmeg Akasaka fue la única persona del mundo con la que yo solía hablar. Nos encontrábamos una o dos veces por semana y conversábamos sentados a la mesa del restaurante. Después de vernos unas cuantas veces, descubrí que Nutmeg era una interlocutora muy experta. Era muy inteligente y sabía conducir con habilidad el curso de las historias insertando preguntas y asintiendo.

Cuando tenía que verla, procuraba ir limpio y correctamente vestido para no causarle ningún desagrado. Me ponía la camisa recién traída de la tintorería, la corbata que combinaba con el color de la camisa y los zapatos de piel bien brillantes. Al verme, me examinaba de pies a cabeza con la misma mirada que el cocinero elige la verdura. Si había algo que no le gustaba, me llevaba directamente a una *boutique*, elegía la ropa adecuada y me la compraba. Si era posible, me hacía cambiar de ropa allí mismo. En cuanto a la ropa, ella no soportaba que no fuera perfecta.

Así que, en mi armario ropero, mi vestuario iba aumentando aceleradamente. Los trajes, las chaquetas y las camisas nuevos iban invadiendo, poco a poco, sin pausa, el territorio que antes ocupaban las ropas de Kumiko. Cuando el armario quedó pequeño, doblé y guardé en naftalina las ropas de Kumiko en una caja de cartón y la metí en el armario empotrado. Pensé que si Kumiko volviera, se quedaría atónita preguntándose qué demonios había ocurrido durante su ausencia.

Paulatinamente le expliqué a Nutmeg lo de Kumiko, invirtiendo en ello mucho tiempo. Le expliqué que quería liberar a toda costa a Kumiko, traerla de nuevo a casa. Con una mejilla apoyada en la mano, ella me miraba a la cara.

—¿Y *de dónde* demonios piensas liberar a Kumiko? ¿Cómo se llama ese lugar?

Busqué en el aire una respuesta adecuada. Pero no existía ninguna. Ni en el aire ni en el centro de la tierra.

—De algún lugar lejano —respondí.

Nutmeg sonrió.

—Lo que dices, ¿no te recuerda la *Flauta Mágica* de Mozart? Armado con una flauta mágica y unas campanillas mágicas, el príncipe rescata a la princesa cautiva en un castillo lejano. Me encanta esa ópera. La he visto tantas veces que me sé el libreto de memoria. Cuando Papageno canta, yo soy el cazador de pájaros, conocido en todo el lugar. ¿La has visto alguna vez? —Negué con un movimiento de cabeza. No la había visto—. En la ópera, el príncipe y el cazador de pájaros van al castillo guiados por tres niños que viajan en una nube. Se trata, en realidad, de una lucha entre el reino del día y el de la noche. La reina de la noche intenta recuperar a la princesa cautiva en el reino del día. Pero los protagonistas quedan desconcertados a mitad de la ópera. ¿Cuál de los reinos tiene verdaderamente la razón? ¿Quién está cautivo y quién no? Por supuesto, el príncipe, al final, consigue a la princesa, Papageno encuentra a Papagena, y los malos se precipitan en el infierno... —dijo Nutmeg pasando la punta del dedo por el borde de la copa—. Pero tú, de momento, ni tienes cazador de pájaros ni flauta mágica ni campanillas mágicas.

—Tengo el pozo —dije.

—Eso, si *puedes conseguirlo.* —Nutmeg sonrió como si desplegara con suavidad un elegante pañuelo—. *Tu* pozo. Todas las cosas tienen su precio.

Si me cansaba de hablar o me costaba proseguir porque no podía encontrar las palabras, Nutmeg me dejaba descansar y me contaba cosas de su infancia, historias más largas y complicadas que la mía. No las contaba siguiendo un orden, saltaba de aquí a allá dejándose llevar por los sentimientos. Prescindía del orden cronológico sin darme explicación alguna y, de repente, hacía entrar en escena, como personajes principales, a personas a las que antes ni siquiera había mencionado. Así que me veía obligado a prestar mucha atención para poder deducir a qué periodo de su vida pertenecía el fragmento que estaba contando, aunque había ocasiones en que no lo lograba. Ella me contaba, además, escenas que había visto con sus propios ojos, pero también otras que no había presenciado jamás.

Los soldados mataron las panteras, mataron los lobos y mataron los osos. Matar aquellos dos osos gigantescos requirió más tiempo. Después de recibir el impacto de decenas de balas, seguían arremetiendo violentamente contra la jaula, gruñían, babeaban y enseñaban los dientes. A diferencia de los felinos, que se resignaban más fácilmente (eso parecía), los osos no querían convencerse de ninguna manera de que los estuvieran matando. Quizá fuera ésa la razón por la que necesitaran más tiempo de lo normal hasta darse por vencidos y abandonar la provisionalidad de la vida. Cuando acabaron con los osos, los soldados se sentían tan extenuados que a punto estuvieron de desplomarse allí mismo. El teniente fijó el seguro de la pistola, se secó con la gorra militar el sudor que le chorreaba por la cara. Envueltos en un profundo silencio, algunos soldados escupieron ruidosamente al suelo con aire contrito. A sus pies se esparcían, como colillas, los casquillos de bala. En sus oídos resonaba aún el eco de los disparos. El soldado joven, que diecisiete meses después sería asesinado a golpes por un soldado soviético en la mina de carbón de Irkutsk, seguía respirando hondo procurando no mirar los osos muertos. Se esforzaba en reprimir las arcadas que le subían a la garganta.

Al fin, el teniente decidió no matar los elefantes. Al tenerlos delante y verlos con sus propios ojos le parecieron gigantescos. Frente a los elefantes, los fusiles de infantería de los soldados eran juguetes insignificantes. El teniente decidió no matar los elefantes después de pensárselo un rato. Los soldados respiraron con alivio al saberlo. Era extraño —o quizá no lo fuese en absoluto—, pero todos pensaban en el fondo lo mismo. Pensaban que sería más fácil matar a otros hombres en el campo de batalla que matar animales encerrados en jaulas. Aunque cupiera la posibilidad de que los mataran a ellos.

Unos cuantos peones chinos arrastraron los animales muertos fuera de las jaulas, los cargaron en carros y los trasladaron a un almacén vacío. Los animales, de tamaños y formas diversos, quedaron tendidos en el suelo del almacén. Tras comprobar que todo eso se llevaba a cabo, el teniente volvió al despacho del director del parque zoológico y le pidió que firmara los documentos necesarios. Los soldados se alinearon y marcharon en formación, entre ruidos de hierros, como cuando habían ido al zoológico. Con una manguera, los peones limpiaron la sangre que teñía de negro el suelo. Los jirones de carne de los animales pegados por las paredes los limpiaron con cepillos. Al terminar todas las tareas, los peones chinos le preguntaron al veterinario de la mancha en la mejilla qué iban a hacer con los animales muertos. El veterinario no supo qué contestar. En una situación normal, cuando moría uno de los animales, llamaba a un especialista para que se lo llevara. Pero en aquel momento, cuando la sangrienta batalla por la defensa de la capital ya era inminente, no podía imaginar que alguien pudiera acudir veloz tras una llamada telefónica a por los animales muertos. Era pleno verano, cientos de moscas pululaban ya sobre los animales. La única solución consistía en cavar un foso y enterrarlos, pero, con el personal que le quedaba, obviamente era imposible cavar un foso de aquellas dimensiones.

«Doctor», le dijeron los peones al veterinario, «si podemos quedarnos con los animales muertos, nosotros mismos nos encargaremos de sacarlos de aquí. Los trasladaremos con los carros fuera de la ciudad y nos ocuparemos del resto. Sabemos de algunos que nos ayudarán. No le causaremos ninguna molestia. Queremos, a cambio, la piel y la carne de los animales. En especial, la carne de los osos, todo el mundo la quiere. De los osos y los tigres se hacen medicinas, así que pueden venderse a buen precio. Ahora ya es tarde, pero hubiésemos preferido que apuntaran sólo a la cabeza. Así también hubiésemos podido vender a buen precio las pieles. Han hecho un trabajo de aficionados. Si nos lo hubieran encargado a nosotros, lo hubiésemos hecho mucho mejor.» El veterinario, finalmente, aceptó el trato. No había otra salida que dejarlo en sus manos. A fin de cuentas, era *su* país.

Poco después llegaron los carros tirados por diez hombres, todos chinos; sacaron los animales muertos a rastras del almacén, los cargaron en los carros, los ataron con cuerdas y los cubrieron con esteras de paja. Durante el trabajo, los hombres casi no hablaron. Ni siquiera cambió la expresión de sus rostros. Terminaron de cargarlos y se los llevaron tirando de los carros. El peso de los animales hacía que los viejos carros, como si jadearan, avanzaran entre chirridos. Aquello fue el final de la matanza —una chapuza, al decir de los peones chinos— que tuvo lugar aquella tarde calurosa. Quedaban sólo unas jaulas vacías y limpias. Los monos, todavía excitados, seguían chillando en su jerga incomprensible. Los tejones iban y venían enérgicos por su jaula. Los pájaros aleteaban desesperadamente y hacían revolotear plumas por aquí y por allá. Las cigarras también chirriaban.

Cuando los soldados que acababan de matar a tiros los animales se hubieron ido, de regreso al cuartel general, y cuando los dos peones que todavía quedaban en el parque zoológico se hubieron marchado y llevado los carros cargados con los cadáveres de los animales, el recinto quedó vacío como una casa después de una mudanza. El veterinario se sentó en el borde de la fuente seca, miró al cielo y contempló unas nubes blancas de nítidos contornos. Escuchó con atención el chirrido de las cigarras. Ya no se oía el chirrido del *pájaro-que-da-cuerda,* pero el veterinario no se dio cuenta de eso. En cualquier caso, él no lo había oído. El único en oírlo había sido el pobre soldado joven que sería asesinado tiempo después a golpes de pala en una mina de carbón de Siberia.

El veterinario sacó un paquete de tabaco húmedo de sudor, se puso un cigarrillo entre los labios y lo prendió con una cerilla. Al encenderlo, se dio cuenta de que le temblaban las manos. Le costó dominar aquel temblor y necesitó tres cerillas para encender el cigarrillo. Eso no quería decir que estuviera emocionalmente conmocionado. No entendía por qué, pero el hecho de que en un santiamén hubieran sido masacrados tantos animales ante sus propios ojos no le producía ni sorpresa, ni tristeza, ni ira. En realidad, él no sentía *casi nada*. Sólo se sentía terriblemente confuso.

Intentó calmarse allí, sentado fumándose un cigarrillo sin prisas. Se miró las manos apoyadas en las rodillas y luego volvió los ojos hacia las nubes que se veían en el cielo. El mundo que se mostraba ante sus ojos era, en apariencia, el de siempre. No se observaba ningún cambio. Pero tenía que ser, sin duda, un mundo distinto. Sentía que pertenecía al mundo en que los osos, tigres, panteras y lobos habían sido «ejecutados». Los animales habían existido realmente hasta aquella misma mañana, pero a las cuatro de la tarde de ese mismo día habían dejado de existir para siempre. Habían sido aniquilados por los soldados y ya ni siquiera existían los cadáveres.

Debía de haber, por tanto, una *diferencia,* grande y definitiva, entre aquellos dos mundos. *Tenía que haberla.* Pero él fue incapaz de descubrirla. A él le parecía que el mundo era el mismo de siempre. Lo que le dejaba perplejo era esa insensibilidad desconocida que había en su interior.

Luego, de repente, se dio cuenta de que se sentía muy cansado. Pensándolo bien, apenas había dormido la noche anterior. «¡Ojalá pudiera tumbarme y dormir, aunque fuera un poco, al fresco de la sombra de un árbol!», pensó. Poder sumergirse en la silenciosa oscuridad de la inconsciencia durante un rato. Miró su reloj de pulsera. Tenía que conseguir comida para los animales que aún quedaban, y también examinar un mandril con fiebre alta. Había un montón de trabajo que hacer. De momento necesitaba, ante todo, dormir. El resto ya lo pensaría después.

El veterinario se internó entre los árboles, se tumbó boca arriba sobre la hierba en un lugar que no llamara la atención de la gente. La hierba que había a la sombra le pareció fresca y agradable. La vegetación despedía el mismo olor inolvidable de cuando era niño. Las grandes langostas de Manchuria brincaban sobre su cabeza entre zumbidos. Tumbado, encendió el segundo cigarrillo. Afortunadamente, las manos ya no le temblaban como antes. Se llenó hasta el fondo los pulmones de humo, imaginó que los peones chinos estarían desollando, uno a uno, troceando su carne, a los animales muertos hacía poco. El veterinario había visto en varias ocasiones cómo los chinos hacían esos trabajos. Eran terriblemente hábiles y eficaces. Los animales quedaban convertidos en un santiamén en piel, carne, vísceras y huesos. Como si fueran cosas independientes que, por alguna razón insólita, se hubiesen combinado al azar. «Tal vez cuando despierte la carne ya esté en el mercado. La realidad trabaja con mucha rapidez», pensó. Arrancó un puñado de hierba a sus pies y retuvo unos instantes las briznas entre sus dedos sintiendo su suavidad. Luego apagó el cigarrillo y expulsó, con un suspiro profundo, el humo que quedaba en sus pulmones. Cerró los ojos. En la oscuridad, el zumbido de los saltamontes se oía más fuerte que antes. El veterinario creyó por un momento que unos saltamontes grandes como sapos saltaban a su alrededor.

Se le ocurrió de repente, mientras iba perdiendo la conciencia de lo que le rodeaba. Tal vez el mundo no hiciera otra cosa que dar vueltas como una puerta giratoria. El hecho de que alguien entrara en uno u otro de aquellos espacios compartimentados de la puerta giratoria era una simple cuestión de dónde había puesto los pies. En alguno de esos compartimentos aún existirían los tigres, en otro ya no existirían. ¿No se trataría, en resumen, sólo de esto? Allí casi no existe una continuidad lógica. Y, puesto que no existe continuidad, las opciones no tendrían en realidad ningún sentido. ¿No será por eso por lo que yo no puedo sentir la *diferencia* entre un mundo y otro? Sus pensamientos sólo llegaron hasta allí. Ya no podía profundizar más con el pensamiento. La extenuación inmovilizaba su cuerpo como una manta empapada y asfixiante. Sin pensar en nada, olía la hierba, oía el zumbido de los saltamontes, sentía el espesor de la sombra que lo cubría como una capa.

Y enseguida fue cayendo en un profundo sueño de la tarde.

El barco paró el motor y, al poco rato, se detuvo en silencio en el mar tal como le habían ordenado. En todo caso, no tenía la menor posibilidad de escapar ante un submarino moderno capaz de desarrollar una alta velocidad de navegación. El cañón de la cubierta y las dos ametralladoras del submarino seguían apuntando al barco de pasajeros, los marineros estaban listos para hacer fuego en cualquier momento, pero, pese a todo, entre las dos embarcaciones flotaba una calma extraña. La tripulación del submarino había ido subiendo a cubierta. Uno al lado del otro, los marineros miraban hacia el barco con aire de aburrimiento. Casi ninguno llevaba casco de combate. Era una tarde de verano sin una bocanada de aire. Los ruidos del motor se extinguieron, sólo se oía el lánguido chapoteo del suave oleaje lamiendo el casco. El barco transmitió al submarino un mensaje informando de que el barco sólo transportaba civiles, no transportaba ni material militar ni tropa. Casi no disponía de botes de salvamento. El submarino transmitió una respuesta fría: «No es nuestro problema. Abriremos fuego en diez minutos, independientemente de si la evacuación se ha llevado a cabo o no». Con este mensaje quedó interrumpida toda comunicación. El capitán del barco mercante decidió no comunicar a los pasajeros el contenido del último comunicado. Aunque lo hiciera, ¿de qué serviría? A lo mejor, con suerte, algunos podrían sobrevivir. Pero la mayor parte de los pasajeros sería arrastrada al fondo del mar junto con el barco, miserable como una *palangana* gigantesca. Hubiese querido echar un trago de whisky antes de que llegara el final, pero guardaba la botella en el cajón de su escritorio en la cabina del capitán. La reservaba para una ocasión importante, pero ya no había tiempo de ir a buscarla. Se quitó la gorra y miró el cielo. Deseaba que en el cielo apareciera, de repente, una escuadrilla de cazas japoneses, como un milagro. Pero era imposible que ocurriera algo así. El capitán ya no podía hacer nada. Pensó de nuevo en el whisky.

A punto de expirar el plazo observaron, de pronto, unos movimientos extraños en la cubierta del submarino. Como un revuelo y un intercambio precipitado de palabras entre los oficiales que estaban en la torreta. Un oficial descendió a cubierta y transmitió en voz alta una orden que se propagó enseguida entre los marineros. Al oírla, los que mantenían el armamento en posición de fuego mostraron una vaga perturbación. Un marinero sacudió varias veces la cabeza negando y golpeó el cañón con el puño. Otro se quitó el casco y miró al cielo fijamente. Parecía un gesto de ira, pero era a la vez un gesto de alegría, parecían decepcionados, pero al mismo tiempo excitados. Los pasajeros del barco no podían saber de ningún modo qué demonios debía de estar pasando, qué era lo que iba a ocurrir. Observaban la escena conteniendo la respiración, con avidez y fijeza, igual que espectadores ante una representación de pantomima de la que no conocieran el argumento (y que, sin embargo, contuviera para ellos un mensaje de vital importancia). Intentaban descubrir una pista, aunque fuera pequeña. Poco a poco se fue calmando la confusión que se había propagado entre los marineros. A una orden del suboficial, los proyectiles del cañón fueron retirados de cubierta. Volvieron a darle vueltas a la manivela, para devolver el cañón, que hasta entonces apuntaba al barco de pasajeros, a su posición original, en dirección a proa. Y le taparon la boca negra y amenazadora. Los proyectiles fueron bajados por la escotilla y la tripulación se retiró aceleradamente hacia el interior del submarino. Todo eran movimientos enérgicos, muy distintos a los de antes. No hubo ningún gesto inútil, ninguna palabra.

Los motores del submarino hicieron un ruido sordo, sólido, sonó unas cuantas veces el agudo silbato que ordenaba «evacuar cubierta». Mientras tanto, el submarino empezó a avanzar e inició la inmersión levantando olas, grandes y blancas, como si atendiera impaciente a que los soldados abandonaran cubierta y cerraran la escotilla. La cubierta, estrecha y larga, fue hundiéndose poco a poco, inundada por el agua del mar, el cañón desapareció bajo el agua, la torreta se sumergió separando la superficie azul marino del agua azul y, finalmente, se hundieron la antena y el periscopio como si borraran la evidencia de que alguna vez el submarino hubiera estado allí. Durante un rato, los remolinos perturbaron la superficie del mar, pero enseguida se calmó, y el mar de la tarde de verano quedó tan sereno que casi parecía irreal.

Incluso después de que desapareciera el submarino de forma tan irracional como había aparecido, los pasajeros quedaron petrificados en cubierta. En la misma postura, contemplaban fijamente la superficie del agua. Se habían quedado completamente mudos, nadie se atrevió a carraspear siquiera. Al poco rato, el capitán volvió en sí, dio instrucciones al piloto, comunicó con la sala de máquinas y el viejo motor empezó a funcionar entre los largos gemidos de los pistones, como un perro al que su amo le hubiera dado una patada.

La tripulación del barco de pasaje, conteniendo la respiración, esperaba un ataque con torpedos. Tal vez, por alguna razón, los americanos optaran por torpedearlos, más rápido que un cañoneo. El barco navegaba en zigzag, el capitán y el piloto escrutaban con los prismáticos la superficie del deslumbrante mar estival rastreando las posibles estelas blancas de los torpedos. Veinte minutos después de la inmersión del submarino, la gente despertó al fin del profundo encantamiento de la muerte. Al principio nadie estaba seguro, pero poco a poco fue transformándose en convicción. Hemos retornado de estar al borde de la muerte. Ni siquiera el capitán entendía la razón por la cual los americanos habían suspendido tan repentinamente el ataque. ¿Qué demonios habría pasado? (Lo que supieron luego fue que, instantes antes de desencadenarse el ataque, el submarino había recibido la orden del cuartel general de suspender toda acción de combate *activa* siempre y cuando no fuese atacado. El 14 de agosto, el gobierno japonés presentó a los países aliados la aceptación de la Declaración de Potsdam y la rendición incondicional.) Algunos de los pasajeros sentados en cubierta, liberados de la tensión, rompieron a llorar, pero la mayor parte de ellos no pudo ni llorar ni reír. Durante horas, algunos durante días, permanecieron sumidos en el desconcierto más absoluto. La espina larga y retorcida de la pesadilla que se les había clavado en los pulmones, el corazón, la columna vertebral, el cerebro o el útero no se la sacarían jamás.

La pequeña Nutmeg permaneció profundamente dormida en brazos de su madre mientras duraba todo. Durmió sin abrir los ojos ni una sola vez durante más de veinte horas, como si hubiera perdido el conocimiento. Aunque su madre le abofeteó las mejillas y la llamó a gritos, no hubo manera de despertarla, era un sueño tan profundo como si estuviera sumergida en el fondo del mar. El intervalo entre cada inspiración era cada vez más largo y el pulso cada vez más lento. Aunque aguzara el oído, la madre sólo oía una respiración muy leve. Pero cuando el barco llegó a Sasebo, Nutmeg se despertó sin previo aviso. Como si una poderosa fuerza hubiera tirado de ella hacia *este mundo*. Así que, no es que Nutmeg presenciara la escena en que el submarino americano interrumpía el ataque para desaparecer. Su madre le explicó los detalles más tarde.

El barco de pasaje entró bamboleándose en el puerto de Sasebo poco después de las diez de la mañana del 16 de agosto. En el puerto reinaba un profundo y misterioso silencio y no había ido nadie a recibirlos. Tampoco se veía a nadie en torno a los cañones antiaéreos. Sólo la luz intensa del verano abrasaba silenciosamente las piedras. Era como si todas las cosas del mundo estuvieran cubiertas de una profunda insensibilidad. Los pasajeros del barco tuvieron la sensación de adentrarse por error en el mundo de los muertos. Contemplaron mudos el paisaje de la patria que volvían a ver después de tantos años. El mediodía del día 15 fue emitido por radio el prescripto imperial sobre el fin de la guerra. Siete días antes, la ciudad de Nagasaki había sido completamente arrasada por una bomba atómica. El estado de Manchukuo estaba a punto de desaparecer a los pocos días como si nunca hubiera existido más que en la imaginación, tragado por las arenas movedizas de la historia. El veterinario con la mancha en la mejilla, en otro compartimiento de la puerta giratoria, fue arrastrado contra su voluntad por el destino de Manchukuo.

11

Pasemos, entonces, a la siguiente pregunta
El punto de vista de May Kasahara (3)

Hola, señor *pájaro-que-da-cuerda:*

¿Ya has pensado «dónde estoy y qué hago», como te pedí que hicieras en mi última carta? ¿Te lo has podido imaginar, siquiera?

Continuaré la historia dando por supuesto que no has logrado descubrir nada en absoluto respecto a dónde estoy y qué estoy haciendo. Estoy segura de que no lo sabes.

Primero te daré la respuesta. Estoy trabajando en «una fábrica». Es una fábrica grande, situada en una montaña a las afueras de una ciudad de provincias que da al mar de Japón. Aunque diga fábrica, no es como tú, señor *pájaro-que-da-cuerda,* debes de estar imaginándote, una de esas fábricas que echan nubes de humo por las chimeneas, donde siempre corren las cintas transportadoras y donde las grandes máquinas son el último modelo. Es una fábrica con mucha luz, muy tranquila, rodeada de un terreno amplio. No echa humo. Jamás hubiera imaginado que existiesen en el mundo fábricas tan espaciosas. La única fábrica que yo había visto era una de caramelos que hay en Tokio y que visitamos con el colegio cuando todavía era alumna de enseñanza primaria. Sólo recuerdo que era ruidosa, pequeña y que la gente trabajaba en silencio y con la cara triste. Por eso estaba convencida de que las fábricas eran todas como las que salían en las ilustraciones de los libros de texto sobre la «Revolución Industrial».

Casi todos los que trabajan aquí son chicas. En un edificio algo alejado hay un laboratorio, donde unos hombres con bata blanca y cara hosca trabajan en el desarrollo de productos nuevos, pero, en proporción, son pocos. El resto son chicas de entre los diecisiete o dieciocho años y los veinticuatro o veinticinco. Y un setenta por ciento de las chicas vive, como yo, en los dormitorios construidos en los terrenos de la fábrica. Coger cada día el tren o el autobús en el pueblo para desplazarse hasta aquí es bastante duro y, además, los dormitorios son confortables. Es un edificio nuevo, las habitaciones son individuales, en las comidas puedes elegir los platos que más te gusten y no cocinan mal; hay diversas instalaciones y el alquiler de la habitación es barato. Hay una piscina con agua templada, una biblioteca y, si quieres (yo no pienso hacerlo), puedes practicar la ceremonia del té o hacer ikebana. También hay actividades deportivas. Por eso, las chicas que al principio se desplazaban desde el pueblo han acabado optando por dejar sus casas y trasladarse a los dormitorios. Los fines de semana van todas a casa de sus padres. Comen con su familia, van al cine, salen con sus novios.

Así que, cuando llega el sábado, los dormitorios quedan desolados como una casa en ruinas. Por lo visto, no son muchas las chicas que, igual que yo, no tengan casa a la que volver los fines de semana. Pero, como te escribí en mi carta anterior, me gusta esta sensación de «vacío» que hay los fines de semana. Leo libros todo el día, escucho música a todo volumen, paseo por la montaña o, como ahora, me siento a la mesa y le escribo una carta al señor *pájaro-que-da-cuerda*.

Las chicas que hay aquí son todas de la zona, o sea, hijas de familias de campesinos de la región. No todas, claro, pero sí la mayoría, son chicas saludables, de complexión fuerte, optimistas, trabajadoras. Hasta hace poco, cuando las chicas terminaban la escuela superior, se iban a las grandes ciudades en busca de empleo, porque en esta zona no había grandes empresas. Así que cada vez quedaban menos chicas jóvenes en el pueblo y los hombres no podían encontrar chicas con las que casarse. O sea, que la zona se iba despoblando más y más. En estas circunstancias, el pueblo ofreció a las empresas una gran extensión de terreno para uso industrial, facilitó la instalación de fábricas para que las chicas jóvenes pudieran permanecer aquí sin tener que marcharse a otro sitio. A mí me parece una buena idea. Porque también hay personas que vienen expresamente de fuera, como yo, ¿no es así? Las chicas terminan ahora los estudios de enseñanza superior (algunas los han abandonado, como yo), se colocan en la fábrica, ahorran dinero con ahínco y, cuando llegan a la edad de casarse, se casan, dejan el trabajo, dan a luz unos cuantos hijos y todas, sin excepción, se ponen gordas como focas. Claro que las hay que siguen trabajando aquí después de casarse, aunque tengan que desplazarse desde su casa diariamente, pero la mayor parte de las chicas deja el empleo en cuanto se casa.

¿Te has hecho ya una idea sobre el lugar donde estoy?

Entonces paso a la siguiente pregunta: *¿Qué demonios se produce en esta fábrica?*

Te doy una pista. Una vez, señor *pájaro-que-da-cuerda*, realizamos juntos un trabajo relacionado con «eso». Fuimos juntos a Ginza e hicimos unas encuestas, ¿lo recuerdas?

Espero que ya sepas de qué va, señor *pájaro-que-da-cuerda*. ¿Sí o no?

Por supuesto que sí, trabajo en una fábrica de pelucas. ¿Te sorprende?

Como te conté la otra vez, me fui de la escuela-prisión de alto *standing* en mitad del campo apenas medio año despué de ingresar. Luego me pasaba los días sin hacer nada, como un perro con una pata herida, y, al fin, se me ocurrió lo de la fábrica de aquella empresa de pelucas. Recordé que el encargado me había dicho medio en broma: «En nuestra fábrica faltan chicas, así que si quieres trabajar podemos darte un empleo en cualquier momento». Me había enseñado una vez un folleto magnífico de la fábrica, me pareció una buena fábrica y, ya entonces, pensé por un momento que a lo mejor no estaría tan mal trabajar en un lugar así. Según lo que me había contado el encargado, allí las chicas implantaban a mano los cabellos en las pelucas. Las pelucas son productos muy delicados, de modo que no pueden fabricarse con máquinas, deprisa y corriendo, como si fuesen ollas de aluminio. Si los mechones de cabello auténtico no se implantan uno a uno, cuidadosamente, con una aguja, no hay manera de hacer las pelucas de calidad superior. ¿No te parece que es un trabajo que no se acaba nunca? ¿Cuántos pelos crees que hay en la cabeza de una persona? Se cuentan por unidades de cien mil. Todo eso es lo que tenemos que ir implantando a mano, como si fuera un campo de arroz. Pero las chicas no se quejan. En esta región nieva mucho, así que, desde hace tiempo, las mujeres de las familias campesinas tienen la costumbre de ganarse algún dinero extra con trabajos de orfebrería durante los largos meses de invierno. Así que no les cuesta hacerlo. He oído que fue éste el motivo por el que el fabricante de pelucas eligió esta región para levantar la fábrica.

Hablando en serio, nunca me ha disgustado el trabajo manual. Aunque ya me imagino que no lo parece, la verdad es que la costura se me da bien. En la escuela siempre me elogiaba la profesora. No lo aparento, ¿verdad? Pero es cierto. Por eso pensé que no estaría mal vivir una temporada sin pensar en nada complicado, haciendo con las manos un trabajo minucioso desde la mañana hasta la noche en la fábrica de la montaña. De la escuela estaba hasta la coronilla, pero tampoco me apetecía seguir viviendo a costa de mis padres (a ellos tampoco les apetecía), y yo no tenía nada que «realmente me apeteciera hacer»... Con esa manera de pensar, llegué a la conclusión de que no me quedaba más remedio que ir a trabajar a la fábrica.

Les pedí a mis padres que se declarasen responsables de mí; y con la recomendación del encargado (le había caído bien tras el trabajo de las encuestas) logré que me aceptaran después de la entrevista que tuve en la oficina central de Tokio. La semana siguiente hacía las maletas —aunque sólo me llevé algo de ropa y un radiocasete—, tomaba yo sola el Shinkansen, cambiaba luego de tren y llegaba a este poblacho miserable. Tuve la sensación de que había llegado a las antípodas. Al bajar del tren, en la estación, me sentí desamparada y pensé que quizás había cometido un error. Pero ahora creo que no me he equivocado. Porque ya hace más o menos seis meses que estoy instalada aquí sin quejarme ni causar problemas.

Y, no sé por qué, hacía tiempo que me interesaban las pelucas. No, no es que me interesaran, más bien creo que cabría decir que *me atraían*. De la misma manera que algunos chicos se sienten atraídos por las motos, yo me sentía atraída por las pelucas. He visto a muchos hombres calvos (aquí en la empresa los llaman «personas de cabello ralo») cuando hacía aquellas encuestas por la calle, y hasta entonces no fui especialmente consciente de que en verdad hay muchos hombres calvos (de cabello ralo) en el mundo. Personalmente, no tengo nada contra los calvos, no pienso: «Me gustan los calvos», ni tampoco: «Detesto a los calvos». Aunque tu cabello sea más ralo que ahora (porque estoy segura de que tu cabello pronto será más ralo), mis sentimientos hacia ti jamás cambiarán. Lo que percibo mirando de una forma intensa a las personas de cabello ralo, creo que ya te lo dije, es la sensación de que «van desgastándose». Creo que lo que me interesa mucho, mucho, es esto.

Oí en algún sitio que el hombre alcanza el máximo de su crecimiento al llegar a cierta edad (no recuerdo si eran diecinueve o veinte años) y que luego sólo va desgastándose físicamente. Entonces, que vaya cayendo el cabello y el pelo claree es sólo una parte del «desgaste» físico. No es nada extraño. Puede decirse que es algo lógico y natural. En todo caso, el problema se da ante el hecho real de que «hay personas que se quedan calvas de jóvenes, y hay personas que no se quedan calvas ni de viejas», ¿verdad? Así que las personas que se han quedado calvas pueden decir: «Oye, esto no es justo». El caso es que ésa es la parte que más me llama la atención, ¿entiendes? Yo sí puedo entender perfectamente ese sentimiento aunque por ahora no tenga ningún problema de cabello.

Además, en muchos casos, que a alguien le caiga más o menos cabello que a otros no es culpa de la persona a la que se le cae el pelo. Cuando hacía el trabajo temporal, el encargado me explicó que, científicamente, quedarse calvo viene determinado por los genes. El hombre que ha heredado los «genes del pelo ralo», tarde o temprano, por mucho que se esfuerce en evitarlo, acabará con el «pelo ralo». «Donde hay voluntad se abre un camino» no sirve tratándose de pelos caídos. Si los genes deciden actuar en un momento dado diciendo: «A ver, ha llegado el momento», entonces no hay manera de evitar la caída del cabello. Si dices que eso es injusto, es verdad, es injusto. ¿No te parece? Yo pienso que es injusto.

En fin, espero que hayas entendido que me paso el día trabajando aplicadamente en esta fábrica de pelucas que está muy lejos. Espero que hayas entendido también que tengo un profundo interés personal en los propios productos que fabricamos y que son las pelucas. En la siguiente carta pienso explicarte algo más detalladamente de qué va el trabajo y cómo es la vida aquí.

Bueno, ya está bien. Adiós.

12
¿Esta pala es verdadera?
Acontecimiento a medianoche (2)

Después de quedarse profundamente dormido, el niño tuvo un sueño muy claro. Él sabía que era un sueño, y eso lo tranquilizó un poco. *Pero saber que aquello era un sueño significaba que aquello no era un sueño. Aquello, sin duda, ocurrió de verdad. Yo puedo distinguir la diferencia.*

En el sueño, el niño salía al jardín de medianoche donde no había nadie y cavaba aquel hoyo. La pala seguía allí, apoyada en el tronco del árbol y, el hoyo acababa de ser tapado por el hombre alto y extraño, por lo que cavar no resultaba difícil. Pero, a pesar de ello, es un niño de sólo cinco años, así que el mero hecho de sostener la pala lo deja sin aliento. Además, no lleva zapatos. Tiene las plantas de los pies heladas. Aunque jadea, piensa seguir cavando la tierra hasta que aparezca el paquete envuelto en la tela que ha enterrado el hombre.

El *pájaro-que-da-cuerda* ya no volvió a chirriar. El hombre que se había subido al pino se había quedado allí. Alrededor estaba todo tan silencioso que al niño casi le dolían los oídos. Al parecer, todos habían desaparecido. «*Después de todo es un sueño*», pensó el niño. El *pájaro-que-da-cuerda* y el hombre parecido a mi padre que se ha subido al árbol eran *hechos reales*. Así que seguro que no hay relación alguna entre ambas cosas. Pero, ¡qué extraño!, yo estoy cavando en el sueño el hoyo que alguien ha cavado hace un rato. Entonces, ¿cómo puedo distinguir lo que es un sueño de lo que no es un sueño? Por ejemplo, ¿esta pala es real o es la pala de un sueño?

Cuanto más lo piensa, menos lo entiende. Por eso dejó el niño de pensar y cavó el hoyo con todas sus fuerzas. Al poco rato, la punta de la pala tocó el paquete envuelto en la tela. El niño cavó cuidadosamente la tierra que había alrededor del paquete procurando no romperlo y, de rodillas, sacó el paquete del hoyo. En el cielo no había ni un jirón de nube y la luna llena vertía una luz húmeda sobre la tierra sin que nada la interceptara. En el sueño, extrañamente, el niño no sintió miedo. La curiosidad lo dominaba con un poder más fuerte que todo lo demás. Abrió el paquete. Dentro había un corazón humano. El corazón tenía la misma forma y el mismo color que el corazón que había visto en la enciclopedia ilustrada. Y el corazón latía aún vivo, como un bebé recién abandonado. Aunque ya no bombeaba sangre por la arteria seccionada, el corazón seguía latiendo con fuerza. El niño percibía claramente en sus oídos los fuertes latidos. Pero ésos eran los latidos del corazón del propio niño. El corazón que había sido enterrado y el corazón del niño palpitaban fuerte, sólidamente, como si se respondieran el uno al otro, como si se contaran algo.

El niño recobró el aliento y se dijo a sí mismo: «A mí no me dan miedo estas cosas». Esto es un corazón humano y nada más. Incluso sale en la enciclopedia ilustrada. Todos tenemos uno. Yo también tengo uno. El niño, con calma, volvió a envolver en la tela el corazón que latía, lo depositó en el hoyo y le echó tierra encima. Luego la aplanó con los pies descalzos para que no se viera que habían cavado un hoyo y dejó la pala apoyada en el tronco, tal como la había encontrado. La superficie de la tierra estaba fría como el hielo. Luego, el niño entró por la ventana en la cálida intimidad de su habitación. Se sacudió la tierra pegada en las plantas de sus pies en la papelera para no ensuciar las sábanas, quería meterse en la cama y dormir. Pero se dio cuenta de que allí había alguien. Alguien había ocupado su lugar, se había metido en la cama y se había dormido cubriéndose con el edredón.

El niño se enfadó, arrancó el edredón e intentó gritarle a ese alguien: «Oye, fuera de aquí. Ésta es mi cama». Pero no le salió la voz. Pues el niño se vio a sí mismo. Era él mismo quien estaba en la cama y dormía con la respiración plácida de un sueño plácido. El niño se quedó petrificado sin saber qué decir. Si yo mismo ya estoy durmiendo aquí, ¿dónde puede dormir *mi otro yo?* Fue en ese momento cuando el niño sintió pánico por primera vez. Un pánico que parecía que fuera a congelarlo hasta la médula. Intentó gritar. Chillar lo más fuerte posible para despertar a su yo que dormía y a todas las personas que estaban en la casa. Pero esta vez tampoco le salió la voz. Aunque lo intentó con todas sus fuerzas, no le salió por la boca ni un hilo de voz. Luego agarró por los hombros a su yo que dormía y lo sacudió con fuerza. El niño que dormía no se despertó.

No le quedó otro remedio. El niño se quitó la chaqueta, la tiró al suelo, apartó de un violento empujón a su otro yo a un lado de la cama y se tendió casi a la fuerza en el borde de aquella cama demasiado estrecha. Tenía que asegurarse allí su propio lugar a toda costa. Si no lo hacía, tal vez fuera expulsado de su propio mundo. Pese a la postura incómoda y a no tener almohada, una vez en la cama le entró un sueño tremendo y el niño no pudo pensar en nada más. En un instante se rindió al sueño.

A la mañana siguiente, al despertarse, el niño estaba tumbado solo en el centro de la cama, tenía, como siempre, la almohada debajo de la cabeza. No hay nadie a su lado. Se incorpora despacio y mira la habitación. A simple vista, no se ve ningún cambio. La misma mesa, la misma cómoda, el mismo armario empotrado, la misma lámpara de mesa. El reloj de pared marca las seis y veinte. El niño nota que hay algo extraño. Parece que todo está igual, pero ese lugar es distinto al lugar donde se ha acostado la noche anterior. El aire, la luz, los ruidos y el olor se diferencian algo de los habituales. Quizás otra persona no pudiera captarlo, pero él sí lo nota. El niño apartó el edredón y observó su cuerpo. Mueve los dedos de ambas manos, uno a uno. Los dedos se mueven sin ningún problema. Los de los pies también. No siente dolor ni picores. Luego salta de la cama y se va al baño. Orina, se planta ante el espejo del lavabo y examina su rostro. Se quita la chaqueta del pijama, se sube a una silla y se mira el cuerpo en el espejo. Mas no hay ningún cambio.

Pero sí hay algo distinto. Tiene la sensación de estar en otro receptáculo. Siente que no está familiarizado con ese cuerpo nuevo. Puede sentir que hay algo incompatible consigo mismo. De repente, el niño se siente desamparado e intenta llamar a su madre: «¡Mamá!». Ninguna palabra brota de su garganta. Sus cuerdas vocales no pueden vibrar y el aire queda allí inmóvil, como si la misma palabra «mamá» hubiese desaparecido de la faz de la tierra. Pero pronto se da cuenta el niño de que lo que ha desaparecido no es la palabra.

13
El tratamiento secreto de M.

EL MUNDO DEL ESPECTÁCULO INFESTADO
DE CASOS DE OCULTISMO

Del número del mes de diciembre de la revista mensual

+[...] Al parecer, las terapias ocultistas, tan de moda en el mundo del espectáculo, se propagan de boca en boca y, en algunos casos, los grupos ocultistas llegan a actuar casi como una organización clandestina. Es el caso, por ejemplo, de M., reconocida actriz de treinta y tres años. Hace unos diez años, fue seleccionada para un papel secundario en un serial televisivo donde alcanzó la fama que luego le permitió aparecer regularmente, siempre en papeles secundarios, en el cine y la televisión. No obstante, hace seis años se casó con un «joven hombre de negocios» propietario de una importante empresa inmobiliaria. Se sabe que, durante los dos primeros años, la pareja fue feliz. Los negocios del marido marchaban bien y ella acumulaba un éxito tras otro. Más tarde, el restaurante y la *boutique* que el marido había abierto en Roppongi a nombre de ella empezaron a tener pérdidas y se llegaron a firmar cheques sin fondos que ella tuvo que respaldar cargando con la deuda. Al parecer, M. nunca estuvo interesada en abrir las tiendas. Lo hizo obligada por su marido, decidido a ampliar sus negocios. Hay quien la considera víctima de un fraude. Además, la relación de M. con los padres de su marido ya se había deteriorado hacía tiempo.

De resultas de todo ello, y tras una temporada en que circularon con insistencia los rumores de una crisis matrimonial, la pareja acabó separándose. Finalmente, hace de esto dos años, tras el pacto alcanzado sobre la deuda, firmaron el divorcio de común acuerdo. Poco después, sin embargo, M. cayó enferma con síntomas de depresión, circunstancia que la obligó temporalmente a abandonar sus actividades en el mundo del espectáculo para ser internada en un hospital y someterse a tratamiento. Según se ha podido saber a través de alguien relacionado con la productora para la que trabaja M., la actriz se veía periódicamente asaltada por ataques de ansiedad tras el divorcio, y los antidepresivos minaban su salud, de modo que llegó a un punto en que ya no pudo continuar desempeñando su trabajo como actriz. «Ha perdido capacidad de concentración y su belleza se ha apagado de un modo alarmante. M. es de natural muy responsable y se obsesiona con esto y aquello. Todo hace que empeore aún más su estado anímico. Por suerte, en el aspecto económico, el divorcio concluyó de una manera bastante satisfactoria para ella y, de momento, no necesita trabajar para vivir.»

M. está lejanamente emparentada con la esposa de un famoso político que ha sido en alguna ocasión ministro. Fue ella, quien siente por M. la misma estima que por una hija, quien la presentó hace dos años a una mujer. Los rumores afirman que dicha mujer practica una especie de tratamiento espiritista a unas pocas personas, muy escogidas, de la alta sociedad. M., a través de la recomendación de la esposa del político antes mencionada, logró ser recibida en su consultorio y seguir, durante aproximadamente un año, una terapia contra la depresión, aunque se desconoce el tratamiento prescrito. M. guarda silencio al respecto. Lo cierto es que la enfermedad de M. experimentó una notable mejoría gracias al contacto periódico que mantenía con esa mujer y, al margen de cuál pudo ser el tratamiento, lo cierto es que poco después consiguió prescindir de los antidepresivos. Gracias a ello desapareció el abotargamiento anormal que la consumía, volvió a crecerle sano el cabello y recuperó los rasgos faciales que constituían su belleza. El estado psíquico fue mejorando e incluso logró reemprender, poco a poco, su trabajo de actriz. M. abandonó en este punto el tratamiento.

En octubre del presente año, cuando casi se había borrado de su memoria aquella pesadilla, los mismos síntomas sorprendieron a M. La situación era grave, porque M. debía realizar un importante trabajo pocos días después, algo imposible en aquel estado. Entonces M. decidió ponerse de nuevo en contacto con aquella mujer y solicitar la misma «terapia». Pero la mujer había abandonado sus prácticas. «Lo siento mucho, no puedo ayudarla. Ya no tengo ni los poderes ni la capacidad necesarios. Pero si me promete mantener el secreto, podría presentarle a alguien. Quiero que tenga en cuenta que si le dice *una sola palabra* al respecto a alguien, se hallará usted en una situación muy comprometida. ¿Lo ha comprendido?»

A M. le presentaron a un hombre de unos treinta años con una mancha de nacimiento en la cara. Cada vez que se encontraron, él no dijo una sola palabra. Pero el tratamiento fue «increíblemente eficaz». M. no ha revelado la suma de dinero que pagó por este servicio. Pero cabe suponer que los «honorarios» debieron de alcanzar una cifra más que respetable.

Esto es lo que le explicó M., acerca de la misteriosa terapia, a una persona de su círculo más «íntimo» con la que tiene gran confianza: se citó en un hotel de Tokio con un hombre joven que le hizo de guía, subió a «un coche grande y negro» en el aparcamiento especial para vips del sótano del hotel, desde allí la condujeron al lugar donde se realizó la terapia. No hemos podido averiguar ningún detalle sobre el tratamiento practicado. Al parecer, M. explicó: «Son personas con un poder extraordinario y, si llegara a no cumplir mi palabra, tendría problemas».

M. visitó aquel lugar una sola vez y, desde entonces, no ha vuelto a sufrir un solo ataque. Intentamos conseguir una entrevista con M. para obtener información de primera mano sobre el tratamiento recibido y sobre la mujer misteriosa, pero, como cabía esperar, M. se negó a conceder la entrevista. Según hemos podido saber por expertos en el tema, esta «organización» suele evitar a personalidades del mundo del espectáculo, y tiene como objetivo personalidades de la política y las finanzas, habitualmente más discretas. Por este motivo, le hemos ofrecido aquí toda la información que sobre el tema hemos podido recabar por el momento en el mundo del espectáculo […].

14
El hombre que esperaba
Lo que no puede evitarse
El hombre no es una isla

Después de las ocho de la tarde, cuando ya ha oscurecido del todo, abro la puerta trasera de casa y salgo al callejón. La puerta es tan estrecha que no puedo pasar si no me agacho. Es una puerta de apenas un metro de altura, hábilmente camuflada en un rincón del muro para que nadie, viéndola o tocándola desde fuera, pueda darse cuenta de que allí hay una entrada. En la oscuridad de la noche, el callejón queda iluminado por la luz blanca y fría de la lámpara de vapor de mercurio que hay en el jardín de la casa de May Kasahara.

Cierro la puerta deprisa, avanzo por el callejón a paso rápido. Me escabullo por detrás de las salas de estar, de los comedores de las casas y me fijo, de pasada, a través de los setos, en las personas que veo allí. Están cenando o mirando la televisión. El olor de la comida sale flotando por las ventanas o los extractores de las cocinas que dan al callejón. Un adolescente practica unos acordes rápidos con la guitarra eléctrica a bajo volumen. Por una ventana del piso superior de una casa veo el rostro serio de una niña que estudia sentada a una mesa. Oigo los gritos de un matrimonio que se pelea. Oigo llorar a un bebé. Suena el timbre de un teléfono en alguna casa. La realidad se derrama hacia el callejón como el agua que se vierte de un recipiente. En forma de ruidos, olores, imágenes, demandas, respuestas.

Llevo las zapatillas de tenis de siempre para no hacer ruido al andar. La velocidad a la que camino no puede ser rápida ni lenta. Lo importante es no llamar más de lo necesario la atención. No debo descuidarme y dejar que me atrape la «realidad» que me rodea. Tengo memorizados todos los recovecos, todos los obstáculos. Puedo pasar por el callejón sin tropezar con nada en plena oscuridad. Cuando llego a la parte trasera de mi casa me detengo y, después de mirar alrededor, salto por encima del muro no muy alto.

La casa se ve agazapada, oscura y silenciosa, como la muda de un animal gigantesco. Abro con la llave la puerta que da a la cocina, enciendo la luz y le cambio el agua al gato. Saco una lata de comida para gato del armario y la abro. *Sawara* siempre aparece al oír ese ruido. Y empieza a comer tras refregar su cabeza contra mis pies. Mientras tanto, saco una cerveza fría de la nevera. Para cenar, siempre como lo que me prepara Cinnamon en la «mansión», así que, por más que diga que ceno en casa, no hago más que prepararme una ensalada o cortar unas lonchas de queso. Me agacho por el gato y me lo pongo sobre mis rodillas mientras me bebo la cerveza y compruebo que cada cual ha pasado el día en lugares distintos y que cada cual ha vuelto a casa.

Acabo de llegar a casa y de quitarme los zapatos, pero, en el momento en que alargo el brazo para encender la luz de la cocina, percibo, de pronto, algo extraño. En la oscuridad, dejo de mover la mano, aguzo el oído y respiro por la nariz sin hacer ruido. No se oye nada. Pero flota un tenue olor a tabaco. Por lo visto, hay alguien en casa. Aparte de mí. Alguien que me está esperando. Poco antes, ha encendido un cigarrillo, quizá porque ya no podía aguantar más. Es probable que sólo haya fumado dos o tres caladas y haya abierto la ventana para que saliese el humo, pero el olor permanece. No debe de ser nadie que conozca. Las puertas estaban cerradas con llave, no conozco a nadie que fume, a excepción de Nutmeg Akasaka. Pero Nutmeg no estaría esperándome a oscuras. Mi mano busca inconscientemente el bate de béisbol en la oscuridad. Pero el bate se encuentra ahí. Está en el fondo del pozo. El corazón me late con violencia. Como si me hubiera saltado del pecho y estuviese flotando a la altura de mi oreja. Recupero el aliento. Quizá no haga falta el bate. Si ese alguien hubiese querido hacerme daño no me esperaría tranquilo en la habitación del fondo. Pero la palma de las manos me picaba. Mis manos buscaban el tacto del bate. El gato se acercó y restregó su cabeza contra mis pies, maullando, como siempre. Pero el gato no está tan hambriento como otros días. Puedo saberlo por la urgencia de sus maullidos. Alargué el brazo y encendí la luz de la cocina.

—Disculpe, pero ya le he dado de comer hace poco —me dijo con un exceso de familiaridad un hombre que había allí, sentado en el sofá de la sala de estar—. Me he tomado la libertad de esperarle aquí, señor Okada, pero el gato se me pegaba maullando tan fuerte que casi era molesto. Así que he cogido una lata del estante y se la he dado sin su permiso. Si le digo la verdad, no me gustan los gatos. —El hombre ni siquiera se había levantado del sofá. Lo observé en silencio—. Le habrá sorprendido que haya entrado en su casa sin su permiso y de que lo esté esperando a oscuras, ¿no es así? Discúlpeme, de veras. Si le hubiera esperado con la luz encendida, quizá no hubiese entrado, por precaución. Por eso le esperaba a oscuras. No le haré ningún daño. ¡Venga, hombre! ¡No me ponga esa cara de enfado, señor Okada!

Era un hombre bajito, con traje. Estaba sentado, así que no podía saberlo con certeza, pero su estatura apenas pasaba del metro y medio. Debía de tener entre cuarenta y cinco y cincuenta años, regordete como una rana, calvo. Según la clasificación de May Kasahara, *era* pino. Le quedaban unos tufos de cabello, negrísimos y de forma muy rara, encima de las orejas. Hacían resaltar aún más su calva. Tenía la nariz grande, pero parecía obturada, porque al respirar se hinchaba y deshinchaba con ruidos de fuelle. Llevaba unas gafas de cristales gruesos y montura metálica. Al pronunciar ciertas palabras, se le levantaba el labio superior y asomaba una dentadura irregular con manchas de nicotina. Era, sin duda, una de las personas más feas que había conocido hasta entonces. No sólo era feo su rostro, había en él algo lúgubre, pegajoso, que no podía calificar con palabras. Algo parecido a la repulsión que se siente al tocar con la mano un insecto grande y extraño en la oscuridad. Más que un ser real, parecía alguien salido de una vieja pesadilla ya olvidada.

—Oiga, no le importará que fume, ¿verdad? —preguntó el hombre—. Me he estado aguantando, pero esperar aquí sentado sin fumar ha sido una tortura. Vaya vicio, el tabaco, ¿no le parece?

Sin saber qué decir, asentí con la cabeza. Aquel extraño sujeto sacó un Peace sin filtro del bolsillo, se lo puso entre los labios y lo encendió con una cerilla que prendió con un fuerte chasquido. Tomó la lata vacía de comida para gato que había a sus pies y echó la cerilla dentro. Al parecer, usaba la lata como cenicero. El hombre paladeó el cigarrillo con fruición juntando las dos cejas espesas. Incluso soltó un leve gruñido de satisfacción. Al aspirar el humo, la brasa ardía al rojo vivo como carbón mineral. Abrí la puerta de cristal que daba a la terraza para que entrara el aire del exterior. Fuera llovía silenciosamente. No se veía, tampoco se oía, pero la lluvia se adivinaba por el olor.

El hombre llevaba un traje marrón, una camisa blanca, una corbata de un rojo apagado y cada una de estas prendas parecía igualmente barata e igualmente deslucida. El marrón del traje me hizo recordar el de un coche viejo repintado con brocha por un aficionado. Con arrugas tan marcadas como la tierra en una fotografía aérea, la tela de la chaqueta y de los pantalones ya no tenía la menor posibilidad de arreglo. La camisa blanca amarilleaba y uno de los botones, a la altura del pecho, pendía de un hilo. Parecía que le fuera una o dos tallas pequeña, llevaba el primer botón desabrochado y el cuello doblado con negligencia. La corbata, con un extraño dibujo estampado que recordaba un ectoplasma borroso, parecía que llevase anudada desde la época de los Osmond Brothers. A los ojos de cualquiera, era obvio que aquel hombre no prestaba la menor atención a su atuendo. Que se vestía porque no le quedaba otro remedio, porque tenía que hacerlo para mostrarse ante los demás. Incluso podía descubrirse en ello cierta mala idea. Tal vez pensara seguir usando esa misma ropa hasta que se desgarrara y quedase reducida a hilachos. Igual que los campesinos de las montañas hacen trabajar demasiado a los burros, de la mañana a la noche, hasta que mueren de fatiga.

De todos modos, tras inhalar la nicotina necesaria hasta el fondo de sus pulmones, el hombre suspiró y mostró una mueca extraña que cabía situar entre una sonrisa y una sonrisa irónica.

—¡Vaya por Dios! Aún no me he presentado. Disculpe. Discúlpeme. Mi nombre es Ushikawa, se escribe con el carácter *ushi,* de vaca, y el *kawa,* con el radical de agua. Un apellido fácil de recordar, ¿no cree? Pero todos me llaman «Ushi», «¡Oye, Ushi!», me dicen. Es extraño que a uno lo llamen así. A fuerza de oírlo, a veces llego a sentir que me he convertido en una vaca. Y cuando veo una vaca, siento por ella cierta familiaridad. Los nombres son algo curioso de verdad, ¿no lo ha pensado nunca, señor Okada? Claro que Okada es un apellido muy limpio.* A veces, pre-

---

* El apellido «Okada» se compone de dos caracteres. El primero, «oka», significa colina. El segundo, «ta/-da», campo de arroz. *(N. de los T.)*

feriría que mi apellido fuese más normal, pero, por desgracia, no se puede elegir y, si naces Ushikawa, te guste o no te guste, serás Ushikawa toda la vida. Por culpa de eso siguen llamándome «¡Ushi, Ushi!». Desde la escuela primaria. ¡Qué le vamos a hacer! A uno que se llame Ushikawa, cualquiera le llamará Ushi. ¿No le parece? Por eso, ¿sabe?, dicen que el nombre representa el cuerpo, pero me parece que es más bien al revés. Que el cuerpo, de forma espontánea, se va aproximando al nombre, ¿no cree? A mí me da esa sensación. En fin, lo que sea, pero recuerde al menos que me llamo Ushikawa. Claro que, si usted lo prefiere, no me importará si me llama «Ushi».

Fui a la cocina, abrí la nevera, cogí un botellín de cerveza y volví a donde estaba antes. No le ofrecí nada a Ushikawa. Yo no lo había invitado a mi casa. Me bebí la cerveza directamente de la botella, sin decir nada. Ushikawa tampoco decía nada y aspiraba profundamente el humo del cigarrillo sin filtro. Yo lo miraba de pie, apoyado en la columna, sin sentarme en la silla que había frente a él. Por fin, apagó el cigarrillo aplastándolo en la lata vacía de comida para gato y me miró.

—Señor Okada, usted debe de estar preguntándose cómo he abierto la puerta y he entrado en su casa, ¿no es así? Estará pensando: «Qué extraño, cuando salí de casa la cerré con llave». Es verdad, estaba cerrada con llave. Bien cerrada. Pero yo tengo una llave de su casa. Mírela. Mírela bien. —Ushikawa metió la mano en uno de sus bolsillos, sacó una llave con un llavero y la puso delante de mis ojos. Me pareció que era, efectivamente, la llave de mi casa. Pero lo que me llamó la atención fue el llavero. Se parecía mucho al de Kumiko. Sencillo, de cuero verde, con un mecanismo muy original para abrir la anilla metálica—. La llave es auténtica. Ya se habrá dado cuenta. Y el llavero es el de su esposa. Se lo digo para que no haya malentendidos. Me lo dio su esposa, la señora Kumiko. Ni se lo he robado ni se lo he quitado a la fuerza.

—¿Dónde está Kumiko? —pregunté con voz alterada.

Ushikawa se quitó las gafas y volvió a ponérselas después de observarlas como si comprobara que las lentes estuvieran empañadas.

—Sé muy bien dónde está su esposa. Si le digo la verdad, es como si yo me ocupara de ella.

—¿Se ocupa usted de Kumiko?

—Aunque diga que me ocupo de ella, no es lo que usted piensa. Tranquilícese —dijo Ushikawa riéndose. Al reírse, su rostro perdía a derecha e izquierda la simetría y las gafas le quedaban torcidas—. No me mire con esa cara. Sólo la ayudo, es parte de mi trabajo. Podríamos decir que soy algo así como un recadero y que me encargo de pequeños trabajos. ¿Sabe, señor Okada? Yo sólo soy un mandado. No hago nada importante. El caso es que su esposa no puede salir, ¿comprende?

—¿Que no puede salir? —repetí como un loro.

Abrió una corta pausa lamiéndose los labios con la punta de la lengua.

—No sé si no puede salir o no quiere salir. No sabría decirle. Seguramente le gustaría saberlo, pero, se lo ruego, no me lo pregunte a mí. Yo tampoco conozco los detalles. Pero no se preocupe. No la tenemos encerrada contra su voluntad. Esto no es ni una película ni una novela. Ésas son cosas que no pueden hacerse en la vida real.

Deposité en el suelo con cuidado el botellín de cerveza que aún tenía en la mano.

—A propósito, ¿qué ha venido usted a hacer aquí?

Ushikawa, dándose unas palmadas en las rodillas, asintió con firmeza.

—¡Ah! Es verdad, todavía no se lo he dicho. Ya ni me acordaba. Me he distraído al presentarme. Qué cosas, ¿verdad? Extenderme en cosas tan insignificantes y olvidarme de decir las importantes, ése ha sido siempre mi defecto. Por culpa de esto meto la pata con frecuencia. Siento mucho no habérselo dicho antes. Trabajo para el hermano de la señora Kumiko. Y me llamo Ushikawa. ¡Ah!, mi nombre ya se lo he dicho, ¿verdad? «Ushi», ¿se acuerda? Soy secretario de su cuñado, el señor Noboru Wataya. Bueno, entendámonos. Un secretario algo distinto al que se supone que ha de tener un diputado al parlamento. Eso lo hacen personas con estudios, preparadas. Pero, secretarios, los hay de muchos tipos, señor Okada. Hay secretarios y hay secretarios. Yo soy de los de ínfima categoría. Lo último de lo último. Si fuera fantasma, seguro que sería un espíritu de rango inferior. Un espíritu vil agazapado en algún retrete o en un armario empotrado. Pero no puedo quejarme. En primer lugar, caso de que alguien como yo, es decir, alguien que no tenga buena presencia, diera la cara públicamente, eso perjudicaría la imagen juvenil, fresca y vigorosa del señor Wataya. El secretario público debe ser alguien elegante, de rostro inteligente. Si un tipo encanijado y calvo se presentara ante la gente diciendo: «¡Escúchenme! Yo soy el secretario del señor Wataya», sólo conseguiría arrancar carcajadas, ¿no le parece, señor Okada? —Yo permanecía callado—. Así que yo me encargo de todos los trabajos que no deben ser vistos, trabajos entre bastidores. Nunca de cara al público. Yo soy el violinista no en el tejado, sino entre bastidores. Ése es mi territorio particular. Por ejemplo, el asunto de la señora Kumiko. Pero, señor Okada, no interprete usted que yo considere que ocuparme de la señora Kumiko sea un trabajo inferior, insignificante. Si me he expresado de una manera que se lo haya podido dar a suponer, he cometido una tremenda equivocación. Porque la señora Kumiko es la única, preciadísima hermana del señor Wataya. Y para mí es un gran honor ocuparme de alguien como ella. Se lo digo honradamente. Por cierto, supongo que es una desfachatez por mi parte, pero ¿podría invitarme usted a una cerveza? Hablando hablando me ha entrado la sed. Si no le importa, yo mismo iré a buscarla. Sé dónde está. Porque hace un rato, descortésmente, le he echado un vistazo a la nevera mientras le esperaba.

Asentí con la cabeza. Ushikawa se levantó, fue a la cocina, abrió la nevera y sacó un botellín de cerveza. Volvió a sentarse, se la bebió saboreando cada sorbo. Su sobresaliente nuez se movía convulsa por encima del nudo de la corbata.

—Señor Okada, ¿no le parece que es imposible expresar con palabras la sensación de tomarse una cerveza bien fría cuando ha terminado la jornada? En el mundo hay gente tan exigente que dice que la cerveza demasiado fría no es buena, pero yo no pienso así. A mí me gusta que la primera cerveza esté tan fría que ni se note el sabor. La segunda es realmente delicioso que esté en su punto. Pero, si se trata de la primera, a mí me gusta que esté fría como el hielo. Tan fría que te duelan las sienes. Es mi gusto personal. —Yo seguía apoyado en la columna, de pie, eché un trago de cerveza. Ushikawa, apretando los labios, observó la habitación por todos lados durante un rato—. Señor Okada, aunque no esté su esposa, su casa se ve ordenada. Lo admiro. Me avergüenza, pero yo soy incapaz de hacerlo. Mi casa está hecha una lástima. Un basurero, una pocilga. No he limpiado el lavabo desde hará por lo menos un año. Aún no se lo había dicho, pero también mi mujer se marchó de casa hará ya cinco años, así que entiendo muy bien sus sentimientos, aunque decir que siento simpatía por usted quizá no sea lo correcto. Mi caso es distinto al suyo, señor Okada. En el caso de mi mujer, lo normal es que se fuera de casa. Porque yo, como marido, era de lo peor, así que no puedo quejarme. Al revés, la admiro por haberme aguantado hasta ese punto. Como marido yo era tan desastroso que merecía que me abandonaran. Y cuando me enfadaba, la maltrataba, incluso la pegaba. Nunca pego a nadie fuera de casa, no sería capaz de hacer tal cosa. Como puede ver, tengo un carácter débil. Tengo el corazón de una pulga y, fuera de casa, adulo a todo el mundo, consiento que me llamen «Ushi».

Si me insultan, sonrío sin protestar. Pongo expresión de «sí, sí, tiene usted razón». Pero al llegar a casa pegaba a mi mujer por todo lo que había aguantado fuera, ¡je, je, je!, ¿qué le parece? Soy de la peor calaña, ¿no cree? Yo mismo ya era consciente de eso entonces. Pero, señor Okada, no podía dejar de hacerlo. Como una enfermedad, ¿no cree? La pegaba tanto que llegué a desfigurarle la cara. No sólo la pegaba, también le daba patadas y empujaba con violencia. Le tiraba té hirviendo, cacharros, de todo. Si mi hijo trataba de impedirlo, también recibía él. ¡A mi hijo pequeño, un niño de siete u ocho años! Y le pegaba a conciencia, sin miramientos. Soy un diablo, ¿no cree? Aunque intentara detenerme, era inútil. No podía controlarme. Pensaba: «¡Ya está bien! Debo parar», pero no sabía cómo hacerlo. ¿Qué le parece? Un problema, ¿no cree? Hace cinco años le rompí el brazo a la niña de cinco. Y, al fin, mi mujer se hartó de mí, se marchó de casa con los dos niños. No he vuelto a verlos ni una sola vez. No tenemos ningún contacto. ¿Qué le voy a hacer? «Quien mal siembra mal recoge», ¿no es así? —Yo seguía callado, el gato se me acercó a los pies y maulló como pidiendo algo—. Discúlpeme, no he hecho más que hablar de tonterías. De verdad que lo siento, usted estará cansado. Me ha preguntado por qué me he tomado la molestia de venir hasta aquí, ¿verdad? Eso es. Traigo un asunto entre manos. No es que haya venido a charlar con usted, señor Okada. El señor Wataya me ha encargado un asunto. Escúcheme bien, trataré de repetírselo tal como él me lo ha dicho.

»En primer lugar, el señor Wataya piensa que no le importaría repensarse lo de usted y la señora Kumiko. Es decir, que no le importaría que se reconciliaran y volvieran a vivir juntos como antes si eso es lo que ambos desean. Por ahora no hay nada que hacer, porque la señora Kumiko no quiere. Pero el señor Wataya acepta que usted se oponga al divorcio y espere el tiempo que considere oportuno. No le exigirá el divorcio como hasta ahora.

Así que, señor Okada, si tiene usted algo que decirle a la señora Kumiko, puede utilizarme a mí como intermediario. En resumen, vamos a dejar de estar a malas como hasta ahora. Cabría llamarlo restablecimiento de las relaciones diplomáticas. Ésta es la primera cuestión, ¿qué le parece?

Me senté en el suelo y acaricié la cabeza del gato. No dije nada. Ushikawa estuvo observándonos, al gato y a mí, durante unos instantes. Luego prosiguió.

—Sí, claro. Tiene usted razón. Si no escucha todo lo que he de decirle, no hay nada que opinar. Nunca se sabe qué puede venir después. Bueno, se lo contaré todo hasta el final. Pasemos al segundo asunto. Éste es más delicado. Se trata del artículo sobre la «mansión de la horca» que apareció en una revista. No sé si usted, señor Okada, habrá tenido ocasión de leerlo, pero es un artículo interesante de verdad. Muy bien escrito. Habla de un siniestro solar que hay por aquí, en esta zona residencial de primera categoría del barrio de Setagaya. Un lugar donde muchas personas han muerto brutalmente desde hace ya mucho tiempo. Ahora bien, ¿quién es esa persona misteriosa que ha adquirido en esta ocasión el terreno? ¿Qué está ocurriendo detrás de aquellos altos muros? El misterio conduce a otro misterio…

»El señor Wataya leyó el artículo y se percató enseguida de que esa mansión está muy cerca de la casa donde vive usted, señor Okada. Empezó a preocuparle que, a lo mejor, entre esa mansión y usted, señor Okada, pudiese haber alguna relación. Así que la investigamos un poco. En realidad fui yo, Ushikawa, quien la investigó, siempre arriba y abajo con estas piernecillas tan cortas. Investigué y, en fin, ¿cómo se lo diría?, tal como suponíamos, lo que hemos descubierto es que, por lo visto, usted, señor Okada, va cada día a aquella mansión por el callejón trasero. Parece que guarda usted una relación muy estrecha con lo que ocurre en aquella mansión. Vaya, vaya, me sorprendió. Ya le digo yo que el señor Wataya es muy perspicaz.

»En cuanto al artículo, de momento ha aparecido sólo éste, no ha habido continuación. Pero una pasión mal extinguida siempre arde de nuevo. Como material para un artículo es francamente interesante. Sin embargo, para serle honrado, el señor Wataya está perplejo. Es decir, si por algún motivo absurdo apareciera publicado el nombre del señor Okada, que es su cuñado, el asunto podría acabar convirtiéndose en un escándalo e implicar al señor Wataya. En este instante, el señor Wataya es el hombre de moda, y los medios de comunicación se lanzarían sobre el asunto. Por otra parte, entre el señor Okada y el señor Wataya se da ahora una circunstancia algo compleja, que es el asunto de la señora Kumiko, y, como consecuencia, bien pudiera ser que acabaran metiendo las narices en las cosas del señor Wataya. Y es lo normal, todos tenemos algún asuntillo que no queremos que se sepa, ¿no le parece? Sobre todo tratándose de *cosas personales*. Se mire como se mire, el señor Wataya está ahora en un momento muy delicado de su carrera política, de modo que lo que ahora quiere es ir con pies de plomo. En fin, de lo que se trata es de una especie de negociación. En cuatro palabras, que el señor Wataya reflexionará seriamente respecto a la reconciliación entre usted y la señora Kumiko siempre que usted, señor Okada, corte de raíz todo contacto con la «mansión de la horca». ¿Qué le parece? ¿Ha entendido más o menos lo que he querido decirle?

—Tal vez —repliqué.

—Entonces, ¿qué le parece lo que le he dicho?

Pensé unos instantes en todo el asunto acariciándole al gato la barbilla.

—¿Por qué piensa Noboru Wataya que estoy relacionado con la mansión de la horca? ¿Cómo se le ha ocurrido? —pregunté.

Ushikawa rió de nuevo desfigurando su cara. Se reía como si hubiera escuchado algo divertido, pero, al mirarlo, se veía a las claras que sus ojos estaban tibios como ojos de cristal. Sacó una cajetilla arrugada de Peace del bolsillo y encendió un cigarrillo con una cerilla.

—Ah, señor Okada, yo no podría responderle a una pregunta tan difícil como ésta. Le repito que yo sólo soy un simple recadero. No entiendo de razones complejas. Una humilde paloma mensajera. Llevo una carta y vuelvo con otra carta. ¿Me entiende? Lo único que puedo decirle es que él no es tonto. Sabe cómo hay que usar la cabeza y tiene cierto tipo de intuición nada corriente. Además, el señor Noboru Wataya ejerce un poder real mucho mayor de lo que usted imagina. Y su poder se incrementa cada día más. Tiene que reconocerlo. Por lo visto, a usted, señor Okada, no le gusta por diversos motivos. Eso a mí ni me incumbe ni me importa. Pero, llegados a este punto, ya no es cuestión de si le gusta o no. Querría que lo comprendiera.

—Si Noboru Wataya tiene un poder tan grande, puede presionar a esa revista para conseguir que no se publique el artículo. Eso lo haría todo mucho más fácil.

Ushikawa rió y, de nuevo, aspiró profunda y largamente el humo del cigarrillo.

—Señor Okada, señor Okada, no diga usted esas barbaridades. Escúcheme bien, vivimos en un respetable país democrático que se llama Japón, ¿no es así? No es un estado dictatorial, ya sabe a lo que me refiero, no es una república bananera, plantaciones de plátanos y campos de fútbol. En este país, aunque un político tenga mucho poder, no le resulta fácil silenciar un artículo en una revista. Es demasiado peligroso. Aunque se camelara a los directivos, siempre habría alguien, alguien descontento... Al contrario, acabaría por llamar aún más la atención de todo el mundo, de la sociedad. Es mejor no removerlo, dejarlo como está, por así decirlo. *No sale a cuenta* hacer algo semejante por un artículo de ese tipo, se lo digo en serio.

»Además, y que esto quede entre nosotros, es posible que un *pez gordo*, al que usted no conoce, señor Okada, esté relacionado con todo este asunto. Si es así, tarde o temprano dejará de ser un tema que ataña sólo al señor Wataya, y tal vez cambie completamente el curso que siga el asunto. En resumen, señor Okada, si lo comparo con el tratamiento de un dentista, ahora estamos en aquella fase en que estamos manipulando una muela anestesiada. Por eso nadie se queja. Pero, tarde o temprano, llegará el momento en que alguien toque el nervio con la broca del taladro. Entonces resultará que, en algún sitio, alguien dará un bote. Y a lo mejor aparece alguien seriamente enfadado. ¿Entiende lo que le digo? No pretendo asustarlo, pero me da la impresión de que usted, señor Okada, está, sin saberlo, metido en un asunto peligroso.

Me pareció que Ushikawa, de momento, había dicho todo lo que tenía que decir.

—Así que será mejor que me retire antes de que me escalde, ¿no es eso? —le pregunté.

Ushikawa asintió con la cabeza.

—Señor Okada, esto es como jugar a la pelota en mitad de la autopista. Es muy peligroso.

—Y, además, molesta a Noboru Wataya. De modo que, si me retiro de una vez, me permitirá ponerme en contacto con Kumiko.

Ushikawa volvió a asentir con la cabeza.

—Sí, viene a ser eso.

Bebí un trago de cerveza.

—En primer lugar: recuperaré a Kumiko yo solo y por mis propios medios —dije—. No tengo ninguna intención de pedirle ayuda a Noboru Wataya, pase lo que pase. No hace falta que me ayude. Ciertamente, no me gusta Noboru Wataya, pero eso, como usted dice, no sólo es cuestión de gustos. Va más allá. Es decir, antes que todo eso, lo cierto es que *no soporto su existencia misma*. De modo que jamás negociaré con él. Dígaselo. En segundo lugar: no vuelva a entrar nunca más en mi casa sin mi permiso. Digan lo que digan, ésta es mi casa. Ni es el vestíbulo de un hotel ni es la sala de espera de una estación.

Ushikawa estuvo mirándome un rato con los ojos entornados. Sus ojos estaban inmóviles y, como parecía habitual en él, no mostraban sentimiento alguno. No es que fuera inexpresivo. Sólo que siempre ponía la expresión adecuada a cada momento. Luego Ushikawa volvió hacia arriba la palma de su mano derecha, desproporcionadamente grande con respecto a su cuerpo, como si comprobara si estaba lloviendo.

—He comprendido muy bien todo lo que me ha dicho —repuso Ushikawa—. Desde el principio sabía que no iba a ser fácil. Así que no me extraña que me conteste como lo ha hecho. No soy una persona que se sorprenda fácilmente. Puedo comprender bien lo que usted siente y tengo muy claro lo que piensa. Una respuesta con un sí o con un no es fácil de entender. Si la respuesta hubiese sido ambigua, ni blanco ni negro, a mí, una paloma mensajera, me hubiese resultado más difícil transmitir el mensaje. Y a veces me pasa. No es que me queje, pero cada día, cada día me encuentro con respuestas que son como el enigma de la esfinge. Un trabajo como éste no es bueno para la salud, señor Okada, no puede ser bueno. Viviendo así, uno llega a tener, sin darse cuenta, un carácter repulsivo. ¿Me entiende, señor Okada? Uno se vuelve suspicaz, empieza a mirar lo que hay detrás de cada cosa. Llegas a no creerte las cosas más simples, claras y concisas. En verdad es un problema. Pero no se preocupe, señor Okada, le transmitiré con claridad su respuesta al señor Wataya. Lo que sí puedo avanzarle, señor Okada, es que este asunto no terminará así, ¿me entiende? Aunque usted quiera acabarlo de manera tajante, no lo logrará así como así. De modo que posiblemente tenga que hacerle más visitas. De verdad que siento ser un tipo tan desaliñado, medio enano y tan feo, pero le ruego que se vaya acostumbrando *a mi presencia*. Personalmente no tengo nada contra usted, señor Okada. Es la verdad. Pero, le guste o no le guste, por ahora soy uno de los tipos que usted no podrá evitar tan fácilmente. Le resultará raro lo que le digo, pero créame. No volveré a entrar jamás en su casa con tanta desfachatez sin pedir permiso. Como usted ha tenido a bien decirme, ésas no son maneras. Me postro ante usted y le pido excusas. Pero no me ha quedado otra solución que hacerlo así. Espero que lo comprenda. No es que cometa siempre tropelías de esta clase. Aunque no lo aparente, soy una persona normal. La próxima vez le telefonearé primero como haría cualquiera. ¿Le parece mejor? Haré sonar dos veces el timbre, colgaré y, luego, llamaré otra vez. Cuando haya una llamada así, piense que soy yo y, si quiere, descuelgue el teléfono pensando: «Ah, es el tonto de Ushikawa». ¿De acuerdo? Pero conteste al teléfono sin falta, ¿me comprende? De lo contrario me veré obligado a entrar en la casa sin su permiso. A mí, personalmente, no me gusta hacer las cosas así, pero lo malo es que me pagan un sueldo y yo trabajo moviendo el rabo, así que tengo que hacer lo que me ordenen y hacerlo lo mejor posible. Me comprende, ¿verdad? —No le contesté. Ushikawa aplastó el cigarrillo en el fondo de la lata de comida para gato, miró el reloj como si de repente se acordara de algo—. Lo siento, ya es muy tarde. He abierto la puerta con la llave sin su permiso, he entrado en su casa, he hablado durante mucho tiempo y, encima, me he tomado una de sus cervezas, discúlpeme. Como ya le he dicho, a mí, pobre de mí, no me espera nadie en casa y cuando encuentro a alguien con quien poder charlar me quedo tan ancho y sigo hablando. Una situación desgraciada. Señor Okada, no es bueno vivir solo mucho tiempo. Es lo que dicen, ¿no?: «El hombre no es una isla». ¿No es verdad? Y también dicen: «La ociosidad es madre de todos los vicios». —Ushikawa se levantó lentamente después de sacudirse con la mano unas motas de polvo imaginarias de sus rodillas—. No es preciso que me acompañe. He entrado solo, así que también podré salir solo. Yo mismo cerraré la puerta con llave. Una cosa más, señor Okada. Puede que sea un entrometimiento, pero sepa que en el mundo hay cosas que es mejor no saber. Y justamente son éstas las que la gente se muere por saber. Es un fenómeno extraño. Insisto en que hablo en teoría... Lo veré en otra ocasión. Me alegraría que la situación hubiese mejorado la próxima vez, cuando volvamos a vernos. Buenas noches.

La lluvia siguió cayendo toda la noche sin cesar, silenciosamente, hasta que al amanecer escamparon las nubes como si, con la luz, la lluvia se desvaneciera. Pero la sensación viscosa de aquel hombre, casi un enano, y el olor de los cigarrillos sin filtro que se había fumado permanecieron, junto con la humedad, durante mucho tiempo en la casa.

15
El extraño lenguaje de las manos de Cinnamon
Ofrenda musical

—Cinnamon dejó de hablar poco antes de cumplir los seis años —me dijo Nutmeg—. El año de su ingreso en la escuela primaria. En el mes de febrero de aquel año, de repente, dejó de hablar. Por extraño que parezca, hasta la noche ni nos dimos cuenta de que en todo el día no había dicho ni una sola palabra. Nunca había sido muy hablador, pero, con todo… Hice lo imposible para que dijera algo. Intenté hablarle, sacudirlo, pero no lo logré. Cinnamon permanecía mudo, como una piedra. Ni siquiera sabíamos si *había enmudecido* por algo que le hubiera ocurrido o si era él mismo quien había decidido dejar de hablar. Ni siquiera ahora lo sabemos. A partir de entonces, no sólo no ha vuelto a hablar, tampoco ha emitido nunca *un solo sonido,* ninguno en absoluto, ¿comprendes? Aunque sienta dolor, no le oirás gritar, tampoco ríe a carcajadas cuando le haces cosquillas.

Nutmeg llevó a su hijo a varios especialistas en otorrinolaringología. Pero, tal como cabía esperar, no fueron capaces de establecer la causa. Lo único que llegaron a determinar es que no residía en ningún problema ni afección físicos. Los médicos no pudieron localizar anormalidad alguna en sus órganos de fonación. Podía oír bien. Pero no hablaba.

—Pertenece al campo de la psiquiatría —fue el diagnóstico unánime.

Nutmeg hizo que un psiquiatra conocido de la familia visitara a Cinnamon. Pero el psiquiatra tampoco pudo determinar las causas del silencio. Tras un examen mental pudo establecer que sus facultades intelectuales no presentaban discapacitación alguna. En realidad, su cociente intelectual era bastante alto, y tampoco mostraba, psicológicamente, problema alguno.

—¿Ha sufrido alguna conmoción fuera de lo normal? —le preguntó el médico a Nutmeg—. Recuerde bien. ¿Ha visto el niño, por ejemplo, algo extraño o alguien lo ha maltratado alguna vez en casa? ¿No ha sucedido nunca nada así?

A Nutmeg no se le ocurrió nada. Su hijo había cenado como siempre, había hablado con ella con toda normalidad, se había metido en la cama como otros días y había dormido tranquilo. A la mañana siguiente, Cinnamon ya estaba profundamente sumido en el mundo del silencio. En su casa no había problemas familiares, el niño era atendido con cariño por su madre y su abuela, la madre de Nutmeg. Nunca le habían levantado la mano, ni una vez siquiera. El médico concluyó que, por el momento, no cabía hacer otra cosa que observar cómo evolucionaba la situación.

—Obviamente, el desconocimiento de la causa impide establecer un tratamiento, ¿me comprende? Tráigalo una vez por semana. Quizás así lleguemos a descubrir la causa. Podría ocurrir, también, que recuperara el habla de repente, incluso en poco tiempo, como si hubiera despertado de un sueño. Está claro que no nos queda otra alternativa que esperar con paciencia. Ciertamente, este niño no habla, pero, aparte de eso, no presenta ningún otro problema…

Así que esperaron mucho tiempo, pero Cinnamon nunca emergió a la superficie del fondo del mar de su profundo silencio.

A las nueve de la mañana, el portón de entrada se abre hacia el interior, se oye también el leve ronroneo de un motor y el Mercedes Benz 500 SEL, que Cinnamon conduce, entra en el jardín. Lleva la antena del teléfono desplegada como un tentáculo que acabara de brotar cerca del parabrisas posterior. Observo la escena a través de las rendijas de la persiana. El coche recuerda un gigantesco pez migratorio que no le temiera a nada. Las ruedas nuevas, muy negras, dibujan sin hacer ruido unas grecas en el piso de cemento y se detienen en el lugar prefijado. Cada día dibujan las grecas de la misma forma y se detienen en el mismo lugar. Seguramente no hay ni cinco centímetros de diferencia.

Me estoy tomando el café que acabo de preparar hace un momento. Ha parado de llover, pero el cielo está cubierto de nubes grises y la tierra se ve aún mojada, negra y fría. Unos pájaros revolotean precipitadamente, entre agudos chillidos, buscando insectos casi a ras de suelo. Poco después se abre la portezuela del asiento del conductor, Cinnamon baja del coche con unas gafas oscuras. Mira a su alrededor con atención, se quita las gafas y, tras comprobar que no ocurre nada anormal, se las guarda en el bolsillo interior de la americana. Cierra la portezuela del coche. El ruido que hacen al cerrarse las portezuelas del Mercedes Benz es algo distinto al de cualquier otro coche. Para mí significa el comienzo del día en la «mansión».

Desde esta mañana voy dándole vueltas a la visita que Ushikawa me hizo anoche. Se presentó como mensajero de Noboru Wataya. Estoy dudando sobre la conveniencia de contárselo a Cinnamon, explicarle que Ushikawa me ha exigido que me retire de todo cuanto está ocurriendo aquí. Opto, finalmente, por no decírselo. Decido permanecer callado por lo menos durante un tiempo. Es un problema que tenemos que solucionar solos Noboru Wataya y yo. No querría involucrar a una tercera persona en este asunto.

Cinnamon, como siempre, lleva un traje elegante. Todos sus trajes están bien cortados y se ajustan a su cuerpo. El estilo es más bien clásico, no son llamativos, pero, en el momento en que Cinnamon se los pone los trajes se vuelven originales, juveniles, como si hubiesen esparcido un polvillo mágico sobre ellos. Por supuesto, las corbatas también cambian, a juego con los trajes. Y van variando las camisas, los zapatos. Tal vez su madre, Nutmeg, los elija como tiene por costumbre y le dé todo lo que compra. Pero, en cualquier caso, nunca verás una sola mancha en la ropa de Cinnamon, tampoco en sus zapatos se descubre una mota de polvo. Igual que en la carrocería del Mercedes Benz que él conduce. Ver su rostro cada mañana es algo que siempre, desde lo más hondo de mi corazón, me admira. No, incluso podría decir que *me emociona*. ¿Qué ser puede existir bajo esta apariencia tan impecablemente magnífica?

Saca del maletero del coche dos bolsas de papel con comida y otros artículos, las aguanta entre los brazos y entra en casa. Cuando él las lleva en brazos, incluso las bolsas de papel corriente del supermercado adquieren una apariencia elegante, artística. Quizás haya algún secreto en el modo de sostenerlas. O quizá sea algo aún más básico que eso. Cuando me ve, una sonrisa le ilumina el rostro. Una sonrisa maravillosa. Como si hubiera salido, de repente, a un espacio abierto y claro tras llevar largo tiempo perdido en un bosque frondoso.

—Buenos días —le digo.

«Buenos días», responde él sin voz. Lo entiendo a través del leve movimiento de sus labios. Luego, saca la comida de las bolsas de papel, la guarda en la nevera con diligencia, como un niño inteligente que hubiera memorizado un conocimiento nuevo recién adquirido. Ordena los diversos artículos, los guarda en el armario. Luego toma el café que he preparado. Cinnamon y yo nos sentamos a la mesa. Como tiempo atrás hacíamos cada mañana Kumiko y yo.

—Al final, Cinnamon no fue a la escuela ni un solo día —dijo Nutmeg—. Las escuelas primarias normales no admitían como alumno a un niño que no hablara y a mí no me pareció bien mandarlo a una escuela para niños con problemas. Las razones por las que no habla, sean cuales fueran, eran completamente distintas a las de otros niños. Tampoco Cinnamon quería ir a la escuela. Me parecía que él se sentía feliz en casa, solo, leyendo tranquilamente, escuchando discos de música clásica, jugando en el jardín con un perro bastardo que teníamos entonces. A veces salíamos de paseo, pero no le gustaba juntarse con niños de su edad, así que nunca mostró un gran entusiasmo por salir a la calle.

Nutmeg aprendió el lenguaje de las manos y empezó a usarlo de forma habitual para hablar con Cinnamon. Cuando no bastaba el lenguaje de las manos, hablaban por escrito usando las hojas sueltas de un bloc de notas. Pero, un día, Nutmeg se dio cuenta de que podían comunicarse perfectamente los sentimientos sin usar métodos tan complicados. Ella entiende perfectamente lo que él piensa o quiere con sólo un leve movimiento de su cuerpo, un cambio en la expresión de su rostro. Al darse cuenta de esto, dejó de preocuparle que Cinnamon no hablara. El intercambio de emociones con su hijo no se resiente por ello. Desde luego, hay casos en que siente la ausencia de lenguaje verbal como un inconveniente físico. Pero no pasa de ser un «inconveniente», y, por otra parte, gracias a ese inconveniente la comunicación entre ambos ha alcanzado, en cierto sentido, un mayor grado de pureza.

En los ratos libres que le dejaba el trabajo, Nutmeg le enseñó a Cinnamon caracteres chinos, palabras y también matemáticas. Pero en realidad no había muchas cosas que enseñarle. Porque a él le gustaba leer y aprendía solo todo lo necesario a través de la lectura. El papel de Nutmeg era, más que el de enseñarle cosas, el de elegir y proporcionarle los libros que él requería. A Cinnamon le gustaba la música y quería aprender a tocar el piano, pero sólo aprendió con profesor, durante unos pocos meses, la técnica básica del movimiento de los dedos, porque la técnica necesaria para tocarlo a un nivel bastante alto para su edad la aprendió por su cuenta de los libros de método, con cintas grabadas, sin recibir otra enseñanza formal. Interpretaba perfectamente a Bach y a Mozart y no mostraba el menor interés por interpretar partituras posteriores a la escuela romántica, aparte de Bartok y Poulenc. Durante los primeros seis años, todo su interés se centró en la música y la lectura. Cuando llegó a la edad de ingresar en la escuela de enseñanza media, su interés se dirigió hacia los idiomas. Primero escogió inglés, luego francés, en seis meses era capaz de leer libros fáciles. Por supuesto, no podía hablar, pero el objetivo de Cinnamon no era conversar, sino los libros escritos en estos idiomas. Y también se aficionó a manipular maquinarias complejas. Compró herramientas especializadas, empezó a montar radios, amplificadores con tubos de vacío, a desmontar y reparar relojes.

Quienes lo rodeaban —aunque en realidad las personas con las que se relacionaba fueran sólo tres: Nutmeg, su padre y su abuela (la madre de Nutmeg)— se acostumbraron a que él no hablara en absoluto, no encontraban este hecho poco natural, anormal. Algunos años más tarde, Nutmeg dejó de llevar a su hijo al psiquiatra. La sesión semanal no había alterado en absoluto sus «síntomas». Aparte de no hablar, Cinnamon no tenía ningún problema. Era, en cierto sentido, el niño perfecto. Nutmeg no recordaba haber tenido que ordenarle jamás que hiciera algo o haber tenido que reñirlo para que no hiciera algo. Cinnamon decidía por sí mismo lo que debía hacer y lo hacía hasta el final a su manera, siempre perfecta. Cinnamon era en todo tan distinto a los otros chicos que no hubiese tenido sentido compararlo con ellos. Tras perder a su abuela a los doce años (la lloró sin palabras durante varios días), realizaba por propia voluntad los quehaceres domésticos, cocinar, hacer la colada, la limpieza, mientras Nutmeg trabajaba de día fuera de casa. Tras la muerte de su madre, Nutmeg hubiese querido contratar a una criada, pero Cinnamon se opuso, movió la cabeza en señal negativa, tajante. Se negó a que entrara una persona nueva, ajena a la casa, que alterara el orden establecido en el hogar. Al final quedó decidido que Cinnamon se ocuparía de las tareas domésticas, labores que desempeñó con orden y precisión.

Cinnamon me habla con ambas manos. Tiene los dedos finos y bonitos, heredados de su madre. Dedos largos, pero no en exceso. Los diez dedos se mueven sin cesar por delante de su rostro, como seres vivos, obedientes, para transmitir los mensajes necesarios.

«Hoy a las dos hay una *visita*. Sólo una. Hasta entonces no hay nada. Yo terminaré mi trabajo en una hora y luego me iré. A las doce volveré con la visita. Según el servicio meteorológico, el cielo estará nublado todo el día, así que, aunque entres en el pozo antes de que oscurezca, no creo que te dañe la vista.»

Como dice Nutmeg, comprender las palabras que dicen sus diez dedos no supone ningún problema. Aunque yo no sabía nada del lenguaje de las manos, no tenía dificultad alguna en seguir el movimiento, elegante y complicado, de sus dedos. Es tan maravillosa su forma de moverlos, que quizás haya acabado comprendiendo lo que me quieren decir sólo de mirarlos fijamente. De la misma manera que conmueve una obra de teatro representada en un idioma desconocido. Sin embargo, es probable que aunque siga con los ojos los movimiento de sus dedos apenas vea sus gestos. El movimiento de sus dedos es como la fachada decorativa de un edificio y, en realidad, tal vez esté mirando sin darme cuenta algo distinto que hay detrás. Cada mañana, mientras converso con él, sentados a la mesa, intento discernir de alguna manera esta línea de demarcación, pero no lo consigo. Suponiendo que exista, la línea fluctúa, cambia de forma continuamente.

Después de nuestras breves conversaciones, intercambios de información, se quita la americana, la cuelga de una percha, introduce el extremo de la corbata dentro de la camisa y limpia la casa, o me prepara en la cocina una comida sencilla. Lo hace mientras escucha música en un pequeño equipo estéreo. Una semana escucha sólo cintas de música sacra de Rossini, otra, sólo conciertos para instrumentos de viento de Vivaldi. Escucha las cintas tantas veces que casi me sé las melodías de memoria.

Cinnamon trabaja con destreza, no hace ni un solo movimiento gratuito. Al principio quise ayudarlo, pero cada vez que se lo decía, él movía la cabeza, sonriente, en señal de negación. En realidad, observando cómo se desenvolvía, llegué a la conclusión de que lo mejor era confiárselo todo a él. Desde entonces, leo algún libro sentado en el sofá del «probador», para no molestarlo, mientras Cinnamon hace las labores matutinas.

No es una casa grande, sólo hay los muebles estrictamente necesarios. Nadie vive allí, así que tampoco se ensucia ni se desordena. Pero Cinnamon pasa cada día el aspirador, saca el polvo de los muebles, de la estantería, limpia todos los cristales con espray. Encera la mesa. Limpia las bombillas. Vuelve a poner todos los objetos de la casa en orden. Ordena los cubiertos en el cajón, alinea correctamente las ollas según su tamaño. Vuelve a plegar bien, esquina contra esquina, la ropa blanca y las toallas apiladas en el armario. Coloca las tazas de café de modo que las asas queden todas orientadas en la misma dirección. Corrige la posición del jabón del lavabo, cambia la toalla por una limpia aunque no se haya usado. Junta toda la basura en una misma bolsa, la cierra y la saca fuera. Pone a la hora exacta el reloj de mesa, ajustándolo al suyo (puedo apostar a que su reloj no se adelanta ni retrasa tres segundos siquiera). Las cosas que están fuera de su sitio, aunque sean pocas, son devueltas a su lugar original por el movimiento elegante y preciso de sus dedos. Si yo hubiera desplazado el reloj de la mesa dos centímetros a la izquierda, al día siguiente él lo desplazaría dos centímetros a la derecha.

En el caso de Cinnamon, este comportamiento no da la impresión de ser neurótico. Sólo parece «correcto», natural. Quizá Cinnamon tenga grabado en la cabeza, nítidamente, *cómo debe ser* este mundo —por lo menos el pequeño mundo que nos rodea—, y mantenerlo así tal vez sea para él una cosa tan natural como respirar. Quizá Cinnamon sólo se dedique a ayudar un poco a que las cosas, poseídas por un fuerte deseo inmanente de hallarse en su lugar, retornen a su estado originario.

Cinnamon pone la comida que ha preparado en un recipiente, la guarda en la nevera, me dice qué es lo que he de comer al mediodía. Le doy las gracias. Vuelve a anudarse la corbata ante el espejo, se examina la camisa, se pone la americana. Me dice «adiós» moviendo sólo los labios, con una sonrisa, mira a su alrededor, sale por la puerta del recibidor. Sube al Mercedes Benz, inserta una cinta de música clásica en la platina del casete, abre el portón con el control remoto, se va resiguiendo las grecas que ha dibujado al entrar. Al salir el coche, el portón se cierra de nuevo. Yo lo observo, como antes, con una taza de café en la mano, a través de las rendijas de la persiana. Los pájaros ya no alborotan como antes. Se ven, hechas jirones, unas nubes bajas arrastradas por el viento. Sobre éstas aguardan otras nubes, imponentes.

Me siento en la silla de la cocina, deposito la taza de café sobre la mesa y miro la sala que han ordenado las manos de Cinnamon. La sala me parece un gran bodegón tridimensional. Sólo el reloj de mesa marca silenciosamente el paso del tiempo. Las agujas del reloj señalan las diez y veinte. Vuelvo a preguntarme si he hecho bien no informándolos, a *ellos,* de la visita de Ushikawa la noche anterior. ¿Había hecho bien? ¿No malograría así la confianza que existía entre Cinnamon y yo, entre Nutmeg y yo?

Lo que yo quiero es observar cómo se desarrolla el asunto durante un tiempo. Quiero saber qué es lo que tanto irrita a Noboru Wataya y por qué. Cuál de sus colas le estoy pisando, qué medidas intenta tomar para enfrentarse a esto. Y así tal vez pueda acercarme, aunque sólo sea un poco, al secreto que esconde Noboru Wataya. De esta forma, tal vez pueda aproximarme un poco al lugar donde se halla Kumiko.

Salí al jardín para meterme en el pozo poco antes de que el reloj de mesa, que Cinnamon había desplazado dos centímetros hacia la derecha (devolviéndolo, pues, a su posición original), señalara las once.

—Le conté al pequeño Cinnamon la historia del submarino y del parque zoológico. Lo que vi desde la cubierta del barco mercante en agosto del año veinte de la era *Shoowa.** Y cómo los soldados japoneses mataban a tiros los animales del parque zoológico de mi padre mientras el submarino americano apuntaba con el cañón hacia nosotros con la intención de hundir el barco en el que viajábamos. Desde hacía mucho tiempo llevaba esas

* El año 1945. *(N. de los T.)*

historias dentro de mí sin contárselas a nadie. Y erraba en silencio por el laberinto oscuro que se extendía entre esta visión y la realidad. Al nacer Cinnamon, pensé lo siguiente. A nadie más puedo contárselas aparte de a mi hijo. Se las conté muchas veces, incluso antes de que pudiera entender las palabras. Mientras le relataba en voz baja todos los detalles, las escenas empezaron a revivir intensamente ante mí como si hubiera forzado la tapa.

»Cuando empezó a entender las palabras, Cinnamon me hizo repetir muchas veces aquella historia. Se la repetí cientos de veces, doscientas veces, quinientas, tal vez. Pero no se trataba sólo de repetirla, cada vez que se la contaba, Cinnamon quería conocer otras pequeñas historias contenidas en ella. Quería conocer las *distintas ramas* del árbol. Yo iba resiguiendo las ramas a medida que él preguntaba, le explicaba las historias que descubría allí. De esa forma, la historia fue creciendo más y más.

»Esas historias conformaron nuestra propia mitología. ¿Me comprendes? Cada día hablábamos con entusiasmo de todo ello. Del nombre de los animales que había en el parque zoológico, del brillo de sus pieles, del color de sus ojos, de los diversos olores que flotaban allí, del nombre, de los rostros de cada uno de los soldados, de su nacimiento, del peso del fusil, de las balas, del miedo, de la sed que sentían, de la forma de las nubes que flotaban en el cielo. Mientras le hablaba, podía distinguir claramente su color, su forma, podía contárselo todo tal como lo veía, traduciéndolo en palabras. Podía encontrar las palabras justas, las más precisas. No había límites. Siempre había detalles que agregar y la historia se hacía más profunda, se extendía cada vez más. —Nutmeg sonrió como si recordara aquella época. Fue la primera vez que vi una sonrisa tan natural en el rostro de Nutmeg—. Pero, un día, aquello terminó de repente. La misma mañana del mes de febrero en que Cinnamon dejó de hablar, dejó también de compartir conmigo las historias. —Nutmeg encendió un cigarrillo como si abriera una pausa—. Ahora ya sé lo que sucedió. Sus palabras fueron engullidas en el laberinto del *mundo de aquellas historias* y desaparecieron. *Algo que surgió de aquellas historias* le robó el habla y se la llevó. La misma cosa, algunos años después, mató a mi marido.

El viento soplaba con más fuerza que durante la mañana y unas nubes pesadas y grises se dirigían, incansables, directamente hacia el este. Parecen viajeros silenciosos que se encaminen al fin del mundo. De vez en cuando, el viento produce un silbido breve, que no llega a formar palabras, entre las ramas de los árboles completamente desnudos del jardín. Me quedo unos instantes mirando el cielo, en pie, junto al pozo. Pienso que Kumiko también estará mirando estas nubes desde algún lugar. No sé por qué tengo esa sensación, no hay ninguna razón especial.

Bajo por la escalera hasta el fondo del pozo, tiro de la cuerda, cierro la tapa. Respiro profundamente dos o tres veces, agarro el bate de béisbol, lo empuño con fuerza, me siento en la oscuridad, lentamente. Una oscuridad perfecta. Debe ser así, es lo más importante. En esa oscuridad pura reside el secreto. Se me ocurre que parece un programa televisivo de cocina. «¿Me han entendido bien? El secreto reside en la oscuridad total. Así que, amigas, preparen una oscuridad lo más densa y absoluta posible.» Y continúo: «*Y añadan luego un buen bate de béisbol, lo más sólido posible*». Esbozo una leve sonrisa en la oscuridad.

Siento que la mancha empieza a aumentar ligeramente de temperatura. Voy acercándome poco a poco al corazón del asunto. La mancha me lo indica. Cierro los ojos. Todavía resuena en mis oídos la melodía que Cinnamon escuchaba esta mañana mientras trabajaba. *Ofrenda Musical* de Bach. La música permanece en mi cabeza como el murmullo del público en un auditorio de techo alto. Poco después, el silencio desciende danzante, empieza a penetrar en cada una de los pliegues de mi cerebro, como un insecto que desovara. Abro los ojos, los cierro. Se mezclan ambas oscuridades, voy separándome del receptáculo llamado yo.

Como siempre.

16

Tal vez este lugar sea un callejón sin salida
El punto de vista de May Kasahara (4)

¡Hola, señor *pájaro-que-da-cuerda!*

En la carta anterior te expliqué por qué estoy trabajando en una fábrica de pelucas que queda tan lejos, en las montañas, junto con otras chicas de la región, ¿verdad? Aquí tienes cómo continúa.

Por cierto, últimamente hay una cosa que me ronda por la cabeza, y es que me parece *un poco extraño* que las personas trabajen así, sin parar, de la mañana a la noche. ¿Lo has pensado alguna vez? No sabría explicártelo. Aquí me limito a hacer el trabajo que me mandan los jefes. No tengo por qué pensar. O sea, que dejo mi cerebro en la taquilla antes de ponerme a trabajar y lo recojo cuando termino. Sentada ante mi mesa de trabajo, implanto un cabello tras otro en la base de la peluca, luego almuerzo en el comedor, me baño, tengo que dormir como todo el mundo, no hace falta decirlo, y, así, el tiempo libre del que dispongo a lo largo de las veinticuatro horas del día resulta ser muy poco. Muchas veces estoy tan hecha polvo que, durante «mi tiempo libre», me quedo tumbada sin hacer nada. Es como si no tuviera tiempo para pensar. Claro que los fines de semana no trabajo, pero, entre la colada, la limpieza y acercarme al pueblo, el tiempo se me pasa en un abrir y cerrar de ojos. Un día decidí escribir un diario, pero no tenía nada que poner, así que lo dejé una semana después. Porque la verdad es que iba repitiendo, día tras día, lo mismo.

A pesar de todo, *a pesar de todo,* no me sabe *nada* mal haber entrado a formar parte del mundo del trabajo. No me siento para nada desplazada, al contrario, tengo incluso la impresión de que, trabajando así, como una hormiga, voy acercándome poco a poco a «mi auténtico yo». ¿Cómo te lo diría? No puedo explicártelo bien, pero sería algo así como que, al no pensar en mí misma, paradójicamente, fuese aproximándome a mi interior. Cuando digo: «Es algo extraño», me refiero a eso.

Aquí estoy trabajando mucho. No es que me sienta orgullosa, pero me premiaron como la trabajadora más destacada del mes. ¿No te conté que, aunque no lo parezca, era muy hábil en trabajos manuales? Trabajamos en grupos y el grupo donde me pusieron ha mejorado bastante su rendimiento. Y es que, cuando termino mi trabajo, ayudo a las chicas que van más despacio. Es la razón de que tenga bastante buena fama entre ellas. ¿No piensas que es algo difícil de creer? ¡Buena fama, *yo!* En fin, ya está bien. Lo que quería decirte, señor *pájaro-que-da-cuerda,* es que, desde que llegué a esta fábrica, no hago otra cosa que trabajar diligentemente, como una hormiga, como un herrero de pueblo. ¿Me has entendido más o menos hasta aquí?

A propósito, el lugar en el que trabajo cada día es un lugar raro. Es grande, como un hangar para aviones, con el techo muy alto y está desierto. Allí, todas juntas, trabajamos unas ciento cincuenta chicas, algo digno de verse. No es que construyamos un submarino, por eso pienso que no haría falta un espacio tan enorme y que lo mejor sería dividirlo en talleres más pequeños, pero, de esta forma, tal vez sea más fácil hacernos tener a todas conciencia solidaria, algo así como «esas personas que están trabajando juntas», o, tal vez, así les resulte a los jefes más fácil vigilarnos. Seguramente algo habrá allí de «psicología». Las mesas de trabajo están agrupadas como en un aula de prácticas de ciencias, donde se hacen disecciones de ranas y cosas así. Como cabeza de mesa, se sienta la jefa de grupo, algo mayor que las demás. Está autorizado hablar mientras trabajamos (tampoco van a tenernos trabajando calladas todo el día, ¿no?), pero si hablamos en voz demasiado alta, si nos reímos a carcajadas o si nos entusiasmamos charlando, entonces viene la jefa con cara seria: «Yumiko-san, mueva las manos, no la boca. ¿Su trabajo no está un poco atrasado?», y nos llama la atención. Así que todas hablamos en voz baja como rateros a medianoche.

En el taller se oye la música del hilo musical. Varía el tipo de música según las horas. Si tú, señor *pájaro-que-da-cuerda*, eres fan de Barry Manilow o de Air Supply, quizá te gustara.

Aquí invierto varios días en acabar «mi» peluca. Porque, para hacer una peluca, se tardan varios días, aunque eso difiere en función de la categoría de la peluca. Divido la base en cuadraditos muy pequeños y voy insertando cabellos, uno a uno, en los cuadraditos. Pero esto no es un trabajo en cadena, sino que es *mi* trabajo. No se parece a ir apretando tornillos, uno tras otro, como en la fábrica de la película de Chaplin. Yo acabo «mi peluca» invirtiendo unos días. Cuando la termino, lo que a mí me gustaría es estampar mi firma. «May Kasahara, tal día, tal mes.» Por supuesto que no lo hago, porque, si llegara a hacerlo, me reñirían en el momento en que lo descubrieran. Pero ¿sabes?, me produce una sensación maravillosa saber que en algún lugar del mundo hay alguien que lleva la peluca que yo he hecho. ¿Podría decir que me da la sensación de estar unida a algo?

Pero la vida es extraña. Porque, si alguien me hubiese dicho hace tres años: «Harás pelucas con las chicas del pueblo en una fábrica que está en las montañas», supongo que no me lo habría tomado en serio. Creo que ni me lo habría podido imaginar siquiera. Por eso, cabe decir que nadie sabe lo que estará haciendo dentro de tres años. Señor *pájaro-que-da-cuerda*, ¿tú sabes dónde estarás y qué harás dentro de tres años? Seguro que no lo sabes.

Puedo apostarme todo el dinero que tengo aquí a que no sabes lo que harás, no sólo dentro de tres años, sino que ni siquiera dentro de un mes.

Las chicas que ahora me rodean son personas que sí saben, más o menos, dónde estarán dentro de tres años. O al menos son personas que *creen* que lo saben. Piensan trabajar aquí, ahorrar dinero y, al cabo de tres años, encontrar al hombre adecuado y casarse felizmente.

Los hombres con los que se casan son hijos de familias campesinas, herederos de alguna tienda o trabajadores de pequeñas empresas locales. Como te dije en mi carta anterior, en esta región faltan mujeres jóvenes. De modo que todas las chicas tienen la «venta» asegurada y, a no ser que tengan muy mala suerte y *se queden con las manos vacías,* todas acaban casándose. Es fantástico. Y, como te escribí, cuando se casan la mayoría deja el trabajo. Para ellas el trabajo en la fábrica de pelucas es una fase que llena el espacio de unos pocos años hasta que encuentran a un hombre para casarse. Como una habitación en la que se entra para salir al poco rato.

Pero a mí me parece que a los de la empresa de pelucas tampoco les importa, que más bien prefieren que trabajen unos pocos años, que se casen y dejen el trabajo. La empresa prefiere que las trabajadoras vayan cambiando a que trabajen durante un tiempo largo y acaben convirtiéndose en una fuente de complicados problemas tales como aumentos de sueldo, condiciones laborales, sindicatos, etcétera. La empresa trata bien a las jefas cualificadas, pero las chicas normales son como artículos de consumo. Así que el hecho de que dejen el trabajo al casarse es una especie de acuerdo tácito entre ambas partes. Entre unas cosas y otras, a ellas les es fácil imaginar lo que estarán haciendo dentro de tres años. Hay dos alternativas. Una: seguir trabajando todavía aquí y seguir mirando con el rabillo del ojo a ver si cae un novio con el que casarse. Otra: haber dejado ya el trabajo y estar, por lo tanto, casada. ¿No te parece que es todo muy sencillo?

No hay una sola chica que, como yo, piense para sus adentros: «No tengo ni la más remota idea de lo que haré dentro de tres años». Trabajan mucho. No encontrarás a una sola que no tenga ganas de trabajar o que descuide su trabajo. No se quejan. Como mucho, a veces protesta alguna por el menú. Claro que esto es un trabajo y no todo es divertido, y, aunque a veces se te pueda ocurrir: «Hoy me gustaría ir a divertirme a algún sitio», tienes la obligación de trabajar desde las nueve de la mañana hasta las cinco de la tarde con dos horas de descanso al mediodía; pero, hablando en general, creo que todas trabajan a gusto. Tal vez sepan que sólo es una prórroga antes de pasar a un mundo nuevo. Por eso intentan divertirse entretanto. Para ellas esto no es más que un periodo de transición.

Pero para mí no lo es. Para mí esto no es ninguna prórroga. Tampoco es un periodo de transición. Porque no tengo ni la más puñetera idea de adónde iré a parar después. Quizás este lugar sea, para mí, un punto y final. ¿No te parece? Hablando con exactitud, no es que disfrute con el trabajo. Sólo intento aceptar *por entero* el trabajo que realizo aquí. Cuando estoy haciendo una peluca, sólo pienso en hacerla. Además, lo pienso bastante en serio, de veras, tan en serio que casi me rezuma el sudor por todo el cuerpo.

A ver si logro explicártelo bien. Últimamente pienso a menudo en el chico que se mató en el accidente de moto. Hablando en serio, nunca hasta ahora me había acordado tanto de él. No sé si es que mi memoria quedó distorsionada a consecuencia del *shock* del accidente, o es que de lo que me acordaba antes sólo era de cosas extrañas e insignificantes. Por ejemplo, recordaba su peste a sobaco, su estupidez insalvable, sus dedos intentando colarse en determinadas partes, sólo cosas así. Pero, no sé por qué motivo, he empezado a recordar, poco a poco, cosas que no son malas. Sobre todo, cuando estoy implantando con diligencia cabellos en la base de la peluca sin pensar en nada, esos pensamientos reviven repentinamente de forma incoherente. «Sí, sí, *era así*.» Seguramente el tiempo no fluye siguiendo un orden ABCD, sino que va y viene de aquí para allá como a él le da la gana.

Señor *pájaro-que-da-cuerda*, si te digo la verdad, o sea, toda, toda la verdad, a veces me entra un pánico terrible. Me despierto a medianoche, me siento sola, muy lejos, como a quinientos kilómetros, alejada de toda persona y de todo lugar, en las tinieblas, sin poder ver mi futuro mire hacia donde mire, y me coge tanto miedo que me entran ganas de gritar. ¿Señor *pájaro-que-da-cuerda*, a ti no te pasa algo parecido? En estos momentos procuro pensar que estoy unida a algo. Y enumero mentalmente, con todas mis fuerzas, los nombres de las cosas a las que estoy unida. Entre ellas, por supuesto, estás tú, señor *pájaro-que-da-cuerda*. Aquel callejón, aquel pozo y el árbol de caqui también lo están. Y también las pelucas que hago aquí con mis propias manos. También están incluidos los recuerdos del chico muerto que voy reviviendo poco a poco. Y, con la ayuda de diversas cosas *pequeñas* (claro que tú, señor *pájaro-que-da-cuerda*, no eres «una cosa pequeña», era sólo un decir), podré volver poco a poco a «este lado». En estos momentos me viene a la cabeza que podría haber dejado que aquel chico me viera desnuda y me tocara. «Jamás dejaré que me toques», pensaba entonces. Señor *pájaro-que-da-cuerda*, a veces me planteo si continuaré siendo virgen toda la vida. Lo pienso bastante en serio. ¿Qué opinas tú sobre esto?

Adiós, señor *pájaro-que-da-cuerda*. Ojalá vuelva pronto Kumiko.

17

La fatiga y el peso del mundo
La lámpara maravillosa

El teléfono sonó a las nueve y media de la noche. Sonó dos veces, se cortó, después de unos instantes volvió a sonar. Recordé que ésa era la señal de Ushikawa.

—¿Oiga? —Era la voz de Ushikawa—. Buenas noches, señor Okada. Soy Ushikawa. Resulta que estoy por aquí cerca. ¿Le iría bien que pasara por su casa? Sé muy bien que ya es tarde. Pero hay un asunto que me gustaría tratar directamente con usted. ¿Le parece bien? He pensado que podría interesarle, se trata de la señora Kumiko.

Escuchando su voz, imaginé el rostro de Ushikawa al otro lado del hilo telefónico. Podía imaginar su cara sonriente, satisfecho de sí mismo, como si estuviera pensando: «*No vas a poder negarte*». Entre los labios torcidos asoman los dientes negros. Pero él tenía razón.

Justo a los diez minutos llegó Ushikawa. Llevaba el mismo atuendo que tres días antes. Tal vez me equivocara, podía ser otro traje. En cualquier caso, era un traje parecido, una camisa parecida y una corbata parecida. Todo un poco sucio, arrugado, nada le caía bien. Ropas injustamente castigadas, condenadas a cargar con la responsabilidad de la fatiga y el peso del mundo. Pensé que, si tuviera ocasión de renacer, no querría reencarnarme en esas ropas, aunque me garantizaran una gloria excepcional tras esa reencarnación. Después de pedirme permiso, Ushikawa abrió la nevera, sacó un botellín de cerveza, echó la cerveza en un vaso que encontró por allí, no sin cerciorarse antes con la mano de que la botella estaba bien fría, y se la bebió. Nos sentamos a la mesa de la cocina.

—En fin, voy a explicarle el asunto sin rodeos para ahorrar tiempo en charlas inútiles —dijo Ushikawa—. Señor Okada, ¿quiere usted hablar con la señora Kumiko? ¿Directamente a solas con su esposa? Eso es lo que usted ha estado deseando todo este tiempo, ¿no es así, señor Okada? Dijo que, de lo contrario, no habría posibilidad alguna de negociación. ¿No es eso?

Pensé en ello. En realidad hice una pausa fingiendo que pensaba.

—Claro, si es posible hablar con ella, me gustará hacerlo.

—No es imposible —dijo Ushikawa en voz baja, y asintió con la cabeza.

—¿Alguna condición?

—Ninguna condición —contestó y echó un trago de cerveza—. Pero esta noche traigo una propuesta nueva. Quiero que la escuche. Y piénsesela bien. Hablar o no hablar con la señora Kumiko es otra cuestión. —Yo miraba la cara de mi interlocutor sin decir nada—. Entonces, empiezo. Señor Okada, usted le alquila el terreno y la casa a una empresa, ¿no es verdad? El terreno de la «mansión de la horca». Para eso usted paga una cantidad elevada cada mes. Pero no se trata de un contrato de arriendo normal, sino de un tipo de contrato especial que incluye una opción de compra al cabo de varios años, ¿no es así? Por supuesto, ese contrato jamás se hará público, de modo que nunca aparecerá su nombre, señor Okada. Está planeado así desde el principio. Pero, en realidad, señor Okada, usted es el propietario del terreno y lo cierto es que la tarifa de arriendo cumple la misma función que una compra a plazos. La cantidad total que debe pagar es, aproximadamente, de ochenta millones, incluyendo la casa. Si sigue usted pagando al mismo ritmo que ahora, la propiedad de aquel terreno y de la casa será suya en algo menos de dos años. Sorprendente. ¡Qué rápidez! Lo admiro a usted —dijo Ushikawa. Y me miró a la cara como para confirmarlo. Yo seguía callado—. No me pregunte cómo he llegado a saber los detalles. Son cosas que se pueden averiguar de un modo u otro si uno se lo propone y decide investigarlo. Siempre que se sepa cómo hay que hacerlo. Puedo imaginar, más o menos, quién está detrás de la falsa compañía. Me costó mucho averiguarlo, parecía un laberinto. Podría compararlo, por ejemplo, con la dificultad de localizar un coche robado con la carrocería pintada de otro color, los neumáticos nuevos, la tapicería de los asientos cambiada y el número de serie del motor borrado. Un trabajo muy cuidadoso. Profesional. Pero sabemos bastantes cosas. Quien no las sabe es usted, señor Okada. Usted no sabe a quién le está devolviendo el dinero, ¿no es así?

—El dinero no tiene nombre —dije.

Ushikawa rió.

—Tiene usted razón. Bien dicho. Ciertamente, el dinero no tiene nombre. Una frase afortunada. Me la apuntaré en la agenda. Pero, escúcheme, señor Okada, las cosas no siempre van bien. Piense, por ejemplo, en los de la oficina de impuestos. No son demasiado inteligentes. Sólo pueden recaudar los impuestos a aquellos que tienen nombre. Así que, a los que no lo tienen, se lo cuelgan a la fuerza. Y no sólo el nombre, sino también el número. A ellos eso no les importa, les da igual. En eso se asienta la moderna sociedad capitalista en que vivimos... De modo que el dinero del que estamos hablando sí tiene un nombre, un nombre fantástico. —Yo observaba el cráneo de Ushikawa en silencio. Aquí y allá se veían extrañas concavidades, según el ángulo de incidencia de la luz—. No se preocupe, los de la oficina de impuestos no vendrán —dijo Ushikawa sonriendo—. Y aunque vinieran, y mientras estuvieran perdidos resiguiendo el laberinto, puedo asegurarle que acabarían chocando contra algo. *¡Plaf!*

Y el chichón que les saldría sería muy grande. Así es, los empleados de la oficina de impuestos hacen su trabajo, pero ellos no tienen el menor deseo de escaldarse innecesariamente. Puesto que lo que deben hacer es recaudar cierta cantidad de dinero, para ellos resulta mucho más cómodo hacerlo en los lugares fáciles que en los difíciles, ¿no le parece? Mientras el resultado sea el mismo, tanto les da cobrarles a unos que a otros. Sobre todo si alguien de arriba les indica con amabilidad: «Miren, será más fácil cobrarle a aquél que a éste», y, claro, una persona normal iría entonces a cobrarle al más fácil, ¿no es así? El hecho de haber llevado a cabo una investigación tan minuciosa se debe simplemente a que soy yo quien la ha hecho. No pretendo ser vanidoso, pero soy muy competente, aunque sé muy bien que no lo aparento. Sé cómo evitar que me hieran. Y puedo caminar sin dificultad por caminos muy oscuros.

»Pero, escúcheme, señor Okada, a usted voy a decírselo todo, porque se trata de usted. He investigado todos los detalles, pero de lo que no tengo ni la más remota idea es de *qué demonios hace usted* allí. Las personas que entran allí le pagan una cantidad muy elevada de dinero. Esto lo sabemos con absoluta certeza. Lo que significa que usted les da, a cambio, algo especial, algo por lo que vale la pena pagar esa cifra, ¿no es así? Esto también lo sabemos, lo tenemos tan claro como si contáramos cuervos en un día de nieve. Sin embargo, lo que no hemos logrado saber, concretamente, es qué hace usted allí y por qué se aferra a aquel terreno. ¡Vaya problema! Porque, mira por dónde, resulta que ésas son las dos cuestiones principales del asunto. Ésos son los dos puntos clave y están tan ocultos como el cartel anunciador de un quiromántico. Y eso es algo que me preocupa.

—Y le preocupa también a Noboru Wataya —dije.

Ushikawa no contestó, estaba tironeando con sus dedos los tufos de cabello revuelto que brotaban un poco por encima de sus orejas.

—Mire, entre usted y yo, la verdad es que lo admiro bastante —admitió Ushikawa—. Es verdad. No es un cumplido. Y siento decírselo así, señor Okada, pero usted, por dondequiera que uno se lo mire, es una persona normal por naturaleza. Hablando en plata, es usted un hombre que *no vale mucho*. Discúlpeme la franqueza, no se lo tome a mal por cómo se lo digo. La sociedad lo ve de esta forma. Pero ¿sabe?, viéndolo y hablando con usted, cara a cara, he acabado por sentir por usted una notable admiración. Pienso: «¡Caray, lo está haciendo muy bien!». Porque, al fin y al cabo, usted está llevando de cabeza al señor Wataya, perturbándolo seriamente. De ahí que me mande a hacer de paloma mensajera y a negociar con usted. Alguien normal no podría hacer lo que está usted haciendo.

»Personalmente, me gusta esa faceta suya, señor Okada. No le miento. Como puede ver, soy un tipo repugnante, un canalla, pero yo no miento cuando hablo de estas cosas. Usted no me resulta indiferente. A los ojos de la sociedad, yo aún valgo menos que usted. Como ve, soy un tipo canijo, sin educación, he crecido en un ambiente miserable. Mi padre era artesano, fabricaba tatamis en Funabashi, un alcohólico, un tipo repugnante; de niño, lo que yo deseaba era que muriese pronto y, para bien o para mal, murió joven, realmente joven, luego arrostré una vida tan pobre que parecía sacada de una novela. No tengo un solo recuerdo bueno de mi infancia. Ni uno. Ni un solo recuerdo del calor del hogar. Y, naturalmente, acabé hecho un rufián. Terminé a duras penas la enseñanza media, el resto me lo enseñó la vida en los bajos fondos. Vivía sólo con esta cabeza, que es *poca cosa*. Por eso no me gustan los miembros de la elite, los altos funcionarios y gente así. Los detesto con todas mis fuerzas, aunque quizá no haga bien en decírselo. No me gustan los tipos que entran en la sociedad por la puerta grande, se casan con mujeres guapas y viven como reyes. A mí me gustan los que viven de sus propias capacidades, como usted, señor Okada. —Ushikawa encendió otro cigarrillo con una cerilla—. Pero, señor Okada, esto no puede durar eternamente. Esos seres vivos llamados hombres antes o después acaban cayendo. No hay un solo hombre que no acabe cayendo. Desde el punto de vista de la historia de la evolución, hace muy poco que el hombre se alzó sobre sus dos pies, que empezó a caminar y que, andando andando, empezó a pensar en cosas complicadas. Así es normal que se caiga. Sobre todo en el mundo en que *está usted metido,* señor Okada, no hay ni un solo hombre que no acabe cayendo. Hay demasiadas cosas complicadas, es un mundo que se fundamenta en los enredos. Llevo trabajando en este mundo desde los tiempos del antecesor del señor Wataya, su tío. El señor Noboru Wataya heredó el ámbito de influencias como si heredara una casa con muebles y utensilios. Pero antes de eso hice cosas malas. De haber continuado por aquel camino, ahora estaría en la cárcel o tirado en algún lugar, muerto. No exagero. El antecesor del señor Noboru Wataya me recogió en un buen momento. Así que he visto muchas cosas con estos ojitos. En este mundo van cayendo, uno tras otro, tanto aficionados como profesionales. De igual manera se descalabran los fuertes que los débiles. Así que todos tienen su pequeño seguro para cuando llegue el momento. Los mandados como yo, también. De ese modo, aunque caigas, puedes sobrevivir. Pero usted está solo, no pertenece a ningún bando y, a la que tropiece una sola vez, quedará fuera de juego. Estará acabado.

»Y, siento decírselo, señor Okada, pero está usted a punto de caer. No cabe duda. En mi libro, dos o tres páginas más adelante, está escrito con tipos grandes y negros: "El señor Okada está a punto de caer". Es verdad. No es una amenaza. En este mundo, yo acierto más que el servicio de predicción meteorológica de la televisión. Lo que quiero decirle es que en todas las cosas siempre hay un momento para retirarse a tiempo. —Llegado a este punto, Ushikawa calló y me miró—. Mire, señor Okada, ya es hora de que dejemos de sondearnos mutuamente y entremos en materia..., el preámbulo ha sido largo. Ahora, por fin, voy a explicarle la propuesta *que he venido a hacerle.* —Ushikawa puso las dos manos sobre la mesa. Se humedeció los labios con la punta de la lengua—. Escúcheme bien, señor Okada. Le estoy diciendo que: "Es mejor que corte la relación con aquel terreno y deje el asunto", ¿verdad? Pero quizás usted, señor Okada, no esté en condiciones de dejar el asunto ni aunque quisiera. Pongamos un ejemplo: tal vez haya contraído usted un compromiso y esté atado de pies y manos hasta que salde la deuda. —Ushikawa paró de hablar y me miró escudriñándome—. Y, señor Okada, si el problema es de dinero, se lo proporcionaremos. Si dice usted que necesita ochenta millones, le daremos ochenta millones. Exactamente ocho mil billetes de diez mil yenes. Usted liquida sus deudas y el resto se lo mete en el bolsillo. Y así quedará limpio y libre. Y, colorín colorado, este cuento se ha acabado. ¿Qué le parece?

—Y entonces el terreno y la casa pasarán a manos de Noboru Wataya, ¿no es así?

—Pues supongo que sí, claro. Como resultado de todo ello. De todas formas, los trámites serán algo complicados.

Pensé un momento al respecto.

—Escuche, señor Ushikawa, no le entiendo. ¿Por qué tiene Noboru Wataya tanto interés en alejarme y me ofrece tantas facilidades? ¿Para qué narices piensa usar el terreno y el edificio una vez los consiga?

Ushikawa se frotó con prudencia las mejillas con la palma de las manos.

—No, no, señor Okada, yo no sé nada de eso. Como le he dicho desde el principio, sólo soy una humilde paloma mensajera. Me llama mi amo y hago lo que me ordena, me limito a decirle: «Sí, sí, como usted desee». Además, la mayoría de los encargos son pesados de hacer. Recuerdo que, de niño leí «Aladino y la lámpara maravillosa». ¡Pues me compadecí del genio, tanto trabajo! ¡Caramba! Jamás imaginé que de mayor yo mismo sería como aquel genio. Realmente lamentable, de veras. Pero, en fin, éste es el mensaje que me ha encargado transmitirle. La propuesta del señor Wataya. Señor Okada, usted es quien elige. ¿Qué debo decirle? ¿Qué respuesta debo llevarle? —Permanecí en silencio—. Claro que, señor Okada, necesitará usted tiempo para pensárselo. Bien, le concedo tiempo. No le pido que tome la decisión ahora mismo. Me gustaría poder decirle: «Piénseselo con calma…», pero, si le soy sincero, tal vez no le quede mucho tiempo. Señor Okada, si me permite que le dé mi opinión personal, la de Ushikawa: una oferta generosa como ésta no estará sobre el tapete para siempre. Puede ocurrir que se esfume mientras esté distraído mirando hacia otra parte. Puede esfumarse en un abrir y cerrar de ojos, evaporarse como el vaho sobre el cristal. Así que piénselo seriamente, y rápido. No es una mala oferta. ¿Ha comprendido? —Ushikawa suspiró y miró el reloj—. ¡Vaya! ¡Vaya! Pero si ya tengo que irme. He vuelto a quedarme demasiado tiempo. Me ha invitado usted a una cerveza, he vuelto a hablar por los codos, como de costumbre, un perfecto caradura, ¿no le parece? Pero resulta que, y no estoy excusándome, señor Okada, cuando vengo a su casa, es extraño, pero siempre acabo quedándome más de lo debido. Una casa acogedora, seguro que se debe a eso. —Ushikawa se levantó, cogió el vaso y el botellín de cerveza y los dejó junto al fregadero—. Le telefonearé en breve. Y lo arreglaré todo para que pueda hablar con la señora Kumiko. Se lo prometo. Puede hacerse ilusiones.

Cuando se fue Ushikawa, abrí la ventana para que saliera el humo que había en la casa. Luego llené un vaso de agua y me lo bebí. Me senté en el sofá, me puse a *Sawara* sobre las rodillas e imaginé que Ushikawa, a un paso de mi casa, se quitaba el disfraz y era Noboru Wataya. Pero aquello eran imaginaciones absurdas.

18
El probador
El sucesor

Nutmeg desconocía la identidad de las mujeres que acudían a su *atelier*. Nadie se presentaba, tampoco Nutmeg preguntaba nada. El nombre que ellas daban era evidentemente falso. Pero en ellas se percibía ese aroma especial que siempre va acompañado de dinero y poder. Ellas procuraban no exhibirlo, pero a Nutmeg le bastaba mirar la ropa, su forma de vestirse, para adivinar cuál era su ambiente natural.

Nutmeg alquiló un local en un edificio de oficinas en Akasaka. La mayor parte de sus clientas era extraordinariamente celosa de su vida privada, razón por la cual Nutmeg eligió un edificio de fachada anodina situado en un lugar que llamara la atención lo menos posible. Tras pensárselo mucho, decidió convertir el local en un *atelier* de diseño de modas. Había trabajado tiempo atrás como diseñadora, y así, aunque la visitara un determinado número de mujeres, no levantarían sospechas. Sus clientas eran, por suerte, mujeres de treinta a cincuenta años, mujeres que podían permitirse el capricho de ropas cara, hechas a medida. Decoró el *atelier* con piezas de tela, diseños de vestidos, revistas de moda, todo tipo de utensilios para la confección, mesas de taller y maniquíes. Para que pareciera un auténtico taller, realizó incluso algunos diseños. Y uno de los cuartos pequeños lo destinó a probador. Las clientas pasaban al probador y Nutmeg les hacía «probarse la ropa» en el sofá.

673

Quien elaboró la lista de clientas fue la esposa del propietario de unos grandes almacenes. Conocía a mucha gente, seleccionó con cuidado sólo a mujeres en quienes creía poder confiar, un número limitado. Tenía la convicción de que había que crear una especie de club compuesto por miembros muy selectos para evitar cualquier escándalo. De lo contrario, el asunto se difundiría enseguida. Las mujeres seleccionadas fueron conminadas a no decir una sola palabra sobre las «pruebas» a personas ajenas. Todas eran discretas, sabían que, caso de no cumplir la promesa, serían expulsadas para siempre del club.

Las mujeres conciertan previamente por teléfono la cita para la «prueba», llegan a la hora indicada. No hay posibilidad de que unas se encuentren con otras, la intimidad está perfectamente garantizada. Los honorarios se pagan en efectivo y en el acto. La tarifa, que ha decidido por su cuenta la esposa del propietario de los grandes almacenes, es una cantidad mucho más elevada de lo que Nutmeg pretendía. Pero las mujeres que se citaban con Nutmeg y se sometían a las «pruebas», volvían sin falta a llamarla. Todas sin excepción.

—No te preocupes por el dinero —le explicó a Nutmeg la esposa del propietario de los grandes almacenes—. Cuanto más elevada es la suma, más tranquilizadas se sienten.

Nutmeg acudía a la oficina tres veces por semana y hacía la «prueba» a una clienta por día. Ése era su límite. Cuando Cinnamon cumplió dieciséis años, empezó a ayudar a su madre. A Nutmeg le resultaba difícil despachar sola las ocupaciones menudas, pero tampoco podía emplear a alguien desconocido. Tras pensárselo mucho, le propuso a Cinnamon que la ayudara en su trabajo y a él no le importó hacerlo. Ni siquiera le preguntó de qué tipo de trabajo se trataba. A las diez de la mañana, Cinnamon iba a la oficina en taxi (el simple hecho de estar junto a personas extrañas en el metro, los autobuses…, le resultaba insoportable), limpiaba la oficina, la ordenaba, ponía flores en el jarrón, preparaba café, hacía las compras necesarias y llevaba al día el libro de contabilidad mientras escuchaba a bajo volumen la música clásica que emergía del casete.

Cinnamon se convirtió así en una persona imprescindible en la oficina. Viniesen o no clientas, se ponía el traje y la corbata, se sentaba siempre ante el escritorio de la sala de visitas. Nunca se quejó nadie de que no hablara. Nadie sentía incomodidad por ello, al contrario, *preferían que no lo hiciera*. Cinnamon se encargaba también de concertar las citas. Las clientas decían fecha y hora, él contestaba golpeando la mesa. Un solo golpe, «toc», significaba «no», dos golpes, «toc, toc», significaba «sí». A las mujeres les gustaba aquella simplicidad. Cinnamon era un joven de rasgos tan nobles, tan hermosos, que hubiese podido exponerse como estatua en algún museo de bellas artes. Y no perdía su encanto en cuanto abría la boca, como sucedía a veces con otros jóvenes. Las clientas le hablaban al llegar a la oficina y cuando se marchaban. Con una sonrisa, él las escuchaba asintiendo. Esta «conversación» las relajaba. Atenuaba la tensión que traían del mundo exterior, aligeraba la incomodidad que sentían tras concluir las «pruebas». Cinnamon detestaba el contacto con otras personas, pero, al parecer, relacionarse con las mujeres que visitaban la oficina no suponía un sufrimiento para él.

Al cumplir los dieciocho años, Cinnamon se sacó el carnet de conducir. Nutmeg le buscó un profesor de autoescuela amable, le rogó que enseñara a conducir al hijo que no hablaba. Cinnamon ya había leído todos los libros especializados que tenía a su alcance. Sabía llevar un coche a la perfección. Le bastó aprender, conduciendo realmente un coche, unos cuantos trucos prácticos, trucos que era imposible aprender en los libros. Desde los primeros días se convirtió en un conductor experto. Tras obtener el permiso de conducir consultó una revista especializada en coches de segunda mano y se compró un Porsche Carrera. Dio como entrada todos sus ahorros, las pagas mensuales que su madre le daba. (Cinnamon no gastaba nada de dinero en la vida real.) Consiguió el coche, dejó el motor como nuevo, se hizo enviar las piezas a través de un servicio de venta por correo y las cambió casi todas, también le cambió los neumáticos, lo dejó de tal forma que hubiese podido competir en pequeñas carreras. Pero Cinnamon usaba el coche sólo para ir y volver, siempre por la misma ruta, pasando siempre por las mismas calles embotelladas, de su casa, en el barrio de Hiroo, a la oficina en Akasaka. Al pasar a sus manos, el Porsche 911 de Cinnamon se convirtió en el único Porsche 911 del mundo que jamás superaría los sesenta kilómetros por hora.

Nutmeg realizó su trabajo durante más de siete años. Durante aquel periodo perdió tres clientas (una murió en un accidente, otra fue expulsada por una razón poco importante, la última se marchó «lejos» a causa del trabajo de su marido). A cambio, se asociaron cuatro nuevas. Eran mujeres atractivas, de mediana edad, que, igual que las otras, vestían ropa cara y usaban nombre falso. Durante los siete años no cambió la esencia del trabajo, ella realizaba las «pruebas» para sus clientas, Cinnamon seguía manteniendo limpias las habitaciones, llevaba la contabilidad y conducía el Porsche. No se produjeron progresos ni retrocesos, sólo iban envejeciendo, simplemente. Nutmeg tenía casi cincuenta años, Cinnamon, más de veinte. Cinnamon parecía disfrutar con el trabajo, Nutmeg, por el contrario, se vio poseída por un sentimiento de impotencia. Durante muchos años había hecho «pruebas» sobre *algo* que sus clientas llevaban en su interior. Nunca llegó a comprender con exactitud qué era lo que estaba haciendo, pero se esforzaba al máximo en llevarlo a cabo. Nutmeg era, con todo, incapaz de curar aquel *algo*. Aquello no desaparecería jamás. Sólo ralentizaba por un instante su actividad gracias a sus poderes curativos. A los pocos días (habitualmente tres, a lo sumo diez), aquel *algo* se reactivaba, igual que antes, avanzaba, retrocedía, a largo plazo iba haciéndose de manera gradual más grande, más poderoso, como un cáncer. Nutmeg podía sentir en sus manos aquel crecimiento. «Hagas lo que hagas, todo será inútil. Por más que te esfuerces, acabaremos ganando», le anunciaban. Y era cierto. Nutmeg no tenía la menor posibilidad de vencer. Ella sólo retrasaba un poco el avance. Sólo podía ofrecer a sus clientas una tranquilidad pasajera.

«¿No será que no son sólo ellas, sino que todas las mujeres del mundo llevan ese *algo* consigo?», se preguntaba Nutmeg a menudo. «¿Por qué todas las mujeres que acuden son de mediana edad? ¿Llevo yo también, como ellas, ese *algo* en mi interior?»

Nutmeg no sentía especial interés en conocer la respuesta. Lo que ella sabía era que las circunstancias la recluían en el «probador». La gente la necesitaba y, mientras la necesitasen, Nutmeg no podría salir de aquella sala. A veces, el sentimiento de impotencia se hacía más profundo, violento, tenía la sensación de haberse convertido en una muda vacía. Sentía que iba consumiéndose muy rápido, diluyéndose en la oscuridad de la nada. Fue entonces cuando se sinceró con Cinnamon. Su hijo, silencioso, tranquilo, escuchó atentamente, asintiendo, lo que le iba contando su madre. No dijo nada, pero, con sólo hablarle a su hijo, Nutmeg se sintió extrañamente sosegada. Sintió que no estaba sola, que no era impotente. «Es extraño», pensaba Nutmeg. «Yo curo a la gente, Cinnamon me cura a mí. Pero ¿quién curará a Cinnamon? Absorbe todo el sufrimiento, la soledad, como un agujero negro.» Sólo una vez, Nutmeg puso su mano sobre la frente de Cinnamon con la intención de averiguar algo. Como cuando llevaba a cabo las «pruebas de ropa» a sus clientas, pero la palma de su mano no pudo sentir nada.

Nutmeg empezó a pensar seriamente en abandonar el trabajo. «Apenas me quedan fuerzas. Si sigo así, dentro de poco este sentimiento de impotencia acabará consumiéndome.» Pero las mujeres necesitaban con urgencia sus «pruebas». Nutmeg no podía abandonarlas por capricho.

Aquel año, en verano, Nutmeg halló a su sucesor. Lo supo en cuanto vio la mancha de nacimiento en la cara de un joven sentado ante un edificio de Shinjuku.

19

Hija de unas ranas estúpidas
El punto de vista de May Kasahara (5)

¡Hola, señor *pájaro-que-da-cuerda!*

Ahora son las dos y media de la madrugada. Las otras chicas están durmiendo como troncos. Yo no podía dormir, así que he saltado de la cama y me he puesto a escribirte esta carta. Si te digo la verdad, es tan difícil encontrar una noche en la que yo no pueda dormir como a un luchador de Sumoo al que le siente bien una boina. Por regla general, cuando llega la hora me duermo automáticamente, y cuando llega la hora de levantarme, me despierto automáticamente. Aunque tengo despertador, casi ni lo uso. Sólo *muy de vez en cuando* me pasa esto. De pronto me despierto y ya no puedo dormir más.

Pienso estar escribiéndote aquí sentada a la mesa hasta que me entre sueño. Quizá me entre sueño mientras la escribo. Así que ni yo misma sé si esta carta va a ser larga o corta. Bueno, digo esta carta, pero no es sólo ésta. Nunca lo sé hasta que he terminado de escribir.

¿Sabes lo que me parece a mí? Pues que la mayor parte de la gente vive creyendo que la vida y el mundo son, aunque con excepciones, básicamente coherentes. (Deberían serlo, claro.) He llegado muchas veces a esta conclusión hablando con los que me rodean. Cuando ocurre algo, ya sea en el terreno social o en el personal, siempre hay uno que dice, «O sea, que ha pasado esto porque aquello era así y asá», y, en la mayoría de casos, todos exclaman: «¡Ah, claro!», y se quedan tan campantes, pero yo no acabo de entenderlo. Decir cosas del tipo: «Aquello es así», «Por eso ha pasado lo que ha pasado», es como meter en el microondas un *chawan-mushi** instantáneo, pulsar el botón y, cuando suena el «tin», abrir la puerta y: ¡ya está listo el *chawan-mushi!* Y ¿dónde está la explicación? O sea, no sabes nada de nada de lo que ocurre, con la puerta bien cerrada, desde el instante en que pulsas el botón y hasta que la campanita hace «tin». Quizás, en la oscuridad, el *chawan-mushi* instantáneo se convierta, primero, en macarrones gratinados y, sólo luego, vuelva a ser, otra vez, *chawan-mushi,* sin que sospechemos siquiera lo ocurrido, ¿no? Puesto que hemos metido *chawan-mushi* instantáneo en el microondas, creemos que, *como consecuencia lógica,* ha de salir *chawan-mushi.* Pero eso no es más que una suposición. Yo, la verdad, me quedaría más tranquila si alguna vez, al abrir la puerta, salieran macarrones gratinados tras haber puesto *chawan-mushi* instantáneo en el microondas y pulsar el botón. Me sorprendería, no hace falta decirlo, pero, al mismo tiempo, me quedaría más tranquila. Creo que, al menos, no me sentiría tan confusa. Porque, en cierto sentido, eso me parecería más «realista».

Me resulta muy difícil explicarte de manera lógica por qué «me parecería más realista», pero si te paras a pensar, por ejemplo, en cómo ha sido mi vida hasta ahora, de pronto te das cuenta de que lo «coherente» brilla por su ausencia. En primer lugar, es un misterio que a un par de ranas aburridas como mis padres les saliera una hija como yo. Éste es un gran misterio. Porque, ya sé que yo no soy quien debería decirlo, pero lo cierto es que

---

* Huevo cocido al vapor dentro de una taza acompañado de verduras, carne, etcétera. *(N. de los T.)*

yo soy más normal que ellos dos juntos. No es que esté presumiendo, es la pura verdad. Y no digo que yo sea gran cosa si me comparo con ellos, pero, humanamente, sí puedo decir que soy más *recta*. Creo que si tú, señor *pájaro-que-da-cuerda,* tuvieras ocasión de ver a ese par, estoy segura de que me entenderías. Ese par cree que el mundo es tan coherente como la distribución de las habitaciones en una casa en venta construida en alguna zona residencial. Por eso creen que, si actúan de manera coherente, al fin todo les saldrá bien. Y se sienten confusos, tristes y enfadados porque yo no hago lo mismo.

¿Por qué tuvieron que traerme a este mundo unos padres tan estúpidos? ¿Y por qué habiendo sido criada por ellos no me habré convertido en la hija igualmente estúpida de esas ranas estúpidas? Vengo dándole vueltas a este asunto desde hace muchísimo tiempo. Pero no logro explicármelo bien. Me da la sensación de que debe de existir una razón precisa, aunque no se me ocurra. Aparte de eso, hay muchas más cosas que no tienen ninguna lógica. Por ejemplo, ¿por qué a todos los que me rodeaban acabé resultándoles tan antipática? Jamás hice nada especialmente malo. Llevaba una vida muy normal. Y, sin embargo, un día, *de repente,* me di cuenta de que no le caía bien a nadie. Y, la verdad, nunca he llegado a comprender por qué.

Creo que alguna cosa incoherente trajo consigo otra cosa incoherente y que así acabaron pasando diferentes cosas. Como, por ejemplo, conocer a aquel chico de la moto y provocar aquel estúpido accidente. En mis recuerdos, o por así decirlo, en la manera como los hechos se han ido ordenando en mi cabeza, no existe nada parecido a «esto es así, por lo tanto resulta asá». Más bien parece que, cada vez que abro la portezuela del microondas al sonar la campanita, «tin», tengan que salir cosas que antes no había visto.

Y te conocí a ti, señor *pájaro-que-da-cuerda,* en el momento en que había dejado de ir a la escuela y estaba en casa sin hacer nada, sin entender qué ocurría a mi alrededor. No, antes de eso ya había empezado a hacer encuestas para la empresa de pelucas. Pero ¿por qué para una empresa de pelucas? Ése es otro de los misterios. No puedo recordarlo bien. En el accidente me golpeé la cabeza y, a consecuencia de ello, tal vez la distribución de mi cerebro quedara en completo desorden. Quizás a consecuencia de la conmoción adquiriera el vicio de esconder rápidamente mis recuerdos en algún rincón. Como una ardilla que hace agujeros, esconde en ellos los frutos y luego olvida el lugar donde los ha enterrado. (Señor *pájaro-que-da-cuerda,* ¿lo has visto alguna vez? Yo sí lo he visto. Cuando todavía era una niña. Me reí de la ardilla tonta. Lo que yo no sabía entonces es que algún día yo también haría lo mismo.)

De todos modos, hice las encuestas para la empresa de pelucas y así nació, por ellas, mi atracción fatal. Esto tampoco tiene coherencia, ¿verdad? ¿Por qué tenían que ser pelucas y no medias o *palas para servir el arroz?* Si en vez de pelucas hubiesen sido medias o *palas para servir el arroz,* ahora no estaría trabajando como una hormiguita en la fábrica de pelucas. ¿No es así? Si no hubiese tenido aquel accidente estúpido de moto no te hubiese conocido a ti, señor *pájaro-que-da-cuerda,* en el callejón detrás de casa aquel verano, y si yo no te hubiese conocido a ti, tú no habrías conocido el pozo de la casa de los Miyawaki y, por consiguiente, quizá no tendrías la mancha en la cara y tampoco estarías involucrado en ese asunto tan extraño… Y entonces pienso: «¿En qué parte del mundo está la coherencia?».

¿O no será, tal vez, que en el mundo hay diferentes tipos de personas y que para unos la vida y el mundo son coherentes al estilo *chawan-mushi* mientras que para los otros todo va al buen tuntún a la manera de los macarrones gratinados? Yo no lo acabo de entender. Pero imagino que si las ranas de mis padres pusieran *chawan-mushi* instantáneo en el microondas y, al hacer «tin», saliesen macarrones gratinados, se dirían: «Nos hemos equivocado. Lo que habíamos puesto eran macarrones gratinados», o quizá sacaran los macarrones gratinados y se dijeran a sí mismos intentando convencerse, «No, no, esto, a simple vista, tal vez parezca un plato de macarrones gratinados, pero en realidad esto es *chawan-mushi*». Y, por más que les explicara con toda amabilidad: «A veces, aunque pongamos *chawan-mushi* instantáneo en el microondas, salen macarrones gratinados», este tipo de personas seguro que no se lo creería, sino que, por el contrario, se enfadaría mucho. Señor *pájaro-que-da-cuerda,* ¿entiendes lo que te estoy queriendo decir?

Te escribí una vez en una carta que algún día te hablaría otra vez de tu mancha, ¿Lo recuerdas, señor *pájaro-que-da-cuerda?* Sobre cuando te la besé. Me parece que fue en la primera carta, ¿verdad? En realidad, desde que me despedí de ti el verano pasado, señor *pájaro-que-da-cuerda,* no he hecho más que pensar y pensar en aquel momento, seguía dándole vueltas como el gato que contempla la lluvia. *¿Qué demonios era aquello?* Pero, a decir verdad, no creo que pueda explicártelo bien. Quizás algún día, dentro de un tiempo —no sé si diez o quizá veinte años—, si llega la oportunidad, cuando sea ya una mujer adulta y más inteligente, entonces tal vez pueda decirte: «En realidad…» y explicártelo bien. Pero de momento, por desgracia, me da la sensación de que ni tengo la capacidad ni la filosofía necesarias para transformarlo en palabras.

Voy a decirte francamente una cosa: me gustas más sin la mancha. No, no es eso. Tú has hecho que te saliera aposta y esta forma de hablar es un poco injusta, ¿verdad? Digámoslo de otra manera: a mí ya me estaba bien el señor *pájaro-que-da-cuerda sin la mancha.* ¿Qué te parece así? Claro que esto no explica gran cosa, ¿no?

Oye, señor *pájaro-que-da-cuerda*, yo pienso así. Tal vez esta mancha te dé algo importante. Pero también debe de estar quitándote algo, señor *pájaro-que-da-cuerda*. Una especie de intercambio. Y, a fuerza de que te vayan quitando cosas de este modo, posiblemente te vayas consumiendo y acabes desapareciendo. O sea, ¿cómo te lo diría?, lo que yo quiero expresar en realidad es que a mí no me importaría en absoluto que no tuvieras la mancha.

A decir verdad, a veces me pregunto si el hecho de que esté aquí haciendo pelucas en silencio no se deba a que en aquella ocasión te besé la mancha, señor *pájaro-que-da-cuerda*. Me pregunto si fue eso lo que me impulsó a irme de allí, a alejarme de ti lo máximo posible. Tal vez te sientas herido por hablarte de esta forma, pero posiblemente sea la verdad. Aunque, gracias a ello, por fin he podido encontrar aquí mi lugar. Así que, en cierto sentido, debo agradecértelo a ti. Aunque me parece que *estar agradecido en cierto sentido* no es algo muy agradable que digamos.

Creo que ya te he dicho todo lo que tenía que decirte. Ahora ya casi son las cuatro. Aún podré dormir algo más de tres horas, porque me levanto a las siete y media. Espero que pueda dormirme enseguida. De todos modos, te dejo. Adiós, señor *pájaro-que-da-cuerda*. Reza por mí, para que me duerma enseguida.

20

El laberinto subterráneo
Las dos puertas de Cinnamon

—Hay un ordenador en la «mansión», ¿no es así?, señor Oka-da. Claro que lo que yo no puedo saber es quién lo utiliza —dijo Ushikawa.

Eran las nueve de la noche, yo estaba sentado a la mesa de la cocina con el auricular pegado a la oreja.

—Sí, hay uno —le contesté.

Ushikawa emitió un ruido como de sorber mocos.

—He hecho mis pesquisas, como de costumbre, y sé que hay uno. Claro que no estoy diciendo que tener un ordenador sea nada del otro jueves. Hoy en día cualquiera que trabaje con la cabeza necesita un ordenador. No es nada extraño que tengan uno.

»En fin, señor Okada, al grano. Se me ocurrió la idea de ponerme en contacto con usted a través del ordenador. Cuando lo intenté, descubrí que la cosa no resultaba tan sencilla. No se conecta sólo llamando, con el número normal de la línea. Además, está configurado de tal modo que, si no se introduce la contraseña, no se abre ninguna vía de acceso. Me rindo. —Yo guardaba silencio—. No querría que me interpretara mal, señor Okada. No tengo la menor intención de introducirme en su ordenador para hacer de las mías. ¡Vamos! Con las medidas de seguridad de que dispone para acceder al panel de opciones de comunicación, imagínese lo difícil que sería robarle cualquier archivo. Ni siquiera se me pasan por la cabeza, a mí, cosas tan complicadas.

Lo que yo intentaba era, simplemente, preparar una charla entre usted y la señora Kumiko. Se lo prometí el otro día, ¿lo recuerda? Le dije que haría un esfuerzo para que usted pudiera hablar directamente con su esposa, ¿no es así? Ya ha pasado mucho tiempo desde que ella se fue de casa, no es bueno dejar las cosas a medias. Si sigue así, es más que probable que incluso su vida, señor Okada, vaya tomando un rumbo equivocado. Siempre es mejor que la gente hable cara a cara, con el corazón en la mano. De lo contrario acaban surgiendo malentendidos. Y los malentendidos, ¿sabe?, son una fuente de infelicidad… Así, a mi manera, es como se lo expliqué a la señora Kumiko. Y me costó convencerla. Es verdad, oiga, me costó muchísimo lograr que aceptara. Decía que de ninguna manera pensaba hablar directamente con usted. Ni cara a cara, ni por teléfono. Lo que le digo, *ni siquiera quería hablar con usted por teléfono*. ¡No vea el trabajo que me costó! Ya ni sabía qué hacer. Intenté convencerla por todos los medios a mi alcance, pero su decisión era firme. Dura como una roca de mil años. A este paso, pronto quedará cubierta de musgo. —Ushikawa atendió durante unos instantes mi reacción, pero, como de costumbre, no dije nada—. Pero no podía darme por vencido así como así para acabar diciendo: «Muy bien, muy bien, de acuerdo». Porque después el señor Wataya me reñiría. Buscar un punto de acuerdo, aunque la persona con la que estés negociando sea dura como una roca, como un muro…, ése es nuestro trabajo. Un punto de acuerdo, eso es. Si no me vende una nevera, pues le compro un bloque de hielo. Ese espíritu. Así que tuve que exprimirme la sesera buscando la solución óptima. El hombre debe pensar, ¿no cree? Y entonces, como una estrella que asoma entre las nubes, apareció una idea en esta cabezota poco lúcida. Claro que sí, podrían hablar usando la pantalla de un ordenador. O sea, ir escribiendo con el teclado lo que aparece en la pantalla, ¿sabe usted hacerlo, señor Okada?

Cuando trabajaba en el bufete utilizaba el ordenador para

investigar antecedentes penales o buscar datos sobre mis clientes. A veces usaba también el correo electrónico. Kumiko también debía de usarlo en su trabajo. Porque la revista de alimentación natural en la que ella era redactora tenía almacenados en memoria análisis de los componentes nutritivos de los alimentos y recetas de cocina, entre otras muchas cosas.

—Con un ordenador normal es imposible, pero con el que tienen ustedes allí y con el que nosotros tenemos aquí, creo que podrán conectarse uno con otro a una velocidad bastante aceptable. La señora Kumiko dice que no le importa hablar con usted a través del ordenador. Esto es todo lo que he podido conseguir de ella, y a duras penas. Así podrán intercambiar mensajes casi en tiempo real, y eso, me parece a mí, se acerca bastante a una conversación de verdad. Es la mejor oferta que puedo hacerle. Por así decirlo, vendría a ser un ardid de pocas mañas. ¿Qué le parece? Quizá no le entusiasme, pero le aseguro que he debido exprimirme este cerebro de mosquito que tengo. ¡Lo que cansa usar la cabeza cuando no se tiene! —Sin decir nada, me pasé el auricular a la mano izquierda—. ¿Oiga? ¿Señor Okada? ¿Está usted ahí? —preguntó Ushikawa con tono preocupado.

—Le escucho —dije.

—¡Ah! Entonces voy al grano, si me da su contraseña para acceder al panel de opciones de comunicación de su aparato, podría ir preparando, de inmediato, la conversación con la señora Kumiko. ¿Qué opina usted, señor Okada?

—Me parece que existen algunos problemas prácticos —dije.

—¿Cuáles?

—Uno es que no podré saber si la persona con la que hablo es Kumiko. A través de la pantalla del ordenador no puedo verle la cara, ni oír su voz. Puede que teclee alguien que se haga pasar por Kumiko.

—Tiene usted razón —admitió Ushikawa admirado—. Ni lo había pensado, pero, como posibilidad, no es en absoluto imposible. No se lo digo para hacerle un cumplido, pero es bueno sospechar de todo. «Sospecho, luego existo». Entonces, a ver qué le parece esto. Pregunte, antes que nada, algo que sólo sepa su esposa. Y si la otra persona conoce la respuesta, es la señora Kumiko. Han vivido juntos muchos años, ¿no? Habrá uno o dos secretos que sólo conozcan ustedes dos.

Lo que decía Ushikawa era cierto.

—De acuerdo. Pero yo no sé la contraseña. No he tocado ni una sola vez aquel ordenador.

Según me había comentado Nutmeg, Cinnamon había personalizado todo el sistema del ordenador. Había potenciado la capacidad original del aparato, creado una compleja base de datos, codificado un dispositivo genial de seguridad para que nadie pudiera acceder a él. Con los diez dedos sobre el teclado, Cinnamon dominaba con firmeza y controlaba al detalle aquel intrincado y subterráneo laberinto tridimensional. En su cabeza tenía grabadas sistemáticamente todas las rutas y, con sólo pulsar una tecla, podía saltar a través de algún acceso directo a cualquier lugar que deseara. Pero el intruso (cualquiera a excepción de Cinnamon) que no conociera las claves podría arrastrarse durante meses hasta acceder a una información determinada. Además, había programado por todas partes trampas y sistemas de alarma. Era lo que Nutmeg me había comentado. El ordenador de la «mansión» no era muy potente. Era más o menos igual que el de la oficina de Akasaka. Pero los ordenadores estaban conectados al ordenador central que Cinnamon tenía en su casa, y entre ellos intercambiaba datos y los procesaba. En aquellos ordenadores debían hallarse, tal vez, los secretos del trabajo de Nutmeg y Cinnamon, desde el listado de clientas hasta el sistema de doble contabilidad. Pero yo deduje que no sólo habría eso. Habría, seguramente, más cosas.

La razón que me inducía a creerlo era que Cinnamon estaba demasiado entregado a ese aparato. Trabajaba siempre encerrado en su pequeño cuarto. A veces, por algún motivo, la puerta estaba entreabierta y yo podía ver lo que ocurría allí dentro. Y, cada vez que lo hacía, me remordía la conciencia como si hubiese estado espiando una escena amorosa entre dos personas. Porque a mí me parecía que Cinnamon y su ordenador estaban inseparablemente unidos, fundidos en uno, y se movían de manera incitante. Tras teclear durante un rato, se quedaba leyendo las letras que habían aparecido en pantalla y, a veces, torcía los labios descontento, otras sonreía ligeramente. En ocasiones tecleaba despacio, pensándoselo, otras, hacía correr enérgico sus dedos sobre el teclado como un pianista que tocara un estudio de Liszt. Tenía la sensación de que Cinnamon contemplaba, a través de la pantalla del monitor, mientras intercambiaba con el ordenador una conversación sin palabras, un paisaje que fuera de otro mundo. Por lo visto, aquél era el paisaje más íntimo, más importante, para Cinnamon. Yo no podía dejar de pensar que su verdadera realidad existía en aquel laberinto subterráneo, no en el mundo que crecía en la superficie de la tierra. Y es posible que, en aquel mundo, Cinnamon tuviera una voz clara y sonora con la que poder hablar con elocuencia, sollozar y reír a carcajadas.

—¿No puedo acceder yo a su ordenador? —le pregunté—. Así no necesitaría la contraseña de acceso, ¿verdad?

—No, es imposible. Si lo hiciera, nosotros recibiríamos su mensaje, pero usted no recibiría el nuestro. El problema está en la contraseña, en el *ábrete sésamo*. Si no lo solucionamos, no habrá nada que hacer. Por más que el lobo dulcifique la voz y diga: «¡Hola! ¡Soy tu amigo! ¡El conejito!», no se abrirán las puertas. Si no conoce la contraseña, le darán con la puerta en las narices. Es una virgen de acero. —Ushikawa encendió un cigarrillo con una cerilla al otro lado del hilo telefónico. Recordé sus dientes irregulares, amarillos, su boca de tonto—. La contraseña tiene tres dígitos. Tres letras, o tres números, o una combinación de ambos. Hay que introducir la contraseña en cuanto te lo indica, antes de que transcurran diez segundos. Tras tres errores, el acceso es denegado y salta la alarma. Digo alarma, pero no es que se oiga ningún pito, lo que pasa es que por las huellas dejadas puede detectarse que el lobo ha llegado. ¿Qué le parece? Muy bien pensado, ¿no? Si se calculan todas las posibles combinaciones y permutaciones entre las veintiséis letras del alfabeto y los diez números, las posibilidades son prácticamente infinitas, por eso las personas que no conocen la contraseña no tienen nada que hacer.

Reflexioné unos instantes en silencio.

—¿Tiene alguna idea sobre esto, señor Okada?

Al día siguiente por la tarde, después de que la «cliente» se marchara en el Mercedes Benz que conducía Cinnamon, entré en el cuarto pequeño, me senté ante el escritorio y encendí el ordenador. En la pantalla del monitor apareció una luz fría de color azul. Y una hilera de letras.

`Para acceder a este ordenador es necesaria la`
`contraseña.`

`Introduzca la contraseña antes de diez segundos.`

Introduje las tres letras que tenía previamente pensadas.

`zoo`

La pantalla no se abrió, sonó la señal de error.

`Contraseña incorrecta.`

`Introduzca la contraseña correcta antes de diez`
`segundos.`

La cuenta atrás empezó en la pantalla. Cambié minúsculas por mayúsculas, la misma combinación que antes.

`ZOO`

La respuesta siguió siendo negativa.

`Contraseña incorrecta.`

`Introduzca la contraseña correcta antes de diez`
`segundos.`

`En caso de que no introduzca la contraseña`
`correcta, el acceso quedará bloqueado automática-`
`mente.`

La cuenta atrás. Diez segundos. Pongo sólo la primera letra, Z, en mayúscula, las otras dos «o», en minúscula. Es la última oportunidad.

`Zoo`

Sonó una alegre señal acústica.

`La contraseña es correcta.`

`Seleccione un programa del siguiente menú.`

Se abrió la pantalla de menú. Expulsé lentamente el aire de los pulmones. Y, una vez recobrado el aliento, recorrí los programas listados, seleccioné el del panel de comunicaciones. Los distintos programas del panel de comunicaciones aparecieron, sin señal acústica alguna, en un listado en la pantalla.

Seleccione un programa de comunicación del siguiente menú.

Hice «clic» sobre *chat mode*.

`Introducir la contraseña para comunicación en`
`chat mode.`

`Introduzca la contraseña antes de diez segun-`
`dos.`

Debía de ser una contraseña importante para Cinnamon la que bloqueara el acceso. Sólo se puede evitar la intrusión de un *hacker* experto bloqueando herméticamente cualquier vía de acceso. Y si el bloqueo era importante, la contraseña también tenía que ser una contraseña importante. Tecleé:

`SUB`

La pantalla no se abre.

Contraseña incorrecta.

Introduzca la contraseña correcta antes de diez segundos.

La cuenta atrás: 10, 9, 8... El mismo procedimiento de antes. Primero una letra mayúscula, luego minúsculas.

Sub

Sonó una alegre señal acústica.

La contraseña introducida es correcta.

Teclee el número de conexión.

Contemplo el mensaje con los brazos cruzados. No está mal. He abierto, una después de otra, las dos puertas del laberinto de Cinnamon. No está nada mal. El parque zoológico y el submarino. Luego hago «clic» en *cancelar conexión*. La pantalla vuelve al menú inicial. Fin de la operación. Al hacer «clic» en *apagar el sistema* aparece un mensaje en pantalla.

Si no hay otra indicación, esta operación quedará registrada automáticamente en el archivo de operaciones. En caso de que no haya necesidad de registrarla, seleccione *no archivar*.

Tal como me explicó Ushikawa, selecciono esta opción, *no archivar.*

No se ha registrado la operación en el archivo de operaciones.

La pantalla murió en silencio. Me sequé con los dedos el sudor de la frente. Devolví cuidadosamente el teclado y el ratón a su posición originaria (ni siquiera podían estar dos centímetros fuera de lugar), me separé de la fría pantalla del monitor.

21

La historia de Nutmeg

Nutmeg fue contándome la historia de su vida a lo largo de varios meses. Una historia infinitamente larga, llena de avatares. Lo que ahora transcribo es un simple (aunque no breve) resumen. Si soy honesto, no estoy seguro de lograr transmitir la esencia de la historia. Sí pretendo, como mínimo, exponer los acontecimientos ocurridos en los momentos cruciales de su vida.

Nutmeg Akasaka y su madre fueron repatriadas desde Manchuria a Japón; como único patrimonio llevaban un puñado de joyas. Se instalaron en casa de los padres de la madre, en Yokohama. La familia materna, dedicada al comercio de importación y exportación, principalmente con Taiwan, había tenido antes de la guerra una gran fortuna. A lo largo de la guerra, sin embargo, habían ido perdiendo a la mayor parte de sus clientes. El padre, que dirigía el negocio, murió a causa de una enfermedad cardiaca; el segundo hijo, que ayudaba a su padre, murió en un bombardeo poco antes de acabar la guerra. El hermano mayor, que había sido profesor hasta entonces, dejó su trabajo y se ocupó del negocio, pero su carácter no era el adecuado para ejercer de negociante y fue, por tanto, incapaz de reflotar la empresa. La familia sólo pudo salvar una casa grande y un terreno amplio, y para Nutmeg y su madre no fue agradable vivir aquellos años, durante la posguerra, de la caridad, una época en que faltaba de todo. Madre e hija vivían allí intentando que su presencia pasara lo más inadvertida posible. Comían menos que los demás, por la mañana se levantaban más temprano y hacían, por propia voluntad, los quehaceres domésticos. Toda la ropa que llevó Nutmeg en su niñez, desde los guantes hasta los calcetines, incluso la ropa interior, eran prendas desechadas por sus primas. Reunía y usaba los lápices cortos que tiraban los demás. Para ella, despertarse al llegar la mañana resultaba doloroso. Sólo de pensar que empezaba un nuevo día le quebraba el corazón. Soñaba con vivir con su madre, las dos solas, sin sentirse incómodas ante nadie, por muy pobres que fueran. Pero su madre nunca tuvo intención alguna de irse de aquella casa.

—Mi madre había sido una persona activa y alegre, pero, desde la repatriación, quedó como vacía. Seguramente había perdido la voluntad de vivir —dijo Nutmeg.

Su madre ya nunca pudo sobreponerse. No hacía más que contarle a su hija, una y otra vez, los recuerdos felices. Ésa fue la razón por la que Nutmeg tuvo que afrontar sola la vida.

No es que no le gustase estudiar, pero era incapaz de interesarse en las asignaturas generales que enseñaban en la escuela superior. No le parecía de ninguna utilidad embutir en su cabeza fechas de acontecimientos históricos, gramática inglesa, fórmulas de geometría. El deseo de Nutmeg era aprender alguna habilidad técnica e independizarse lo antes posible. Se sentía muy lejos de sus compañeros, que disfrutaban tranquilamente de la vida escolar.

En realidad, lo que en aquella época ocupaba su cabeza era únicamente la moda. Pensaba día y noche en vestidos. Pero como carecía de medios para vestir con elegancia, no hacía otra cosa aparte de mirar revistas de moda que conseguía donde podía, dibujar bocetos imitándolas, y llenaba sus libretas con dibujos de los vestidos que ella imaginaba. Ni ella misma sabía por qué sentía semejante atracción por los vestidos. «Probablemente fue porque en Manchuria jugaba siempre con las ropas de mi madre», dijo Nutmeg. Su madre había tenido muchos vestidos, la ropa le apasionaba. Tenía tantos vestidos y tantos kimonos que apenas cabían en el armario ropero. Siendo niña, siempre que tenía oportunidad, Nutmeg sacaba los vestidos, los contemplaba, los acariciaba. Al repatriarse tuvieron que abandonar allí la mayor parte de la ropa, y los vestidos que lograron llevarse consigo fueron, uno tras otro, intercambiados por comida. Su madre siempre lanzaba un suspiro cuando desplegaba el vestido que tenía que vender.

—Diseñar ropa era para mí una puerta secreta que comunicaba con otro mundo. Al abrir esa pequeña puerta se extendía un mundo sólo para mí. Allí la imaginación lo era todo. Si puedes imaginar bien y de forma concreta lo que quieres, puedes alejarte más de la realidad. Y quizá fuera eso lo que me hacía más feliz: aquello era gratuito. Imaginar no cuesta dinero. Es magnífico, ¿verdad? Creaba en mi mente vestidos bonitos y los transformaba en dibujos, y eso no sólo me transportaba a un lugar alejado de la realidad, para mí aquello era indispensable para seguir viviendo. Era algo tan normal, tan natural como respirar. Por eso suponía que a todo el mundo le pasaba algo parecido. Pero en cuanto supe que a los demás no les pasaba, que no eran capaces de hacerlo por más que lo intentaran, pensé: «En cierto sentido, soy distinta, así que tendré que vivir de un modo distinto».

Nutmeg decidió dejar la escuela superior e ingresar en una academia de corte y confección. Para poder costearla, le rogó a su madre que vendiera una de las pocas piedras preciosas que aún conservaban. Allí aprendió, durante dos años, la técnica práctica de coser a máquina, corte, dibujo de patrones. Al acabar el curso de corte y confección alquiló un apartamento y se fue a vivir sola. Pudo matricularse en una escuela de alta costura gracias a trabajillos que hacía como modista, o de labor de punto, y por las noches trabajaba como camarera. Se graduó en aquella escuela, se colocó en una empresa de ropa femenina de alta costura y, allí, como ella deseaba, trabajó en el departamento de diseño.

Poseía, sin duda, un talento original. No solamente hacía bien los diseños de moda, también tenía una forma de ver y de pensar distinta a la de los demás. Tenía en la cabeza una imagen muy clara de lo que quería crear, nunca eran ideas prestadas, brotaban de un modo natural. Podía reseguir sus detalles hasta el final como los salmones remontan la corriente de un río caudaloso hasta su nacimiento. Nutmeg trabajaba tanto que casi ni le daba tiempo de dormir. Disfrutaba haciéndolo, no cabía en su cabeza otra cosa que convertirse lo antes posible en una diseñadora de moda independiente. Ni siquiera pensaba en divertirse, en salir, y tampoco hubiese sabido cómo hacerlo.

Sus jefes reconocieron pronto su talento, empezaron a interesarse por las líneas libres, fluidas y elegantes que ella dibujaba. Tras unos años de aprendizaje, dejaron totalmente en sus manos una pequeña sección. Era una promoción excepcional en la empresa.

Año tras año, Nutmeg iba acumulando sin cesar éxitos profesionales. Su talento y energía captaban el interés de todos, no sólo en la empresa, sino en todo el sector de la confección. El mundo del diseño de moda era un mundo cerrado, pero, al mismo tiempo, estaba animado por un espíritu de competición fácilmente mensurable. La capacidad de un diseñador la determinaba una sola cosa: el número de pedidos que recibía de la ropa que había diseñado. Una capacidad, por lo tanto, que podía ser expresada en cifras, así que el resultado de la competición era evidente a ojos de cualquiera. Nutmeg no competía con nadie en especial, pero los resultados obtenidos eran innegables.

Hasta casi los treinta años, Nutmeg se centró totalmente en

su trabajo. Conoció a mucha gente, algunos hombres se interesaron por ella, pero las relaciones que entabló con ellos fueron siempre breves y superficiales. Jamás sintió un interés profundo por las personas de carne y hueso. La cabeza de Nutmeg estaba llena de imágenes de vestidos y esos diseños le parecían a ella mucho más vivos y sensuales que la gente real.

A los veintisiete años, sin embargo, en una fiesta de Año Nuevo del sector le presentaron a un hombre de aspecto extraño. Sus facciones eran proporcionadas, pero llevaba el cabello despeinado, tenía la barbilla y la nariz afiladas como instrumentos de piedra, parecía más un predicador fanático que un diseñador de ropa femenina. Era un año más joven que ella, delgado como un alambre, con unos ojos profundos, sin fondo. Y esos ojos miraban a la gente de una forma realmente agresiva, como si pretendiera incomodarlos. En aquellos ojos, Nutmeg vio reflejada su propia imagen. Él era entonces un diseñador emergente, aún desconocido. Era la primera vez que se veían. De todos modos, Nutmeg había oído hablar de él. De él decían que, aunque su talento era único, resultaba arrogante, egoísta, pendenciero, y todos le detestaban.

—Nos parecíamos mucho. Los dos habíamos crecido en el Continente, él también había regresado de Corea con lo puesto después de la guerra en algún barco de repatriados. Su padre era militar profesional y vivieron en la miseria después de la guerra. Cuando era pequeño, su madre murió a causa del tifus. Ése fue el motivo por el que empezó a sentir un profundo interés por la ropa de mujer. Tenía mucho talento, pero se comportaba en sociedad de un modo terriblemente torpe. Aun siendo diseñador de ropa femenina, ante una mujer se ponía colorado y actuaba de manera violenta. Éramos como dos animales separados de la manada.

Al cabo de un año se casaron. Era el año 1963. El niño nació en la primavera del año siguiente (el año de las Olimpiadas de Tokio). *«Quedamos en llamarlo Cinnamon, ¿verdad?»* Cuando el niño nació, Nutmeg llevó a su madre a casa, le pidió que cuidara del bebé. Ella tenía que trabajar muchísimo de la mañana a la noche, no disponía de tiempo para cuidar de su hijo pequeño. Así que puede decirse que Cinnamon fue criado por su abuela.

Nutmeg no sabía si de verdad había amado, como hombre, a su marido. Carecía de criterio para hacer esa valoración, y a su marido le ocurría lo mismo. Lo que los unió fue la fuerza de aquel encuentro casual y su común pasión por el diseño. Pero, a pesar de ello, los primeros diez años de matrimonio fueron para ambos muy fructíferos. En cuanto se casaron abandonaron las empresas donde habían estado trabajando y abrieron juntos un *atelier* independiente. Era un apartamento pequeño, que daba al oeste, en un edificio pequeño situado detrás de la calle Aoyama. Mal ventilado, sin aire acondicionado, en verano hacía tanto calor que el lápiz se les resbalaba, por el sudor, entre los dedos. Al principio, el negocio no funcionó. Con una sorprendente falta de sentido práctico fueron presa fácil de gente sin escrúpulos. Y como tampoco conocían los hábitos del sector, perdieron pedidos y cometieron algunos errores básicos. Las deudas se acumularon hasta tal punto que parecía que no les quedaba otra salida aparte de fugarse arropados por la oscuridad de la noche. Pero la eclosión se produjo al encontrar Nutmeg, por casualidad, a un *manager* fiel y competente, que supo valorar el talento de ambos. A partir de aquel momento, la empresa prosperó hasta tal punto que los problemas que habían tenido al principio parecieron una pesadilla lejana. Las ventas se duplicaban cada año, y la empresa que ellos habían fundado sin un céntimo obtuvo un éxito milagroso en los años setenta. Un éxito tan importante que sorprendió incluso a aquella pareja arrogante y desdeñosa. Aumentaron el personal, se trasladaron a un edificio grande situado en una calle principal y abrieron tiendas, administradas directamente por ellos, en Ginza, Aoyama y Shinjuku. El nombre de la marca que crearon apareció a menudo en los medios de comunicación y adquirió un amplio reconocimiento.

Conforme crecía la empresa, también cambió la naturaleza del trabajo de ambos. La confección de ropa, aunque sea también una actividad creativa, no es equiparable a hacer una escultura o escribir una novela, porque es un negocio en el que están involucrados los intereses de muchas personas. No es posible crear sólo lo que a uno le plazca encerrado en el taller. Alguien tiene que dar la cara en público y convertirse en el «rostro» de la firma frente al mundo. Cuanto mayor es el volumen del negocio más imperiosa es esta necesidad. Es preciso asistir a fiestas, a desfiles de moda, saludar, charlar con la gente, hay veces en que hay que dejarse entrevistar por los medios de comunicación. Nutmeg no tenía intención alguna de desempeñar ese papel, de modo que la tarea de dar la cara en público recayó en su marido. Igual que Nutmeg, tampoco él tenía don de gentes y, al principio, vivió aquella situación como un verdadero suplicio. Era incapaz de hablar ante desconocidos y llegaba a casa exhausto. Seis meses después descubrió que aquello ya no le resultaba tan penoso. Seguía sin ser capaz de expresarse con elocuencia, pero, al contrario de cuando era joven, parecía que a la gente le atraían su rudeza y parquedad. Sus maneras bruscas (fruto de su timidez) ya no eran interpretadas como arrogancia, sino como expresión de un fascinante temperamento artístico. Pronto empezó a disfrutar de esta circunstancia. Y se vio convertido, antes de que tuviera tiempo de darse cuenta, en el héroe cultural del momento.

—Quizá tú también lo hayas oído nombrar —dijo Nutmeg—. Pero, en realidad, en aquella época, me encargaba yo sola de dos terceras partes de los diseños. Sus ideas, atrevidas y originales, obtenían gran éxito en el mercado, y las tenía a raudales. Mi trabajo consistía en desarrollarlas y darles forma. Aunque nuestra empresa había crecido mucho, no quisimos incorporar a otros diseñadores. El número de nuestros colaboradores creció, pero la parte principal del trabajo la hacíamos nosotros personalmente. Creábamos los vestidos que nos apetecían, sin tener en cuenta la extracción social de la clientela. Nada de estudios de mercado, cálculo de costes o reuniones. Cuando queríamos hacer un vestido concreto, lo diseñábamos siguiendo nuestras ideas, usábamos los mejores materiales e invertíamos todo el tiempo necesario. Si otros fabricantes lo confeccionaban en dos procesos, nosotros lo hacíamos en cuatro. Si otros fabricantes empleaban tres metros de tela, nosotros cuatro. Llevábamos a cabo una minuciosa selección y sólo sacábamos al mercado lo que realmente nos gustaba. Lo que no se vendía, lo tirábamos. Nunca hicimos rebajas. Por supuesto, el precio resultaba relativamente elevado. Al principio, la gente del sector se burlaba de nosotros, estaban seguros de que no funcionaría. Pero nuestros vestidos se convirtieron en uno de los símbolos de aquella época. Igual que Peter Max, Woodstock, Twiggy, Easy Rider y tantos otros. En aquella época, yo disfrutaba diseñando vestidos. Por atrevidos que fueran los diseños, los clientes nos seguían. Podía ir volando con libertad a cualquier parte como si en la espalda me hubieran crecido un par de grandes alas.

Pero desde que su trabajo empezó a ir bien, la relación entre Nutmeg y su marido fue deteriorándose poco a poco. Trabajaban juntos, pero ella, de vez en cuando, sentía que el corazón de su marido erraba por otros lugares. Le pareció que sus ojos habían perdido el brillo voraz que tenían antes. Aquel carácter violento que lo llevaba a arrojar lo que tenía en la mano cuando algo no le gustaba apenas aparecía. A menudo se quedaba inmóvil mirando a lo lejos como si estuviera absorto en algún pensamiento. Casi dejaron de hablar fuera del taller. Y fueron más numerosas las noches en que él no volvía a casa. Nutmeg presentía que su marido mantenía relaciones con otras mujeres, pero no se sentía herida. Pensaba que era inevitable que él tuviera amantes, porque hacía tiempo que ellos ya no tenían relaciones sexuales (principalmente porque Nutmeg había perdido todo deseo sexual).

Su marido fue asesinado a finales de 1975. Nutmeg tenía entonces cuarenta años, su hijo, Cinnamon, once. Lo encontraron descuartizado en la habitación de un hotel de Akasaka. A las once de la mañana, la camarera había entrado en la habitación con la llave maestra y había hallado el cadáver. El cuarto de baño se había convertido en un lago de sangre. Toda la sangre del cuerpo se había derramado y el corazón, el estómago, el hígado, los dos riñones y el páncreas habían desaparecido. Al parecer, el asesino había seccionado los órganos y se los había llevado, probablemente en bolsas de plástico. La cabeza había sido separada del tronco y colocada sobre la tapa del váter mirando al frente. La cara mostraba multitud de cortes de cuchillo. Al parecer, el asesino lo había degollado, luego había cercenado la cabeza y, por fin, había extraído las vísceras.

Extraer las vísceras humanas requiere un cuchillo muy afilado y una técnica bastante especial. Es preciso cortar con sierra algunas costillas. Se precisa mucho tiempo para hacerlo y el derrame de sangre es importante. ¿Por qué se había ensañado el asesino hasta tal punto? La razón nunca estuvo clara.

El encargado de la recepción del hotel recordaba haber registrado su entrada y que iba acompañado de una mujer, habían llegado sobre las diez de la noche. Les había asignado una habitación en la decimosegunda planta. Pero era finales de año, época de mucho trabajo, y sólo recordaba que la acompañante era una mujer de unos treinta años, atractiva, con un abrigo rojo, no muy alta. Sólo llevaba un monedero pequeño. En la cama eran visibles los signos del acto sexual. El vello púbico y la muestra de esperma recogidos en la sábana eran del marido de Nutmeg. La habitación estaba plagada de huellas digitales, demasiadas para poder ser utilizadas en la investigación. En la pequeña maleta de piel que él llevaba, sólo había una muda de ropa interior, un neceser con artículos de higiene personal, una carpeta con documentos relacionados con el trabajo y una revista. En la cartera encontraron más de cien mil yenes en efectivo. Tampoco habían desaparecido las tarjetas de crédito. Pero sí la agenda que él debería haber llevado consigo. No se veían signos de lucha en la habitación.

La policía investigó entre sus amistades, pero no había ninguna mujer que se ajustara a la descripción dada por el recepcionista del hotel. Se citó a tres o cuatro mujeres, pero, según la investigación policial, no existía ningún móvil, ni resentimiento ni celos, y todas ellas tenían coartada. Y aunque hubiera alguien que lo detestara (que desde luego lo había: en el mundo de la moda no reina precisamente un ambiente cordial y amigable), no había nadie de quien pudiera sospecharse que abrigara propósitos homicidas. Además era impensable que alguien dominara la técnica precisa para extraer los seis órganos con un cuchillo.

Era un diseñador famoso, periódicos y revistas hicieron un amplio seguimiento del suceso en tono sensacionalista. La policía, sin embargo, a fin de impedir que se diera más resonancia de la debida al asesinato y se excitara la curiosidad morbosa de la gente, decidió, alegando diversas razones técnicas, no hacer oficialmente público el hecho de que las vísceras hubiesen sido robadas. Se habló incluso de que aquel prestigioso hotel, deseoso de que su buen nombre no resultase dañado, había llegado a presionar a la policía. Sólo se hizo público que el diseñador había sido acuchillado en la habitación de un hotel. Aunque se comentó que «algo anormal» había ocurrido allí, al final todo quedó en simples rumores. La policía desplegó una investigación de gran envergadura, pero el autor del crimen jamás fue capturado y ni siquiera pudo determinarse el móvil del asesinato.

—Aquella habitación aún debe de estar cerrada —concluyó Nutmeg.

Durante la primavera del año siguiente al asesinato de su marido, Nutmeg vendió a una importante empresa de moda su compañía, junto con la marca, las tiendas y las prendas almacenadas. Firmó, sin despegar los labios ni comprobar la suma de dinero, los documentos que le presentó el abogado que gestionó la venta.

Tras deshacerse de la empresa, Nutmeg descubrió que su pasión por el diseño se había desvanecido. La fuente del deseo intenso y ardiente que antes era para ella sinónimo de vida se secó de repente por completo. Muy de vez en cuando aceptaba algún encargo y seguía siendo una profesional de primera fila. Pero ya no sentía alegría. Era igual que comer algo sin sentir su sabor. «Es como si *ellos* me hubieran extraído todos los órganos a mí», pensaba. Quienes conocían la energía y la capacidad de Nutmeg para crear diseños innovadores la recordaban como a un personaje casi legendario. Sus pedidos eran incesantes, pero Nutmeg jamás los aceptaba excepto en aquellos casos en que no podía rehusar de ninguna manera. Siguiendo los consejos de su asesor fiscal, Nutmeg invirtió en bolsa y en bienes inmobiliarios y, en aquella época de prosperidad económica, su fortuna fue creciendo año tras año. Al poco tiempo de deshacerse de la empresa, su madre murió a consecuencia de una enfermedad cardiaca. Un día caluroso de agosto, su madre regaba el portal cuando, de repente, dijo sentirse mal, se acostó en el *futon* e inmediatamente empezó a roncar de un modo alarmante. Murió de ese modo. Nutmeg y Cinnamon se quedaron solos. A partir de entonces, durante más de un año, Nutmeg permaneció encerrada en casa, sin salir para nada. Sentada en el sofá, contemplaba todo el día el jardín como si intentara recuperar la tranquilidad y la paz que nunca en su vida había tenido. Apenas comía, dormía más de diez horas al día. Cinnamon, que tenía entonces la edad de ingresar en la escuela de enseñanza secundaria, se ocupaba de la casa en lugar de su madre y, en sus ratos libres, interpretaba algunas sonatas de Mozart y Haydn o aprendía idiomas. Tras ese año de tranquilidad, como un vacío en su vida, Nutmeg descubrió de manera fortuita que tenía *un poder especial*. Un poder extraño que ella desconocía por completo. «Habrá aparecido para reemplazar la ardiente pasión que sentía por el diseño de moda», imaginó Nutmeg. Y, efectivamente, ese poder se convirtió en su nuevo trabajo en lugar del diseño. Aunque eso no fuera lo que ella buscaba.

Su primera clienta fue la esposa del propietario de unos importantes grandes almacenes. Era una mujer inteligente, vital, que en su juventud había sido cantante de ópera. Ella había reconocido el talento de Nutmeg como diseñadora mucho antes de que se hiciera famosa y siempre la había colmado de atenciones. Sin su apoyo, la empresa tal vez hubiera quebrado en sus inicios. Así que, con ocasión de la boda de la hija, Nutmeg aceptó el encargo de seleccionar el vestuario de ambas. Un trabajo no especialmente difícil.

Sin embargo, un día que estaban charlando mientras esperaban para una prueba de ropa, la esposa del propietario de los grandes almacenes vaciló de repente y, llevándose las manos a la cabeza, se encogió de dolor hasta quedar en cuclillas. Nutmeg, asustada, la sostuvo entre sus brazos y le puso la mano sobre la sien derecha. Fue un acto reflejo, lo hizo sin pensar, pero Nutmeg pudo sentir que allí había *algo*. Notó su tacto y su forma bajo la palma de la mano como si palpara por encima el contenido de una bolsa de tela.

Aturdida, Nutmeg cerró los ojos e intentó pensar en otra cosa. Le vino a la cabeza el parque zoológico de Hsin-ching. El zoológico desierto el día de cierre semanal. Sólo ella, por ser hija del veterinario jefe, estaba autorizada a entrar. Posiblemente fue la época más feliz de su vida. Allí se sentía protegida, querida, un futuro prometedor se abría ante ella. Ésta fue la primera imagen que se le ocurrió. El parque zoológico desierto. Nutmeg recordaba el olor, la claridad de la luz, las formas de las nubes que flotaban en el cielo. Caminaba sola de una jaula a otra. Era otoño, el cielo estaba muy claro, los pájaros de Manchuria volaban en bandadas de un bosquecillo a otro. Había sido su mundo original, un mundo que, en muchos sentidos, había perdido para siempre. No supo cuánto tiempo pasó, pero la esposa del propietario de los grandes almacenes al fin se levantó despacio y le pidió disculpas. Aún estaba confusa, pero se le había ido el fuerte dolor de cabeza. Días después, Nutmeg quedó atónita al recibir como agradecimiento por el trabajo una cantidad de dinero muy superior a lo que había imaginado.

Un mes después del incidente, Nutmeg recibió una llamada de la esposa del propietario de los grandes almacenes. La invitó a comer. Después del almuerzo, la llevó a su casa.

—Quiero comprobar una cosa —le dijo a Nutmeg—. ¿Le importaría tocarme la cabeza otra vez?

No había razón alguna para negarse y Nutmeg hizo lo que le pedía. Se sentó junto a la esposa del propietario de los grandes almacenes y le puso suavemente las palmas de sus manos en las sienes. Nutmeg volvió a sentir *algo*. Se concentró e intentó definir un poco más su forma. Pero, al concentrarse, aquel *algo* fue cambiando, transformándose, como si se escurriera. *Está vivo.* Nutmeg sintió un ligero pánico. Cerró los ojos y pensó en el parque zoológico de Hsin-ching. No le resultó difícil. Bastaba con recordar. El paisaje, la historia que antes le había contado a Cinnamon. Su conciencia se separó del cuerpo, erró por un angosto espacio entre la memoria y el relato y luego volvió a ella. Cuando retornó en sí, la esposa del propietario de los grandes almacenes le estaba dando las gracias, tomándole las manos. Ni Nutmeg preguntó nada ni la mujer le dio explicación alguna. Nutmeg se sentía ligeramente cansada, como antes. También tenía la frente perlada de sudor. Al despedirse, la esposa del propietario de los grandes almacenes quería darle una gratificación en un sobre, porque, le dijo, le había hecho el favor de molestarse en ir a su casa. Nutmeg rehusó cortés pero rotundamente. Dijo que aquello no era un trabajo y se consideraba recompensada de sobra con los honorarios de la vez anterior. La mujer no insistió.

Unas semanas después, la esposa del propietario de los grandes almacenes le presentó a otra mujer. Una mujer de unos cuarenta años, menuda, de ojos hundidos y mirada penetrante. Iba muy bien vestida, pero no llevaba ninguna joya, aparte de un anillo de casada de plata. Nutmeg comprendió que no era una mujer corriente.

—Esta señora quiere que le haga usted lo mismo que me hizo a mí. Por favor, no se niegue. Y acepte la remuneración sin poner objeciones. Porque, a la larga, esto le será útil, a usted y *a nosotras* —le susurró a Nutmeg la esposa del propietario de los grandes almacenes.

Se quedó a solas con aquella mujer en la habitación del fondo. Le impuso la palma de las manos en las sienes, como había hecho antes. Allí también había *algo.* Pero ese *algo* era más fuerte, se movía más rápido que el otro. Nutmeg, con los ojos cerrados, conteniendo la respiración, intentó dominar aquel movimiento. Trató de concentrarse más y reseguir sus recuerdos con mayor nitidez. Fue penetrando en los pliegues más ligeros de su memoria y le transmitió a ese *algo* el calor de sus recuerdos.

—Y, antes de que me diera cuenta, ya estaba trabajando en esto —concluyó Nutmeg. Comprendió que ya formaba parte de una gran corriente. Y, poco después, cuando Cinnamon se hizo mayor, empezó a ayudarla en su trabajo.

22
El misterio de la mansión de la horca (2)

¿QUIÉNES SON LAS PERSONAS QUE ENTRAN Y SALEN
EN SETAGAYA DE LA FAMOSA «MANSIÓN DE LA HORCA»?

Se entrevé la sombra de un político. ¿Qué secreto se oculta bajo esta tapadera tan sorprendentemente hábil?

Del número del 21 de diciembre de la revista semanal

Como ya recogíamos en nuestro número del 7 de diciembre, en la tranquila zona residencial de Setagaya se encuentra «la mansión de la horca», famosa porque cuantos han habitado en ella han sido azotados por la adversidad y han puesto fin a sus vidas, principalmente por ahorcamiento.

[resumen del artículo anterior]

Con todo, tras nuestra investigación sólo hemos podido poner en claro que: cada vez que intentamos identificar al actual propietario de la «mansión de la horca», y sea cual sea la ruta que sigamos, acabamos de forma invariable topando con una pared infranqueable. Cuando, por ejemplo, logramos localizar la empresa constructora que asumió el encargo de levantar el edificio, ésta se negó tajantemente a conceder una entrevista. Por otra parte, y desde el punto de vista legal, la empresa fantasma que adquirió el terreno está completamente limpia, lo que hace que esta ruta también quede sellada. Todo apunta a que cada paso ha sido planificado hasta sus últimas consecuencias, lo que viene a confirmar nuestras sospechas de que allí, en efecto, está ocurriendo algo.

Otro detalle significativo que llamó nuestra atención fue la identidad de la gestoría que participó en la fundación de la empresa fantasma que adquirió el terreno. Nuestra investigación ha revelado que la gestoría en cuestión fue creada hace cinco años como entidad «subcontratada» de una conocida asesoría económica con amplias conexiones dentro del mundo de la política y que juega, en la sombra, un importante papel. Esta «asesoría económica» tiene, de hecho, distintas «entidades subcontratadas» que, como la citada gestoría, son utilizadas a conveniencia con la finalidad de alcanzar determinados objetivos, pero que, a la mínima señal de alarma, son abandonadas. Aunque la «asesoría económica» no ha llegado a ser directamente investigada por la fiscalía del distrito, en palabras de un analista político de un importante rotativo, «la oficina ha sido relacionada en diversas ocasiones con escándalos políticos y resulta obvio que las autoridades la tienen sometida a vigilancia». No es descabellado suponer, por lo tanto, que existe alguna relación entre el nuevo propietario de la mansión y algún político in-

fluyente. A la luz de estos hechos, los altos muros que rodean la mansión, el modernísimo sistema de vigilancia electrónica, el Mercedes Benz negro de alquiler, la empresa fantasma minuciosamente planificada... son, todos ellos, indicios que apuntan con mayor insistencia hacia la participación en la trama de algún destacado político.

PRODIGIOSAS MEDIDAS
DE SEGURIDAD

Nuestro equipo de investigación sentía interés por aclarar diversos aspectos e investigó, por ejemplo, las entradas y salidas del Mercedes Benz que visita a diario la «mansión de la horca». El número total de entradas y salidas del Mercedes a lo largo de los diez días del seguimiento realizado fue de veintiuna. El vehículo acudió a la casa unas dos veces por día. Las entradas y salidas se efectúan con regularidad. Por la mañana, el vehículo llega a las nueve y sale a las diez y media. El conductor es muy puntual. La hora de llegada no excede nunca, de un día para otro, los cinco minutos de diferencia. Comparado con la regularidad horaria de las mañanas, el resto de entradas y salidas a lo largo del día resulta irregular. La mayor parte de ellas se registra entre la una y las tres de la tarde, pero las horas de entrada y de salida son, en cada ocasión, diferentes. Hay veces en que el vehículo sale menos de veinte minutos después de haber entrado, en otras ocasiones puede llegar a tardar una hora.

De todo esto puede deducirse lo siguiente:

1. Las entradas y salidas regulares de las mañanas indican que alguien se desplaza diariamente al lugar. Los cristales oscuros del vehículo impiden ver el interior y, por lo tanto, se desconoce la identidad del ocupante u ocupantes.

2. Las entradas y las salidas irregulares de la tarde indican la existencia de un visitante. Esta irregularidad de las horas en la entrada y salida se debe, probablemente, a la conveniencia del «visitante». Se desconoce si se trata de una persona o más.

3. Por la noche no se realizan, al parecer, actividades en el interior de la casa. Tampoco se ha podido determinar si alguien permanece en ella, porque las luces no son visibles desde el exterior del muro.

Otro elemento que podemos dar por seguro es que el único vehículo que cruzó la puerta durante los diez días de la investigación fue el Mercedes Benz negro. Aparte de éste, no entró ningún otro vehículo. Tampoco franqueó el portón de acceso al edificio ninguna otra persona. El sentido común nos indica que algo extraño hay en ello. Si «alguien» vive en la casa, desde luego no sale a comprar ni a pasear. La gente sólo entra y sale en el Mercedes Benz de modelo grande con los cristales oscuros. En otras palabras, por alguna razón no quieren que se les pueda identificar. ¿Cuál es la razón? ¿Por qué se toman tantas molestias e invierten tanto dinero en mantener el secreto?

Podría añadirse incluso que la puerta de la fachada principal es el único acceso a la casa. En la parte posterior del terreno únicamente hay un callejón estrecho que no conduce a ningún lugar. No se puede entrar ni salir sin pasar por las propiedades de los vecinos. Preguntamos a algunos de ellos, pero todos señalaron que, por lo que saben, nadie utiliza el callejón. De ello cabe deducir que la casa no tiene salida trasera. Allí sólo se yergue un muro, alto como una muralla.

Durante los diez días llamaron al portero automático instalado en la puerta de la mansión diferentes personas, entre distribuidores de periódicos y vendedores, pero, al parecer, nadie respondió, y la puerta, como cabía esperar, permaneció cerrada. Es de suponer que, en caso de que haya alguien en el interior de la casa, observa a los visitantes a través de la cámara del circuito cerrado de televisión y no responde si no lo considera necesario. Tampoco llega correo ni se recibe ningún paquete por mensajero.

Así las cosas, la única vía de investigación que nos quedaba era seguir el Mercedes Benz y descubrir adónde se dirigía. No resultó difícil seguir aquel Mercedes deslumbrante, que corría a escasa velocidad por las calles, hasta que el vehículo entró en el aparcamiento subterráneo de un hotel de primera categoría de Akasaka. La entrada al aparcamiento está protegida por un vigilante uniformado y por un sistema de seguridad que impide la entrada en caso de no disponer de credencial, hecho que supuso que nuestro vehículo no pudiera seguir adelante. En este hotel se celebran a menudo cumbres internacionales y suelen alojarse en él personajes influyentes. También se hospedan celebridades del mundo del espectáculo de visita en Japón. Aparte del aparcamiento para los clientes normales, el hotel dispone de aparcamientos exclusivos para vips, con medidas especiales para proteger su seguridad y privacidad. Los aparcamientos exclusivos cuentan con ascensores independientes que carecen de toda señalización externa para impedir que pueda saberse, desde el exterior, la planta en la que se detienen. Es decir, que el sistema permite entrar y salir del hotel sin ser visto por nadie. El Mercedes dispone de uno de estos aparcamientos exclusivos para vips. Según la breve y cautelosa explicación que nos dio la dirección del hotel, estos espacios son alquilados «normalmente» por una tarifa especial sólo a entidades jurídicas que cumplan determinados requisitos tras «una rigurosa investigación», pero no hemos podido conseguir información detallada sobre las condiciones de uso o sobre quiénes los utilizan.

El hotel dispone de zona comercial, cafeterías, restaurantes, cuatro salas para banquetes de boda y tres salas de conferencias. Lo que quiere decir que un indeterminado número de personas entra y sale de él desde la mañana hasta la noche. Resulta, pues, imposible determinar la identidad de los ocupantes del Mercedes si no se dispone para ello de una autorización especial. Quienes bajan del vehículo suben en el ascensor exclusivo hasta la planta que deseen y, una vez allí, se pierden entre la muchedumbre. Es evidente que el sistema de seguridad desplegado resulta perfecto. Y lo que se adivina tras él es un uso casi abusivo de dinero y poder. De las explicaciones ofrecidas por la dirección del hotel se desprende que contratar y utilizar uno de los espacios de aparcamiento exclusivos para vips no resulta fácil. Seguramente en la mencionada «investigación rigurosa» contará la opinión de las autoridades responsables de la protección de los altos dignatarios extranjeros, lo que, por consiguiente, indica la existencia de conexiones políticas. No basta con pagar una importante cantidad de dinero, aunque, por otra parte, no es difícil suponer que el coste ha de ser necesariamente elevado.

[Se omiten las referencias a los rumores según los cuales la mansión es utilizada por una secta religiosa que se agrupa en torno a una importante figura política.]

23

Medusas de todo el mundo
Lo que se ha estropeado

A la hora convenida me siento ante el ordenador de Cinnamon y accedo, tras introducir las contraseñas, al panel de comunicaciones. Tecleo el número de conexión que me ha dado Ushikawa. Tardo cinco minutos en establecer la conexión. Me tomo el café que he preparado, recobro el aliento. Pero el café me sabe insípido y el aire que respiro es cortante.

Poco después, junto con la señal acústica de conexión, aparece en pantalla un mensaje que indica que la comunicación ha sido establecida. Entonces hago «clic» sobre *cobro revertido*. Tomo precauciones para que el uso que le doy al ordenador no quede registrado. Cinnamon no tiene por qué enterarse de que lo estoy usando (no podría, de todos modos, asegurarlo: éste es *su* laberinto, yo no soy más que un intruso impotente).

Transcurre más tiempo del que me imaginaba. Al fin aparece en pantalla el mensaje que indica que la persona que está al otro lado acepta la comunicación. En algún lugar, en el otro extremo del cable que corre por la oscuridad subterránea de Tokio, posiblemente esté Kumiko. Allí, ella está sentada, como yo, ante el monitor, con las manos sobre el teclado. Pero lo único que yo alcanzo a ver es la pantalla del monitor que emite unos pequeños ruidos mecánicos. Hago «clic» en el panel, elijo *chat mode*, tecleo la frase que tantas veces he formulado en mi cabeza.

```
>Tengo una pregunta. No es una pregunta difí-
```

cil. Pero necesito una prueba de que eres realmente tú quien está ahí. Antes de casarnos, cuando salimos juntos por primera vez, fuimos al acuario. Dime lo que miraste con más interés.

Después de escribirla, hago «clic» en *enviar* (dime lo que miraste con más interés↵). Cambio a *recibir.*

Tras un intervalo de *silencio,* llega la respuesta. Una respuesta corta.

>Medusas. Medusas de todas partes del mundo↵.

Mi pregunta y la respuesta a mi pregunta figuran en líneas consecutivas en la pantalla del monitor. Clavo la mirada en las dos frases. «Medusas de todas partes del mundo↵.» Sin duda era Kumiko. Pero el hecho de que quien esté allí sea de verdad Kumiko me produce, paradójicamente, dolor. Siento como si abrieran mi cuerpo y me arrancaran las entrañas. ¿Por qué sólo podemos hablar de este modo? Por ahora, no tengo más remedio que aceptarlo. Tecleo.

>Empiezo por la buena noticia. El gato volvió, de repente, esta primavera. Estaba muy delgado, pero no tenía ninguna herida, se encontraba perfectamente bien. Desde entonces vive en casa. Ya sé que tendría que habértelo consultado antes, pero le he puesto otro nombre. Ahora se llama *Sawara.* Como el pescado. El gato y yo nos llevamos bien. Es una buena noticia, ¿verdad?↵

Hay un intervalo. No sabría decir si es un lapso de espera normal o un silencio de Kumiko.

>Me alegro de que el gato esté vivo. Estaba preocupada por él.↵

Tomo un sorbo de café para humedecerme la boca. Tecleo de nuevo.

>Y sigo con una mala noticia. Aparte del regreso del gato, me temo que el resto son todo ma-

las noticias. La primera: todavía no he sido capaz de resolver ninguno de los enigmas.

Tras releer lo que había escrito en pantalla, continué:

>Primer enigma: ¿Dónde estás? ¿Qué estás haciendo? ¿Por qué sigues lejos de mí? ¿Por qué no quieres verme? ¿Existe una razón? Hay muchas cosas de las que tendríamos que hablar cara a cara, ¿no crees?⏎

Kumiko tarda algún tiempo en responder. Me la imagino ante el teclado, concentrada, mordiéndose los labios. Poco después, el cursor empieza a recorrer la pantalla siguiendo el movimiento de sus dedos.

>Todo lo que tenía que decirte ya lo puse en la carta que te envié. Lo que quiero que entiendas, a fin de cuentas, es que ya no soy la Kumiko que tú conocías. Las personas, por diversas razones, cambian, y en algunos casos se transforman y acaban estropeándose. Por esto no quiero verte. Y por esto no quiero volver contigo.

El cursor se detiene, parpadea en busca de palabras. Lo miro con fijeza durante quince o veinte segundos aguardando a que configure nuevas palabras en pantalla. «Se transforman y acaban estropeándose.»

>Si puedes, olvídame cuanto antes. Lo mejor para ambos sería divorciarnos oficialmente y que tú empezases una nueva vida. Dónde estoy y qué hago son cosas que carecen de importancia. Lo que sí la tiene es que, por la razón que sea, tú y yo estamos separados, cada cual en un mundo distinto. Y que no es posible retroceder. Querría que supieras que hablar contigo de este modo me desgarra el corazón. Más de lo que puedas imaginarte.⏎

Releí estas frases varias veces. En sus palabras no se apreciaba la menor vacilación, iban cargadas de una certeza profunda, dolorosa. Posiblemente se las había repetido a sí misma una y mil veces. A pesar de todo, necesito hacer tambalear este sólido muro de convicciones. Aunque sólo sea un poco. Tecleo.

>Lo que dices resulta un poco confuso, no acabo de entenderlo. ¿Qué quieres decir, concretamente, con eso de que «te has estropeado»? No lo entiendo. Se estropean los tomates, se estropean los paraguas. Y esto, por supuesto, sí lo entiendo. Quiere decir que un tomate se ha podrido, que un paraguas se ha roto. Pero ¿qué quieres decir tú con eso? No me viene a la cabeza ninguna imagen concreta. En la carta me escribiste que habías tenido relaciones sexuales con otro hombre, ¿«te has estropeado» por eso? Aquello, para mí, fue un golpe bajo, por supuesto. Pero me parece que eso está muy lejos de «estropear» a nadie.⏎

Siguió un largo silencio. Empezó a preocuparme la posibilidad de que Kumiko hubiese abandonado la conexión. Finalmente aparecieron de nuevo sus palabras.

>También era aquello. Pero hay algo más.

De nuevo, un largo silencio. Ella estaba eligiendo con cuidado las palabras, sacándolas del cajón.

>Aquello sólo fue una manifestación. «Estropearse» es algo que requiere un periodo de tiempo más largo. Esto es algo que se decidió hace mucho tiempo, sin mí, en una habitación oscura en algún lugar. Cuando te conocí y nos casamos, me pareció que se abría ante mí una nueva oportunidad. Creí haber encontrado una salida por la que poder escapar. Pero, al parecer, no fue más

que una ilusión. Hay señales para todo, y ésa fue la razón por la que, cuando el gato desapareció, me empeñé en encontrarlo a toda costa.

Me quedé observando el mensaje en la pantalla. Pero el signo de *enviar* no aparecía. Mi aparato permanecía en *recibir*. Kumiko debía de estar pensando en cómo tenía que continuar. «Estropearse» *requiere más tiempo*. ¿Qué demonios intenta decirme Kumiko? Me concentro en la pantalla. Pero hay una especie de pared invisible. En la pantalla aparecen más caracteres.

>Me gustaría que pensaras de este modo: que padezco una enfermedad incurable que hace que mi rostro y mi cuerpo se vayan deformando, una enfermedad que me aboca a la muerte. Es sólo un ejemplo, claro. Mi cuerpo y mi rostro no se están deformando. Pero es una comparación bastante cercana a la realidad. Es la razón de que no quiera presentarme ante ti. Es evidente que no puedo esperar que, con un símil tan impreciso como éste, comprendas con exactitud la situación en que me hallo. Tampoco espero convencerte de nada. Pero, sintiéndolo mucho, es lo único que puedo decirte por ahora. Tendrás que aceptarlo de este modo.⏎

¿Una enfermedad incurable? Compruebo que estoy en *enviar* y tecleo.

>Si me pides que acepte esta comparación, lo haré. Pero hay algo que no logro comprender en absoluto. Suponiendo, como dices, que «estés estropeada» o que «padezcas una enfermedad incurable»: ¿Por qué tuviste que acudir a Noboru Wataya? ¿Por qué no te quedaste aquí conmigo? ¿Acaso no nos casamos para esto?⏎

Silencio. Un silencio que podía sopesar con la mano, del

que podía comprobar su masa y densidad. Con los dedos de ambas manos entrelazados sobre la mesa, respiro despacio, profundamente. Pronto llega la respuesta.

>El hecho de que esté aquí, independientemente de si me gusta o no, se debe a que éste es para mí el lugar apropiado. El lugar en el que debo estar. No tengo derecho a elegir. Aunque quisiera verte, no puedo hacerlo. ¿Crees que no quiero verte, que no tengo ganas de verte?

Una pausa, como si contuviera el aliento, luego vuelve a mover los dedos.

>No me hagas sufrir más. Lo único que puedes hacer por mí es olvidarme cuanto antes. Borrar de tu memoria el tiempo que hemos vivido juntos. Es lo mejor para ambos. Estoy convencida de ello.⏎

Sigo yo.

>Dices que lo olvide todo. Dices que te deje en paz. Y al mismo tiempo, desde algún rincón del mundo, me estás pidiendo ayuda. Es una voz débil, lejana, pero puedo oírla con claridad las noches silenciosas. Esa voz es, sin duda, la tuya. Pienso que es cierto que hay una Kumiko que intenta alejarse de mí. Y que, ya que lo hace, tendrá sus razones. Pero también hay otra Kumiko que intenta desesperadamente volver a mí, acercárseme. Estoy seguro. Aunque hables así, no puedo dejar de escuchar a la Kumiko que reclama mi ayuda e intenta aproximarse a mí. Digas lo que digas, por legítimas que sean tus razones, no puedo olvidarte tan fácilmente ni expulsar de mi memoria el tiempo que he vivido contigo. Porque eso es algo que de verdad ha ocurrido en mi vida, es imposible borrarlo por completo. Sería lo mismo que borrar-

me yo. Para hacerlo, antes tengo que conocer una razón legítima.↵

Otro vacío momentáneo. Puedo captar a la perfección su silencio a través de la pantalla del monitor. Ese silencio se escapa por un ángulo de la pantalla y flota a baja altura por la habitación, como el humo denso. Conozco muy bien este silencio de Kumiko. A lo largo de nuestra vida en común he visto y experimentado con frecuencia este silencio. Ahora Kumiko contiene la respiración, concentrada ante la pantalla, las cejas fruncidas. Alargo el brazo, tomo la taza de café, bebo un sorbo. Con la taza vacía entre las manos contengo la respiración; igual que Kumiko, observo la pantalla. Estamos unidos por el lazo de un silencio que atraviesa la pared que separa ambos mundos. Pienso que nos necesitamos el uno al otro, más que a nada. No me caben dudas.

>No lo entiendo.↵↵

>Yo sí.

Dejo la taza de café y tecleo lo más rápido posible, como si aferrara la cola del tiempo que aparece y desaparece.

>Yo sí lo entiendo. Quiero llegar, cueste lo que cueste, al lugar donde estás, hasta la Kumiko que «me pide ayuda». Por desgracia no he descubierto aún cómo llegar hasta allí, ni tampoco qué demonios es lo que me espera en ese lugar. Desde que te fuiste he vivido con la sensación constante de haber sido arrojado a la oscuridad más profunda. Pero estoy acercándome, aunque sea despacio, a la médula del asunto. Estoy acercándome. Quería que lo supieras. Estoy acercándome y pienso acercarme aún más.↵

Aguardo su respuesta, las manos juntas, entrelazadas, sobre el teclado.

>No te entiendo, de verdad.

Kumiko teclea. La conversación acaba.

Adiós. ♩♩♩

La pantalla me indica que Kumiko ha abandonado la sesión. La conversación ha quedado interrumpida. A pesar de ello espero, con la mirada fija en la pantalla, a que ocurra algún cambio. Tal vez Kumiko lo reconsidere y vuelva. Tal vez recuerde algo que ha olvidado decirme. Kumiko no vuelve. Tras veinte minutos de espera renuncio a la idea. Dejo en pantalla la conversación y me levanto, voy a la cocina, bebo un vaso de agua fría. Durante unos instantes, me quedo ante el refrigerador con la mente en blanco, intentando acompasar mi respiración. A mi alrededor reina un profundo silencio. Me da la sensación de que el mundo entero está aguzando el oído para poder escuchar mis pensamientos. No puedo pensar en nada. Lo siento, no puedo pensar en nada.

Regreso frente al ordenador, me siento, releo atento la conversación que aparece en la pantalla azul, de principio a fin. Qué he dicho yo y qué ha dicho ella. Qué le he dicho yo sobre esto, qué me ha dicho ella sobre aquello. Nuestra conversación permanece intacta en pantalla. Hay algo en ella extrañamente vivo. Puedo oír su voz al reseguir con la mirada los caracteres que aparecen en pantalla. Reconocer su entonación, el tono delicado de su voz, sus pausas. El cursor parpadea aún con la regularidad de los latidos del corazón sobre la última línea. Sigue esperando la próxima palabra, conteniendo el aliento. Pero no hay más palabras.

Hago «clic» sobre la carpeta y salgo del panel de comunicaciones tras memorizar la conversación que aparece en pantalla (pienso que es mejor no imprimirla). Indico que no se registre esta operación. Apago el ordenador. Con una señal acústica, la pantalla del monitor muere en el vacío. El monótono ruido mecánico queda absorbido por el silencio de la habitación. Como un sueño vivo arrancado por la mano de la nada.

No sé cuánto tiempo ha pasado. Me descubro a mí mismo con la vista clavada en mis dos manos, juntas sobre la mesa. En mis manos quedan huellas de mi mirada impertérrita.

«Estropearse» requiere más tiempo.

¿A cuánto tiempo podía referirse?

24
Contar ovejas
Lo que hay en el centro del círculo

Días después de la visita de Ushikawa le pedí a Cinnamon que, a partir de entonces, me trajera todas las mañanas los periódicos. Decidí que había llegado la hora de ponerme en contacto con la realidad del mundo exterior. De todos modos, por más que yo intentase evitarlos, ellos acudirían en cuanto se les antojase.

Cinnamon asintió con la cabeza y, a partir de entonces, apareció todas las mañanas con tres periódicos.

Yo los hojeaba después del desayuno. Hacía tanto tiempo que no tenía un periódico en las manos, que hojearlos me produjo una sensación extraña. Me parecieron fríos y vacíos. El estimulante olor de la tinta me produjo dolor de cabeza. Las columnas, con tipos de imprenta pequeños y negros, me cegaban desafiantes. La distribución de la página, las letras de los titulares, el tono de las frases me parecieron irreales. Tuve que apartar varias veces los periódicos hacia abajo, cerrar los ojos, exhalar un suspiro. Jamás me había sucedido tal cosa. Antes los leía con absoluta normalidad. ¿En qué habían cambiado los periódicos? No, tal vez no fueran los periódicos los que eran distintos. *Era yo quien había cambiado.*

Al leerlos comprendí con toda claridad un hecho sobre Noboru Wataya. Estaba consolidando a pasos agigantados su posición en sociedad. Paralelamente a su ambiciosa carrera política en el Senado publicaba de forma periódica una columna en un rotativo, artículos de opinión en diferentes revistas, era comentarista asiduo de un programa de televisión. Su nombre empezaba a aparecer por todas partes. No sé por qué, pero la gente escuchaba con creciente interés sus opiniones. Acababa de saltar a la palestra y ya lo citaban como a uno de los jóvenes políticos que más prometían en el futuro, obtuvo un galardón como el político más popular en una encuesta realizada por una revista femenina. Era considerado un sabio capaz de pasar a la acción, un nuevo tipo de político inteligente, algo que no existía en el viejo mundo político.

Le pedí a Cinnamon que me comprara, junto con otras, para que su nombre no le llamara la atención, las revistas en las que escribía Noboru Wataya. Cinnamon echó una ojeada a la lista y se la guardó en el bolsillo de la americana como si no le diera la menor importancia. Al día siguiente, Cinnamon dejó sobre la mesa las revistas y los periódicos. Luego, como de costumbre, hizo la limpieza escuchando música clásica.

Recorté con tijeras los artículos de Noboru Wataya y los que hablaban de él, los archivé en una carpeta. La carpeta engordó al instante. Decidí aproximarme, a través de aquellos artículos, a un nuevo ser, a Noboru Wataya «el político». Intenté olvidar mi experiencia personal, que no cabía calificar de agradable, liberarme de mis prejuicios respecto a él, comprenderlo, partiendo de cero, como un lector cualquiera.

Pero captar la verdadera personalidad de Noboru Wataya no era, como cabía esperar, empresa fácil. Para hacerle justicia podía afirmar que, mirados uno a uno, sus artículos no eran malos. Estaban relativamente bien escritos, eran coherentes. Algunos de ellos estaban, incluso, *muy bien* escritos. Trataba la abundante información con destreza y ofrecía conclusiones pertinentes. Comparados con los libros especializados que había escrito antes, llenos de frases rebuscadas, los artículos eran bastante normales. Por lo menos estaban escritos de manera inteligible, para que pudiera entenderlos con facilidad incluso alguien como yo. A pesar de ello, en el fondo de aquellas frases, a primera vista amables y llanas, no se me escapó la presencia de la sombra de una arrogancia que se burlaba de los demás. Ante la mala intención allí contenida, un escalofrío me recorrió la espina dorsal. Era porque yo conocía al Noboru Wataya real y recordaba su mirada fría, penetrante, el tono de su voz. Para quien no lo conociera, debía de ser, sin embargo, muy difícil captar el trasfondo de sus frases. Me esforcé en no pensar en ello. Me limité a seguir el flujo de las frases.

Aunque lo leí con equidad y detenimiento, fui incapaz de entender qué pretendía decir, *en realidad*, Noboru Wataya el político. Sus razonamientos y opiniones parecían, uno a uno, lógicos, comprensibles, pero ¿qué quería decir, en definitiva? Me quedé desconcertado. Por más que sintetizara cada detalle, no lograba extraer una idea global clara. De ningún modo. Me pregunté si podía deberse a que era él quien no tenía clara ninguna conclusión. O quizá sí tuviera conclusiones claras. Pero *las ocultaba*. Era de ese tipo de individuos que, cuando les conviene, entreabren la puerta que les va mejor, asoman la cabeza, anuncian algo en voz alta a los allí reunidos y, luego, vuelven a meterse dentro y cierran la puerta.

Por ejemplo, en un artículo que escribió para una revista decía que no era posible seguir conteniendo indefinidamente con la fuerza política, y de un modo artificial, la fortísima presión engendrada por la enorme desigualdad económica entre las diferentes regiones del mundo, y que esa presión provocaría, en un futuro no muy lejano, con la fuerza de una avalancha, grandes cambios en la estructura mundial.

»Y una vez hayan caído *los aros* del barril, el mundo se enfrentará a un inconmensurable "estado del caos", y lo que había sido nuestro lenguaje espiritual común (de momento lo llamaremos "principio común"), quedará obsoleto o en un estado cercano a la inoperatividad. Y para que se forme de nuevo el "principio común" de la generación que seguirá al caos, será preciso un lapso de tiempo más largo de lo que la mayoría cree. En pocas palabras, nos hallaremos ante un estado crítico de caos espiritual, tan largo y profundo que sólo de pensarlo corta el aliento. En buena lógica, y de acuerdo con estos cambios, las estructuras sociopolítica y espiritual japonesas de posguerra se verán obligadas a experimentar una transformación radical. En muchos campos se volverá a la situación original, se llevará a cabo una depuración a gran escala de las estructuras y empezará la reconstrucción tanto en el terreno político como en el económico y el cultural. Y, en este momento, aquello que nadie cuestionaba, aquello que todos consideraban lógico, dejará de serlo y perderá su legitimidad. No es preciso decir que esto representará una oportunidad idónea para la transformación del estado japonés. Lo irónico de la cuestión es que, hallándonos ante una ocasión irrepetible, carecemos de un "principio común" susceptible de ser utilizado como indicador en esta "reconstrucción". Sin ningún género de dudas, quedaremos petrificados de estupor ante esta paradoja fatal. Al percatarnos de que el factor que nos ha abocado a la situación de precisar con urgencia un "principio común" no es otro que la propia desaparición y pérdida de este "principio común".

Era un artículo bastante más largo, pero, en resumen, venía a decir eso.

«Pero la gente no puede actuar careciendo de indicadores», decía Noboru Wataya. «Como mínimo necesita un principio-modelo provisional e hipotético. El único modelo que por ahora puede ofrecer el estado japonés posiblemente sea el de la "eficacia". Si lo que durante un largo periodo de tiempo azotó al comunismo hasta conducirlo a su derrumbamiento fue la "eficacia económica", es lógico que, en este momento de confusión, la parafraseemos en su totalidad como modelo operativo. Quiero que penséis en lo siguiente: en los años que han seguido a la posguerra, ¿hemos creado, los japoneses, una filosofía o algo parecido, aparte de la idea de *cómo puede mejorar en todo la eficacia?* La eficacia únicamente es un valor cuando el rumbo está trazado con claridad. Si el rumbo se pierde, la eficacia se hunde en la impotencia. De forma similar a lo que ocurriría si remeros expertos bogaran con destreza habiendo perdido por completo el sentido de la orientación tras naufragar en mitad del océano. Avanzar con eficiencia hacia una dirección errónea es peor que no avanzar hacia ninguna parte. La única herramienta capaz de determinar el rumbo correcto sería un principio que poseyera un alto grado de capacidad profesional. Pero nosotros, de momento, no lo tenemos. Decididamente no lo tenemos.»

La lógica que desarrollaba Noboru Wataya no carecía ni de poder de convicción ni dejaba indiferente. Ni siquiera yo podía dejar de reconocerlo. Pero, por más que leyera sus escritos, no lograba entender qué buscaba Noboru Wataya ni como individuo ni como político. *Y, en consecuencia, ¿qué hacer?*

Noboru Wataya mencionaba también Manchukuo en uno de sus artículos. Lo leí con sumo interés. Refería en él que, a principios de la era *Shoowa*,* el Ejército Imperial estudiaba la posibilidad de equiparse con una gran cantidad de ropa de invierno de cara a la guerra total prevista contra la Unión Soviética. El Ejército de Tierra no tenía experiencia de combate en territorios tan extremadamente fríos como Siberia y era una necesidad imperativa dotarlo de equipamiento para protegerse de las bajísimas temperaturas invernales. En caso de que la guerra estalla-

* La era *Shoowa* se inicia en 1926. *(N. de los T.)*

ra a causa de un incidente fronterizo (cosa en absoluto imposible), el ejército no estaba preparado para una campaña de invierno. Así que el Estado Mayor creó una comisión de estudio para hacer frente a una hipotética guerra contra la Unión Soviética con el encargo de realizar, para el departamento de abastecimiento bélico, un informe riguroso sobre la ropa especial necesaria para zonas muy frías. Los miembros de la comisión se desplazaron hasta Sajalín en pleno invierno para experimentar el auténtico frío, y utilizaron un pelotón de combate real para probar ropa interior, abrigos y botas contra el frío. Estudiaron a fondo el equipo utilizado por las tropas soviéticas y la indumentaria del ejército de Napoleón en su campaña contra Rusia. «Resulta imposible sobrevivir al frío siberiano con el equipo de invierno del que actualmente dispone el Ejército de Tierra», fue la conclusión a la que llegaron. Calcularon que sufrirían congelaciones y que habrían de ser declarados inútiles alrededor de dos tercios de los soldados de infantería desplazados a un frente de tales características. La ropa de abrigo del Ejército de Tierra había sido concebida pensando en el invierno del norte de China, no tan riguroso, y, por otra parte, la cantidad era insuficiente. La comisión de estudio calculó el número aproximado de cabezas de ganado lanar imprescindibles para confeccionar ropas eficaces contra el frío para los soldados de las diez divisiones («contamos tantas ovejas que no tenemos tiempo para dormir», era la broma que corría de boca en boca entre los miembros de la comisión), también calculó la envergadura mínima de las instalaciones fabriles para confeccionarlas y presentó el informe.

Según el informe, en una situación de bloqueo efectivo o de sanciones económicas, para que Japón llevara a cabo la guerra contra la Unión Soviética, el número de ovejas criadas en Japón era, a todas luces, insuficiente. Por lo tanto sería indispensable asegurarse, desde Manchuria y Mongolia, un suministro constante de lana (aparte de pieles de conejo y otras), así como la insta-

727

lación de centros para su procesamiento industrial. Y fue el tío de Noboru Wataya el hombre que, el año séptimo de la era *Shoowa*,* se dirigió al recién fundado Estado de Manchukuo con la misión de estudiar la situación. Su misión era calcular cuánto tiempo requeriría hacer realmente factible aquel suministro. Era un joven tecnócrata recién licenciado en logística por la Academia Militar y aquélla era la primera misión importante que le encomendaban. Afrontó el estudio del equipamiento contra el frío como un caso modelo de logística moderna e hizo un exhaustivo análisis numérico.

En Mukden, un conocido del tío de Noboru Wataya le presentó a Kanji Ishiwara y ambos se pasaron la noche charlando y bebiendo. Ishiwara había recorrido todo el continente chino y estaba convencido de que la guerra contra la Unión Soviética era inevitable y, a la vez, tenía el convencimiento de que la clave de la victoria residía en la potenciación de la logística mediante una acelerada industrialización y el establecimiento de una economía autosuficiente en el recién creado Estado de Manchukuo. Expuso sus opiniones con elocuencia y pasión. También defendió la importancia de establecer colonos japoneses para sistematizar y potenciar el rendimiento agrícola y ganadero. Ishiwara opinaba que no debían convertir Manchukuo en una colonia manifiesta de Japón, como Corea y Taiwan, sino que había que crear un nuevo modelo de estado asiático, pero era absolutamente realista en el reconocimiento de que Manchukuo debería ser la base logística de Japón en su guerra contra la Unión Soviética y, después, en la guerra contra Inglaterra y Estados Unidos. Estaba convencido de que, en aquella época, el único país de Asia capaz de llevar a cabo una guerra contra Occidente (él la llamaba «guerra final») era Japón y que los otros países asiáticos tenían el deber de *colaborar* con Japón para obtener su propia inde-

* Año 1939. *(N. de los T.)*

pendencia de los países occidentales. Entre los generales y oficiales del Ejército de Tierra del imperio, ninguno era tan erudito como Ishiwara ni se interesaba tanto por la logística. La mayoría de militares menospreciaba la logística como una disciplina «afeminada». Pensaban que el camino de *un guerrero del emperador* era luchar hasta la muerte a brazo partido, sin importarles lo precario de su equipo. Para ellos, la auténtica hazaña militar consistía en enfrentarse a un enemigo poderoso, superior en número y armamento, y alcanzar la victoria. El súmmum de la gloria era avanzar por tierras enemigas «tan deprisa que no llegaran los suministros». Según el tío de Noboru Wataya, considerado entonces un excelente tecnócrata, aquellas ideas no eran más que estupideces. Empezar una guerra larga sin asegurar la logística equivalía al suicidio. La Unión Soviética había incrementado y modernizado considerablemente su armamento gracias a los planes económicos quinquenales de Stalin. Los cinco sangrientos años de la primera guerra mundial habían destruido los valores del viejo mundo y la guerra mecanizada había revolucionado los conceptos de estrategia y de logística en los países europeos. El tío de Noboru Wataya, que había vivido en Berlín como agregado militar, lo sabía muy bien. Pero la mentalidad de la mayor parte de los militares japoneses aún no había superado la intoxicación de su victoria frente a Rusia.

El tío de Noboru Wataya regresó a Japón convertido en ferviente admirador de los lúcidos razonamientos, de la visión del mundo y de la carismática personalidad de Ishiwara. Y la amistad entre ambos duró incluso después de que el tío de Noboru Wataya regresara a Japón. Más tarde, cuando Ishiwara fue retirado de Manchuria y destinado a Maizuru como comandante de la fortaleza, fue a visitarlo con frecuencia. El informe exacto y minucioso de su tío sobre la situación de la cría de ovejas y de las instalaciones para la elaboración de lana en Manchukuo fue presentado poco después de su regreso a Japón y fue muy bien valorado. Pero, pronto, a causa de la dolorosa derrota en No-monhan el año catorce de *Shoowa** y del recrudecimiento de las sanciones económicas impuestas por Inglaterra y Estados Unidos, la mirada de las autoridades militares fue volviéndose poco a poco hacia el sur, y los informes de la comisión de estudio con respecto a una hipotética guerra contra la Unión Soviética quedaron en agua de borrajas. Por supuesto, un factor importante en el hecho de que el incidente de Nomonhan terminara pronto, a principios de otoño, sin llegar a derivar en una guerra total, fue el taxativo informe de la comisión de estudio que señalaba «la imposibilidad de llevar a cabo una campaña de invierno contra el ejército soviético con el equipo del que ahora disponemos». Cuando empezó a soplar el viento otoñal, el cuartel general se lavó rápidamente las manos, un hecho casi sin precedentes en el ejército japonés, tan obsesionado en mantener las apariencias, y, en las negociaciones diplomáticas, cedió a Mongolia Exterior y al ejército soviético una zona de la estepa de Hulunbuir de escasa importancia.

Noboru Wataya contaba primero aquella anécdota, que había oído de boca de su tío, y continuaba luego con una disertación topográfica sobre economía regional tomando como modelo las líneas de abastecimiento bélico. Sin embargo, lo que despertó mi interés fue el hecho de que el tío de Noboru Wataya fuera un tecnócrata al servicio del Estado Mayor del Ejército de Tierra relacionado con la batalla de Nomonhan. El tío de Noboru Wataya fue expulsado de su puesto oficial por el ejército de ocupación de McArthur y vivió, durante un tiempo, retirado del mundo en Niigata, su pueblo natal; pero una vez prescribieron las penas de expulsión, fue requerido por el partido conservador, saltó a la arena política y fue elegido en dos ocasiones senador, pasando a continuación al Congreso de Diputados.

*   Año 1939. *(N. de los T.)*

En las paredes de su despacho colgaba un escrito de Kanji Ishiwara. Yo no sabía qué tipo de parlamentario había sido el tío de Noboru Wataya ni cuáles eran sus logros como político. Había sido ministro una vez y, por lo visto, tenía gran influencia en su circunscripción electoral. Parece que no había llegado a ser, sin embargo, un líder en el plano nacional. Ahora, su sobrino Noboru Wataya había heredado su esfera de influencias.

Cerré la carpeta y la guardé en el cajón del escritorio. Crucé los brazos detrás de la cabeza y contemplé distraídamente el portón del jardín. Faltaba poco para que el portón se abriera hacia el interior y apareciera el Mercedes Benz conducido por Cinnamon. Traería a una «visita», como siempre. A las «visitas» y a mí nos une la mancha de mi cara. También estoy unido por la mancha al abuelo de Cinnamon (el padre de Nutmeg). Al abuelo de Cinnamon y al teniente Mamiya les unía la ciudad de Hsin-ching. Al teniente Mamiya y al vidente Honda, una misión especial en la frontera entre Manchuria y Mongolia. Kumiko y yo fuimos presentados al señor Honda por la familia de Noboru Wataya. Y el teniente Mamiya y yo estamos unidos por un pozo. El pozo del teniente Mamiya se encuentra en Mongolia, el mío en el jardín de la mansión. Aquí vivía antes el comandante del Cuerpo Expedicionario en China. Todo está ligado, como en un círculo. En su centro se hallan la Manchuria de preguerra, el continente chino, el incidente de Nomonhan del año catorce de *Shoowa*.*
Lo que no comprendo es por qué Kumiko y yo hemos sido involucrados en el destino de la historia. Todo esto ocurrió mucho antes de que ella y yo naciéramos.

Me senté a la mesa de Cinnamon y puse los dedos sobre el teclado. Todavía recordaba el tacto de los dedos cuando conversé

---

* Era Taishoo: 1912 a 1926. *(N. de los T.)*

con Kumiko. Estoy seguro de que Noboru Wataya interceptó nuestra conversación. A través de ella trata de saber algo. No es precisamente por amabilidad por lo que la preparó. O quizás intente descubrir el secreto de este lugar introduciéndose en el ordenador de Cinnamon a través de la vía de acceso del sistema de comunicación. Es algo que no me preocupa demasiado. La profundidad de este ordenador es la profundidad misma de Cinnamon. Y ellos no pueden conocer su insondabilidad.

Telefoneé a Ushikawa a la oficina. Estaba allí, enseguida se puso.

—¡Oh, señor Okada! ¡Qué oportuno es usted! Si le digo la verdad, acabo de llegar de un viaje de trabajo hace escasamente diez minutos. He venido volando en taxi desde el aeropuerto de Haneda, aunque había un embotellamiento tremendo, ¿sabe?, y ahora estaba a punto de volver a salir corriendo, sin tiempo apenas ni de sonarme la nariz, con el tiempo justo de coger los papeles. Tengo tanta prisa que el taxi ya me está esperando delante de la oficina. ¡Vaya, vaya! Ni que me hubiera llamado calculando el minuto exacto. Cuando ha sonado este teléfono que tengo delante, he pensado: «Vaya tipo con suerte el que llama». A propósito, ¿a qué debo el honor de su llamada?

—¿Cree que podría hablar con Noboru Wataya esta misma noche a través del ordenador?

—¿Con el *señor Wataya*? —dijo Ushikawa con cautela bajando el tono de voz.

—Sí.

—No por teléfono, sino a través de la pantalla del ordenador, igual que el otro día, ¿no es así?

—Exacto —contesté—. Creo que de este modo nos resultará más fácil hablar el uno con el otro. No es por nada más. Supongo que no se negará.

—Está muy seguro de ello, ¿no?

—No, no lo estoy. Sólo tengo esta intuición, nada más.

—Tiene una intuición —repitió Ushikawa en voz baja—. A propósito, y perdone la indiscreción, en eso de las «intuiciones», ¿acierta usted a menudo?

—No es algo que pueda saberse —dije como si se tratara de un asunto ajeno.

Al otro lado del hilo, Ushikawa permaneció durante unos instantes en silencio, reflexionando. Me pareció que su cabeza estaba calculando algo a toda velocidad. Era buena señal. Muy buena. Hacer callar a ese hombre, siquiera unos instantes, era un trabajo ímprobo, aunque posiblemente no tanto como hacer que la tierra girara al revés.

—Señor Ushikawa. ¿Está ahí? —lo llamé.

—Por supuesto —dijo Ushikawa precipitadamente—. Estoy aquí como el perro guardián de un templo sintoísta. Nunca voy a ninguna parte. Aunque llueva y los gatos maúllen, me quedo guardando el cepillo de las limosnas. Muy bien, de acuerdo —continuó Ushikawa recuperando el tono habitual—. Intentaré retener al señor Wataya. Pero, de todas formas, esta noche es imposible. Si a usted no le importa dejarlo para mañana, se lo prometo por la calva de mi cabeza pelada. Mañana a las diez de la noche pondré un cojín delante del ordenador y haré que el señor Wataya se sienta allí, ¿qué le parece?

—Mañana me va bien —dije tras una breve pausa.

—Entonces déjelo todo en manos del viejo zorro de Ushikawa. Para mí cada noche es Nochevieja, me paso la vida organizando fiestecitas de fin de año. Claro que, señor Okada, y no es que me queje, pero es que, ¿sabe?, no resulta nada fácil obligar al señor Wataya a hacer algo. Es tan difícil como hacer parar el *Shinkansen* en una estación que no le toca. ¡Está tan ocupado! Que si grabaciones para la televisión, que si artículos, entrevistas, que si recogida de datos, encuentros con los electores, reuniones del congreso, que si comidas: trabaja contando los minutos. Cada día tenemos tanto jaleo como si hiciéramos a la vez una mudanza y el cambio de ropa según la estación del año. Así que la cosa no va a ser tan fácil. Ni yo puedo decirle: «Señor Wataya, mañana a las diez de la noche sonará el teléfono. Usted tómese tiempo y espérese quietecito sentado delante del ordenador»; ni él me responderá: «¡Ah, sí! ¿De verdad, Ushikawa? Qué alegría me das. Me quedaré aquí tranquilo esperando la llamada mientras me tomo un té».

—No se negará —repetí.

—Es una simple intuición, ¿no?

—Sí.

—Bien, muy bien. Mejor eso que nada. Es realmente alentador, me da ánimos —dijo Ushikawa. Por su tono de voz parecía de buen humor—. Entonces quedamos así. Le estaremos esperando mañana a las diez de la noche. En el lugar de siempre, como siempre, su contraseña y la mía…, parece la letra de una canción, ¿no le parece? Le recuerdo que no debe olvidar la contraseña. Lo siento, pero tengo que irme. El taxi me está esperando. Discúlpeme. Ni tiempo tengo de sonarme, de veras.

Colgó. Dejé el auricular sobre el teléfono y puse de nuevo los dedos sobre el teclado. Imaginé lo que había detrás de aquella pantalla negra, muerta. Me apetecía hablar otra vez con Kumiko. Pero antes tenía que hablar directamente con Noboru Wataya. Por lo visto, ni Noboru Wataya ni yo podíamos vivir sin estar relacionados, tal como predijo una vez Malta Kanoo, la profetisa de la cual desconocía el paradero. Por cierto, ¿me había hecho alguna vez *una profecía que no implicara alguna desgracia?* Era incapaz de recordar muchas de las cosas que ella me había dicho. No sabía por qué, pero sentía a Malta Kanoo tan lejos como si perteneciera al pasado.

25
El semáforo que cambia a rojo
El largo brazo que se extiende

Al día siguiente, Cinnamon llegó a las nueve de la mañana a la «mansión», pero no vino solo. En el asiento junto al del conductor iba su madre, Nutmeg Akasaka. Hacía ya más de un mes que no venía. La última vez se había presentado también sin previo aviso, con Cinnamon, había tomado un desayuno sencillo y había charlado conmigo cerca de una hora, luego se había ido.

Cinnamon colgó la americana en la percha y, mientras escuchaba el *Concerto Grosso* de Händel (llevaba tres días con la misma música), entró en la cocina, preparó té inglés, tostó unas rebanadas de pan para Nutmeg, que aún no había desayunado. Las tostadas le quedaron preciosas, como para el expositor de una cafetería. Luego, Nutmeg y yo nos sentamos a la mesa pequeña y nos tomamos el té mientras Cinnamon recogía, como siempre, la cocina. Nutmeg sólo se comió una tostada después de untarla con una fina capa de mantequilla. Fuera caía una lluvia helada como la aguanieve. Nutmeg no habló mucho, yo tampoco. Sólo hicimos algún comentario sobre el tiempo. Presentía, sin embargo, que ella tenía algo que decirme. Lo adiviné por la expresión de su rostro, por su modo de hablarme. Partía la tostada en pedacitos del tamaño de un sello y se los llevaba a la boca. De vez en cuando dirigíamos la mirada hacia la lluvia, al otro lado de la ventana. Como si la lluvia fuera una vieja amiga común, ya de muchos años.

Cinnamon terminó de ordenar la cocina y, cuando emprendió la limpieza de la habitación, Nutmeg me llevó al «probador». La sala estaba hecha a semejanza de la que había en la oficina de Akasaka. El tamaño y la forma eran casi idénticos. Como era previsible, había en la ventana una doble cortina corrida y la estancia permanecía siempre en penumbra. Las cortinas se abrían sólo diez minutos, cuando Cinnamon limpiaba. Había un sofá de cuero, un jarrón de cristal con flores sobre una mesita, una lámpara de pie alta. Había una mesa grande de trabajo y, sobre ella, tijeras, retales, un costurero de madera con hilos, agujas, lápices, una libreta de diseño (en ella podían verse incluso algunos modelos dibujados), utensilios que no sabía ni cómo se llamaban ni para qué servían. En la pared colgaba un espejo de cuerpo entero. En un rincón había un biombo para cambiarse. Todas las visitas que vienen a la «mansión» son conducidas a esta sala.

¿Por qué han tenido que hacer una habitación idéntica al «probador» original? Desconozco la razón. En esta casa no era necesario ese disfraz. Tal vez ellos (o las visitas) estuvieran demasiado acostumbrados al aspecto del «probador» de la oficina de Akasaka, de modo que quizá no había posibilidad alguna de que se les pudiese ocurrir otra idea respecto a la decoración. También podrían hacerme ellos la pregunta inversa: «¿Por qué no un probador?». Fueran cuales fuesen las razones, la habitación me gustaba. Era el «probador» y no otra cosa; incluso me producía una extraña sensación de tranquilidad estar rodeado de diversos utensilios de costura. Una atmósfera bastante irreal pero no innatural.

Nutmeg me invitó a sentarme en el sofá de cuero y tomó asiento a mi lado.

—A propósito, ¿cómo estás?

—Bien —contesté.

Nutmeg vestía un traje de color verde vivo. La falda era corta, una hilera de botones hexagonales cerraba la chaqueta hasta el cuello, igual que los antiguos trajes de Neru, llevaba unas hombreras como hinchadas, parecidas a bollos. Me recordó una película de ciencia-ficción que había visto hacía ya tiempo. Las mujeres que aparecían en la pantalla llevaban casi todas trajes parecidos al de Nutmeg, vivían en una ciudad futurista.

Nutmeg llevaba unos pendientes grandes de plástico del mismo color del traje. Un verde intenso, un tono peculiar, como surgido de la misma combinación de colores. Quizá los había encargado expresamente para que combinaran con el traje. O, por el contrario, a lo mejor era ella quien había confeccionado el traje para que combinara con el color de los pendientes. Como si hiciese un boquete en la pared que se ajustara a la forma del refrigerador. Pensé que no era una mala idea. Cuando entró en la casa llevaba, pese a la lluvia, gafas de sol, y también los cristales, si no me equivoco, eran verdes. También lo eran las medias. Debía de ser el día del verde.

Con una sucesión de movimientos ligeros y fluidos sacó un cigarrillo del bolso, se lo puso entre los labios, lo encendió con el mechero torciendo un poco la boca. El mechero no era verde, era aquel fino, de oro, que parecía tan caro. Su tono dorado combinaba, sin embargo, con el verde. Luego, Nutmeg cruzó las piernas enfundadas en las medias verdes. Se observó con detenimiento las dos rodillas, se alisó los bajos de la falda. Me miró la cara como si fuera una prolongación de sus rodillas.

—Estoy bien —repetí—. Como siempre.

Nutmeg asintió con la cabeza.

—¿No estás cansado? ¿No te apetecería, digamos, un descanso?

—No especialmente. Creo que, poco a poco, me he ido acostumbrando a este trabajo, me parece mucho más fácil que antes.

Nutmeg no hizo comentario alguno. El humo del cigarrillo ascendía recto, formando una línea parecida a la que traza la cuerda de un mago hindú, para ser aspirado por la boca de ventilación que había en el techo. Era el sistema de ventilación más potente y silencioso que había visto jamás.

—¿Y usted? ¿Cómo está? —pregunté.

—¿Yo?

—Me refiero a si está cansada.

Nutmeg me miró a los ojos.

—¿Doy esa impresión?

Me lo había parecido al verla. Nutmeg suspiró cuando se lo dije.

—Hay otro artículo sobre la casa en una revista semanal, ha salido a la venta esta mañana. La serie de «El misterio de la mansión de la horca». ¡Uff! Parece el título de una película de terror, ¿no crees?

—Es el segundo artículo, ¿verdad? —pregunté.

—Así es, el segundo de la serie —dijo Nutmeg—. La verdad es que ha salido otro artículo en otra revista, pero, por suerte, nadie los ha relacionado. Al menos *por ahora*.

—¿Han descubierto algo? Sobre *nosotros,* quiero decir.

Alargó el brazo hacia el cenicero, apagó el cigarrillo con cuidado. Movió ligeramente la cabeza en señal de negación. Los pendientes oscilaron como dos mariposas a principios de primavera.

—No pone nada especial —dijo ella. Hizo una pausa—. Sobre quiénes somos, qué hacemos aquí… Esto aún no lo saben. Te dejaré la revista, léetela luego si te interesa. A propósito, alguien, discretamente, me ha informado de que tienes un cuñado que es un joven y famoso político, ¿es verdad eso?

—Sí, por desgracia —dije—. Es el hermano mayor de mi mujer.

—¿El hermano mayor de tu mujer, la que *ha desaparecido?* —confirmó ella.

—Exacto.

—¿Tu cuñado sabe algo de lo que haces aquí?

—Sabe que vengo cada día aquí y que estoy haciendo *algo.*

Encargó que lo averiguaran. Me parece que le preocupa. Pero es lo único que debe de saber.

Nutmeg reflexionó durante unos instantes. Después alzó el rostro y preguntó:

—A ti no te gusta demasiado tu cuñado, ¿no es cierto?

—No *demasiado,* la verdad.

—Y tú tampoco le gustas a él.

—Exacto.

—Y a él le interesa lo que estás haciendo aquí —dijo Nutmeg—. ¿Por qué?

—Porque si yo, su cuñado, estuviera relacionado con algo sospechoso, podría producirse un escándalo. Él es, por decirlo así, el hombre del momento, es normal que se preocupe por que esto no suceda.

—Entonces, no es probable que tu cuñado divulgue información sobre este lugar, ¿no es así?

—A decir verdad, no sé cuáles son las intenciones de Noboru Wataya. Pero el sentido común me dice que él no ganaría nada con ello. Lo que debe pretender es guardarlo todo en secreto y llamar lo menos posible la atención de la gente.

Nutmeg seguía dándole vueltas entre los dedos al fino encendedor de oro. Me pareció un molinete dorado un día de poco viento.

—¿Por qué no me habías hablado de él? —me preguntó Nutmeg.

—No es sólo a usted, no se lo he dicho *a nadie* —contesté—. Él y yo jamás nos hemos llevado bien y ahora casi nos odiamos. No es que pretendiera ocultarlo. Pensaba, simplemente, que no había ninguna necesidad de hablar de él.

Nutmeg exhaló un largo suspiro.

—Tendrías que habérmelo dicho.

—Es posible —reconocí.

—Creo que puedes imaginarte que entre las visitas hay personas relacionadas con el ámbito político y económico. Personas *poderosas*. Personas *famosas* en diversos campos. Tenemos que salvaguardar, a toda costa, su privacidad. Por eso hemos tomado estas precauciones casi excesivas. Ya lo sabes, ¿no? —Asentí con la cabeza—. Cinnamon ha invertido muchísimo tiempo y esfuerzo en crear este preciso y complejo sistema de seguridad. El laberinto de falsas empresas, los libros camuflados de doble contabilidad, la reserva del aparcamiento del hotel de Akasaka donde no se revela la identidad de quienes alquilan el espacio de aparcamiento, el control riguroso de los clientes. La administración de ingresos y gastos, el diseño de la «mansión», todo ha surgido de su mente. Y, hasta ahora, el sistema ha funcionado casi a la perfección, tal como él lo había calculado. Por supuesto, mantener un sistema semejante cuesta dinero, pero lo del dinero no es problema. Lo importante es que estas mujeres sientan que *están perfectamente protegidas*.

—¿Quiere decir que la situación ha empezado a ser peligrosa? —pregunté.

—Por desgracia, sí —repuso Nutmeg.

Nutmeg alcanzó un paquete de tabaco y sacó un cigarrillo, pero no lo encendió. Lo mantuvo entre los dedos.

—Además, mi cuñado es un político famoso y eso haría que el escándalo fuese aún mayor, ¿no es eso?

—Exacto. —Nutmeg torció un poco los labios.

—Y Cinnamon, ¿cómo ve el asunto? —pregunté.

—Guarda silencio. Como una gran ostra posada sobre el fondo marino. Se ha encerrado en sí mismo, sin abrir la puerta, reflexionando seriamente sobre algo. —Nutmeg tenía los ojos clavados en mí. Al cabo de un rato, como si lo recordara de súbito, encendió el cigarrillo—. Incluso ahora pienso en él con frecuencia. En mi marido, en el asesinato. ¿Por qué tenía alguien que matarlo? ¿Por qué tuvo que ensañarse de aquella manera, destriparlo y llevarse las vísceras, dejando un mar de sangre en la habitación del hotel? Por más que lo pienso, no puedo entenderlo. Mi marido no merecía una muerte tan espantosa.

»Pero no se trata sólo de la muerte de mi marido. A lo largo de mi vida se han sucedido una serie de incidentes inexplicables: la repentina manera en que, por ejemplo, nació y murió mi intensa pasión por el diseño, el mutismo de Cinnamon, el modo en que me involucré en este extraño trabajo. Pienso que, tal vez, todo esto estaba programado, de manera minuciosa, muy hábil, para atraerme hacia *aquí*. No consigo quitarme esta idea de la cabeza. Tengo la sensación de que unos brazos muy largos se extienden hacia mí desde la distancia y me manipulan. Como si mi vida no hubiera sido otra cosa que un simple pasaje para permitir el paso de todo ello.

Desde la habitación vecina llegaba el tenue runrún de la aspiradora con la que Cinnamon limpiaba el suelo. Hacía su trabajo tan esmerada y sistemáticamente como siempre.

—¿Nunca has tenido esta sensación? —me preguntó Nutmeg.

—No me siento manipulado por nada. Estoy aquí porque necesito hacerlo, sólo por eso.

—Para encontrar a Kumiko, ¿no?, tocando la flauta mágica.

—Sí.

—Tú tienes algo que buscar —dijo ella cruzando y descruzando despacio las piernas enfundadas en las medias verdes—. Y todo tiene su precio. —Yo permanecía en silencio. Nutmeg anunció al fin su conclusión—. Hemos decidido no traer más «visitas» aquí durante una temporada. Cinnamon lo ha decidido. Con los artículos de la revista y la aparición de tu cuñado, el semáforo ha pasado de ámbar a rojo. Ayer cancelamos todas las citas de hoy en adelante.

—¿Cuánto tiempo durará esta *temporada?*

—Hasta que Cinnamon restablezca el sistema, averiado en algunas partes, y podamos estar seguros de que hemos evitado el peligro. Me sabe mal, pero no queremos, bajo ningún concepto, correr riesgos. Cinnamon vendrá como hasta ahora. Pero no acudirán las visitas.

Cuando Cinnamon y Nutmeg se fueron, la lluvia, que había estado cayendo toda la mañana, había cesado por completo. Cuatro o cinco gorriones se lavaban con entusiasmo las plumas en un charco del aparcamiento. Cuando desapareció el Mercedes que conducía Cinnamon y se hubo cerrado despacio el portón eléctrico, me senté junto a la ventana y contemplé el cielo nublado que se veía más allá de las ramas de los árboles. Pensé en aquel «brazo muy largo que se extiende desde la distancia» del que me había hablado Nutmeg. Imaginé ese brazo alargándose hacia mí desde el interior de las nubes bajas que cubrían el cielo. Como una ilustración siniestra de un libro.

26

Lo que hace daño
Una fruta madura

A las nueve cincuenta de la noche me siento ante el ordenador de Cinnamon y lo enciendo. Introduzco las contraseñas, desbloqueo las vías de acceso, voy al panel de comunicaciones. Espero a que den las diez, tecleo el número de conexión, solicito *cobro revertido*. A los pocos minutos, un mensaje en pantalla indica que el destinatario ha aceptado la forma de pago. Ahora Noboru Wataya y yo nos encontramos frente a frente, uno a cada extremo de la línea. La última vez que hablé con él fue el verano pasado en el hotel de Shinagawa, cuando, con Malta Kanoo, hablamos de Kumiko. Nos odiábamos profundamente. Desde entonces no hemos intercambiado una sola palabra. En aquella época, él aún no se dedicaba a la política y yo aún no tenía la mancha. Me parecen acontecimientos de una vida anterior.

Primero escojo *enviar*. Respiro despacio, como antes de un servicio de tenis, coloco las manos sobre el teclado.

>Tengo entendido que deseas que renuncie a la «mansión», que estás dispuesto a comprar el terreno y la casa. Y que ésta es la condición para discutir el regreso de Kumiko. ¿Es eso verdad? ↵

Pulso la tecla de final de mensaje.

Instantes después llega la respuesta. Los caracteres se alinean rápidamente en pantalla.

>Primero quiero aclarar un malentendido: yo no

743

soy quien decide si Kumiko vuelve o no a tu lado. Eso tiene que decidirlo ella. Kumiko no está prisionera, pudiste comprobarlo el otro día cuando hablasteis. Como hermano, me limito a ofrecerle un lugar donde pueda estar tranquila y a protegerla temporalmente. Así que lo único que puedo hacer es tratar de convencerla y facilitar vuestros contactos. En realidad, fui yo quien organizó vuestra conversación a través del ordenador. Esto es lo único que puedo hacer.⏎

Un cambio a *enviar.*

>Mis condiciones están muy claras. Si ella vuelve, renunciaré a mis actividades en «la mansión». Si no vuelve, continuaré como hasta ahora. Es la única condición que pongo.⏎

La respuesta de Noboru Wataya fue concisa.

>Te repito que no estamos negociando nada. Tú no estás en situación de imponer condiciones. Hablamos de meras hipótesis. Si te retiras de la «mansión», intentaré, por supuesto, convencer a Kumiko, pero, con todo, no puedo asegurarte que ella vuelva a tu lado. Kumiko es una persona adulta, tiene su propia personalidad, yo no puedo instarla a hacer nada. De todas formas, si sigues yendo allí, puedes estar seguro de que Kumiko jamás volverá a tu lado. Eso está más que claro, te lo aseguro.⏎

Empiezo a teclear.

>Escúchame bien, no hace falta que me asegures nada. Sé muy bien lo que pretendes. Quieres que me retire de la «mansión». Lo deseas con todas tus fuerzas. Pero, haga yo lo que haga, tú no tienes intención alguna de convencer a Kumiko. Ja-

más has tenido la intención de dejarla libre, ¿no es así?⏎

La respuesta llega en un instante.

>No hace falta que te diga que tienes toda la libertad del mundo para pensar lo que quieras. No puedo impedírtelo.⏎

Sí, tengo toda la libertad del mundo para pensar lo que quiera.

Tecleo:

>¿Sabes? Eso de que yo no me encuentre en situación de imponer condiciones no es del todo exacto. Debes de estar muy preocupado por lo que hago aquí. No te sientes tranquilo porque aún no sabes con exactitud qué es lo que estoy haciendo, ¿no es así?⏎

Noboru Wataya dejó una larga pausa, como si deseara impacientarme. Me pareció que intentaba demostrar que no tenía ninguna prisa.

>Creo que no acabas de comprender bien cuál es tu situación. Mejor dicho, creo que te das mucha más importancia de la que tienes. No sé qué demonios haces ahí, pero tampoco tengo la menor intención de averiguarlo. Lo que yo, desde mi posición frente a la sociedad, intentaba evitar era, simplemente, verme implicado en algún lío ridículo. Para evitarlo, no me importaba hacer algo con respecto a tu asunto con Kumiko. Si de entrada rechazas mi propuesta, a mí no me importa. A partir de ahora no me relacionaré más contigo, me protegeré a mí mismo por mis propios medios. Ésta será la última ocasión en que yo hable contigo y tú jamás volverás a hablar con Kumiko. Si no vas a decirme nada más, preferiría dar por terminada esta conversación. Tengo un compromiso.⏎

No, la conversación aún no ha acabado.

>Todavía no hemos acabado. Como le dije a Kumiko el otro día, voy acercándome poco a poco al meollo del asunto. A lo largo de todo este año y medio no he dejado de preguntarme por qué se había ido Kumiko de casa. Mientras tú te metías en política y te hacías famoso a ritmo acelerado, yo estaba formulando una conjetura tras otra en un lugar silencioso y oscuro. Sopesaba diversas posibilidades, hacía hipótesis. Como sabes, no soy demasiado inteligente. Pero, como me sobraba el tiempo, he sido capaz de ir pensando a fondo muchas cosas. En un momento dado llegué a la siguiente conclusión: detrás de la repentina marcha de Kumiko se esconde un secreto importante que yo desconozco, Kumiko no volverá hasta que yo descubra la verdadera causa oculta. Decididamente, la clave del secreto está en ti. Ya te lo dije cuando nos vimos el verano pasado. Te dije que sabía muy bien qué ocultabas bajo la máscara, y también te dije que podía revelarlo cuando quisiera. A decir verdad, en aquel momento era sólo una baladronada. No tenía ninguna certeza. Intenté herirte. Pero ahora sé que no me había equivocado. Voy acercándome cada vez más a tu verdad y tú debes de sentirlo. Ésta es la razón de que te preocupe lo que hago y de que quieras comprar el terreno, casa incluida, pagando un dineral por él. ¿Qué te parece? ¿No tengo razón?⏎

Le toca hablar a Noboru Wataya. Resigo los caracteres que aparecen en pantalla.

>No acabo de entender a qué te refieres. Por lo visto, hablamos lenguajes diferentes. Como te

dije una vez, Kumiko se ha cansado de ti, conoció a otro hombre y, a consecuencia de ello, se ha ido de casa y está deseando divorciarse de ti. Pienso que es un final infeliz, pero la historia es muy corriente. Sin embargo, tú vas sacando, una tras otra, razones extrañas. Tú mismo estás complicando la situación. Es una pérdida de tiempo para ti y para mí.

De todos modos, la propuesta de comprar el terreno ya no existe. Lo siento pero se ha esfumado. Como tú también debes saber, ha aparecido un segundo artículo sobre la «mansión», en el número que ha salido hoy de aquella revista. Por lo visto, está empezando a llamar la atención de la gente, por lo que ahora ya no puedo involucrarme en un lugar así. Y, según mis fuentes de información, tus actividades se están acercando a su fin. Al parecer, te citas allí con algunos creyentes, o clientes, les das algo y, a cambio, ellos te pagan. Pero ya no volverán. Acercarse allí empieza a ser demasiado peligroso. Y, si ellos no vienen, tú no tendrás ingresos. De modo que no podrás ir pagando cada mes todo lo que debes y, tarde o temprano, dejarás de poder mantener la casa. Me basta con esperar sin mover un dedo, esperar a que caiga la fruta madura. ¿No te parece?⏎

Ahora me tocaba a mí hacer una pausa. Bebí el agua del vaso que tenía al lado. Releí varias veces el mensaje de Noboru Wataya. Luego empiezo a mover lentamente los dedos.

>Es posible. No sé hasta cuándo seré capaz de mantener la casa. Tienes razón. Pero escúchame bien. Aún faltan algunos meses para que se me acabe el dinero. Un tiempo en el que todavía pue-

do hacer muchas cosas. Cosas que tú no puedes ni imaginar. No es una baladronada. Te pondré un ejemplo. Por casualidad, ¿no tendrás últimamente sueños desagradables?⏎

El silencio de Noboru Wataya me llega como una fuerza magnética a través del monitor. Miro fijamente la pantalla, aguzando los sentidos. Intento leer, aunque sólo sea un poco, la vibración del sentimiento de Noboru Wataya que percibo allí al fondo. Es imposible.

Instantes después empiezan a aparecer los caracteres en pantalla.

>Conmigo no te van a servir estas amenazas. Te sugiero que anotes estos disparates sin sentido en tu agenda. Para tus generosos clientes. Seguro que, empapados en un sudor frío, te darán por ellos un buen fajo de billetes. Eso siempre que vuelvan, claro. Me parece inútil seguir hablando contigo. Ya basta. Como te he dicho antes, estoy muy ocupado.⏎

Ahora hablo yo.

>Un momento. Escucha bien lo que ahora voy a decirte. Es algo interesante, vale la pena escucharlo. Óyeme bien, puedo liberarte de ese sueño. Me has propuesto ese trato por esto, ¿no es así? ¿Me equivoco? Por mi parte, me conformo con que Kumiko vuelva a mi lado. Es mi propuesta. ¿No te parece que vale la pena?

Entiendo muy bien que quieras ignorarme. Entiendo también que no quieras hacer tratos conmigo. Eres libre de pensar lo que quieras. Desde tu punto de vista soy insignificante, ¿verdad? Pero, sintiéndolo mucho por ti, no lo soy tanto como crees. Tú tienes más poder que yo. Lo reconozco.

Pero cuando llega la noche debes dormir. Y, si duermes, sabes que soñarás. Te lo aseguro. Y tú no puedes elegir tus sueños. ¿No estás de acuerdo conmigo? ¿Puedo preguntarte una cosa? ¿Cuántas veces te cambias cada noche el pijama? Son tantas que ni se pueden lavar todos los pijamas que ensucias, ¿no es así?

Me detengo un momento, respiro, expulso lentamente el aire de mis pulmones. Compruebo de nuevo lo que he escrito. Busco las palabras para proseguir. Puedo notar cómo algo se mueve en silencio en el interior de una bolsa de tela, está en la oscuridad, en el fondo de la pantalla. Estoy acercándome hacia allí a través de la línea del ordenador.

>Ahora puedo adivinar qué le hiciste a la hermana mayor de Kumiko, la que murió. No estoy mintiendo. Hasta ahora has hecho daño a mucha gente y seguirás haciéndoselo en el futuro. Pero no podrás escapar de tus sueños. Así que es mejor que me devuelvas a Kumiko. Es todo lo que deseo. Y no es necesario que «finjas» conmigo. Es inútil que lo hagas. Porque voy acercándome, más y más, al secreto que ocultas bajo la máscara. Y eso es algo que debe de darte miedo. Es mejor que no trates de disimular este sentimiento.⏎

Casi en el mismo momento en que pulsé *enviar*, Noboru Wataya cortó la comunicación.

27
Las orejas triangulares
El sonido de las campanillas de trineo

No tenía por qué regresar con prisas a casa. Aquella mañana, al salir, se me había ocurrido que tal vez podía volver tarde, así que le dejé a *Sawara* comida para dos días. Tal vez no
le gustara al gato, pero por lo menos no pasaría hambre. Al
pensarlo, me dio pereza volver a casa, pasar por el callejón, saltar el muro. Hablando en serio, no estaba convencido de poder
saltar el muro. La conversación con Noboru Wataya me había
agotado por completo. Sentía que algunas partes de mi cuerpo
pesaban mucho, no podía hacer funcionar correctamente la cabeza. ¿Por qué aquel hombre me fatigaba siempre tanto? Quería acostarme y dormir un poco. Descansaré un rato y luego me
iré a casa.

Saqué del armario del «probador» una manta y una almohada, las puse sobre el sofá, apagué la luz, me acosté, cerré los ojos.
Mientras me dormía estuve pensando en el gato. Quería dormirme pensando en el gato. Dijeran lo que dijeran, él sí había vuelto a casa. En definitiva, era algo que *había vuelto* a mi lado, que
había logrado volver desde algún lugar lejano. Debía de ser una
especie de bendición. Recordé, con los ojos cerrados, el suave
tacto de los cojincillos de sus patas, las orejas triangulares, frías,
la lengua de color rosado. *Sawara* dormía tranquilamente aovi-
llado en mi conciencia. Podía sentir su calor en las palmas de mis
manos, oír su respiración regular. Mis nervios estaban más ex-

citados que otros días, pero el sueño acudió de inmediato. Un sueño profundo, sin sueños.

Algo me despertó en mitad de la noche. Tenía la sensación de estar oyendo, a lo lejos, un sonido como de campanillas de trineo, como la música de fondo de un villancico.

¿Un sonido de campanillas de trineo?

Me incorporé en el sofá, busqué a tientas el reloj de pulsera que había dejado sobre la mesa. Las agujas fosforescentes del reloj marcaban la una y media. Al parecer había dormido más profundamente de lo que imaginaba. Agucé el oído. Sólo se oía el sonido seco del latido del corazón encerrado en mi pecho. Tal vez sólo había sido una ilusión. Tal vez había estado soñando. Para comprobarlo decidí echar una ojeada por la casa. Recogí los pantalones que estaban a mis pies, me los puse, fui a la cocina evitando hacer ruido al andar. Fuera del probador, el sonido era más nítido. Ciertamente, parecía el sonido de las campanillas de un trineo. Venía del cuarto de Cinnamon. Me coloqué ante la puerta del cuarto, agucé el oído, llamé a la puerta. A lo mejor mientras yo dormía había vuelto Cinnamon. No hubo respuesta. Entreabrí la puerta, atisbé el interior por la rendija.

En la oscuridad, a media altura, flotaba una luz blanca. Una luz recortada en forma de rectángulo. Era la luz que emitía la pantalla del ordenador. Las campanillas eran un sonido de llamada que el aparato iba repitiendo (un nuevo sonido de llamada que nunca había oído antes). El ordenador me estaba llamando. Me senté ante esa luz, como atraído por ella, y leí el mensaje en la pantalla.

`Acaba de acceder al programa «Crónica del pája-`
`ro-que-da-cuerda».`

`Seleccione un documento entre el 1 y el 16.`

Alguien había puesto en funcionamiento el ordenador y había accedido al programa de la «Crónica del *pájaro-que-da-cuerda*». No debe de haber, aparte de mí, nadie en la casa. ¿Quién ha podido poner en marcha el aparato manipulándolo desde el exterior? Si alguien lo ha hecho, ¿quién puede ser aparte de Cinnamon?

¿*«Crónica del pájaro-que-da-cuerda»*?

El sonido alegre de llamada, como de campanillas de trineo, seguía sonando sin cesar. Como en una mañana de Navidad. Era como si *me* pidiera que seleccionara un número. Dudé unos instantes y, sin que hubiera una razón especial, seleccioné el #8. El sonido de llamada dejó de sonar al instante y, como si se desplegara un rollo de escritura, se abrió el documento.

28
Crónica del *pájaro-que-da-cuerda* #8
(o la segunda matanza torpe)

El veterinario se despertó a las seis de la mañana y, tras lavarse la cara con agua fría, preparó el desayuno. En verano amanecía pronto y la mayor parte de los animales del parque zoológico ya estaba despierta. Por la ventana abierta se oían sus voces, como siempre, y sus olores llegaban flotando transportados por el viento. El veterinario podía adivinar, sólo por las voces y los olores, qué tiempo hacía sin mirar afuera. Era una de sus costumbres matutinas. Aguzar el oído, aspirar el aire por la nariz, familiarizarse, de ese modo, con el día que acababa de comenzar.

Hoy, sin embargo, debe de ser diferente de ayer. Por supuesto, debía de serlo. Porque ayer se perdieron algunas voces, algunos olores. Los tigres, las panteras, los lobos, los osos: fueron ejecutados ayer, eliminados por el pelotón. Después de una noche sumido en el sueño, aquel incidente le pareció parte de una lánguida pesadilla que hubiera tenido lugar mucho tiempo atrás, pero aquello había ocurrido de verdad. En sus tímpanos sentía aún el dolor causado por el estampido de los disparos. No puede ser un sueño. Estamos en agosto de 1945, en Hsin-ching, las unidades de tanques soviéticos han cruzado la frontera y se aproximan más a cada instante. Todo era tan real como la palangana y el cepillo de dientes que tenía ante sus ojos.

Al oír el barrito de los elefantes se sintió aliviado. Sí, los elefantes habían sobrevivido. Por fortuna, pensó el veterinario mientras se lavaba la cara, aquel joven teniente había tenido el sentido común de tachar los elefantes de la lista. Desde su llegada a Manchuria, el veterinario había conocido a muchos jóvenes oficiales, fanáticos y formalistas, y no los soportaba. Muchos de ellos procedían de aldeas campesinas. En su adolescencia, en la década de los treinta, habían sufrido en propia carne la miseria atroz de la depresión económica y estaban imbuidos, además, de un nacionalismo megalómano. Ejecutaban sin un pestañeo cualquier orden de sus superiores, fuera del género que fuese. Eran jóvenes, agarrarían una pala y se pondrían a cavar de inmediato si recibieran, en nombre del emperador, la orden de abrir un túnel hasta Brasil. Había gente que a esto lo llamaba «pureza», pero al veterinario, de haberle sido posible, le hubiera gustado usar otra palabra. En cualquier caso, matar dos elefantes a tiros era más fácil que cavar un túnel hasta el Brasil. El veterinario, hijo de un médico, había crecido en una ciudad grande, se había educado en el ambiente relativamente liberal de la era *Taishoo*.* No podía simpatizar con ellos de ninguna manera. Pero el teniente que comandaba el pelotón de ejecución parecía, pese a hablar con un ligero acento de provincias, mucho más normal que la mayoría de jóvenes oficiales. Daba la impresión de tener estudios, actuaba con lógica. El veterinario lo supo por su manera de hablar, por su conducta.

El veterinario se dijo a sí mismo que los elefantes habían escapado a la matanza y que, sólo por ello, ya tendría que estarle agradecido. Los soldados también debieron de sentirse aliviados por no haber de matar los elefantes. Los chinos, en cambio, debieron de experimentar una decepción. De haber matado los elefantes, habrían conseguido gran cantidad de carne y, además, el marfil.

El veterinario calentó agua en el hervidor, se puso una toa-

* Era Taishoo: 1912 a 1926. *(N. de los T.)*

754

lla caliente sobre la barba y se afeitó. Luego, él solo, se tomó el té, tostó pan, lo untó con mantequilla, se lo comió. No podía decirse que el abastecimiento de alimentos en Manchuria fuera suficiente, pero, comparado con el de otros lugares, era relativamente abundante, una suerte para él y para los animales del zoológico. Los animales se habían mostrado furiosos cuando habían reducido sus raciones, pero la situación era mucho menos grave que en los parques zoológicos de Japón, donde los alimentos se habían agotado. Nadie sabía qué pasaría luego. De momento, ni los animales ni las personas habían padecido allí un hambre atroz.

Se preguntó qué estarían haciendo su mujer y su hija. Si todo había ido según lo previsto, el tren en el que ellas viajaban habría llegado a Pusán, en Corea. En Pusán vivía la familia de su primo y ellas se alojarían en su casa hasta que pudieran coger el barco que las llevaría a Japón. El veterinario sentía no poder verlas al despertarse. No se oían como de costumbre sus alegres voces haciendo los preparativos del nuevo día, el interior de la casa estaba sumido en el silencio. Aquél ya no era el hogar al que él pertenecía, que amaba. Pero el veterinario no podía evitar sentir una extraña alegría por haberse quedado solo completamente en la residencia oficial. Él, en aquel momento, sentía muy hondo en su interior una fuerza poderosa, la fuerza del «destino».

El destino era la enfermedad fatal del veterinario. Desde la niñez tenía una conciencia extrañamente clara de que «yo, como ser humano, vivo bajo el control de alguna fuerza exterior». Tal vez se debiera a la mancha de color azul vivo que tenía en la mejilla derecha. De pequeño odiaba con todas sus fuerzas aquella mancha que *sólo él tenía y los otros no*. Se sentía morir cada vez que sus amigos se burlaban de la mancha o que algún desconocido le miraba la cara. Deseaba poder quitársela con un cuchillo. Pero, a medida que fue creciendo, aprendió a conformarse y a aceptarla como «algo que se ha de aceptar». Puede que éste fuera uno de los factores que conformaron su fatal resignación ante el destino.

La fuerza del destino normalmente sólo coloreaba, de forma monótona y silenciosa, el borde de su vida, como un sonido de fondo grave. Era raro que le recordara su existencia. Pero, en algunos casos (no podía saber *cuáles* porque no parecía seguir pauta alguna), esa fuerza aumentaba y lo conducía a una renuncia profunda parecida a la parálisis. En esos casos no había más remedio que dejarse llevar por la corriente, abandonándolo todo. Porque él sabía por experiencia que, hiciera lo que hiciese, pensara lo que pensase, la situación no se alteraría un ápice. El destino se lleva siempre su parte y no se retira hasta obtener lo que le corresponde. Estaba convencido de ello.

Pero esto no significaba que fuera una persona pasiva, poco vital. Era más bien un hombre decidido, que se esforzaba en llevar adelante sus determinaciones y, profesionalmente, era un excelente veterinario y un pedagogo entusiasta. Aunque le faltaba algo de brillantez creativa, desde niño había destacado en los estudios y también había sido elegido delegado de su clase. Gozaba de reconocimiento en su trabajo y era respetado por los profesionales más jóvenes. Por decirlo de alguna forma, no era el típico «fatalista» que la gente imagina. Sin embargo, desde muy pequeño, jamás tuvo la sensación real de haber tomado, por propia iniciativa, una resolución. Sentía que era el destino quien, a su antojo, «le hacía tomar la decisión». Aunque pensara, en primer lugar, que había tomado una resolución por propia voluntad, más tarde acababa por darse cuenta de que una fuerza externa le había hecho decidir de ese modo. Simplemente se había puesto el hábil disfraz del «libre albedrío». Una especie de cebo para amansarlo. Pensándolo bien, las cosas que él decidía *por propia iniciativa* eran sólo trivialidades sobre las que, en realidad, no había necesidad de tomar decisión alguna. Se sentía como un rey nominal, un rey que sólo pusiera el sello del estado sometido a la voluntad de un regente que en su mano detentara el poder real. Justamente como el emperador del estado de Manchukuo.

El veterinario amaba con locura a su mujer y a su hija. Estaba convencido de que ellas eran lo más maravilloso que le había sucedido en toda su vida. Adoraba, en especial, a su única hija. Pensaba, de todo corazón, que no le importaría dar su vida por ellas. Imaginaba muchas veces el momento en que se sacrificaba por las dos. Y eso le parecía una muerte dulcísima. Pero, al mismo tiempo, a la vuelta del trabajo, cuando veía a su mujer y a su hija en casa, había veces que sentía que ellas eran, en definitiva, dos seres independientes que no guardaban ninguna relación con él. Le parecía que eran *algo* que él desconocía, que estaban muy lejos. En casos así, el veterinario solía pensar que él no las había elegido. Con todo, las amaba sin reservas, incondicionalmente. Para el veterinario, ésta era una paradoja enorme, una contradicción irresoluble (eso le parecía). Una trampa gigantesca que le habían tendido en su vida.

Cuando se quedó solo en la vivienda oficial del parque zoológico, el mundo del veterinario se hizo más simple, comprensible. Bastaba con pensar en cuidar los animales. Su mujer y su hija se habían marchado. De momento no tenía necesidad de pensar en ellas. El veterinario se sentía completamente a solas con su destino, sin nada ni nadie de por medio.

De todas formas, las calles de Hsin-ching, en agosto de 1945, estaban en manos de la gigantesca fuerza del destino. Quien allí desempeñaba el papel principal no era el ejército de Kwantung, ni el ejército soviético, ni las tropas del partido comunista, ni las del Kuomintang, sino el *destino*. Era algo obvio a los ojos de cualquiera. Allí, la fuerza de un individuo apenas tenía sentido. El destino había matado el día anterior los tigres, las panteras, los lobos, los osos. Y había salvado los elefantes. Ya nadie podía prever qué mataría o qué salvaría el destino en un futuro inmediato.

Al salir de la vivienda oficial se preparó para dar de comer a los animales. Pensaba que ya no acudiría nadie a trabajar, pero en la oficina lo esperaban dos muchachos chinos a quienes jamás había visto. Ambos contarían trece o catorce años. Tenían la piel morena y unos ojos muy abiertos, desafiantes, como de animal. Los muchachos dijeron que les habían ordenado que fueran allí y le ayudaran. El veterinario asintió con la cabeza. Les preguntó sus nombres, pero ellos no contestaron. Ni se alteró siquiera la expresión de sus rostros, como si no le hubiesen oído. Era evidente que quienes los enviaban eran los chinos que habían trabajado allí hasta el día anterior. Preveían el futuro y habían decidido cortar toda la relación con los japoneses, aunque, tal vez, consideraron que no había inconveniente alguno en que fueran los chicos. Era un signo de simpatía hacia el veterinario. Sabían que él solo no podría ocuparse de todos los animales.

Tras darles dos galletas a cada uno, el veterinario emprendió, junto con los chicos, la tarea de alimentar a los animales. Iban de jaula en jaula con una carreta tirada por un mulo, dejaban la comida correspondiente para cada una de las diversas especies de animales y les cambiaban el agua. Era imposible limpiar las jaulas. Quitaron con una manguera los excrementos, pero no podía hacerse nada más. De todos modos, el parque zoológico estaba cerrado y, aunque oliese mal, nadie se quejaría.

Sin los tigres, los lobos, las panteras y los osos, la tarea resultó bastante menos pesada y peligrosa. Cuidar de los grandes carnívoros es pesado y, además, peligroso. Por muy insoportable que le resultara al veterinario pasar por delante de sus jaulas vacías, no podía dejar de sentir, al mismo tiempo, alivio por su ausencia.

Empezaron la tarea a las ocho y terminaron pasadas las diez. El veterinario quedó exhausto. Al terminar el trabajo, los dos chicos desaparecieron sin decir nada. Él volvió a la oficina e informó al director que había concluido las tareas de la mañana.

Antes del mediodía, el joven teniente regresó al parque zoológico con los mismos ocho soldados. Armados de pies a cabeza como el día anterior, avanzaban en formación entre el ruido, que podía oírse desde lejos, del entrechocar de los diferentes tipos de metales. Sus uniformes mostraban manchas negras de sudor, las cigarras chirriaban con insistencia. Pero ese día los soldados no habían venido a matar animales. El teniente dirigió un breve saludo al director del zoológico y exigió:

—Infórmeme de la situación actual de las carretas y de los caballos de tiro utilizables del parque zoológico.

El director contestó que sólo quedaban un mulo y una carreta. También dijo que, dos semanas atrás, había cedido un camión y dos caballos de tiro. El teniente asintió con la cabeza e informó que el mulo y la carreta quedaban requisados por orden del ejército de Kwantung.

—Espere un momento —intervino precipitadamente el veterinario—. Los necesitamos mañana y noche, hay que dar de comer a los animales. Todos los empleados manchúes han desaparecido. Sin el mulo y la carreta, los animales morirán de hambre. Ahora ya vamos muy justos.

—Ahora *todo el mundo* va justo —respondió el teniente. Sus ojos aparecían enrojecidos, su rostro sombreado de negro por la barba—. La defensa de la capital es nuestra máxima prioridad. Cuando vean que ya no pueden hacer nada, sáquenlos a todos de las jaulas. Hemos liquidado a los carnívoros peligrosos, los otros, aunque los suelten, no ocasionarán ningún problema de seguridad. Es una orden del Ejército. Por lo demás, decidan según las circunstancias.

Los soldados se marcharon tirando del mulo y la carreta.

Cuando desaparecieron, el veterinario y el director se miraron. El director no dijo nada, sólo tomó un sorbo de té y asintió con la cabeza.

Los soldados volvieron cuatro horas después, el mulo iba tirando de la carreta. La carreta iba cargada y cubierta con una lona militar. El mulo jadeaba, sudaba por el calor y el peso de la carga. Los ocho soldados escoltaban a cuatro chinos a punta de bayoneta. Eran todos jóvenes, tendrían veinte años, iban con el uniforme de un equipo de béisbol, llevaban las manos atadas a la espalda. Al parecer, los cuatro habían sido golpeados brutalmente, tenían el rostro lleno de magulladuras. El ojo derecho de uno de ellos estaba tan hinchado que no podía abrirlo, otro llevaba el uniforme manchado por la sangre que le brotaba del labio partido. En la pechera de los uniformes no figuraba inscripción alguna, pero quedaban señales de las letras arrancadas con el nombre del equipo. En la espalda, cada uno llevaba su dorsal, los suyos eran el 1, el 4, el 7 y el 9. El veterinario no entendía en absoluto por qué, en un momento de emergencia como aquél, llevaban los chinos el uniforme de un equipo de béisbol ni por qué eran conducidos por los soldados tras haber recibido una brutal paliza. Todo aquello le parecía una escena fantástica, irreal, pintada por un artista con trastornos mentales.

El teniente le preguntó al director si le podía dejar picos y palas. El rostro del teniente se veía aún más pálido y extenuado que antes. El veterinario los guió hasta el almacén de detrás de la oficina. El teniente eligió dos picos y dos palas y se los dio a los soldados. Luego le dijo al veterinario que lo siguiera, se apartó del camino y se adentró en la espesura de la vegetación. El veterinario lo siguió tal como le había ordenado. De entre la hierba, a cada paso del teniente, saltaban grandes langostas. A su alrededor olía a hierba de verano. Entre los chirridos ensordecedores de las cigarras, a lo lejos, los elefantes emitían sus agudos barritos, como una advertencia.

El teniente avanzó en silencio a través de los árboles, se detuvo, finalmente, en un amplio claro de la arboleda. Era el lugar donde habían previsto hacer una plaza con animales pequeños para que los niños pudieran jugar con ellos. A raíz del empeoramiento de la situación bélica, los planes habían quedado en suspenso de forma indefinida por falta de materiales de construcción. Sólo se habían talado los árboles, y había quedado un gran círculo de tierra yerma que el sol iluminaba nítidamente como un foco de escenario. El teniente se plantó en el centro del círculo, miró a su alrededor. Luego removió la tierra con la suela de las botas.

—Durante algún tiempo nos quedaremos en el parque zoológico —informó el teniente, se agachó y cogió un puñado de tierra.

El veterinario asintió en silencio. No comprendía por qué tenían que permanecer allí, pero decidió no hacer preguntas. La experiencia en la ciudad de Hsin-ching le había enseñado *que a los militares es mejor no preguntarles nada.* A menudo, las preguntas provocan su enfado y, de otra parte, no suelen dar una respuesta sincera.

—Primero cavaremos aquí una gran fosa —dijo el teniente como si intentara convencerse a sí mismo. Se levantó, sacó un paquete de tabaco del bolsillo de la pechera del uniforme, se puso un cigarrillo entre los labios, ofreció otro al veterinario y los encendió con una cerilla. Fumaron un rato para llenar el silencio. El teniente removió otra vez la tierra con la suela de las botas. Dibujó una figura en el polvo y la borró.

—¿De dónde es usted? —preguntó poco después al veterinario.

—Soy de la provincia de Kanagawa. De un lugar llamado Oofuna, cerca del mar.

El teniente asintió con la cabeza.

—¿Y de dónde es usted, teniente? —preguntó el veterinario.

No hubo respuesta. El teniente contemplaba con los ojos entrecerrados el humo que se alzaba entre sus dedos. «*Es inútil hacerles preguntas a los militares*», pensó el veterinario. Ellos siempre preguntan. Jamás responden.

—Hay un estudio de cine, ¿verdad? —dijo el teniente.

El veterinario necesitó tiempo para comprender que el teniente hablaba de Oofuna.

—Sí. Un estudio muy grande. Claro que no he entrado nunca —dijo el veterinario.

El teniente tiró el cigarrillo al suelo y lo apagó de un pisotón.

—Ojalá pudiéramos volver a Japón, pero para volver hay que cruzar el mar. Quizás, al final, todos acabemos muriendo aquí, ¿no le parece? —dijo el teniente mirando al suelo—. Dígame, doctor, ¿le da miedo la muerte?

—Supongo que depende de la forma de morir —contestó tras reflexionar unos instantes.

El teniente levantó la cara y miró con interés a su interlocutor. Parecía esperar otra respuesta.

—Evidentemente. Depende de la forma de morir.

Enmudecieron de nuevo. El teniente parecía estar a punto de quedarse dormido de pie. Debía de estar exhausto. Una langosta grande alzó el vuelo como un pájaro y desapareció en unos matorrales que había a lo lejos dejando tras de sí el rumor de un precipitado batir de alas. El teniente miró el reloj.

—Ya es hora de que empecemos el trabajo —dijo como si intentara convencer a alguien. Y añadió—: Quédese conmigo un poco más. Tal vez lo necesite.

El veterinario asintió con la cabeza.

Los soldados condujeron a los chinos al claro del bosque y les desataron las manos. El cabo dibujó con un bate de béisbol un círculo grande en el suelo y les ordenó, en japonés, que cavaran un hoyo de aquel diámetro —por qué llevaba el soldado un bate de béisbol era, para el veterinario, un misterio—. Los cuatro chinos con el uniforme del equipo de béisbol cavaron el hoyo en silencio con los picos y las palas. Mientras tanto, los soldados fueron turnándose de cuatro en cuatro para descansar y dormir a la sombra de los árboles. Parecía que apenas habían dormido, y nada más tumbarse entre la maleza, pertrechados aún con todo el equipo, empezaron a roncar. Los que no dormían vigilaban el trabajo de los chinos, sostenían los fusiles, con la bayoneta calada, a la altura de la cadera por si en cualquier momento tenían que usarlos. El teniente y el cabo que comandaban el pelotón también descabezaron un sueñecito, por turno, a la sombra de un árbol.

En poco menos de una hora habían cavado un hoyo de unos cuatro metros de diámetro. Era hondo, el borde les llegaba a los chinos más o menos al cuello. Uno de los chinos pidió agua. El teniente asintió con la cabeza, un soldado trajo un cubo de agua. Los cuatro chinos, uno tras otro, bebieron de una cuchara de madera. Bebieron tanta agua que casi vaciaron el cubo. Sus uniformes estaban ennegrecidos de sangre, barro y sudor. Luego, el teniente ordenó a los soldados que trajeran la carreta. Cuando el cabo arrancó la cubierta de lona, aparecieron, unos sobre otros, cuatro cadáveres. También llevaban el uniforme del equipo de béisbol y, por lo visto, también eran chinos. Parecía que los habían fusilado, sus uniformes estaban teñidos de negro por la sangre que había manado de sus cuerpos y sobre la que empezaban a arremolinarse las moscas. Por el aspecto de la sangre coagulada, debían de haber muerto el día anterior.

El teniente ordenó a los chinos que acababan de cavar la fosa que arrojaran los cadáveres dentro. Sin decir nada, los chinos descargaron los cadáveres de la carreta y, sin mostrar expresión alguna en la cara, fueron arrojándolos, uno tras otro, dentro del hoyo. Cada vez que un cadáver golpeaba contra el fondo de la fosa se oía un sonido sordo e inorgánico. Los dorsales de los muertos eran el 2, el 5, el 6 y el 8. El veterinario los memorizó. Cuando terminaron de arrojar los cadáveres, los cuatro chinos fueron atados fuertemente a los troncos de unos árboles cercanos.

El teniente levantó la mano y miró su reloj con expresión seria. Se quedó observando durante unos instantes algún punto en el horizonte, como si buscara algo. Parecía un empleado de los ferrocarriles que esperara, parado en el andén, la llegada de un convoy que viniera con un retraso mortal. No miraba nada, sólo dejaba pasar el tiempo. Luego ordenó brevemente al cabo que hiciera ejecutar a tres de los cuatro chinos (dorsales 1, 7 y 9) con la bayoneta. Los tres soldados elegidos se colocaron uno delante de cada árbol. Los soldados estaban más pálidos que los chinos. Era como si los chinos estuvieran demasiado cansados ya para desear algo. El cabo les ofreció un cigarrillo, pero ninguno aceptó. Se guardó la cajetilla en el bolsillo de la pechera.

El teniente, al lado del veterinario, estaba de pie, un poco separado de la tropa.

—Es mejor que usted también lo vea —le dijo el teniente—. Esto también es una forma de morir.

El veterinario, sin decir nada, asintió con la cabeza. «No me lo está diciendo a mí, se lo dice a sí mismo», pensó el veterinario.

—Para matarlos —explicó el teniente con voz tranquila—, el fusilamiento es mucho más rápido, más cómodo, pero tengo órdenes de no malgastar municiones. Son demasiado importantes, debemos reservarlas para los rusos. Malgastarlas con los chinos sería un desperdicio. Pero matar a alguien con la bayoneta no es nada fácil. Por cierto, doctor, ¿le enseñaron a matar con bayoneta en el ejército? —El veterinario respondió que había ingresado en el cuerpo de caballería como veterinario, de modo que no había recibido instrucción de lucha con bayoneta—. Para matar a un hombre con la bayoneta hay que clavarla por debajo de las costillas, aquí. —El teniente se señaló con un dedo un punto algo por encima de la barriga—. Se hunde la bayoneta en la barriga y, con un movimiento circular, amplio y profundo, se remueven las tripas y luego se empuja la bayoneta hacia el corazón. No basta con clavarla en el cuerpo. A los soldados esto se lo han metido en la cabeza. La lucha cuerpo a cuerpo con bayoneta y asaltos sorpresa nocturnos son la especialidad de la casa del Ejército Imperial. En otras palabras, son más baratos que los tanques, los aviones y los cañones. Claro que, aunque yo diga que se lo han metido en la cabeza, hasta ahora siempre han entrenado con muñecos de paja, y un muñeco es muy distinto a un hombre: no sangra, no grita, tampoco se le salen las tripas. En realidad, estos soldados nunca han matado a una persona. Yo tampoco.

El teniente le hizo al cabo un signo afirmativo con la cabeza. A una orden del cabo, los tres soldados se cuadraron, bajaron la punta de la bayoneta y se colocaron en posición. Un chino (el número 7) soltó lo que parecía una maldición y escupió. Pero la saliva no llegó al suelo, cayó sin fuerza resbalando sobre la pechera de su uniforme de béisbol.

A la siguiente orden, los soldados hincaron con todas sus fuerzas la punta de las bayonetas por debajo de las costillas de los chinos. Retorcieron la hoja afilada para trocear los intestinos, luego empujaron la punta hacia arriba, en dirección al corazón. Los gritos que lanzaron los chinos no eran fuertes. Recordaban más bien un sollozo. Como si expulsaran de golpe, por una fisura, todo el aire contenido en sus cuerpos. Los soldados arrancaron las bayonetas de los cuerpos, retrocedieron un paso. Y, a una orden del cabo, repitieron con exactitud la misma operación. Hincar la bayoneta, remover los intestinos, empujar hacia el corazón, arrancar la bayoneta. El veterinario miraba sin sentir nada.

Tuvo la impresión de que él mismo empezaba a dividirse en dos. Él le clavaba la bayoneta a otro y, al mismo tiempo, otro se la clavaba a él. Percibía simultáneamente el tacto de la bayoneta hincándose en un cuerpo ajeno y el dolor de las propias vísceras troceadas.

Los chinos tardaban más tiempo del previsto en morir. Pese a las vísceras desgarradas, pese a la gran cantidad de sangre derramada por el suelo, los cuerpos seguían sacudiéndose presos de débiles convulsiones. El cabo cortó con el filo de su bayoneta las cuerdas que los sujetaban a los árboles, y con la ayuda de un soldado que no había participado en la carnicería arrastró los tres cuerpos hasta la fosa y los arrojó dentro. Chocaron contra el fondo, pero esta vez se oyó un ruido sordo algo distinto al de los cadáveres de los otros cuatro. Tal vez porque aún no están muertos del todo, pensó el veterinario.

Quedaba el chino número cuatro. Los tres soldados, con la cara pálida, buscaron gruesos puñados de hierba a su alrededor y limpiaron las bayonetas sucias de sangre. En ellas también había adheridos humores de colores extraños y trozos de carne. Necesitaron muchos puñados de hierba para que los largos filos quedaran tan blancos como antes.

El veterinario se preguntaba por qué habían dejado con vida sólo a aquel hombre (el número 4). Pero decidió no hacer más preguntas. El teniente sacó otro cigarrillo. Le ofreció uno al veterinario. El veterinario lo aceptó sin decir nada, se lo puso entre los labios y, aquella vez, él mismo lo prendió con una cerilla. Las manos no le temblaban, pero no notaba sensibilidad alguna. Parecía que estuviera encendiendo la cerilla con las manos enfundadas en unos guantes gruesos.

—Eran cadetes de la Academia Militar del ejército de Manchukuo. Rehusaron participar en la defensa de Hsin-ching, anoche mataron a dos instructores japoneses y desertaron. Los descubrimos durante la patrulla nocturna, matamos a tiros, en el acto, a cuatro y capturamos a otros cuatro. Dos huyeron amparados por la oscuridad —dijo el teniente palpándose con la palma de la mano la barba en las mejillas—. Intentaron escapar con el uniforme del equipo de béisbol. Posiblemente pensaron que sus uniformes militares los delatarían y que los apresarían enseguida acusados de deserción. O tal vez pensaron que, si el ejército comunista los capturaba con el uniforme del ejército de Manchukuo, sería peor. En cualquier caso, aparte de los uniformes militares, en el cuartel no había otra ropa que estos uniformes del equipo de béisbol de la Academia Militar. Por eso arrancaron el nombre que figuraba en los uniformes e intentaron huir con ellos. Tal vez no lo sepa usted, pero el equipo de béisbol de la academia era muy bueno. Incluso fue a jugar algunos partidos amistosos a Taiwan y Corea. Y aquel hombre —dijo señalando al chino atado al tronco del árbol— era el capitán del equipo, el cuarto bateador. Pensamos que fue él quien organizó la deserción. Mató a los dos instructores golpeándolos con el bate. Los instructores japoneses sabían que el ambiente del cuartel estaba agitado y habían decidido no entregarles las armas hasta que llegara el momento. Pero no cayeron en la cuenta de los bates de béisbol. Les abrieron la cabeza. Dicen que los dos murieron casi en el acto. Los golpearon con este bate.

El teniente le ordenó al cabo que trajera el bate. El teniente se lo dio al veterinario. Éste lo asió con ambas manos, lo alzó a la altura de sus ojos, como hace el bateador cuando toma posición. Era un bate ordinario. De no muy buena calidad. Mal acabado, áspero al tacto. Pero pesaba mucho y se veía muy usado. El mango estaba negro de sudor. Al veterinario no le pareció que tuviera el aspecto de un bate con el que se hubiera matado hacía poco a dos hombres. Tras sopesarlo, se lo devolvió al teniente. El teniente lo tomó en la mano y lo blandió varias veces con aire experto, como si bateara.

—¿Juega al béisbol? —preguntó el teniente al veterinario.

—Jugaba mucho de pequeño —contestó el veterinario.

—¿Y de mayor ya no juega?

—No. —El veterinario estaba a punto de preguntar: «¿Y usted, teniente?», pero se tragó las palabras.

—He recibido órdenes de matar a golpes a este hombre, con el mismo bate que él usó —dijo el teniente con voz seca dando pequeños golpes en el suelo con la punta del bate—. «Ojo por ojo y diente por diente», ¿no es así? Con el corazón en la mano, le digo que es una orden absurda. A estas alturas, ¿qué vamos a conseguir matando a esta gente? No tenemos aviones, ni acorazados, los mejores soldados han muerto. La ciudad de Hiroshima ha desaparecido en un abrir y cerrar de ojos con una nueva bomba. Pronto nos echarán a todos de Manchuria, tal vez nos maten. China volverá a manos de los chinos. Ya hemos matado a demasiados chinos. No tiene sentido incrementar aún más el número de muertos. Pero una orden es una orden. Como militar, debo obedecer cualquier orden que se me dé. De la misma forma que ayer maté los tigres y las panteras, hoy tengo que matar a esta gente. Mírelo bien, doctor. Esto también es una forma de morir. Usted es médico, estará acostumbrado a los cuchillos, a la sangre, a las vísceras. Pero no habrá visto nunca matar a un hombre a golpes con un bate de béisbol, ¿verdad?

El teniente le ordenó al cabo que llevara al jugador del dorsal número 4 junto al foso. Le ataron las manos a la espalda, le vendaron los ojos, le hicieron arrodillarse. Era un hombre robusto, tenía los brazos tan gruesos como los muslos de un hombre adulto normal. El teniente llamó a un soldado joven y le dio el bate.

—Mátalo a golpes con el bate —dijo el teniente.

El soldado joven se cuadró, saludó militarmente, tomó el bate que el teniente le tendía. Pero cuando tuvo el bate en sus manos se quedó petrificado. *¿Matar al chino a golpes de bate?* Parecía incapaz de entender el concepto.

—¿Has jugado alguna vez a béisbol? —le preguntó el teniente al soldado joven (que más tarde sería asesinado a golpes de pala por un soldado soviético en una mina de carbón cercana a Irkutsk).

—No, mi teniente, no he jugado nunca —contestó el soldado en voz alta.

El pueblo de Hokkaido y el de Manchuria, donde había nacido y donde había crecido, eran igual de pobres, no había una sola familia que pudiera permitirse comprar ni las pelotas de béisbol ni los bates. Él se había pasado la infancia corriendo por los campos, jugando a la guerra con una espada hecha con un palo, cazando libélulas. Ni había jugado al béisbol ni había visto un partido en toda su vida. Y, naturalmente, era la primera vez que tenía un bate en las manos.

El teniente le enseñó cómo asir el bate y la forma de blandirlo. El propio teniente hizo varias veces ademán de batear.

—Fíjate, lo más importante es la rotación de la cintura —le explicó como si le descubriera todos los secretos—. Primero colocas el bate hacia atrás, luego haces girar el cuerpo rotando la cintura. El extremo del bate seguirá automáticamente el movimiento del cuerpo. ¿Entiendes lo que te digo? Si estás demasiado pendiente de blandir el bate, sólo lo harás con la fuerza de los brazos y perderás el impulso natural. Sacude el bate, pero no con la fuerza de los brazos, sino rotando la cintura.

No parecía que el soldado hubiese comprendido las indicaciones del teniente, pero, siguiendo las órdenes, se desprendió del pesado equipo y practicó un rato la manera correcta de blandir el bate. Todos lo miraban. El teniente, con gestos, iba corrigiendo al soldado los principales defectos en su forma de batear. No era mal entrenador. Poco después, el soldado joven logró cortar el aire con un silbido, aunque de manera muy torpe. Había trabajado a diario en el campo desde niño y, al menos, tenía mucha fuerza en los brazos.

—Está bien así —dijo el teniente secándose el sudor de la frente con la gorra militar—. Escúchame bien. Mátalo sin vacilar, de un solo golpe. No le hagas sufrir.

«¿Y qué te crees tú? Yo tampoco mataría a nadie con un bate de béisbol», hubiese querido decirle, «¿A quién demonios se le habrá ocurrido semejante estupidez?» Pero esto no era algo que el teniente pudiera decirles a sus subordinados.

El soldado se situó detrás del chino, que permanecía arrodillado en el suelo con los ojos vendados, alzó el bate. El fuerte sol del atardecer proyectaba la larga sombra del bate sobre el suelo. El veterinario pensó que aquélla era una escena extraña. «Ciertamente, el teniente tiene razón», pensó. «No estoy en absoluto acostumbrado a ver cómo una persona es asesinada a golpes de bate.» El joven soldado mantuvo durante largo tiempo el bate en alto, como suspendido en el aire. El extremo del bate temblaba.

El teniente le hizo al soldado un signo afirmativo. Éste echó el bate hacia atrás, respiró hondo y golpeó con todas sus fuerzas la base del cráneo del chino. Fue un golpe sorprendente, magnífico. Su cintura rotó tal como le había enseñado el teniente, con el grueso extremo del bate golpeó el cráneo directamente detrás de las orejas. Había blandido el bate hasta completar su trayectoria. El cráneo reventó con un ruido sordo. El chino ni siquiera lanzó un gemido. Se quedó inmóvil, erguido, en una postura extraña y, luego, como si recordara de repente algo, se desplomó hacia delante. Estaba tumbado con la mejilla contra el suelo, la sangre le manaba por las orejas. El teniente miró su reloj de pulsera. El soldado joven, todavía con el bate en la mano, miraba hacia el cielo con la boca abierta.

El teniente era una persona cautelosa. Esperó un minuto. Tras comprobar que el chino no se movía, le dijo al veterinario:

—Siento molestarle, pero ¿podría comprobar si está muerto?

El veterinario asintió, se acercó al chino, se agachó, le quitó la venda. Tenía los ojos abiertos, desorbitados, las pupilas miraban hacia lo alto, de las orejas manaba, roja, la sangre. La lengua la tenía contraída al fondo del paladar. A causa del impacto, el cuello estaba torcido en un ángulo extraño, de los orificios de la nariz salían coágulos de sangre oscura que teñían el suelo de negro. Una mosca grande, previsora, se introdujo en la nariz para desovar. El veterinario le tomó la muñeca, palpó con el pulgar la arteria, comprobó el pulso. Había desaparecido. Por lo menos no se percibían los latidos. El soldado joven había matado de un solo golpe de bate (siendo, además, la primera vez en su vida que blandía uno) a aquel hombre tan robusto. El veterinario miró al teniente y asintió con la cabeza indicando que estaba muerto. Intentó incorporarse despacio. Sintió que los rayos del sol que abrasaban su espalda cobraban, de repente, más intensidad.

Y, justo en aquel instante, como si despertara de repente, el cuarto bateador chino se incorporó sin vacilar —así lo vieron los otros— y agarró al veterinario por la muñeca. Ocurrió en un instante. El veterinario estaba perplejo. *Este hombre está muerto, sin duda alguna.* Pero el chino, gracias a un último soplo de vida que aún le restaba, le aferraba la muñeca con la fuerza de un torno. Con los ojos abiertos, desorbitados, las pupilas mirando hacia lo alto, se derrumbó en la fosa arrastrando consigo al veterinario. El veterinario cayó sobre el cuerpo del chino. Se oyó cómo, debajo, se rompían sus costillas. Pero ni entonces soltó el chino la mano del veterinario. Los soldados vieron, petrificados de estupor, todo lo que ocurría ante sus ojos. Fue el teniente el primero en volver en sí, saltó dentro de la fosa, desenfundó su pistola automática, disparó dos veces a bocajarro contra la cabeza del chino. Resonaron dos estampidos secos, uno tras otro; en la sien se vio entonces un boquete enorme. Estaba muerto, bien muerto. Pero aún no le soltaba la mano. El teniente, agachado, empuñando todavía la pistola, fue doblando, a la fuerza, uno tras otro, despacio, los dedos de la mano del cadáver. El veterinario

771

yacía en el fondo de la fosa entre los cadáveres mudos de los ocho chinos vestidos con el uniforme del equipo de béisbol. Allí abajo, el chirrido de las cigarras sonaba muy distinto a como se oía fuera de la fosa.

Cuando el veterinario pudo librarse al fin de la mano del cadáver, los soldados los sacaron, a él y al teniente, de la fosa. El veterinario se puso en cuclillas sobre la hierba, respiró hondo unas cuantas veces, se miró la muñeca. Los dedos del chino habían dejado cinco marcas rojas claramente impresas en su piel. Aquella calurosa tarde de agosto, el veterinario sintió un frío tan intenso que hasta le helaba la médula de los huesos. Pensó: «Jamás podré expulsar este frío de mi interior. *Aquel hombre intentaba, de verdad, realmente, llevarme con él a algún lugar*».

El teniente volvió a ponerle el seguro a la pistola y la enfundó despacio. Era la primera vez que le disparaba a un hombre. Pero procuró no pensar en ello. La guerra continuaría al menos durante un tiempo, las personas seguirían muriendo. Sería mejor dejar las reflexiones para cuando todo hubiese acabado. Se secó el sudor de la palma de la mano derecha en los pantalones, ordenó a los soldados que no habían participado en la ejecución que cubrieran la fosa donde yacían los cuerpos. Una incalculable cantidad de moscas se había adueñado de los cadáveres.

El soldado joven permanecía de pie, aturdido, sujetaba el bate con fuerza. No podía soltarlo. Ni el teniente ni el cabo le dijeron nada. Había presenciado, sin verlo realmente, cómo el chino, que debía de estar muerto, aferraba de pronto la muñeca del veterinario y, juntos, caían al agujero, cómo saltaba el teniente a la fosa y lo remataba, cómo sus compañeros, más tarde, cubrían la fosa con las palas. En realidad, no había visto nada. Sólo había estado pendiente del chirrido del *pájaro-que-da-cuerda*. Igual que la tarde anterior, en algún rincón de la arboleda, el pájaro chirriaba, *ric-ric-ric,* como si le diera cuerda a algo. Alzó el rostro, miró a su alrededor, intentó localizar la dirección de donde provenía el chirrido. No pudo ver el pájaro por ninguna parte. Sintió una ligera náusea en el fondo de la garganta, pero no tan intensa como las del día anterior.

Mientras escuchaba el chirrido aparecieron ante sus ojos imágenes fragmentarias que luego desaparecieron. Después de que el ejército soviético derrotara al ejército japonés, vio cómo el joven teniente de intendencia era entregado a China y ahorcado como responsable de esta ejecución. El cabo moría a causa de una epidemia de peste en un campo de concentración en Siberia. Encerrado en una barraca aislada, abandonado allí hasta la muerte. El cabo, de hecho, fallecía de inanición, porque él no había contraído la peste —al menos no antes de que lo encerraran allí—. El veterinario con la mancha en la cara moría en un accidente un año después. Aunque era civil, el ejército soviético le detenía por colaboración con los soldados y le enviaba a un campo de concentración de Siberia. Trabajaba en un profundo pozo en una mina de carbón, donde cumplía condena a trabajos forzados, y de repente se producía una inundación y moría ahogado junto con muchos otros soldados. ¿Y yo?..., pensó el joven soldado, pero no logró vislumbrar su futuro. No era sólo el futuro. Por alguna razón, ni siquiera le parecía real lo que había ocurrido ante sus propios ojos. Cerró los párpados, aguzó el oído para escuchar el chirrido del *pájaro-que-da-cuerda*.

Luego pensó en el mar. En el mar que él sólo había visto desde la cubierta del barco que lo llevaba desde Japón a Manchuria. Fue la primera y última vez que vio el mar. Hacía ocho años. Podía recordar el olor de la brisa marina. El mar le parecía una de las cosas más maravillosas que había visto hasta entonces. Era grande y profundo, mucho más de lo que hubiera podido imaginar. Cambiaba de color, de forma, de expresión según la hora, el tiempo y el lugar. El mar le despertaba una tristeza profunda en el corazón y, al mismo tiempo, le sosegaba con dulzura. Pensó: «Si pudiera volver a ver algún día el mar». Luego dejó caer el bate. El bate chocó contra el suelo con un ruido seco. Al soltar el bate, la sensación de náusea se hizo más intensa que antes.

El *pájaro-que-da-cuerda* todavía chirriaba. Pero el chirrido no llegó a oídos de nadie más.

Aquí terminaba la «Crónica del *pájaro-que-da-cuerda*» #8.

29

El eslabón perdido de Cinnamon

Aquí termina la «Crónica del *pájaro-que-da-cuerda*» #8.

Hice «clic» sobre *cerrar,* volví al menú inicial, seleccioné «Crónica del *pájaro-que-da-cuerda*» #9 y volví a hacer «clic». Quería leer la continuación de la historia. Pero, en vez de abrirse, apareció este mensaje:

El acceso a «Crónica del *pájaro-que-da-cuerda*» no es posible a causa del código R.24.

Seleccione otro documento.

Elegí el #10, pero el resultado fue el mismo.

El acceso a «Crónica del pájaro-que-da-cuerda» no es posible a causa del código R.24.

Seleccione otro documento.

Lo mismo sucedió con el #11. Sólo logré averiguar que, en todos los casos, se me denegaba el acceso. No sabía qué era el código R.24, pero, al parecer, el acceso a los documentos estaba bloqueado por alguna razón, o alguna regla. Cuando antes había abierto «Crónica del *pájaro-que-da-cuerda*» #8, probablemente hubiese podido acceder a cualquier otro documento, pero al abrir el #8, todas las otras puertas se habían bloqueado. Tal vez no estuviera autorizado el acceso a los sucesivos documentos de este programa. Ante la pantalla, me quedé pensando qué podía hacer. Nada. Era el mundo preciso y exacto gobernado por el cerebro y los principios de Cinnamon. Y yo no conocía las reglas del juego. Desistí y apagué el ordenador.

Sin duda, la «Crónica del *pájaro-que-da-cuerda*» era una historia *narrada* por Cinnamon. Él había introducido en el ordenador dieciséis relatos bajo el título de «Crónica del *pájaro-que-da-cuerda*», y yo, por casualidad, había elegido el número ocho. Multipliqué por dieciséis la longitud del fragmento que acababa de leer. No era una historia corta. Impresa conformaría un libro voluminoso.

¿Qué significaba el número 8? Titulándose crónica, parecía que los relatos tuvieran que estar narrados siguiendo un orden cronológico. Que el #7 precediera al #8, y el #8 al #9. Era una deducción lógica. Pero no necesariamente cierta. La historia podía seguir un orden muy distinto. Era posible que, por el contrario, se remontara del presente al pasado. Y una hipótesis más aventurada podría ser que Cinnamon hubiera hecho diversas versiones de la misma historia y que las hubiese ido numerando. Pero, en cualquier caso, lo que sí era seguro era que la #8, la que yo había elegido, era la continuación de la historia de la matanza de las fieras del zoológico de Hsin-ching por los soldados en agosto de 1945 que me había contado Nutmeg, su madre. La historia transcurría al día siguiente y tenía como escenario el mismo parque. El protagonista de la historia era el veterinario sin nombre, padre de Nutmeg y abuelo de Cinnamon.

No podía juzgar hasta qué punto la historia era verdadera. Tampoco sabía si era de principio a fin creación de Cinnamon, o si algunos fragmentos eran reales. Nutmeg, su madre, me había dicho que no sabían «absolutamente nada» de lo que le había ocurrido a su padre. Por lo tanto, la historia no podía ser totalmente real. Pero cabía suponer que algunos detalles se basaron en hechos históricos. En un periodo de confusión como aquél, era muy posible que los cadetes de la Academia Militar de Manchukuo fueran ejecutados y enterrados en el parque zoológico de Hsin-Ching y que el oficial japonés que dirigió la ejecución fuera a su vez ejecutado al terminar la guerra. En circunstancias como aquélla, la deserción y la insubordinación no eran hechos aislados y el que los chinos asesinados llevaran uniforme del equipo de béisbol –aunque extraño– podía ser cierto. Era posible que Cinnamon se hubiera enterado de aquello y hubiese creado *su* historia superponiendo a su abuelo en los acontecimientos.

Pero ¿por qué la había creado Cinnamon? ¿Por qué tenía que darle forma narrativa? ¿Por qué había titulado «Crónica» a este conjunto de historias? Estuve reflexionando sobre ello sentado en el sofá del probador dándole vueltas a un lápiz de color entre los dedos.

Tendría que leer todas las historias para conocer la respuesta. Pero, sólo con la #8, podía intuir vagamente lo que buscaba Cinnamon. Debía de estar inmerso en la búsqueda de la razón de su propia existencia. Y quizás esperara encontrarla en hechos anteriores a su nacimiento.

Para ello necesitaba rellenar unos espacios vacíos del pasado que no podía alcanzar por sí mismo. Intentaba completar los eslabones perdidos creando relatos. Cinnamon se había servido de la historia que le había contado su madre repetidamente, había hecho derivar de allí otro relato para, de este modo, recrear la enigmática figura de su abuelo en una situación nueva. Y había adoptado, sin alterarlo, el estilo básico de la historia que le había contado su madre: *la realidad puede no ser verdad y la verdad puede no ser real*. Posiblemente no debía de ser muy importante para Cinnamon qué parte de la historia era real y cuál no lo era. Lo importante para él era *lo que debería haber hecho* su abuelo y no *lo que hizo*. Y él acababa sabiéndolo tan pronto como lograba contarlo bien.

Y esa historia debe llegar cronológicamente (o en otro orden) hasta el presente utilizando «el *pájaro-que-da-cuerda*» como palabra clave. Pero la palabra «*pájaro-que-da-cuerda*» no era una creación de Cinnamon. Era la palabra que Nutmeg, su madre, había mencionado inconscientemente en una historia que me había contado en el restaurante de Aoyama. Y, en aquel momento, Nutmeg aún no sabía que a mí me llamaban «*pájaro-que-da-cuerda*». Lo que significa que sus historias y yo estamos unidos por una coincidencia.

Pero no estoy seguro. Tal vez Nutmeg ya supiera que a mí me llamaban «*pájaro-que-da-cuerda*». Y, a lo mejor, había introducido esta palabra de manera inconsciente en su historia (o, mejor, en la que tenían madre e hijo en común). Una historia que no existía bajo una única versión fija, sino que continuaba, cambiando y creciendo, como sucede con los relatos de transmisión oral.

Pero, fuese una coincidencia o no, la existencia del «*pájaro-que-da-cuerda*» tenía una importancia fundamental en la historia de Cinnamon. Era el chirrido de aquel pájaro, que sólo oían unas pocas personas especiales, lo que las guiaba hacia una ruina inevitable. Como había pensado siempre el veterinario, el libre albedrío del hombre no existía. Las personas eran como muñecos, a los que se les había dado cuerda por la espalda y puesto encima de la mesa, condenados a seguir un camino que no habían elegido, obligados a avanzar en una dirección. Casi todos los que habían oído el chirrido habían sufrido la ruina y la perdición. Muchos habían muerto. Habían caído por el borde de la mesa.

Cinnamon debió de espiar la conversación que mantuvimos Noboru Wataya y yo. Habría leído, también, mi conversación con Kumiko. Seguro que no desconocía nada de lo que ocurría en su ordenador. Y Cinnamon me había mostrado la «Crónica del *pájaro-que-da-cuerda*» poco después de mi conversación con Noboru Wataya. Era obvio que no se trataba ni de una casualidad ni de una idea que se le hubiese ocurrido de repente. Cinnamon había manejado el aparato con un claro objetivo y me había dejado leer *una* de sus historias. También había insinuado la posibilidad de que existiera un conjunto larguísimo de relatos.

Me tumbé en el sofá y miré al techo sumido en la penumbra del probador. La noche era profunda y pesada, tan silenciosa que casi me dolía el tórax. El techo blanco me parecía una tapa de hielo grueso que cubriera la sala por completo.

El veterinario sin nombre (abuelo de Cinnamon) y yo teníamos en común unas cuantas cosas poco frecuentes —la mancha azul en la cara, el bate de béisbol y el chirrido del *pájaro-que-da-cuerda*—. Además, el teniente que aparecía en la historia de Cinnamon me había recordado al teniente Mamiya. También el teniente Mamiya prestaba servicio en el cuartel general de Kwantung en Hsin-ching por aquella época. Pero el auténtico teniente Mamiya no era oficial de intendencia, pertenecía a la sección de topografía y, además, había vuelto a Japón habiendo perdido sólo un brazo. No había sido ahorcado después de la guerra (el destino le había negado la muerte). Pero yo no podía quitarme de la cabeza la impresión de que el teniente que había dirigido aquella ejecución era *en realidad* el teniente Mamiya. Por lo menos, *no me hubiera extrañado* que hubiese sido él.

Luego está el bate de béisbol. Cinnamon sabe que tengo un bate en el fondo del pozo. Por eso quizá la idea del bate «se infiltró» más tarde en su historia, igual que la palabra *«pájaro-que-da-cuerda»*. Pero, aunque así fuera, había varios enigmas inexplicables sobre el bate de béisbol: el hombre con el estuche de guitarra que me había atacado con el bate en el recibidor de aquella casa cerrada. En el bar de Sapporo se había quemado la palma de la mano con la llama de una vela, tiempo después me había golpeado con el bate, aunque acabé pegándole yo. Y, al fin, él *me entregó* el bate.

¿Por qué me había salido en la cara una mancha de la misma forma y el mismo color que la del abuelo de Cinnamon? ¿Era eso también resultado de mi existencia invadiendo su historia? Tal vez el veterinario real no tuviera la mancha en la cara. Pero a Nutmeg no le hacía falta contarme una mentira sobre su padre. Y, ante todo, el hecho de que Nutmeg me descubriera en Shinjuku se debía, justamente, a la mancha que yo tenía en común con su padre. Todo está interrelacionado, con la complejidad de un rompecabezas tridimensional. En el que la verdad no siempre es real y la realidad no siempre es verdadera.

Me levanté del sofá y me dirigí de nuevo al pequeño cuarto de Cinnamon. Me senté delante del escritorio. *Tal vez Cinnamon estuviera ahí.* Ahí sus silenciosas palabras respiraban y vivían transformadas en historias. Pensaban, buscaban, crecían y emitían calor. Pero la pantalla seguía ante mí profundamente muerta como la luna, y la raíz de su existencia se fundía en el bosque del laberinto. La pantalla cuadrada de cristal y Cinnamon, que estaba detrás, callaban.

30

De una casa no te puedes fiar
El punto de vista de May Kasahara (6)

¿Cómo estás?

En las últimas líneas de mi carta anterior te escribí que tenía la sensación de haberte dicho lo que quería decirte, señor *pájaro-que-da-cuerda*. Como si fuera un «fin», ¿no te parece? Pero después me lo he pensado mejor y me parece que voy a escribirte un poco más. Así que me he levantado a medianoche como una cucaracha y, sentada a la mesa, he empezado a escribirte esta carta.

No sé por qué será, pero últimamente me ha dado por pensar en los Miyawaki. En aquella pobre gente que vivía en la casa abandonada y que, acosada por los acreedores, acabó suicidándose. Si no me equivoco, ponía que la hija mayor no murió, que no se sabe dónde para. Ya puedo estar trabajando, o comiendo en el comedor de la fábrica, o leyendo y escuchando música, que de pronto, ¡zas!, me viene al pensamiento esa familia. No es tanto como no poder quitármelos de la cabeza, pero, en cuanto esa idea encuentra un agujero (en realidad tengo la cabeza llena de agujeros), se me mete ahí y se queda un rato como el humo de una hoguera que entra por la ventana. En la última semana, o en los últimos quince días, me ha ocurrido a menudo.

Me he pasado toda la vida allí, viendo aquella casa al otro lado del callejón. La casa se ve desde mi cuarto, a través de la ventana. Cuando ingresé en la escuela primaria y tuve al fin mi propia habitación, los Miyawaki ya habían construido la casa nueva y vivían en ella. Siempre se veía a gente por allí, los días de sol había mucha ropa tendida, dos chicas llamaban a gritos a un pastor alemán grande y negro (intento recordar el nombre del perro, pero no me sale), al anochecer se encendían en las ventanas luces cálidas y, por la noche, cuando se hacía tarde, se iban apagando una tras otra. La hija mayor estudiaba piano y la menor violín (una era mayor que yo, la otra menor). Celebraban los cumpleaños, la Navidad. Iban muchos amigos y se divertían. Creo que quienes sólo han visto la casa abandonada, hecha una ruina, no pueden imaginárselo.

Los días de fiesta, el señor Miyawaki cuidaba el jardín. A mí me parecía que disfrutaba mucho con ese tipo de laboriosos trabajos como limpiar los canalones del tejado, pasear al perro, encerar el coche. Jamás entenderé que pueda haber alguien a quien le gusten esas pesadeces. Pero cada cual tiene sus gustos y debe de ser bueno que en una familia haya alguien a quien le apetezca hacer esas cosas, ¿verdad? Y a toda la familia le gustaba esquiar. En invierno se iban todos tan contentos a no sé dónde con los esquís sobre la baca del coche grande. (A mí esquiar no me gusta en absoluto, pero éste es otro asunto.)

Explicado así, parecía la típica familia feliz que puedes encontrar en cualquier parte. No sólo lo parecía, lo era, era *verdaderamente* la típica familia feliz que puedes encontrar en cualquier parte. No había nada sospechoso y que te hiciese decir, inclinando la cabeza o arrugando las cejas: «¡Vaya, vaya! ¿Y eso qué demonios es?». Los vecinos murmuraban: «Yo no querría vivir en aquella casa siniestra ni que me la regalasen», pero, como acabo de decirte, los Miyawaki llevaban allí una vida tan pacífica como la de un dibujo enmarcado sin una mota de polvo. Los cuatro miembros de la familia eran muy, muy felices, como el final de un cuento de los que acababan con: «... y fueron felices y comieron perdices». A mí me parecía que eran, como mínimo, diez veces más felices que nosotros. Y las dos chicas, a las que de vez en cuando veía, me parecían simpáticas. A menudo pensaba: «¡Ojalá tuviera unas hermanas como ellas!». Daba la sensación de ser una de esas familias en las que siempre se oyen risas y voces alegres, si hasta me parecía que incluso el perro se reía con ellos.

Yo no podía soñar siquiera que un día todo aquello acabaría rompiéndose y desaparecería de repente. Pero un día, todos ellos, sin excepción (hasta el pastor alemán), desaparecieron como barridos por una ráfaga de viento, sólo quedaba la casa. Durante un tiempo —una semana, más o menos—, los vecinos no se dieron cuenta de su desaparición. A mí me extrañaba, porque al atardecer no se encendían las luces, pero pensé que toda la familia se había ido de viaje, como siempre. Luego mi madre oyó decir que los Miyawaki «se habían ido de tapadillo». Recuerdo haberle preguntado a mi madre qué significaba «irse de tapadillo». Ahora se diría «esfumado», ¿verdad?

Se fueran de tapadillo o se esfumaran, lo cierto es que, una vez desaparecidos quienes la habitaban, la casa de los Miyawaki me dio una impresión extrañamente distinta. Hasta entonces, yo nunca había visto una casa abandonada y aún no sé qué aspecto debe de tener *una casa abandonada normal*. Pero yo suponía que una casa abandonada debía de dar, seguro, una sensación de «abatimiento», como un perro abandonado o un pellejo vacío. Pero la casa abandonada de los Miyawaki era distinta. No estaba «abatida». Tenía una expresión de indiferencia, como si dijera: «Yo no conozco a esos tal Miyawaki». Por lo menos, ésa fue mi intención. Era como un perro tonto, desagradecido. Sea como sea, la casa se transformó enseguida en una «casa abandonada autosuficiente» que nada tenía que ver con la felicidad de la familia Miyawaki. Pensé: «¡No es posible!». Porque la casa debió de pasárselo bomba con ellos, ¿no te parece? La limpiaban bien y, ante todo, había sido el señor Miyawaki mismo quien la había construido, ¿no te parece? Creo que uno no puede fiarse de una casa jamás.

Como ya sabes, señor *pájaro-que-da-cuerda*, luego no vivió nadie más en ella y fue cubriéndose de excrementos de pájaros. Me pasé años mirando la casa abandonada desde la ventana de mi cuarto. La observaba mientras estudiaba o *hacía ver* que estudiaba. Los días soleados y los lluviosos, los días de nieve y los de viento. Se encuentra justo frente a la ventana, no tengo más que levantar los ojos y allí está. Y lo extraño es que no puedo apartar la vista. Muchas veces me quedaba ensimismada media hora con los codos hincados en la mesa y los ojos clavados en la casa. No sé cómo explicártelo. Poco antes estaba llena de risas, ondeaba una colada tan blanca como la de un anuncio de detergente en la televisión (a la señora Miyawaki le encantaba hacer la colada, no digo que hasta un grado «anormal», pero sí mucho más que a cualquier otra persona). Todo desapareció en un instante, el jardín se llenó de maleza, y ya nadie recuerda las escenas de los días felices en el hogar de los Miyawaki. A mí me parecía muy extraño.

Quiero dejar bien claro que yo no era amiga de los Miyawaki. La verdad es que apenas había hablado con ellos. Sólo los saludaba cuando los veía por la calle. Y, sin embargo, de tanto mirar la casa todos los días desde la ventana de mi cuarto, hasta tenía la sensación de que la felicidad cotidiana de los Miyawaki formaba parte de mí. Como un desconocido que aparece en una esquina de una fotografía familiar. Hay veces que pienso que una parte de mí *«se fue de tapadillo»* con ellos y se esfumó a alguna parte. No sabría explicarte, pero eso me produce una sensación rara. Y es que, tal vez, una parte de mí «se fue de tapadillo» con personas a las que no conocía bien.

Y ya que te he contado una historia rara, de paso te cuento otra. No, en serio, esta historia es muy rara.

Si te digo la verdad, a veces tengo la sensación de haberme convertido en Kumiko. Yo, en realidad, soy tu mujer, señor *pájaro-que- da-cuerda*, he huido de tu lado por alguna razón y vivo escondida trabajando en una fábrica de pelucas que está en un lugar recóndito de las montañas. Por diversas razones utilizo, por ahora, el falso nombre de «May Kasahara», me pongo una máscara y finjo no ser Kumiko. Y, mientras tanto, tú, señor *pájaro-que-da-cuerda*, me esperas con paciencia en aquel cobertizo fúnebre... Me da esa sensación.

Oye, señor *pájaro-que-da-cuerda*, ¿tú tienes a veces obsesiones? No es que me sienta orgullosa de ello, pero a mí sí me asaltaban a menudo. En los peores casos, hay veces que trabajo todo el día debajo de una nube de obsesiones. No me estorba el trabajo porque lo que hago son tareas sencillas, pero, muy de vez en cuando, mis compañeras me miran de una manera rara. Resulta que, a lo mejor, me pongo a decir tonterías hablando sola. Aunque tú no la quieras, una obsesión es como la regla, cuando te toca, viene sola. No puedes decirle en la puerta: «¿Por qué no vienes otro día, que hoy estoy ocupada?». Es un problema. Sea como sea, espero que no te sepa mal que a veces finja ser Kumiko. No lo hago queriendo.

Empiezo a tener sueño. Ahora dormiré profundamente tres o cuatro horas, me levantaré y me mataré a trabajar durante todo el día. Haré pelucas con las otras chicas escuchando una música inofensiva. No te preocupes por mí. Yo voy tirando pese a las obsesiones. Espero que todo te vaya bien. Ojalá vuelva Kumiko a casa y seáis tan felices como antes.

Adiós, hasta pronto.

31

El nacimiento de una casa deshabitada
Cambio de montura

Ya habían dado las nueve y media, luego dieron las diez. A la mañana siguiente, Cinnamon no apareció. Jamás había sucedido algo así. Desde que había empezado a «trabajar» en la casa, cada día, sin excepción, se abría el portón del jardín a las nueve de la mañana y asomaba el deslumbrante morro del Mercedes. Era la aparición cotidiana, y a la vez teatral, de Cinnamon y marcaba el inicio de mi jornada. Me había acostumbrado a esta rutina diaria igual que la gente se acostumbra a la gravedad o a la presión atmosférica. En la estricta regularidad de Cinnamon había algo cálido, algo que iba más allá de lo puramente mecánico, algo que me confortaba y animaba. Una mañana sin Cinnamon me parecía un paisaje mediocre que, aunque bien pintado, careciera de lo esencial.

Desistí, me separé de la ventana, pelé una manzana, me la comí en vez del desayuno. Luego me asomé al cuarto de trabajo de Cinnamon, quizás hubiera algún mensaje en el ordenador. La pantalla seguía muerta. No me quedó más remedio que fregar los platos, pasar la aspiradora, limpiar los cristales de las ventanas escuchando, como hacía él siempre, una cinta de música barroca. Para matar el tiempo realicé cada una de las tareas con deliberada minuciosidad. Limpié incluso las palas del ventilador de la cocina. El tiempo transcurría con inusitada lentitud.

A las once, sin saber ya qué hacer a continuación, me tumbé en el sofá del probador decidido a dejarme llevar por el flujo lento del tiempo. Traté de convencerme de que Cinnamon, por algún motivo, estaba retrasándose sin más. A lo mejor el coche había sufrido por el camino una avería. A lo mejor había topado con un embotellamiento insólito. Imposible. Podía apostarme todo mi dinero. El coche de Cinnamon nunca se averiaba, la posibilidad de quedar atrapado en un embotellamiento debía de tenerla prevista de antemano. Suponiendo que hubiera sufrido algún percance inesperado, habría avisado por el teléfono del coche. Cinnamon no venía porque *había decidido no venir*.

Hacia la una telefoneé al *atelier* de Nutmeg en Akasaka, no obtuve respuesta. Llamé varias veces, el resultado fue el mismo. Luego telefoneé a la oficina de Ushikawa. En vez del tono de llamada, una voz pregrabada informaba de que el número de teléfono estaba fuera de servicio. Era extraño. Hacía sólo dos días que había hablado con él en aquel mismo número. Renuncié, volví al sofá del probador. Era como si, en uno o dos días, todos se hubieran puesto de acuerdo para evitarme.

Me dirigí de nuevo a la ventana, miré hacia fuera por un resquicio de la cortina. Posados en una rama, dos activos pajaritos invernales lanzaban miradas circulares a su alrededor. De repente, alzaron el vuelo, como si de súbito hubieran perdido el interés. No se apreciaba ningún otro movimiento. La mansión parecía una casa vacía, acabada de construir.

Durante cinco días no me acerqué a la «mansión». Por algún motivo, no sentía deseo alguno de bajar al pozo. No sé por qué. Tal como me había dicho Noboru Wataya, acabaría perdiéndolo en un futuro no muy lejano. Si no había más «visitas», con el dinero que me quedaba, podría mantener la mansión, a lo sumo, dos meses. Mientras tanto debería usar el pozo con la mayor frecuencia posible. Me costaba respirar. De repente, me asaltó la sensación de estar en un lugar equivocado, innatural.

Vagué por los alrededores sin acercarme a la mansión. Por la tarde fui a la boca oeste de la estación de Shinjuku, me senté en el banco acostumbrado, me dediqué a matar el tiempo sin hacer nada. Nutmeg no apareció. Fui también a su *atelier*, en Akasaka. Pulsé el botón del timbre, clavé la mirada en la lente de la cámara delante del ascensor. Esperé, nadie respondió. Al fin desistí. Seguramente, la decisión de Nutmeg y Cinnamon era la de cortar cualquier relación conmigo. Aquellos extraños personajes, madre e hijo, se habrían refugiado en algún lugar seguro huyendo del barco que se hunde. Eso me produjo una inesperada tristeza. Tuve la sensación de ser traicionado por mi propia familia.

Cinco días después, a primera hora de la tarde, fui a la cafetería del hotel Pacific de Shinagawa. Era donde me había citado por primera vez con Malta Kanoo, donde había hablado con Noboru Wataya el verano anterior. No guardaba gratos recuerdos de aquellas ocasiones, tampoco me gustaba especialmente la cafetería. En Shinjuku, casi de manera inconsciente, había subido a la línea Yamanote, me había apeado en Shinagawa sin razón ni objetivo. Desde la estación había cruzado el puente peatonal, había entrado en el hotel. Sentado a una mesa junto a la ventana, pedí un botellín de cerveza, almorcé, aunque ya era un poco tarde. Me quedé contemplando distraído a la gente que iba y venía por el puente peatonal, como si mirara una larga secuencia de cifras sin sentido.

Cuando volvía del lavabo, vi un sombrero rojo al fondo del salón atestado de gente. De un rojo idéntico al del sombrero de plástico que siempre llevaba Malta Kanoo. Impulsado por una atracción irresistible, me dirigí a aquella mesa. Al acercarme vi que se trataba de otra mujer. Era extranjera, más joven, más alta que Malta Kanoo. El sombrero no era de plástico, era de piel. Pagué la cuenta y salí.

Caminé un rato por el barrio con las manos embutidas en los bolsillos del chaquetón azul marino. Llevaba un gorro de lana del mismo color, gafas oscuras para disimular la mancha. Era diciembre, las calles se veían llenas de la vitalidad típica de la época del año, el centro comercial frente a la estación estaba atestado de gente con abrigo que hacía sus compras. Era una tarde tranquila de invierno. Me dio la sensación de que la luz era más vívida, los sonidos más breves, más nítidos que otros días.

Mientras esperaba el tren en la estación de Shinagawa vi a Ushikawa. Justo enfrente, al otro lado de las vías, él esperaba el tren de la línea Yamanote que iba en la dirección contraria. Llevaba, como de costumbre, un traje excéntrico, una corbata llamativa. Con su cabeza calva y contrahecha inclinada hacia un lado, parecía absorto en la lectura de una revista. Pude distinguirlo de inmediato entre la muchedumbre que atestaba el andén porque él era, indudablemente, *distinto* de la gente que lo rodeaba. Antes sólo lo había visto en la cocina de casa. Siempre de noche, los dos solos. Hasta entonces, la figura de Ushikawa siempre me había parecido fantasmagórica. Pero incluso fuera de casa, incluso en pleno día, y confundido entre la multitud, Ushikawa seguía siendo tan irreal y extraño como de costumbre, destacaba claramente entre los demás. Lo envolvía un halo distinto que no llegaba a fundirse jamás con el paisaje real.

Me precipité por las escaleras de la estación abriéndome paso entre la multitud, chocando contra la gente, siendo objeto de insultos. Bajé, subí corriendo al andén contrario, busqué a Ushikawa. Lo había perdido de vista. La estación era grande, larga, había demasiada gente. Entretanto había llegado el tren, se abrieron las puertas de los vagones, las puertas vomitaron a personas anónimas, tragaron a personas anónimas. El pitido de salida del tren sonó antes de que pudiera localizar a Ushikawa. De todos modos, decidido a buscarlo pasando de vagón en vagón, salté dentro del tren, iba en dirección a Yuurakuchoo. Ushikawa leía una revista, estaba en pie junto a la puerta del segundo vagón. Permanecí un rato frente a él, recobrando el aliento, Ushikawa pareció no darse cuenta de ello.

—Señor Ushikawa —lo llamé.

Ushikawa alzó los ojos de la revista, me miró a la cara a través de los gruesos cristales de sus gafas como si estuviera mirando algo que lo deslumbrara. Viéndolo de cerca, a la luz del día, Ushikawa me pareció mucho más cansado que otras veces. Su piel rezumaba cansancio bajo la forma de un incontenible sudor grasiento. En sus ojos flotaba una turbulencia deslucida, como agua fangosa, los tufos de pelo, sobre sus orejas, recordaban los hierbajos que crecen entre las tejas de una casa abandonada. Bajo el tortuoso labio superior asomaban unos dientes mucho más sucios e irregulares de lo que yo recordaba. La chaqueta, como de costumbre, estaba prodigiosamente llena de arrugas. Daba la impresión de haber estado durmiendo encogido en algún rincón de un almacén, de acabar de levantarse. Una impresión acentuada, aunque él seguramente no lo pretendiera, por esa especie de serrín que llevaba esparcido por encima de sus hombros. Me quité el gorro de lana, las gafas oscuras, me las metí en el bolsillo del chaquetón.

—¡Ah, caramba! ¡Si es el señor Okada! —dijo Ushikawa con voz seca. Se enderezó, se quitó las gafas, volvió a ponérselas, carraspeó ligeramente, como si intentara volver a reunir las piezas de algo que se hubiera hecho añicos—. Vaya, vaya… Siempre nos encontramos en lugares extraños, ¿no le parece? Entonces… ¿Hoy no ha ido a *aquel sitio*?

Negué, sin decir nada, con un movimiento de cabeza.

—¡Ah, ya! —dijo Ushikawa. Y no preguntó más.

En su voz no se percibía la energía de siempre. Su forma de hablar también era más lenta, su característica charlatanería brillaba por su ausencia. ¿Era a causa de la hora? ¿Es que Ushikawa, tal vez, a la luz del día, carecía de esa energía tan propia de él? O quizás estaba realmente cansado. Uno al lado del otro, para hablarle tenía que bajar la mirada. Desde arriba, con luz, su cabeza deforme parecía aún más contrahecha. Me recordó una hortaliza que hubiese crecido demasiado y perdido la forma, y que hubiese que arrancar del suelo. Imaginé cómo alguien la reventaba de un golpe de bate. Imaginé que su cráneo se abría como una fruta madura. No pretendía imaginar tal cosa, pero una vez la idea se hubo introducido en mi cabeza fue cobrando fuerza sin que yo pudiera detenerla.

—Oiga, señor Ushikawa —dije—. Si es posible, me gustaría hablar a solas con usted. ¿Por qué no bajamos del tren y vamos a algún lugar donde podamos estar tranquilos?

Ushikawa hizo una mueca como si vacilara. Levantó su grueso y corto brazo, echó un vistazo al reloj.

—A ver… A mí también me gustaría hablar con usted…, no le miento. Pero, en realidad, ahora debo ir a un sitio. En fin, que tengo un asunto ineludible. Podemos dejarlo para otro día…, no ahora, ¿qué le parece?

—Bastará un rato —contesté mirándolo a los ojos—. Será poco rato. Señor Ushikawa, sé que está usted muy ocupado. Pero tengo la sensación de que «esta próxima vez» que usted dice a lo mejor no llega a darse nunca, ¿no le parece?

Ushikawa asintió sacudiendo ligeramente la cabeza, como si tratara de convencerse a sí mismo, enrolló la revista y se la guardó en el bolsillo del abrigo. Su cabeza estuvo haciendo sumas y restas durante treinta segundos.

—Muy bien, de acuerdo. Bajemos en la próxima estación y hablemos tomando un café, pero sólo media hora. El asunto ineludible, ya miraré de arreglarlo. Habernos encontrado aquí, casualmente, señor Okada, debe de ser cosa del destino.

Bajamos del tren en la estación de Tamachi, salimos de la estación, entramos en el primer lugar que encontramos, una cafetería pequeña.

—Si he de serle sincero, no pensaba volver a verlo nunca más, señor Okada —dijo cuando nos trajeron los cafés—. Lo cierto es que, se mire como se mire, todo ha terminado.

—¿Ha terminado?

—Sí, de verdad, hace cuatro días que ya no trabajo para el señor Wataya. Yo mismo le dije que quería dejarlo, y lo dejé. Hacía ya tiempo que venía pensándolo.

Me quité la gorra, el chaquetón, los puse en la silla de al lado. Dentro de la cafetería hacía calor, pero Ushikawa permaneció con el abrigo puesto.

—¿Por eso no contestó nadie cuando telefoneé el otro día a su despacho?

—Sí, así es. Di de baja el teléfono y cerré la oficina. Cuando uno toma una decisión, lo mejor es terminar cuanto antes. No me gusta ir dejando las cosas. De modo que ahora soy libre, no trabajo para nadie. Hablando con propiedad, soy *free lance* o, si lo prefiere, un parado —dijo Ushikawa y sonrió, pero su sonrisa, como siempre, era sólo superficial. Sus ojos no sonreían en absoluto. Ushikawa echó en la taza un chorrito de leche, una cucharada de azúcar, removió el café.

—Escuche, señor Okada, me imagino que querrá preguntarme cosas sobre la señora Kumiko, ¿no es así? —dijo Ushikawa—. Dónde está, qué está haciendo, ¿no es eso?

Asentí.

—Pero primero me gustaría saber por qué ha dejado de repente a Noboru Wataya.

—¿De veras quiere saberlo, señor Okada?

—Me interesa.

Ushikawa tomó un sorbo de café e hizo una mueca. Me miró a la cara.

—Entiendo. Pues si me pide que se lo cuente, se lo cuento. Pero le advierto que no es una historia especialmente interesante. A decir verdad, desde el principio jamás tuve la menor intención ni de seguir al señor Wataya al fin del mundo ni de compartir con él su suerte. Para presentarse como candidato a las elecciones, heredó todo el ámbito de influencias de su tío como si heredara una casa completamente amueblada, y yo iba incluido en la herencia, así que pasé de manos de su predecesor a las del señor Wataya. Mirado con objetividad, no era mal cambio, el porvenir del señor Noboru Wataya era mucho mejor que el de su agotado tío. En aquel momento yo pensaba que, de ir todo bien, el señor Noboru Wataya podía llegar a ser un personaje influyente en este mundo.

»Pero, a pesar de todo, no sé por qué, con él nunca he llegado a tener el sentimiento de, no sé cómo decirlo, podría llamarlo algo así como "contigo al fin del mundo", y también podría llamarlo lealtad. Tal vez le extrañe a usted, pero incluso yo tengo mis lealtades. El primer Wataya me pegaba, me daba puntapiés, me trataba como a un trapo sucio, una basura. Y aunque comparado con él, el señor Noboru Wataya es muy amable conmigo, lo cierto, señor Okada, es que el mundo es extraño. Yo hubiese seguido a su tío, le hubiese obedecido, hubiese ido por él hasta donde hiciese falta, sin rechistar nunca, pero eso es algo que no he podido sentir con el señor Wataya, ¿y sabe por qué? —Negué con un movimiento de cabeza—. En definitiva, para serle sincero, lo que yo creo es que, en el fondo, el señor Wataya y yo nos parecemos —dijo Ushikawa. Sacó un cigarrillo del bolsillo, lo encendió con una cerilla. Tragó el humo despacio, lo expulsó lentamente—. Por supuesto, está la apostura y está el linaje, en

793

eso sí somos distintos, y el señor Wataya es también más inteligente que yo. En esto somos tan diferentes que compararme con él, incluso en broma, sería una falta de respeto. Pero bajo la piel somos de la misma especie. Lo tuve claro desde la primera vez que lo vi, como si abriese un paraguas a pleno sol. Vaya, vaya, este hombre tiene cara de niño inteligente, pero en realidad es un impostor, un mal bicho.

»Y no digo que sea malo ser un impostor. El mundo de la política, señor Okada, se parece a la alquimia. He visto varios casos en los que deseos groseros e indecentes han dado como resultado maravillas. Y he sido testigo también de casos a la inversa. O sea, aquellos en que principios nobles acaban generando resultados podridos. Hablando con franqueza, no se puede decir qué es lo mejor. En el mundo de la política, lo importante no es la teoría sino los resultados. Pero incluso a mis ojos, el señor Noboru Wataya es de por sí un mal bicho de primera categoría. Ante su maldad, la mía es como una mona chiquitita. Pensé que ante él yo no tenía nada que hacer. Son cosas que, entre iguales, enseguida se saben. Perdone que se lo diga de forma tan soez, pero es lo mismo que el tamaño del pene. Quien lo tiene grande, lo tiene grande, ¿me entiende?

»Escúcheme, señor Okada, ¿sabe usted cuál es el más intenso de los odios? Aquel que se siente por alguien que ves que alcanza sin el menor esfuerzo lo que tú eres incapaz de alcanzar pese a desearlo con toda tu alma. Cuando te ves obligado a chuparte el dedo viendo cómo otro, por su cara bonita, accede a un mundo al que tú no puedes acceder ni en sueños. Y cuanto más cerca tengas a esa persona, más intenso será el odio. Es así. Para mí esa persona ha sido el señor Wataya. Tal vez a él le sorprendería oírlo. ¿Qué le parece? ¿Ha sentido usted alguna vez esa clase de odio? —Ciertamente sentía odio por Noboru Wataya. Pero ese odio caía fuera de la definición de Ushikawa. Negué con la cabeza—. Y ahora, señor Okada, le hablaré de la señora Kumiko. Un día el señor Wataya me llamó, me asignó el respetable trabajo de ocuparme de la señora Kumiko. Apenas me explicó nada sobre la complicada situación en que ella se hallaba. Sólo me dijo que era su hermana menor, que no le había ido bien su matrimonio, que vivía sola, separada de su marido. También me dijo que no estaba bien de salud. Así que durante un tiempo me limité, tal como él me había indicado, a hacer el trabajo de una forma rutinaria. Cosas pequeñas, poco importantes, ingresar mensualmente en el banco el dinero del alquiler, proporcionarle una asistenta que fuera cada día a su casa, cosas así. Yo andaba ocupado y, al principio, no sentí el menor interés por la señora Kumiko. Hablaba con ella por teléfono cuando había algún asunto. Pero la señora Kumiko me parecía tremendamente callada. No sé por qué, lo cierto es que me daba la sensación de que *estaba encerrada en un cuarto, inmóvil en un rincón.* —En este punto Ushikawa hizo una pausa, bebió agua, echó una ojeada al reloj. Encendió con cuidado otro cigarrillo—. Pero no acabó ahí la historia. Justo ahí se enredó con lo suyo, señor Okada. La mansión de la horca. Cuando apareció el artículo, el señor Wataya me llamó, me ordenó que investigara qué relación había entre usted, señor Okada, y la mansión que aparecía en el artículo, había algo que le preocupaba. El señor Wataya sabía muy bien que soy muy hábil investigando secretos de ese tipo. Como era lógico, llegó mi turno. Me puse a investigar con todas mis fuerzas. A partir de ese momento, usted sabe muy bien lo que ha ocurrido, señor Okada. Pero me sorprendió mucho. La idea que yo tenía era que, detrás de todo el tinglado, podía haber algún político, pero jamás imaginé que mis investigaciones me conducirían a una presa tan grande. Quizá sea una expresión poco elegante, pero fue como echar el anzuelo y pescar una ballena, ¿me entiende? Pero he mantenido el secreto encerrado en mi pecho, sin decirle nada al señor Wataya.

—Una información que le ha permitido cambiar oportunamente de montura, ¿no es así? —le pregunté.

Ushikawa echó el humo hacia el techo, me miró a la cara. En sus ojos flotaba ligeramente un guiño de burla que poco antes no tenía.

—Es usted intuitivo, señor Okada. En pocas palabras, ha sido exactamente así. Me dije a mí mismo. «Oye, Ushikawa, si quieres cambiar de trabajo, éste es el momento.» Ahora estoy sin empleo, pero ya tengo casi arreglado un trabajo mejor. Digamos que me he tomado un periodo de reflexión. Yo también quiero descansar un poco y, además, saltar tan rápido de un trabajo a otro podría resultar demasiado llamativo, ¿no le parece?

Ushikawa sacó un pañuelo de papel de su bolsillo y se sonó. Lo arrugó, volvió a guardárselo en el bolsillo.

—¿Y Kumiko?

—Es verdad, sí, estábamos hablando de la señora Kumiko, es verdad —dijo Ushikawa como si se acordara de repente—. Si he de confesarle honestamente una cosa, lo cierto es que yo no la he visto ni una sola vez. No he tenido el honor de verle la cara. Sólo he hablado con ella por teléfono. No sólo no me quería ver a mí, es que no quiere ver a nadie en absoluto. No sé si se encuentra alguna vez con el señor Wataya. Es un misterio. Pero, probablemente, no se encuentra con nadie más que con él. La asistenta casi ni la ve aunque va cada día a su apartamento. Me lo dijo la asistenta misma. Me dijo que las compras y otros asuntos personales se los encargaba por medio de notas, y, aunque la vea, casi ni habla, como si la evitara. Yo también he estado en el apartamento para controlar qué tal estaba. La señora Kumiko debía de encontrarse allí, pero ni siquiera había indicios de su presencia. Era en verdad silenciosa. Indagué incluso entre los vecinos de la escalera, ninguno la había visto, ni una sola vez. Vive así desde que se encerró en aquella casa. Hace ya más de un año. Ahora va a hacer exactamente un año y cinco meses. Seguramente debe tener alguna razón de peso para no querer salir.

—Y seguramente usted no va a decirme dónde está ese apartamento, ¿no es así?

Ushikawa negó moviendo despacio la cabeza.

—Me sabe mal, pero no me haga decírselo. Afectaría a mi reputación, es un mundo muy pequeño, somos como vecinos que vivieran todos bajo un mismo techo.

—¿Sabe usted qué demonios le pasa a Kumiko?

Durante unos instantes fue como si Ushikawa vacilara sin saber qué hacer, yo lo miraba fijamente a los ojos sin decir nada. Tenía la sensación de que el tiempo fluía más lento a nuestro alrededor. Ushikawa volvió a sonarse haciendo mucho ruido. Iba a levantarse, pero volvió a hundirse en la silla. Suspiró.

—Escúcheme bien, esto no son más que imaginaciones mías. Pero, según me imagino yo, existen desde el principio complejos problemas en la familia Wataya. No sé, concretamente, de qué tipo de problemas se trata. Pero la señora Kumiko debía de presentirlos, tal vez los conociera, desde mucho antes de irse de aquella casa, incluso quizás entonces estuviera intentando marcharse. En aquel momento apareció usted, señor Okada, se enamoraron, decidieron casarse y vivir felices para siempre, y colorín, colorado… Si la cosa hubiese ido así no habría habido ningún otro problema, pero no fue así. No sé por qué, el señor Wataya no quería perder a la señora Kumiko. ¿Qué opina usted? ¿Hay hasta aquí algo que le suene?

—Sí, algo —dije.

—Y entonces, señor Okada, y siguiendo con mis imaginaciones sin fundamento, el señor Wataya intentó recuperar como fuera a la señora Kumiko. Tal vez pudo ocurrir, también, que, en el momento en que la señora Kumiko y usted se casaron, él no le diera a ella tanta importancia. Quizás a medida que fue pasando el tiempo empezó a sentir claramente que cada vez necesitaba más a su hermana. Así que el señor Wataya decidió recuperarla, desplegó todas sus tretas y tuvo éxito. ¿Qué métodos ha utilizado? No lo sé. Pero imagino que, en el tira y afloja, algo en el interior de la señora Kumiko *ha acabado estropeándose*. Algo se ha roto, tal vez la columna que hasta entonces la había sostenido. Insisto en que son imaginaciones mías, imaginaciones sin fundamento.

Yo permanecía callado. Vino la camarera, llenó los vasos de agua, retiró la taza vacía. Mientras tanto, Ushikawa fumaba un cigarrillo mirando la pared.

Miré a Ushikawa a la cara.

—¿Está usted insinuando que entre Kumiko y Noboru Wataya existe algo parecido a una relación sexual?

—Yo no digo tal cosa. —Ushikawa, en señal de negación, agitó varias veces el cigarrillo encendido en el aire—. No estoy insinuando nada de eso. *Simplemente desconozco* lo que hubo entonces y lo que hay ahora entre ellos. Soy incapaz de imaginármelo. Sólo que a mí me parece que lo que los une es algo perverso. Tengo entendido, además, que el señor Wataya y su ex mujer nunca mantuvieron relaciones sexuales normales. Pero eso son sólo rumores. —Ushikawa iba a coger la taza de café pero cambió de idea, bebió un sorbo de agua. Luego se pasó la mano por la barriga—. Últimamente estoy mal del estómago. Muy mal. Siento un *dolor sordo* y continuo en el estómago. Algo hereditario. En mi familia, no hay ni uno que se salve de los problemas de estómago. Viene de eso que llaman ADN. Mi familia no hereda más que cosas absurdas. Calvicie, caries, estómago delicado, miopía. Como si hubiésemos metido la mano en una bolsa de la suerte de Año Nuevo que sólo contuviese maldiciones. No hay quien lo soporte. Y no me atrevo a ir al médico porque sé que me diría cosas desagradables.

»Pero, escúcheme, señor Okada, y tal vez me meta donde no me llaman, yo creo que arrancar a su esposa de las manos de

Noboru Wataya no va a ser tan fácil como usted piensa. Ante todo, en este momento, ella misma no quiere volver con usted. Y tal vez la señora Kumiko no sea ya la Kumiko que usted conocía. Quizás haya cambiado. Y siento decírselo, pero si usted, señor Okada, consigue hallar a su esposa y recuperarla, en tal caso la situación a la que tendrá que enfrentarse quizá le supere a usted. Eso es lo que pienso. Quizá no valga la pena hacer las cosas a medias. Tal vez sea ésa la razón por la que la señora Kumiko no vuelve con usted, ¿no le parece? —Continué sin decir nada—. En fin, hemos atravesado circunstancias diversas, pero ha sido francamente interesante conocerle a usted, señor Okada. Creo que tiene una personalidad extraña. Si algún día llegara a escribir mi autobiografía, le dedicaría un capítulo, aunque eso, por desgracia, no creo que llegue a producirse nunca. En fin, será mejor que lo dejemos aquí, con un grato recuerdo, y que pongamos fin al encuentro, ¿no le parece? —Ushikawa se apoyó en el respaldo de la silla como si estuviera cansado y agitó varias veces la cabeza despacio—. ¿Lo ve? Ya he vuelto a hablar demasiado. Me sabe mal pedírselo, pero ¿querrá invitarme usted al café? Ahora estoy en paro…, aunque, a decir verdad, señor Okada, también usted lo está. En fin, a ver si tenemos suerte. Rezaré para que todo le salga bien. Si le parece, deséeme usted también suerte a mí.

Ushikawa se levantó y salió de la cafetería dándome la espalda.

32
El rabo de Malta Kanoo
Boris «el despellejador»

En sueños (aunque yo, por supuesto, no podía saber que se trataba de un sueño porque era yo mismo quien estaba soñando), Malta Kanoo y yo estábamos sentados, frente a frente, tomando un té. La sala, rectangular, era muy amplia, y era tan larga que no se alcanzaba a ver, desde un extremo, el final de la misma. Dentro de la sala, en perfecto orden, había más de quinientas mesas blancas y cuadradas. La nuestra se encontraba en el centro. Estábamos solos. El techo, tan alto que recordaba el de un templo budista, estaba atravesado por incontables vigas gruesas de las que, como si fueran macetas, pendían por todas partes unos objetos que parecían pelucas. Mirándolos bien, vi que se trataba de auténticos cueros cabelludos. Lo adiviné por la sangre negra coagulada en su interior. Aquellas cabelleras humanas debían de estar secándose colgadas de las vigas. Tenía miedo de que me cayeran gotas de sangre, todavía fresca, dentro del té. En realidad, a nuestro alrededor se oía el caer de la sangre como si hubiera goteras, y en aquella estancia vacía resonaba con fuerza. Por lo visto, la sangre de los cueros cabelludos que pendían justo sobre nuestras cabezas ya estaba seca y no goteaban.

El té estaba hirviendo, había tres terrones de azúcar de un ostentoso color verde junto a la cucharilla depositada en el plato. Malta Kanoo puso en la taza dos de los tres terrones y los removió lentamente con la cuchara. Pero, por más que los removiera, el azúcar no se disolvía. Desde algún lugar, aparecía un perro y se sentaba junto a la mesa. Al mirarle la cara me daba cuenta de que se trataba de Ushikawa. Un perro grande y negro, de cuerpo rechoncho, sólo de cuello para arriba era Ushikawa. Pero tanto el rostro como la cabeza estaban cubiertos por el mismo pelo negro, corto y rizado que cubría todo su cuerpo.

–¡Hola! Usted es el señor Okada, ¿no es así? –decía Ushikawa, ahora en forma de perro–. ¿Se ha fijado? Ahora tengo mucho pelo en la cabeza, ¿eh? La verdad es que, en cuanto me he convertido en perro, ha empezado a crecerme el pelo. ¡Vaya, vaya! Y hasta los huevos se me han puesto más gordos, y ya no tengo aquel continuo dolor de estómago. Ni tampoco llevo gafas, ¿lo ve? Ya no tengo que vestirme. Nunca me había sentido tan feliz como ahora. ¡Cómo puede ser que no me haya dado cuenta hasta hoy! ¡Ojalá me hubiese convertido en perro mucho antes! ¿Qué le parece, señor Okada? ¿Usted no quiere convertirse en perro?

Malta Kanoo cogía el terrón de azúcar verde que le quedaba en el plato y lo arrojaba con todas sus fuerzas contra la cara del perro, golpeándolo en la frente. La sangre empezaba a manar tiñendo de negro la cara de Ushikawa. Era una sangre muy negra, como tinta china. Pero a Ushikawa no parecía haberle hecho ningún daño. Con una sonrisa, erguía el rabo y se marchaba sin decir nada. Era cierto, sus testículos eran singularmente grandes.

Malta Kanoo llevaba una trinchera. Las solapas levantadas le cubrían el pecho, pero, por la tenue fragancia a piel femenina, yo podía adivinar que no llevaba nada debajo. Se cubría, por supuesto, con el sombrero de plástico rojo. Yo levantaba la taza y bebía un sorbo de té. No sabía a nada. Sólo estaba caliente.

–¡Cuánto me alegra que haya venido! –decía ella con tono de verdadero alivio. Después de tanto tiempo, su voz me parecía algo más alegre que antes–. Últimamente le he telefoneado varias veces y, como no lo encontraba en casa, me inquieté preguntándome si le habría ocurrido algo. Me alegra mucho que esté bien. ¡Me ha tranquilizado tanto oír su voz! Ante todo, querría disculparme por mi largo silencio. No entraré en detalles para explicarle lo ocurrido, sería demasiado largo. Teniendo en cuenta que estamos hablando por teléfono, intentaré ser breve. En realidad he estado de viaje durante largo tiempo, acabo de regresar hace apenas una semana. ¿Oiga? ¿Señor Okada?… ¿Me oye?

—¡La oigo, la oigo! —exclamaba yo. Cuando me daba cuenta, tenía un auricular en la mano y lo apretaba contra mi oreja. También Malta Kanoo tenía uno al otro lado de la mesa. En el teléfono, su voz se oía lejana, como una conferencia internacional con interferencias.

—Me he ausentado de Japón y, durante todo este tiempo, he estado en la isla de Malta, en el Mediterráneo. Un día sentí la necesidad de regresar a Malta, de estar de nuevo cerca de aquel manantial. Comprendí que había llegado el momento. Fue después de que usted y yo habláramos por teléfono por última vez. ¿Lo recuerda? Fue cuando lo llamé para decirle que desconocía el paradero de Creta. En realidad no pensaba ausentarme tanto tiempo. Tenía previsto regresar a los quince días. Por esa razón, señor Okada, no le dije nada a usted. Me subí al avión con lo puesto, sin avisar a casi nadie. Pero, en cuanto llegué a la isla, ya no podía dejarla. ¿Ha estado alguna vez en Malta, señor Okada?

Yo le decía que no. Recordaba haber mantenido con ella una conversación casi idéntica un año atrás.

—¡Oiga! ¿Oiga? —decía Malta Kanoo.

—¡Oiga! ¿Oiga? —repetía yo.

Yo tenía la sensación de que quería comunicarle algo. No lograba recordar qué. Al fin, tras devanarme los sesos, me venía a la cabeza. Apretaba de nuevo el auricular contra mi oreja.

—Hace tiempo que tengo que decirle una cosa, señorita Kanoo. El gato ha vuelto.

Malta Kanoo enmudeció durante cuatro o cinco segundos.

—¿Ha vuelto el gato?

—Sí, usted y yo nos conocimos a raíz de su desaparición, por eso he pensado que tenía que decírselo.

—¿Cuándo ha vuelto?

—A principios de la primavera pasada. Desde entonces está en casa.

—Exteriormente, ¿no ha experimentado ningún cambio? ¿No se le ve algo distinto a como era antes?

¿Algo distinto?

—Ahora que lo pregunta, me dio la impresión de que la forma del rabo era algo diferente —decía yo—. Cuando lo acaricié al volver me pareció, por un instante, que antes lo tenía más doblado. Tal vez me equivoque. Piense que estuvo fuera casi un año.

—¿Está seguro de que es el mismo gato?

—Sí. De eso no me cabe duda. Hace muchísimo tiempo que está en la casa.

—¡Ah, ya! Comprendo —decía Malta Kanoo—. Pero, si le digo la verdad, y siento mucho tener que decírselo, señor Okada, la verdadera cola del gato la tengo yo.

Después de decirlo, Malta Kanoo dejaba el auricular sobre la mesa, se quitaba la trinchera y se quedaba desnuda. Tal como suponía, no llevaba nada debajo. Tenía los pechos idénticos a los de Creta Kanoo, el triángulo de su vello púbico tenía la misma forma. No se quitaba el sombrero de plástico rojo. Se daba la vuelta y me mostraba la espalda. Ciertamente, justo sobre sus nalgas pendía el rabo del gato. Era más largo, en proporción a la estatura de Malta Kanoo, pero la forma era idéntica a la del rabo de *Sawara*. Tenía la punta doblada, y de un modo, además, mucho más real y persuasivo que el del propio *Sawara*.

—Mírelo bien. Éste es el auténtico rabo del gato desaparecido. El que ahora lleva es falso, fue hecho más tarde. Parece idéntico, pero, si se fija, es otro rabo.

Cuando iba a sujetarle el rabo, ella lo movía, me esquivaba. Saltaba desnuda encima de una de las mesas. Sobre la palma de mi mano, extendida en el aire, caían del techo unas gotas de sangre. De color rojo vivo, similar al del sombrero.

—Señor Okada, el nombre del bebé que Creta ha dado a luz es Córcega —decía Malta Kanoo desde lo alto de la mesa. Su rabo se agitaba con fuerza.

—¿Córcega? —preguntaba yo.

—Las personas no son islas, ¿verdad? —Ushikawa, el perro negro, metía baza desde algún rincón.

¿El bebé de Creta Kanoo?

Me desperté empapado en sudor.

Hacía tiempo que no tenía un sueño tan largo, tan nítido, que tuviera continuidad. Y también hacía tiempo que no soñaba algo tan extraño. Durante un buen rato, después de despertarme, el corazón me latió con fuerza. Me duché con agua muy caliente, saqué un pijama limpio, me cambié. Pasaba de la una de la madrugada, pero ya no tenía sueño. Del fondo del armario de la cocina saqué una botella de brandy que guardaba desde hacía tiempo, me serví una copa, me la bebí para tranquilizarme.

Luego fui al dormitorio, busqué a *Sawara*. El gato estaba profundamente dormido, hecho un ovillo bajo el edredón. Lo destapé, le agarré del rabo, se lo inspeccioné con minuciosidad. Mientras recorría con las yemas de los dedos el extremo del rabo intentando recordar cómo había estado doblado, el gato se desperezó con aire de fastidio. Pero volvió a dormirse al instante. Yo ya no estaba seguro de que el rabo fuera el mismo que el de la época en que aún se llamaba *Noboru Wataya*. De hecho, el rabo que pendía sobre las nalgas de Malta Kanoo me había parecido el auténtico rabo de *Noboru Wataya*. Recordaba aún vivamente el color y la forma con que había aparecido en el sueño.

«*El nombre del bebé que Creta ha dado a luz es Córcega*», me había dicho en sueños Malta Kanoo.

Al día siguiente no me alejé mucho de casa. Por la mañana fui al supermercado cerca de la estación, compré comida para varios días, entré en la cocina, preparé el almuerzo. Al gato le di de comer, crudas, unas sardinas grandes. Por la tarde, después de mucho tiempo, fui a nadar a la piscina municipal. Debido, probablemente, a que se acercaba Fin de Año, la piscina no estaba muy llena. Se oía música de Navidad por el altavoz del techo. Nadé despacio hasta que, tras haber hecho mil metros, sentí un calambre en el empeine y dejé de nadar. En una pared de la piscina había un gran adorno navideño.

Al llegar a casa encontré en el buzón una carta inusualmente gruesa. No tuve que darle la vuelta para saber quién era el remitente. No había nadie, aparte del teniente Mamiya, que escribiera a pincel aquellos magníficos caracteres.

«Debo disculparme por mi largo silencio», decía el teniente Mamiya. Escribía tan educada y cortésmente como de costumbre. Mientras leía, casi tuve la sensación de que era yo quien debía disculparse.

«Hace tiempo que pensaba en escribirle a usted y referirle lo que sigue, pero diversas circunstancias me privaban de reunir las fuerzas necesarias para sentarme ante el escritorio y empuñar el pincel. Entretanto, ha pasado el tiempo, se aproxima Fin de Año. Yo no estoy, sin embargo, en situación de posponerlo indefinidamente. Soy viejo, puedo morir en cualquier instante. Es posible que esta carta sea más larga de lo que preveo, espero que no le ocasione a usted ninguna molestia.

»Cuando lo visité el verano pasado para entregarle el recuerdo del señor Honda, le conté la larga historia de mi viaje a Mongolia, pero, en realidad, la historia continúa. Podría decirse que tiene su cola. Existen varias razones por las cuales el verano pasado no le expliqué la historia en su totalidad. Una es la extensión del relato, ya que, aunque tal vez usted no lo recuerde, en aquel momento me reclamaba, por desgracia, un asunto urgente que me impedía referírsela hasta el final. Al mismo tiempo, no me sentía moralmente preparado para relatar con sinceridad, tal y como ocurrió, la continuación de la historia.

»No obstante, al despedirme de usted estuve pensando que tendría que haber dejado a un lado los asuntos urgentes y haberle contado a usted, honestamente, la historia hasta el final, sin ocultarle nada.

»El día 13 de agosto de 1945, en una violenta batalla en las afueras de Hailar, recibí el impacto de un proyectil de ametralladora y, tras caer desplomado al suelo, la oruga de uno de los tanques T-34 del ejército soviético me aplastó el brazo izquierdo, a consecuencia de lo cual lo perdí. Me trasladaron sin conocimiento al hospital del ejército soviético en Chita, me operaron y pude escapar, a duras penas, a la muerte. Como ya le dije en otra ocasión, yo pertenecía al grupo topográfico militar del cuartel general de Hsin-ching y teníamos órdenes de retirarnos tan pronto como la Unión Soviética interviniese en la guerra. Pero yo, con la intención de morir, había solicitado mi incorporación a las tropas estacionadas en Hailar, cerca de la frontera, y, en un ataque suicida, me lancé contra una unidad de tanques del ejército soviético con una mina en la mano. Como el señor Honda me había predicho a orillas del río Khalkha, yo no podría morir tan fácilmente. En lugar de la vida, todo lo que perdí fue el brazo izquierdo. Si no me equivoco, todos los soldados del pelotón que yo comandaba murieron allí. Aunque me limitaba a cumplir las órdenes de mis superiores, aquello no fue, en realidad, más que un vano acto de suicidio. Las pequeñas minas de mano que usábamos eran del todo impotentes ante los grandes tanques T-34.

»La razón por la cual recibí en el hospital un trato preferente fue el hecho de que, en estado de inconsciencia, estuve delirando en ruso. Me lo dijeron más tarde. Como ya le conté, yo tenía conocimientos básicos de ruso; pero más tarde, mientras prestaba servicio en el cuartel general de Hsin-ching, con tanto tiempo libre me dediqué a perfeccionarlo. En las últimas fases de la guerra yo ya podía mantener con fluidez una conversación en ruso. En Hsin-ching había muchos rusos blancos, había camareras rusas en los cafés, de modo que no me faltaron oportunidades para practicar el idioma. Al parecer, aquel idioma me acudió solo a la boca mientras estaba inconsciente.

»Desde el principio, el ejército soviético tenía la intención de enviar a Siberia, tras la ocupación de Manchuria, a los prisioneros de guerra japoneses para realizar trabajos forzados. Lo mismo hicieron con los soldados alemanes al finalizar la guerra en el frente europeo. Habían ganado la guerra, pero la economía soviética se enfrentaba a una grave crisis y la escasez de mano de obra era un problema generalizado. Conseguir prisioneros como mano de obra masculina era una de las cuestiones primordiales. Y ésta era la razón de que necesitaran a muchos intérpretes, aunque lo cierto es que había muy pocos. Y también fue ésta la razón de que a mí me enviaran, con trato preferente, al hospital de Chita. Querían evitar que muriera alguien que hablaba ruso. Si yo no hubiera delirado en ruso, me habrían dejado tirado en cualquier parte y hubiese muerto enseguida. Y habría sido enterrado a orillas del río Hailar, sin lápida. El destino es realmente extraño.

»Después investigaron mis antecedentes con rigor y, como personal del equipo de intérpretes, recibí durante algunos meses educación ideológica y luego fui trasladado a las minas de carbón de Siberia. Omitiré los detalles de todas esas circunstancias. De estudiante había leído a escondidas algunas obras de Marx, y no era que no estuviese básicamente de acuerdo con la ideología comunista, pero ya entonces había visto demasiadas cosas como para sumergirme en ella. Conocía muy bien la sangrienta opresión a que Stalin y el dictador títere habían sometido a Mongolia. Tras la revolución, decenas de miles de lamas, de terratenientes y todas las fuerzas opositoras habían sido recluidos en campos de internamiento y eliminados de forma cruel. Exactamente lo mismo hicieron en la Unión Soviética. Yo podía creer en la ideología en sí, pero ya no podía tener confianza ni en los individuos ni en las instituciones que ponían en práctica aquella ideología, aquellos principios. Lo que nosotros, los japoneses, hicimos en Manchuria, fue lo mismo. Seguramente usted no podrá ni imaginar cuántos trabajadores chinos fueron asesinados durante la construcción de la fortaleza de Hailar para preservar el secreto de los planos.

»Y yo había presenciado, además, la escena infernal del desuello protagonizada por el oficial ruso y los soldados mongoles, me habían arrojado luego al fondo de un profundo pozo en Manchuria y, en aquel pozo, bajo aquella luz intensa y extraña, había perdido completamente la voluntad de vivir. ¿Cómo podía alguien que había experimentado todo aquello creer en una ideología y aceptar su política?

»Como intérprete, hice de enlace entre los prisioneros japoneses que trabajaban en las minas de carbón y los representantes de la Unión Soviética. No sé cómo eran los otros campos de prisioneros que había en Siberia. Pero la mina en la que yo estuve morían hombres a diario. No eran pocas las causas de muerte. Desnutrición, desgaste físico por el trabajo, derrumbamientos en las galerías, inundaciones, enfermedades contagiosas motivadas por la falta de instalaciones sanitarias, el frío increíble del invierno, la violencia por parte de los guardianes, represiones violentas ante la mínima resistencia, linchamientos entre los prisioneros mismos. Surgían odios personales, todos desconfiaban unos de otros, había miedo, desesperación.

»Con el aumento del número de muertos, disminuyó poco a poco la mano de obra disponible. Con el ferrocarril llegaron más prisioneros de otras partes. Demacrados, débiles, las ropas hechas jirones, un veinte por ciento murió en las primeras semanas, incapaz de resistir el duro trabajo de la mina. Los muertos eran arrojados a un profundo pozo en una mina abandonada. La mayor parte del año el suelo estaba helado y era imposible cavar una tumba con las palas. Como sepultura, las minas abandonadas eran lugares idóneos. Eran profundas, oscuras, el frío impedía que se extendiera el hedor a descomposición. De vez en cuando esparcíamos un poco de cal desde lo alto. Y, cuando el pozo empezaba a llenarse, lo cubríamos con tierra y con piedras, igual que si pusiéramos una tapa, y pasábamos a otro pozo.

»No sólo arrojaban muertos, a veces también arrojaron, como castigo ejemplar, a hombres vivos. Los guardianes soviéticos sacaban afuera a varios de los prisioneros japoneses que habían mostrado actitudes levantiscas, les propinaban entre muchos una paliza, les rompían los huesos de los brazos y las piernas y, al fin, los arrojaban al oscuro abismo. Aún puedo oír sus gritos de dolor. Aquello era realmente como experimentar el infierno en vida.

»La mina la dirigían funcionarios destacados allí por el Comité Central del Partido y estaba rigurosamente vigilada por el ejército como una importante instalación estratégica. Se decía que el hombre del Politburó, número uno en la mina, era del mismo pueblo que Stalin, un hombre aún joven, ambicioso, y también duro, cruel. Su idea fija era elevar las cifras de producción. El desgaste humano no entraba en absoluto en sus consideraciones. Si se lograban incrementar en la mina las cifras de producción, el Comité Central del Partido la consideraría una mina excelente y, como premio, continuaría mandando, prioritariamente, mano de obra. Por más muertos que hubiera, siempre llegarían tantos trabajadores como fuesen necesarios. Para mejorar resultados perforaban, una tras otra, peligrosas galerías que normalmente no hubieran perforado. Era lógico que el número de accidentes fuese aumentando cada vez más, pero eso nunca les preocupó.

»No sólo los dirigentes eran así. Los guardianes de las minas eran ex presidiarios, sin educación, sorprendentemente crueles y obstinados. Tampoco mostraban compasión ni parecían tener siquiera sentimientos. Casi podía pensarse que el frío de Siberia, allí en el fin del mundo, los había transformado en seres inhumanos. Habían cometido algún crimen, habían sido trasladados a alguna cárcel de Siberia y habían cumplido una larga condena. Sin un lugar al que volver, sin familia, habían acabado por establecerse en Siberia, se habían casado, habían tenido hijos.

»Los prisioneros destinados a aquella mina de carbón no eran sólo japoneses. También había rusos. La mayoría eran, al parecer, presos políticos y ex militares purgados por Stalin. Entre ellos podían contarse bastantes que habían sido personas realmente refinadas, que habían recibido una educación superior. También había, aunque no muchos, mujeres y niños. Seguramente familiares de presos políticos. Las mujeres y los niños realizaban trabajos de cocina, limpieza, la colada. En algunos casos obligaban a las mujeres jóvenes a prostituirse. Y no sólo había rusos, también había polacos, húngaros y otros extranjeros de piel morena (tal vez armenios o kurdos); todos fueron llegando en el ferrocarril. La zona que ocupábamos estaba dividida en tres recintos. En el recinto más grande concentraban a los prisioneros japoneses, en otro recinto a los otros prisioneros de guerra y demás presidiarios. Además había, aparte, un recinto donde vivían los que no eran prisioneros. Eran mineros, especialistas en minas, oficiales de la tropa de vigilancia, los guardianes y sus familias, y también simples ciudadanos rusos. Había además un recinto grande para el destacamento de la estación. A los prisioneros de guerra y a los presidiarios les estaba prohibido circular por toda la zona. Los diferentes recintos estaban separados por grandes alambradas de espino y por allí patrullaban soldados armados con metralleta.

»Pero yo, en principio, tenía libertad para ir y venir de un recinto a otro con salvoconducto, porque cumplía las funciones de intérprete-enlace y debía visitar diariamente la oficina central. Cerca de la oficina estaba la estación de ferrocarril y, frente a la estación, se abrían algunas calles que llegaban a formar una pequeña ciudad. Había unas cuantas tiendas miserables que vendían artículos de primera necesidad, tabernas, alojamientos para los funcionarios del Comité Central y los oficiales de alta graduación. Una gran bandera roja de la Unión Soviética ondeaba en la plaza donde había abrevaderos para los caballos. Bajo la bandera había estacionado un coche blindado y un soldado joven, completamente armado y con cara de aburrimiento, permanecía tranquilo y apoyado siempre en la ametralladora. Más allá había un hospital recién construido y, a la entrada, se erguía, como era costumbre, una gran estatua de Josif Stalin.

»Fue en la primavera de 1947 cuando me encontré de nuevo con aquel hombre. Creo que fue a principios de mayo, la estación en que la nieve al fin se había fundido. Había pasado un año y medio desde que fui destinado allí. Aquel hombre, con uniforme de presidiario, trabajaba en las obras de reparación de la estación junto con otros diez compañeros. Desmenuzaba piedras con una maza para pavimentar la calle. Los golpes de maza sobre las piedras resonaban por los alrededores. Pasé por allí casualmente, volvía de entregar un informe en la oficina central que administraba la mina. El suboficial que vigilaba las obras me paró, me pidió que le enseñara el salvoconducto. Saqué el permiso del bolsillo y se lo entregué. Era un sargento robusto, se lo quedó mirando un rato con desconfianza, pero era evidente que no sabía leer. Llamó a uno de los presos que estaban trabajando y le hizo leer el papel. Era un preso distinto a los otros, de aspecto más culto que los demás. Pero *era aquel hombre.* Cuando lo vi, me quedé blanco, muy pálido, casi se me cortó el aliento. No podía respirar, como cuando te ahogas en el agua.

»Era, precisamente, el oficial ruso que a orillas del río Khalkha había ordenado a los mongoles que desollaran a Yamamoto. Estaba demacrado, las entradas sobre la frente le llegaban hasta el centro del cráneo, le faltaba un diente. Llevaba ropas mugrientas en vez de su uniforme militar impecable, sin una arruga, y zapatos de tela agujereados en vez de las botas relucientes. Los cristales de las gafas estaban sucios, rayados, las patillas dobladas. Pero era, sin duda, aquel oficial. No podía equivocarme. Él también me miró fijamente. Tal vez le extrañara que yo me hubiese quedado petrificado de estupor. También yo, comparado a cómo era nueve años atrás, debía de estar demacrado, envejecido. El pelo incluso canoso. Pero me pareció que al final también él me había reconocido. Puso cara de espanto. Seguramente estaba convencido de que había acabado pudriéndome en el fondo de aquel pozo en Mongolia. Ni en sueños había imaginado que acabaría encontrándome con aquel oficial en una mina siberiana, vestido con ropas de presidiario.

»Él ocultó enseguida su sorpresa, le leyó con voz serena el contenido del salvoconducto al sargento analfabeto, que apoyaba sus brazos en la metralleta que le colgaba del cuello. Leyó mi nombre, que era intérprete, que tenía permiso para circular por la zona. El sargento me devolvió el salvoconducto, me indicó que me fuera haciéndome una señal con la barbilla. Di algunos pasos, me volví. El hombre también me miraba. Me pareció que en su rostro flotaba la sombra de una sonrisa. Tal vez fueran imaginaciones mías. Durante un rato me costó andar, me temblaban las piernas. En un instante había resucitado con toda su intensidad el pánico de entonces.

»Supuse que aquel hombre debía de haber sido destituido de su cargo por alguna razón y enviado preso a Siberia. No era algo raro en la Unión Soviética de entonces. Las feroces luchas intestinas en el gobierno, en el partido, en el ejército eran fomentadas por el recelo enfermizo de Stalin. A quienes perdían el favor les quedaban sólo dos caminos, o el fusilamiento inmediato o el traslado a un campo de concentración tras un juicio sumarísimo, pero sólo Dios sabe cuál de ambas penas era la más benigna. Porque, aunque hubieran escapado a la pena de muerte, eran obligados hasta el fin de sus días a realizar trabajos forzados de una crueldad terrible. Nosotros, los japoneses, éramos prisioneros de guerra, así que aún nos quedaba la esperanza de sobrevivir y poder regresar algún día a la patria, pero a los rusos desterrados ni siquiera les quedaba esa remota esperanza. También aquel hombre moriría inútilmente en Siberia.

»Pero había una cosa que me preocupaba. Él sabía ahora mi nombre, dónde estaba. Y sabía que antes de la guerra yo había participado, sin haber sido informado de ello, en una misión secreta junto a Yamamoto. Habíamos cruzado el río Khalkha, entrado en territorio mongol y realizado una acción de espionaje. Si él revelaba estos hechos, me vería en apuros. Pero no me denunció. Más tarde supe que, por aquellos días, organizaba en secreto un plan a gran escala.

»Volví a verlo delante de la estación una semana después. Los pies encadenados, ropa de presidiario mugrienta; como la vez anterior, desmenuzaba piedras con una maza. Lo miré a la cara, también él me miró. Dejó la maza en el suelo, se volvió hacia mí, irguió la espalda como cuando vestía uniforme militar. Esta vez vi, sin ninguna duda, una sonrisa en su rostro. Era una sonrisa leve, pero era una sonrisa. Una sonrisa que ocultaba una escalofriante crueldad. Aquéllos eran los mismos ojos que miraban cómo era desollado Yamamoto. Pasé de largo sin decir nada.

»Había sólo un oficial en la comandancia del ejército soviético con quien podía hablar en confianza. Se había licenciado, como yo, en geografía, en su caso por la Universidad de Leningrado, y tenía más o menos mi edad. Como era lógico, le interesaba el trazado de mapas. Por esta razón, y con cualquier pretexto, nos pasábamos el rato charlando sobre temas especializados, siempre relacionados con la elaboración de mapas. Su interés personal se centraba en los mapas estratégicos que había trazado el ejército de Kwantung. Por supuesto, no podíamos hablar de estos temas estando cerca sus superiores. No podíamos disfrutar de un relajado intercambio de opiniones entre especialistas. A veces me daba comida. También me enseñó las fotos de su mujer e hijos, a quienes había dejado en Kiev. Fue el único ruso, durante mi estancia como prisionero en la Unión Soviética, por el que sentí cierta simpatía.

»Un día le pregunté, sin alterar el tono, sobre los presos que trabajaban en la estación. Le dije que había visto a un hombre que tenía el aire de no ser un preso normal. ¿Había ocupado antes, tal vez, un cargo elevado? Y le expliqué detalladamente las particularidades de su aspecto. Nikolai —ése era el nombre del oficial amigo— me miró con expresión de desagrado.

»—Es Boris "el despellejador" —dijo—. Pero, por tu bien, es mejor que no te intereses por él.

»Le pregunté por qué. Nikolai no quería hablar de aquel tema. Pero, al fin, de mala gana, me explicó las razones por las cuales Boris el despellejador había sido desterrado a aquella mina.

»—No le digas a nadie que te lo he contado —me pidió Nikolai—. Es un tipo realmente peligroso, estoy hablando en serio. Yo no quiero ni verlo.

»Según lo que me contó Nikolai, el verdadero nombre de Boris el despellejador era Boris Gromov, y había sido comandante del NKGB, la policía secreta del Ministerio del Interior. Justo lo que yo había supuesto. Había sido destinado a Ulan Bator en 1938 cuando Choybalsan se había hecho con el poder real y había tomado posesión del cargo de primer ministro. Boris Gromov había fundado allí la policía secreta de Mongolia tomando como modelo la policía secreta soviética que dirigía Beria, y había demostrado una gran capacidad para reprimir las fuerzas antirrevolucionarias. Quienes fueron capturados por ellos, fueron enviados a campos de concentración y torturados. Cualquiera que fuera objeto de la más mínima sospecha, cualquiera sobre quien recayera la más mínima duda, era aniquilado.

»Al terminar la guerra en Nomonhan y desaparecer el peligro en el este, lo hicieron regresar al Comité Central. Lo enviaron al este de Polonia, zona ocupada por la Unión Soviética, donde se hizo cargo de la purga de ex oficiales del ejército polaco. Fue allí donde le pusieron el apodo de Boris "el despellejador". Porque su tortura preferida consistía en desollar vivas a sus víctimas. Para ello utilizaba a un individuo que, según se decía, había traído consigo de Mongolia. Por supuesto, los polacos lo temían a muerte. Quienes eran obligados a ver con sus propios ojos un desuello lo confesaban todo. Cuando estalló la guerra contra Alemania y el ejército alemán cruzó la frontera, Boris regresó desde Polonia a Moscú. Fueron muchos los detenidos bajo la sospecha de haber conspirado a favor de Hitler, y sin haber hallado pruebas inculpatorias fueron ejecutados o enviados a campos de internamiento, y, también allí, Boris, el brazo derecho de Beria, desplegó su brillante actuación utilizando la tortura de su especialidad. Stalin y Beria tenían que inventarse una conspiración interna para encubrir su propia responsabilidad por no haber previsto de antemano la invasión nazi y, de este modo, reafirmar sus posiciones como líderes. Sólo en la fase de las brutales torturas fueron asesinadas sin motivo muchas personas. No era algo que se supiese con certeza, pero lo que se decía era que Boris y su mongol ha-

815

bían desollado, en aquella época, por lo menos a cinco personas. Según los rumores, decoraba orgullosamente su despacho con aquellas pieles.

»Boris era cruel, pero a la vez extremadamente cauto. Gracias a su cautela, logró sobrevivir a diversas intrigas y purgas. Beria lo quería como a un hijo. Pero, al parecer, a Boris se le subieron los humos y fue demasiado lejos. Cometió un error fatal. Capturó a un capitán de una unidad de tanques sospechoso de haber conspirado, durante la batalla de Ucrania, junto a oficiales alemanes de una unidad de tanques de la guardia de corps y acabó matándolo mientras lo interrogaba. Lo mató introduciéndole un soldador candente por diversos orificios del cuerpo. Por las orejas, la nariz, el ano y el pene. Pero resultó que aquel oficial era sobrino de uno de los altos cargos del Partido Comunista. Más tarde, una minuciosa investigación del Estado Mayor del Ejército Rojo demostró su completa inocencia con respecto a los cargos que se le imputaban. El alto cargo del partido, por supuesto, se enfureció, y el Ejército Rojo, cuyo honor había sido puesto en entredicho, no permaneció ni quieto ni callado. Ni siquiera Beria pudo protegerlo. Boris fue destituido de inmediato, juzgado y sentenciado a pena de muerte junto a su ayudante mongol. Pero el NKGB logró reducir la pena haciendo lo imposible, y Boris fue deportado a un campo de concentración en Siberia y condenado a trabajos forzados (el mongol fue ahorcado). Se decía que Beria había hecho llegar un mensaje secreto a Boris diciéndole que haría gestiones ante el Ejército Rojo y el Partido y que lo restituiría en el cargo antes de un año. Al menos eso fue lo que me contó Nikolai.

»—¿Comprendes, Mamiya? —dijo Nikolai bajando la voz—. Aquí todo el mundo cree que Boris volverá a ocupar su antiguo cargo. Seguramente Beria lo rescate de aquí en un futuro breve. Es cierto que este campo de concentración está administrado, por ahora, por el Comité Central y por el Ejército Rojo, así que incluso Beria tiene que andarse con pies de plomo. Pero no podemos estar tranquilos. La situación puede cambiar en cualquier momento. Si ahora se lo hiciésemos pasar mal, está claro que tramaría contra nosotros una venganza terrible. En el mundo abundan los tontos, pero no hay ninguno que lo sea tanto como para firmar él mismo la orden de ejecución de su propia sentencia de muerte. De modo que aquí todos lo tratamos con muchos miramientos, casi como a un invitado. Por supuesto, no podemos dejar que viva en un hotel rodeado de sirvientes, así que, por el momento, sigue encadenado y se le obliga a hacer trabajos ligeros para cubrir las apariencias. En realidad, tiene su propia habitación, también recibe alcohol, tabaco, todo lo que pide. A mi modo de ver, no es más que una víbora que no favorece ni a mi país ni a nadie. Ojalá una noche lo degollara alguien.

»Un día que yo pasaba cerca de la estación, me llamó el mismo sargento corpulento de la otra vez. Ya le iba a enseñar el salvoconducto. Pero él hizo un signo negativo con la cabeza. Me dijo que fuera al despacho del jefe de estación. No entendía el motivo, pero me dirigí allí. El jefe de estación no se encontraba en el despacho, sino Boris, con sus ropas de presidiario, y me estaba esperando. Estaba sentado a la mesa del jefe de estación y tomaba el té. Me quedé petrificado en la entrada. Ya no llevaba los grilletes. Me hizo una señal con la mano para que entrara.

»—¡Cómo va, teniente Mamiya! Hacía tiempo que no nos veíamos —dijo sonriendo con buen humor. Me ofreció un cigarrillo, lo rechacé con un gesto de cabeza. Se puso el cigarrillo entre los labios y lo encendió—. Ya han pasado nueve años desde entonces. ¿O son ocho? Me alegra que estés vivo y bien. Siempre me alegra volver a encontrar a un viejo amigo. Especialmente después de una guerra tan cruel como ésta, ¿no es verdad? ¿No te

lo parece? Por cierto, ¿cómo pudiste salir de aquel maldito pozo?
—Yo permanecía callado, con los labios prietos—. Bueno, qué importa eso ahora. En cualquier caso pudiste escapar de allí. Y has perdido el brazo en algún lugar. Y has aprendido a hablar un ruso fluido. Me alegro mucho. Perder un brazo no es nada. Lo importante es conservar la vida.

»Le contesté que no estaba vivo por propia voluntad.

»Boris, al oírlo, rió a carcajadas.

»—Teniente Mamiya, reconozco que eres un tipo muy interesante. No se conoce todos los días a alguien que no quiere estar vivo pero que, en cambio, ha logrado escapar de todas partes vivito y coleando, ¿eh? Vaya, vaya, vaya, realmente interesante. Pero a mí no puedes engañarme con tanta facilidad. Es imposible para una persona normal salir sin ayuda de aquel pozo y, luego, regresar a Manchuria después de cruzar el río. No te preocupes, no voy a decírselo a nadie.

»Por cierto, desgraciadamente, como puedes ver, he perdido el puesto que me corresponde, me hallo en este campo como un presidiario cualquiera. Pero no pienso quedarme siempre partiendo piedras con la maza en esta tierra en los confines del mundo. Ahora me encuentro aquí de este modo, pero preservo una influencia evidente en el Comité Central y estoy consolidando mi poder, también aquí, día a día, utilizando esa influencia. Y, si te hablo en confianza, me gustaría tener una buena relación con vosotros, los prisioneros japoneses. Digan lo que digan, los resultados de esta mina dependen de vuestro trabajo, los diligentes prisioneros japoneses. Pienso que nada de lo que se haga aquí puede hacerse sin teneros en cuenta. De modo que, para empezar, me gustaría que me ayudaras. Tú pertenecías a la sección de espionaje del ejército de Kwantung y eres valiente. Hablas muy bien el ruso. Creo que podré ofreceros facilidades, a ti y a tus compatriotas, si haces de intermediario. Pienso que es una buena oferta.

»—Nunca he sido espía ni tengo intención de serlo ahora —contesté claramente.

»—No te estoy diciendo que hagas de espía —dijo Boris como si tratara de tranquilizarme—. No quiero que me interpretes mal. Escúchame bien, lo que te digo es que mejorarían vuestras condiciones. Te propongo que busquemos un mejor entendimiento. Y sólo te estoy pidiendo que hagas de mediador. Escúchame bien, teniente Mamiya, puedo echar a patadas de su silla a ese mierda inútil de georgiano del Politburó. No te miento. ¿Qué te parece? Vosotros debéis de odiarlo a muerte. Y una vez haya saltado, sería posible concederos una autonomía parcial. Vosotros creáis un comité y os administráis vosotros mismos. Entonces ya no recibiréis, como hasta ahora, malos tratos por parte de los guardianes. Hace tiempo que lo estáis deseando, ¿no es así?

»Ciertamente, Boris tenía razón. Era algo que nosotros veníamos reclamando a las autoridades del campo desde hacía mucho tiempo, pero siempre se habían negado rotundamente.

»—¿Y qué nos pides a cambio? —pregunté.

»—Nada especial —dijo sonriendo con los brazos abiertos—. Lo que yo busco es una relación estrecha y buena con vosotros, los prisioneros japoneses. Necesito vuestra colaboración para sacarme de encima a unos cuantos camaradas con quienes considero difícil congeniar. Y nuestros intereses coinciden en algunos puntos, ¿no te parece? Podríamos colaborar. Como a menudo dicen los americanos, *give and take*. Si colaboráis conmigo, no os haré nada malo. No tengo la menor intención de engañaros. Por supuesto, sé muy bien que no estoy en situación de pedirte que me tengas simpatía. Entre nosotros hay algunos recuerdos no muy agradables. Pero, aunque no lo aparente, soy una persona muy fiel. Cumplo sin falta lo que prometo. De modo que olvidemos el pasado.

»Me gustaría que dentro de unos días me dieras una respuesta respecto de mi propuesta. Vale la pena probarlo y, por vuestra parte, ya no tenéis nada más que perder. ¿No es así? Escúchame bien, teniente Mamiya, lo que te pido es que mantengas en secreto lo que acabo de decirte y que se lo transmitas sólo a alguien de la máxima confianza. A decir verdad, entre vosotros hay algunos delatores que colaboran con el Politburó. Procura que no se enteren. Si se enteraran, nos veríamos en apuros. Mi influencia aquí todavía no es suficiente.

»Volví al campo de concentración y, en secreto, le comenté la propuesta a un ex teniente coronel, inteligente y valeroso. Comandaba las tropas que quedaron sitiadas en una fortaleza en las montañas de Khingan y nunca, ni siquiera después de finalizada la guerra, izó la bandera blanca, era un líder oficioso entre los prisioneros japoneses e incluso los rusos le cedían el paso. Le expliqué que Boris había sido oficial de alta graduación de la policía secreta y luego le expliqué su propuesta sin mencionar a Yamamoto ni nuestra misión junto al río Khalkha. Al parecer, al teniente coronel le pareció interesante la posibilidad de expulsar al representante del Politburó y de conseguir la autonomía de los prisioneros japoneses. Le insistí en que Boris era un hombre cruel, peligroso, maquiavélico, que no cabía fiarse de él sin tomar precauciones.

»—Sin duda es así. Pero es cierto que, tal como él mismo dice, no tenemos nada que perder, ¿no es cierto? —comentó el teniente coronel.

»No supe qué responderle. Me parecía imposible que la situación pudiese empeorar a consecuencia de aquel trato. Pero, en definitiva, me equivocaba. El infierno, realmente, no tiene fondo.

»Días después, por fin, fijé el lugar donde el teniente coronel y Boris podían encontrarse a solas, sin ser vistos por nadie; yo también asistí en calidad de intérprete. Después de treinta minutos de negociación, llegaron a un acuerdo sobre el compromiso secreto y se estrecharon la mano. Desconozco lo que ocurrió después. Por lo visto intercambiaban con frecuencia notas en clave a través de algún conducto secreto. Por mi parte, no tuve otra oportunidad de actuar como intermediario. Mientras tanto, el teniente coronel y Boris mantenían el máximo secreto. Algo que, para mí, era de agradecer. Porque yo no quería, de ser posible, volver a relacionarme con Boris. Por supuesto, más tarde sabría que aquello era imposible.

»Algo así como un mes después, el representante del Politburó fue expulsado de su puesto por órdenes del Comité Central del Partido y, tal como Boris me había asegurado, dos días después llegó otro funcionario de Moscú. Dos días después, por la noche, tres prisioneros japoneses fueron estrangulados. Para simular su suicidio, fueron colgados con cuerdas de unas vigas del techo, pero era evidente que habían sido linchados por sus compañeros japoneses. Seguramente eran los delatores de los que había hablado Boris. Pero aquel incidente terminó sin que nadie buscara a los asesinos ni se impusiera ningún castigo. En aquel momento, Boris ya tenía en sus manos el verdadero poder del campo de concentración.»

33
El bate desaparecido
Regreso de *La gazza ladra*

Me puse un jersey, el chaquetón, una gorra de lana que me cubría casi hasta los ojos y, saltando el muro, bajé silenciosamente al callejón. Aún no había amanecido y la gente dormía todavía. Caminé por el callejón sin hacer ruido hasta llegar a la casa.

La «mansión» estaba tal como la había dejado seis días atrás. Los platos sucios seguían en el fregadero. No había ninguna nota, tampoco había mensajes en el contestador. En el cuarto de Cinnamon, la pantalla del ordenador estaba muerta, fría. El aire acondicionado mantenía idéntica la temperatura de las habitaciones. Me quité el chaquetón, los guantes, calenté agua, me tomé un té inglés. Me comí unos bizcochos con queso en lugar de prepararme el desayuno. Fregué los platos que había en el fregadero, los guardé en el armario. Aunque dieron las nueve, Cinnamon no apareció, como me había imaginado ya.

Salí al jardín, levanté la tapa del pozo, me asomé a mirar. Era la oscuridad de siempre. Conocía muy bien el pozo, como una prolongación de mi propio cuerpo. Su oscuridad, su olor, su silencio se habían convertido en una parte de mí. En cierto sentido conocía mejor el pozo que a Kumiko. Por supuesto, recordaba muy bien a Kumiko. Si cerraba los ojos, podía recordar cada detalle de su rostro, de su cuerpo, recordaba sus gestos. Había vivido con ella seis años en la misma casa. Pero, al mismo tiempo, tenía la sensación de que había cosas de Kumiko que era incapaz de recordar con nitidez. O, quizá, lo que no tenía era la certeza de poder recordarlas. Igual que no fui capaz de recordar con exactitud la forma en que estaba doblada la cola del gato cuando volvió a casa.

Me senté en el brocal del pozo, las manos embutidas en los bolsillos del chaquetón, volví a mirar a mi alrededor. Parecía que fuera a caer una lluvia gélida, tal vez incluso nevara. No hacía viento, pero el aire estaba muy frío. Una bandada de pequeños pájaros volaba por el cielo trazando formas complejas, pictografías secretas, y se alejó veloz hacia alguna parte. Poco después oí el rumor sordo de un avión a reacción, pero no pude verlo, tapado por las pesadas nubes. En días nublados, tan oscuros como ése, no me preocupaba que, al salir del pozo, la luz del sol me dañara los ojos, aunque hubiera bajado en pleno día.

Permanecí allí sentado sin hacer nada durante un buen rato. No tengo prisa. El día acaba de empezar, aún falta mucho para mediodía. Me dejé llevar por las ideas que me iban viniendo a la cabeza. ¿Adónde habrán llevado la estatua del pájaro? Quizás esté en el jardín de otra casa y siga confiando en vano, eternamente, en el impulso que lo haga capaz de levantar el vuelo. ¿O lo tiraron tal vez el verano pasado junto con los escombros del derribo de la casa de los Miyawaki? Eché de menos la estatua del pájaro. Me parecía que, sin la estatua, el jardín había perdido el delicado equilibrio que tenía antes.

Pasadas las once no me venía ya ningún otro recuerdo a la cabeza, bajé al fondo del pozo. Descendí por la escalera comprobando cómo era el aire que me envolvía, respiré hondo, como siempre. Es el aire de siempre. Huele a moho, pero no falta oxígeno. Busqué a tientas el bate que había dejado apoyado en la pared. *Pero el bate no estaba.* Había desaparecido. Desaparecido del todo, sin dejar ni rastro.

Me senté en el suelo al fondo del pozo, me apoyé en la pared.

Suspiré varias veces. Suspiros vacíos, sin esperanza, como el viento que sopla caprichosamente por los secos valles sin nombre. Cuando me cansé de suspirar, me froté con ambas manos las mejillas. ¿Quién demonios se habrá llevado el bate? ¿Cinnamon? Era la única posibilidad que se me ocurría. Nadie más que él sabe que existe el bate, tampoco bajaría nadie al fondo del pozo. Pero ¿por qué tenía que llevarse Cinnamon mi bate? Sacudí la cabeza, inútilmente, en la oscuridad. Me parecía incomprensible. No, ésa era sólo *una* de las muchas cosas que no podía comprender.

«De todos modos, no tengo más remedio que hacerlo sin el bate», pensé. No hay más remedio. Desde el principio, el bate sólo había sido un simple amuleto. Está bien, aunque no lo tenga, no hay ningún problema. La primera vez no tuve ningún problema en llegar hasta aquella habitación sin llevar nada, ¿no fue así? Tras convencerme a mí mismo, tiré de la cuerda y cerré la tapa del pozo. Después entrelacé los dedos de las manos en torno a las rodillas, cerré los ojos lentamente en la oscuridad.

Como la última vez, me costaba concentrarme. Pensamientos diversos penetraban furtivamente en mi cabeza y me lo impedían. Para ahuyentarlos, intenté pensar en la piscina. Pienso en la piscina municipal cubierta, de veinticinco metros de largo, a la que voy con frecuencia. Imagino que estoy nadando, arriba y abajo, en estilo *crawl*. Nado despacio, tranquilamente, sin preocuparme por la velocidad. Saco despacio los codos del agua, introduzco suavemente los brazos siguiendo la punta de los dedos para evitar ruidos innecesarios, levantar espuma. Retengo el agua en la boca, la expulso despacio, como si respirase bajo el agua. Después de nadar un rato siento que mi cuerpo fluye con naturalidad por el agua como si lo empujase una suave brisa. A mis oídos sólo llega mi respiración regular. Estoy mirando desde lo alto el paisaje, floto en el viento como un pájaro que vuela por el cielo. Veo una ciudad lejana, personas pequeñas, la corriente de un río. Me envuelve una sensación de serenidad. Podría decirse que *estoy embelesado*. Nadar ha sido siempre una de las cosas maravillosas en mi vida. Quizá no me haya ahorrado ningún problema, pero tampoco me ha ocasionado ninguno. *Nadar*. Nunca nada podrá estropearlo.

«Se oye algo», pienso de repente.

Al darme cuenta, oigo en la oscuridad un ruido grave y monótono parecido al zumbido de un insecto. Pero no es un zumbido de verdad. Es más mecánico, artificial. Su frecuencia varía delicadamente, sube y baja, como al sintonizar una emisora de onda corta. Contuve el aliento, agucé el oído, intenté averiguar su procedencia. Parecía brotar de algún punto en la oscuridad, aunque, al mismo tiempo, brotaba de mi cabeza. En aquella profunda oscuridad era muy difícil establecer una clara línea divisoria.

De pronto, mientras trataba de concentrarme en aquel ruido, me adormecí sin darme cuenta. Pero no tuve la sensación gradual de «ir durmiéndome». Caí de pronto en el sueño igual que si caminara por un pasillo y, sin que tuviera tiempo ni de darme cuenta, alguien me agarrase por la espalda y me arrastrase rápidamente hacia una habitación. No sé cuánto tiempo pasé sumido en ese sopor, como sumergido bajo una gruesa capa de barro. Quizá no mucho. Tal vez sólo un instante. Pero cuando al fin recuperé el conocimiento, supe, por algunos indicios, que estaba en otra oscuridad. El aire era distinto, la temperatura era distinta, tanto su profundidad como su calidad eran distintas. La oscuridad apenas parecía mezclarse con una luz opaca. Y el olor fuerte y familiar del polen me irritó la nariz. Me hallaba en la habitación de aquel hotel extraño.

Levanté los ojos, miré a mi alrededor, contuve la respiración. *Había atravesado la pared.*

Estaba sentado en el suelo, sobre la alfombra, apoyado en una pared tapizada de tela. Tengo ambas manos entrelazadas sobre las rodillas. Estaba tan clara, tan completamente despierto, como terriblemente profundo había sido el sueño. Tardé algún tiempo en acostumbrarme al hecho de estar despierto, porque el contraste era extremo. El corazón bombeaba rápido, con latidos fuertes. *No puedo equivocarme. Estoy aquí.* Por fin he podido llegar.

Dentro de la espesa oscuridad, como hecha de infinidad de redes, la habitación era idéntica a como la recordaba. Pero, a medida que los ojos se van acostumbrando a la oscuridad, descubro que hay detalles perceptiblemente distintos. Primero, el teléfono no se encuentra en el mismo lugar. No está sobre la mesita de noche sino sobre la almohada. Hundido en la almohada sin que se vea apenas. En la botella, el whisky ha disminuido bastante. Ahora sólo queda, en el fondo, un culo. En la cubitera, el hielo se ha deshecho, hay agua turbia, sucia. El vaso está seco del todo, meto un dedo dentro, sé que hay un polvillo blanco. Me acerco a la cama, descuelgo el teléfono, me llevo el auricular a la oreja. Está completamente muerto. Como si la habitación hubiese sido abandonada, olvidada, durante largo tiempo. No se percibe el menor indicio de que haya alguien. Sólo las flores del jarrón conservan una frescura inquietante.

En la cama quedan huellas de que alguien ha estado acostado. La sábana, el edredón, se ven algo revueltos. Hay un hueco en la almohada. Quito el edredón, paso la mano. No queda siquiera un resto de calor. Tampoco queda el rastro de un perfume. Pensé que había pasado mucho tiempo desde la última vez que *alguien* se había levantado de la cama. Me siento en el borde, miro despacio a mi alrededor, aguzo el oído. Pero no se oye nada. Como si me encontrase en una cripta de la Edad Antigua después de que unos ladrones de tumbas se hubiesen llevado la momia.

De repente, justo en ese momento, suena el teléfono. Me quedo quieto, el corazón helado, como un gato paralizado por el miedo. El aire vibra con intensidad, el polen suspendido en el aire despierta como si hubiese sido golpeado. Los pétalos levantan ligeramente su rostro en la oscuridad. ¿El teléfono? Estaba muerto hace apenas un instante, como una piedra enterrada profundamente en la tierra. Los latidos de mi corazón se van sosegando, recobro el aliento, compruebo que estoy en esta habitación, que no he saltado a otra parte. Alargo el brazo, toco de forma leve el auricular con los dedos, dejo que pase un tiempo, luego lo descuelgo despacio. Tal vez haya sonado el timbre tres o cuatro veces en total.

—Diga, diga. —Pero, en cuanto descuelgo, el teléfono muere. Siento en la mano un peso muerto, como un saco de arena, ya no puedo retroceder—. Diga, diga —repito con voz seca. Pero mi voz rebota contra una pared sólida y retorna a mí. Cuelgo el auricular, lo descuelgo otra vez, me lo llevo a la oreja. No se oye el tono. Me siento en el borde de la cama y espero, conteniendo el aliento, a que el teléfono vuelva a sonar. Pero el timbre no suena. Veo cómo vuelve a desmayarse el polvo suspendido en el aire, e igual que antes se desvanece, se hunde en la oscuridad. Intento reproducir el sonido del timbre en mi cabeza. Ahora ya no estoy seguro de que haya ocurrido realmente. Pero si empiezo a pensar así, no terminaré nunca. Tengo que trazar un límite en alguna parte. De lo contrario, peligraría mi propia existencia. *Seguro que ha sonado el timbre, sin duda.* Y, un instante después, el teléfono volvía a estar muerto. Carraspeo. Pero incluso ese sonido muere en un instante en el aire.

Me levanto y camino de nuevo por la habitación. Observo

el suelo, miro el techo, me siento a la mesa, me apoyo sin pensar en nada en la pared. Intento hacer girar el pomo de la puerta, encender, apagar la lámpara de pie. Por supuesto, la puerta ni se mueve, la iluminación sigue muerta. La ventana está tapiada desde el exterior. Aguzo el oído. El silencio es como una pared alta y lisa. Pero, a pesar de todo, hay indicios de que tratan de *engañarme*. No quieren que sepa que están ahí, conteniendo el aliento, aplastados contra la pared, el color de la piel borrado. *Finjo* que no me doy cuenta. Nos estamos engañando mutuamente de manera muy hábil. Vuelvo a carraspear. Me paso las yemas de los dedos por los labios. Decido volver a inspeccionar el interior de la habitación. Vuelvo a apretar el interruptor de la lámpara de pie. No se enciende. Destapo la botella de whisky y la huelo. El mismo olor de siempre. Cutty Sark. Tapo la botella, la dejo sobre la mesa en el mismo lugar donde estaba. Descuelgo el auricular y me lo llevo a la oreja. Está tan rígido, tan muerto, que es imposible que pueda morir más. Compruebo el tacto de la alfombra a través de la suela de los zapatos, caminando despacio. Pego la oreja a la pared, concentro mis sentidos para descubrir si se oye algo. Por supuesto, no se oye nada. Me planto ante la puerta, intento hacer girar el pomo con la certeza de que no voy a poder moverlo. El pomo gira hacia la derecha con facilidad. Pero, durante unos instantes, no soy capaz de creer que esto sea real. Hace un momento no se movía ni siquiera un poco, igual que si estuviera bloqueada con cemento. Vuelvo al principio para intentarlo de nuevo. Retiro el brazo, alargo la mano otra vez hacia el pomo, lo hago girar a derecha e izquierda. El pomo gira en mi mano a derecha y a izquierda, con suavidad. Tengo la extraña sensación de que la lengua se me va a hinchar en la boca.

La puerta está abierta.

Tiré del pomo hacia mí, por la rendija de la puerta penetró una luz deslumbrante. Pensé en el bate de béisbol. Si tuviera el bate me sentiría más tranquilo. *Está bien, olvídate del bate.* Abro la puerta sin vacilar. Salgo afuera tras comprobar que no hay nadie ni a derecha ni a izquierda. Es un pasillo largo, alfombrado. Al otro lado del pasillo hay un jarrón con flores. Me había escondido detrás del jarrón mientras aquel camarero llamaba a la puerta. Según recordaba, era un pasillo muy largo, había que doblar muchas esquinas, se iba bifurcando en nuevos pasillos. Me había encontrado con el camarero por casualidad y había llegado hasta aquí siguiéndolo. En la puerta de la habitación había una placa con el número 208.

Empecé a caminar con cautela hacia el jarrón. Pensé que me gustaría llegar al vestíbulo en el que había visto por televisión a Noboru Wataya. Había mucha gente, movimiento. Con un poco de suerte, tal vez allí pudiera descubrir algún indicio. Pero llegar hasta allí era como atravesar un inmenso desierto sin brújula. Y, si no logro llegar al vestíbulo ni soy capaz de regresar a la habitación 208, tal vez quede atrapado en este hotel, como en un laberinto, y no pueda volver al mundo real. Pero no hay tiempo para vacilaciones. Tal vez sea ésta la última oportunidad. Por fin se ha abierto la puerta ante mí tras esperar que esto ocurriera día tras día, durante seis meses, en el fondo del pozo. Y el pozo está a punto de serme arrebatado. Si ahora me echo atrás, todo el esfuerzo y el tiempo que he invertido habrán resultado inútiles.

Doblé unas cuantas esquinas. Mis zapatillas de tenis no hacían ningún ruido sobre la alfombra. No se oyen las voces, ni la música, ni la televisión. Tampoco se oye el ruido del aire acondicionado, ni de los ascensores. En el hotel reinaba un silencio absoluto, profundo, como en una ruina abandonada por el tiempo. Doblé muchas esquinas, pasé por delante de muchas puertas. Pasé por algunas bifurcaciones. En cada bifurcación tomaba siempre el pasillo de la derecha. De este modo, cuando quisiera volver, llegaría a la misma habitación tomando siempre el pasillo de la izquierda. Pero había perdido por completo el sentido de la orientación. No podía saber si realmente avanzaba hacia alguna parte. La numeración de las puertas no era correlativa, de modo que eso no me servía. Y si trataba de memorizar los números, los olvidaba de inmediato. A veces tenía la sensación de que ya había visto, en otras puertas ante las que ya había pasado, los mismos números que veía ante mí. Me detuve en mitad de un pasillo para recuperar el aliento. ¿Estaré dando vueltas como cuando te pierdes en un bosque?

Allí parado, de pie, ya no sabía qué tenía que hacer cuando, a lo lejos, oí un sonido que me resultaba familiar. Es el camarero y viene silbando. Un sonido limpio, afinado. No conozco a nadie que silbe tan prodigiosamente. Silbaba la obertura de *La gazza ladra,* de Rossini, igual que la otra vez. No es una melodía fácil de silbar, pero él lo hacía con mucha soltura. Avancé hacia el lugar de donde provenía el silbido. El silbido sonaba cada vez más fuerte, más nítido. Al parecer, venía hacia mí. Me escondí detrás de una columna que encontré.

El camarero llevaba una bandeja de plata, sobre ella, como la otra vez, había una botella de Cutty Sark, una cubitera y dos vasos. El camarero miraba al frente ensimismado y escuchando su propio silbido, pasó ante mí caminando rápido. No se fijó en mí. Como si pensara que tenía prisa y que no podía perder ni un segundo. *«Todo está igual»*, pensé. Como si hubiese retrocedido en el tiempo.

Seguí al camarero. La bandeja se balanceaba alegremente al son del silbido y reflejaba deslumbrante las luces del techo. Iba repitiendo la misma melodía de *La gazza ladra* sin cesar, tal vez como un *ensalmo.* Me pregunté en cuál sería la historia de *La gazza ladra.* Todo lo que conozco de esa ópera es la melodía de la obertura y su extraño título. De pequeño, teníamos en casa un disco con la obertura dirigida por Toscanini. Comparándola con la interpretación actual, moderna y elegante, de Claudio Abbado, la de Toscanini era apasionada, como si hubiese derribado a un enemigo temible tras una lucha violenta y pensara en estrangularlo poco a poco. Pero *La gazza ladra*, ¿cuenta realmente la historia de una urraca que roba objetos? Pensé que, cuando todo hubiese acabado, iría a la biblioteca y lo buscaría en la enciclopedia de música. Si se puede encontrar, no me importaría comprarme el disco de la ópera completa y escucharlo. O mejor no, quizás entonces ya no tenga ganas de saber nada de ella.

El camarero seguía caminando con pasos firmes, sin perder el ritmo, como un muñeco mecánico, yo lo seguía a distancia prudencial. No tenía la menor duda de adónde se dirigía. Llevaba una botella sin empezar de Cutty Sark, una cubitera y unos vasos a la habitación 208. Y, realmente, el camarero se detuvo delante de la habitación 208. Se pasó la bandeja a la mano izquierda, comprobó el número de la puerta, irguió la espalda y llamó de una forma mecánica. Tres veces y, luego, tres veces más.

No pude oír si alguien respondía desde dentro. Espiaba al camarero desde detrás del jarrón. Pasó el tiempo, pero el camarero no cambió de postura, estaba en posición de firmes ante la puerta, como si desafiara los límites de la paciencia. No volvió a llamar, simplemente permaneció esperando a que se abriera. Al poco rato, la puerta se entreabrió hacia dentro, como si hubiesen escuchado la oración.

34
El trabajo que hace imaginar a los demás
(Continuación de la historia de Boris
el despellejador)

Boris cumplió su promesa. Concedió a los prisioneros japoneses una autonomía parcial y permitió que creáramos el comité de representantes. El teniente coronel se convirtió en su figura central. A los guardianes rusos se les prohibió actuar de manera violenta y el comité asumió la responsabilidad de mantener el orden en el campo de prisioneros. La postura oficial del nuevo Politburó (es decir, de Boris) fue la de darnos carta blanca siempre que mantuviéramos las cuotas de producción establecidas y no causáramos problemas. Aquellas reformas, aparentemente democráticas, deberían haber sido una buena noticia para nosotros.

Pero el asunto no era tan sencillo. Por desgracia, todos nosotros, incluido yo, estábamos exultantes con las reformas, tanto como para no adivinar las astutas intrigas que iban urdiéndose a nuestras espaldas. Los nuevos funcionarios del Politburó no fueron capaces de contener a Boris, respaldado por la policía secreta, y Boris aprovechó esta circunstancia para transformar a su antojo el campo de concentración y la ciudad minera. En muy poco tiempo, las intrigas y el terror pasaron a ser moneda corriente. Entre los prisioneros y los vigilantes, Boris seleccionó a unos pocos individuos, por su corpulencia y crueldad (en el lugar no escaseaban tipos de esa calaña), los entrenó y creó su propia guardia personal. Armados con fusiles, cuchillos y picos eran capaces, a una orden de Boris, de amenazar, golpear, secuestrar o torturar hasta la muerte a cualquiera que le plantase cara. Nadie podía frenarlos. Incluso los soldados del ejército responsables de la vigilancia de la mina hacían lo posible para no ver las tropelías de aquellos tipos. Pero, en aquel momento, ya ni siquiera el ejército podía enfrentarse a Boris. Los soldados se limitaban a vigilar la estación y los alrededores del cuartel y preferían ignorar cuanto sucedía en la mina y en el campo de concentración.

De todos los miembros de la guardia personal, el preferido de Boris era un ex prisionero mongol a quienes todos llamaban el Tártaro. Escoltaba a Boris como si fuera su sombra. Se decía que el Tártaro había sido campeón de lucha mongol y en la mejilla derecha lucía una gran quemadura, producto, al parecer, de una ocasión en que había sido torturado. Boris ya no vestía ropas de presidiario, vivía en una confortable residencia oficial y era atendido por una presidiaria que le hacía de criada.

Según Nikolai (cada día más reacio a hablar), algunos rusos que él conocía habían desaparecido, de noche, sin que volviera a saberse nada más de ellos. Oficialmente fueron catalogados como desaparecidos o muertos en accidente, pero era obvio que habían sido los hombres de Boris los que se habían «encargado» de ellos. No acatar los deseos o las órdenes de Boris implicaba una muerte segura. Se decía que algunos habían intentado hacer llegar una apelación directa al Comité Central del Partido informando sobre lo que allí ocurría, pero que habían fracasado y habían sido eliminados.

—Dicen —me explicó Nikolai en secreto con la cara pálida— que esos tipos mataron incluso a un niño de siete años como castigo ejemplar. Lo mataron a golpes entre todos, delante de sus padres.

Al principio, Boris obró con más cautela en la zona japonesa. Primero concentró todas sus fuerzas en controlar a los rusos y consolidar su posición en el campo. Mientras tanto, parecía tener la intención de dejarnos llevar nuestros asuntos. Así, durante los primeros meses después de las reformas, pudimos saborear una paz pasajera. Disfrutamos de unos días apacibles, una especie de calma. Las duras condiciones de trabajo mejoraron, aunque no mucho, debido a las exigencias del comité, y ya no fue necesario temer la violencia de los guardianes. Sentimos incluso, por primera vez desde nuestra llegada, algo parecido a la esperanza. Los prisioneros estaban convencidos de que, a partir de entonces, las cosas irían mejorando poco a poco.

No es que Boris nos ignorara en aquellos meses de paz. En secreto, no dejaba de prepararse para el futuro. Boris iba poniendo bajo control, uno tras otro, con amenazas y sobornos, a todos los miembros del comité japonés. Llevó a término sus intrigas con mucha cautela, evitando la violencia manifiesta, de modo que no pudiésemos darnos cuenta de nada. Y cuando al fin nos dimos cuenta, ya era demasiado tarde. En definitiva, nos había estado distrayendo con la autonomía mientras él asentaba su férrea dictadura. Sus cálculos eran de una precisión y sangre fría diabólicas. La violencia absurda y gratuita desapareció de nuestras vidas. Pero en su lugar nació una violencia cruel, premeditada, un tipo bien distinto de violencia.

Boris invirtió seis meses en consolidar su régimen. A continuación cambió de rumbo y así empezó la opresión de los prisioneros japoneses. El teniente coronel, figura central en el comité, fue su primera víctima. En representación de los intereses de los prisioneros japoneses, el teniente coronel acabó enfrentándose violentamente a Boris y, como consecuencia, fue liquidado. En aquella época, los únicos miembros del comité que Boris no tenía bajo control eran el teniente coronel y unos pocos compañeros suyos. Durante la noche, lo sujetaron de pies y manos y luego lo asfixiaron tapándole la cara con una toalla mojada. Por supuesto, obedecían órdenes de Boris. Cuando asesinaba a japoneses, nunca se ensuciaba las manos. Daba instrucciones al comité y eran los propios japoneses los que se encargaban de todo. La muerte del teniente coronel se catalogó como «muerte por enfermedad». Todos sabíamos quiénes eran los asesinos, pero nadie osaba hablar. Sabíamos que, mezclados entre nosotros, Boris tenía espías y nadie podía hablar a la ligera. Tras el asesinato del teniente coronel, el comité eligió como sustituto a un esbirro de Boris.

Paralelamente a los cambios en el comité, las condiciones de trabajo fueron empeorando de forma gradual hasta volver a la situación anterior, y se llegó a perder cuanto se había ganado. A cambio de la autonomía, le habíamos prometido a Boris mantener las cuotas de producción, pero aquel pacto acabó convirtiéndose en una carga cada vez más pesada. Con cualquier pretexto, la cuota fue aumentando de forma gradual y, pronto, el trabajo fue mucho más duro de lo que jamás había sido hasta entonces. Los accidentes fueron cada vez más numerosos y muchos prisioneros perdieron la vida inútilmente, en una tierra extranjera, víctimas de la extracción de carbón en galerías de alto riesgo. Lo único que en realidad supuso la autonomía fue que del control del trabajo se encargaron, en lugar de los rusos, nuestros propios compañeros.

Por supuesto, el descontento creció entre nosotros. En aquella pequeña sociedad antes hermanada por la desgracia común, surgió un sentimiento de injusticia y, junto con él, el odio profundo y la desconfianza. A los tipejos que servían a Boris se les daba un trabajo ligero, obtenían prebendas, los demás teníamos que arrostrar una vida cruel, siempre al límite de la muerte. Pero no podíamos quejarnos en voz alta. Una resistencia abierta implicaba la muerte. Podíamos morir por congelación o por desnutrición encerrados en una gélida celda de castigo. Tal vez el «grupo de asesinos» nos tapara de noche la cara con una toalla mojada mientras dormíamos. Temíamos que nos golpearan por la espalda, en la cabeza o nos la abrieran con un pico mientras trabajábamos y que luego nos arrojaran al pozo. Nadie sabría qué había ocurrido en el negro fondo de la mina. Sólo que alguien, sin que nadie se diera cuenta, había desaparecido.

Yo no podía evitar sentirme responsable por haber mediado en la presentación entre Boris y el teniente coronel. Por supuesto, de no haberlo hecho yo, Boris habría seguido cualquier otro camino para introducirse entre nosotros y, antes o después, habríamos llegado a la misma situación. Pero por más que intentara pensar de este modo, no disminuía el dolor en mi pecho. Había tomado una decisión equivocada, había cometido un error pensando actuar correctamente.

Un día, de repente, Boris me hizo llamar al edificio donde tenía su despacho. Hacía tiempo que no lo veía. Sentado ante el escritorio, estaba tomándose un té igual que aquella vez en el despacho del jefe de estación. De pie, a sus espaldas, plantado como un biombo, estaba como siempre el Tártaro, llevaba una pistola automática al cinto. Cuando entré, Boris se volvió hacia el mongol y le hizo señas de que saliera. Nos quedamos a solas.

—¿Qué le parece, teniente Mamiya? He cumplido mi promesa, ¿no es verdad?

Le contesté que sí. Las promesas habían sido cumplidas, por supuesto. Desgraciadamente era verdad. Había cumplido lo pactado. Como un pacto con el diablo.

—Vosotros tenéis vuestra autonomía. Y yo tengo el poder —dijo Boris sonriente abriendo los brazos—. Todos hemos conseguido lo que queríamos. El volumen de la extracción de carbón es más alto que nunca, Moscú está satisfecho. Todos estamos contentos, nadie puede quejarse. Te agradezco mucho que hayas hecho de mediador. Y, a cambio, quiero hacer algo por ti, de verdad. —Le respondí que no era preciso que me lo agradeciera, tampoco que me ofreciese nada—. Hace ya tiempo que nos conocemos, no seas tan seco, hombre —dijo Boris sonriendo—. Voy a ir al grano, quiero que trabajes para mí. Que seas mi ayudante. En este lugar, las personas con cerebro pueden contarse con los dedos de una mano. Tú tienes sólo un brazo, pero pareces inteligente. Así que, si me haces de secretario, yo te lo sabré agradecer, tendrás todas las facilidades para que tu vida sea cómoda. Sobrevivirás y algún día podrás volver a Japón. Conmigo no harás mal negocio.

En una situación normal hubiera rechazado su oferta en el acto. No tenía intención alguna de servirle y de llevar yo solo, traicionando a mis compañeros, una vida cómoda. Y poco me importaba que Boris me matase por haber rechazado su oferta. Pero entonces se me ocurrió una idea.

—¿Qué trabajo tendría que hacer? —le pregunté.

El trabajo que me exigió no era sencillo. Había que despachar un montón de ocupaciones menores. Pero el trabajo consistía, sobre todo, en administrar la fortuna personal de Boris. Él se apropiaba de una parte (que llegaba a alcanzar un cuarenta por ciento del total) de los alimentos, las medicinas y la ropa que enviaban la Cruz Roja Internacional y Moscú, los ocultaba en un almacén y los vendía en distintos lugares. También se quedaba una parte del carbón extraído, lo transportaba en vagones de mercancías y lo vendía en el mercado negro. La carencia de combustible era general, no faltaba la demanda. Había sobornado a los empleados del ferrocarril y al jefe de estación y hacía circular los trenes a su antojo. También ofrecía dinero y comida a los soldados de vigilancia para que hiciesen la vista gorda. Gracias a aquellos «negocios» había amasado una fortuna considerable. Me explicó que, en el futuro, pensaba utilizarla como fondos de la policía secreta. La cual, para sus actividades, precisaba disponer de fuertes sumas que no constaran en ninguna partida oficial, y que él estaba reuniendo esos fondos en secreto. Era mentira. Sin duda enviaba una parte a Moscú. Pero estoy convencido de que más de la mitad pasaba a engrosar su fortuna personal. Desconozco los detalles, pero creo que a través de un conducto secreto ingresaba ese dinero en un banco extranjero o tal vez lo cambiaba por oro.

No sé por qué razón, Boris tenía una confianza absoluta en mí. Ahora me resulta difícil de creer, pero ni siquiera parecía preocuparle que revelara su secreto. Frente a los rusos y otros hombres blancos, adoptaba una actitud dura, cruel, producto del recelo, pero parecía confiar ciegamente en japoneses y mongoles. O quizá pensase que nada podía sucederle aunque yo hablara. En primer lugar, ¿a quién demonios podía contárselo yo? A mi alrededor no había más que colaboradores y esbirros de Boris. Todos se beneficiaban de sus actividades ilegales. Quienes vivían sumidos en una miseria cruel y morían inertes por la falta de los alimentos, las ropas y las medicinas que Boris vendía ilegalmente en beneficio propio eran los presidiarios y prisioneros del campo. Además, el correo era censurado y el contacto con las personas del exterior estaba prohibido.

Ejercí con diligencia y fidelidad las funciones de secretario. Rehice desde la base los intrincados libros de contabilidad y de inventario de existencias, sistematicé y clarifiqué las entradas y salidas de mercancías y dinero. Elaboré un libro mayor para que, de una ojeada, pudieran conocerse al detalle las existencias y la fluctuación de sus precios. Elaboré una extensa lista de las personas sobornadas y calculé los «gastos necesarios». Trabajé para él de la mañana a la noche sin descansar. Y, en consecuencia, perdí a los pocos amigos que tenía. La gente pensaba, y era lógico que lo hiciera, que yo era un sujeto despreciable que se había rebajado a ser un fiel esbirro de Boris. (Es triste, pero es posible que algunos sigan creyéndolo.) Incluso Nikolai dejó de hablarme. Dos o tres prisioneros japoneses que antes podía considerar amigos me rehuían. Claro que, a cambio, se me acercaron otros, debido precisamente a ser el favorito de Boris, aunque con éstos prefería no tener tratos. Cada día que pasaba me iba quedando más solo, más aislado. No me mataron porque Boris me protegía. Yo era una de sus más preciadas posesiones y, si me mataban, Boris tomaría represalias. Todos sabían muy bien hasta dónde podía llegar su crueldad. Su fama como despellejador también era allí legendaria.

Cuanto más aislado me iba quedando, más confianza depositaba Boris en mí. Estaba muy satisfecho de mi trabajo, escrupuloso y preciso, y no escatimaba elogios.

—Es fantástico, fantástico. Mientras queden japoneses como tú, seguro que Japón supera el caos de la derrota. No así la Unión Soviética. Por desgracia es un caso perdido. Dentro de lo que cabe, la época de los zares fue mejor. Al menos el zar no tenía necesidad de calentarse la cabeza con teorías enrevesadas. Nuestro querido Lenin sólo sacó lo que pudo entender de las teorías de Marx y lo utilizó como le dio la gana, y nuestro querido Stalin sólo ha sacado de las teorías de Lenin lo que ha sido capaz de entender…, una verdadera miseria…, y encima lo utiliza como le da la gana. En este país, cuanto más corto de miras se es, tanto más poder se tiene. Cuanto más corto de entendederas, tanto mejor. Escúchame bien, teniente Mamiya. En este país sólo hay una manera de sobrevivir. Y es no imaginar nunca nada. Los rusos que usan su imaginación acaban hundiéndose. Yo, evidentemente, no la uso jamás. Mi trabajo consiste en hacer imaginar a los otros. Es mi medio de vida. *Es mejor que lo tengas presente.* Al menos mientras estés conmigo, si alguna vez te entran ganas de imaginar algo, recuerda mi cara. Y piensa: «Esto no es bueno, la imaginación me arruinará la vida». Te estoy dando un consejo de oro. Deja que imaginen los demás.

De aquella manera, transcurrió medio año en un abrir y cerrar de ojos. A finales de otoño de 1947 yo le era indispensable. Yo me encargaba de sus negocios; y el Tártaro y la guardia personal, de las actividades violentas. La policía secreta aún no lo había llamado a Moscú. Pero a mí me parecía que Boris ya no tenía intención de volver. Había asentado sus reales en el campo de concentración y en la mina, vivía cómodamente y amasaba una fortuna protegido por su ejército privado. O quizás, en vez de hacerle volver a la sede central del partido, los dirigentes de Moscú pensaron que podrían consolidar su dominio en Siberia dejándolo a él allí. Mantenía una correspondencia fluida con Moscú. Pero no por correo, sino por medio de emisarios secretos que llegaban en ferrocarril. Eran hombres altos, de ojos fríos como el hielo. Cuando entraban en la sala, tenía la sensación de que la temperatura bajaba bruscamente.

Entretanto, los prisioneros destinados a trabajos forzados seguían muriendo en un porcentaje muy elevado y sus cadáveres iban siendo arrojados, uno tras otro, a los pozos. Boris tasaba con rigor la capacidad de cada uno de ellos y, en una primera fase, los hacía trabajar en exceso y les reducía las raciones de comida hasta matar a los físicamente débiles. De este modo disminuía el número de bocas que alimentar, se cedía el alimento a los más fuertes y, en consecuencia, mejoraba la producción. El campo de concentración se convirtió en un mundo regido por la eficacia y por la ley de la selva, donde el pez grande se comía al pequeño. Los fuertes se apropiaban de la mejor parte, los débiles caían uno tras otro. Cuando faltaba mano de obra traían a prisioneros nuevos, llegaban en vagones de carga abarrotados, como animales. No era infrecuente que durante el viaje muriera el veinte por ciento, pero eso no preocupaba a nadie. La mayoría de los recién llegados eran rusos, o provenían, deportados al este, de la Europa Oriental. Por suerte para Boris, parecía que en el oeste proseguía la política, arbitraria y violenta, de Stalin.

Mi plan era matar a Boris. Por supuesto, no había garantía alguna de que la situación mejorase con su muerte. Seguramente todo continuaría con otro infierno parecido. Pero, aun así, no podía consentir que él siguiera existiendo. Era una víbora, como había dicho Nikolai. Alguien tenía que cortarle la cabeza.

No me importaba morir. Incluso me sentiría satisfecho de haber muerto tras quitarle la vida. Pero no podía permitirme el fracaso. Tendría que matarlo de un solo golpe, en el momento justo. Aguardaba la oportunidad mientras fingía ser su fiel secretario; pero Boris, como ya he dicho antes, era un hombre muy cauto. Día y noche tenía al Tártaro a su lado. Y aunque, en un momento dado, lo sorprendiera solo, ¿cómo podría matarlo yo, manco y desarmado? Esperaba con paciencia una ocasión. Estaba convencido de que, si existía Dios, esa ocasión llegaría un día u otro.

A principios de 1948 corrían por el campo rumores de que los prisioneros japoneses por fin íbamos a ser repatriados. Decían que en primavera zarparía un barco que nos llevaría de regreso a Japón. Se lo pregunté a Boris.

—Es verdad, teniente Mamiya —dijo Boris—. Esos rumores son ciertos. Volveréis todos a Japón en un futuro no muy lejano. Resulta que no podemos reteneros trabajando para siempre. Por la presión de la opinión pública internacional. Pero voy a hacerte una propuesta. ¿Te gustaría quedarte en este país, no como prisionero, sino como ciudadano soviético libre? Has trabajado muy bien para mí, y, si te vas, me costará muchísimo encontrar un sustituto. Estoy seguro de que estarás mejor a mi lado que sin un céntimo en Japón. He oído decir que en Japón no hay comida, que mucha gente muere de hambre. Y aquí tenemos de todo, dinero, mujeres, poder.

Boris me hacía esta propuesta en serio. Yo sabía demasiado, tal vez pensara que era peligroso dejarme marchar. Si rechazaba su propuesta, él tal vez me matara para sellarme la boca. Pero yo no tenía miedo. Le dije que se lo agradecía, pero que quería volver a Japón porque me preocupaban mis padres y mi hermana menor que habían quedado en el pueblo. Boris se encogió de hombros y no insistió.

Una noche de marzo, cercano ya el día de la repatriación, se me presentó la oportunidad ideal. En aquel momento nos encontrábamos solos en el despacho. El Tártaro, que siempre lo escoltaba, estaba ausente. Faltaban pocos minutos para las nueve de la noche, yo cuadraba los libros de cuentas, él escribía una carta sentado a su escritorio. Era raro que se quedara en el despacho hasta tan tarde. Él iba bebiendo tragos de una copa de brandy. De la percha, junto a su abrigo de cuero y su sombrero, colgaba el cinto con su pistola. La pistola no era del modelo grande que suministraba el ejército soviético, sino una Walther PPK de fabricación alemana. Se decía que Boris se la había quitado a un teniente coronel de las SS capturado después de la batalla del Danubio. La pistola estaba limpia y pulida, y en la culata figuraba, como dos relámpagos, el anagrama de las SS. Yo lo observaba con atención siempre que la limpiaba y sabía que había ocho balas en el cargador.

Era rarísimo que la dejara colgada en el perchero. Boris era muy cauto y, siempre que trabajaba sentado a la mesa, solía guardarla en el cajón derecho para tenerla a mano en caso de necesidad. Pero aquella noche, por alguna razón, estaba dicharachero, de muy buen humor y, quizá por eso, había olvidado tomar precauciones. Era la ocasión que había estado esperando, una oportunidad única. Mentalmente había repetido innumerables veces la operación de quitarle el seguro con una sola mano, de cargar a toda velocidad la primera bala en la recámara. Decidido, me levanté y pasé por delante del perchero fingiendo que iba a buscar unos documentos. Boris, absorto en la escritura de la carta, no me vio. Al pasar por delante, saqué la pistola de la funda. No era muy grande. Me cabía en la palma de la mano. Al sujetarla comprendí que era una excelente pistola por su peso y su equilibrio. Me puse ante él, quité el seguro, sujeté la pistola entre las piernas, con la mano derecha tiré hacia mí de la corredera y cargué la bala en la recámara. Boris, al oír el chasquido, alzó la vista al fin. Le apunté a la cara con el cañón.

Boris sacudió la cabeza y suspiró.

—Lo siento por ti, esa pistola no está cargada —dijo después de enroscar el capuchón de la estilográfica—. Puedes comprobarlo por el peso. Sopésala. Ocho balas de 7.65 mm son unos ochenta gramos.

No le creí. Le apunté a la frente y apreté el gatillo sin vacilar. Pero sólo sonó un «clic» seco. Tal como me había dicho, no estaba cargada. Bajé la pistola y me mordí los labios. Ya no podía pensar en nada. Boris abrió el cajón del escritorio y sacó un puñado de balas, me las mostró en la palma de la mano. Había descargado la pistola. Me había tendido una trampa. Todo había sido una farsa.

—Hace tiempo que sé que quieres matarme —continuó Boris con serenidad—. Has imaginado muchas veces que me matabas, ¿no es cierto? Te lo advertí una vez. Que imaginar arruinaría tu vida. Pero qué más da. De todas formas, no eres capaz de matarme. —Boris tomó dos de las balas que tenía en la palma de la mano y las arrojó al suelo. Las dos balas cayeron a mis pies—. Son balas de verdad. No te engaño. Cárgalas y dispárame. Es tu última oportunidad. Si de verdad quieres matarme, apunta bien y dispara. Si fallas, no le contarás mi secreto a nadie en el mundo, lo que yo hago aquí. Prométemelo. Éste es nuestro trato.

Asentí. Se lo prometí.

Sujeté la pistola entre las dos piernas, extraje el cargador, metí las dos balas. No fue fácil hacerlo con sólo una mano. Además me temblaba el pulso. Boris observaba mis movimientos con una expresión despreocupada en el rostro. Incluso sonreía. Introduje el cargador en la culata, le apunté entre los ojos, apreté el gatillo intentando afirmar el pulso. Un disparo retumbó en el cuarto. Pero la bala pasó rozándole a Boris una oreja y se clavó en la pared. Fragmentos blancos de yeso saltaron en todas direcciones. Había fallado el tiro pese a haberle disparado a sólo dos metros. No se debía a mi mala puntería. En la guarnición de Hsinching me gustaba hacer prácticas de tiro. Ahora era manco, pero tenía más fuerza en la mano derecha que muchas personas y, además, la Walther era una pistola equilibrada con la que no era difícil afinar la puntería. No podía creérmelo. Cargué de nuevo, apunté, respiré hondo. «Tengo que matarlo», me dije a mí mismo. Matar a este hombre daría sentido a mi vida.

—Apunta bien, teniente Mamiya. Es la última bala. —Boris aún tenía la sonrisa en la cara. En ese momento, el Tártaro, que había oído el disparo, se precipitó en el despacho, llevaba en la mano una pistola grande. Boris lo detuvo—. ¡Quieto! —gritó—. Deja que dispare. Si me mata, haz con él lo que quieras.

El Tártaro asintió, me apuntaba con la pistola.

Empuñé la Walther con mi mano diestra, extendí el brazo, apreté con serenidad el gatillo apuntando al centro de su fría sonrisa. Amortigüé el retroceso de la pistola en mi mano. Fue un disparo perfecto. Pero, igual que antes, la bala rozó su cabeza e hizo añicos el reloj de mesa que él tenía detrás. Boris ni siquiera movió una ceja. Apoyado en el respaldo de la silla, me miraba fijamente a la cara con aquellos ojos de serpiente. La pistola cayó al suelo con estrépito.

Por unos instantes, nadie dijo nada, nadie se movió. Al fin, Boris se levantó de la silla, se agachó despacio y recogió la Walther que yo había dejado caer. Tras contemplar pensativo la pistola unos segundos, la introdujo en la funda colgada de la percha negando despacio con la cabeza. Me dio dos palmaditas ligeras en el brazo como si me consolara.

—Ya te he dicho que no podrías matarme, ¿verdad? —Se sacó del bolsillo un paquete de Camel, se puso un cigarrillo entre los labios y lo encendió—. No es que dispares mal. Sólo que no puedes matarme. No eres capaz de hacerlo. Por eso has perdido tu oportunidad. Me sabe mal, pero volverás a tu país llevando contigo mi maldición. No podrás ser feliz nunca dondequiera que estés. Jamás amarás a nadie ni jamás serás amado por nadie. Ésta es mi maldición. Yo no te mataré. No es por bondad. He matado a mucha gente y seguiré matando en el futuro. Pero jamás lo hago si no es necesario. Adiós, teniente Mamiya. Dentro de una semana saldrás de aquí para ir a Nakodhka. *Bon voyage*. No volveremos a vernos.

Fue la última vez que vi a Boris el despellejador. La semana siguiente abandoné el campo de concentración. Fuimos trasladados a Nakodhka en ferrocarril y, a principios del año siguiente, tras diversas vicisitudes, fui repatriado por fin a Japón.

Francamente, no sé qué sentido podrá tener para usted esta larga y extraña historia, señor Okada. Quizá sólo le parezca la latosa historia de un viejo chocho. Pero yo quería, a toda costa, contarle a usted esta historia. Sentí que tenía que contársela. Como comprenderá, ahora que ha leído la carta, fui derrotado por completo, lo perdí todo. No tengo derecho a nada. Que no haya sido amado por nadie ni haya amado a nadie se debe a la fuerza de una predicción, de una maldición. Simplemente, en un futuro no muy lejano, desapareceré en la oscuridad como un pellejo vacío que ha vivido. Pero creo que ahora podré desaparecer con un sentimiento de sosiego gracias a haber podido transmitirle, al fin, esta historia a usted, señor Okada.

Deseo que tenga una vida feliz, sin arrepentimientos.

35

Un lugar peligroso
La gente delante del televisor
El hombre vacío

La puerta se entreabrió hacia dentro. El camarero hizo una ligera reverencia y entró en la habitación sosteniendo la bandeja con ambas manos. Mientras yo esperaba tras el jarrón a que saliera el camarero, me estuve preguntando cuál debía ser el siguiente paso que debía dar. Podía entrar en la habitación en cuanto él saliera. *Hay alguien en la habitación 208.* Y, si la serie de acontecimientos se desarrolla igual que la vez anterior (como hasta ahora se está desarrollando), la puerta no debería de estar cerrada con llave. O quizá pueda dejar la habitación para más tarde y, en cambio, seguir al camarero. *De este modo podré llegar al lugar al que él pertenece.*

Vacilé entre esas dos alternativas. Pero, al fin, opté por seguir al camarero. Podía haber algo peligroso oculto en la habitación 208. Tal vez un peligro mortal. Recordaba muy bien el sonido seco, resonando en la oscuridad, de alguien que llamaba a la puerta, el brillo blanco, afilado, de algo parecido a un cuchillo. Debo ser cauteloso. Primero comprobaré adónde se dirige el camarero. Después volveré aquí. Pero ¿cómo? Me metí las manos en los bolsillos de los pantalones y palpé lo que llevaba dentro. La cartera, monedas sueltas, un pañuelo, un bolígrafo pequeño. Saqué el bolígrafo y comprobé si escribía trazándome una línea en la palma de la mano. «Puedo ir haciendo marcas», pensé. Podré volver hasta aquí siguiendo las marcas. Pensé que quizá fuera posible.

Se abrió la puerta, salió el camarero. No llevaba nada en las manos. Lo había dejado todo, incluso la bandeja, en la habitación. Cerró la puerta, se irguió y, con las manos libres, silbando otra vez *La gazza ladra*, volvió a paso rápido por el mismo lugar por donde había venido. Salí de detrás del jarrón y lo seguí. Cada vez que llegaba a una bifurcación hacía una pequeña marca, una x, con el bolígrafo azul en la pared de color crema. El camarero no se volvió ni una sola vez. Había algo peculiar en su forma de moverse. Parecía que estuviera haciendo una demostración en algún Concurso Internacional de Andares de Camareros de Hotel. Avanzaba por el pasillo a grandes zancadas balanceando los brazos al son de la melodía de *La gazza ladra*, la cara en alto, la barbilla hundida, la espalda erguida, como si ésa fuera la forma en que deben caminar los camareros de hotel. Dobló muchas esquinas, subía y bajaba por breves tramos de escalera. La luz crecía o decrecía según el lugar. Los recovecos en las paredes mostraban diversas intensidades de sombra. Caminé dejando la distancia justa para que él no pudiera darse cuenta, pero seguirlo no era difícil. Porque, aunque lo perdiera de vista en cada esquina, no había posibilidad alguna de perder el rastro de su claro silbido.

Tras recorrer infinidad de pasillos, el camarero entró en un gran vestíbulo como un pez que, remontando el río, llegase a un quieto remanso. Era el vestíbulo donde había visto a una multitud atendiendo a las palabras de Noboru Wataya en la televisión. Ahora el vestíbulo estaba en silencio, apenas había un puñado de gente reunida, sentada frente a un televisor grande. La televisión emitía las noticias de la NHK. Al llegar al vestíbulo, el camarero había dejado de silbar, como para no molestar a los clientes. Atravesó la sala en línea recta y desapareció por la puerta de servicio del hotel.

Caminé sin rumbo por el vestíbulo, haciendo ver que estaba matando el tiempo. Me fui sentando en uno y otro sofá de los muchos que había sin ocupar, miré hacia el techo, comprobé el estado de la alfombra. Después me dirigí al teléfono público, eché monedas. Pero el teléfono estaba muerto, como el de la habitación. En el teléfono interno del hotel pulsé el número de la habitación 208, tampoco funcionaba.

Me senté en una silla algo apartada y observé con naturalidad a la gente reunida ante el televisor. Había en total doce personas. Nueve hombres y tres mujeres. La mayoría de los hombres estaba entre los treinta y los cuarenta, había dos que podían tener cincuenta y cinco años. Llevaban traje, corbatas discretas, zapatos de piel. Ninguno de ellos tenía nada de particular, sólo se diferenciaban por la estatura y el peso. Las mujeres rondarían los treinta y cinco, las tres vestían bien, muy parecidas, maquilladas con esmero. Por su aspecto pensé que podían estar de vuelta de una fiesta de ex alumnos de algún instituto de enseñanza superior, aunque, por la separación que habían dejado entre sus sillas, era evidente que no debían de conocerse. Por lo visto habían llegado allí por separado, se habían juntado, sin decirse nada, para ver la televisión, miraban fijamente el aparato. Nadie decía nada, ningún signo con los ojos, ningún asentimiento con la cabeza.

Sentado allí, me quedé mirando las noticias durante un rato. Ninguna me llamó la atención. La inauguración de una carretera, donde el alcalde cortaba la cinta. Se había descubierto un componente tóxico en los lápices pastel para uso infantil y los estaban retirando de los comercios. En Asahikawa había habido una gran nevada, un autocar había chocado contra un camión a causa de la mala visibilidad y el piso helado, había muerto el conductor del camión y habían quedado heridos varios de los turistas que se dirigían a una zona de fuentes termales en un viaje organizado. El locutor iba leyendo las noticias, una tras otra, en tono contenido, como si repartiera cartas de baja puntuación. Me acordé del televisor de la casa del señor Honda, el vidente. Ahora que lo pensaba, aquel televisor siempre sintonizaba la NHK.

Las imágenes de aquellas noticias me parecían muy reales y, al mismo tiempo, no me lo parecían en absoluto. Sentí lástima por el conductor del camión, de treinta y siete años, muerto en el accidente. Nadie quiere acabar con las vísceras reventadas en un lugar como Asahikawa cuando se produce una gran nevada. Yo no conocía personalmente al conductor, tampoco él a mí. Así que no es que me compadezca personalmente por él. Siento compasión sin más, en general, por los hombres a los que les sobreviene, de forma inesperada, una muerte violenta. Una generalización puede sentirse como real y puede ser irreal del todo. Dejé de mirar la televisión, miré de nuevo el vestíbulo vacío. Pero no hallaba nada que me sirviese como indicio. No había por allí ningún empleado del hotel, el pequeño bar aún no estaba abierto. En las paredes sólo había colgado un cuadro grande en el que, pintada al óleo, se veía una montaña.

Cuando posé de nuevo la mirada en el televisor, vi en la pantalla una cara familiar. *Era la cara de Noboru Wataya.* Me puse derecho y agucé los oídos. *Algo le había pasado a Noboru Wataya.* Pero me había perdido el arranque de la noticia. Instantes después desapareció la foto y apareció de nuevo en pantalla un reportero. Asomando por debajo del abrigo se le veía la corbata, llevaba un micrófono en la mano. Estaba ante la entrada de un edificio grande.

«… ha sido trasladado al Hospital de la Universidad Femenina de Tokio y recibe tratamiento en la unidad de cuidados intensivos. Sólo sabemos que su estado es grave debido al hundimiento de la pared craneal y que continúa en estado inconsciente. A la pregunta sobre si peligraba su vida, la dirección del hospital se ha reservado la respuesta insistiendo en que, de momento, no puede decirse nada concreto. Al parecer, el parte médico no se hará público hasta dentro de unas horas. Les hemos informado desde el Hospital de la Universidad Femenina de Tokio.»

Y la pantalla volvió al locutor del plató. Leía la noticia de última hora que acababan de entregarle.

—El diputado al congreso Noboru Wataya ha sido atacado por un agresor y herido gravemente. Según el informe que acabamos de recibir, la agresión ha tenido lugar a las once y media de la mañana del día de hoy, momento en el que irrumpió en su despacho un joven y le golpeó repetidas veces la cabeza con un bate de béisbol. En aquel momento el diputado Wataya estaba reunido con diversas personas. El despacho se encuentra en un edificio de la zona de Minato-Ku, en Tokio. [En pantalla, imágenes del edificio.] El agresor le causó graves lesiones. Al parecer entró en el edificio como visitante llevando el bate oculto en el interior de un tubo para planos y atacó al diputado Wataya sin previo aviso. [Imágenes del despacho, el lugar del crimen, algunas sillas volcadas, una mancha negra de sangre.] Según hemos podido saber, ocurrió todo muy rápido, de modo que ni el diputado Wataya ni quienes estaban reunidos con él tuvieron oportunidad de impedir que fuera golpeado. El agresor huyó con el bate en la mano tras cerciorarse de que el diputado había perdido el conocimiento. Según testigos presenciales, el agresor, de unos treinta años y metro setenta y cinco de estatura, llevaba un chaquetón azul marino, gorro de esquí del mismo color y gafas oscuras. En la mejilla derecha tenía lo que puede ser una mancha de nacimiento. La policía ha emitido una orden de busca y captura. En su huida, el agresor logró borrar cualquier rastro al mezclarse entre la muchedumbre de las calles próximas. De momento, la policía carece de pistas [imágenes de policías inspeccionando el lugar de la agresión y de las bulliciosas calles de Akasaka].

¿Bate de béisbol? ¿Mancha de nacimiento? Me mordí los labios.

—Noboru Wataya, que saltó a la fama como economista y

luego como joven político, y conocido por su vigor y sus posturas críticas, heredó en la primavera del presente año la esfera de influencias de su tío, el señor XXX Wataya, y accedió por elección al Congreso de Diputados. Desde entonces se le valora por su capacidad y como polemista, demostrando que, pese a su juventud e inexperiencia, tenía ante sí un gran porvenir. La policía investiga sobre dos hipótesis, una relacionada con el mundo de la política. La otra situaría el móvil en la esfera de la vida privada, posiblemente una venganza personal. Repetimos: esta mañana, poco antes del mediodía, el diputado Noboru Wataya ha sido agredido con un bate, su estado es gravísimo y se halla hospitalizado. Aún no se ha hecho público el parte médico. Y pasamos a la siguiente noticia…

Alguien debió de apagar el televisor. De pronto, la voz del locutor dejó de oírse y todo quedó sumido en el silencio. La gente relajó un poco su postura, como si se reanimara. Al parecer, se habían reunido ante el televisor para ver la noticia sobre Noboru Wataya. Nadie se levantó, pese a que el televisor estaba apagado. No se oyó ningún suspiro, nadie chasqueó la lengua, nadie carraspeó.

¿Quién demonios ha golpeado con el bate a Noboru Wataya? Por la descripción, el criminal era idéntico a mí. El chaquetón azul marino, el gorro de lana también azul marino, las gafas oscuras. La mancha en la cara. También coincidían la estatura y la edad. *Y el bate de béisbol.* Yo lo dejaba siempre en el fondo del pozo y había desaparecido. Si era *aquel bate* el causante del hundimiento de la pared craneal, alguien tenía que haberlo robado del pozo con la intención de golpear a Noboru Wataya.

Casualmente, una de las mujeres se volvió hacia mí y me miró. Era delgada, los pómulos prominentes como un pez. De los largos lóbulos de sus orejas colgaban unos pendientes blancos. Vuelta hacia mí, estuvo observándome mucho rato. Aunque su mirada se cruzó con la mía, no apartó los ojos ni cambió de expresión. Siguiendo la mirada de la mujer, también se fijó en mí un hombre calvo que estaba junto a ella. Recordaba, incluso por la estatura, al dueño de la lavandería de delante de la estación. Uno tras otro fueron volviéndose todos. Como si finalmente se hubiesen dado cuenta de que yo estaba allí. Mientras me miraban, yo no podía dejar de ser consciente de que llevaba el chaquetón y el gorro azul marino, de que medía un metro setenta y cinco y de que tenía poco más de treinta años. *Y tengo una mancha de nacimiento en la mejilla derecha.* Por alguna razón, parecían que sabían ya que yo era el cuñado de Noboru Wataya y que no le tenía simpatía (o incluso que lo odiaba). Podía verlo en sus ojos. Sin saber qué podía hacer, apreté con fuerza los brazos de la silla. Yo no he golpeado con el bate de béisbol a Noboru Wataya. No soy de ese tipo de personas y, además, ya ni siquiera tengo el bate. Pero ellos no me creerán. *Lo que ellos creen, sin dudarlo, es lo que dice la televisión.*

Me levanté lentamente y me dirigí hacia el corredor por el que había llegado hasta allí. Era mejor marcharme enseguida. Aquí no soy bien recibido. Al volverme, después de haber dado varios pasos, vi que algunos se habían puesto en pie y me seguían. Aceleré el paso, atravesé el vestíbulo, me encaminé al corredor. Tengo que regresar a la habitación 208. Sentía la boca completamente seca.

Había llegado al otro extremo del vestíbulo y estaba entrando en el corredor cuando, de pronto, sin ruido alguno, se apagaron todas las luces. Como si sobre el edificio hubiesen dejado caer, de un golpe de hacha, el pesado velo de la oscuridad. Todo a mi alrededor había quedado cubierto por una oscuridad de un negro brillante. A mis espaldas alguien lanzó, sobresaltado, un grito. Oí la voz más cerca de lo que esperaba. Había una semilla de odio, duro como una piedra, en lo más hondo del tono.

Avancé hacia delante en la oscuridad. Caminé con cuidado tanteando las paredes. Tengo que alejarme lo más posible de ellos. Pero tropecé con una mesa y tiré lo que me pareció un jarrón. El objeto rodó por el suelo con estruendo. A causa del tropezón, caí de bruces. Me puse en pie atolondrado, busqué la pared del pasillo y seguí avanzando. Sentí cómo me tiraban de los bajos del chaquetón, como si me hubiese enganchado con un clavo. Por un instante no entendí qué pasaba. Luego lo comprendí. Alguien tiraba de mí por los bajos del chaquetón. Sin vacilar, me desprendí del chaquetón y eché a correr hendiendo la oscuridad que me rodeaba. Doblé una esquina a tientas, subí tropezando por un tramo de escalera, volví a doblar otra esquina. Me golpeé varias veces la cabeza y los hombros con diversos objetos, di un paso en falso en un escalón y me di un golpe en la cara. Pero no sentí dolor, sólo algunos instantes de leve vértigo en el fondo de los ojos. *No puedo dejar que me atrapen aquí.*

A mi alrededor la oscuridad era absoluta. Ni siquiera funcionaban las luces de emergencia. Tenía que recuperar el aliento, me detuve después de atravesar corriendo una oscuridad en la que no se distinguía ni derecha ni izquierda, agucé el oído. A mi espalda no se sentía nada. Todo lo que oía eran los fuertes latidos de mi corazón. Recobré el aliento, me quedé allí en cuclillas. Tal vez hubieran abandonado la persecución. Aunque siga avanzando por la oscuridad, sólo me adentraré más y más en el laberinto y me perderé. Pensé que tenía que calmarme, me apoyé en la pared.

¿Quién había apagado la luz? No me parecía que hubiese sido casual. Cuando alcancé el pasillo, ya los tenía a todos casi encima, justo en ese momento se había apagado la luz. Tal vez alguien había intentado salvarme del peligro. Me quité el gorro, me sequé con un pañuelo el sudor de la cara, volví a ponerme el gorro. Como si de pronto me acordara de algo, empezaron a dolerme todas las articulaciones, pero no tenía la sensación de estar herido. Miré las agujas fosforescentes de mi reloj de pulsera, pero recordé que el reloj estaba parado. Se había parado a las once y media. Era la hora en que yo había entrado en el pozo, la misma hora en que alguien había golpeado a Noboru Wataya en su despacho de Akasaka.

¿O era yo mismo quien realmente le había golpeado con el bate? Tenía la sensación de que, en una oscuridad profunda, eso podía darse como «posibilidad» lógica. Tal vez, en la superficie, hubiese golpeado realmente a Noboru Wataya causándole una gravísima fractura. *Y tal vez ni siquiera me había dado cuenta.* Era probable que el odio violento que anidaba en mí me hubiese hecho andar hasta aquel lugar y acometer la agresión, y todo sin que yo me diese cuenta. *«No, no es posible que yo haya ido hasta allí»*, pensé. Para ir a Akasaka hay que coger la línea Odakyu y hacer trasbordo en Shinjuku. ¿Podía hacer tal cosa sin que me diera cuenta? Era imposible —*a menos que allí exista otro yo.*

Se me ocurrió que, si Noboru Wataya moría o no llegaba a recuperarse nunca, entonces Ushikawa había sido realmente previsor. Había cambiado de barco en el momento oportuno. No podía dejar de admirar el instinto de su olfato. Era como si estuviese oyendo la voz de Ushikawa: «No es que me sienta orgulloso, señor Okada, pero lo cierto es que tengo mucho olfato para estas cosas. Un olfato muy fino».

—Señor Okada —dijo alguien a mi lado.

El corazón se me subió a la garganta como impulsado por algún resorte. No podía adivinar de dónde procedía la voz. Tenso, miré en la oscuridad a mi alrededor. Por supuesto, no se veía nada.

—Señor Okada —repitió la voz. Era una voz grave de hombre—. No se preocupe. Soy un amigo. Nos vimos una vez aquí. ¿Lo recuerda? —La voz, ciertamente, me resultaba familiar. Era el «hombre sin rostro». Pero tenía que tomar precauciones y no le respondí enseguida—. Tiene que salir de aquí cuanto antes. Cuando se enciendan las luces, sin duda vendrán a buscarlo. Sígame, lo conduciré por un atajo. —El hombre encendió una linterna en forma de lápiz que llevaba en la mano. Apenas daba luz, pero lo suficiente para iluminar el camino—. Por aquí.

Me levanté del suelo y lo seguí apresuradamente.

—Ha sido usted quien ha apagado la luz en aquel momento, ¿verdad? —pregunté dirigiéndome a la espalda del hombre. Él no respondió, pero tampoco lo negó—. Se lo agradezco. Estaba en peligro.

—Son personas peligrosas —dijo el hombre—. Mucho más peligrosas de lo que usted imagina.

—¿Realmente han golpeado a Noboru Wataya y se encuentra en estado grave? —pregunté.

—Es lo que han dicho por televisión, ¿no es eso? —El hombre sin rostro respondió eligiendo cuidadosamente las palabras.

—Pero no lo he hecho yo. A esa hora estaba en el interior del pozo.

—Si usted lo dice, será verdad —dijo el hombre como si fuera algo muy natural.

Abrió una puerta y fue subiendo con cuidado una escalera, peldaño a peldaño, iluminando el suelo. Yo lo seguía. La escalera era larga y, a la mitad, ya no sabía si subía o bajaba. ¿Era realmente una escalera?

—¿Pero puede alguien declarar que estaba usted en el pozo en aquel momento? —me preguntó sin volverse siquiera. No respondí, no tenía testigos—. Entonces será mejor huir sin intentar dar explicaciones, es más inteligente. Ellos están convencidos de que ha sido usted el autor de la agresión.

—¿Y quién demonios son ellos?

Cuando el hombre llegó a lo alto de la escalera, giró a la derecha, avanzó unos pasos, abrió otra puerta y salió a un corredor. Se detuvo y aguzó el oído.

—Démonos prisa. Agárrese a mi chaqueta. —Lo cogí por la chaqueta, tal como me indicaba—. Ellos miran siempre la televisión con auténtico fanatismo. Así que, naturalmente, lo detestan a usted. Su preferido es el hermano de su esposa.

—Usted sabe quién soy yo, ¿no es así? —pregunté.

—Por supuesto que lo sé.

—Entonces usted debe de saber dónde se encuentra Kumiko en este momento.

El hombre permaneció callado. Yo iba igual que si estuviésemos jugando, agarrado a su chaqueta, doblamos una esquina especialmente oscura, bajamos un tramo de escaleras, abrimos una pequeña puerta disimulada, pasamos por un pasillo de techo bajo, como un pasadizo secreto, y salimos de nuevo a un corredor largo. Me pareció que seguir aquella ruta complicada y extraña por la que me guiaba el hombre sin rostro era como dar vueltas interminables en el vientre de una mujer.

—Escúcheme, no es que yo sepa todo lo que ocurre aquí. El lugar es muy grande. Yo sólo me ocupo del vestíbulo, ésa es mi zona. Hay muchas cosas que desconozco.

—¿Conoce usted a un camarero que siempre va silbando?

—No —dijo inmediatamente el hombre—. Aquí no hay camareros. Ni silban ni dejan de silbar. Si usted ha visto a un camarero, sepa que no es un camarero, sino *algo* que va disfrazado de camarero. No se lo he preguntado todavía, pero usted quiere ir a la habitación 208, ¿no es así?

—Sí, tengo que ver allí a una mujer.

El hombre no dijo nada al respecto. Tampoco me preguntó quién era la mujer ni cuál era el asunto que yo tenía con ella. Él avanzaba con el paso característico de quien ya ha recorrido muchas veces el mismo camino, yo me sentía remolcado en la oscuridad como una barca que remontara una compleja red de canales.

Poco después, sin previo aviso, el hombre se detuvo de forma abrupta ante una puerta. Choqué contra su espalda y a punto estuve de hacerlo caer. En el impacto sentí su cuerpo extrañamente ligero, como si no pesara. Tuve la sensación de chocar contra un pellejo vacío. Pero él recuperó enseguida el equilibrio, iluminó con la linterna el número de la habitación. Flotando en la oscuridad, allí estaba el número 208.

—No está cerrada con llave —dijo el hombre—. Tome esta linterna. Yo me oriento bien en la oscuridad. Cuando entre en la habitación cierre la puerta con llave y no la abra bajo ningún concepto venga quien venga. Si tiene algún asunto que atender, termínelo lo antes posible y regrese al lugar de donde viene. Este sitio es peligroso. Usted es un invasor y yo soy su único amigo, recuérdelo bien.

—¿Quién es usted?

El hombre sin rostro deslizó discretamente la linterna en mi mano como si me pasara algo prohibido.

—Soy un hombre vacío —dijo el hombre. Me miró con su cara sin rostro y esperó a que yo dijera algo. Pero no pude hallar las palabras adecuadas a aquel momento. Poco después, el hombre se alejó de mí, como si desapareciera. Estaba allí y, apenas un instante después, ya había sido tragado por la oscuridad. Dirigí la luz hacia el lugar donde él debería estar. En la oscuridad sólo se veía, vagamente, la pared blanca.

La habitación 208 no estaba cerrada con llave. El pomo de la puerta giró sin hacer ruido en mi mano. Había apagado la linterna por precaución, atravesé el umbral sin hacer ruido y observé la habitación en la oscuridad. La habitación, como antes, estaba en completo silencio. No había indicios de que allí se moviera nada. Sólo se oía el ruido sordo y seco del hielo que se cuarteaba en la cubitera. Enciendo la linterna en forma de lápiz, cierro con llave la puerta a mis espaldas. En la habitación resonó un ruido metálico casi excesivo. Sobre la mesa que está en el centro de la habitación hay una botella por empezar de Cutty Sark, vasos limpios, una cubitera con hielo. La bandeja de plata reflejaba provocativamente la luz de la linterna, como si hubiese estado esperando ese instante durante mucho tiempo. Y, como si también hubiese estado esperando ese mismo instante, el olor a polen se hizo más vivo. Me pareció que, en torno a mí, el aire se hacía más denso y la gravedad más honda. Apoyado en la puerta, trataba de detectar cualquier movimiento que pudiera haber a mi alrededor iluminando el aire.

Este lugar es peligroso. Usted es un invasor. Soy su único amigo. Recuérdelo.

—No me ilumines —dijo la voz de una mujer en la habitación del fondo—. ¿Prometes que no me iluminarás con esa luz?

—Te lo prometo.

36
Una canción de despedida
La manera de romper el hechizo
Un mundo donde suenan los despertadores

—Te lo prometo —dije. Pero mi voz tenía un timbre frío, como una grabación.

—*Dime* que no me enfocarás a la cara.

—No te enfocaré a la cara. Te lo prometo.

—¿Me lo prometes de verdad? ¿No mientes?

—No miento. Cumpliré mi promesa.

—Entonces, prepara dos whiskies con hielo y tráelos. Pon mucho hielo.

Pese al ligero balbuceo, como de niña mimada, su voz era la de una mujer adulta, sensual. Puse la linterna sobre la mesa y, a su luz, preparé los dos whiskies tras hacer una pausa para recobrar el aliento. Rompí el precinto de la botella de Cutty Sark, cogí cubitos con las pinzas, los metí en los vasos, serví el whisky. Mi mente tenía que ir siguiendo, paso a paso, lo que hacían mis manos. Una gran sombra oscilaba en la pared al compás de cada movimiento.

Volví a la habitación del fondo con los dos vasos de whisky con hielo en la mano derecha, iluminando el suelo con la linterna que sostenía en la izquierda. La temperatura del aire me pareció algo más fría que antes. En la oscuridad, sin darme cuenta, había sudado, ahora el sudor parecía que empezaba a enfriarse lentamente. Recordé que me había desprendido del abrigo en el camino y lo había abandonado allí.

Apagué la linterna, me la guardé en el bolsillo de los pantalones tal como le había prometido. A tientas, deposité un vaso sobre la mesilla, junto a la cabecera. Con mi vaso entre las manos, me senté en un sillón un poco apartado de la cama. Estaba muy oscuro, pero recordaba la posición de los muebles.

Oí el frufrú de las sábanas. Ella se incorporó despacio en las tinieblas, alcanzó el vaso y se recostó a la cabecera de la cama. Agitó ligeramente el vaso haciendo tintinear el hielo y bebió un sorbo. En la oscuridad, los ruidos parecían los efectos sonoros de un drama radiofónico. Con el vaso entre las manos, me limité a oler el whisky sin beberlo.

—Hace tiempo que no nos veíamos, ¿verdad? —dije decidido a iniciar la conversación. Mi voz sonó algo más natural que antes.

—¿Tú crees? —replicó ella—. No acabo de entender eso de «hace tiempo» o «hace *mucho* tiempo».

—Si no me falla la memoria, no nos veíamos desde hace un año y cinco meses, para ser exactos.

—¿Ah, sí? —dijo la mujer con indiferencia—. Para ser exactos, no lo recuerdo.

Deposité el vaso en el suelo y crucé las piernas.

—Por cierto, antes, cuando he venido, tú no estabas aquí ¿verdad?

—Sí, estaba aquí, tumbada en la cama como ahora. Yo siempre estoy aquí.

—Pero yo he estado en la habitación 208, no me cabe duda. Ésta es la habitación 208, ¿no es así?

Ella agitó el hielo dentro del vaso. Soltó una risilla sofocada.

—De lo que no hay ninguna duda es de que te has equivocado. Estabas, sin duda alguna, en la habitación 208 equivocada. Y, sin duda alguna, ésta es la única explicación —dijo ella.

En su voz había algo inestable que me irritaba un poco. Quizás estuviese ebria. Me quité la gorra de lana y me la puse sobre las rodillas.

—El teléfono no funciona, ¿verdad? —dije.

—Sí, es verdad —dijo ella con languidez—. Lo han cortado ellos. ¡Con lo que me gustaba telefonear!

—*Ellos* te han encerrado aquí, ¿verdad?

—Pues no lo sé. No estoy segura —y se rió en voz baja. Cuando reía, su voz parecía expandirse vibrando en el aire.

—He pensado mucho en ti desde la última vez que vine —dije volviéndome hacia el lugar donde se encontraba—. En quién demonios debías de ser, en qué estabas haciendo aquí.

—¡Hum! Parece interesante —dijo ella.

—He barajado muchas posibilidades, pero todavía no estoy seguro de nada. De momento, sólo tengo algunas ideas.

—¡Caramba! —exclamó ella con admiración—. Así que todavía no estás seguro de nada, pero ya tienes algunas ideas.

—Exacto —dije—. A decir verdad, me parece que eres Kumiko. Al principio no me di cuenta, pero cada vez estoy más convencido.

—¿Ah, sí? —preguntó ella con voz divertida tras una pequeña pausa—. ¿Soy Kumiko? ¿De veras?

Por un instante me sentí desorientado. Tuve la sensación de estar cometiendo un grave error. Había venido al lugar equivocado y estaba diciendo algo equivocado a la persona equivocada. Todo era una pérdida de tiempo, un rodeo sin sentido. Pero, envuelto en las tinieblas, recobré el control de la situación. Agarré la gorra que tenía sobre las rodillas con ambas manos y la apreté con fuerza como si verificara su realidad.

—Sí, porque si fueras Kumiko, todos los cabos sueltos quedarían atados. Tú me telefoneaste muchas veces desde aquí. Pienso que, en aquel momento, posiblemente querías revelarme algún secreto. El secreto que guardaba Kumiko. ¿Acaso no intentabas contarme, a través de ella, desde aquí, lo que la Kumiko real no podía decirme por sí misma en el mundo real? Hablándome en una especie de clave secreta.

Ella enmudeció unos instantes. Inclinó el vaso y bebió un sorbo de whisky.

—Bueno —dijo después—, si eso es lo que piensas, quizá tengas razón. Quizás yo sea, *en realidad*, Kumiko. Todavía no estoy segura. Pero entonces…, si tuvieras razón, si yo fuera ella en realidad, podría hablar contigo usando la voz de Kumiko, es decir, a través de su voz, ¿no te parece? Es una conclusión posible, ¿no? Claro que esto lo complica todo un poco, ¿te importa?

—No me importa —repuse. Mi voz había vuelto a perder la calma y el sentido de la realidad.

La mujer carraspeó en la oscuridad.

—A ver si lo consigo —dijo. Y soltó de nuevo una risilla sofocada—. Es que no es nada fácil. ¿Tienes prisa? ¿Puedes quedarte un poco más?

—No lo sé. Tal vez —dije.

—Un momento. Perdón. ¡Ejem! Estoy lista en un segundo.

Esperé.

—*Así que has venido hasta aquí buscándome, ¿verdad? ¿Querías verme?* —La voz de Kumiko resonó, muy seria, en la oscuridad.

La última vez que había oído su voz había sido aquella mañana de verano, al subirle la cremallera de la espalda. Kumiko se había puesto detrás de los lóbulos de las orejas unas gotas de la colonia que alguien le había regalado. Después había salido de casa para no volver. Aquella voz en las tinieblas, verdadera o imitada, me transportó en un instante hasta aquella mañana. Pude oler la colonia, me vino a la cabeza la blanca espalda de Kumiko. En las tinieblas, la memoria era densa y pesada. Quizá más densa y pesada que la realidad. Yo agarraba la gorra con fuerza.

—Para ser precisos, no es que haya venido a *verte*. He venido a *rescatarte* —dije.

Ella exhaló un leve suspiro en la oscuridad.

—¿Por qué deseas tanto rescatarme?

—Porque te amo —dije—. Y tú también me amas y me buscas. Lo sé.

—Estás muy seguro, ¿no? —replicó Kumiko, o la voz de Kumiko. No había en ella tono de burla. Pero tampoco era cálida.

En la habitación contigua se oía cómo el hielo se iba cuarteando en la cubitera.

—Pero aún tengo que resolver algunos enigmas para poder rescatarte.

—¿Y vas a reflexionar ahora con calma? —preguntó ella—. Creía que no tenías mucho tiempo.

Estaba en lo cierto. Tenía poco tiempo y demasiadas cosas en las que pensar. Me sequé el sudor de la frente con el dorso de la mano. Me dije a mí mismo que tal vez aquélla fuera la última oportunidad. *¡Tenía que pensar!*

—Quiero que me ayudes.

—Pues no sé, la verdad —dijo la voz de Kumiko—. Quizá no pueda hacerlo. Intentémoslo de todos modos.

—La primera pregunta es por qué tuviste que irte de casa. Por qué me abandonaste. Quiero saber la *verdadera* razón. Ya sé que en la carta que me enviaste decías que habías tenido una relación con otro hombre. La he leído una y mil veces. Eso quizá sea una explicación. Pero de ningún modo puedo creer que ése sea el verdadero motivo. No me llega al corazón. No digo que sea mentira, pero me parece que eso no es más que una metáfora.

—¿*Una metáfora*? —preguntó sorprendida—. ¡No lo entiendo! ¿Qué metáfora puede haber en acostarse con otro hombre? ¿Por ejemplo?

—Lo que quiero decir es que me parece un simple pretexto. Esa explicación no lleva a ninguna parte. Se queda en la superficie. Cuanto más leo la carta, más convencido estoy de ello. Debe de haber una razón *auténtica*, más profunda. Y probablemente esté por medio Noboru Wataya.

Sentí su mirada en la oscuridad. ¿Podía verme ella?

—¿Por medio, dices? Pero ¿de qué modo? —dijo la voz de Kumiko.

—A ver, últimamente he pasado por situaciones muy complicadas, han salido diferentes personajes a escena y unos acontecimientos muy extraños se han ido sucediendo uno tras otro. De modo que, si intento pensar ordenando las cosas desde el principio, me hago un lío. Pero si las miro con cierta distancia, el argumento está clarísimo. Y es que *tú pasaste de mi mundo al mundo de Noboru Wataya*. Este cambio es lo que importa. Y aunque fuera cierto que hubieses tenido relaciones sexuales con otro hombre, no sería más que algo secundario. Una cortina de humo. Esto es lo que quiero decir.

Ella inclinó poco a poco el vaso en la oscuridad. Me parecía, mirando fijamente hacia el lugar de donde me llegaban los sonidos, que era capaz de vislumbrar el movimiento de su cuerpo. Pero no era más que una ilusión.

—Las personas no siempre envían mensajes para comunicar verdades —dijo. Ya no era la voz de Kumiko. Pero tampoco era la de una niña mimada. Era la voz de una persona totalmente distinta. Que hablaba en un tono reposado e inteligente—. De la misma manera que las personas no siempre se encuentran con otras para mostrar su verdadera personalidad. ¿Comprendes lo que te estoy diciendo?

—Pero, de todos modos, Kumiko intentaba comunicarme algo. Verdadero o falso, ella intentaba decirme algo. *Ésta es para mí la verdad.*

Tenía la sensación de que, a mi alrededor, las tinieblas iban haciéndose cada vez más densas. El peso específico de la oscuridad aumentaba como una marea que subiese en silencio. Debo apresurarme. Ya no queda mucho tiempo. Si vuelve la luz, quizás ellos vengan a buscarme hasta aquí. Me atreví a plasmar en palabras las ideas que se habían ido formando poco a poco en mi mente.

—Esto no es más que una suposición mía, pero debe de haber una especie de tendencia hereditaria en la sangre de la familia Wataya. No sé de qué tendencia se trata. Pero es *una tendencia*. A ti te daba pánico. Por eso te aterraba tener hijos. Cuando te quedaste embarazada, fuiste presa del pánico pensando que esa tendencia podía manifestarse en tu hijo. Pero no fuiste capaz de confesarme el secreto. Todo empezó allí. —Ella devolvió el vaso poco a poco a la mesa sin decir nada. Proseguí—. Y tu hermana no murió de intoxicación alimentaria. Tuvo una muerte muy distinta. Y quien la empujó a la muerte fue Noboru Wataya, como tú muy bien sabes. Seguramente, tu hermana debió de decirte algo antes de morir. Debió de advertirte. Noboru Wataya debe de tener un poder especial. Sabe cómo localizar a las personas vulnerables a su poder, y se vale de él para sacar fuera algo que tienen en su interior. Lo utilizó de una manera particularmente violenta con Creta Kanoo. Ella, de alguna manera, ha podido recuperarse. Pero tu hemana no. Vivía en la misma casa y no podía huir a ninguna parte. Tu hermana no pudo soportarlo y prefirió quitarse la vida. Y tus padres han ocultado siempre que ella se suicidara, ¿no es así? —No hubo respuesta. Ella permanecía muda en el fondo de la oscuridad como si ocultase su presencia. Proseguí—. A partir de cierto punto, no sé por qué razón, el poder destructivo de Noboru Wataya ha debido de ir aumentando a pasos agigantados. Y a través de la televisión y de diversos periódicos ha llegado a ser capaz de dirigir hacia toda la sociedad, magnificado, ese poder. Sirviéndose de ese poder intenta sacar fuera aquello que una multitud de personas anónimas esconde en las tinieblas de su inconsciente. Y trata de aprovecharse de ello para sus propios fines políticos. Es muy peligroso. Lo que él intenta sacar fuera está fatalmente impregnado de sangre y violencia. Y está unido de forma directa con las tinieblas más espesas de las profundidades de la historia. Porque es algo que acaba arruinando y destruyendo a muchísimas personas.

Ella suspiró en la oscuridad.

—¿Podrías prepararme otro whisky? —dijo con voz serena.

Me levanté, fui hasta la mesilla de noche y cogí el vaso vacío. Podía hacer todos esos movimientos en la penumbra sin excesiva dificultad. Luego fui a la habitación donde estaba la puerta, encendí la linterna y preparé otro whisky con hielo.

—No es más que una *suposición*, ¿verdad?

—He ido reuniendo diferentes ideas que se me han ocurrido —contesté—. No puedo demostrarlo. No dispongo de ninguna base para demostrar que tengo razón.

—Pero a mí me gustaría saber cómo continúa. Si es que continúa.

Volví a la habitación del fondo y dejé el vaso en la mesilla. Apagué la linterna y me senté en el sillón. Me concentré y proseguí.

—Tú no sabías exactamente qué le había ocurrido a tu hermana. Ella te había advertido antes de morir, pero aún eras demasiado pequeña y no pudiste comprender bien qué significaba. Pero sí lo sabías de forma vaga. Que Noboru Wataya había mancillado y herido de alguna manera a tu hermana. Y también sabías que un oscuro secreto se escondía en tu sangre y que era algo de lo que ni tú misma, quizás, estabas a salvo. Por eso siempre te sentías sola, inquieta, en tu casa. Vivías en silencio, envuelta en una ansiedad indefinible, latente. Como aquellas medusas del acuario.

»Cuando terminaste la universidad y, tras aquella serie de problemas con tu familia, pudiste casarte conmigo, te alejaste de la casa Wataya. A mi lado llevaste una vida serena que te hizo ir olvidando, día tras día, tus negras inquietudes. Fuiste recuperándote poco a poco e incorporándote como una persona nueva a la sociedad. Durante un tiempo creíste que todo iba bien. Pero por desgracia el asunto no era tan simple. Un día te diste cuenta de que aquella fuerza oscura que creías haber dejado atrás te arrastraba sin tú saberlo. Debiste de sentirte, en aquel momento, muy confusa. No sabías qué hacer. Por esa razón decidiste hablar con Noboru Wataya para descubrir la verdad. Y fuiste a ver a Malta Kanoo en busca de ayuda. Yo fui el único a quien no fuiste capaz de confesárselo.

»Quizás empezó después del embarazo, ¿no es así? Tengo esa sensación. Aquél debió de ser el punto de ruptura, ¿verdad? Por eso el guitarrista me dio la primera señal de advertencia en Sapporo la noche que tú abortaste. Tal vez el embarazo estimuló y despertó algo que permanecía latente en tu interior. Y creo que Noboru Wataya estaba esperando con paciencia a que te ocurriera *eso*. Posiblemente él sólo pueda relacionarse sexualmente con las mujeres por esa vía. Por eso intentó arrancarte de mi lado cuando *esa tendencia* empezó a manifestarse en ti. Él te necesitaba a toda costa. Noboru Wataya buscaba en ti una sustituta de tu hermana mayor.

Cuando terminé de hablar, un silencio profundo cayó para llenar el vacío. Todo era fruto de mi imaginación. Algunas partes eran sólo ideas vagas que me habían ido viniendo a la cabeza hasta entonces, el resto se me había ocurrido mientras hablaba en la oscuridad. Tal vez la presencia de aquella mujer me había ayudado. Pero mis suposiciones seguían careciendo de fundamento.

—Una historia muy interesante —dijo *aquella* mujer. Su voz volvía a ser la de una niña mimada. Cada vez alteraba la voz más rápido—. Vaya, vaya. Y yo me fui de tu lado a escondidas ocultando mi cuerpo mancillado. Como en *El puente de Waterloo*, en la niebla, una canción de despedida… Robert Taylor y Vivien Leigh…

—Quiero que vengas conmigo —dije interrumpiéndola—. Te llevaré de vuelta al mundo que dejaste. A un mundo donde hay un gato con la punta del rabo doblada, un pequeño jardín, donde suena el despertador.

—¿Y cómo? —me preguntó ella—. ¿Cómo piensas sacarme de aquí?

—Como en un cuento de hadas. Basta con romper el hechizo.

—Ya entiendo —dijo la voz—. Pero, oye, tú crees que soy Kumiko. Quieres sacarme de aquí como si fuese Kumiko. Pero si no soy Kumiko, entonces, ¿qué pasará? A lo mejor estás intentando llevarte a casa a alguien completamente distinto. ¿Tus suposiciones son *realmente* fiables? ¿No será mejor que te lo pienses con calma?

Yo asía la linterna con fuerza dentro del bolsillo. La mujer no podía ser otra que Kumiko. Pero no podía demostrarlo. Definitivamente, era una simple hipótesis. Dentro del bolsillo, mi mano estaba bañada en sudor.

—Voy a llevarte a casa —repetí con voz seca—. He venido aquí para eso.

Se oyó un ligero frufrú. Parecía que había cambiado de postura en la cama.

—¿Puedes decirlo con seguridad? ¿Sin vacilar? —insistió.

—Estoy seguro. *Voy a llevarte a casa.*

—¿No tienes que pensártelo mejor?

—No necesito pensarlo más. Está decidido —repliqué.

Ella permaneció en silencio durante un buen rato como si quisiera comprobar algo. Luego respiró hondo, marcando una delimitación.

—Tengo un regalo para ti —dijo—. No es gran cosa, pero puede que te sea útil. Extiende la mano hacia mí, despacio, sin encender la luz. Hacia la mesa, despacio.

Me levanté de la silla, extendí el brazo derecho hacia la oscuridad como si tanteara la profundidad del vacío. Podía sentir las púas del aire clavándoseme en las puntas de los dedos. Y, al fin, mi mano *lo* tocó. Cuando supe qué era, el aire se condensó en el fondo de mi garganta y se endureció hasta parecer amianto. *El regalo* era el bate de béisbol.

Lo así por el mango y lo alcé a la altura de mis ojos. Era, sin duda, el bate que le había arrebatado al hombre con el estuche de guitarra. Comprobé la forma del mango, su peso. Estaba seguro. Era el bate. Pero mientras lo inspeccionaba a tientas descubrí que había algo adherido un poco más arriba de la marca. Parecía pelo humano. Lo cogí entre dos dedos. A juzgar por el tacto y el grosor, *realmente* era cabello humano. Había unos cuantos pelos adheridos a un coágulo de sangre. Alguien le había golpeado la cabeza a alguien —probablemente, a Noboru Wataya— con aquel bate. Exhalé a duras penas el aire que tenía atascado en la garganta.

—Es tu bate, ¿no?

—Creo que sí —dije conteniendo toda la emoción. En la negra oscuridad, mi voz empezaba a tener un tono algo distinto. Parecía que hubiera alguien oculto en la oscuridad hablando por mí. Carraspeé. Y, tras comprobar que quien hablaba era realmente yo, proseguí—. Pero, al parecer, alguien lo ha usado para golpear a una persona. —Ella permanecía en silencio. Bajé el bate y lo coloqué entre mis piernas—. Debes de saberlo muy bien. Alguien le ha golpeado la cabeza a Noboru Wataya con el bate. La noticia de la televisión era verdad. Noboru Wataya está en el hospital, en coma, muy grave. Quizá muera.

—No morirá —dijo la voz de Kumiko. Sin sentimiento alguno, como si anunciara un hecho histórico escrito en algún libro—. Pero es probable que no recobre el conocimiento. Tal vez yerre eternamente por la oscuridad. Pero nadie sabrá por qué oscuridad errará.

A tientas, cogí el vaso a mis pies. Vacié el contenido del vaso en mi boca y me lo tragué sin pensar. Aquel líquido sin sabor me atravesó la garganta, me fue bajando por el esófago. Sentí escalofríos sin motivo. Tuve la desagradable sensación de que algo se me iba aproximando despacio en la larga oscuridad y de que estaba muy cerca. Como si lo presintiera, mi corazón empezó a latir aceleradamente.

—No me queda mucho tiempo. Quiero que me lo digas si puedes. ¿Qué demonios es este lugar? —pregunté.

—Has venido varias veces aquí, además has encontrado el medio para llegar. Y sobrevives sin ser destruido. Debes de saber muy bien qué lugar es éste. Además esto ya no importa. Lo importante…

En ese instante se oyó cómo llamaban a la puerta. Golpes duros y secos, como si clavaran un clavo en la pared. Dos golpes. Luego, dos golpes más. Eran los mismos que la vez anterior. La mujer contuvo el aliento.

—¡Huye! —me exhortó la inconfundible voz de Kumiko—. Ahora todavía puedes atravesar la pared.

No sé si estoy pensando lo correcto. Pero estoy aquí, tengo que vencer a *eso*. Es mi guerra.

—Esta vez no huiré —le dije a Kumiko—. Voy a llevarte a casa.

Dejé el vaso en el suelo, me puse la gorra, agarré el bate que tenía entre las piernas y me dirigí lentamente hacia la puerta.

37

Un simple cuchillo real
Lo que había sido profetizado

Me dirigí hacia la puerta sin hacer ruido, enfocando la luz hacia mis pies. Llevaba el bate en la mano derecha. Mientras caminaba, llamaron de nuevo. Dos veces. Dos veces más. Golpes más duros, más furiosos que los primeros. Me aplasté contra la pared cerca de la puerta y esperé conteniendo la respiración.

Cuando cesaron los golpes, un silencio profundo cayó de nuevo a mi alrededor como si nada hubiese sucedido. Pero sentía que había alguien al otro lado de la puerta. Ese alguien estaba allí, en pie, aguzando el oído y conteniendo la respiración, igual que yo. En silencio, intentando oír los latidos de un corazón, el sonido de un suspiro, leer el flujo de un pensamiento. Yo respiraba en silencio sin agitar el aire a mi alrededor. *«No estoy aquí»*, me dije. No estoy aquí, no estoy en ninguna parte.

Poco después, se oyó girar la llave. Ese alguien realizaba cada uno de sus movimientos muy despacio, con extrema cautela. Los sonidos se oían tan fragmentados, alargados, que perdían toda significación. El pomo giró, apenas se oyó un perceptible rechinar de bisagras. Las contracciones de mi corazón se aceleraron. Intenté acompasarlas sin conseguirlo.

Alguien entró en la habitación. El aire vibró. Me concentré para aguzar mis cinco sentidos y percibí el vago olor de un cuerpo ajeno. Un olor extraño en el que se mezclaban el de la gruesa tela que cubría su cuerpo, el aliento contenido, la excitación sumergida en el silencio. ¿Tendrá un cuchillo? Tal vez lo tenga. Recordaba aquel brillo agudo y blanco. Conteniendo el aliento, ocultando mi presencia, asía fuertemente el bate con ambas manos.

Una vez dentro, aquel ser cerró la puerta tras de sí y la bloqueó desde dentro. Con la puerta a sus espaldas, estudió la habitación con cautela. Mis manos, aferradas al mango del bate, estaban empapadas de sudor. Me hubiera gustado secarme las palmas en los pantalones. Pero un movimiento innecesario podía tener consecuencias fatales. Pensé en la estatua del pájaro que había en el jardín de la casa abandonada de los Miyawaki. Para borrar mi presencia me identifiqué con el pájaro. El jardín en verano. Bañado por los deslumbrantes rayos del sol. Soy la estatua del pájaro que se yergue inmóvil en el aire con la vista clavada en el cielo.

Esta persona llevaba una linterna. Tras encenderla, un rayo de luz recto y estrecho recorrió la oscuridad. No era una luz muy intensa. Era una linterna de bolsillo pequeña como la mía. Esperé inmóvil a que el rayo de luz me pasara por delante. Pero mi adversario parecía reacio a moverse. Iba iluminando uno tras otro, como un reflector, todos los objetos de la habitación. Las flores en el jarrón, la bandeja de plata sobre la mesa (que volvió a brillar, sensual), el sofá, la lámpara de pie… El rayo de luz me pasó por delante de la nariz y se detuvo en el suelo a unos cinco centímetros de mis zapatos. La luz lamía los rincones de la habitación como la lengua de una serpiente. El tiempo de espera se me hacía eterno. El pánico y la tensión se convirtieron en un dolor agudo que me traspasó la conciencia como un taladro.

«No debo pensar en nada», pensé. *No tengo que imaginar.* El teniente Mamiya me lo había escrito en la carta. *Imaginar aquí comportará mi muerte.*

Al fin, la luz de la linterna empezó a avanzar muy despacio. Parecía que el hombre se dirigía a la habitación del fondo. Aferré el bate con más fuerza. Me di cuenta de que el sudor de las palmas de mis manos se había secado por completo. Incluso demasiado.

Mi adversario se aproximaba poco a poco, asegurando sus pasos. Respiré hondo, contuve el aliento. Dos pasos más. Y él estará aquí. Sólo dos pasos y podré parar a esta pesadilla andante. En ese momento, la luz se apagó ante mis ojos. Todo volvió a sumergirse en la oscuridad. Había apagado la linterna. En la oscuridad profunda, intenté hacer funcionar con agilidad mi cerebro. No lo logré. Por un instante, un escalofrío desconocido recorrió mi cuerpo. Me había descubierto.

«Tengo que moverme», pensé. No puedo quedarme aquí parado. Trasladé el peso del cuerpo al otro pie e intenté saltar hacia la izquierda. Pero mis pies no se movieron. Estaban clavados al suelo como los de la estatua del pájaro. A duras penas me agaché, incliné la parte superior del cuerpo hacia la izquierda. Justo entonces, algo chocó violentamente contra mi hombro derecho. Una cosa dura, muy fría, como una lluvia helada, pinchó el blanco hueso.

Con el impacto, la parálisis de mis pies desapareció de golpe. Salté inmediatamente hacia la izquierda, me tendí boca abajo en la oscuridad e intenté descubrir su presencia. Las venas de mi cuerpo se dilataban y contraían. Los músculos y las células de todo el cuerpo me reclamaban oxígeno. Sentía un entumecimiento sordo en el hombro derecho. Pero aún no me dolía. El dolor vendría más tarde. No me moví. Mi adversario tampoco. Nos enfrentábamos conteniendo el aliento en la oscuridad. No se veía nada, no se oía nada.

El cuchillo volvió sin previo aviso. Pasó por delante de mi cara como una avispa enfurecida. Su aguda punta me rozó la mejilla derecha. Justo donde tenía la mancha. Noté que se rasgaba la piel. Tal vez la herida no fuera profunda. Mi adversario aún no me ha visto. Si me hubiera visto, ya me habría matado. Blandí el bate con todas mis fuerzas intentando adivinar el lugar de donde me había llegado la cuchillada, pero el bate no chocó contra nada. Sólo cortó el aire con un silbido. Ese silbido me alivió un poco. Todavía estamos empatados. He recibido dos cuchilladas. Pero no son mortales. No podíamos vernos. Él tiene un cuchillo, pero yo tengo el bate.

El tanteo a ciegas empezó de nuevo. Espiábamos nuestros movimientos. Aguardaba, conteniendo la respiración, a que se moviera el enemigo. Noté cómo la sangre me corría por la mejilla. Pero, extrañamente, no sentía miedo. *«Es sólo un cuchillo»*, pensé. *«No es más que una herida.»* Esperé con paciencia. Esperé a que volviera a atacarme con el cuchillo. Podía esperar hasta el infinito. Inspiraba y espiraba el aire en silencio. «¡Muévete!», pensé. Yo estoy aquí quieto. Si quieres clavarme el cuchillo, hazlo. No te tengo miedo.

El cuchillo cayó sobre mí desde alguna parte y me rasgó el cuello del jersey. Noté cómo me pasaba rozando la garganta. Fue por poco, pero ni siquiera me tocó. Salté hacia un lado, retorciéndome, y blandí el bate en el aire, impaciente por recuperar el equilibrio. El bate debió de darle en la clavícula. No era un punto vital. Y el golpe no había sido tan fuerte como para romperle el hueso. Pero, al parecer, le había hecho daño. Noté claramente cómo retrocedía. Lo oí respirar hondo. Golpeé de nuevo con ímpetu el cuerpo de mi adversario. En el mismo lugar por el que se le oía aspirar el aire, un poco más arriba.

Fue un golpe perfecto. El bate lo golpeó en el cuello. Se oyó un ruido siniestro de huesos que se rompen. El tercer golpe le dio de lleno en la cabeza, le hizo dar un salto en el aire. El hombre cayó al suelo con un grito extraño. Durante unos instantes permaneció tumbado, entre estertores, y el ruido cesó al fin. Yo cerré los ojos y, sin pensar en nada, asesté el golpe definitivo en el lugar donde había oído el estertor. No quería hacerlo. Pero no podía dejar de hacerlo. No era por odio, ni por pánico, era simplemente porque *debía hacerlo*. En la oscuridad, algo reventó como una fruta. Como una sandía. Me quedé allí plantado, aferrando el bate con fuerza ante mis ojos. Me di cuenta de que estaba temblando. Un temblor irrefrenable me sacudía el cuerpo. Retrocedí un paso e intenté sacar la linterna del bolsillo.

—¡No lo mires! —me gritó alguien deteniéndome. La voz de Kumiko me gritaba desde la oscuridad de la habitación del fondo. Pero mi mano izquierda ya aferraba con fuerza la linterna. Quería saber qué era *eso*. Quería ver con mis ojos aquella figura que estaba en el corazón de las tinieblas y que había aplastado con mis propias manos. Una parte de mi mente comprendía la prohibición de Kumiko. No tenía que verlo. Pero, al mismo tiempo, mi mano izquierda empezó a moverse sola.

—¡Por favor, no lo hagas! —gritó ella de nuevo—. ¡Si quieres llevarme a casa, no lo mires!

Apretando los dientes, expulsé despacio el aire de los pulmones, como si abriera, empujándola, una pesada ventana. El temblor de mi cuerpo aún no había cesado. A mi alrededor flotaba un olor desagradable. A materia cerebral, a violencia, a muerte. Todo aquello lo había hecho yo. Me desplomé en el sofá cerca de mí luchando contra las náuseas que ascendían desde el estómago. Pero las náuseas me vencieron. Vomité sobre la alfombra todo lo que tenía en el estómago. Cuando ya no había nada más que vomitar, vomité jugos gástricos. Y cuando se agotaron los jugos gástricos vomité aire, vomité babas. Entretanto, se me cayó el bate al suelo. Rodó ruidosamente por la oscuridad hacia algún rincón.

Las arcadas cesaron, quise sacar el pañuelo del bolsillo y limpiarme la boca. Pero no podía mover la mano. Ni siquiera podía levantarme del sofá.

—Vamos a casa —dije dirigiéndome a la oscuridad del fondo—, todo ha terminado, volvamos juntos a casa.

Ella no contestó.

Ya no había nadie. Me hundí en el sofá y cerré los ojos.

Sentí cómo las fuerzas iban abandonándome por los dedos, por los hombros, por el cuello, por los pies. Al mismo tiempo, desaparecía el dolor de las heridas. El cuerpo iba perdiendo peso y masa. Pero yo no sentía ni inquietud ni miedo. Sin protesta, confiado, entregué mi cuerpo a aquella cosa grande, cálida y blanda. Era un hecho natural. Cuando me di cuenta, estaba atravesando la pared de gelatina. No hacía más que dejarme llevar por un flujo lento. «*No volveré aquí jamás*», pensé mientras atravesaba la pared. Todo ha terminado. *Pero ¿adónde ha ido Kumiko?* Yo tenía que llevarla a casa. Por eso lo había matado. Sí, por eso había tenido que aplastarle la cabeza, como a una sandía. Había sido por eso... Pero ya no pude seguir pensando. Mi conciencia iba siendo absorbida en el vacío.

Cuando volví en mí, estaba sentado en aquella oscuridad. Con la espalda apoyada en la pared, como siempre. Había vuelto al fondo del pozo.

Pero aquél no era el fondo del mismo pozo de siempre. Había *algo nuevo,* algo que no me era familiar. Me concentré e intenté captar la situación. ¿Qué había cambiado? Pero tenía paralizado, en su mayor parte, el cuerpo, sólo podía captar impresiones incompletas, fragmentarias. Tuve la sensación de haber sido puesto, por error, en un receptáculo equivocado. Sin embargo, a medida que pasaba el tiempo, empecé a comprenderlo.

A mi alrededor había agua.

El pozo ya no estaba seco. Yo me encontraba sentado en el agua. Respiré hondo repetidas veces para calmarme. ¿Qué había ocurrido? *Estaba manando agua.* El agua no estaba fría. La sentía más bien tibia. Como si me encontrara en la piscina climatizada. De repente se me ocurrió buscar en el bolsillo de los pantalones. Quería saber si todavía tenía la linterna. ¿He regresado con la linterna de aquel mundo? *¿Hay alguna relación entre lo que ha ocurrido allí y esta realidad?* Pero las manos no me respondieron, no podía mover los dedos siquiera. Había perdido por completo la fuerza en manos y pies. No podía levantarme.

Pensé con calma. Ante todo, el agua sólo me llegaba a la cintura. Así que, de momento, no corría peligro de ahogarme. Era cierto que no podía moverme, pero probablemente era debido a que había agotado todas mis fuerzas y estaba débil. A medida que fuese pasando el tiempo las recuperaría. Las heridas no eran profundas y, mientras el cuerpo estuviese entumecido, no sentiría dolor. La sangre se había coagulado y ya no me resbalaba por la mejilla.

Con la cabeza contra la pared, me dije: *«Todo va bien, no hay por qué preocuparse».* Quizá todo hubiese terminado ya. Descansaría un poco más, después regresaría al mundo que habita la superficie de la tierra, inundado de luz, el mundo en el que yo estaba antes... *Pero ¿por qué había empezado de repente a manar el agua?* El pozo llevaba largo tiempo seco, muerto. Y ahora, súbitamente, había recuperado la vida. ¿Guardaría alguna relación con lo que había hecho *allí*? Quizá sí. Tal vez algo había hecho saltar esa especie de tapón que obstruía la vena de agua.

Poco después comprendí una realidad siniestra. Al principio, intenté rehuirla. Mi mente fue enumerando diversas posibilidades para negarla. Intenté pensar que era una ilusión causada por la oscuridad y la fatiga. Pero al final no tuve más remedio que aceptar su evidencia. Por más que me engañara a mí mismo, la realidad no desaparecería.

El agua estaba subiendo de nivel.

Poco antes, me llegaba sólo a la cintura. Ahora ya sólo sobresalían las rodillas dobladas. El nivel del agua estaba subiendo de manera lenta pero constante. Traté de moverme de nuevo. Me concentré, hice acopio de todas mis fuerzas. Fue inútil. Sólo podía doblar un poco el cuello. Miré hacia arriba. La tapa estaba cerrada. Intenté mirar el reloj de pulsera que llevaba en el brazo izquierdo, pero no lo logré.

El agua brotaba de alguna fisura. Y parecía que la velocidad iba aumentando cada vez más. Al principio sólo rezumaba, ahora manaba inagotablemente. Aguzando el oído, casi podía percibir su gorgoteo. El agua ya me cubría el pecho. ¿Qué nivel podía alcanzar?

«Ten cuidado con el agua», me había dicho el señor Honda. En aquel momento no había hecho caso de su predicción, ni tampoco después. No había olvidado sus palabras (eran demasiado extrañas para olvidarlas), pero jamás me las había tomado en serio. El señor Honda sólo había sido «un episodio inofensivo». En ciertos casos, yo le decía a Kumiko bromeando: «Será mejor que tengas cuidado con el agua». Y nos reíamos. Éramos jóvenes y no necesitábamos predicciones. Vivir ya era en sí una profecía. Pero finalmente el señor Honda había tenido razón. Me entraron ganas de reírme a carcajadas. *El agua subía, mi situación era desesperada.*

Pensé en May Kasahara. Imaginé que venía y levantaba la tapa. De manera muy real. Muy nítida. Tan real y nítida era la fantasía que casi podía entrar en ella. Mi cuerpo no se movía, pero yo podía imaginar. ¿Qué podía hacer aparte de imaginar?

—Oye, señor *pájaro-que-da-cuerda* —dice May Kasahara. Su voz resuena por todo el pozo. No sabía que el sonido resonara más profundamente en un pozo con agua que en uno seco—. ¿Qué estás haciendo aquí? ¿Ya estás pensando otra vez?

—Nada en especial —respondo mirando hacia arriba—. Es muy largo de explicar, no puedo moverme. Además, está saliendo agua. El pozo ya no está seco como antes. Moriré ahogado.

—Pobre señor *pájaro-que-da-cuerda* —dice May—. Has hecho todos los esfuerzos posibles para salvar a Kumiko que estaba perdida y te has quedado vacío. Y *tal vez* lo hayas conseguido. ¿No es así? Has salvado a varias personas en este recorrido. Pero no has podido salvarte a ti mismo. Ni tampoco ha podido salvarte alguien a ti. Tú ya has agotado todas tus fuerzas y tu destino salvando a los demás. Las semillas están todas sembradas en otros lugares. Ya no te queda ninguna en la bolsa. Qué cosa tan injusta, ¿verdad? Te compadezco desde el fondo de mi corazón, señor *pájaro-que-da-cuerda*. No es mentira. Pero, al fin y al cabo, eso es lo que has escogido. ¿Entiendes lo que quiero decirte?

—Creo que lo entiendo —dije.

De repente sentí un dolor sordo en el hombro derecho. «Aquello ha ocurrido de verdad», pensé. Aquel cuchillo se me había clavado realmente como un cuchillo de verdad.

—Oye, ¿tienes miedo a la muerte? —pregunta May Kasahara.

—Claro —contesto. Puedo escuchar mi voz retumbando en mis oídos. Es mi voz y, al mismo tiempo, no lo es—. Claro que tengo miedo al pensar que me voy muriendo de esta manera en el fondo negro del pozo.

—Adiós, pobre señor *pájaro-que-da-cuerda* —dice May Kasahara—. Lo siento, pero no puedo hacer nada por ti. Porque estoy muy lejos.

—Adiós, May Kasahara. Estabas muy guapa con el biquini.

Y May Kasahara dice con una voz muy suave:

—Adiós, pobre señor *pájaro-que-da-cuerda*.

Y la tapa del pozo se cerró de nuevo. La imagen se desvaneció. Pero después no ocurrió nada. Aquella imagen no estaba vinculada a nada. Grité hacia la boca del pozo:

—*May Kasahara, ¿dónde estás y qué estás haciendo en un momento como éste?*

El agua me llegaba al cuello. La superficie del agua me rodeaba el cuello, redonda y sigilosa, como la soga de una horca.

Empecé a experimentar dificultades para respirar. El corazón, bajo el agua, marcaba con esfuerzo el paso del tiempo que aún me quedaba. Si el agua seguía subiendo al mismo ritmo, en cinco minutos me cubriría la boca y la nariz, en un instante me llenaría los pulmones. Entonces ya nada podría hacer. Había resucitado el pozo y yo moriría en la resurrección. *«No es una muerte tan mala»*, me dije. El mundo está lleno de muertes más crueles.

Intenté aceptar lo más serena y pacíficamente posible la muerte que ya se acercaba. Me esforcé en vencer el pánico. Por lo menos había sido capaz de dejar algunas cosas a la posterioridad. Era, aunque pequeña, una buena noticia. *Las buenas noticias se dan en voz baja.* Intenté sonreír recordando esta frase, pero no lo logré. «Aunque tengo miedo a morir, como es lógico», me susurré a mí mismo. Serían mis últimas palabras. No eran precisamente impresionantes. Pero ya no podía cambiarlas. El agua me cubrió la boca. Luego llegó a la nariz. Dejé de respirar. Los pulmones intentaban respirar desesperadamente aire nuevo. Pero allí ya no había aire. Sólo agua tibia.

Me estaba muriendo. Como muchas otras personas que vivían en este mundo.

38

La historia de la gente pato
Sombras y lágrimas
El punto de vista de May Kasahara (7)

¡Hola, señor *pájaro-que-da-cuerda!*

¿Te llegará de verdad esta carta, señor *pájaro-que-da-cuerda?*

Lo cierto es que no estoy segura de que hayas recibido todas las cartas que te he enviado hasta ahora. Porque las señas no eran demasiado precisas y nunca puse la dirección del remitente. Así que tal vez mis cartas estén apiladas bajo el polvo, sin nadie que las lea, en el estante de «cartas con destinatario desconocido». Pero pensaba que no me importaba que no te llegaran. Yo simplemente, quería transformar mis pensamientos en palabras escribiéndote cartas a ti. Cuando pienso que el destinatario de mis cartas eres tú, señor *pájaro-que-da-cuerda,* puedo escribir frases con fluidez, sin dificultad. Aunque no sé la razón. ¿Por qué será?

Esta carta sí quiero que llegue a tus manos, señor *pájaro-que-da-cuerda.* Estoy rezando para que ésta sí llegue.

Voy a escribir un poco sobre la gente pato.

Como ya te he dicho en otras ocasiones, el terreno de la fábrica donde trabajo es muy grande y tiene un bosquecillo y un estanque. Es un buen lugar para pasear. El estanque es bastante grande y allí viven unos patos. Una docena en total. No sé qué constitución familiar tiene esa gente. Aún no los he visto pelearse nunca aunque imagino que debe de haber cosas del tipo «me llevo bien con aquél, pero no con el otro», y demás.

Ya estamos en diciembre y el estanque empieza a helarse, pero la capa de hielo aún no es muy gruesa y queda una extensión de agua suficiente para que los patos puedan nadar un poco aunque haga frío. Dicen que cuando las temperaturas bajen más y el estanque quede completamente helado, mis compañeras de trabajo vendrán aquí a patinar. Entonces la gente pato (es una expresión rara, pero la digo por costumbre) tendrá que irse a otra parte. Yo pienso, en secreto, que sería mejor que no se helara, porque odio el patinaje sobre hielo, pero, por lo visto, no tendré suerte. Y es que en esta zona hace mucho frío. La gente pato, ya que vive aquí, tendría que estar preparada, digo yo.

Últimamente me acerco siempre los fines de semana y mato el tiempo mirando a la gente pato. Observándolos, se me pasan volando dos o tres horas. Vengo bien equipada con mallas, gorra, bufanda, botas, abrigo de piel, igual que un cazador de osos polares. Me siento en una piedra y observo sola, sin pensar en nada, a la gente pato durante horas y horas. A veces les doy trozos de pan duro. Aquí no hay nadie tan curioso ni desocupado como yo.

Pero lo que tú quizá no sepas, señor *pájaro-que-da-cuerda,* es que los patos son gente divertida. Por más tiempo que pase, no me canso de mirarlos. No entiendo cómo las demás chicas se desplazan lejos y pagan dinero para ver películas aburridas en vez de interesarse por esta gente. Los patos vienen volando, por ejemplo, aterrizan sobre el hielo y, a veces, resbalan y se caen. Como en un programa cómico de la televisión. Mirándolos, yo me río sola. La gente pato no lo hace para que me ría, por supuesto. Se toman muy en serio su vida, pero resbalan y acaban cayéndose, ¿no te parece fantástico?

La gente pato que hay aquí tiene unas patas monas y planas de color naranja, como las botas de agua de los niños de enseñanza primaria, pero parece que no están hechas para caminar sobre el hielo, todos resbalan. A veces se caen de culo. Y es que, seguramente, no tienen ningún sistema antideslizante. Así que el invierno no debe de ser una estación muy divertida para la gente pato. No sé qué piensa en el fondo esa gente respecto del hielo. Pero no creo que vayan echando pestes. Observándola me da esa sensación. Parece que disfrutan de la vida, incluso en invierno, rezongando: «¡Uff! Otra vez el hielo. ¡Qué le vamos a hacer!». A mí me gusta la gente pato.

El estanque está en el bosque, lejos de todas partes. No hay nadie que venga a pasear hasta aquí en esta época excepto en días de sol (aparte de mí, por supuesto). La nieve que cayó hace unos días se ha helado en el camino del bosque y al pisarla se rompe crujiendo bajo los zapatos. También se pueden ver muchos pájaros por aquí y por allá. Cuando camino con el cuello del abrigo levantado, la bufanda enrollada alrededor del cuello, echando aliento blanco, llevando un pan en el bolsillo y pensando en unas cosas y otras sobre la gente pato, me siento alegre y feliz. Hasta el punto de pensar que hacía tiempo que no experimentaba esta sensación de felicidad.

Y dejo de escribir sobre la gente pato.

A decir verdad, me he despertado hace alrededor de una hora soñando contigo, señor *pájaro-que-da-cuerda*. Por eso estoy escribiéndote sentada a la mesa. Ahora son… (miro el reloj) las dos y dieciocho minutos. Me metí en la cama un poco antes de las diez, como siempre, y me dormí diciendo: «Buenas noches, gente pato», pero hace poco me he despertado de repente. No sé si soñaba o no. Porque no recuerdo nada del sueño. A lo mejor no estaba soñando en absoluto. Pero, aunque no fuera un sueño, he oído claramente tu voz. Tú, señor *pájaro-que-da-cuerda,* me has llamado varias veces en voz alta. Por eso me he despertado sobresaltada.

Cuando he abierto los ojos, la habitación estaba a oscuras.

La luz clara de la luna entraba por la ventana. Se veía una luna muy grande flotando sobre la colina, como una bandeja de acero inoxidable. Una luna tan grande, tan enorme, que parecía que si alargaba la mano podría escribir en ella. Y la luz de la luna que penetraba por la ventana formaba una especie de charco de color blanco en el suelo. Me he incorporado en la cama y me he esforzado en entender qué demonios había pasado. ¿Por qué el señor *pájaro-que-da-cuerda* me habría llamado con una voz tan nítida? Mi corazón ha latido con fuerza durante mucho tiempo. Si hubiese estado en mi casa, me habría vestido enseguida para ir a la tuya corriendo por el callejón, incluso a estas horas de la noche. Pero estoy en medio de unas montañas que tal vez se encuentren a unos cincuenta mil kilómetros de tu casa y, por mucho que quiera, es imposible, ¿verdad que sí?

Y, ¿qué he hecho?

Me he desnudado. ¡Hum! No me preguntes por qué. Yo tampoco lo sé. Así que escucha sin decir nada, que continúo. Sea como sea, me he desnudado del todo y he saltado de la cama. Me he arrodillado en el suelo bañado por el claro de luna. El interior de la habitación debía de estar frío, con la calefacción apagada, pero ni lo he notado. Me daba la sensación de que, en aquel claro de luna que penetraba por la ventana, había algo especial que me protegía envolviéndome como una fina película. He permanecido allí desnuda un rato sin pensar en nada, luego he expuesto a la luz de la luna cada una de las partes de mi cuerpo, una tras otra. No sé cómo decirte, lo he hecho de la forma más natural. No he podido evitarlo porque el claro de luna era increíblemente hermoso. He hecho que la luz de la luna me diera en el cuello, en los hombros, en los brazos, en el pecho, en el ombligo, en las piernas, y luego en el trasero, y en aquel lugar, ya sabes, como si estuviera lavándome el cuerpo.

Si alguien lo hubiera visto por la ventana, le habría parecido algo muy, pero que muy raro. A lo mejor habría pensado que soy una maniaca de la luna llena que ha perdido el juicio en el claro de luna. Pero no miraba nadie, claro. A lo mejor aquel chico de la moto me espiaba desde alguna parte. Pero no me importa. Él ya está muerto y, si quiere fisgar, si se conforma con eso, dejaré que mire con mucho gusto.

En aquel momento nadie me miraba. Yo estaba sola en el claro de luna. De vez en cuando cerraba los ojos y pensaba en la gente pato que debía de estar durmiendo cerca del estanque. Y he pensado también en aquel sentimiento cálido de felicidad que creamos conjuntamente la gente pato y yo. Es decir, que la gente pato es como un talismán para mí.

He estado de rodillas, inmóvil, durante mucho rato. Sola, de rodillas en el claro de luna, completamente desnuda. La luz de la luna me teñía con un color extraño y la sombra de mi cuerpo se proyectaba por el suelo, nítida y larga, hasta la pared. No me parecía mía, aquella sombra. Me daba la sensación de que era el cuerpo de otra mujer. De una mujer más madura. No era el cuerpo de una mujer virgen como yo, tan huesuda, sino más redondeada, con el pecho y los pezones más grandes. Pero era yo quien proyectaba la sombra. Sólo que estaba alargada. Si yo me movía, la sombra también se movía. He estudiado la relación entre mi sombra y yo con mucho detalle, observando mi cuerpo, haciendo movimientos diferentes. ¿Por qué se veía tan distinto? No sabía la razón. Cuanto más me miraba, más extraño me parecía.

Y, señor *pájaro-que-da-cuerda*, ahora viene lo *difícil de explicar*. No estoy segura de lograrlo.

Allá voy. Es que me he puesto a llorar de repente. Si se tratara del guión de una película, pondría: «May Kasahara, sin previo aviso, se cubre la cara con las manos y rompe a llorar». Pero no te asustes. No te lo había dicho hasta ahora, pero yo soy una llorona empedernida. Lloro por nada. Éste es mi punto flaco secreto. Así que, si yo rompo a llorar sin ningún motivo especial, no es nada extraño. Normalmente lloro un rato, y entonces paro pensando: «Va, ya es suficiente». Enseguida lloro y también puedo dejar de llorar al instante. Pero hoy no podía parar de llorar. No he podido parar de ninguna manera, como si un tapón se hubiera salido de su sitio. Ni yo misma sabía por qué lloraba, de modo que no había manera de parar. Las lágrimas se derramaban de forma inevitable, sin cesar, como la sangre brota por una gran herida. He derramado muchísimas lágrimas, tantas que casi cuesta creerlo. Me preocupaba seriamente acabar deshidratándome, secarme y convertirme en una momia.

Las lágrimas goteaban produciendo ruido, una tras otra, en el charco blanco del claro de luna y eran absorbidas por él. Las lágrimas, mientras caían, se bañaban en la luz de la luna y brillaban hermosas como un cristal. Y he visto que mi sombra también derramaba lágrimas. Incluso se veía, nítida, la sombra de las lágrimas. Señor *pájaro-que-da-cuerda*, ¿has visto alguna vez la sombra de una lágrima? La sombra de las lágrimas no es una sombra cualquiera. Es muy distinta. Viene de un mundo lejano especialmente para nuestros corazones. O tal vez no. Quizá las lágrimas que derrama la sombra son las auténticas y las que derramo yo son sólo la sombra. Lo he pensado entonces. Oye, señor *pájaro-que-da-cuerda*, seguramente no lo entenderás. Pero cuando una chica de diecisiete años, desnuda, derrama lágrimas a medianoche bañada por el claro de luna, puede ocurrir cualquier cosa. Es así.

Eso ha ocurrido hace una hora en esta habitación. Y te estoy escribiendo la carta con el lápiz sentada a la mesa. (Ahora voy vestida, claro.)

Adiós, *señor pájaro-que-da-cuerda*. No sé expresarlo bien, pero la gente pato que vive en el bosque y yo rezamos para que seas feliz. Si te sucede algo, llámame a gritos sin dudarlo.

Buenas noches.

39

Dos noticias distintas
Lo que desapareció en alguna parte

—Ha sido Cinnamon quien te ha traído aquí —dijo Nutmeg.

Al despertar, lo primero que sentí fueron unos dolores difusos. Me dolían las heridas, las articulaciones, los huesos, los músculos de todo el cuerpo. Seguramente, mientras huía corriendo por la oscuridad había chocado con violencia en múltiples ocasiones. Pero esos dolores no habían asumido aún una forma concreta. Se acercaban al dolor, pero no cabía definirlos exactamente como eso.

Luego me di cuenta de que llevaba un pijama de color azul marino que no me era familiar y de que estaba acostado en el sofá del probador de la «mansión». Me cubría una manta. La cortina estaba descorrida, por la ventana penetraban los claros rayos del sol de la mañana. Supuse que serían alrededor de las diez. El aire era fresco, el tiempo transcurría. Pero yo no acababa de comprender por qué existían tales cosas.

—Ha sido Cinnamon quien te ha traído aquí —repitió Nutmeg—. Las heridas no son graves. La del hombro es profunda, pero, por suerte, no alcanzó la vena, la de la cara no es más que un rasguño. Cinnamon te ha cosido las dos heridas con aguja e hilo, para que no quede cicatriz. Tiene habilidad para estas cosas. Dentro de unos días puedes quitarte los puntos tú mismo, o vas al hospital. —Intenté decir algo, pero se me trabó la lengua y no me salió la voz. Sólo inspiré y expulsé el aire con un desagradable sonido—. Es mejor que no hables ni te muevas aún —dijo Nutmeg. Estaba sentada en una silla, allí cerca, con las piernas cruzadas—. Cinnamon me ha contado que has permanecido demasiado tiempo en el pozo. Dice que estuviste en peligro. Pero no me preguntes más. La verdad es que no sé nada de lo ocurrido. Me llamó por la noche y vine corriendo en taxi. Desconozco los detalles de lo que ocurrió antes. De todos modos, tu ropa estaba empapada de agua y manchada de sangre, por eso la he tirado.

Nutmeg, en efecto, debía de haber venido corriendo. Iba vestida de una manera más sencilla que de costumbre. Un jersey de cachemir de color crema, una camisa a rayas de hombre y una falda de lana de color verde oliva. No llevaba joyas, se sujetaba el cabello por detrás. Hacía cara de sueño. A pesar de todo, parecía la foto de un catálogo. Nutmeg se puso un cigarrillo entre los labios y le prendió fuego con el encendedor de oro, sonó el agradable chasquido de costumbre. Aspiró el humo con los ojos entornados. «*Realmente* no he muerto», pensé de nuevo oyendo el chasquido del encendedor. «Cinnamon debe de haberme salvado en el último instante.»

—¡Cinnamon sabe tantas cosas! —exclamó Nutmeg—. Además, al contrario de ti y de mí, sopesa con cuidado todas las posibilidades. Pero, por lo visto, ni siquiera él había imaginado que el agua podría salir de repente en el pozo. No entraba en sus cálculos. Por culpa de eso, has estado a punto de perder la vida. Es la primera vez que veo a este chico tan *trastornado*. —Ella sonrió levemente—. Debe de tenerte mucha simpatía.

Pero yo no podía seguir escuchándola. Empezó a dolerme el fondo de los globos oculares, me pesaban los párpados. Cerré los ojos y fui sumergiéndome en la oscuridad, como si bajara en un ascensor.

Tardé dos días enteros en recuperarme. Durante todo aquel tiempo Nutmeg permaneció a mi lado. Yo no podía levantarme solo ni hablar. No podía comer nada. Sólo tomaba, a veces, zumo de naranja o comía un poco de melocotón en almíbar cortado muy fino. Ella se iba a su casa al llegar la noche y volvía por la mañana. Después de todo, por la noche yo no hacía más que dormir profundamente. Y no sólo durante la noche, me pasaba durmiendo la mayor parte del día. Dormir era, al parecer, lo que más necesitaba para recuperarme.

Durante aquel tiempo, Cinnamon no apareció. No sabía por qué, pero parecía evitar encontrarse conmigo. Oía su coche entrando y saliendo por el portón. Desde fuera me llegaba el característico y profundo ronroneo del motor del Porsche. Por lo visto, acompañaba a Nutmeg y traía la ropa y la comida en su coche en vez de usar el Mercedes Benz. Pero Cinnamon nunca entraba en la casa. Entregaba el paquete a Nutmeg en el recibidor y se marchaba.

—Dentro de poco nos desharemos de esta mansión —dijo Nutmeg—. Yo me encargaré de *ellas* otra vez. No me queda otro remedio. Parece que estoy condenada a seguir eternamente yo sola, hasta que me quede vacía por completo, ¿verdad? Debe de ser mi destino. Y entre tú y nosotros no podrá haber, en el futuro, relación alguna. Cuando te pongas bien y todo termine, es mejor que te olvides de nosotros cuanto antes. Porque… ¡ah, sí!, se me olvidaba algo. Algo sobre tu cuñado. Sobre Noboru Wataya. —Nutmeg fue a buscar el periódico a la otra habitación y lo puso sobre la mesa—. Cinnamon lo ha traído hace un rato. Dice que tu cuñado cayó fulminado ayer por la noche, que lo llevaron a un hospital de Nagasaki y que está inconsciente. No saben si se recuperará.

¿Nagasaki? Me costó comprender lo que estaba diciendo Nutmeg. Intenté hablar. Pero no me salieron las palabras. No-

boru Wataya debía de haber caído fulminado en Akasaka, *¿por qué en Nagasaki?*

—Noboru Wataya dio en Nagasaki una conferencia ante un público numeroso y luego, mientras cenaba con los organizadores, se derrumbó de repente y tuvo que ser ingresado en un hospital cercano. Al parecer se trata de una especie de hemorragia cerebral. Dicen que debía de tener ya algún problema congénito en el riego sanguíneo del cerebro. El periódico informa de que no se recuperará al menos durante una temporada. Y que, si recuperara el conocimiento, no podría hablar bien. Esto implica el fin de su carrera política. ¡Una lástima, tan joven! Te dejo aquí el periódico, ya te lo leerás cuando estés mejor.

Me llevó tiempo aceptar la realidad de aquel hecho. Porque las imágenes por televisión de las noticias que había visto en el vestíbulo del hotel se habían grabado demasiado nítidamente en mi cerebro. Las escenas del despacho de Noboru Wataya de Akasaka, los policías, el ingreso en el hospital, la voz tensa del locutor… Pero poco a poco fui convenciéndome. *Aquéllas eran, simplemente, las noticias de aquel mundo.* En éste yo no había golpeado jamás a Noboru Wataya con el bate y, por lo tanto, la policía no tenía ningún motivo para detenerme o interrogarme. Él había caído víctima de una hemorragia cerebral delante de mucha gente. En eso no hay posibilidad alguna de crimen. Darme cuenta de esto me hizo sentir un profundo alivio. La descripción del criminal que habían dado por televisión se correspondía conmigo y yo no tenía, además, coartada alguna para demostrar mi inocencia.

Debía de haber, sin duda, alguna relación entre lo que yo había matado a golpes en el otro mundo y la pérdida de conocimiento de Noboru Wataya. Yo había eliminado algo que había en su interior o algo con lo que tenía un fuerte vínculo. Noboru Wataya tal vez lo presintiera y tuviera pesadillas frecuentes. Lo que hice, sin embargo, no llegó a quitarle la vida. Noboru

Wataya había logrado sobrevivir. *La verdad es que tendría que haberlo dejado muerto y bien muerto.* ¿Qué pasará con Kumiko? Mientras Noboru Wataya siga vivo, ¿podrá liberarse de él? ¿Seguirá embrujándola desde una oscuridad sin conciencia?

No pude llevar mis pensamientos más lejos. Mi conciencia empezó a caer en la oscuridad, cerré los ojos y me dormí. Tuve un sueño fragmentado, tenso. En el sueño, Creta Kanoo llevaba en brazos a un bebé. No se veía la cara del pequeño. Ella llevaba el cabello corto y no iba maquillada. Me decía que el niño se llamaba Córcega y que los padres éramos, mitad y mitad, el teniente Mamiya y yo. También me confesaba que no había ido a la isla de Creta, sino que había permanecido en Japón, donde había dado a luz al niño y donde lo estaba criando ahora. Decía que ella había podido encontrar, al fin, un nombre nuevo para sí misma y que ahora llevaba una vida apacible junto al teniente Mamiya cultivando un huertecillo en las montañas de Hiroshima. Yo no me sorprendía al oírlo. Era algo que había previsto, por lo menos en sueños.

—¿Y qué ha sido de Malta Kanoo? —le preguntaba.

Creta Kanoo no respondía. Se limitaba a poner una expresión triste. Y desaparecía.

Al tercer día por la mañana conseguí, a duras penas, levantarme solo. Todavía me costaba caminar, pero ya podía hablar un poco. Nutmeg me preparó arroz hervido. Me comí el arroz y un poco de fruta.

—¿Qué le habrá pasado al gato? —le pregunté. Lo había tenido siempre en mi pensamiento.

—No te preocupes, Cinnamon se ocupa de él. Cada día va a tu casa, le da de comer y cambia el agua. Tú no necesitas preocuparte por nada. Piensa sólo en ti mismo.

—¿Cuándo os desprenderéis de esta mansión?

—En cuanto podamos. Tal vez el mes que viene. Recuperarás algo de dinero. Quizá la casa tenga que revenderse a un precio más bajo que el de compra, y la cifra no será muy alta, pero te quedará un porcentaje del dinero de los plazos que has desembolsado hasta ahora. Y, bueno, podrás vivir una temporada con eso. Por el dinero no hace falta que te preocupes. Has trabajado muy duro y es normal que lo recibas.

—¿Derribarán la casa?

—Seguramente. Y también cegarán el pozo. Es una lástima, ahora que sale agua, pero hoy en día nadie quiere un pozo viejo tan grande. Ahora meten un tubo en la tierra y sacan el agua con una bomba. Es más cómodo y no ocupa espacio.

—Creo que este terreno ya se ha convertido en un lugar normal, sin maldiciones —dije—. Ya no es la mansión de la horca.

—Tal vez —repuso Nutmeg y se mordió ligeramente el labio después de una pausa—. Pero eso ya no tiene nada que ver contigo ni conmigo, ¿verdad? De todos modos, procura descansar unos días y no le des demasiadas vueltas a la cabeza, creo que necesitarás un poco más de tiempo para recuperarte del todo.

Ella me enseñó un artículo sobre Noboru Wataya que había salido en la edición matinal del periódico. Un artículo breve. Decía que Noboru Wataya había sido trasladado en estado de coma desde Nagasaki hasta el hospital de la Universidad de Medicina de Tokio donde era atendido en la unidad de cuidados intensivos. Su estado era estacionario. No daba más detalles. En aquel momento pensé en Kumiko, como era lógico. *¿Dónde demonios estaría Kumiko?* Tenía que volver a casa. Pero aún no había recuperado las fuerzas.

Al día siguiente, poco antes de mediodía, fui andando hasta el cuarto de baño y, después de tres días, me puse delante del espejo. Mi cara tenía un aspecto espantoso, parecía un cadáver bien conservado y no la cara de alguien vivo. La herida de la mejilla estaba bien suturada, tal como me había dicho Nutmeg. Los labios de la carne estaban muy bien unidos con hilo blanco. Debía de tener dos centímetros de longitud y no era muy honda. Si movía los músculos de la cara, la herida se tensaba, pero no me hacía daño. Me lavé los dientes y me afeité con una maquinilla eléctrica. No me atrevía aún a usar una navaja de afeitar. Me sobresalté al descubrirlo. Dejé la maquinilla eléctrica y clavé los ojos en el espejo. *¡La mancha había desaparecido!* Aquel hombre me había herido en la mejilla derecha. Justo donde estaba la mancha. Quedaba la cicatriz. Pero la mancha ya no estaba. Había desaparecido de mi mejilla sin dejar rastro.

Al quinto día por la noche oí de nuevo a lo lejos el sonido de las campanillas de trineo. Eran poco más de las dos. Me levanté del sofá, me puse una chaqueta sobre el pijama y salí del probador. Pasé por delante de la cocina y me dirigí al pequeño cuarto de Cinnamon. Abrí despacio la puerta y me asomé al interior. Cinnamon me llamaba desde el fondo de la pantalla. Me senté a la mesa y leí el mensaje que aparecía en ella.

Acaba de acceder al programa «Crónica del *pájaro-que-da-cuerda*».

Seleccione un documento entre el 1 y el 17.

Hice «clic» sobre el número 17. El documento se abrió y un texto apareció en pantalla.

40

Crónica del *pájaro-que-da-cuerda* #17
La carta de Kumiko

Tengo muchas cosas que explicarte. Para contártelo necesitaré mucho tiempo. Quizá varios años. Hace mucho que debería habértelo confesado todo honestamente. Por desgracia, me faltó el valor para hacerlo. Además tenía la vana esperanza de que las cosas no llegaran a ser tan horribles. Y el resultado ha sido esta pesadilla. Soy culpable de todo. Pero, sea como sea, ya es demasiado tarde para dar explicaciones, no me queda tiempo. Ahora quiero decirte, en primer lugar, lo que es más importante para mí.

Tengo que matar a mi hermano, Noboru Wataya.

Ahora voy a ir a la habitación del hospital donde él está durmiendo con la intención de desconectar el aparato de respiración asistida. Soy su hermana, puedo cuidarlo de noche en lugar de las enfermeras. Aunque lo desconecte, durante un rato nadie se dará cuenta. El médico me enseñó más o menos cómo funcionaba el aparato. Y sólo cuando tenga la certeza de que mi hermano está muerto, iré a la policía y confesaré que lo he dejado morir intencionadamente. No les daré ningún otro detalle. Les diré que me he limitado a hacer lo que consideraba correcto. Seré detenida en el acto por homicidio, luego me juzgarán. Habrá una avalancha en los medios informativos y cada cual expresará su opinión. Es probable que hablen también de muerte digna. Pero yo no diré nada, callaré. No tengo la menor intención de dar explicaciones, ni pienso defenderme. Es muy simple, he querido matar a un hombre llamado Noboru Wataya. Es la única verdad. Posiblemente vaya a la cárcel. Pero no me da miedo. Para mí, lo peor ya ha quedado atrás.

Si no hubieras estado conmigo, habría enloquecido hace ya mucho tiempo. Me hubiera entregado por completo a otro y hubiese caído en un abismo del cual no habría podido salir jamás. Mi hermano mayor, Noboru Wataya, le había hecho lo mismo hace mucho tiempo a mi hermana mayor y ésa fue la causa de su suicidio. Él nos mancilló. Para ser exactos, no es que nos mancillara físicamente. Lo que él hizo fue *aún peor*.

Privada de la libertad de actuar, permanecía encerrada y sola en una habitación oscura. No tenía los pies encadenados, ni había vigilantes, pero yo no podía huir de allí. Mi hermano me mantenía sujeta con una cadena y bajo una vigilancia mucho más poderosa. Yo misma. Yo era la cadena que me inmovilizaba los pies, el vigilante que jamás dormía. Una parte de mí deseaba huir. Pero había otra parte, cobarde, degradada, que se había resignado al encierro pensando que, hiciera lo que hiciese, jamás podría escapar. Y la parte de mí que deseaba huir jamás podría vencer porque mi corazón y mi cuerpo ya estaban mancillados. No tenía derecho a volver a tu lado huyendo de allí. No sólo había sido mancillada por mi hermano mayor, Noboru Wataya. Antes, ya me había mancillado a mí misma irreparablemente.

En la carta que te envié te contaba que me había acostado con otro hombre. Pero no era cierto. Ahora debo confesarte la verdad. Me acosté con muchos hombres. Con un número incalculable de hombres. Ni yo misma puedo entender qué me impulsaba a hacerlo. Si lo pienso ahora, es posible que fuera la influencia de mi hermano. Me da la sensación de que él abría una especie de cajones que había en mi interior, sacaba fuera algo incomprensible y me inducía a tener relaciones sexuales con un hombre tras otro. Mi hermano poseía esa clase de poder y, aunque no quiera reconocerlo, nosotros dos estábamos unidos por un punto oscuro.

En cualquier caso, cuando mi hermano vino a mí, yo ya me había mancillado irremediablemente. Llegué incluso a contraer una enfermedad venérea. Pero, tal como te escribí en la carta, en aquella época era incapaz de tener sentimientos de culpabilidad con respecto a ti. Me parecía que obraba del modo más natural del mundo. No debía de ser mi verdadero yo. Es la única explicación que se me ocurre. ¿Pero es cierta en realidad? ¿Puede terminar la historia de una forma tan simple? *¿Cuál es entonces mi verdadero yo?* ¿Hay algún fundamento legítimo para pensar que quien está escribiendo ahora esta carta sea «mi verdadero yo»? Nunca había podido estar segura de mi «yo» y tampoco puedo estarlo ahora.

Soñaba contigo a menudo. Eran unos sueños llenos de coherencia, muy vívidos. En sueños, tú siempre me buscabas desesperadamente. Nos hallábamos en una especie de laberinto y tú ya estabas muy cerca de mí. Quería gritar: «¡Ya te falta poco, por aquí!». Pensaba que si me encontrabas y me estrechabas entre tus brazos, todas mis pesadillas acabarían y todo volvería a ser como antes. Pero no podía gritar. En la oscuridad, tú no me veías, pasabas de largo y te ibas. Siempre sucedía lo mismo. Pero aquellos sueños me ayudaron, me dieron ánimos. Por lo menos, aún me quedaban fuerzas para soñar, ¿verdad? Eso no me lo podía quitar ni siquiera mi hermano. Sentía que hacías todo cuanto estaba en tus manos para acercarte a mí. Pensaba que, algún día, tal vez lograras encontrarme. Me abrazarías fuerte, lavarías mis manchas y me salvarías para siempre. Quizá rompieras el hechizo y sellaras la salida para que mi verdadero yo no volviera a irse a ninguna parte. Por eso conseguí mantener encendida la débil llamita de la esperanza en aquella oscuridad fría y sin salida. Podía preservar un tenue eco de mi propia voz.

Esta tarde he recibido la contraseña para acceder a este ordenador. Alguien me la ha enviado por correo urgente. Estoy escribiendo el mensaje desde el ordenador del despacho de mi hermano gracias a esa contraseña. Espero que el mensaje te llegue.

Se me acaba el tiempo. Me espera un taxi fuera. Ahora tengo que ir al hospital. Debo matar a mi hermano y ser castigada. Es extraño, pero ya no lo odio. Sólo siento, con absoluta serenidad, que debo borrarlo de este mundo. Creo que tengo que hacerlo también por él. Tengo que hacerlo, pase lo que pase, para que mi vida cobre sentido.

Por favor, cuida del gato. Estoy muy contenta de que haya vuelto. Se llama *Sawara*, ¿no? Me gusta el nombre. El gato siempre ha sido el símbolo de algo bueno que nació entre tú y yo. No tendríamos que haberlo perdido entonces, ¿verdad?

Ya no puedo escribir más. Adiós.

—¡Qué pena que no haya podido enseñarte a la gente pato, señor *pájaro-que-da-cuerda!* —se lamentó May Kasahara.

Estábamos sentados frente al estanque contemplando el hielo blanco y grueso que lo cubría. Era un estanque grande. En el hielo quedaban, como cicatrices, multitud de dolorosos cortes de cuchillas de patín. Era lunes por la tarde, May Kasahara se había tomado el día libre para estar conmigo. Pensaba venir en domingo, pero tuve que retrasarlo un día por un accidente ferroviario. May Kasahara llevaba un abrigo forrado de piel y un gorro de lana de un llamativo color azul. El gorro tenía unos dibujos geométricos de color blanco y una borla en la punta. Me dijo que se lo había tejido ella misma. Y que me haría uno igual para el próximo invierno. Sus mejillas estaban rojas, tenía los ojos transparentes y límpidos como el aire del contorno. Me alegré. Sólo contaba diecisiete años, aún podía hacer con su vida lo que ella quisiera.

—Cuando el estanque se heló, la gente pato se mudó a otra parte. Seguro que de haberla visto te hubiera gustado. ¿Por qué no vuelves en primavera? Entonces te presentaré a la gente pato.

Sonreí. Yo llevaba un abrigo de lana que no abrigaba mucho, una bufanda enrollada hasta la barbilla y las dos manos embutidas en los bolsillos. En el bosque hacía un frío intenso. La nieve estaba helada, apelmazada, y mis zapatillas de deporte resbalaban sin cesar. Tendría que haberme comprado, antes de venir, unas botas de nieve antideslizantes.

—Entonces vas a quedarte más tiempo aquí —dije.

—No lo sé, creo que me quedaré una temporada más, no lo sé, o a lo mejor dentro de un tiempo me entran ganas de volver a la escuela. O quizás acabe casándome con alguien y deje correr lo de la escuela... Aunque esto dudo mucho que ocurra —dijo May Kasahara sonriendo con el hálito blanco—. Pero sí, de momento me quedaré. Necesito un poco más de tiempo para pensar. Para pensar con calma qué es lo que quiero hacer, adónde quiero ir de verdad.

Asentí.

—Tal vez sea lo mejor —dije.

—Oye, señor *pájaro-que-da-cuerda,* ¿tú también pensabas en estas cosas cuando tenías mi edad?

—Pues no lo sé. A decir verdad, me parece que no demasiado. Un poco sí, claro, pero no recuerdo haber pensado las cosas tan en serio como tú. Me da la impresión de que debía de creer que, llevando una vida normal, todo tenía que salir bien por sí solo. Claro que, por lo visto, no me ha ido tan bien como esperaba, ¿verdad? Mira por dónde.

May Kasahara me miró fijamente a la cara con una expresión serena. Puso sus manos enfundadas en guantes sobre sus rodillas.

—Al final no han dejado a Kumiko en libertad bajo fianza, ¿verdad?

—Ha sido ella quien la ha rehusado —le expliqué—. Dijo que prefería quedarse tranquila en prisión a que se le echaran encima fuera. Ni siquiera quiere verme. Ni a mí ni a nadie. Hasta que termine todo.

—¿Cuándo empieza el juicio?

—Tal vez en primavera. Ella se declara culpable abiertamente, está dispuesta a cumplir la pena que se le imponga. No creo que el juicio sea muy largo. Hay grandes posibilidades de que obtenga una suspensión de la condena y, aunque la metan en la cárcel, la pena no será muy larga.

May Kasahara cogió una piedra que había en el suelo y la arrojó en mitad del estanque. La piedra rebotó ruidosamente sobre el hielo y fue rodando hasta la otra orilla, al otro lado.

—Y tú, señor *pájaro-que-da-cuerda*, piensas esperar todo este tiempo hasta que vuelva Kumiko, ¿verdad? En aquella casa.

Asentí.

—¡Qué bien!... ¿O no lo está? —preguntó May Kasahara.

Yo también eché el hálito blanco en el aire.

—Pues supongo que sí. Al fin y al cabo, hemos sido nosotros quienes hemos hecho que todo concluyera así, ¿no te parece?

«Podría haber sido mucho peor», pensé.

A lo lejos, en el bosque que circundaba el estanque, se oyó el canto de un pájaro. Alcé el rostro y miré a mi alrededor. Había durado un instante, ya no se oía nada. No se veía nada. Sólo el sonido seco y hueco de un pájaro carpintero haciendo un agujero en el tronco de un árbol.

—Cuando Kumiko y yo tengamos un niño lo llamaré Córcega —dije.

—¡Qué nombre tan bonito! —exclamó May Kasahara.

Mientras caminábamos por el bosque, uno al lado de otro, May Kasahara se quitó el guante de la mano derecha y metió la mano en el bolsillo de mi abrigo. Me recordó a Kumiko. Ella solía hacerlo cuando paseábamos juntos en invierno. Los días fríos compartíamos un bolsillo. Apreté la mano de May Kasahara dentro del bolsillo. Su mano era pequeña y cálida como un alma oculta.

—¿Sabes, señor *pájaro-que-da-cuerda*? La gente pensará que somos novios.

—Quizás.

—Oye, ¿te has leído todas mis cartas?

—¿Tus cartas? —dije. No sabía de qué estaba hablando—. Lo siento, pero no he recibido ninguna carta tuya. Como no sabía nada de ti, me puse en contacto con tu madre para que me diera el número de teléfono y la dirección de este lugar. Y, para conseguirlo, tuve que inventarme unas mentiras muy tontas.

—¡Oh, no! Pero si te escribí como unas quinientas cartas —dijo May Kasahara mirando al cielo.

Al anochecer, May Kasahara me acompañó a la estación para despedirse de mí. Fuimos hasta la ciudad en autobús. Comimos juntos unas pizzas en un restaurante cercano. Y esperamos a que llegara el tren diesel de tres vagones. En la sala de espera, una estufa grande ardía al rojo vivo y dos o tres personas se arracimaban alrededor, pero nosotros permanecimos a solas, de pie, en el gélido andén. En el cielo flotaba una helada luna de invierno de nítidos contornos. Una luna en cuarto creciente con el canto afilado como una espada china. Bajo esa luna, May Kasahara, de puntillas, posó suavemente sus labios en mi mejilla derecha. Pude sentir sus labios pequeños, delgados y fríos sobre una mancha azul que ya no tenía.

—Adiós, señor *pájaro-que-da-cuerda* —dijo May Kasahara en voz baja—. Gracias por venir a verme.

Me quedé mirándola fijamente con las manos embutidas en los bolsillos del abrigo. No sabía qué decirle.

Cuando llegó el tren, ella se quitó el gorro y retrocedió un paso.

—Señor *pájaro-que-da-cuerda,* si alguna vez te ocurre algo, llámame en voz alta. A mí, y también a la gente pato.

—Adiós, May Kasahara —me despedí.

La luna en cuarto creciente estuvo flotando sobre mi cabeza hasta mucho tiempo después de que el tren arrancara. Cada vez que tomaba una curva, la luna desaparecía y luego volvía a aparecer. Estuve contemplándola y, cuando no se veía, dirigía la mirada a las luces de los pequeños pueblos que discurrían al otro lado de la ventanilla. Pensé en May Kasahara, con su gorro de lana azul, volviendo sola en autobús a la fábrica de la montaña, y pensé en la gente pato que estaría durmiendo entre la hierba en alguna parte. Después, recordé el mundo al que iba a volver.

–Adiós, May Kasahara –dije. Adiós. Rezo para que exista algo que te proteja siempre.

Cerré los ojos e intenté dormir. No conseguí conciliar el sueño hasta mucho más tarde. Y me sumergí silenciosamente en un sueño efímero, lejos de todo y de todos.

Fin de «Crónica del *pájaro-que-da-cuerda*»

Bibliografía

Chuurei Kenshoo-kai, *Nomonhan Bidan Roku,* Manshu Tosho
Kabushiki Shinkyoo, 1942.

Borojeikin (traducido por K. Hayashi y T. Oota), *Nomonhan Kuu-
senki-Soren Kuushoo no kaisoo,* Koobundoo, 1964.

Gendaishi Shuppan-kai, *Nomonhan Sen-Ningen no Kiroku,* Toku-
ma Shoten, 1977.

Ozawa, C., *Nomonhan Senki,* Shin Jinbutsu Oria-sha, 1974.

Itoo, K., *Shizukana Nomonhan,* Koodansha Bunko, 1986.

Takefuji, T., *Watashi to Manshuukoku,* Bungei Shunjuu-sha, 1988.

Terada, C., *Nihon Guntai Yoogoshuu,* Rippuu Shoboo, 1992.

Cucks I.D. (traducido por T. Iwasaki, S. Yoshimoto), *Nomonhan I,
II-Soogen no Nisso Sen - 1939,* Asahi Shinbun-sha, 1989.

Kojima, Y., *Manshuu Teikoku I, II, III,* Bungeishunjuu Bunshun
Bunko, 1983.

Etsuzawa, Akira, *Manshuukoku no shuto keikaku. Tookyoo no genzai
to mirai o tou,* Nippon keizai Hyooron-sha, 1988.

Knight, Amy, *Beria Stalin's First Lieutenant,* Princeton University
Press, 1993.

MAXI
TUSQUETS
EDITORES

Últimos títulos

COMEDIA INFANTIL
Henning Mankell

LA PRUEBA DEL ÁCIDO
Élmer Mendoza

CÓBRASELO CARO
Élmer Mendoza

EL ATENTADO
Harry Mulisch

1Q84
(LIBRO 1 Y 2)
Haruki Murakami

PASADO PERFECTO
Leonardo Padura

LO ANTERIOR
Cristina Rivera Garza

PORQUE PARECE MENTIRA
LA VERDAD NUNCA SE SABE
Daniel Sada

UNA DE DOS
Daniel Sada

SCHILLER O LA INVENCIÓN DEL IDEALISMO ALEMÁN
Rüdiger Safranski

KITCHEN
Banana Yoshimoto